Knaur

Über die Autorin:

Sheila O'Flanagan arbeitet seit Jahren als Börsenmaklerin in Dublin. Ihre Lust am Schreiben entdeckte sie, als sie ein Lehrbuch für junge Banktrainees verfaßte. Bald kamen Kurzgeschichten hinzu und schließlich Romane, in die sie ihre Erfahrung als Frau in der Finanzbranche einbringt.

Sheila O'Flanagan

Carolines Schwester

Roman

Aus dem Englischen von
Christine Gaspard

Knaur

Die englische Originalausgabe erschien 1998 unter dem Titel
»Caroline's Sister« bei Poolbeg Press Ltd, Dublin

Besuchen Sie uns im Internet:
www.droemer-weltbild.de

Deutsche Erstausgabe Mai 2000

First published in English by Poolbeg Press Ltd.

Redaktion: Katharina Meschkowski
Umschlaggestaltung: Agentur Zero, München
Umschlagabbildung: Bavaria Bildagentur, Gauting
Satz: Ventura Publisher im Verlag
Druck und Bindung: Ebner Ulm
Printed in Germany
ISBN 3-426-61493-6

5 4 3 2 1

1

Virgo
(Jungfrau)

Ein Sternbild der nördlichen Hemisphäre,
benannt nach Astraea, der griechischen Göttin
der Gerechtigkeit

Caroline schlich vorsichtig durchs Schlafzimmer, zog den Vorhang zur Seite und begann behutsam das Fenster zu öffnen. Ein Schwall unerwartet kalter Nachtluft fegte ins Zimmer, und sie schauderte unwillkürlich. Sie schob das Fenster etwas weiter nach oben und spähte hinaus. Der Nachthimmel war voller Sterne, und der gelbe Schein einer Straßenlaterne erleuchtete den Hof hinter dem Haus. In der Ferne hörte sie das gedämpfte Brausen des Verkehrs.

»Was machst du denn da?«

Caroline fuhr herum und schlug dabei mit der Schläfe gegen die Fensterkante. Sie fluchte leise, während ihr die Tränen in die Augen stiegen.

»Was machst du da?« fragte Tossa noch einmal.

»Nach was sieht's denn aus?« Caroline drehte sich zu der dunklen Silhouette ihrer Schwester im Bett drüben an der Wand. »Ich gehe aus.«

»Aus?«

»Mensch, schrei doch nicht so, sonst kommt Dad noch rein.« Caroline brachte es fertig, daß ihr eigenes Flüstern so klang, als schreie sie.

»Okay, ist ja gut.« Tossa setzte sich auf. »Wohin gehst du denn? Und wieso kletterst du zum Fenster raus? Du kannst doch die Tür nehmen.«
»Ich will aber nicht die Tür nehmen«, antwortete Caroline gereizt. »Dann fragt Dad, wo ich hingehe und was ich vorhabe, und bleibt auf, bis ich wieder da bin. Und ich habe keine Lust, auf einen Haufen Fragen zu antworten und mir Schuldgefühle einreden zu lassen.«
»Er will gar nicht, daß du Schuldgefühle kriegst. Er macht sich einfach nur Sorgen.« Tossa schob die Bettdecke zur Seite und tappte zu ihrer Schwester hinüber. »Sag, wohin gehst du?«
»Du bist vielleicht neugierig«, seufzte Caroline. »Ich treffe mich mit jemandem.«
»Caroline!« Tossa spähte ihr kurzsichtig ins Gesicht. »Einem Mann? Schon wieder?«
»Was soll das heißen, schon wieder?« Caroline sah geradezu empört aus.
»Du warst doch gerade erst mit Jimmy aus. Wer ist es denn diesmal?«
Caroline zuckte die Achseln. »Damien.«
»Oh, Caroline.«
»Komm mir nicht mit oh, Caroline«, sagte Tossas Schwester. »Ich darf ja wohl noch mit Damien ausgehen, oder?«
»An dem Abend, an dem du schon mit Jimmy ausgegangen bist?« Tossa schob sich das widerspenstige Haar aus dem Gesicht. »Fair ist das nicht gerade, oder, Caro?«
»In der Liebe und im Krieg ist alles erlaubt.« Caroline grinste, und Tossa seufzte. Sie verstand nicht, wie ihre Schwester den ganzen Abend mit einem Mann verbringen konnte, um danach einfach zu beschließen, daß sie sich auch noch mit einem anderen treffen würde.

»Aber es ist ein bißchen unfair.«
»Ich weiß.« Caroline verzog das Gesicht. »Ehrlich, ich hatte ja nicht vor, an einem Abend mit beiden wegzugehen. Nur, Damien wollte sich heute unbedingt mit mir treffen, und ich hatte Jimmy schon versprochen –« Sie unterbrach sich. »Du weißt ja, wie das ist.«
»Eigentlich nicht«, sagte Tossa. Wie könnte sie auch? Sie führte nicht das gleiche Leben wie ihre ältere Schwester. Sie sah nicht so aus, daß die Männer sich auf der Straße nach ihr umdrehten und die Frauen bei ihrem Anblick mit den Zähnen knirschten. Sie war ganz präsentabel, wenn sie sich Mühe gab – das nahm sie jedenfalls an. Aber sie hatte keine wallenden naturblonden Locken, keine klaren, leuchtend blauen Augen und keinen makellosen Teint. Auch Carolines Charme und Unkompliziertheit würde sie niemals besitzen. Und ganz, ganz sicher würde sie nie von einem Treffen mit einem Mann zurückkommen und dann einfach noch mit dem nächsten ausgehen.
»Wohin wollt ihr gehen?« fragte sie.
»Weiß ich nicht. Es ist eine Überraschung. Essen vielleicht.«
»Essen? Jetzt?« Tossa sah zu ihrem Radiowecker hinüber. »Es ist fast Mitternacht.«
»Na und? Man braucht ja nicht jeden Tag um sieben zu essen.«
»Du wirst dir den Magen verderben.«
»Und du bist so romantisch wie ein Putzlappen«, zischte Caroline. »Sag bloß nichts zu Dad.«
»Mache ich natürlich nicht. Aber du spinnst trotzdem.«
»Warte, bis du selber einen Freund hast«, sagte Caroline mit der ganzen Überlegenheit einer reifen Frau von fast zwanzig Jahren, die bereits allerlei Erfahrungen gesam-

melt hatte. Sie stieg vorsichtig durch das Fenster auf das Dach des Küchenanbaus hinaus. »Und laß das Fenster offen, sonst komme ich nicht wieder rein.«
»Paß bloß auf«, sagte Tossa ängstlich.
»Ach, mach doch kein Theater.«
Caroline ging mit der Sicherheit jahrelanger Übung über das Dach, sprang auf die Trennmauer hinunter und von dort auf den Asphalt. Sie sah noch einmal schnell zum Schlafzimmerfenster hinauf und winkte ihrer Schwester fröhlich zu, bevor sie die Straße hinunterlief.
Der Nachtwind schnitt durch ihre dünne Jacke, aber sie hatte die Eleganz schon immer der Wärme vorgezogen, und daran würde sich auch heute nichts ändern. Und Damien mochte die schwarze Airwave-Jacke, die sich wie angegossen an ihren perfekten Körper schmiegte.
Sie hätte es Tossa nie erzählt, aber Caroline war besessen von Damien. Er war älter als die Männer, mit denen sie bisher ausgegangen war, reifer und viel begehrenswerter. Sie hatte ihn einige Wochen zuvor auf einer Party kennengelernt, die Mick Murray, der Bruder ihrer besten Freundin, gegeben hatte. Donna Murray hatte ein Dutzend Freunde eingeladen, darunter auch Caroline und ihren langjährigen Freund Jimmy Ryan. Jimmy allerdings hatte gestöhnt, als Caroline ihm davon erzählt hatte. Er mußte am Montag eine Hausarbeit einreichen, er hatte noch keinen Strich getan, und er konnte sich nicht mit dem Gedanken anfreunden, den Abend bei den Murrays zu vergeuden, Unsinn zu reden und sich vollaufen zu lassen.
»Dann laß es eben.« Caroline blieb unbeeindruckt. Sie kannte Jimmy schon ein ganzes Leben lang und ging seit vier Jahren mit ihm – mit Unterbrechungen, denn von

Zeit zu Zeit ließ sie sich kurz mit jemand anderem ein. Jimmy hatte jedesmal gewartet, ohne einen Zweifel daran zu haben, daß sie zu ihm zurückkommen würde, und bisher hatte sie es noch jedes Mal getan.
Aber seit er letzten September mit dem Studium begonnen hatte, war er zusehends zu einem ausgemachten Langweiler geworden. Caroline verstand nicht, wie er so viel Zeit mit Lernen verbringen konnte, wo doch alle Welt wußte, daß man auf die Uni ging, um sich zu amüsieren. Und dann studierte er auch noch Geisteswissenschaften, nicht etwa Quantenphysik oder etwas wirklich Schwieriges in dieser Art. Er bräuchte überhaupt nicht so viel zu arbeiten. Sie verstand es einfach nicht.
Caroline arbeitete bei der Stadtverwaltung. Sie hatte niemals vorgehabt zu studieren. Die Schule hatte sie gelangweilt; sie war sicher, die Universität würde sie ebenfalls langweilen. Ihr Job war nicht gerade anspruchsvoll, und sie mußte zugeben, daß er manchmal so langweilig war wie alles andere, aber immerhin verdiente sie genug, um an den Samstagen wie wild einzukaufen und für solche Vergnügungen zu zahlen, die Jimmy sich nicht leisten konnte. Und natürlich konnte er sich zur Zeit überhaupt nichts leisten.
Sie hatte in Donnas Küche gestanden und ein paar Eiswürfel in ihren Wodka Orange gedrückt, als Damien hereinkam.
»Hallo!« Seine Augen leuchteten auf, als er sie allein antraf. »Was machst du denn hier?«
»Gar nichts. Eis in einen Drink tun.«
»Was trinkst du?«
»Wodka Orange.«
»Warte hier«, sagte er. »Ich hole meinen Drink.«

Er kam einen Augenblick später mit dem Glas in der Hand zurück.
»Das ging ja schnell«, lächelte Caroline.
»Mädchen wie du verschwinden leicht wieder«, sagte er.
Sie lachte. »Mädchen wie ich?«
»Die Sorte, die ich gern besser kennenlernen würde.«
»Ach, wirklich?« Sie nippte an ihrem Glas und musterte ihn. Er war älter als die meisten Männer, die sie kannte – sie schätzte ihn auf Mitte Zwanzig. Seine großen braunen Augen und die blasse Haut gefielen ihr.
»Wie heißt du?« fragte er.
»Caroline O'Shaughnessy. Und du?«
»Damien Woods.«
»Nett, dich kennenzulernen, Damien.«
»Gleichfalls.« Er lächelte ihr zu, legte den Arm um sie und führte sie ins Wohnzimmer zurück.
Sie saßen nebeneinander im Halbdunkel, ohne zu sprechen. Caroline lehnte den Kopf an Damiens Schulter; es kam ihr ganz natürlich vor. Einmal dachte sie kurz an Jimmy Ryan und hatte ein schlechtes Gewissen. Aber Jimmy hätte ja mitkommen können. Es war seine Schuld, wenn sie jetzt mit Damien hier saß.
»Erzähl doch mal von dir. Woher kennst du Mick Murray?«
Sie setzte sich auf. »Ich bin eine Freundin von Donna. Daher kenne ich ihn.«
Er grinste sie an. »Ich hatte schon gefürchtet, du bist seine derzeitige Freundin.«
»Denkst du wirklich, ich würde mit dir hier sitzen, wenn ich's wäre?«
»Bist du irgend jemandes Freundin?«
Sie lachte. »Was glaubst denn du?«

»Ich glaube, daß du wahrscheinlich zehn an jedem Finger hast.«
»Rede doch keinen Quatsch.« Caroline grinste ihn an. »Du kennst mich ja überhaupt nicht.«
»Das brauche ich auch nicht«, sagte Damien.
Ein paarmal tanzten sie miteinander, dann saßen sie wieder nebeneinander. Caroline fühlte sich wohl bei ihm. Sie mochte die Wärme seines Arms, der um ihre Taille lag, und die Art, wie er sich um sie kümmerte.
Als er zum Badezimmer im ersten Stock hinaufging, schlenderte sie in die Küche und sah, wie Donna ein paar Bierdosen unter der Anrichte hervorzerrte.
»Hi«, sagte sie. »Kann ich helfen?«
Donna stellte die Dosen auf den Tisch. »Zu spät. Da, willst du eine?«
»Nein, danke.« Caroline hatte den ganzen Abend Wodka getrunken und fand es nicht ratsam, mit Bier weiterzumachen.
»Du scheinst dich ja gut mit Damien Woods zu verstehen«, sagte Donna. »Ich hab dich eigentlich eingeladen, damit du mir Gesellschaft leistest, nicht ihm.«
»Ach, Donna, das ist doch nicht dein Ernst.«
Donna zuckte die Achseln.
»Tut mir leid«, sagte Caroline reumütig. »Ich dachte, Fergal ist in Ordnung.«
»Ist er ja auch«, murmelte Donna. »Nur mein Typ ist er eigentlich nicht.«
»Aber Damien?«
Donna öffnete eine Dose Bier und nahm einen Schluck. »Ach, nein, nicht wirklich. Ich mag ihn, aber ich kriege ihn kaum noch zu sehen. Eine Weile hat er dauernd mit Mick zusammengesteckt, aber Damien hat seine Karriere

im Kopf, und Mick kennst du ja – dem ist es gleich, was er treibt, solange er dafür bezahlt wird.«

»Ich glaube, Damien mag seinen Job«, sagte Caroline. »Wir hatten die ›Was treibst du so‹-Unterhaltung.«

»Ich sehe dich eigentlich nicht mit einem Betriebswirt.«

»Warum nicht?«

»Bißchen langweilig für dich.«

»Ach was«, sagte Caroline. »Außerdem, es ist ja nicht fürs Leben. Bloß für heute.«

Aber sie hoffte, daß es doch etwas länger anhalten würde.

Sie blieben bis gegen drei Uhr morgens. Caroline war müde, hatte zu viel Wodka getrunken und konnte die Augen kaum noch offenhalten.

»Wo wohnst du?« Damien schüttelte sie sacht, um sie aufzuwecken.

»Ashley Road«, murmelte sie. »Geht von Philippsburg Avenue ab. Es ist nicht weit.«

»Komm«, sagte Damien. »Ich fahre dich nach Hause.«

Sie lächelte ihn an. »Das ist wirklich nett, aber ich laufe lieber. Damit mein Kopf wieder klar wird.«

»Ich kann ja mit offenem Fenster fahren«, sagte Damien. »Und ich habe seit Stunden nichts getrunken, es ist absolut sicher. Du kannst um diese Zeit nicht auf der Straße herumlaufen.«

Sie wollte nicht mit ihm streiten. Sie war müde, und es würde angenehm sein, nach Hause gefahren zu werden.

»Okay«, sagte sie. »Danke.«

Er ging hinauf in den ersten Stock, um seine Jacke zu holen, und sie suchte unter den zusammengesunkenen Gestalten auf dem Boden nach Donna. Ihre Freundin saß mit geschlossenen Augen an der Wand.

Caroline tippte sie mit dem Fuß an. »Ich gehe nach Hause«, sagte sie. »Ich rufe dich morgen an.«
Sie folgte ihm hinaus zu seinem Auto und stieg ein. Sie war todmüde. Vielleicht hätte sie nicht so viel trinken sollen, aber sie hatte sich amüsiert an diesem Abend. Sie konnte nur hoffen, daß sie nicht mit einem gigantischen Kater aufwachen würde; Dad erwartete, daß sie ihm im Laden half, und er würde wütend werden, wenn er vermutete, daß sie sich betrunken hatte. Sie gähnte.
Damien Woods bemerkte es aus dem Augenwinkel und sah sich zu ihr um. Sie war das schönste Mädchen, das er je kennengelernt hatte; er konnte kaum glauben, daß sie wirklich allein zu der Party gekommen war und daß nicht jeden Augenblick irgendein gutaussehender Kerl auftauchen und seine Rechte geltend machen würde. Es fiel ihm schwer, sich auf die Straße zu konzentrieren, während sie neben ihm saß.
Am Anfang der Ashley Road hielt er das Auto an und schüttelte sie sanft an der Schulter. »Wach auf, Caroline«, flüsterte er. »Wo wohnst du denn nun eigentlich?«
Sie sah zum Fenster hinaus. »Da. Dieser Laden.«
»Okay.« Er fuhr noch ein paar Meter weiter.
»Ich bin eingeschlafen.« Sie rieb sich die Augen. »Tut mir leid. Das war ziemlich unhöflich.«
»Kein Problem.«
»Danke, daß du mich gefahren hast.« Sie tastete auf dem Beifahrersitz nach ihrer Handtasche. Er hob sie auf und gab sie ihr.
»Danke«, sagte sie noch einmal, während sie die Tür öffnete. Sie war hundemüde; sie wußte, daß sie eigentlich netter zu ihm sein sollte, aber inzwischen wollte sie einfach nur noch ins Bett fallen und einschlafen.

»Ich rufe dich an, wenn es dir recht ist«, sagte Damien. Er wartete, bis sie im Haus verschwunden war, bevor er anfuhr. Eigentlich wollte er gar nicht gehen.

»Bist du es, Caroline?« rief ihr Vater aus seinem Schlafzimmer, als sie die Treppe hinaufschlich.

»Ja, natürlich«, antwortete sie mit kaum verhohlener Gereiztheit darüber, daß er noch wach war.

»War es nett?«

»Ja.«

»Gut. Gute Nacht, Liebling, schlaf gut.«

»Gute Nacht«, antwortete sie mit zusammengebissenen Zähnen. Warum konnte der alte Narr nicht einfach schlafen gehen und sie in Ruhe lassen?

Damien rief am Tag darauf an und verabredete sich mit ihr in einem Pub. Als als sie das folgende Mal zusammen ausgingen, nahm er sie mit ins Clarence Hotel, wo das Essen ausgezeichnet und die Atmosphäre gediegen war. Danach mußte er zu einer Revision nach Cork. Caroline vermißte ihn mehr, als sie für möglich gehalten hatte, obwohl er sie mehrmals anrief.

Jimmy Ryan kam nach wie vor vorbei. Sie erzählte ihm nichts von Damien. Meist gingen sie nur zu Grainger's und tranken etwas. Er sprach über den Studienstreß, die Bücher, die er den Sommer über lesen wollte, und wie wichtig es war, gut abzuschneiden. Caroline hörte mitfühlend zu und bezahlte die Getränke.

Damiens Auto parkte weiter unten an der Straße. Caroline sah auf die Uhr. Fünf nach zwölf – die Unterhaltung mit Tossa hatte sie aufgehalten. Sie winkte Damien zu, und er öffnete die Autotür.

»Ich dachte schon, du kommst gar nicht mehr.«

»Sorry.« Sie setzte sich neben ihn.

»Wie war die Familienfeier?«
»Ganz okay, danke.« Sie hatte ihm erzählt, daß sie sich nicht früher mit ihm treffen konnte, weil sich eine ganze Meute von Verwandten für den Abend angemeldet hatte.
»Ich habe dich vermißt wie verrückt«, sagte er. »Ich habe jeden Abend an dich gedacht.«
»So, wirklich?«
»Jetzt müßtest du eigentlich sagen, daß du auch an mich gedacht hast.«
»Ach ja?«
»*Hast* du an mich gedacht?«
»Nicht ein einziges Mal.« Sie lachte. »Na ja, einmal vielleicht.«
»Danke vielmals!«
Sie schaltete das Autoradio ein. »Oh, Damien, mußt du immer Radio Four drinhaben? Was spricht eigentlich gegen Musik?«
»Ich mag Radio Four. Und vielleicht könntest du's ein bißchen runterstellen – *Wonderwall* mit einer Million Dezibel ist nicht so ganz mein Ding.«
Sie kicherte. »Sorry. Ich tu's doch bloß, um dich zu ärgern, du armer uralter Opa.«
In Wirklichkeit gefiel es ihr, daß Damien siebenundzwanzig war. Er war interessanter als alle Männer, mit denen sie zuvor ausgegangen war. Und auch Damien war überrascht gewesen, als sie ihm sagte, wie jung sie war.
Er hielt vor den schwarzgoldenen Toren eines Wohnblocks, und die Beleuchtung ging an. Die Tore schwangen auf.
»Wir gehen zu dir?« Caroline sah ihn an.
»Hast du etwas dagegen?«
Sie schüttelte langsam den Kopf.

»Ich lasse uns ein chinesisches Essen kommen. Außerdem habe ich vorhin noch ein Video geliehen.«
Der Wohnblock war dreistöckig und um einen gepflasterten Hof mit einem kreisrunden Blumenbeet herum angelegt. Damiens Wohnung lag im obersten Stockwerk und war größer, als sie erwartet hatte. Der Flur war klein und quadratisch, das Wohnzimmer dagegen riesig. Eine Wand bestand fast ganz aus Glastüren, die auf den Balkon hinausführten.
»Das ist wunderschön«, sagte sie.
»Danke.« Damien hatte zwei Dosen Bier aus dem Kühlschrank geholt. »Willst du dich nicht setzen?«
»Gleich.« Caroline stellte die Dose auf dem Sofatisch ab und sah zum Fenster hinaus. Sie stellte plötzlich fest, daß sie zitterte.
»Hast du Hunger?«
Sie drehte sich zu ihm um und nickte. »Ich denke schon.«
Damien wählte eine Nummer. »Oyster Garden?« sagte er. »Ich möchte Ihr Spezialmenü für zwei bestellen. Mit einer Extraportion Nudeln. Und zwei Dosen Cola. Vielen Dank.«
Er lächelte ihr zu. »Es hat gar keinen Zweck, daß ich so tue, als könnte ich kochen. Ich hab mir erst überlegt, alles vorher kommen zu lassen und das Lob für das Essen selbst einzustreichen. Aber dann hättest du mich vielleicht gefragt, wie ich das Rindfleisch gemacht habe – was für eine Blamage.«
Sie lachte mit ihm, während sie sich im Zimmer umsah. Mattgrüne Tapete, mattgrüner Teppich, cremefarben und grün gemusterte Vorhänge. Sie fragte sich, ob er die Einrichtung selbst ausgesucht oder eine Dekorationsfirma beauftragt hatte.

»Wie lange dauert es, bis das Essen kommt?« fragte sie.
»Ungefähr eine halbe Stunde.« Damien setzte sich auf die Armlehne ihres Sessels. »Mehr als genug Zeit.«
Zeit für was? Caroline hörte ihr Herz ängstlich hämmern. Dann legte er den Arm um sie und zog sie näher zu sich heran. Sie erstarrte.
Das Telefon klingelte. Das Geräusch war geradezu eine Erlösung. Damien fluchte leise und ging in die Küche, um abzunehmen. Caroline trank den letzten Schluck Bier, öffnete die Glastür und ging auf den Balkon hinaus. Dort fühlte sie sich sicherer.
Jimmy Ryan hatte einmal zu ihr gesagt, sie sei frigide. Auf einer Weihnachtsparty. Im ganzen Haus waren Leute in den unmöglichsten Stellungen ineinander verflochten gewesen. Er hatte die Hand unter ihre Bluse geschoben, und sie war zurückgezuckt wie unter einem elektrischen Schlag. Er hatte sich entschuldigt, ihr diese Reaktion aber übelgenommen. Sie waren schon so lange miteinander ausgegangen, und nun benahm sie sich, als sei er ein Fremder.
Caroline erinnerte sich an den Anlaß, als sei es gestern gewesen. Vielleicht hatte Jimmy recht. Vielleicht war sie ein hoffnungsloser Fall – ob sie recht hatte mit ihrer Theorie darüber, was Damien plante? Aber was sollte er sonst schon vorhaben?
Das Telefongespräch dauerte endlos lang. Sie fragte sich, mit wem er zu dieser Tageszeit so lang reden konnte, und verfolgte mit wachsender Erleichterung, wie die Minuten vergingen.
Das Essen kam, als er gerade aufgelegt hatte. »Tut mir leid«, sagte er. »Wir haben einen Kunden in den USA, er vergißt dauernd, wieviel Uhr es hier ist.«

Das Essen sah wunderbar aus. Damien hatte Frühlingsrollen und Krabbenchips bestellt, knusprig gebratenes Rindfleisch und Hühnchen Chow Mein und als Dessert einen Becher Eis.

»Nur zu.« Er reichte ihr ein Paar Eßstäbchen. »Du magst es doch gut gewürzt?«

Sie stocherte an ihrem Hühnchen herum. Es war heiß und aromatisch, aber sie hatte keinen Hunger mehr, und mit Stäbchen konnte sie ohnehin nicht umgehen. Du bist wirklich eine traurige Type, dachte sie. Da sitzt du nun in der Wohnung des Mannes, den du liebst, und stirbst fast vor Angst, weil er wahrscheinlich mit dir ins Bett will. Und dabei hättest du's dir denken können, so wie er am Telefon geredet hat, was soll das also?

Damien hatte versucht, ihr den Umgang mit den Stäbchen beizubringen, aber das Essen rutschte ab, bevor sie es zum Mund balancieren konnte.

»Auf die Art könnte ich glatt verhungern.« Sie lachte unsicher.

»Hier, ich zeig's dir noch mal.«

»Nein, laß nur.« Sie legte die Stäbchen auf dem Teller ab. »Ich habe sowieso keinen Hunger.«

»Alles in Ordnung?«

»Natürlich.« Sie fuhr sich mit den Fingern durchs Haar. »Ein bißchen müde wahrscheinlich.«

»Viel Hunger habe ich auch nicht mehr. Komm her.« Damien stand vom Tisch auf und ließ sich aufs Sofa fallen. Sie folgte ihm und wünschte sich inständig, ihr wäre nicht so beklommen zumute. Sie hatte sich auf diesen Augenblick so gefreut, und nun wäre sie am liebsten irgendwo anders gewesen. Und dabei liebte sie Damien – sie wollte von ihm geliebt werden.

Es klang so romantisch. Sich lieben klang, als sei es wundervoll und nicht beängstigend. Und dabei hatte sie Angst.
»Was hast du denn für ein Video mitgebracht?« fragte sie.
Damien legte den Arm um sie und zog sie an sich. »Wen schert schon das Video.«
»Ich dachte ja nur –«
»Hey.« Er hielt sie fester. »Alles okay.«
Sie war absolut nicht überzeugt, daß alles okay war. Sie verstand nicht einmal, weshalb sie so reagierte, wie sie reagierte. Die Absurdität des Ganzen brachte sie zum Kichern.
»Was ist daran so witzig?« Damien hörte sich leicht gereizt an.
»Gar nichts. Ehrlich, Damien.«
»Ich liebe dich, Caroline.« Er drückte sie an sich. »Du bist so schön.«
Das sagten sie alle. Es bedeutete gar nichts. Alle Welt sagte, sie sei schön, es war ihr also nicht eben neu. Aber Schönheit war nicht das Wichtigste im Leben. Niemand liebt einen Menschen, nur weil er schön ist.
»Warum?« fragte sie.
»Was?« Er sah sie überrascht an.
»Warum liebst du mich?«
Er lächelte. »Weil du warmherzig und nett bist. Weil du die gleichen Dinge magst wie ich. Weil du wunderschön bist.«
Er küßte sie auf die Kehle. Sie würde es ihm jetzt sagen müssen.
»Damien«, flüsterte sie.
»Mhm?«
Sie atmete langsam aus. »Damien, du solltest das lieber wissen. Ich habe das noch nie gemacht.«

»Was!!« Er setzte sich abrupt auf.
»Ich hab's noch nie gemacht. Das ist das erste Mal.«
»Gut«, sagte er langsam. »Das ist ganz in Ordnung. Ich bin bloß ein bißchen überrascht.« Er lachte leise. »Jetzt weiß ich nicht, ob du geschmeichelt oder beleidigt sein solltest!«
»Ich auch nicht«, sagte sie.
»Ich glaube, ich habe gedacht – weißt du, Caroline, du bist so höllisch attraktiv, ich habe gedacht, jemand müßte dich schon mal in sein Bett geholt haben.«
Sie lächelte. »Vielleicht habe ich ja auf den Richtigen gewartet.«
»Ich verspreche dir, ich bin der Richtige.« Er legte wieder den Arm um sie. »Es wird wunderbar, Caroline. Absolut wunderbar. Mach dir keine Sorgen.«
»Tu ich auch nicht«, log sie. »Ich bin nur aufgeregt.«
»Dann sind wir's beide«, murmelte er, während er die Hand unter ihr Seidentop schob.
Sie hielt den Atem an und wartete auf die unkontrollierbare Leidenschaft, von der sie gelesen hatte – darauf, von ihrem eigenen Verlangen übermannt zu werden.
Er war schwer. Als er sich über sie schob, bemerkte sie als erstes das Gewicht seines Körpers auf ihrem. Die Stoppeln auf seinen Wangen kratzten sie, als sein Mund von ihren Lippen zu ihrer Kehle wanderte. Er streifte ihr das Top über den Kopf; dann zog er die Körbchen ihres BHs unter ihre Brüste und rollte ihre Brustwarzen zwischen den Fingern. Sie war sich nicht ganz sicher, ob sie das Gefühl mochte oder nicht, aber als er plötzlich die Lippen auf eine davon drückte, wäre sie vor Schreck beinahe vom Sofa hochgeschossen.
»Ist schon okay«, murmelte er. »Ich tu dir nicht weh.«

Genaugenommen tat er ihr jetzt schon weh. Sie hatte das Gefühl, nicht atmen zu können.
Sie könnte ihn natürlich bitten aufzuhören, aber das war lächerlich. Sie wollte ihre Jungfräulichkeit loswerden, und Damien war der richtige Mann dafür. Schließlich *liebte* sie ihn ja. Sie ließ es zu, daß er ihr den langen schwarzen Rock auszog.
»Entspann dich einfach«, flüsterte er, als er die Hand zwischen ihre Beine schob.
»Ich bin entspannt«, log sie.
Sie öffnete seine Hemdknöpfe. Es lenkte sie ab, sich zu beschäftigen. Sie sah nicht zu, als er sich auszog; sie schloß die Augen und atmete langsam und gleichmäßig durch.
»Du bist wunderschön, Caroline«, sagte er, als er sie an sich zog. »Du bist das schönste Mädchen, das ich je getroffen habe.«
Sie wagte nicht, die Augen zu öffnen.
»Willst du es tun, oder soll ich?«
Jetzt öffnete sie ein Auge zur Hälfte. Er hatte ein Kondom in der Hand.
»Oh, du, uh, mach du das.« Die Angelegenheit war ihr peinlich.
Irgendwie stimmte das alles nicht so ganz, dachte sie, aber jetzt war es zu spät, um die Sache abzubrechen. Sie würde es hinter sich bringen müssen. Er küßte ihre Brüste, dann ihren Bauch, er murmelte ihren Namen und flüsterte ihr zu, daß er sie liebte. Dann spürte sie ihn in sich und glaubte zu sterben. Es tat weh, wie nichts jemals weh getan hatte. Sie hatte das Gefühl zu ersticken, als habe er ihren Körper übernommen. Sie versuchte sich unter ihm zu bewegen, um es sich etwas bequemer zu machen, aber das

erregte ihn nur noch mehr. Sie wartete auf den wohligen Schauer, den sie jetzt eigentlich empfinden sollte, aber die technischen Details des Vorgangs standen ihr zu deutlich vor Augen, als daß sie es hätte aufregend finden können. Am Ende hatte Jimmy *wirklich* recht, dachte sie einigermaßen verzweifelt, vielleicht *war* sie frigide. Sie drückte Damien fester an sich, und er stöhnte. Mit einem Mal änderte sich der Rhythmus. Schneller, heftiger, fordernder. Sie hielt die Augen fest geschlossen und biß sich auf die Lippen. Das ist es jetzt, sagte sie sich. Das bin also ich beim Liebesspiel. Realer wurde es deshalb aber nicht. Die Kleider auf dem Boden gehörten jemand anderem. Und der Körper, der sich nicht ganz im Gleichklang mit seinem bewegte, gehörte auch nicht zu ihr. Und als er schließlich aufschrie und sie an sich preßte, hatte sie den Eindruck, eine Filmszene zu betrachten.

»O mein Gott, Caroline, du warst wunderbar!«

Sie spürte den hämmernden Herzschlag in seiner Brust. Ihm hatte es jedenfalls Spaß gemacht.

»War es okay?« fragte sie.

»Okay! Es war prachtvoll! Wunderbar! Einmalig!« Er küßte sie, diesmal nur auf die Lippen.

Lauter Superlative, dachte sie. Wenn ich so toll bin, kann ich nicht frigide sein. Also bin ich normal. Sie lächelte erleichtert. Sie hatte es geschafft! Sie lehnte den Kopf an Damiens Brust und ließ die Gedanken wandern. Das erste Mal war oft schmerzhaft, das hatte sie gelesen. Ab jetzt würde es anders sein. Nun, da sie wußte, wie es ging, würde sie entspannter sein. Trotzdem war es schade, daß es ihr diesmal überhaupt keinen Spaß gemacht hatte.

»Und du?« Er sah ihr ins Gesicht. »Hat es dir gefallen?«

»Es war toll«, sagte sie. »Wirklich toll.«

Er lächelte sie an. »Das nächste Mal wird es noch besser. Ehrlich, Caroline, es wird mit der Zeit immer besser.« Er küßte sie sanft auf die Stirn. »Versprochen.«
»Ich muß mal eben ins Bad.« Sie raffte ihre Kleider zusammen und stürzte davon. Sie brauchte einen Augenblick für sich allein.
Sie wusch sich und zog sich an. Ihre Hände zitterten dabei. Sie bürstete ihr Haar und sah in den Spiegel. Das Gesicht, das zurückblickte, sah aus wie zuvor. Sie hätte erwartet, irgendwie anders auszusehen.
»Ich bin keine Jungfrau mehr.« Sie formte die Worte mit den Lippen, und ein kleines Lächeln erschien auf ihrem Gesicht. »Ich bin keine Jungfrau mehr.« Sie lachte nervös. »Ich bin eine richtige Frau.«
Wenigstens hatte sie es jetzt getan. Sie war sich nicht sicher, ob sie es ein zweites Mal tun wollte. Aber vielleicht wollte er ja auch gar nicht mehr mit ihr schlafen. Wahrscheinlich liebte er sie gar nicht wirklich. Das ganze Gesülze davon, daß er sie liebte und weshalb, hatte er wahrscheinlich nur abgelassen, damit sie mit ihm schlief.
Blöder Ausdruck eigentlich. Sie würde nicht mit ihm schlafen. Sie würde jetzt einfach nach Hause gehen.
Er hatte sich auch angezogen. Als sie ins Wohnzimmer zurückkehrte, lächelte er ihr zu.
»Ich gehe jetzt lieber«, sagte sie abrupt.
Sein Lächeln verblaßte. »Warum?«
»Es ist spät, Damien. Dad wird sich schon fragen, wo ich stecke.«
»Bleib noch ein bißchen«, sagte er. »Sehen wir uns das Video an.«
Vielleicht war es ja wirklich unfair, einfach zu gehen. Wenn er es wäre, der so etwas täte, würde sie sich verletzt

und verraten fühlen. Sie setzte sich neben ihn, und er legte den Arm um sie. Es war tröstlich. Er liebte sie wohl doch. Sie schloß die Augen und fühlte sich geborgen.
Sie wachte auf, als der Film zu Ende war und das Gerät klickend zurückzuspulen begann. Damien war neben ihr auf dem Sofa eingeschlafen. Sie sah auf die Uhr. Es war beinahe vier.
Er wachte auf, als sie die Reißverschlüsse ihrer Stiefel schloß.
»Hallo«, sagte er träge und streckte den Arm nach ihr aus. »Komm doch zurück.«
»Damien, es geht nicht. Ehrlich. Es ist so spät.«
»Aber es ist doch Samstagnacht. Komm schon – noch mal mit Gefühl.«
»Damien, ich –«
»Ich liebe dich, Caroline.«
Er meinte es ernst, das sah sie ihm an. Und sie liebte ihn auch. Sie ließ es zu, daß er sie wieder in die Arme nahm.
Carolines Stiefelschnalle verfing sich in der Gardine, als sie über das Fensterbrett ins Zimmer kletterte, und sie landete mit einem dumpfen Aufprall auf dem Fußboden. Das Geräusch weckte Tossa, die im Bett hochfuhr und zum Fenster spähte.
»Bist du das?« zischte sie.
Caroline kicherte nervös, während sie ihren Fuß aus der Gardine zu befreien versuchte. »Natürlich bin ich das«, antwortete sie und rieb sich die Stirn. »Was hast denn du gedacht?«
»Bist du betrunken?«
»Nein, bin ich nicht«, zischte sie. »Aber natürlich hab ich was getrunken. Wir haben zusammen gegessen und Bier dazu getrunken.«

»Ihr könnt ja wohl nicht bis eben gegessen haben. Es ist halb sechs!«
»Wir haben in Damiens Wohnung gegessen und ein Video angesehen.«
»Was für ein Video?«
»Ist doch völlig egal«, antwortete sie gereizt. »Ich bin todmüde. Ich will jetzt schlafen.«
»Du wirst morgen einen gräßlichen Kater haben«, bemerkte Tossa.
Caroline seufzte. »Du bist so ein richtiger kleiner Sonnenstrahl! Ich hab dir doch gesagt, ich bin nicht betrunken.«
»Aber Kopfschmerzen wirst du haben, weil du dir den Kopf am Boden gestoßen hast.«
»Ist nicht so schlimm. Dad ist ja nicht aufgewacht, oder?«
»Nicht, daß ich wüßte«, sagte Tossa. »War es denn schön?«
»Ja«, antwortete sie vorsichtig. »Seine Wohnung ist sehr hübsch.«
»Hast du mit ihm geschlafen?«
»Tossa!«
»Ich frage ja bloß. Na, hast du nun? Das ist doch eine ganz normale vernünftige Frage.«
»Das geht dich gar nichts an.«
»Ich wüßte gern, wie's war«, erklärte Tossa.
»Tja, auf die Antwort kannst du lange warten ...« Sie nahm ihren gelben Morgenmantel vom Bett und ging ins Badezimmer.
Zweimal in einer Nacht, dachte sie, während sie Reinigungsmilch auf dem Gesicht verteilte. Zweimal! Das zweite Mal war es besser gegangen, obwohl es immer noch weh getan hatte. Und sie hatten kein Kondom verwendet. Das war dumm gewesen, aber Damien hatte nichts gesagt, und sie war zu verlegen gewesen, um es zu erwähnen. Sie

wischte die Reinigungsmilch mit Watte ab. Das nächste Mal würde sie vorsichtiger sein. Sie seufzte und kehrte ins Schlafzimmer zurück.
»Du solltest aber trotzdem rechtzeitig aufstehen«, sagte Tossa. »Sonst wird Dad noch mißtrauisch.«
»Ist mir egal«, murmelte Caroline, während sie unter die Decke kroch.

2

Fornax
(Der Ofen)

Ein Sternbild der südlichen Hemisphäre,
durchwandert von einem großen galaktischen System,
das mit dem bloßen Auge nicht zu erkennen ist

Patrick O'Shaughnessy weckte seine Töchter in der Regel auf, indem er an ihre Schlafzimmertür hämmerte, bevor er hinunterging, um den Laden aufzuschließen. Er öffnete nicht gern an Sonntagen – vor zwanzig Jahren, als er beschlossen hatte, einen Lebensmittelladen zu eröffnen, wäre ihm derlei nicht einmal im Traum eingefallen. Aber mittlerweile war es üblich geworden, und er konnte es sich nicht mehr leisten, den Laden geschlossen zu lassen. Seit dem Tod seiner Frau Imelda war das Geschäft zum wichtigsten Teil seines Lebens geworden.

Er wußte, er würde niemals aufhören, Imelda zu vermissen. Manchmal war er wütend auf den Gott, der sie ihm nach so kurzer Zeit fortgenommen hatte, aber meist vermißte er sie einfach nur – ein dumpfer Schmerz, der niemals ganz verschwand. Sie hatten das Geschäft zusammen aufgebaut. Sie hatte ihn unablässig ermutigt, ihn dazu überredet, das Nachbarhaus dazuzukaufen, damit er den Laden erweitern konnte, hatte unermüdlich an seiner Seite gearbeitet. Sie war seine Buchhalterin und seine Freundin gewesen. Er würde den Verlust niemals verwinden.

Tossa stöhnte, als sie den Schlag gegen die Tür hörte. Sie wollte nicht so früh aufstehen. Sie hatte es gründlich satt, auf den Beinen sein zu müssen, wenn all ihre Freunde noch schliefen. Sie kämpfte sich aus dem Bett, zog ihren verblichenen gelben Morgenmantel über und setzte sich vor den Spiegel.
Zwei weit auseinanderstehende graue Augen starrten zurück. Sie sog die Backen nach innen und versuchte auf diese Weise ihre Wangenknochen zu finden, erreichte damit aber nur, daß sie aussah, als habe sie sämtliche Zähne verloren. Sie band sich die Haare zu einem Pferdeschwanz zusammen. Es hatte keinen Zweck, mit Caroline konkurrieren zu wollen. Niemand konnte es mit Caroline aufnehmen. Schon deshalb wußte Tossa, daß ihr Leben ganz anders verlaufen würde als Carolines Leben: Ein glänzender Schulabschluß, ein ebenso glanzvolles Studium und dann eine wirkliche Karriere. Tossa wußte noch nicht, wie diese Karriere aussehen würde, aber sie wußte, sie würde erfolgreich sein.
Außer bei Männern natürlich. Bei Männern würde sie nie viel Erfolg haben.
Sie warf einen Blick auf Caroline, die noch immer fest schlief. Patrick würde durchdrehen, wenn er wüßte, daß sie bis zum frühen Morgen in Damiens Wohnung gewesen war. Vermutlich würde er durchdrehen, wenn er wüßte, daß sie *überhaupt* in seiner Wohnung gewesen war. Patrick hatte sehr klare Vorstellungen davon, was sich für seine Töchter gehörte.
Vielleicht machte er sich ja zu Recht Sorgen, dachte Tossa. Wenn Caroline wirklich mit Damien Woods geschlafen hatte … Sie sah wieder zum Bett hinüber. Ich wette, sie hat. Wie das wohl war?

Als Tossa aus dem Bad zurückkam, hatte Caroline sich noch immer nicht gerührt. Tossa stieß sie in die Rippen.

»Caro! Es ist dreiviertel neun. Ich gehe runter in den Laden.«

Caroline wand sich unter der Decke.

»Soll ich dir den Wecker stellen?«

»Geh weg«, murmelte Caroline. »Ich will schlafen.«

Tossa frühstückte rasch und ging nach nebenan in den Laden. Ihr Vater war dabei, die Stöße von Sonntagszeitungen nebeneinander anzuordnen.

Tossa gähnte und warf einen Blick in die Kasse.

»Viel Betrieb?« fragte sie.

»Wie üblich. Mrs. Nelson war vorhin da. Sean ist immer noch im Krankenhaus.«

»Das ist ja furchtbar.« Sean Nelson interessierte Tossa nicht. Die meisten Leute, die in den Laden kamen und Patrick ihre Lebensgeschichten erzählten, interessierten sie nicht. Er hörte sich ihre Probleme an, gab gute Ratschläge und schrieb an; irgend etwas an Patrick veranlaßte wildfremde Menschen, ihm ihr Herz auszuschütten, nur Tossa konnte ihm niemals erzählen, wie sie sich wirklich fühlte.

»Wo ist Caroline?« fragte er um dreiviertel zwölf.

»Als ich aufgestanden bin, hat sie geschlafen«, antwortete Tossa. »Vielleicht schläft sie noch.«

»Das ist lächerlich.« Patrick ordnete ein paar Riegel Türkischen Honig im Süßigkeitenregal. »Sie war doch um elf im Bett.«

»Sie arbeitet aber ziemlich viel«, sagte Tossa. »Und sie war auch noch hier im Laden, bevor sie gestern abend mit Jimmy weggegangen ist.«

»Den Laden kannst du nicht rechnen.« Patrick betrachtete die Arbeit im Geschäft nicht als Arbeit. »Und sie hängt zuviel mit Jimmy Ryan herum. Geh nachsehen, ob sie jetzt wach ist. Gleich kommen die Leute aus der Kirche, wir werden sie brauchen.«
Tossa lief zurück ins Nebenhaus. Caroline schlief immer noch.
»Wach auf, Caroline!« Tossa boxte sie in den Rücken. »Wir brauchen dich im Laden.«
Caroline ächzte. »So spät kann's doch gar nicht sein.«
»Doch. Dad fragt sich schon, wo du bleibst.«
»Schön, ist ja gut«, murmelte Caroline. »Ich komm ja schon.«
Als Tossa zurückkehrte, stand Jimmy Ryan am Ladentisch und blätterte in den *News of the World.*
Sie lächelte ihm zu. »Hi, Jimmy. Suchst du Caroline? Die kommt gleich.«
»Wo wart ihr eigentlich gestern abend?« fragte Patrick. »Sie ist immer noch im Bett.«
»Bei mir«, antwortete Jimmy. »Wir haben ein paar CDs gehört. Das ist auch schon alles, Mr. O'Shaughnessy.«
Tossa bediente andere Kunden, während Patrick und Jimmy schwatzten. Sie mochte Jimmy Ryan; sie verstand nicht, weshalb Caroline ihn hinterging. Von allen Männern ihrer Bekanntschaft war er der einzige, für den sie selbst sich vielleicht hätte interessieren können. Er war attraktiv und intelligent und großmütig. Caroline war eine dumme Kuh.
Jimmy war gegangen, als Caroline hereinkam. Sie hatte ihr Haar im Nacken zusammengebunden, trug kein Make-up und sah frisch und unschuldig aus.
»Morgen, Dad.« Sie küßte ihn rasch auf die Wange.

»Faultier«, sagte Patrick nachsichtig. »Kommst gar nicht mehr aus dem Bett.«
»Ich war müde. Gestern abend war hier die Hölle los, und ich habe die ganze Woche viel zu tun gehabt. Die Leute schicken uns falsch ausgefüllte Formulare, und dann rufen sie an und meckern. Idioten.«
»Du hast Glück, daß du einen festen Job in der Verwaltung hast.«
»Weiß ich doch.« Caroline drehte sich um und lächelte Don Lewis zu, der mit drei Kartons Orangensaft in den Händen vor ihr stand. »Lange Nacht?« fragte sie mit einem Blick auf den Saft. »Katerstimmung?«
»Sprich bloß nicht davon.« Er stöhnte. »Ich kann nie wieder einem Guinness ins Auge sehen. Wo warst denn du gestern abend, Caroline?«
»Bei Jimmy.«
»Dann warst's du nicht.«
Sie sah ihm unbefangen ins Gesicht. »Wann?«
»Spät. Ich bin mit Conor Gallagher nach Hause gegangen, und wir haben gedacht, wir hätten dich die Straße runterlaufen sehen.«
»Dann habe ich ein Double.«
»Dich gibt's nicht zweimal.« Don nahm das Wechselgeld und grinste sie an. »Du bist ein Einzelstück.«
Sie schlossen den Laden um zwei und gingen nach Hause zu ihrem üblichen Sonntagmittagessen, gegrilltem Hähnchen. Nach dem Essen setzte sich Patrick vor den Fernseher, streckte die Beine aus und schlief ein. Caroline und Tossa spülten das Geschirr, während ihr Vater leise vor sich hin schnarchte.
»Ich könnte glatt auch wieder einschlafen«, gähnte Caroline, während sie einen Teller abtrocknete.

»Warst du gestern eigentlich total zu, oder warum bist du sonst so ins Zimmer gefallen?« fragte Tossa.
Caroline verzog das Gesicht. »Ich war nicht blau. Bloß müde. Ich bin schon bei Damien eingeschlafen.«
»Liebst du Damien?«
Caroline zuckte die Achseln. »Ich weiß nicht.«
»Was ist mit Jimmy?«
Wieder ein Achselzucken. »Was soll mit ihm sein?«
»Triffst du dich noch mit ihm? Ich meine, es kommt mir ziemlich unfair vor, wenn du und Damien ...«
»Kümmer dich um deine Angelegenheiten, Tossa«, sagte Caroline scharf.
»Ich dachte, dir und Jimmy, euch liegt wirklich aneinander.« Tossa stellte die Teller in den Schrank.
»Ich habe Jimmy Ryan satt. Er ist jung und unreif, und ich bin mit ihm ausgegangen, seit ich sechzehn war. Natürlich, du bist ja noch nie mit jemandem ausgegangen, also ist das wahrscheinlich ein bißchen anders.«
»Ich habe einfach noch niemanden getroffen, mit dem ich ausgehen wollte. Das ist alles.«
»Warum nicht?«
»Ich weiß nicht.« Tossa zog den Stöpsel heraus und sah zu, wie das fettige Wasser aus dem Becken ablief.
»Du gehst nicht genug unter die Leute«, sagte Caroline. »Du sitzt immer bloß über deinen Büchern und lernst wie ein Idiot. Einen Mann kriegst du so bestimmt nicht ab.«
»Ich will auch noch nicht heiraten.«
»Kein Mensch redet vom Heiraten.« Caroline setzte sich auf den Küchentisch, streckte die Hände aus und studierte ihre polierten Nägel. »Aber es gibt im Leben noch anderes als die Schule. Ich habe keinen tollen Abschluß ge-

macht, aber ich habe einen guten Job, ich verdiene Geld und habe meinen Spaß. Ist das etwa nichts?«

»Ich möchte erfolgreich sein. Ich will mich nicht an einen Mann binden.«

»Das sagt ja auch keiner. Ich bin mit Liam ausgegangen, als ich vierzehn war. Dann mit Craig. Und mit Noel. Jimmy, das war langfristig, ich geb's zu. Aber jetzt bin ich weiter. Ich binde mich nicht, ich experimentiere. Bei Männern warst *du* bisher nicht erfolgreich.«

»Du kannst mich mal«, murmelte Tossa. »Mir machen einfach andere Dinge Spaß als dir. Ich will gar nicht auf Parties gehen.«

»Du wirst nicht eingeladen, weil du dich nicht darum bemühst. Und dabei bist du fast sechzehn.«

»Ach, laß mich doch einfach in Frieden!«

»Ich gehe zu Donna«, sagte Caroline. »Ich komme nachher wieder.«

»Wann nachher?«

»Weiß nicht. Nicht zu spät – ich muß morgen arbeiten.«

Tossa hörte die Haustür zuschlagen und hoffte, daß ihr Vater nicht aufgewacht war. Er liebte sein Sonntagnachmittagsschläfchen.

Patrick döste vor dem Fernseher, den *Sunday Independent* aufgeschlagen auf den Knien. Er öffnete die Augen, als sie sich in den Sessel gegenüber setzte.

»Wie spät ist es?«

»Fünf Uhr.«

»Vergiß nicht, zur Messe zu gehen.«

Tossa grunzte. Sie hatte eigentlich überhaupt keine Lust dazu, ging aber trotzdem. Caroline machte sich die Mühe natürlich nicht – sie sagte immer, sie sei gegangen, saß aber statt dessen meist bei Donna und hörte Musik.

Tossa griff nach ihrer hellblauen Jacke, zog die Schuhe an und ging Annette abholen.

Annettes Bruder Conor öffnete die Tür. Er bat sie zu warten und verschwand nach oben.

Tossa kannte Annette Gallagher seit ihrer Grundschulzeit. Die Gallaghers hatten damals ebenfalls in der Ashley Road gelebt, waren später aber in ein viel größeres Haus in der Griffith Avenue umgezogen. Tossa fand, man konnte sehen, daß Annettes Eltern ein Vermögen in die Renovierung gesteckt hatten. Das Haus war so alt wie ihr eigenes, dabei aber hell und luftig, mit großen Fenstern und sorgfältig zusammengestellten Tapeten und Teppichen. Patrick hatte weder Zeit noch Interesse für derlei Dinge. Zuweilen fragten ihn seine Töchter, ob er nicht mal die Küche oder das Wohnzimmer renovieren wolle, aber er kam nie dazu. Tossa kam es so vor, als habe ihr ganzes Leben lang die gleiche trübselige Tapete an den Wänden geklebt. Immerhin war ihr Schlafzimmer hell und freundlich – Caroline hatte letztes Jahr darauf bestanden, daß es hergerichtet wurde, und sie hatten die blaßblauen Tapeten und Vorhänge mit den gelben Blumen selbst ausgesucht. Aber es blieb der einzige Raum des Hauses, der es von den Siebzigern in die neunziger Jahre geschafft hatte.

Annette kam zwei Stufen auf einmal die Treppe heruntergerannt und streckte kurz den Kopf ins Wohnzimmer, um ihre Eltern darüber zu informieren, daß sie zur Messe gehen und für ihre unsterblichen Seelen beten würde. Tossa hörte Mrs. Gallagher lachen. Patrick würde niemals über etwas lachen, das mit Religion zu tun hatte.

»Irgendwas Interessantes heute?« erkundigte sich Annette, als sie die Straße entlanggingen.

»Soll das ein Witz sein? Heute morgen war ich im Laden, heute mittag habe ich abgewaschen, und außerdem habe ich noch ein bißchen Mathe gemacht.«

»Besser als bei mir«, sagte Annette. »Wir mußten zum Mittagessen zu meiner Großmutter. Die ganze Familie war da. Du weißt, wie mir die alle auf die Nerven gehen.«

»Irgendein besonderer Anlaß?«

»Großvaters Geburtstag. Wir haben rumgestanden und *Happy Birthday* gesungen wie die Deppen. Meine Mutter glaubt anscheinend wirklich, daß wir gern hingehen.«

»Ich wünschte, meine Mutter wäre noch am Leben«, sagte Tossa. »Vielleicht könnte sie ein bißchen auf Caroline aufpassen.«

»Wieso?« lachte Annette. »Was hat sie denn jetzt wieder getrieben?«

Sie betraten die Kirche, beugten die Knie und bekreuzigten sich. »Sie hat sich noch mal rausgeschlichen und sich mit Damien Woods getroffen, nachdem sie mit Jimmy weg war. Sie waren die Nacht über in seiner Wohnung!«

»Tossa!« Annette sah sie mit aufgerissenen Augen an. »Glaubst du –«

»Wer weiß?«

»Dann ist es also ernst mit Damien?«

»Keine Ahnung. Ich dachte immer, es ist ihr ernst mit Jimmy.«

»Ich hoffe bloß, er kriegt's nicht raus.«

»Ich auch«, sagte Tossa.

Caroline war noch bei Donna, als Tossa nach Hause kam. Patrick saß bei abgeschaltetem Ton vor dem laufenden Fernseher und erledigte die Buchführung.

»Haben wir was verdient?« Tossa küßte ihn auf die Wange. Sie hatte ein schlechtes Gewissen, weil sie sich dieser

Tage über ihn geärgert hatte. Er hatte ihr Vorwürfe gemacht, weil sie immer im Haus herumhing. Sie sollte doch auch mal ausgehen und sich amüsieren, hatte er gesagt – wie Caroline. Tossa fragte sich, wie begriffsstutzig dieser Mann eigentlich sein konnte.

»Diese Woche war gut«, antwortete Patrick lächelnd.

»Na prima.« Sie rollte sich in einem Sessel in der Ecke zusammen.

»Ich muß am Mittwochabend zum Abholmarkt«, sagte er. »Willst du mitkommen?«

»Okay.« Tossa schob sich die Brille höher auf die Nase und schlug ihr Buch auf.

3

Apus
(Paradiesvogel)

Ein Sternbild der südlichen Hemisphäre.
Der Paradiesvogel hat ein prachtvolles weiß-gelb-rotes Gefieder

Jimmy Ryan rief am Freitag nachmittag an. Caroline sah von den Formularen auf, die sie überprüft hatte, und lehnte sich in ihrem Stuhl zurück.
»Ich hab dich die ganze Woche nicht zu sehen gekriegt«, beschwerte sich Jimmy. »Ich weiß schon, zum Teil ist es auch meine Schuld, aber du hättest dich ruhig mal melden können.«
»Wozu?« fragte Caroline. »Du hättest doch nur gejammert, weil ich dich von irgendeinem phantastischen Buch weghole.«
Er lachte. »Da hast du wahrscheinlich recht. Wie wäre es mit einem Bier heute abend?«
Caroline kaute an ihrer Unterlippe. Sie wartete darauf, daß Damien anrief, und wollte greifbar sein. Er war die ganze Woche über in Dundalk gewesen, hatte aber gesagt, er würde rechtzeitig zum Wochenende zurück sein. Sie hatte Angst, er könnte nun, nachdem er mit ihr geschlafen hatte, das Interesse verlieren.
Aber sie mußte mit Jimmy sprechen. Es war nicht fair, weiter vorzugeben, daß sie noch an ihm interessiert war.
»In Ordnung«, sagte sie. »Holst du mich ab?«
»Natürlich. Ich komme gegen acht.«

Er kam pünktlich auf die Minute. Caroline ließ es zu, daß er ihre Hand nahm, als sie zum Pub hinuntergingen, aber sie hatte ein schlechtes Gewissen dabei. Für sie gehörte Jimmy Ryan bereits der Vergangenheit an, und es schien ihr falsch, Hand in Hand mit ihm zu gehen, als sei alles wie bisher. Sie wünschte, sie hätte die Courage gehabt, schon früher Schluß zu machen. Bevor sie mit Damien geschlafen hatte. O Gott, dachte sie, wenn er das wüßte, würde er ausrasten!
Sie suchte sich einen Ecktisch und wartete, während er die Gläser holte und sich dann neben sie setzte.
»Was gibt's Neues?« fragte er.
»Dieses und jenes.«
»Welche Sorte von diesem und jenem?«
Er muß es wissen, dachte sie. Er muß es erraten haben.
»Ich hatte ziemlich viel zu tun«, sagte sie.
»Tossa sagt, Angela ist krank.«
Angela war Patricks einzige Angestellte, eine Frau mittleren Alters, die von montags bis freitags im Geschäft arbeitete.
»Ja, sie hat die Grippe«, sagte Caroline. O Gott, dachte sie, was für eine blöde Unterhaltung. Ich sollte ihm einfach sagen, daß Schluß ist. Aber es war schwieriger, als sie erwartet hatte. Sie hatte Jimmy noch immer gern, obwohl sie ihn nicht mehr liebte. Und er sprach jetzt über den Rest der Semesterferien und davon, daß er nach Frankreich gehen wollte, um bei der Weinlese zu helfen. Sie wünschte ihm viel Spaß dabei.
»Jimmy.« Ihr Ton ließ ihn verstummen. »Ich muß dir das sagen. Es tut mir leid, aber ich möchte nicht mehr mit dir gehen.«
Er starrte sie an.

Sie sah verlegen zurück. »Es tut mir leid«, wiederholte sie.
»Warum?«
»Aus keinem speziellen Grund. Nur, wir sind lang zusammengewesen, und ich glaube, es wäre eine gute Idee, wenn wir uns nach jemand anderem umsehen. Es wäre dumm, wenn wir uns aneinander binden würden, so jung wie wir sind. Du gehst Trauben ernten, und ich ...« Sie brach ab, ohne seinem anklagenden Blick standhalten zu können.
»Du Miststück«, sagte Jimmy.
»Was?«
»Glaub bloß nicht, ich hätte nicht von deinem Neuen gehört. Du hast mit irgendeinem Typ im Clarence rumgeturtelt. Ich habe drauf gewartet, daß du's mir erzählst.«
»Jimmy, ich ...«
»Für was für einen Schwachkopf hältst du mich eigentlich? Das wievielte Mal war das?«
»Was?«
»Das weißt du genau. Mit einem anderen Typ ausgehen und dann wieder zurückkommen. Das ist unfair, Caroline.«
»Ich weiß, daß es nicht fair ist. Deshalb möchte ich ja auch, daß wir Schluß machen. Es tut mir leid, Jimmy.«
Sie saßen schweigend beieinander. Schließlich sagte er: »Es ist schon okay wegen dem Typ. Ich habe so schrecklich viel gearbeitet, ich weiß, daß es dir auf die Nerven geht. Zum Teil ist es ja meine Schuld.«
»Es ist niemandes Schuld. Wir sind einfach nur auseinandergewachsen. Ich muß mal eine Weile mit anderen Leuten umgehen. Das ist alles.«
»Wer ist der Neue denn?« erkundigte sich Jimmy. »Jemand, der besser gestellt ist als ein Student, soviel ist klar.«

»Das ist es nicht!« protestierte sie. »Du weißt genau, daß es niemals ums Geld gegangen ist.«
»Ach, wirklich?« Jimmy musterte sie angewidert. »Bevor du den Job hattest, bist du gern mit mir ausgegangen. Aber dann hieß es plötzlich dauernd: ›Warum können wir dies oder jenes nicht machen‹, damit ich auch merke, daß du Geld verdienst und ich nicht.«
»Das ist Blödsinn!« gab sie zurück. »Mein Gott, Jimmy, ich arbeite in der Stadtverwaltung, nicht für irgendeine internationale Firma. Die werfen mir das Geld doch nicht nach!«
Sie wußte nicht, was sie noch sagen sollte. Sie leerte ihr Glas. »Ich gehe jetzt besser.«
»Schön«, sagte Jimmy.
Sie gingen in eisigem Schweigen zurück in die Ashley Road. Diesmal hatte Jimmy die Hände in den Jackentaschen vergraben. Vor der Haustür blieben sie stehen.
»Es tut mir leid«, sagte sie wieder.
»Oh, Caroline.« Plötzlich legte Jimmy die Arme um sie. »Tu mir das nicht an. Ich liebe dich.«
»Nein«, sagte sie. »Du glaubst, daß du mich liebst, weil du noch nie mit jemand anderem ausgegangen bist.«
»Das ist nicht wahr«, flüsterte er. »Ich liebe dich, weil ich dich verstehe und weil du mir wichtig bist.«
»Es tut mir so leid«, sagte sie noch einmal. »Ich muß jetzt gehen. Gute Nacht, Jimmy.«
»Bitte, Caroline, tu das nicht.«
»Gute Nacht«, wiederholte sie und schob den Schlüssel ins Schloß.
Am nächsten Abend ging sie mit Donna aus. Sie saßen im Grainger's und sprachen über Jimmy.
»Er war nicht gerade glücklich«, sagte Caroline.

»Es muß ein ganz schöner Schlag für sein Selbstwertgefühl gewesen sein«, meinte Donna nachdenklich. »Er ist nicht gerade ein Traumtyp, aber er ist vier Jahre lang mit der Traumfrau vom Dienst ausgegangen.«

»Sei nicht albern«, sagte Caroline unbehaglich. »Er ist ein netter Kerl. Und er sieht gar nicht schlecht aus.«

»Aber nichts Besonderes. Und Damien Woods *ist* etwas Besonderes.«

»Ja, das ist er doch wirklich, oder«, sagte Caroline.

»Das klingt nicht gerade begeistert.« Donna musterte ihre Freundin. »Stimmt irgendwas nicht?«

»Nein, wieso?«

»Du wirkst irgendwie zerstreut.«

»Ich habe einfach die Nase voll. Jimmy hat mich ganz durcheinandergebracht.«

»Oh, Caro, laß dich nicht fertigmachen. Du warst wirklich nett zu ihm.«

»Er war auch nett zu mir.«

»Jetzt willst du also wieder zu ihm zurück, nachdem du ihn gerade losgeworden bist?«

Caroline lachte. »Nein. Ich weiß auch nicht, was mit mir los ist.«

»Zu viele Männer, das ist dein Problem. Jimmy wird drüber wegkommen, aber bei Damien solltest du ein bißchen aufpassen.«

Caroline sah überrascht auf. »Was soll das heißen?«

Donna spielte mit dem goldenen Kreuz, das sie um den Hals trug. »Ach, nichts Spezielles, nur auf Dauer solltest du dir bei ihm nicht zu viel versprechen.«

»Warum?«

»Er geht mit Scharen von Frauen aus.«

»Kein Problem«, sagte Caroline, obwohl ihr nun langsam

mulmig wurde. Hatte er auch mit Scharen von Frauen geschlafen? Sie hätte das vielleicht herausfinden sollen, bevor sie selbst mit ihm ins Bett ging.

»Nur, damit du weißt, woran du bist, bevor du dich auf irgendwas einläßt.«

Zu spät, hätte Caroline gern gesagt, das habe ich schon getan. Aber sie brachte es nicht über die Lippen. Dabei hatte sie sich darauf gefreut, Donna davon zu erzählen – oder eine ähnliche Geschichte von Donna zu hören. Aber jetzt wollte sie nicht, daß ihre Freundin davon erfuhr. Etwas schien sich zwischen sie geschoben zu haben, und sie wußte nicht, was es war.

»Vielleicht könnte *ich* Jimmy ja mal anrufen«, sagte Donna.

Caroline starrte sie an. »Das ist wohl ein Witz!«

»Ist es auch«, lachte Donna. »Ich wollte bloß mal sehen, ob du eifersüchtig wirst, wenn ich's sage.«

Caroline lachte ebenfalls. »Und, war ich's?«

»Schwer zu sagen. Du hast ganz normal ausgesehen. Irgendwie vernünftig.«

»Wie immer also«, sagte Caroline, obwohl sie sich in diesem Augenblick nicht gerade vernünftig vorkam. Sie sah auf die Uhr. »Ich gehe jetzt lieber nach Hause, tue Daddy einen Gefallen und bin vor elf da.«

»Okay.« Donna leerte ihr Glas.

Sie schlenderten in freundschaftlichem Schweigen die Griffith Avenue entlang. Als sie vor Carolines Haus angekommen waren, sagte Donna: »Ich ruf dich diese Woche irgendwann an. Vielleicht können wir mal mit den anderen weggehen.«

»Das wäre nett. Ein Weiberabend im Tamango's am Freitag vielleicht.«

»Prima Idee. Bis dann, Caroline.«
Tossa und Patrick saßen vor dem Fernseher, als Caroline hereinkam. Sie seufzte, als sie die beiden sah. Sie waren so berechenbar, während ihr eigenes Leben sich gerade von Grund auf änderte.
»Wo wart ihr heute abend?« fragte Patrick.
»Wir sind auf ein Bier ins Grainger's gegangen.« Sie sah ihm ins Gesicht. »*Ein* Bier, Dad! Wir haben uns doch nicht den ganzen Abend lang vollaufen lassen!«
»Ich habe ja nichts dagegen, wenn ihr einfach mal etwas trinken geht«, sagte Patrick. »Aber ich mag's nicht, wenn junge Mädchen sich in Kneipen zum Affen machen.«
»Wann hättest du das denn je gesehen? Du trinkst doch gar keinen Alkohol. Du gehst nie in Pubs.«
»Ich weiß, wie es da hergeht.«
»Nein, tust du nicht.« Caroline setzte sich auf seine Armlehne und küßte ihn auf die beginnende Glatze. »Du hast furchtbar altmodische Vorstellungen davon, wie es in Pubs aussieht.«
Patrick wirkte nicht eben überzeugt. Caroline lachte und ließ sich in den nächsten Sessel fallen. Nach einer Weile verschwand Patrick in die Küche, und Tossa stieß ihre Schwester, die inzwischen eingedöst war, vorsichtig an. Caroline öffnete die Augen und musterte sie gereizt.
»Was ist? Ich hatte gerade einen hübschen Traum.«
»Von Damien Woods etwa?«
»Nein.«
»Er hat angerufen.«
Caroline setzte sich hastig auf. »Heute abend?«
»Ungefähr eine Stunde, nachdem du weg warst.«
»Scheiße.«
»Er hat gesagt, er versucht's morgen noch mal.« Tossa sah

sie amüsiert an. »Gute Idee, nicht greifbar zu sein, wenn er anruft. Er wird vor lauter Leidenschaft ganz rasend werden.«
»Sei nicht albern.«
Tossa zuckte die Achseln. »Daß er scharf auf dich ist, ist ja wohl klar.«
»Ein Haufen Typen sind scharf auf mich«, gab Caroline zurück. »Das heißt nicht, daß ich scharf auf sie bin.«
»Aber diesen Typen magst du doch?«
Caroline zog die Knie bis unters Kinn und umschloß sie mit den Armen.
»Ja«, sagte sie. »Diesen mag ich.«
»Er ruft morgen um sieben an. Wenn du mit ihm weggehen willst, bleib lieber zu Hause.«
Und so blieb Caroline zu Hause und wartete. Und wie üblich, wenn man auf einen Anruf wartet, blieb das Telefon hartnäckig stumm. Sie war froh, daß er angerufen hatte – sie hatte Angst gehabt, er würde sich nicht mehr melden, und dann wäre sie sich billig und ausgenutzt vorgekommen. Es hatte keinen Zweck, sich einreden zu wollen, daß sie es als Erfahrung hätte abhaken können. Caroline wußte, sie würde Sex und Gefühl nicht trennen können. Sie hätte nicht mit Damien geschlafen, wenn sie nicht in ihn verliebt gewesen wäre. Aber sie war sich nicht sicher, ob für ihn die gleichen Regeln galten. Und sie kannte viele Mädchen, die unbefangen mit Männern schliefen, ohne daß Liebe dabei ins Spiel kam.
Als er sich um halb neun immer noch nicht gemeldet hatte, ging Caroline gereizt in ihr Schlafzimmer hinauf, setzte sich vor den Spiegel und begann ihr Make-up aufzufrischen.
Sie hatte die Warterei satt. Sie würde zu Donna gehen,

und wenn er interessiert war, konnte er ja ein andermal anrufen.
Sie hatte ihre hellbraune Lederjacke von der Garderobe genommen und lief gerade die Treppe hinunter, als das Telefon klingelte.
»Hallo«, sagte sie.
»Hi, Caroline.«
»Damien.«
»Wie geht's dir?«
»Prima.«
»Ich hoffe, du vermißt mich.«
»Ein bißchen.«
»Das ist alles?« Er klang verletzt.
»Okay, ich habe dich vermißt.«
»Das ist gut. Willst du dich heute mit mir treffen?«
»Du bist also wieder in Dublin?«
»Natürlich, sonst könnte ich dich doch nicht fragen.«
»Stimmt.«
»Caroline, ist alles in Ordnung?«
»Natürlich, mit mir ist alles in Ordnung.«
»Du klingst einfach anders«, sagte Damien. »Irgendwie zerstreut.«
»Vielleicht weil ich dich vermißt habe.«
»Das hoffe ich doch. Ich denke die ganze Zeit an dich. Ich denke an deinen wunderschönen straffen Körper. Ich will ihn küssen, den ganzen ...«
»Damien«, sagte sie unbehaglich, »das ist wirklich sehr nett alles ...«
»Aber Taten sprechen deutlicher als Worte?«
»Vielleicht schon.«
Er lachte. »Ich hole dich ab, okay? Sagen wir in einer halben Stunde?«

»Okay.«
»Bis gleich, Caroline. Zieh irgendwas an, was leicht runterrutscht.«
»Damien!«
»Ich liebe dich«, sagte er.
»Ich liebe dich auch«, antwortete Caroline.
Es tat gut, wieder in seinen Armen zu liegen. Es tat gut, seine Koseworte zu hören, die Leidenschaft in seinen Augen zu sehen, das Verlangen in seinem Körper zu spüren. Es tat gut, zu wissen, daß er sie liebte.

4

Ara
(Altar)

Ein Sternbild der südlichen Hemisphäre;
es stellt einen Opfertisch dar und liegt unter dem giftigen
Stachel des Skorpions

Tossa balancierte auf der äußersten Kante einer Kiste, während sie versuchte, mit dem Lappen die Oberkante des Schaufensters zu erreichen. Patrick war zu einem seiner Lieferanten gefahren; es herrschte wenig Betrieb, und sie hatte sich gelangweilt. Inzwischen war ihr wieder klargeworden, wie mühsam es war, das Schaufenster zu putzen.

»Du wirst runterfallen.« Conor Gallagher stand in der Ladentür. »So groß bist du auch wieder nicht.«

»Hi, Conor.« Sie wedelte hilflos mit dem Lappen, und die Kiste wackelte so stark, daß Tossa beinahe gefallen wäre.

»Hoppla!«

»Danke.« Sie lächelte ihm zu.

»Keine Ursache.« Er hielt sie immer noch am Arm. »Alles in Ordnung?«

»Klar«, sagte sie. Dabei fühlte sie sich sehr seltsam. Sie hatte Conor gekannt, seit sie Annette kannte. Er war vielleicht nicht ganz der ältere Bruder für sie, den sie selbst nicht hatte, aber er gehörte irgendwie dazu. Ganz plötzlich, als er sie abgefangen hatte, war ihr die Wärme seines Arms um ihre Taille bewußt geworden, und sie hatte den

fast unwiderstehlichen Wunsch verspürt, ihn zu küssen. Ich drehe jetzt wirklich durch, dachte sie. Das ist doch einfach nur Conor Gallagher.
»Tossa?«
»Ja?«
»Stimmt irgendwas nicht?«
»Alles okay.«
»Du hast so entrückt dagestanden, und ich hatte eigentlich so eine schwache Hoffnung, ich könnte hier etwas kaufen.«
»O Gott, Conor – tut mir leid. Was kann ich für dich tun?«
Er grinste. »Ich brauche eine Schachtel Pralinen. Die größte, die ihr da habt.«
»Die sind dort hinten. Neben der Milch.«
Er ging durch den Laden nach hinten, während Tossa an ihrem Sweatshirt zupfte und sich wünschte, etwas hübscher auszusehen. Sie trug ausgebeulte Jogginghosen – und es waren natürlich nicht die modischen von Adidas, wie Caroline sie hatte –, weil sie sich am Morgen Kaffee über ihre Jeans geschüttet hatte. Nicht, daß die Jeans wirklich besser gewesen wären, aber wenigstens hätte sie in ihnen nicht ganz so schlampig ausgesehen.
Conor legte eine riesige Schachtel Pralinen von Terry's auf den Ladentisch.
»Wichtige Verabredung?« fragte sie.
»Debütantenball«, antwortete er.
»Ich dachte, für so was bist du zu alt.« Tossa tippte den Preis in die Kasse ein.
»Es ist Dons Schwester, sie hat mich gekrallt. Nächstes Jahr bist dann wohl du dran, Tossa.«
»Keine Sorge«, sagte sie. »Ich werde dich nicht verpflichten.«

»Ach, das kannst du ruhig tun.« Er grinste sie an. »Für den Preis von einer Schachtel Pralinen und einer jämmerlichen Orchidee gehe ich allemal mit.«

Sie lachte. »Ich werd's mir merken.«

»Na, dann warte ich drauf, daß du dich an mich wendest«, sagte er. »Bis demnächst, Tossa.«

Sie sah ihm nach, als er den Laden verließ. Ihr war noch nie zuvor aufgefallen, wie groß er war. Oder wie gesund er wirkte. Wie blau seine Augen waren. Oder wie nett er aussah, wenn er lächelte. Sie hatte ihn vor diesem Tag noch niemals wirklich gesehen.

Ihr Mund war trocken. Ihr Herz hämmerte. Es war unmöglich, wirklich absolut unmöglich, daß sie jetzt eine Schwäche für Conor Gallagher entwickelte. Irgend etwas Grundlegendes stimmte nicht mit ihr, wenn sie sich einen Typen ansehen konnte, den sie schon ihr ganzes Leben lang kannte, und plötzlich entschied, daß er es ihr angetan hatte. Natürlich stimmte nichts davon.

Aber sie dachte die ganze Zeit an ihn. Es war wirklich sehr beunruhigend. Und jedesmal, wenn jemand das Geschäft betrat, begann ihr Herz zu hämmern. Sie war froh, als es schließlich Zeit war, den Laden dichtzumachen und nach Hause zu gehen.

Er kam auch am nächsten Tag – diesmal kaufte er Alka-Seltzer.

»Guter Ball?« fragte sie.

»Uh.«

»Das heißt wohl ja. Spät geworden?«

»Wir sind ins Bewley's gegangen, zum Frühstücken. Ich hatte richtig Hunger, aber als ich die Würstchen und den Speck gerochen habe, hätte ich fast gekotzt.«

»Vielleicht doch keine so gute Idee.«

»Wie wahr.« Conor verzog das Gesicht und rieb sich die Stirn. »Warum mache ich das bloß, Tossa? Wieso lasse ich mich auf gräßliche Parties schleppen und saufe mir die Birne zu?«

»Ich weiß nicht.« Sie lächelte ihn mitfühlend an.

»Nie wieder! Es ist eine Pest, Freunde mit Schwestern zu haben. Man weiß nie, wann einen wieder eine drankriegt. Na ja, ich gehe jetzt nach Hause und krieche ins Bett.«

»Morgen wird's bestimmt besser sein.«

»Na, hoffentlich«, stöhnte er. »Ich hab ziemlich viel zu tun morgen.«

Er sah wirklich furchtbar aus, dachte Tossa. Und sie wollte ihn an sich ziehen, ihm mit den Händen durchs Haar fahren und ihm versprechen, daß er sich bald besser fühlen würde. Sie war kurz davor, es zu tun.

Was war eigentlich los mit ihr?

Sie erwähnte Conors Zustand, als sie sich am Abend mit Annette traf.

»Blödmann«, sagte ihre Freundin. »Und dabei mag er Aisling Lewis nicht mal.«

»Nein?« Tossa war entsetzt darüber, wie sehr sie sich über die Mitteilung freute.

»Er sagt, ihr Hirn ist ungefähr so groß wie ein Golfball. Wieso fahren die Typen eigentlich alle auf dumme Weiber mit toller Figur ab?«

»Aber Conor doch sicher nicht?«

»Hör mal, Tossa, die sind doch alle so. Ich weiß, er ist mein Bruder, und er ist gar nicht so übel, aber du solltest ihn mal hören, wenn er seine Kumpels am Telefon hat. Traurig, aber wenn du schöne Titten hast, brauchst du kein Hirn mehr.«

»Wahrscheinlich nicht« sagte Tossa trübsinnig. »Ich würde nur gern glauben, daß es irgendwo auf der Welt einen Typen gibt, der nicht auf das Aussehen reinfällt.«

»Du bist vielleicht naiv«, lachte Annette. »Mensch, du lebst mit Caroline zusammen! Mehr Beweise braucht man doch nicht, oder?«

An Freitagen gingen die Mädchen aus Carolines Büro meist zum Mittagessen ins Davy-Byrne-Restaurant, aber diesmal erklärte Caroline Sonia und Alison, sie habe ein paar Dinge zu erledigen und werde nicht mitkommen. Sie stieß einen Seufzer der Erleichterung aus, als sie das Büro endlich hinter sich gelassen hatte. An jedem Tag dieser Woche hatte sie bisher versucht, ein paar Minuten für sich allein zu finden, und jedesmal war etwas dazwischengekommen. Dabei brauchte sie diese Zeit. Es war lebensnotwendig.

Die Sonne brannte ihr auf die Schultern, als sie die Grafton Street entlanglief. Menschentrauben drängten sich vor den Schaufenstern und rings um die Straßenmusikanten. Alle Welt schien guter Laune zu sein. Nur, weil es warm war. Die Leute konnten ja so dumm sein!

Sie holte tief Atem, betrat die Drogerie und ging langsam die einzelnen Regalreihen ab. Shampoos, Nagelpflege, Kosmetik, Vitaminpräparate, Babypflege. Sie blieb bei den Babypflegeprodukten stehen und biß sich auf die Lippen. Hier irgendwo mußte es doch wohl sein.

Es gab drei verschiedene Schwangerschaftstests. Sie betrachtete die Packungen, ohne eine davon in die Hand zu nehmen, so als sei sie nicht sonderlich interessiert. Ihr Herz hämmerte, und ihre Handflächen waren feucht. Ihr war wahrhaftig etwas schwindlig. Sie konnte doch jetzt nicht einfach eine Packung nehmen und damit zur Kasse gehen. Die Verkäuferin würde sehen, daß sie jung und unverheiratet war, und Gott weiß was denken. Und die Mädchen im Büro – was, wenn sie die Tüte nahmen und hineinsahen? Es gab keine Privatsphäre in diesem Büro, jeder wußte über jeden Bescheid.

Aber bis jetzt wußte noch niemand, daß Caroline O'Shaughnessy vielleicht schwanger war.

Sie konnte es selbst nicht glauben. Sie hoffte und hoffte, es möge ein Irrtum sein. Sie konnte sich nicht vorstellen, daß ihr so etwas zustoßen könnte. Jedesmal, wenn sie daran dachte, wurde ihr fast übel. Aber ihre Periode war überfällig, und irgendeinen Grund mußte es schließlich dafür geben. Sie hatte versucht, das alles aus ihren Gedanken zu verbannen, es zu vergessen, um dann vielleicht plötzlich festzustellen, daß sie doch nicht schwanger war. Aber es half alles nichts – sie mußte es genau wissen.

Sie schlenderte durch den Laden, nahm Gegenstände in die Hand und stellte sie wieder zurück, bis sie plötzlich bemerkte, daß der Wachmann sie beobachtete. Sie spürte, daß sie rot wurde.

Das ist doch lächerlich, dachte sie. Es ist doch kein Verbrechen, etwas zu kaufen.

Sie kehrte zu dem Regal zurück, nahm die erste Packung, die ihr ins Auge fiel, und ging geradewegs zur Kasse.

Ihr Gesicht flammte, als sie die Packung bezahlte, aber die Kassiererin sah nicht einmal zu ihr hoch. Caroline nahm die Tüte und schob sie ganz nach unten in ihre Handtasche.

Sie schwitzte, als sie ins Büro zurückkehrte. Sonia und Alison saßen schon wieder an ihren Schreibtischen.

»Na, alles erledigt?« fragte Alison.

Caroline nickte. Sie hatte das Gefühl, man müsse ihr das schlechte Gewissen ansehen, aber weder Sonia noch Alison schien etwas Ungewöhnliches zu bemerken. Caroline arbeitete sich stetig durch den Nachmittag, obwohl sie mit den Gedanken nicht bei der Sache war.

Sie wußte nicht, was sie im Hinblick auf Damien tun sollte. Sie hatte geglaubt, ihn zu lieben, aber seit sie miteinander geschlafen hatten, war sie sich dessen nicht mehr so sicher. Wenn sie ausgingen, fühlte sie sich unbehaglich; sie fürchtete, er würde wieder mit ihr schlafen wollen, und wußte nicht, weshalb sie selbst es nicht wollte. Ihre Beziehung war seither angespannt und gezwungen.

Immer wieder, wenn sie ein Formular abheftete oder den Telefonhörer abnahm, überfiel sie die Angst, und ihr wurde beinahe übel. Was um alles in der Welt sollte sie nur tun, wenn sie wirklich schwanger war? Patrick würde sie umbringen. Bei dem Gedanken an ihren Vater wurde ihr heiß und kalt vor Angst. Das würde er ihr niemals verzeihen.

Sie hatte versprochen, im Laden auszuhelfen, wenn sie nach Hause kam. Donna hatte versucht, sie zu einem Ausflug ins Tamango's zu überreden, aber Caroline war nicht nach einem Restaurantbesuch zumute.

Es war ruhig im Laden, als sie hereinkam.

»Nicht viel los«, sagte Patrick, während er seine Brille putzte. »Wenn du ausgehen willst, geh nur. Ich schaffe es allein.«

»Gehst du nicht weg, Tossa?« fragte Caroline.

»Doch. Annette und ich gehen zu Linda.«

»Ist ja aufregend«, murmelte sie.

»Du brauchst wirklich nicht hierzubleiben, Caroline«, sagte Patrick, und sie nickte. Wenn ihr Vater im Laden war und Tossa ausging, konnte sie in Ruhe den Schwangerschaftstest machen.

»Vielleicht ruhe ich mich einfach einen Moment aus«, sagte sie.

Caroline und Tossa gingen zusammen zum Haus zurück, und Caroline setzte Wasser auf, während Tossa hinaufging, um sich umzuziehen. Als sie wieder herunterkam, war Caroline dabei, sich die Nägel zu feilen.

»Du siehst furchtbar aus mit dieser Bluse«, bemerkte sie im Aufblicken. »Grün steht dir nicht.«

Tossa errötete. »Wir können ja nicht alle perfekt sein.«

»Ich bin nicht perfekt, ich weiß einfach nur, was gut aussieht.«

»Ach, hör doch auf damit. Du hältst dich für absolut toll, weil du attraktiv bist und reihenweise Männer um den Finger wickelst. Na und? Das ist ja wohl nicht das einzig Wichtige im Leben, oder?«

»Nein«, sagte Caroline.

»Na also.« Tossa fegte aus dem Zimmer und schlug die Haustür zu.

Caroline hörte zu, wie sich die Stille über das Haus breitete. Sie blieb noch ein paar Minuten in der Küche sitzen, um sicherzugehen, daß Tossa nicht noch einmal zurückkam. Dann nahm sie ihre Handtasche, ging hinauf und schloß sich im Badezimmer ein.

Ihre Hände zitterten so sehr, daß sie den Inhalt der Pakkung auf dem Boden verstreute und in alle Ecken kriechen mußte, bis sie ihn wieder beisammenhatte. Sie befolgte die Anweisungen, und dann saß sie auf dem Rand der Badewanne und wartete, während sie den Beipackzettel wieder und wieder durchlas. »Wenn Sie schwanger sind, wenden Sie sich an Ihren Arzt.« Sie dachte an Dr. Harris und schloß die Augen. Zu Dr. Harris würde sie bestimmt nicht gehen. Sie hatte ihn noch nie gemocht,

den alten Lustmolch. Aber ich bin nicht schwanger, sagte sie sich. Ich bin's *nicht.*
Der Indikatorstreifen war rosa.
Aber sicherlich würde es ihr Körper doch wissen, wenn sie schwanger war. Sie müßte doch *irgend etwas* spüren. Und sie spürte absolut nichts. Sie war genau derselbe Mensch wie letzten Monat, letztes Jahr. Sie konnte doch nicht wirklich schwanger sein – wegen eines einzigen dummen Fehlers.
In der Packung war ein zweiter Test, den man einen Tag später machen sollte, um wirklich ganz sicher zu sein. Sie würde es nicht glauben, bevor sie nicht den zweiten Test gemacht hatte. Vielleicht hatte etwas mit dem ersten nicht gestimmt. Sie würde ein paar Tage warten, ihrem Körper Zeit geben, sich zu regenerieren. Nächste Woche würde sicher alles anders aussehen.
Sie suchte alle verräterischen Teile zusammen und vergrub sie ganz unten in dem schwarzen Plastikmüllsack im Schuppen. Sie warf ein paar alte Zeitungen darüber. Dann kehrte sie ins Haus zurück und schaltete den Fernseher ein.
Patrick kam um halb zehn und setzte sich dazu, um sich den Film anzusehen. Er freute sich, sie noch zu Hause anzutreffen, zusammengerollt in ihrem Lieblingssessel. Seit sie ihre Stelle hatte, war sie kaum noch zu Hause. Manchmal wünschte er sich, seine Töchter bräuchten nicht erwachsen zu werden und aus dem Haus zu gehen. Er wollte, daß alles so blieb, wie es war.
Caroline seufzte, und Patrick fragte sich, ob alles in Ordnung war. Sie sah müde aus, fand er. Sie starrte auf den Bildschirm, ohne das Geschehen zu verfolgen. Er fragte sich, ob sie sich vielleicht mit ihrem Freund gestritten hat-

te. Er hätte gar nicht allzuviel dagegen gehabt. Patrick mochte Damien Woods nicht. Er wußte nicht recht, warum – Damien war immer sehr höflich, aber er hatte etwas an sich, das Patrick störte. Etwas Herablassendes, vielleicht weil Patrick nur ein kleiner Ladenbesitzer war. Wenn er allerdings Caroline Kummer verursacht hätte ... Schon der Gedanke brachte Patrick auf die Barrikaden. Niemand durfte einer seiner Töchter Kummer machen.

Caroline hatte die ganze Nacht Alpträume. Sie wachte alle paar Stunden schwitzend und mit klopfendem Herzen auf, den Kopf voller Bilder, die sie nicht identifizieren konnte. Am Morgen war sie völlig erschöpft.

Am Vormittag rief Damien an.

»Willst du heute mit mir ausgehen?«

»Wohin?« Sie war sich nicht sicher, ob sie weggehen wollte oder nicht.

»Einfach irgendwo was trinken. Ich muß dir etwas erzählen.«

Was konnte er schon zu erzählen haben? So wichtig wie das, was sie ihm erzählen mußte, konnte es gar nicht sein. Sie schloß die Augen. Die Hand, die den Hörer umschloß, war feucht.

»Okay. Holst du mich ab?«

»Ich komme um acht vorbei.«

Sie würde ihm nichts davon erzählen – nicht, solange sie sich nicht ganz sicher war. Es hatte nicht den geringsten Zweck, eine Szene zu riskieren und sich verrückt zu machen, wenn das Ganze am Ende doch nur ein falscher Alarm war.

Er tauchte pünktlich um acht auf. Caroline hatte ihre Kleidung sorgfältig ausgewählt, und er fand, sie habe nie schöner ausgesehen. Sie trug einen fliederfarbenen An-

gorapullover und weiße Jeans, und das blonde Haar fiel ihr in Kaskaden über die Schultern.
»Gehen wir doch ins Malahide«, sagte er, als sie ins Auto stieg.
»Wohin du willst«, antwortete sie.
Er schob eine Kassette in den Recorder. Zum ersten Mal war sie dankbar dafür, daß Damien klassische Musik mochte. Die Mondscheinsonate beruhigte sie etwas.
Der Pub war überfüllt, und Schwaden von blaugrauem Rauch zogen durch den Raum. Damien schob sich durch die Menge und fand Plätze für sie beide; dann besorgte er ein Glas Lagerbier für Caroline und ein Pint für sich selbst.
»Wie war es denn heute so?« Er setzte sich neben sie und zündete eine Zigarette an.
»Es war okay.«
»Du siehst wunderschön aus.«
»Ich sehe doch immer wunderschön aus.« Sie nippte an ihrem Bier und starrte in die Menge, ohne einen Menschen zu sehen.
»Stimmt.«
Das Schweigen stand zwischen ihnen wie eine Wand. Sie spielte an ihrem Uhrarmband herum; die dünnen Lederschichten begannen sich voneinander zu lösen.
»Ich habe einen neuen Job«, sagte er.
»Oh?« Sie blickte überrascht auf. Sie wußte, daß er seine Arbeit bei Cronin & Troy satt hatte; daß er aber aktiv eine neue Stelle gesucht hatte, war ihr neu. »Was für eine Firma?«
»Seido Corporation«, antwortete er. »Der Firmensitz ist in Japan.«
»Japan! Heißt das, du gehst nach Japan?«

Er nickte. »Es ist ein großer Schritt nach vorn für mich. Sie bezahlen gut; ich sollte das wirklich annehmen. Der Vertrag läuft über zwei Jahre.«
»Zwei Jahre«, wiederholte sie ausdruckslos. Sie hatte das Gefühl, jemand habe ihr in den Magen getreten. Er ging für zwei Jahre fort. Wahrscheinlich länger. Er ging fort, genau in dem Augenblick, in dem sie ihn vielleicht wirklich brauchte.
»Ich müßte verrückt sein, wenn ich das ablehnte, Caroline«, sagte er. Und zuckte die Achseln. »Und in zwei Jahren hast du wahrscheinlich einen anderen.«
»Glaubst du?«
»Da bin ich mir ziemlich sicher.« Er lächelte. »Irgendwie sehe ich dich nicht hier sitzen und auf mich warten, so gern ich mir das auch vorstellen würde.«
Sie begann wieder mit dem Uhrarmband zu spielen. »Liegt dir etwas an mir?«
»Natürlich. Aber ich bin kein Dummkopf, Caroline. Du bedeutest mir eine Menge. Aber du bist jung und lebenslustig und wirst dich kaum jetzt schon binden wollen. Japan, das ist so eine Art letztes Abenteuer für mich.«
Ihre Reaktion überraschte ihn. Er hätte nicht erwartet, daß die Nachricht sie wirklich treffen würde. Er wußte, daß sie gern mit ihm zusammen war, obwohl er sich ganz und gar nicht sicher war, ob sie gern mit ihm ins Bett ging – aber jetzt sah sie geradezu vernichtet aus. Er nahm noch einen Schluck Bier.
»Du wirkst richtig verstört«, sagte er schließlich.
»Oh, ich bin einfach überrascht.« Sie brachte ein blasses Lächeln zustande. »Kannst du jemanden mitnehmen?«
Er lachte. »Es ist ein Job für einen alleinstehenden Mann.

Du weißt doch, wie die Japaner sind – Dreiundzwanzig-Stunden-Arbeitstage.« Er war überrascht, daß sie auch nur gefragt hatte. Vielleicht lag ihr doch mehr an ihm, als er gedacht hatte.
»Ich hoffe, es ist das Richtige für dich«, sagte sie. »Wirklich.«
»Danke, Caroline.«
»Wann gehst du?«
»Ich habe noch nicht gekündigt.« Damien zündete sich die nächste Zigarette an. »Ich warte noch, bis der Vertrag aus Japan zurückkommt – zur Sicherheit. Aber ich soll Ende nächsten Monats anfangen, und ich müßte vorher ein-, zweimal hin.«
Sie nickte. »Es klingt toll.«
»Es ist toll. Eine tolle Chance.« Er legte den Arm um sie. »Ich möchte, daß du eins weißt. Du bedeutest mir wirklich sehr viel. Und vielleicht – weißt du, in ein paar Jahren vielleicht ...«
»Entschuldige«, sagte sie, während sie sich losmachte. »Ich muß aufs Klo.«
Er beobachtete sie, als sie quer durch den Raum ging. Er würde sie vermissen. Aber der Job war zu gut, um ihn abzulehnen. Seido Corporation – es könnte die Chance seines Lebens sein.
Sie kam zurück und nippte weiter an ihrem Glas. »Du machst dir nicht viel aus deinem Bier«, bemerkte er.
Sie nickte. »Ich habe ein bißchen Kopfschmerzen. Ich glaube, ich kriege eine Grippe.«
»Würdest du lieber nach Hause gehen?«
»Vielleicht wäre das besser. Ich will dich nicht gerade jetzt anstecken.«
Er lachte. »Nein, im Moment bleibe ich lieber gesund.«

Er leerte sein Glas und drückte die Zigarette im Aschenbecher aus.
Sie stand auf und hängte sich die Handtasche über die Schulter.
Auf der Rückfahrt sprachen sie nicht. Damien hatte das Autoradio eingeschaltet und sang die Madonna-Songs mit. Caroline starrte hinaus über die Dublin Bay und fragte sich, ob sie ihn je wiedersehen würde.
»Kriege ich einen Gutenachtkuß?« fragte er, als er vor dem Haus hielt.
Sie sah keinen Sinn darin. Er hatte hinreichend deutlich gemacht, daß er aus ihrem Leben verschwinden würde. Aber sie wandte ihm den Kopf zu und legte die Arme um ihn, als er sie an sich zog. Er küßte gut. Seine Lippen waren so weich, obwohl seine Arme so stark waren. Sie machte sich los, bevor er sie loslassen wollte.
»Ich gehe jetzt lieber. Danke, Damien.«
»Alles Gute, Caroline.« Er drückte sie vorsichtig an sich. »Ich rufe dich morgen oder übermorgen an. Aber ich werde die nächsten Wochen ziemlich viel zu tun haben. Das wirst du sicher verstehen.«
»Natürlich«, sagte sie, während sie ausstieg.
Sie wiederholte den Test am nächsten Abend. Er fiel positiv aus, und ihr war zum ersten Mal richtig übel.

5

Libra
(Waage)

Ein Sternbild der südlichen Hemisphäre,
benannt nach Julius Caesar und der ihm zugeschriebenen
Gerechtigkeitsliebe

Tossa nahm ihre Schulbücher aus dem Schrank und stapelte sie sauber neben dem Bett. Zum ersten Mal war ihr der Gedanke daran, wieder zur Schule zu gehen, zuwider. Sie wollte immer noch studieren, sie wollte immer noch erfolgreich sein, aber die Schule kam ihr mit einem Mal richtig kindisch vor. Sie hatte sich verändert, weil sie sich in Conor Gallagher verliebt hatte.

Sie hatte sich gesagt, daß sie sich unglaublich dumm aufführte, daß es nur eine kindische Schwärmerei war, aber sie konnte nichts daran ändern. Seit er damals in den Laden gekommen war, um Pralinen für Aisling Lewis zu kaufen, dachte sie an nichts anderes mehr. Sie verstand jetzt, was Caroline für Damien Woods empfand, und sie träumte davon, er möge aufhören, in ihr Annettes beste Freundin zu sehen, und feststellen, daß er in sie verliebt war.

Sie verwandte mehr Sorgfalt auf ihr Äußeres. Wenn sie zu Annette ging, trug sie vorher reichlich aprikosenfarbenes Lipgloss auf und besprühte sich mit Carolines *CK One.* Irgendwann, wenn sie einmal Geld übrig hatte, würde sie sich ein wirklich teures Parfum kaufen. Sie war sogar zum

Friseur gegangen, aber ihre Mähne blieb so ungebärdig wie eh und je.
Die Friseuse hatte gesagt, sie habe schönes, kräftiges Haar, aber sie solle ihre Brille abschaffen und statt dessen Kontaktlinsen tragen. Aber Kontaktlinsen konnte Tossa sich nicht leisten, und Patrick wollte sie nicht fragen – er würde ohnehin nicht verstehen, warum sie auf einmal Linsen brauchte. Schließlich hatte auch Imelda eine Brille getragen.
Sie seufzte. Es war schwierig, vor Annette geheimzuhalten, daß sie in Conor verliebt war. Annette würde vor Lachen kreischen und es am Ende ihrem Bruder erzählen. Bei dem Gedanken wurde ihr heiß vor Verlegenheit. Und es war ohnehin hoffnungslos. Er war viel zu attraktiv und beliebt für sie, und er sah in ihr nur die beste Freundin seiner kleinen Schwester, weiter nichts.
Tossa nahm ihre Schuluniform aus dem Schrank. Gott sei Dank trug man in der sechsten Klasse wenigstens einen Rock und kein Trägerkleid mehr. Ihr Busen war in den letzten Monaten noch größer geworden; in einem Trägerkleid würde sie einfach lächerlich aussehen. Und den Rock würde sie auch etwas weiter machen müssen.
Caroline kam ins Zimmer, stolperte über die Bücher und begann zu fluchen. »Einen dümmeren Platz konntest du dir wohl nicht aussuchen. Ich hätte mir den Hals brechen können!«
»Mach dich nicht lächerlich.« Tossa stopfte die Bücher in ihren Rucksack.
»Ich weiß nicht, wieso du für dein blödes Zeug das ganze Zimmer brauchst. Habe ich doch auch nie gebraucht!«
»Du hast ja auch nie was gearbeitet.«
»Spinn nicht rum.«

»Ich stelle einfach eine Tatsache fest.«
»Ach, wirklich.«
Sie starrten sich wütend an. Tossa hatte es gründlich satt, angefahren zu werden. Ihre Schwester hatte seit Wochen schlechte Laune und ließ sie hemmungslos an ihr aus. Caroline war schließlich nicht der einzige Mensch auf der Welt.
Tossa warf die Tasche unter den Schminktisch und hängte den Rock wieder in den Schrank. Caroline stand jetzt am Fenster und sah in den Hof hinunter.
Sie hatte Damien seit dem Abend, an dem er ihr von dem Job in Japan erzählt hatte, nicht mehr gesehen. Er hatte nicht angerufen. Warum nur hatte sie es ihm nicht gesagt? Sie war so dumm gewesen. Wie hatte sie ihn nur weiter und weiter über Japan reden lassen können, während sie die ganze Zeit gewußt hatte (sinnlos, sich etwas vorzumachen), daß sie von ihm schwanger war? Was war das für ein idiotisches Benehmen? Sie hätte es ihm sagen müssen. Auch wenn es jetzt keinen Unterschied mehr machte.
O Gott, dachte sie. Ich wünschte, ich wäre tot.
»Alles in Ordnung?« Tossa sah sie neugierig an. Caroline war niemals unglücklich oder verstört. Nichts brachte sie je aus der Fassung. Und jetzt stand sie am Fenster und weinte. Tossa konnte es kaum glauben.
»Was ist denn los?«
Caroline schlug die Hände vors Gesicht. Die Tränen glitten ihr durch die Finger, rannen die Handgelenke hinunter und tropften aufs Fensterbrett.
Tossa legte den Arm um ihre Schwester – etwas, das sie seit Jahren nicht mehr getan hatte. »So schlimm kann es gar nicht sein«, sagte sie. »Ganz gleich, was es ist.«

»Ach nein?« Caroline wischte sich mit einem Papiertaschentuch übers Gesicht.
»Setz dich doch erst mal hin.« Es war ein seltsames Gefühl, das Kommando zu übernehmen. Selbst damals, als ihre Mutter gestorben war, war Caroline kühl und gefaßt geblieben, während Tossa unaufhörlich geweint hatte.
»Ich bin schwanger.«
Die Worte hingen zwischen ihnen in der Luft. Tossa starrte Caroline völlig entsetzt an. Sie konnte es nicht glauben. Sie konnte kaum atmen.
»Bist du sicher?«
»Oh, Herrgott noch mal, Tossa, natürlich bin ich sicher!«
»Mich brauchst du nicht anzufahren. Ich bin nicht schuld.«
Caroline kicherte nervös. »Stimmt.«
»Wer ist der Vater?«
Die Frage traf sie wie eine Ohrfeige. Wäre sie noch mit Damien ausgegangen, hätte Tossa niemals gefragt. Aber an dem Abend, an dem Damien ihr von seiner Stelle bei der japanischen Firma erzählt hatte, hatte sie Tossa gesagt, sie habe mit ihm Schluß gemacht.
»Damien.«
»O Gott«, sagte Tossa. »Seit wann?«
»Schon eine Weile.«
»Warum habt ihr eigentlich – du weißt schon, nicht irgend so was verwendet?«
»Haben wir ja.« Caroline flocht eine Haarsträhne durch ihre Finger. »Das erste Mal. Das zweite Mal nicht.«
»Was sagt denn Damien dazu?«
»Ich hab's ihm nicht erzählt.«
Tossa starrte sie an. »Warum denn nicht?«
»Ich hab dir doch erzählt, er geht nach Japan.«

»Du mußt es ihm sagen«, sagte Tossa fest. »Er hat ein Recht darauf, Bescheid zu wissen.«
»Das stimmt natürlich.« Caroline seufzte. »Ich habe Angst davor.«
»Was willst du jetzt machen?« fragte Tossa nach einer Weile.
Caroline sah auf. »Keine Ahnung.«
»Hast du drüber nachgedacht?«
»Mensch, ich tue doch nichts anderes mehr, als drüber nachzudenken!« fauchte Caroline.
Tossa biß sich auf die Lippen. »Sorry.«
»Ach was«, seufzte Caroline. »Mir tut's leid.«
Tossa drückte den Arm ihrer Schwester. »Und Dad – hast du's ihm schon gesagt?«
Caroline sah sie entsetzt an. »Soll das ein Witz sein?«
»Du *mußt* es ihm sagen.«
»Er wird mich umbringen, Toss, das weißt du genau.«
Tossa nickte zustimmend, insgeheim froh, daß nicht sie ihm eine solche Mitteilung machen mußte.
»Wem sagst du's zuerst?«
Caroline stand auf und ging wieder zum Fenster hinüber. Die Katze von nebenan lag ausgestreckt auf der Hofmauer; ihr Schwanz strich hin und her. Du hast's gut, dachte sie, du hast keine Probleme.
»Damien, nehme ich an«, sagte sie.
Tossa nickte. »Und dann? Willst du das Kind? Willst du's adoptieren lassen oder Damien heiraten und ...«
»Herrgott, hör auf damit!« schrie Caroline. »Ich weiß es nicht. Und was Damien will, weiß ich auch nicht – mich umbringen wahrscheinlich.«
»Aber was willst *du*?« fragte Tossa, so ruhig sie konnte.
»Nicht schwanger sein!« jammerte Caroline.

»Das *kannst* du aber nicht haben.«
»Warum habe ich ihn bloß gelassen?« Caroline schlug mit der Stirn gegen die Fensterscheibe. »Wie konnte ich bloß so bescheuert sein?«
Ihre Hände zitterten, als sie seine Nummer wählte. Es war der dritte Versuch, und sie begann sich zu fragen, ob er überhaupt noch in dem Appartement wohnte. In ihrem Magen rumorte es. Was, wenn er schon ausgezogen war?
»Hallo.« Die Stimme klang genau wie sonst.
Caroline räusperte sich. »Hi, Damien.«
»Caroline! Wie geht's?«
»Gut. Mir geht's gut. Und dir?«
»Furchtbar viel zu tun. Tut mir leid, daß ich nicht angerufen habe, aber ich hatte Leute da, die die Wohnung besichtigen wollten, und ich versuche, mein Zeug wegzupacken – du kannst dir's sicher vorstellen.«
»Und wie.« Sie zögerte. »Ich dachte ... können wir uns mal treffen?«
Damien antwortete nicht gleich. Er war überrascht über den Anruf. Natürlich hatte er vorgehabt, sich zu melden, aber er hatte keine Zeit gehabt – und er war überzeugt gewesen, daß sie inzwischen einen anderen gefunden hatte.
»Ich habe diese Woche wirklich viel um die Ohren«, sagte er schließlich.
»Oh. Es ... Es ist schon okay, wenn du zuviel zu tun hast.«
»Nächste Woche. Wie wär's mit Freitag abend?«
»Früher wäre besser.«
»Dienstag abend dann. Soll ich dich abholen? Acht Uhr?«
»Ja, gut.«
»Bis dann, Caroline.«
»Bis dann.« Sie legte auf und wischte sich die schwitzenden Hände an den Jeans ab.

Sie hatte noch immer nicht das Gefühl, schwanger zu sein. Seit dem ersten Mal war ihr nicht mehr übel geworden, und sie fühlte keinerlei Leben in sich wachsen. Aber ihr Bauch wurde runder; es würde nicht mehr lang dauern, bis die Angelegenheit öffentlich wurde.

Sie wartete schon auf ihn, als sein Auto am Dienstag abend vor dem Haus hielt. Er grinste, als er sie sah. Sie war das schönste Mädchen, das er je getroffen hatte – es war keinem Mann übelzunehmen, wenn er sie haben wollte, sobald er sie sah.

»Willst du was Bestimmtes machen?« fragte er.

Sie schüttelte den Kopf. »Was du willst.«

Er warf ihr einen raschen Seitenblick zu. Sie war stiller als üblich. Vielleicht hatte sie ihn vermißt. Er selbst hatte keine Zeit gehabt, sie zu vermissen; jetzt aber, als sie neben ihm saß, spürte er, wie das alte Verlangen zurückkehrte. Warum wollte sie sich mit ihm treffen – ob sie sich nach ihm gesehnt hatte? Vielleicht würde sie wieder mit ihm schlafen. Zum Abschied, vielleicht. Er beschleunigte auf der Küstenstraße – es war ein gutes Gefühl, sie neben sich zu wissen.

Der Abend war noch warm. Er parkte neben der Abbey Tavern und hielt ihr die Tür auf.

»Wie üblich?« fragte er.

»Ich hätte am liebsten ein Bitter Lemon.«

»Okay.«

Er brachte die Gläser und setzte sich neben sie. Sie nahm die Zitronenspalte aus ihrem Glas und lutschte daran.

»Na dann.« Damien legte den Arm um sie. »Was hast du so getrieben?«

Waren Männer wirklich so schwer von Begriff? Merkten sie tatsächlich nicht, wenn man ihnen etwas Wichtiges zu sagen hatte? Sie selbst hätte sofort gespürt, daß etwas nicht stimmte. Aber er saß einfach nur da und lächelte ihr zu. Sie hatte das Gefühl, sie würde gleich zu weinen anfangen. Er würde den Arm sicher nicht wieder so tröstlich um sie legen, wenn sie ihm von dem Baby erzählte. Das Baby. O Gott, dachte sie verzweifelt, das darf doch einfach nicht wahr sein!

»Caroline?«

Der Zitronensaft hatte ihr nun ohnehin die Tränen in die Augen getrieben. Sie nahm einen Schluck aus ihrem Glas und stellte es auf den Tisch zurück.

»Ich bin schwanger.«

Es war leichter, einfach damit herauszuplatzen. Sinnlos, Zeit mit langen Umwegen zu verschwenden. Er stellte langsam sein Pintglas ab.

»Du bist was?«

»Schwanger.«

»Bist du sicher?«

Das war offenbar die Standardfrage, wenn man solo war. Wenn eine verheiratete Frau sagte, sie sei schwanger, gratulierte man ihr einfach. Aber ein alleinstehendes Mädchen fragte man, ob sie sicher war.

»Ja.«

Er sah sie einen Augenblick lang schweigend an. »Sag mir, daß das ein Witz ist«, sagte er schließlich.

»Schön wär's«, flüsterte sie. »Ehrlich, Damien, ich wünschte ...« Sie biß sich auf die Lippen.

»Bist du seit mir mit irgend jemandem zusammengewesen?« fragte er. »Ich meine, könnte das Kind von einem anderen sein?«

»Damien!« Sie starrte ihn an. »Natürlich nicht.«

Sie log ihn nicht an, das wußte er. Trotzdem, damit hatte

er nicht gerechnet. Wahrscheinlich hätte er es erraten sollen, als sie angerufen hatte. Er hatte geglaubt, ihre gedrückte Stimmung bedeute einfach, daß sie nicht wußte, wie sie sich ihm gegenüber verhalten sollte. Du Arschloch, sagte er in Gedanken zu sich selbst. Du blödes Arschloch.

Sie war dabei, den Bierdeckel zu zerpflücken. Er nahm ihn ihr aus der Hand und legte die Stücke in den Aschenbecher. »Was willst du jetzt tun?« fragte er. Er war froh, daß seine Stimme so sachlich klang.

»Ich weiß es nicht«, flüsterte sie. »Ich weiß es einfach nicht.«

Er trank sein Glas in einem Zug leer und stand auf, um ein zweites Pint zu holen. Caroline hatte ihr Bitter Lemon kaum angerührt. Sie beobachtete, wie er zur Bar ging. Bisher hatte er ganz gut reagiert. Hatte nicht bestritten, daß es sein Kind war. Ihr nicht gesagt, es sei alles ihre Schuld. Er war nicht aufgestanden und gegangen. Aber was nun?

»Was möchtest du, daß ich tue?« fragte er, als er zurückkam.

Sie schüttelte den Kopf. »Damien, ich bin total durcheinander. Ich weiß es nicht. Ich weiß nicht, was ich meinem Dad sagen soll. Nur, ich ...« Jetzt begann sie endgültig zu weinen, und er legte wieder den Arm um sie.

Die Leute im Pub sprachen über andere Dinge. Er hörte Fetzen einzelner Unterhaltungen – über Ferien, Arbeit, Gärten, Filme. Niemand sonst saß hier und redete darüber, daß sein Leben ruiniert war. Die eine Nacht, dachte er wütend. Die gottverdammte erste Nacht! Das zweite Mal, natürlich, als sie kein Kondom verwendet hatten. Er hatte den Augenblick nicht damit verderben wollen, daß er aufstand und ihr sagte, er müsse noch eins holen. Und

sie hatte auch nichts gesagt. Hätte sie nur ein Wort gesagt, er hätte ein Kondom verwendet. Warum bloß hatte sie nichts gesagt? Hatte sie die Schwangerschaft am Ende gewollt?
»Warum hast du mich gelassen?«
Sie sah ihn mit tränenblanken Augen an. »Dich gelassen?«
»Es war das zweite Mal, oder? Und ich habe nichts verwendet. Warum hast du mich gelassen?«
»Oh.« Sie rückte von ihm ab. »Es ist also meine Schuld.«
»Sei nicht albern, Caroline.«
»Ich bin albern, weil ich dir nicht gesagt habe, du sollst mich nicht anfassen.« Sie nahm ein Papiertaschentuch aus der Handtasche und putzte sich die Nase. »Es tut mir leid, Damien. Ich habe einfach nicht gewußt, daß das meine Sache gewesen wäre.«
»Oh, Caroline.« Er seufzte. »Natürlich war es das nicht. Es ist genauso meine Schuld.«
»Ich hätte dich nicht lassen dürfen«, sagte sie und begann wieder zu weinen. Damien beobachtete sie, während er sein zweites Pint austrank. Sie sah so verloren aus, daß er sie am liebsten in die Arme genommen hätte. Es war unmöglich, sie nicht beschützen zu wollen – obwohl er so wütend war, daß er sie bei einer Umarmung wahrscheinlich zerquetscht hätte.
Er stellte das Glas ab. Er konnte es immer noch nicht glauben. Sie war schwanger. In ihrem zarten Körper wuchs ein zweiter Körper. Er schauderte bei dem Gedanken. Die eine verdammte Nacht. Eine einzige Nacht. Die Worte gingen ihm im Kopf herum wie ein Mantra. Es war genau die Situation, vor der einen die Eltern immer warnten. Und das mußte nun ausgerechnet ihm passieren.

Er wünschte, sie hätte es ihm nicht gesagt. Sein Flug nach Tokio ging in sechzehn Tagen. Er hatte gekündigt, er hatte kein Geld, um sie abzufinden. Sie abfinden! Herrgott, dachte er, ich denke ja schon wie ein Krimineller. Ich kann sie doch nicht einfach abfinden. Es ist schließlich auch mein Baby.

Er konnte sie nicht mitnehmen nach Japan. Das wäre völlig verrückt.

»Ich weiß nicht, was ich jetzt tun soll«, sagte er.

»Ich auch nicht.«

»Willst du noch eins?« Er nickte zu ihrem Glas hinüber. Sie schüttelte den Kopf.

Er holte sich noch ein Pint. Liebte er sie? Liebte er sie genug, um alles umzuwerfen? Sie saß neben ihm, das nasse, zerknüllte Taschentuch in der Hand. Es kann nicht gerade leicht gewesen sein für sie, dachte er.

»Wie lang weißt du's schon?« fragte er.

»Ein paar Wochen.«

»Wieso hast du mir nicht früher Bescheid gesagt?«

»Ich weiß nicht«, sagte sie. Ihre Stimme schwankte. »Du gehst fort. Ich dachte ... ich wußte nicht, wie du es aufnehmen würdest.« Sie sah ihn aus rotgeweinten Augen an. »Und jetzt gibst du mir die Schuld, oder?«

»Nein.«

Wie könnte er? Er war verrückt nach ihr gewesen, er hatte ihr nicht widerstehen können. Es war seine Schuld. Sie hätte ihn trotzdem abhalten sollen.

Er fuhr sich mit den Fingern durchs Haar. »Wenn ich dich heirate«, sagte er, »wäre dann alles in Ordnung?«

»Sei nicht albern. Du gehst doch nach Japan.«

Er dachte an das riesige Bürogebäude in Tokio, Glas und Stahl und ein Raum mit seinem Namen an der Tür. Das

Leben, das er hätte führen sollen. Er konnte sie nicht heiraten und dann nach Japan gehen.
Sie gehörte zu den Frauen, die noch mit rotgeschwollenen Augen schön sind.
»Cronin hat noch keinen Nachfolger für mich«, sagte er. »Ich könnte den Job wiederhaben, denke ich.«
»Ich will nicht, daß du meinetwegen etwas aufgibst.«
Er lächelte etwas schief. »Nein?«
»Was ist mit Seido?« fragte sie. »Damien, ich will nicht, daß du etwas gegen deinen Willen tust.«
Er schüttelte den Kopf. »Ich habe mich damals Hals über Kopf in dich verliebt«, sagte er. »Aber du hattest einen Haufen Freunde. Und ich habe diesen Job angenommen, weil ich dachte, du machst dir weniger aus mir als umgekehrt. Und eine phantastische Chance war es außerdem.«
Er grunzte. »Ist es auch. Aber jetzt bekommst du mein Kind. Angeblich haben Männer es ja nicht mit Kindern, aber ich mag sie. Hab sie schon immer gemocht. Ich kann dich nicht mit meinem Kind allein lassen, Caroline, ich könnte so nicht leben.«
Sie rieb sich die Nasenwurzel. »Wie meinst du das jetzt?«
»Du willst's Wort für Wort hören, ja? Ich heirate dich, wenn du möchtest. Heirate dich und vergesse Seido und bleibe hier.«
»Oh, Damien.« Sie vergrub den Kopf an seiner Schulter. »Es tut mir so leid.«
Es war nicht gerade der Heiratsantrag, den sie sich vorgestellt hatte. Was sie sich vorgestellt hatte, war unrealistisch, das wußte sie – aber dies war fürchterlich. Jemanden auf diese Weise dazu zu bringen, daß er sie heiratete.
»Sieh mal, Caroline.« Er zündete sich eine Zigarette an. Der Rauch stieg in blauen Spiralen zwischen ihnen auf.

»Ich kann nicht behaupten, daß ich glücklich bin. Nicht gerade jetzt. Aber ich liebe dich, auf eine bestimmte Art. Ich will auch nicht behaupten, daß mir nicht der Gedanke gekommen wäre, einfach zu gehen. Aber wenn du gern heiraten willst, heirate ich dich. Ich glaube, wir können uns ein gutes Leben zusammen aufbauen, wenn wir's wirklich versuchen.«

»Wir müssen nicht heiraten«, sagte Caroline. »Ich meine, es ist ja nicht mehr so schlimm wie noch vor ein paar Jahren. Ich brauche mich deswegen nicht zu verkriechen. Und ich will nicht, daß du dich unter Druck gesetzt fühlst.«

»Caroline, schon indem du es mir erzählt hast, hast du mich unter Druck gesetzt. Ich will dich heiraten.«

»Wirklich?«

»Natürlich.«

»Oh, Damien.« Sie rückte näher zu ihm und ließ sich von ihm in den Arm nehmen. »Du bist wundervoll.«

»Danke«, sagte er.

Sie saßen im Pub, bis er geschlossen wurde, und obwohl sie wußte, daß sie eigentlich keinen Alkohol trinken sollte, trank sie ein paar Gläser Bier und fühlte sich danach angenehm beschwingt. Es war viel besser gegangen, als sie befürchtet hatte – Damien hatte sie überrascht. Er war wunderbar! Jetzt mußte sie nur noch nach Hause gehen und Patrick sagen, daß sie ein Kind bekam und daß sie und Damien heiraten würden. Ihr Vater würde zwar immer noch ausrasten – aber es war ganz entschieden besser, als ihm sagen zu müssen, daß sie ein Kind bekam und daß der Vater des Kindes in Japan war.

Vor der Hochzeit mußte sie natürlich noch Damiens Familie kennenlernen – sie konnte nur hoffen, sie würden sie mögen. Sie wußte nicht viel über den Woods-Clan; er sprach kaum über seine Verwandten, und sie hatte nicht das Gefühl, daß sie sich sehr nahestanden. Immerhin hatte er gelegentlich den Babysitter für seine ältere Schwester gespielt, also würde wenigstens einer von ihnen etwas praktische Erfahrung mit Kindern haben.

Tossa war im Bett, als Caroline nach Hause kam. »Wie war's?« fragte sie.

Caroline setzte sich neben sie auf die Bettkante. »Er will mich heiraten.«

»Was!«

»Wirklich! Er sagt, es ist sein Baby. Er war einfach wunderbar.«

»Macht es ihm nichts aus?«

»Doch, wahrscheinlich schon«, sagte Caroline aufrichtig.

»Willst *du* ihn denn heiraten?« fragte Tossa, während sie nach Carolines Handgelenk griff. »Bist du dir da ganz sicher?«

»Viele Möglichkeiten habe ich schließlich nicht.«

»Doch, hast du.« Tossa setzte sich auf. »Du kannst es auch als alleinstehende Mutter schaffen.«

»Toss, das ist albern. Das hört man dauernd, aber wie sollte ich das denn anstellen?«

»Eine Menge Mädchen tun's.«

»Und einer Menge Mädchen geht es erbärmlich dabei. Nein, danke.«

»Aber das heißt auch, daß du den Rest deines Lebens mit Damien verbringen willst. Willst du das wirklich? Liebst du ihn?«

»Natürlich liebe ich ihn.« Caroline stand auf. »Ideal ist das alles natürlich nicht, aber alles kann man nicht haben. Herrgott, Tossa, stell dir das nur vor – ich, verheiratet mit Kind.«

»Heiratet ihr vor oder nach der Geburt?«

»Ich weiß es nicht. Darüber haben wir noch nicht gesprochen.«

»Weil du nämlich bald heiraten mußt, wenn du nicht als weißes Gebirge durch die Kirche gehen willst.«

»Oh, danke, Tossa. Du bist wirklich sehr einfühlsam.« Caroline setzte sich vor den Spiegel und begann Feuchtigkeitscreme aufzutragen.

Tossa seufzte und legte sich wieder hin. Caroline war so optimistisch. Tossa selbst war über die Schwangerschaft ihrer Schwester geradezu entsetzt gewesen. Sie hätte niemals geglaubt, daß so etwas ausgerechnet in ihrer Familie passieren könnte. Caroline war vielleicht nicht der vernünftigste Mensch der Welt, aber daß sie so dumm sein konnte, mit einem Mann ins Bett zu gehen und nicht an die Folgen zu denken ... Natürlich, vielleicht hatte die Leidenschaft sie einfach überwältigt. Tossa hatte sich in den vergangenen Wochen allerlei Gedanken über Conor Gallagher gemacht, die auch nicht eben lustlos gewesen waren, aber sie würde sich von ihm nicht das Leben ruinieren lassen. Andererseits mußte sie zugeben, daß Damien sehr attraktiv war. Die unergründlichen braunen Augen, sein etwas exotisches Aussehen. Wenn sie, Tossa, die Sorte Mädchen wäre, die allein nach dem Aussehen ging, könnte sie sich vorstellen, warum Caroline mit Damien schlief. Jetzt würde er zur Familie gehören – ihr Schwager. Es war sehr seltsam. Sie wußte, daß ihr Vater ihn nicht besonders mochte, wußte aber nicht, warum; sie hatte ihn lediglich einmal murmeln hören, Damien sei nicht der richtige Mann für Caroline. Aber jetzt würde er wohl der richtige sein *müssen.* Sie wollte nicht dabeisein, wenn Caroline es Patrick erzählte.

Patrick stand da und starrte seine Tochter an, und Caroline tat ihr möglichstes, um nicht wieder zu weinen. Sie hatte es ihm ohne Umschweife erzählt. Sie war schwanger. Damien war der Vater. Sie würden heiraten. Ihre Stimme war fest geblieben, aber wenn sie jetzt noch weitersprechen müßte, würden ihr die Tränen über die Wangen laufen. Sie versuchte Patrick ins Gesicht zu sehen, ihm nicht auszuweichen.

»Das glaube ich dir nicht«, sagte er. Er war weiß im Gesicht.

»Es tut mir leid, Dad, aber es ist wahr.«

»Ich dachte, ich hätte dich besser erzogen.«

Sie schluckte mehrmals.

»Was würde deine Mutter sagen?«

»Dazu könnte sie auch nicht viel sagen, oder?« Es kam patziger heraus als geplant, aber sie kämpfte nun wirklich mit den Tränen.

»Sprich nicht so!«

»Tut mir leid.«

Caroline sah zum Kamin, um Patrick nicht mehr ansehen zu müssen. Auf dem Kaminsims stand das Hochzeitsfoto von Patrick und Imelda. Ihre Eltern sahen unglaublich jung aus, aber sie waren älter gewesen, als sie es jetzt war. Sie fragte sich, ob sie vor der Hochzeit miteinander geschlafen hatten.

»Du meinst also wirklich, du willst diesen Kerl Damien heiraten.«

»Er ist nicht ›dieser Kerl Damien‹«, sagte Caroline wütend. »Du kennst ihn. Er ist ein anständiger Mensch.«

»Ich dachte, er geht ins Ausland.«

»Ja, das hatte er auch vor.«
»Er wollte ins Ausland gehen, und als er erfahren hat, daß du schwanger bist, hat er gesagt, er wird dich heiraten, ja? Und du willst also jemanden heiraten, von dem du dich schon getrennt hattest?«
»Dad, uns liegt aneinander.«
Patrick nahm die Brille ab und begann sie wütend zu polieren. Er konnte es nicht fassen. Nicht seine Tochter, nicht seine Lieblingstochter Caroline. Er wußte, derlei konnte passieren. Das hieß nicht, daß sie mit jedem ins Bett ging. Aber in seinen Augen hatte sie nun einen Makel, und er wollte sie makellos.
»Ich bin so enttäuscht«, sagte er, während er die Brille wieder aufsetzte. »Sehr, sehr enttäuscht.«
Jetzt begann sie wirklich zu weinen, und er sagte »Oh, Caroline«, legte den Arm um sie und strich ihr übers Haar.
»Es tut mir so leid, Daddy«, flüsterte sie. »Wirklich.«
Es war furchtbar, sich jetzt Gedanken darüber zu machen, was die Nachbarn sagen würden, aber er konnte nicht anders. *Ihn* würden sie natürlich verantwortlich machen. Sie würden sagen, es wäre passiert, weil die Mädchen ohne Mutter aufgewachsen waren. »Du hast es doch nicht mit Absicht getan?« fragte er unvermittelt.
»Natürlich nicht!« Sie klang schockiert.
»Möchtest du eine Tasse Tee?« fragte er verzweifelt. Er konnte diese Unterhaltung nicht weiterführen. Er brauchte ein paar Minuten Zeit.
Caroline setzte sich in einen Sessel und atmete erleichtert auf. Ihr war, als habe sie seit dem Augenblick ihres Geständnisses die Luft angehalten. Es war furchtbar gewesen. Er sah so alt aus. Und so verletzt. Aber solche Sachen

konnten passieren – oder nicht? Alle Leute machten Fehler. Es war unrealistisch zu erwarten, daß man selbst nie welche machen würde.
Patrick kam mit dem Teetablett zurück und goß Tee in zwei große blaue Becher.
»Ich möchte mit Damien reden«, sagte er. »Ich habe kaum mit ihm zu tun gehabt. Viel weniger als mit Jimmy.«
»Ja, Jimmy war ja fast wie ein Verwandter.« Caroline trank einen Schluck Tee.
»Jimmy wäre mir lieber gewesen.«
»Nein, das wäre er nicht. Du hättest gesagt, daß er bisher mein einziger Freund war und daß ich mehr Männer hätte kennenlernen sollen.«
Patrick lächelte ein bißchen. »Vielleicht.«
»Ganz sicher. Und Damien ist ein netter, anständiger Kerl. Wirklich.«
»Ich will nur, daß du glücklich wirst«, sagte Patrick. »Alles andere ist mir gleich.«

6

Andromeda

Ein Sternbild der nördlichen Hemisphäre.
Es stellt eine Frau in Ketten dar und erinnert an den Mythos von der schönen Andromeda, die einem Meeresungeheuer geopfert werden sollte

Am Morgen ihres Hochzeitstags wachte Caroline von dem Geräusch des Regens auf, der ans Fenster hämmerte. Sie blieb im Bett liegen und lauschte dem stetigen Trommeln des Wassers auf dem Dach des Küchenanbaus und dem Gurgeln in den Regenrinnen. Warum mußte es eigentlich ausgerechnet heute regnen?

Patrick hatte das Frühstück gemacht. Der Duft von Würstchen, Speck und frischem Toast kam die Treppe herauf, und Caroline stellte fest, daß sie – so unromantisch das sein mochte – an ihrem Hochzeitsmorgen hungrig war. Sie war zur Zeit ständig hungrig.

Es war das erste Mal seit Jahren, daß die drei O'Shaughnessys zusammen frühstückten. »Ihr müßt alles aufessen«, sagte Patrick. »Ihr werdet vor heute abend nichts mehr bekommen.«

»Doch. Ich muß etwas essen, wenn ich vom Friseur und von der Kosmetikerin komme«, antwortete Caroline.

»Wann wollte Donna denn kommen?« Patrick goß Tee ein, so stark und duftend, wie er ihn immer machte.

»Um elf«, antwortete Caroline. Tossa und Donna waren ihre Brautjungfern, obwohl Pfarrer O'Malley offenbar der Ansicht war, eigentlich sollte sie in aller Stille und ohne Aufsehen heiraten und so schnell wie möglich wieder aus seiner Kirche verschwinden. Er hatte ein gewisses Verständnis gezeigt, als sie und Damien bei ihm erschienen waren, aber seine Mißbilligung der näheren Umstände war unverkennbar. Auch Caroline wollte eine ruhige Trauung – aber keine ohne Glanz. Sie und Donna waren sich immer einig gewesen, daß sie füreinander die Brautjungfer spielen würden, und Tossa war so hilfsbereit und verständnisvoll gewesen (so überaus untypisch für sie, dachte Caroline), daß sie ihre Schwester als zweite Brautjungfer haben wollte – sollte Pfarrer O'Malley sie doch für ein schamloses Weib halten, wenn es ihm Spaß machte.

Als sie vor dem großen Spiegel im Kosmetikstudio saß und sich von Yvonne die Nägel blaßrosa lackieren ließ, wußte sie genau, daß sie wundervoll aussah. Ihr Haar war zu einem festen Chignon hochgesteckt, und Yvonne hatte sie in Grau- und Rosatönen geschminkt, die sie zart und zerbrechlich wirken ließen.

Tossa dagegen starrte ihr Spiegelbild mißgelaunt an. Ihr eigenes Make-up war dunkler ausgefallen, weil Grau und Rosa sich nicht mit ihrem Teint vertrugen; die Grundierung fühlte sich ungewohnt an, und der dunkle Lidschatten gefiel ihr nicht. Im stillen hatte sie gehofft, Yvonne würde eine zweite Ausgabe von Caroline aus ihr machen, obwohl sie im Grunde wußte, wie lächerlich das war. Und nun mochte sie diese Person nicht, die ihr aus dem Spiegel entgegensah. Sie wollte gut aussehen, weil Conor Gallagher anwesend sein würde – Caroline hatte sowohl ihn als auch Annette eingeladen.

Tossa würde natürlich Damiens Trauzeugen als Partner haben; der aber interessierte sie nicht im geringsten.

Sie hoffte, Conor würde sie bemerken. Sie hoffte, er würde sehen, wie elegant sie aussah, und von Verlangen übermannt werden. Daß sie aussehen würde wie ein Marshmallow – damit hatte sie nicht gerechnet.
Aber das Brautjungfernkleid war einfach eine Katastrophe. Donna Murray mit ihrem schwarzen Haar, der Wespentaille und dem kleinen festen Busen sah in dem kirschroten, tief ausgeschnittenen Seidenkleid natürlich aus wie ein Fotomodell. An ihr selbst betonte es auf denkbar unschmeichelhafte Art die Hüften und zeigte zuviel Busen; wäre sie die einzige Brautjungfer gewesen, hätte es noch angehen können, aber neben Donna war sie einfach ein Schandfleck.
Es ist nicht fair, dachte sie düster, während Yvonne ihre Lippen üppig mit rosa Lipgloss bepinselte. Eine Kosmetikerin sollte in der Lage sein, mich hübsch aussehen zu lassen.
Patrick öffnete eine Flasche Champagner, als sie nach Hause zurückkamen, und die drei Mädchen nahmen ihre Gläser mit, als sie ins Schlafzimmer hinaufgingen, um sich umzuziehen. Das Brautkleid hatte einen langen cremefarbenen Faltenrock und eine perlenbesetzte Spitzenjacke; es war fast unmöglich, Carolines Schwangerschaft zu bemerken, wenn sie es trug.
»Du siehst unglaublich aus.« Tossa schloß den letzten Knopf, trat einen Schritt zurück und betrachtete ihre Schwester. »Ehrlich, Caro.«
»Stimmt.« Donna leerte ihr Glas. »Die strahlendste Braut, die ich je gesehen habe.«
»Seid nicht albern.« Nichtsdestoweniger errötete Caroline vor Freude.
»Damien wird es umhauen, wenn er dich sieht«, sagte

Tossa. »Er wird sich so freuen, daß er ... na, du weißt schon ... total vergißt.«
»Was vergißt?« zischte Caroline.
»Na, das Baby. Und den Job.«
Donna ordnete die Blumen in ihrem Haar und vermied es tunlichst, die Schwestern anzusehen.
»Damien heiratet mich nicht wegen dem Baby«, sagte Caroline. »Sondern weil er mich liebt.«
»Natürlich.« Tossa hängte sich goldene Ringe in ihre Ohren.
»Hör bloß auf, in diesem Ton zu reden!«
»Welchem Ton?«
»Dem ›Schon recht, ich glaub dir ja‹-Ton.«
»Na, wenn das Baby nicht wäre, würde er dich wahrscheinlich nicht heiraten«, sagte Tossa.
Das Schweigen war eisig und wurde nur von Carolines mühsamen Atemzügen unterbrochen.
»Du Miststück«, sagte sie schließlich. »Du mieses kleines Miststück!«
»Ich meine doch bloß, daß ihr wahrscheinlich nicht geheiratet hättet«, sagte Tossa abwehrend. »Ich habe nicht gemeint ...«
»Was?« erkundigte sich Caroline. »Was hast du nicht gemeint?«
»Ich meine ja nicht, daß er dich nicht geheiratet *hätte.* Nur ...« Sie brach wieder ab und suchte nach Worten.
»Er wollte zwei Jahre ins Ausland. Er wäre zurückgekommen, wir hätten danach heiraten können. Ich liebe ihn, und er liebt mich.«
»Das *wissen* wir«, sagte Donna, während sie zwischen den beiden hindurch nach einer Bürste auf der Schminkkommode griff.

»Du bist dermaßen empfindlich ...« Tossa sprühte sich Parfum hinters Ohr. »Ich wollte dich doch nicht kränken.«

»Ach nein?«

»Natürlich nicht.«

Sie sahen sich sekundenlang an; Wut knisterte in der Luft. Dann zuckte Caroline die Achseln.

»Na schön, dann nicht. Kommt sowieso nicht drauf an.«

Donna atmete langsam aus. Einen Augenblick lang hatte sie tatsächlich erwartet, daß die Schwestern aufeinander losgehen würden. Sie stellte sich vor, wie sie sich auf dem Boden wälzten und einander büschelweise Haare ausrissen. Als Kinder hatten sie sich buchstäblich mit Zähnen und Klauen bekämpft.

»Komm schon«, sagte sie zu Tossa. »Gehen wir runter, das Auto muß gleich kommen.« Sie nahm Caroline rasch in die Arme. »Du siehst wunderschön aus«, flüsterte sie.

»Danke, Donna.«

»Das Auto ist da!« rief Patrick von unten, und die Brautjungfern stürzten aus dem Zimmer.

Sobald sie allein war, setzte Caroline sich auf die Bettkante und sah sich um. Sie konnte immer noch nicht glauben, daß dies ihr Hochzeitstag war. Sie heiratete. Sie würde heute abend nicht in dieses Zimmer zurückkommen und ins Bett kriechen. Sie würde es nie wieder tun. Tossa würde wahrscheinlich ihre Poster abnehmen und den ganzen Kleiderschrank mit ihren eigenen Sachen füllen. Sie würde nie wieder durchs Fenster hinausklettern und über das Küchendach laufen. Sich nie wieder Gedanken darüber machen müssen, wie lang sie wegbleiben konnte. Sie war ihre eigene Herrin. Bald würde *sie* es sein, die sich um ein Kind kümmern mußte.

Patrick klopfte an die Tür. »Darf ich reinkommen?«
»Natürlich.«
Er sah blendend aus in seinem guten Anzug. Patrick war ein attraktiver Mann. Sein silbergraues Haar wirkte elegant und gediegen, und er war schlank und gut in Form.
»Du siehst wunderschön aus«, sagte er.
»Danke, Dad.«
Er setzte sich neben sie aufs Bett und legte den Arm um sie. Dann räusperte er sich.
»Bitte nicht«, sagte sie.
»Was?«
»Werd nicht gefühlvoll.«
»Nein.« Sein Arm blieb, wo er war. »Ich will, daß du glücklich bist.«
»Dad ...«
»Nein, Caroline, ich muß dir das sagen.« Er seufzte. »Du weißt, daß ich mit dieser Heirat nicht so ganz glücklich bin.«
»Dad ...« In ihrer Stimme schwang eine Warnung mit.
»Ich meine nur, mit der Art, wie sie zustande gekommen ist. Aber Damien ist ein anständiger Kerl, und ich freue mich auf einen Enkel. Nur, wenn etwas schiefgeht – nicht, daß ich das erwarte –, aber wenn du jemals unglücklich bist, hab keine Angst, es mir zu sagen. Mach mir nie etwas vor, Caroline.«
»Oh, Dad. Nein, das werde ich bestimmt nicht tun.«
»Ich liebe dich sehr.« Er drückte ihre Schulter, bis es anfing zu schmerzen.
Sie spürte Tränen aufsteigen und lehnte sich an ihn. »Ich liebe dich auch, Dad«, flüsterte sie. »Du bist der beste Vater, den man sich vorstellen kann.«

Es goß immer noch in Strömen, als sie bei der Kirche ankamen. Der Fotograf machte ein hastiges Bild in der Vorhalle und scheuchte sie dann alle ins Innere. »Wir machen nachher noch ein paar«, sagte er ermunternd, aber Caroline zweifelte daran.
Sie genoß es, an der Seite ihres Vaters den Mittelgang der Kirche entlangzuschreiten. Als die Orgel zu spielen begann und die Gemeinde sich von den Bänken erhob, verspürte sie einen Schauer der Erregung. Sie heiratete! Als erste von all ihren Freundinnen!
Sie spürte, wie sie sie neidisch anstarrten. Die Kolleginnen und einige der Mädchen aus der Schule, die gekommen waren, um sie zu sehen, Sonia und Michelle, Alison und Pamela.
Dann stand sie neben Damien, und er griff nach ihrer Hand und drückte sie sanft.
Die Zeremonie war im Nu vorbei. Sie hatte erwartet, es würde alles eine Ewigkeit dauern, aber sie war kaum zum Altar gegangen, als sie schon wieder zur Tür ging. Nur daß sie jetzt Mrs. Woods war und die Wärme des Eherings am Finger spürte.
»Toll sieht sie aus«, sagte Alison leise zu Pamela. »Kein Mensch würde auf den Gedanken kommen, daß sie schon was im Ofen hat. Nur schade, daß sie bei dem Regen keine ordentlichen Fotos machen können.«
»Sie hat wirklich Glück, finde ich«, bemerkte Pamela, als sie ein paar Schnappschüsse des Brautpaars vor der Kirche machten, und Alison nickte.
»Mehr Glück als die meisten, würde ich sagen.«
Auch Caroline fand, daß sie Glück hatte. Als sie den Tisch entlang auf ihre Gäste sah, war sie glücklicher, als sie seit Jahren gewesen war. Und stolz auf Damien, auf die Ent-

scheidungen, die er getroffen hatte. Wenn sie die Männer ansah, die einige der Mädchen mitgebracht hatten, konnte sie sich nur beglückwünschen. Michelles Freund war neunzehn, hatte Pickel und machte den Eindruck, als fühle er sich in Anzug und Krawatte denkbar unwohl. Oder Sonias Begleiter – er sah nett aus, aber auch er war so furchtbar jung. Damien war anders. Sie wandte den Kopf und lächelte ihn strahlend an, und er lächelte zurück.

Er hätte in diesem Augenblick in Japan sein sollen. Er schob den Gedanken zur Seite und konzentrierte sich auf Caroline. Sie war wunderschön. Keine Frau im Saal konnte es mit ihr aufnehmen. Selbst seine Eltern hatten zugegeben, daß Caroline eine wundervolle Frau für ihn abgeben würde. Dabei hatten sie zunächst mit ungläubiger Wut reagiert, als er ihnen mitteilte, daß er heiraten wollte – und warum. Seine Mutter hatte ihm ins Gesicht gesagt, Caroline sei eine kleine Schlampe, die ihn mit Absicht drangekriegt habe.

Aber er hatte seine Entscheidungen schon immer allein getroffen, und als sie Caroline kennenlernten, hatten sie ihre Meinung geändert. Caroline hatte sich ruhig und bescheiden für ihren Zustand entschuldigt, als habe sie ihn allein verschuldet, und Majella hatte auf Carolines Entschuldigung hin die Lippen vorgeschoben und nur geantwortet, daß Unfälle immer passieren konnten. Sein Vater dagegen hatte nach dem ersten Blick auf Caroline gemurmelt, er verstehe völlig, weshalb Damien mit ihr ins Bett gegangen war, und die Heirat sei wahrscheinlich keine dumme Idee, weil kein Mann sich so etwas entgehen lassen sollte. Damien grinste bei der Erinnerung.

Tossa dagegen hatte die Nase voll. Sie kam sich vor wie ein

kirschroter Wackelpudding, und sie konnte sich beim besten Willen nicht mehr vorstellen, weshalb sie sich Schuhe gekauft hatte, die ganz entschieden eine halbe Nummer zu klein waren. Die Brille hatte sie auch wieder aufgesetzt, nachdem sie sie in der Kirche nicht getragen hatte – in der Hoffnung, Conor würde sie dort sehen und sie so gut aussehend finden wie Donna Murray.

Wenn Caroline wenigstens den Anstand hätte, eine häßliche beste Freundin zu haben, dachte Tossa erbittert. Natürlich sah Donna phantastisch aus; sie hatte Damiens Trauzeugen dabei erwischt, wie er sie heimlich und anerkennend musterte.

Immerhin, das Essen war wundervoll gewesen. Tossa hatte dafür gesorgt, daß sie vor der Hochzeit ein paar Pfund abnahm; jetzt waren sie mit Sicherheit wieder da, aber inzwischen kam es sowieso nicht mehr drauf an. Außerdem hatte sie Hunger. Sie löffelte den Rest ihrer Zabaione und lehnte sich zurück.

Die Ansprachen waren kurz. Niemand spielte auf die schnelle Heirat an; jeder wünschte Caroline und Damien alles Gute. Dann setzte die Musik ein, und das Brautpaar ging auf die Tanzfläche hinaus.

»Du siehst unglaublich aus«, sagte Damien, als er den Arm um sie legte. »Ich wette, jeder unverheiratete Typ hier wünscht sich jetzt, er wäre an meiner Stelle.«

»Wirklich?« neckte sie ihn. »Nachdem dich ein schamloses Weib in die Falle gelockt hat?«

»Von wegen Falle«, gab er zurück. »Und ich hoffe, du bist ein schamloses Weib. Ich kann mir nichts Besseres vorstellen, als den Rest meines Lebens mit einem schamlosen Weib zu verbringen.«

»Das meinst du ernst?« fragte sie. »Wirklich?«

»Natürlich«, sagte er, während er sie über die Tanzfläche wirbelte.
Sie waren ein schönes Paar. Selbst die Verwandten, die zuvor gemurmelt hatten, diese Heirat stehe unter keinem guten Stern, fragten sich nun, ob sich nicht doch alles zum Guten wenden würde.
Jack Woods führte Tossa auf den Tanzboden, und Patrick forderte Majella auf. Jack war Tossa etwas unheimlich. Er arbeitete bei einer großen Firma; sie wußte nicht, was genau er tat, aber er hatte einen Firmenwagen und ein Spesenkonto, und sie fürchtete zunächst, er könnte für die O'Shaughnessys eine Nummer zu groß sein. Aber sie entschied rasch, daß sie ihm unrecht getan hatte – er schwatzte mit ihr, als ob er sie schon eine Ewigkeit kannte.
»Ich glaube, sie werden miteinander sehr glücklich werden. Nicht, daß ich viel von der Art hielte, wie sie es gemacht haben.«
»Das tut wohl niemand.« Tossa keuchte, als er sie herumwirbelte.
»Du bist ganz anders als sie, stimmt's?« fragte Jack.
»Das sagen alle.«
Jack lachte. »Du mußt einfach noch ein bißchen in dich hineinwachsen – irgendwann wirst du genauso schön sein.«
»Das ist nett von dir«, sagte Tossa, »aber so dumm bin ich nicht, daß ich das glaubte.«
»Mach dich nicht kleiner, als du bist, Tossa. Wenn du es im Leben zu etwas bringen willst, mußt du an dich selbst glauben.«
Sie lächelte ihm zu, und er fand plötzlich, daß sie Caroline tatsächlich ähnlich sah – es war nur ein kurzer Augenblick, aber er verwandelte sie vollkommen.

Nach dem Tanz setzte Tossa sich an Annettes Tisch. Conor stand inzwischen mit einer Gruppe anderer Männer an der Bar.
»Hat dir die Trauung gefallen?« fragte Annette.
Tossa rümpfte die Nase. »Irgendwie schon. Bloß bin ich mir vorgekommen wie ein Trampel in diesem blöden Kleid.«
»Ich finde es hübsch.«
»Natürlich ist es hübsch. Hübsch für jemanden, der aussieht wie eine Barbiepuppe. Aber ich bin eher ein Typ für Jeans und Pullover.«
»Jetzt schon«, sagte Annette. »Aber sicher nicht für immer.«
Eine Weile beobachteten sie die anderen Gäste. Annette genoß das Ereignis in vollen Zügen. Sie war noch nie auf einer Hochzeit gewesen; die Zeremonie hatte ihr gefallen, das Essen hatte ihr geschmeckt, und sie hatte vor, sich den Rest des Abends nach Kräften zu amüsieren. Annette Gallagher wollte Jura studieren; wie Tossa ging sie selten aus, aber heute war eine Ausnahme.
»Caroline sieht richtig glücklich aus«, bemerkte sie. Tossa sah ihrer Schwester zu, die gerade mit dem Trauzeugen Barry Talbot tanzte.
»Ist sie auch«, sagte Tossa. »Sie glaubt wirklich, daß sie Damien liebt.«
Sie waren sich einig gewesen, daß es verrückt von Caroline war, Damien zu heiraten, und verrückt von Damien, die Stelle in Japan aufzugeben. In der Schule hatte man sie immer davor gewarnt, übereilt zu heiraten, und nun schien es ihnen, daß Caroline genau das tat, wovor man sie gewarnt hatte.
Was *ich* wohl aus mir machen werde, dachte Tossa. Werde

ich erfolgreich sein, Karriere machen, werde ich reich sein? Sie wollte gern reich sein. Wenn man reich war, machte es nichts, wenn man weniger hübsch war. Sie sah zu den Angehörigen des Bräutigams auf der anderen Seite des Saals hinüber. Sie schienen wohlhabend zu sein. Die Kleider der Frauen waren besser geschnitten als die der O'Shaughnessys; der Schmuck glitzerte mehr, und keine der Woods-Frauen hatte graues Haar, obwohl Tossa sicher war, daß die Farben nicht alle natürlich sein konnten. Damiens Eltern lebten in einem Bungalow an der Küstenstraße, und sie wußte, daß die Häuser dort nicht gerade billig waren. Caroline hatte nach ihrer ersten Begegnung mit Damiens Eltern von ihrem Haus geschwärmt.
Sie nippte gerade an ihrem Weinglas, als Conor sich aus der Gruppe an der Bar löste und zu ihnen herüberkam. Er setzte sich neben Annette an den Tisch.
»Wieso tanzt du nicht?« fragte er seine Schwester. »Und versuchst das ganze Futter abzuarbeiten, das du in dich reingestopft hast?«
»Verpiß dich«, antwortete sie ungerührt. »Wieso tanzt du denn nicht?«
»Keine Interessenten.«
»Tossa erbarmt sich sicher«, lachte Annette. »Ich bin nicht geeignet dafür.«
»Stimmt.« Conor lächelte ihr zu. »Willst du mit mir tanzen, Tossa?«
Tossa spürte, wie ihr das Blut ins Gesicht schoß und ihr Herz schneller schlug. Sie wollte nichts lieber, als mit Conor zu tanzen. Annette wußte immer noch nicht, was Tossa für ihren Bruder empfand, aber wenn sie jetzt nicht aufpaßte, würde sie es erraten.
»Ich tanze aber auch nicht besonders gut«, erklärte sie.

»Oh, kommt schon!« Conor schnitt ihnen eine Grimasse. »Ich würde ja die Braut fragen, aber die ist belagert.«
»Okay, ich tanze mit dir.« Tossa stand auf. Sie hätte lieber Jeans und T-Shirt getragen als dieses dumme, affige Kleid, aber sie würde versuchen, ihre Aufmachung zu vergessen. Er kannte sie nur in Freizeitkleidung – vielleicht fand er ja sogar, daß sie hübsch aussah.
Sie bewegte sich unsicher im Takt der Musik. *Money for nothing and your chicks for free …*
»Magst du Dire Straits nicht?« fragte er.
»Ich … ehrlich gesagt, von Rock verstehe ich nicht sehr viel.«
»Was magst du denn?«
»Langsame Sachen.« Tossa errötete. »Klassische Sachen eigentlich.«
»Wirklich?« Er klang überrascht.
»Das ist doch kein Verbrechen, oder?« brauste sie auf.
»Natürlich nicht. Welche Komponisten?«
»Ach, vor allem die ganz bekannten. Ich bin so eine Art Top-Ten-Klassik-Fan. Mozart und Strauss zum Mitsummen. Vivaldi. Und ein paar Sachen von Beethoven.«
»Ich mag Beethoven auch«, lächelte Conor. »Und schau nicht so verlegen.«
»Ich bin nicht verlegen«, log Tossa, während sie versuchte, nonchalant zu wirken. Es war wunderbar, mit Conor auf der Tanzfläche zu sein – sie wünschte nur, ihr würde etwas Intelligentes und Geistreiches einfallen.
»Das hier kennst du aber bestimmt«, grinste Conor beim nächsten Titel.

You must remember this
A kiss is still a kiss
A sigh is still a sigh

The fundamentals apply
As time goes by.

Er legte die Arme um sie und zog sie an sich, und Tossa meinte, ohnmächtig zu werden. Wenn ich jetzt sterbe, sterbe ich glücklich, dachte sie. Sie spürte seinen Herzschlag durch den Stoff seines Hemdes. Sie fühlte seine Hand im Rücken, die sie hielt. Es muß ihm auch Spaß machen, dachte sie. Er bräuchte mich nicht so eng zu halten. Nicht, wenn er nicht wollte.

Als das Lied zu Ende war, ließ Conor sie los. Sie sah ihn an und versuchte, sich die Sehnsucht nicht anmerken zu lassen.

»Danke, Tossa«, sagte er. »Ich sollte besser mit meinen Kumpels drüben ein paar Worte reden. Sie sind gerade gekommen.« Er zeigte zu einer Gruppe von Männern an der Bar hinüber. Caroline hatte Scharen von Bekannten für den späteren Abend eingeladen.

»Ja, natürlich.« Tossa sah ihn unsicher an. »Danke für den Tanz.«

»War mir ein Vergnügen.« Er ging zu seinen Freunden hinüber und ließ sie in der Mitte der Tanzfläche stehen. Sie kehrte schleunigst an ihren Tisch zurück und setzte sich.

Das war's dann wohl mit meiner Romanze, dachte sie angewidert. Er interessiert sich einen Dreck für mich. Sie hätte den Kopf auf den Tisch legen und vor Enttäuschung losheulen können. Einen Augenblick lang war sie sich so sicher gewesen, daß er etwas für sie übrig hatte – wenigstens ein bißchen. Wahrscheinlich hatte sie ihm einfach leid getan. Sie war ja so dumm gewesen!

»Amüsierst du dich?« Caroline setzte sich neben sie und stibitzte einen Schluck von ihrem Wein. »Ich muß bei dir mittrinken – Damien dreht durch, wenn er mich beim Alkoholtrinken erwischt.«

»Die Band ist wirklich gut«, sagte Tossa beiläufig.

»Hab gesehen, daß du mit Conor Gallagher getanzt hast.« Caroline grinste ihre Schwester an. »Sag bloß, du hast schließlich auch noch einen kleinen Flirt angefangen.«

Tossa errötete. »Sei nicht albern.«

»Ich bin nicht albern. Und Conor ist ein netter Kerl. Wirklich attraktiv. Intelligent. Du könntest dir wahrhaftig etwas Schlechteres aussuchen.«

»Versuchst du jetzt, mich zu verkuppeln?«

»Ach was. Ich versuche nur, dein Leben ein bißchen interessanter zu machen.«

»Danke, aber mein Leben ist mir interessant genug.«

Caroline lachte. »Du bist so durchschaubar. Was ist denn so schlimm an Conor Gallagher?«

»Gar nichts. Ich mag Conor. Aber ich fange nicht mit jedem Mann, den ich treffe, eine Affäre an.«

Caroline war versucht, sich auf einen Zank einzulassen – aber es war ein so schöner Tag, und sie war so glücklich, daß sie es ließ. Sie wußte es ohnehin besser. »Du solltest ihn dir schnappen«, sagte sie, während sie aufstand. »Vergeude dein Leben nicht.«

Ausgerechnet, dachte Tossa wütend. Das mußt ausgerechnet du mir sagen.

Caroline forderte als nächstes Jack Woods zum Tanz auf. Damien hatte ihr erzählt, sein Vater sei über die Hochzeit entzückt gewesen; da er aber zu ihr selbst nie etwas gesagt hatte, war sie ihm gegenüber sehr unsicher. Sie wollte herausfinden, wie er zu all dem stand.

»Dein großer Tag ist ja wunderbar gelaufen«, sagte er während des Tanzes. Sie war ein phantastische Tänzerin,

fand er, und so schön – er verstand völlig, warum Damien sich in sie verliebt hatte.
»Danke.« Caroline lächelte ihm zu. »Ich wollte dir nur sagen, wie sehr ich Damien liebe.«
»Das freut mich.« Sie hörte sich aufrichtig an, fand er. Er beneidete seinen Sohn.
»Ich werde ihm eine gute Frau sein. Und dir eine gute Schwiegertochter.«
»Es ist ganz egal, was für eine Schwiegertochter du bist. Nur was für eine Frau du bist, ist wichtig. Und was für eine Mutter«, fügte er hinzu.
»Es tut mir leid«, sagte sie zerknirscht. »Aber ich habe nicht versucht, ihn reinzulegen. Eine Menge Leute glauben, ich hätte es mit Absicht getan.«
Jack lachte plötzlich. »Als ob du es nötig hättest, jemanden reinzulegen!«
»Entschuldigung.« Majella Woods tippte ihren Mann auf die Schulter. »Ist das nicht unser Tanz?«
Caroline trat zurück und ließ die beiden tanzen. Die Unterhaltung mit Jack freute sie, aber sie wußte, Majella würde schwieriger zu gewinnen sein. Na ja, dachte sie, dann soll sie es mir eben übelnehmen – verhindern kann sie jetzt nichts mehr.
Sie winkte Donna zu, die in eine Unterhaltung mit Barry Talbot vertieft war. Es wäre hübsch, wenn Donna und Barry zusammenfänden, dachte sie.
Inzwischen war der Saal voller Leute, die sie für den Abend eingeladen hatten, und sie wünschte sich, der Tag würde nie zu Ende gehen. Dabei hatte ihr in mancher Hinsicht vor ihm gegraut – nun hatte aber selbst der Regen einen so schönen Tag nicht verderben können.
Sie sah plötzlich auf; etwas hatte die Aufmerksamkeit aller

Gäste erregt. Sie spürte, wie sie blaß wurde, als sie Jimmy Ryan in der Tür stehen sah. Neben ihm erschien Serena Donovan, eins der Mädchen, die sie eingeladen hatte. Sie fuhr sich rasch mit der Zunge über die Lippen, atmete tief ein und ging langsam zu ihnen hinüber.

»Hi, Serena«, sagte sie. »Schön, daß du kommen konntest.«

Serena lächelte sie an, ein langsames, überlegtes Lächeln. »Danke für die Einladung.« Sie schob ihr langes schwarzes Haar hinter die Ohren zurück und lehnte den Kopf an Jimmys Schulter.

Caroline sah Jimmy an. »Ich wußte gar nicht, daß ihr zusammen seid.«

»Schon seit einer ganzen Weile.« Er musterte sie anklagend. »Ich hätte nicht gedacht, daß du schon heiraten würdest, Caroline.«

»Na ja, du weißt, wie das ist – junge Liebe ...« Sie lachte gut gelaunt. Sie würde nicht zulassen, daß er eine Szene machte.

»Ich weiß genau, was du meinst«, sagte Serena, während sie den Arm um Jimmys Taille legte.

Einen Augenblick starrten Jimmy und Caroline sich an. Sie wußte, daß alle Welt sie beobachtete, obwohl die Band weiterspielte und die Paare noch tanzten.

»Ich hoffe, du wirst sehr glücklich«, sagte Jimmy schließlich.

»Danke.«

»Caroline?«

»Ja.« Sie achtete darauf, daß ihr Gesichtsausdruck gelassen blieb.

Er lächelte plötzlich, es war ein gezwungenes Lächeln. »Viel Glück.«

Sie nickte. »Danke, Jimmy. Dir auch. Für dich und Serena.«
Er beugte sich vor und küßte sie rasch auf die Wange; dann drehten die beiden sich um und verließen den Saal.
Caroline atmete tief aus und sah sich um. Alle Welt tat so, als habe man nichts bemerkt. Gut, sie würde das gleiche tun.
Sie ging zu ihrem Tisch zurück, vorbei an Donna Murray und Conor Gallagher, die zusammensaßen und lachten, und setzte sich. Einen Augenblick später erschien Damien neben ihr.
»Alles in Ordnung?«
»Ich habe bloß mit der Vergangenheit abgeschlossen«, sagte Caroline.
»Ich bin stolz auf dich.« Damien legte den Arm um sie. »Ich hab's gesehen.«
»Das muß so ziemlich jeder gesehen haben!«
»Du bist ein wundervolles Mädchen«, sagte er. »Ich bin sehr glücklich.«
Sie lehnte den Kopf an seine Schulter. »Ich liebe dich, Damien.«
»Ich liebe dich auch, Mrs. Woods«, antwortete er und küßte sie.

7

Crux (Kreuz des Südens)

Das hellste und bekannteste Sternbild der südlichen Hemisphäre

Caroline saß im Wartezimmer und blätterte in einer der ausliegenden Zeitschriften. Sie liebte Zeitschriften, vor allem diejenigen, die sie in der Regel nicht kaufte, zum Beispiel *Vogue.* Sie konnte es vor sich selbst nie ganz rechtfertigen, Geld für die *Vogue* auszugeben. Heute allerdings las sie *Parents.* In gewisser Weise war es ein gräßlicher Gedanke, daß ein Qualitätsvergleich zwischen verschiedenen Windelsorten inzwischen eine faszinierende Lektüre für sie war – aber so war es nun einmal.

Emma schlief in ihrem Buggy. Sie war ein bezauberndes Kind. Goldene Locken ringelten sich um ihr Gesicht, und wenn sie wach war, musterte sie ihre Umgebung ernsthaft aus dunkelblauen Augen. Sie würde eine Schönheit werden, wenn sie erst älter war.

Caroline sah auf die Uhr. Sie saß seit einer Ewigkeit hier – Dr. Morris' Wartezimmer war wie immer gerammelt voll. Sie haßte es, von hustenden und niesenden Menschen umgeben zu sein, die Gott weiß was für Krankheiten hatten. Wie konnte eigentlich halb Clontarf auf einmal krank sein? Sie beugte sich wieder über die Zeitschrift.

Die Tür öffnete sich, und die Rezeptionistin lächelte strahlend in den Raum. »Der nächste, bitte.«

Im Gegensatz zu dem Wartezimmer mit seinen Plakaten, die Honorare und Gebühren aufführten oder über eine gesunde Lebensweise informierten, war Dr. Morris' Sprechzimmer ganz schmucklos eingerichtet. Caroline vertraute Dr. Morris, aber er schüchterte sie ein. Wenn er sprach, schien er eher in ihre Richtung als wirklich mit ihr zu sprechen. Andererseits hatte er sie immer kompetent behandelt, und während ihrer Schwangerschaft hatte er sie weder kritisiert noch durchblicken lassen, daß er sie für eine dumme Gans hielt. Er ging mit ihr um wie mit einem normalen Menschen.

Er lächelte, als sie ins Zimmer kam.

»Guten Morgen, Caroline.«

»Hi, Dr. Morris.« Sie schob Emmas Buggy an die Wand und setzte sich nervös auf die Stuhlkante.

»Wie fühlen Sie sich?« fragte er.

»Gut.«

»Müde?«

»Nicht mehr als sonst.«

»Und Emma?«

»Der geht es auch gut.«

»Na wunderbar«, sagte er, während er ihre Akte öffnete. Sie hörte ihr Herz hämmern, so laut, daß sie einen Augenblick lang glaubte, einen Herzinfarkt zu bekommen. Sie fuhr sich mit der Zunge über die Lippen und wischte sich unauffällig die Hände am Rock ab. Als er wieder aufsah, meinte sie, Mitgefühl in seinem Gesicht zu erkennen.

»Sie *sind* schwanger«, sagte er.

Sie starrte ihn an, die Augen groß und verängstigt. »Nein.«

»Ich fürchte doch.«

»Aber das kann doch gar nicht sein!« Sie ballte die Hände zu Fäusten und öffnete sie wieder. »Ich bin so vorsich-

tig gewesen. Und Emma ist noch nicht mal ein Jahr alt!«
»Es kann passieren. Und manchmal ist es sogar gut für die Kinder, wenn sie sich im Alter so nahe sind«, sagte er, während er Notizen auf einem Blatt Papier machte.
»Machen Sie keine Witze!« Caroline stand auf und stützte sich auf den Buggy. Sie zitterte. Dieser dumme *Mann* hatte doch keine Ahnung.
»Gesundheitlich geht es Ihnen blendend«, sagte er, ohne auf ihren Ton einzugehen. »Das ist wichtig.«
»Für wen?« fragte sie.
»Für beide. Es ist wichtig, daß Sie stark sind.«
»Ja, sicher.« Sie hatte Angst, sie würde zu weinen beginnen.
»Es tut mir leid. Ich weiß, es ist ein Schock, und ideal ist es auch nicht gerade ...«
Sie lachte ohne eine Spur von Humor. »Es ist einfach gräßlich«, sagte sie und schob den Buggy aus dem Sprechzimmer, ohne die Tür hinter sich zu schließen.
Sie ging die Strandpromenade entlang, ließ sich den Wind durchs Haar blasen und die Gischt ins Gesicht spritzen, während Emma friedlich hinter dem Klarsichtfenster der Buggyabdeckung schlief. Sie hatte geglaubt, ihr Leben sei dabei, wieder ins Gleis zu kommen. Sie war glücklich mit Damien. Er war aufmerksam und rücksichtsvoll und ein wundervoller Vater. Niemand wäre je auf den Gedanken gekommen, daß er die Heirat vielleicht nicht gewollt hatte. Als die Wehen einsetzten und sie in Panik geraten war, hatte er im Krankenhaus angerufen, sich vergewissert, daß alles Nötige eingepackt war, und ihr gesagt, sie solle ruhig atmen. Sie hatte ihn beinahe umgebracht dafür, weil er keine Ahnung von den Schmerzen hatte,

die sie verspürte, und sich aufführte, als sei alles in bester Ordnung. Aber gerade dadurch hatte er sie beruhigt und sie zum Auto hinuntergebracht, ohne daß sie endgültig hysterisch geworden war. Und er war wundervoll, als Emma dann da war. Er wechselte ihre Windeln und wiegte sie in den Schlaf – obwohl auch er nicht gerade begeistert war, wenn das Baby sie mitten in der Nacht weckte. Insgesamt aber hatte er sie vollkommen überwältigt. Er hatte zu ihr gesagt, er habe niemals einen Menschen so geliebt wie seine Frau und seine Tochter. Sie glaubte ihm. Und Japan wurde mit keinem Wort mehr erwähnt.

Und auch sie selbst liebte Emma, wie sie nichts und niemanden zuvor geliebt hatte. Es war unglaublich. An dem Tag, an dem sie sie in die Kinderkrippe gebracht und zum ersten Mal wieder gearbeitet hatte, war sie todunglücklich gewesen und hatte die Hälfte der Zeit damit verbracht, an ihre Tochter zu denken.

Aber wieder schwanger zu sein! Sie stand auf der Promenade und sah zu den Kränen und Lagerhäusern der Docks auf der anderen Seite hinüber. Wieder schwanger zu sein war eine Katastrophe.

Emma würde erst eineinhalb sein, wenn sie einen Bruder oder eine Schwester bekam. Zwei Kinder unter zwei Jahren. Es war unvorstellbar. Zwei weinende Babys! Zwei brüllende Kleinkinder! Sie spürte, wie ihr eine Träne über die Wange rann.

Es war kalt. Sie machte sich auf den Heimweg und überlegte, wie sie es Damien beibringen sollte – sie hatte ihm lediglich gesagt, sie würde Emma untersuchen lassen. Damien liebte Emma, aber sie konnte sich nicht vorstellen, daß er so schnell ein zweites Kind wollte. Und in der Wohnung war schon jetzt kein Platz mehr.

Er saß im Morgenmantel in der Küche und las die *Irish Times* vom gestrigen Freitag, als sie hereinkam.
»Hi.« Er lächelte sie an. »Wie wär's mit Kaffee? Du mußt ja total durchgefroren sein.«
»Das wäre toll.«
»Ich hätte dich fast abgeholt«, sagte er, während er ihr eine Tasse füllte, »aber dann habe ich gedacht, bis ich da bin, bist du schon wieder fort. Es hat wohl ziemlich lang gedauert, oder?«
»Es waren haufenweise Leute dort«, sagte Caroline. Sie zog den Mantel aus, während Damien die nun hellwache Emma aus dem Buggy hob und sich aufs Knie setzte. »Und wer vorher nicht krank war, ist es hinterher bestimmt.«
Damien grinste ihr zu, während er Emma vor sich hielt. »Und wie geht's meiner wunderbaren Tochter?«
Caroline nahm einen Schluck Kaffee und keuchte, als die heiße Flüssigkeit ihr die Kehle versengte. »Der geht es gut.«
»Ja, natürlich. Sie ist wirklich ein Superkind. Niemals krank, stimmt's, mein Liebling?«
»Na, so würde ich das nicht sehen«, bemerkte Caroline bissig. »Weißt du noch, ganz am Anfang in der Kinderkrippe? Zwei scheußliche Husteninfektionen, die Rotznase und irgendwas Exotisches, das kein Mensch identifizieren konnte.«
»Das war doch nur, weil sie sich erst an die böse, kalte Welt gewöhnen mußte.« Damien setzte Emma in ihr Babystühlchen und küßte sie auf die Stirn. »Ich gehe duschen.«
Caroline schenkte ihm ein etwas bläßliches Lächeln, während sie das Frühstücksgeschirr wegzuräumen begann.

Sie wußte nicht, wie sie es ihm beibringen sollte. In zwei Jahren hätte alles anders aussehen können – wahrscheinlich hätten sie irgendwann ein zweites Baby *gewollt.* Das änderte nichts daran, daß sie gerade jetzt keins wollten. Absolut nichts.

Sie konnte das gleichmäßige Rauschen des Wassers hören und Damiens eher flache Stimme, als er mit dem Badezimmerradio mitsang. Er duschte leidenschaftlich gern.

Sie öffnete die Tür, und ein Schwall von Dampf kam ihr entgegen.

»Hey, mach die Tür zu!« Damien brach mitten im Lied ab. »Du läßt ja die ganze Wärme raus.«

»Es ist wie in einer Sauna hier drin. Du wirst dich bei lebendigem Leib kochen.«

»Ich mag's so.« Damien sah zu ihr hinüber. »Willst du reinkommen?«

Sie schüttelte den Kopf. »Ich will dir was sagen.«

»So?« Er stellte das Wasser ab und zog den Vorhang zurück. Sie konnte sich den Gedanken nicht verkneifen, wie verdammt begehrenswert er doch aussah – was in eben diesem Augenblick ein idiotischer Gedanke war.

»Sag mal, ist alles in Ordnung? Der Arzt hat doch gesagt, es ist alles bestens, oder?«

Sie schluckte. »Alles bestens. Absolut perfekt für meinen Zustand.«

»Was für ein Zustand?« Jetzt meinte sie zu hören, daß sein Tonfall schärfer wurde. Sie räusperte sich.

»Es ist bloß ... ich bin tatsächlich schon wieder schwanger, Damien.«

»Was!?«

»Ich bin schwanger.«

»Ich weiß. Ich hab's gehört.«

Sie reichte ihm ein Badetuch, und er wickelte es sich um die Hüften und setzte sich auf den Toilettendeckel.

»Bist du sicher?«

Sie hatte einmal geglaubt, daß nur alleinstehende Frauen so etwas gefragt wurden. Sie nickte.

»Um Gottes willen, Caroline.«

»Es ist nicht meine Schuld.«

»Ach nein.« Er rubbelte sich energisch ab. »Also ist es wahrscheinlich meine?«

»Es gehören zwei dazu.« Es war wirklich genau wie beim ersten Mal. Es ist unfair, dachte sie.

»Ich dachte, diesmal nimmst du die Pille.«

»Tu ich ja.« Sie biß sich auf den Daumennagel. »Aber vor ungefähr zwei Monaten – weißt du noch, wie mir nach der Party schlecht geworden ist?«

»Du hast dich betrunken.«

»Ja. Weiß ich. Es war das erste Mal, daß ich überhaupt was getrunken habe, seit Emma da war. Es war nicht viel, es ist mir nur in den Kopf gestiegen.«

»Ja – und?« rief er hinter ihr her, als sie ins Wohnzimmer zurückkehrte. »Willst du mir jetzt erzählen, daß die Pille nicht funktioniert, wenn man ein paar Gläser Alkohol trinkt?«

»Ich habe an dem Abend vergessen, sie zu nehmen. Und am nächsten Tag war mir so schlecht, daß ich sie auch nicht genommen habe. Ich habe gedacht, das würde nichts ausmachen.«

»Du blöde Kuh«, sagte er und verschwand im Schlafzimmer.

Caroline setzte sich aufs Sofa und wartete darauf, daß er wieder herauskam. Sie wußte, was er empfand, denn sie

empfand das gleiche. Aber es war nun einmal passiert. Sie schloß die Augen und fragte sich, was Gott eigentlich gegen sie hatte. Andere Mädchen wurden doch auch nicht beim ersten Mal gleich schwanger. Und wenn sie die Pille nahmen, schon gar nicht. Sie war erst einundzwanzig, sie hatte kaum begonnen zu leben. Es war unfair.
Die Schlafzimmertür blieb geschlossen. Caroline blieb auf dem Sofa sitzen.
Jetzt hatte sie Angst. Damien hatte sich nie vor ihr zurückgezogen. Sie wußte, daß er sie liebte. Sie hatte geglaubt, das sei genug, aber nun war sie sich nicht mehr sicher. Was, wenn er plötzlich beschloß, daß er an einer Frau und zwei Kindern nicht interessiert war? Was würde sie dann tun? Vor Angst stockte ihr eine Sekunde lang der Atem. Alleinstehende Mutter mit zwei Kindern. Dann würde sie bei Tossa und Patrick leben müssen, und dort war kein Platz für sie. Nicht mit zwei Kindern. Sie begann zu zittern. Sie betete darum, Damien möge aus dem Schlafzimmer herauskommen, damit sie miteinander sprechen konnten.
»Und was ist dann passiert?« fragte Donna.
Sie saßen im Grainger's, die Gläser vor sich auf dem Tisch – Bier für Donna, Tomatensaft für Caroline.
»Irgendwann ist er rausgekommen.« Caroline rührte die Worcestersauce in ihren Saft und leckte das Cocktailstäbchen ab. »Ist in die Küche gegangen und hat sich was zu essen in die Mikrowelle geschoben.«
»Hat er irgendwas gesagt?«
»Nicht viel. Er hat gefragt, ob ich Hunger hätte, und ich habe nein gesagt. Und dann hat er sich hingesetzt und gegessen.«
»O je. Es tut mir ja so leid, Caroline.«

»Und danach hat er sich vor den Fernseher gesetzt. Ich habe wirklich nicht gewußt, was ich tun sollte.«

»Und redet er jetzt wieder mit dir?« Obwohl Donna aufrichtiges Mitgefühl empfand, ging ihr nun doch der Gedanke an eine ausgleichende Gerechtigkeit durch den Kopf.

»Na ja, sozusagen.« Caroline seufzte. »Er hat gesagt, daß es ja nicht meine Schuld ist und daß es passieren kann. Und daß es vielleicht gar nicht so schlecht ist, die Kinder so kurz hintereinander zu haben.«

»Das klingt doch gut.«

»Er hat das gesagt, Donna, aber gemeint hat er's nicht. Er ist wütend, und er findet, daß es eben doch meine Schuld ist. Und ich kann's ihm nicht übelnehmen. Ich hätte wissen müssen, daß ich schwanger werden könnte.«

Donna schob sich das schwarze Haar aus den Augen. »Aber wer rechnet schon damit, daß man zweimal hintereinander so ein Pech hat.«

»Ich kann's selbst kaum glauben.« Caroline seufzte und winkte dem Barmann. »Noch mal das gleiche, bitte.«

Der Pub füllte sich zusehends. Es war Donnerstag, Carolines und Donnas üblicher Ausgehtag. Caroline hätte den Freitag vorgezogen, aber freitags ging Damien mit seinen Kollegen aus. Außerdem würden ihre Freundinnen dann erwarten, daß sie mit ihnen in einen Nachtclub oder eine Bar ging, und das konnte sie nun wirklich nicht tun – obwohl sie sich verzweifelt wünschte, es zu können. Sie vermißte diesen Teil ihres Lebens; es machte sie fast rasend zu wissen, daß Donna und die anderen morgen abend ausgehen würden, während sie zu Hause saß, Emmas Windeln wechselte und sich irgendeinen Schwachsinn im Fernsehen ansah.

Zugleich fühlte sie sich schuldig, wenn sie sich bei solchen Gedanken ertappte. Sie liebte Emma so sehr – und sie liebte Damien. Sie war glücklich, sehr glücklich verheiratet mit ihm.
Allerdings hatte Damien sich verändert. Als sie noch einfach miteinander gegangen waren, waren sie ständig unterwegs gewesen. Hatten alle Filme gesehen, alle Restaurants ausprobiert. Jetzt war Damien vollkommen zufrieden, wenn er zu Hause bleiben, die Füße auf die Armlehne des Sofas legen und fernsehen konnte. Außer an den Freitagabenden natürlich, an denen er gegen Mitternacht aus dem Pub kam.
»Du hast eine Menge Glück.« Donnas Stimme durchbrach ihre Überlegungen.
Caroline zog eine Augenbraue in die Höhe. »Glück?«
»Du hast einen tollen Mann, ein bildschönes Kind, eine Traumwohnung, einen Job. Alles, was die meisten von uns gern hätten.« Donna klang streng. »Es gibt keinen Grund, dir selbst leid zu tun.«
»Möchtest du tauschen?« fragte Caroline und lächelte verkrampft, als ihre Freundin nicht antwortete.
»Meinst du, Tossa könnte heute zum Babysitten kommen?« fragte Damien am darauffolgenden Samstag.
Caroline sah von ihrem Bügelbrett auf. »Ich denke schon. Sie geht ganz sicher nicht aus. Dad sagt, sie lernt wie wild für die Abschlußprüfungen. Warum, wohin gehen wir?«
»Ich weiß noch nicht. Ich dachte, vielleicht möchtest du zum Essen ausgehen.«
»Das wäre wunderbar.«
»Wir müssen reden«, sagte Damien.
Plötzlich meinte sie zu frösteln. Damien sagte niemals

»wir müssen reden«. Er redete überhaupt nicht viel. Sie griff zum Telefon und rief im Laden an.
»O'Shaughnessy's.« Tossas Stimme klang atemlos.
»Ich bin's.«
»Hi, Caro, wie geht es?«
»Okay. Sag mal, könntest du heute bei uns babysitten? Wenn du nichts vorhast natürlich.«
»Natürlich. Ihr habt mich schon ewig nicht mehr gefragt.« Tossa hörte sich eine Spur gekränkt an.
»Wir sind schon eine Weile nicht mehr zum Ausgehen gekommen«, sagte Caroline mit einem Blick zu Damien, der sich hinter seiner Zeitung verschanzt hatte.
»Wann soll ich denn kommen?«
Caroline wandte sich wieder zu Damien. »Wann?«
»Ich hole sie um acht ab.« Er raschelte mit der Zeitung, sah aber nicht auf.
»Damien sagt, er kommt um acht.«
»Prima«, antwortete Tossa. »Ich muß aufhören, Mrs. McNiece hat gerade die Würstchen zurückgebracht. Die Frau bringt dauernd irgendwas zurück. Bis dann!«
Caroline legte auf. »Es geht in Ordnung.«
»Gut«, sagte Damien.
Caroline bügelte weiter, während er in der Zeitung blätterte. Sie wollte nicht an ihre Schwangerschaft denken. Sie wollte auch nicht an heute abend denken. Sie fürchtete sich vor dem, was Damien ihr sagen wollte. »Wir müssen reden.« Der unangenehmste Satz, den man sich vorstellen konnte. Das bedeutete meist, daß man sich etwas anhören mußte, das man nicht hören wollte.
Sie bereitete sich sorgfältig auf den Abend vor. Sie trug Make-up auf, zum ersten Mal seit Wochen, und benutzte dazu ein Schwämmchen statt der Fingerspitzen. Sie wähl-

te roten Lippenstift, den sie nicht besonders mochte, aber es war Damiens Lieblingsfarbe. Sie besprühte sich großzügig mit dem Dolce Vita, das er ihr zu Weihnachten geschenkt hatte, und überlegte lange, was sie anziehen sollte. Sie wollte ihn daran erinnern, daß sie eine begehrenswerte Frau war. Unglücklicherweise paßte sie in viele der »Sieh her, ich bin eine begehrenswerte Frau«-Kleidungsstücke nicht mehr hinein – nicht, daß sie übergewichtig war, aber es gab da fürchterliche kleine Polster, die zuvor nicht dagewesen waren. Endlich fand sie einen mauvefarbenen Rock, der passen würde. Er war sonst immer eine Spur zu weit gewesen, aber sie mochte ihn, weil er an der Seite geknöpft war und sie ein paar Knöpfe offenlassen konnte. Damien liebte es, wenn sie das tat.
Sie bürstete ihr Haar, bis es glänzte, und dann saß sie auf dem Sofa und wartete darauf, daß Damien mit Tossa zurückkam.
Tossa war in den letzten Monaten gewachsen; sie war jetzt fast so groß wie Damien, und die frühere Rundlichkeit war verschwunden. »Hallo«, sagte sie, während sie einen Stoß Schulbücher auf dem Tisch ablud. »Wie geht es meiner Lieblingsnichte?«
Emma lächelte, und Tossa nahm sie aus ihrem Stühlchen und reckte sie in die Luft. »Du wirst allmählich zu schwer für so was«, sagte sie. »Du wiegst eine Tonne! Wohin geht ihr eigentlich?«
»Nur essen«, antwortete Caroline.
»Viel Spaß. Du siehst phantastisch aus, Caro.«
Caroline errötete leicht. Es war lange her, daß jemand ihr ein Kompliment gemacht hatte.
»Wir bleiben nicht lang«, sagte Damien. »Wir gehen zu Nico's.«

»Toll«, sagte Tossa, obwohl sie noch nie einen Fuß in das Restaurant gesetzt hatte. Sie winkte den beiden zu, als sie die Wohnung verließen; dann setzte sie sich an den Tisch und schlug ihre Bücher auf.

Abgesehen davon, daß sie größer und dünner geworden war, hatte Tossa sich nicht verändert. Ihr Haar ringelte und wellte sich immer noch als ungebärdige Masse um ihr Gesicht, und der lange Pony reichte bis zu ihrer Brille und versteckte ihre großen grauen Augen wie ein Vorhang. Sie schob sich das Haar aus den Augen, während sie ihr Französischbuch studierte.

Sie arbeitete zwei Stunden ohne Unterbrechung, während Emma schlief, und machte sich dann eine Tasse Kaffee, mit der sie sich vor den Fernseher setzte. Tossa liebte Damiens und Carolines Wohnung. Sie war großzügig und modern und brachte ihr immer wieder ins Bewußtsein, wie schäbig das Haus in der Ashley Road inzwischen war. Eines Tages würde sie eine eigene Wohnung haben, und sie würde genauso schön sein wie diese. Sie würde ihr allein gehören, weil sie sie mit niemandem teilen würde. Es gab keinen Menschen in ihrem Leben, mit dem sie die Dinge teilen konnte. Sie hatte versucht, wieder so zu werden, wie sie gewesen war, bevor sie sich in Conor Gallagher verliebt hatte, und wie früher zu glauben, daß Männer Zeitverschwendung waren, aber es ging nicht. Außerdem waren Annette und Linda plötzlich wie verrückt an Männern interessiert und gingen jedes Wochenende ins Tamango's. Annette hatte dort tatsächlich einen Mann kennengelernt und war zwei Monate lang mit ihm gegangen, bevor er plötzlich Schluß gemacht hatte. Zuerst war sie untröstlich gewesen; heute war sie wieder mit Linda unterwegs.

Nur Tossa blieb ungerührt und unberührt, wie sie es zum Spaß nannten. Nicht, weil sie es so wollte – aber niemand interessierte sich für sie, und sie interessierte sich für niemanden. Sie dachte immer noch manchmal an Conor Gallagher, der mittlerweile in den Vereinigten Staaten arbeitete, aber inzwischen lachte sie über sich selbst. Er war nie an ihr interessiert gewesen. Noch Wochen nach Carolines Hochzeit hatte sie jedesmal, wenn sie bei Annette vorbeiging, gehofft, ihn zu sehen. Sie hatte sich sogar Ausreden einfallen lassen, um hingehen zu können. Manchmal kam er in den Laden, in der Regel dann, wenn sie nicht da war; sie entschied schließlich, daß er ihr aus dem Weg ging, daß sie ihr Interesse zu deutlich gezeigt hatte und daß ihm das Ganze einfach peinlich war.
Aber sie würde ja im September auf die Universität gehen, und dort würde sie sicherlich jemanden treffen.
Sie berührte ihre Lippen mit den Fingerspitzen. Wie es sich wohl anfühlte, wenn die Lippen eines Mannes ihre eigenen berührten? Würde es so wundervoll sein, wie alle Leute immer sagten, oder würde es eine gigantische Enttäuschung werden? Ob Caroline und Damien es genossen, wenn sie sich hier in dieser Wohnung küßten? Sie schauderte plötzlich. Die beiden *liebten* sich in dieser Wohnung. Sie errötete bei der Vorstellung. Sie würde ihre Phantasie etwas zügeln müssen – was Caroline und Damien in dieser Wohnung taten oder nicht taten, ging sie absolut nichts an.
Aber wie es wohl wäre, fragte es hartnäckig in ihrem Innern, wenn jemand sie begehrte? Ob man das spüren konnte? Und würde *sie* jemals jemanden begehren? Sie sehnte sich nach Conor Gallagher, aber das war eine alberne, kindische Sehnsucht. Wie war es mit dem körperli-

chen Verlangen, wenn man unbedingt mit einem Menschen zusammensein *mußte*, wenn man unbedingt mit ihm schlafen wollte? Caroline mußte das für Damien empfunden haben, als sie ihm erlaubte, mit ihr zu schlafen.

Sie wünschte, sie könnte aufhören, so zu denken. In letzter Zeit schweiften ihre Gedanken ab und gingen eigene Wege, und sie konnte es nicht verhindern. Sie war geradezu erleichtert, als Emma aufwachte und zu weinen begann und sie sie auf den Arm nehmen und mit ihr durch die Wohnung gehen mußte.

Caroline und Damien kamen gegen Mitternacht zurück. Tossa hörte Gekicher vor der Tür, und dann versuchte jemand aufzuschließen und verfehlte zunächst das Schloß.

»Hallo.« Caroline lächelte Tossa und Emma zu. Tossa lächelte zurück. Caroline sah wunderbar aus; sie strahlte und wirkte glücklicher als seit langem.

»Hi, Toss.« Damien folgte seiner Frau in die Wohnung und ließ sich aufs Sofa fallen. »Hat sie sich gut benommen?«

»Wie ein Engel. Sie ist erst vor ein paar Minuten aufgewacht.«

»Komm zu Mammy«, sagte Caroline, während sie die Arme ausstreckte. »Was für ein braves Mädchen.«

»Ich gehe jetzt wohl lieber«, sagte Tossa. Caroline war neben Damien aufs Sofa geplumpst und lehnte sich an ihn, Emma in den Armen.

»Ich fahre dich«, sagte Damien.

»Nein, das ist schon okay so. Ich möchte laufen.«

»Wenn du wirklich ...«

»Damien, das geht nicht!« protestierte Caroline.

»Nein, im Ernst.« Tossa zog die Jacke an und stapelte die Bücher aufeinander. »Ich laufe wirklich lieber.«
Damien gähnte. »Wenn du dir wirklich sicher bist.«
»Ganz sicher.«
Damien sah Caroline an, und sie zuckte die Achseln.
»Danke, Tossa.«
»Hab ich gern gemacht.«
Draußen war es eiskalt, aber das Wetter störte sie nicht weiter. Damien und Caroline waren offensichtlich etwas beschwipst, und sie wollte nicht, daß Damien von einer Streife erwischt wurde, während er sie nach Hause fuhr. Sie lächelte etwas wehmütig in sich hinein. Was Caroline doch für ein Glück hatte. Viele andere Mädchen, die ein Kind bekamen, wurden einfach sitzengelassen. Aber Caroline hatte Damien, der ein netter, anständiger Mensch war, und zusammen hatten sie eine wunderbare Familie. Es war schwer, sie nicht zu beneiden. Es war schwer, allein nach Hause zu gehen.

8

Columba
(Die Taube)

Ein Sternbild der südlichen Hemisphäre und ein Friedenssymbol; es stellt eine Taube mit einem Zweig im Schnabel dar

Als Caroline und Damien im Restaurant Platz nahmen, spürte Caroline, daß ihr Herz hämmerte und ihr Magen revoltierte. Es war dumm, sich vor dem eigenen Ehemann zu fürchten, aber sie fürchtete sich. Auf dem Weg hatten sie nicht gesprochen – er hatte das Autoradio aufgedreht, bis die Musik jede Unterhaltung unmöglich machte.

Der Kellner nahm die Bestellungen entgegen und brachte das Mineralwasser, und schließlich begann Damien zu sprechen. Zu Carolines Überraschung sprach er über seine Arbeit.

»Gerry Stewart hat am Freitag gekündigt«, sagte er, während er ein Stück von einem noch warmen Brötchen brach und es mit Butter bestrich.

»Oh?« Caroline zeichnete mit den Gabelzinken Linien auf die Tischdecke.

»Er wechselt zu Craig Gardner. Ein gutes Angebot.«

»Ich mag Gerry.«

»Sie hatten Angst, ich würde auch gehen. Cronin hat eigens mit mir geredet deswegen.«

»Er weiß wahrscheinlich, daß ihr Freunde seid, du und Gerry.«

»Wir haben in derselben Woche angefangen.« Damien lachte kurz. »Wir hatten eine Wette, wer zuerst geht. Als sie mir den Job in Japan angeboten haben, dachte ich, ich hätte gewonnen.«
Caroline legte die Gabel zurück. Es war das erste Mal seit ihrer Heirat, daß er Japan wieder erwähnt hatte.
»Was hat Cronin gesagt?« fragte sie.
»Er hat mir noch ein paar Riesen angeboten, damit ich bleibe. Und mein Spesenkonto aufgestockt.«
»Das ist doch wunderbar.« Sie lächelte ihn an, und wieder einmal stockte ihm bei ihrem Lächeln der Atem. Sie verwendete es so ganz ohne Berechnung.
»Ich hatte eigentlich gehofft, wir könnten dieses Jahr mal verreisen«, sagte er in einem harscheren Tonfall, als er eigentlich geplant hatte. »Wir haben dazu noch nie Gelegenheit gehabt, Emma ist jetzt alt genug, und ich dachte, es würde Spaß machen. Und dann hast du plötzlich die Bombe platzen lassen.«
Caroline errötete und biß sich auf die Lippen. »Es war keine Absicht. Ich bin nicht gerade glücklich darüber.«
»Ich auch nicht«, sagte Damien, gerade als der Kellner mit den Vorspeisen erschien – Melone für Caroline, Melone mit Schinken für Damien.
»Das hast du auch sehr deutlich gemacht.«
»Es tut mir leid, Caroline. Aber du hast dich wirklich unglaublich dumm angestellt mit der Pille.«
»Ich weiß. Aber wer hätte denn auch gedacht ... Ich muß wirklich furchtbar fruchtbar sein.«
Jetzt lachte Damien. Es war ein aufrichtiges Lachen, und sie lächelte ihn unsicher an. Er griff über den Tisch hinweg nach ihren Händen.
»Okay. Folgendes habe ich mir überlegt. Wir verreisen

nicht, wie ziehen um. Wir können unmöglich mit zwei Kindern in dieser Wohnung bleiben. Also verkaufen wir die Wohnung und kaufen ein Haus.«

»Oh, Damien! Willst du das wirklich?«

»Ja, wirklich. Wir brauchen mehr Platz. Aber – und das meine ich ernst – keine Kinder mehr, Caroline! Nicht in den nächsten zehn Jahren. Cronin will, daß ich bei der Firma bleibe. Ich bin sicher, ich werde ein paar gute Chancen bekommen, und ich möchte sie nutzen können. Verstehst du?«

»Natürlich«, sagte Caroline. »Und die Kinder werden dich nicht daran hindern.«

Der Kellner räumte die Teller ab und brachte den Hauptgang. Damiens Krabben verströmten eine Wolke von Knoblauchgeruch, und er schnupperte anerkennend. »Ich hoffe bloß, du willst mich hinterher noch«, grinste er, während er zum Besteck griff.

Caroline drehte Spaghetti um die Gabel. »Es würde allerdings ziemlich teuer werden, beide Kinder in der Krippe unterzubringen.«

»Ich weiß. Das habe ich mir auch überlegt. Du wirst aufhören müssen zu arbeiten – du verdienst nicht genug, um für zwei Krippenplätze zu bezahlen.«

Sie nickte. »Ich habe damit gerechnet, daß du das sagst.«

»Und?« Er sah ihr gerade ins Gesicht. »Macht es dir etwas aus?«

»Nicht viel.« Sie lächelte ihm zu. »Du weißt ja, so scharf auf eine Karriere bin ich auch wieder nicht. Ich bleibe ganz gern zu Hause und sorge für die Kinder. Keine sehr modische Einstellung, aber wenn du damit glücklich bist, bin ich's auch.«

»Ich bin glücklich«, sagte Damien und lehnte sich zurück.

Es war einigermaßen glatt gegangen. Er war nicht eben erfreut über das zweite Baby, aber vielleicht hatte es seine Vorteile, all das zeitig hinter sich zu bringen. Und wenn Caroline zu Hause blieb, würde sie dem Einfluß ihrer alleinstehenden Freundinnen weniger ausgesetzt sein. Damien wußte, wie gern sie manchmal mit ihnen ausgehen und »einen draufmachen« würde, und das ging nun einmal nicht. Sie war verheiratet, sie hatte Verpflichtungen. Er kam seinen Verpflichtungen nach, er konnte erwarten, daß sie das gleiche tat. Bestimmt würde es ihr weniger schwerfallen, wenn sie zu Hause blieb.

Er füllte ihr Weinglas. »Stoßen wir an«, sagte er. »Auf uns.«

»Auf uns«, wiederholte sie, während sie die Gläser aneinanderklingen ließen. Sie würde nur ein einziges Glas trinken, sagte sie sich. Damien würde den Rest der Flasche allein erledigen müssen.

Es war ein wunderbarer Abend, dachte Caroline, als sie im Wohnzimmer ihres neuen Hauses zwischen Bergen von schwarzen Müllsäcken und Pappkartons auf dem Sofa saß. Nachdem Tossa gegangen war, hatten sie zweimal miteinander geschlafen. Einmal auf dem Sofa, was Damien besonders mochte, und dann noch einmal im Bett. Jedenfalls war es ein wunderbares Gefühl, wenn Damien sie zwischen die Brüste küßte und dann ihren Körper hinab bis zu der warmen Stelle zwischen den Beinen. Er mochte wütend sein wegen der Schwangerschaft, aber nun hatte sie den Beweis, daß er sie immer noch wollte und begehrte. Und er war sehr sanft gewesen und hatte sie gefragt, ob es ihr Spaß gemacht hatte. Sie wünschte sich, zu den Leuten zu gehören, die Sex wirklich mochten. Aber er war offenbar zufrieden, und wenn er zufrieden war, war sie glücklich.

In Gedanken ordnete sie die Möbel im Zimmer an. In der Wohnung hatte es so viele davon gegeben; hier im Haus wirkten sie wie verloren. Sie würden einiges dazukaufen müssen. Das Haus lag im Vorort Raheny; es war eine Doppelhaushälfte mit ziegelverkleidetem Erdgeschoß, und obwohl Damien über die Kosten gestöhnt hatte, fand Caroline, daß es seinen Preis wert war.
Das Aufstehen war schwierig; sie war im siebten Monat schwanger, und in den letzten Wochen war sie angeschwollen wie ein Ballon. Caroline wedelte vor dem Gesicht ihrer Tochter mit dem Teddybären, und Emma kreischte vor Vergnügen.
»Teddy«, sagte Caroline.
»Beddy!« rief Emma.
Sie versuchte es noch einmal. »Ted-dy.«
»Beddy! Beddy!«
»Dummes Ding.«
»Beddy! Beddy! Beddy!«
»Okay, okay!« Caroline gab Emma den Bären, und Emma schleuderte ihn quer durchs Zimmer und kicherte entzückt.
Das Telefon klingelte, und Caroline mußte einen Augenblick überlegen, bevor ihr einfiel, daß es jetzt an der Küchenwand angebracht war.
»Ich bin's, Caroline.«
»Natürlich bist du es, Damien, du bist vorläufig der einzige, der die Nummer kennt!«
»Ist alles angekommen?«
»Vor einer halben Stunde. Totales Chaos!«
»Versuch bloß nicht auszupacken. Wie sieht es denn aus?«
Sie sah sich um. Die Julisonne brannte durch die vorhang-

losen Küchenfenster herein und lag blendend auf den weißen Fliesen. Draußen im Garten wiegten sich die Löwenmäulchen im Wind, und sie konnte winzige Äpfel an den Zweigen des Apfelbaums erkennen. Es war wirklich schön hier.

»Wundervoll«, sagte sie. »Mir gefällt's.«

Er lachte. »Du bist wirklich leicht zufriedenzustellen! Bis später.«

Sie schlenderte zurück zu den Kartons und Säcken. In den schwarzen Plastikmonstern waren vor allem Kleidungsstücke. Sie waren nicht schwer, und so zerrte sie sie die Treppe hinauf und ins Schlafzimmer. Sie konnte jedenfalls schon die Kleider aus dem Weg räumen, bevor Damien nach Hause kam.

Es war sehr friedlich ringsum. Während sie Damiens Anzüge in den Kleiderschrank hängte, konnte sie Emma in ihrem Ställchen im Erdgeschoß mit sich selbst schwatzen hören. Als alles verstaut war, ging sie wieder nach unten und machte sich eine Tasse Kaffee. Sie konnte nicht richtig aufräumen, bevor Damien kam – sie konnte sich kaum bücken. Sie warf einen Blick in den nächststehenden Karton, nur um zu sehen, was darin war, und fand Damiens Fachbücher. Sie hatte nie ganz verstanden, was Damien an seinem Beruf so befriedigend fand. Zeilen und Zeilen von enggeschriebenen Zahlen – sie blätterte in einem der Handbücher und kam zu dem Schluß, es müsse der langweiligste Job der Welt sein.

Außerdem waren noch Fotografien in dem Karton. Patrick hatte sie ihr mitgegeben, als sie ausgezogen war – »als Erinnerung«, wie er sagte. Caroline lächelte, während sie sie durchsah.

Bilder von ihr selbst und Tossa als Kinder am Strand von

Dollymount, wo sie in den Dünen gespielt hatten, während Patrick und Imelda spazierengingen. Die Party an Tossas zehntem Geburtstag, ein paar Weihnachtsfeiern, ihr eigener Abschlußball. Dieses Foto hielt sie etwas länger in der Hand. Sie stand neben Jimmy Ryan, er hatte den Arm um ihre Taille gelegt und lächelte in die Kamera. Wie jung sie beide aussahen, dachte sie erstaunt, wie anders sie gewesen war.

Sie war schön auf dem Foto. Das goldene Haar lose hochgesteckt, so daß ein paar dünne Strähnen sich um ihr Gesicht ringelten. Ein enganliegendes graues Seidenkleid betonte ihre perfekte Figur. Tante Vivienne hatte ihr für den Anlaß eine Perlenkette, Perlenohrringe und ein Perlenarmband geliehen, die alle ihrer Großmutter gehört hatten. Und alle Welt hatte gesagt, daß der Schmuck an Caroline wundervoll aussah.

Sie seufzte und legte den Stoß Fotografien in den Karton zurück. Es war kaum zu glauben, daß sie noch dasselbe Mädchen war. Sie konnte sich nicht einmal erinnern, wann sie sich das letzte Mal für einen bestimmten Anlaß hergerichtet hatte. Seit dem Abendessen bei Nico war sie nicht mehr ausgegangen. Sie ging hinauf ins Schlafzimmer und stellte sich vor den hohen Spiegel an der Wand. Ja, sie war noch dasselbe Mädchen, aber sie hatte schon mal besser ausgesehen. Jetzt wirkte sie müde. Ihr Haar fiel nicht mehr in Kaskaden auf die Schultern, sondern hing herab wie ein altes Tuch. Was hast du denn erwartet, fragte sie sich ärgerlich. Du kriegst ein Baby!

Dabei fanden manche Frauen, schwanger zu sein sei schön. Sie jedenfalls hatte sich besser gefallen, als sie Emma erwartet hatte – jetzt sah sie ganz einfach fett aus. Es war widerlich.

Sie hörte Damiens Schlüssel in der Haustür und dann sein »Hallo, da bin ich!« von unten.
»Ich hör's«, rief sie zurück.
»Und wie hast du den Tag hinter dich gebracht?« fragte er, als er in der Schlafzimmertür erschien.
»Ganz gut. Schau her.« Sie öffnete die Schranktür und zeigte ihm seine sorgsam aufgehängten Hemden.
»Das ist ja wunderbar.«
»Wirst du jetzt sarkastisch?«
»Absolut nicht.« Er legte die Arme um sie und küßte sie. »Es ist gleich viel wohnlicher. Ich zieh mir ein Paar Jeans an, und wir packen das restliche Zeug aus.«
Es war noch sonnig draußen, als sie fertig waren. Damien holte sich eine Dose Bier aus dem Kühlschrank und setzte sich auf die Terrasse, und Caroline gesellte sich mit einem Glas Bitter Lemon dazu, während Emma fröhlich im Garten umherstolperte.
»Bist du glücklich?« fragte Caroline plötzlich.
Damien sah sie an. »Sei doch nicht albern.«
»Bin ich nicht. Ich wüßte es nur gern.«
»Natürlich bin ich glücklich«, sagte Damien.
»Manchmal bin ich mir nicht so sicher.«
»Du denkst zuviel«, sagte Damien und leerte seine Bierdose.
Patrick und Tossa kamen am Wochenende vorbei, um das Haus anzusehen.
»Natürlich brauchen wir neue Vorhänge«, sagte Caroline. »Es ist ja gut und schön, dieses ›Teppiche und Gardinen inklusive‹, aber dieses Orange ist einfach zu scheußlich.«
»Dafür ist das Haus wunderschön«, antwortete Tossa. »Du hast unheimlich viel Glück gehabt, Caro.«

Sie hätte so gern eine eigene Wohnung gehabt. Seit Caroline ausgezogen war, wollte Patrick immer genau wissen, was sie tat. Vielleicht hatte er Angst, sie könnte Carolines Beispiel folgen und auch schwanger werden. Der Gedanke amüsierte sie. Sie hatte ihre gesamte Zeit damit verbracht, für den Schulabschluß zu lernen, und sich einzureden versucht, es mache nichts, daß sie immer noch keinen Freund hatte. Und dabei wußte sie genau, es machte doch etwas. Sie hatte gehofft, es würde einfacher werden, wenn Caroline nicht mehr da war. Zumindest würden die Typen nicht mehr in den Laden kommen, als erstes Caroline sehen und sich sofort verlieben. Vielleicht würden sie jetzt auch Tossa bemerken. Aber nichts dergleichen geschah. Sie kamen herein, kauften, was sie brauchten, und gingen wieder.

Ob sie wohl jemals selbst ein solches Zuhause haben würde? Mit einem Ehemann und einem Kind, die sie anbeteten?

»Wie waren denn die Prüfungen?« erkundigte sich Damien, als sie zu zweit in der Küche standen, und reichte ihr ein Glas Wein.

»Es geht«, antwortete sie. »Die Klausur in Wirtschaftswissenschaft habe ich total in den Sand gesetzt, aber sonst ist es eigentlich ganz gut gegangen.«

Damien lachte. »Meistens sagen die Leute, es war gräßlich, für den Fall, daß sie's wirklich verpatzt haben.«

Tossa zuckte die Achseln. »Es war nicht besonders schwer. Wenn ich etwas verpatzt habe, dann deswegen, weil ich Mist gebaut habe, nicht weil ich die Antworten nicht gewußt hätte.«

»Du hast so viel gearbeitet, du hast dir die guten Noten wirklich verdient«, sagte Damien.

»Danke.« Sie lächelte ihm zu. Er war wirklich nett. Er interessierte sich tatsächlich für sie – mehr als die anderen. Patrick ging einfach davon aus, daß sie ihre Sache gut genug machen würde, um auf die Universität wechseln zu können, und Caroline wußte nicht, weshalb sie sich überhaupt die Mühe machte. Aber Damien schien es zu verstehen – vielleicht weil er selbst studiert hatte.
Sie gingen hinaus in den Garten und setzten sich zu Patrick und Caroline, die bereits in den neuen Gartenstühlen saßen und sich sonnten.
»Ich hätte auch gern einen Garten«, bemerkte Patrick, während er sich umsah.
Damien goß ringsum Wein nach. Es war ihm lieb, Patrick zeigen zu können, wie gut er für seine Tochter sorgte. Damien wußte, daß Patrick ihn nicht mochte; er verstand sogar, daß sein Schwiegervater der Ansicht war, er habe Carolines Leben ruiniert. Dabei hatte er nichts dergleichen getan. Er hatte sie geheiratet und sich um sie gekümmert; das Haus war die Krönung all dessen, was er für sie getan hatte. Wenn das Leben eines der Beteiligten ruiniert war – Carolines Leben war es bestimmt nicht.
»Er ist wunderbar«, flüsterte Tossa Caroline zu.
Caroline lächelte sie an. Sie fühlte sich ungewöhnlich wohlwollend ihrer armen einsamen Schwester gegenüber. »Eines Tages findest du auch jemanden«, flüsterte sie zurück. »Es gibt für jeden Menschen jemanden. Auch für dich, Toss.«
»Danke.« Tossa stand auf und machte sich auf einen Rundgang durch den Garten. War es das, was sie wollte? Einen Mann, ein Haus, ein Baby? Sie wußte es nicht. Aber sie hätte gern die Wahl gehabt.

9

Triangulum (Dreieck)

Ein Sternbild der nördlichen Hemisphäre

Caroline saß vor dem Spiegel und vervollständigte ihr Make-up. Mit dem Fortschreiten ihrer Schwangerschaft schminkte sie sich jetzt wieder öfter. Das tat ihr sehr gut – sie fühlte sich besser damit. Das Gesicht, das sie aus dem Spiegel anblickte, wirkte lebhaft und angeregt. Die blauen Augen funkelten.

Es lag nicht nur an dem Make-up. Die Einweihungsfeier war Damiens Idee gewesen, aber Caroline hatte sie begeistert aufgenommen. Sie war seit Monaten nicht unter die Leute gekommen.

»Wollen wir nicht warten, bis das Baby da ist?« hatte Damien gefragt. »Ich möchte nicht, daß du nach der Party total erschöpft bist.«

»Das werde ich nicht sein«, hatte sie geantwortet. »Bestimmt nicht.«

Im Gegenteil, schon bei dem Gedanken an die Party fühlte sie sich wie neugeboren. Ihr Rücken schmerzte, und die Beine taten ihr weh vom langen Stehen, als sie die Sandwiches vorbereitete, aber dies war eine andere Art von Müdigkeit. Und jetzt, als sie ihr Spiegelbild studierte, gefiel ihr, was sie sah.

»Du siehst wunderschön aus.« Damien kam mit einem Handtuch um die Hüften ins Schlafzimmer.

Caroline lächelte ihm zu. »Ich fühle mich wirklich schön«, gab sie zu. »Es ist lange her, seit ich mich so gut gefühlt habe.«
»Das verstehe ich«, sagte Damien. Er trat hinter sie und legte ihr die Hände auf die Schultern. Sie lehnte sich an ihn, und er hielt sie fester. Eine Hand glitt hinunter zu ihrer Brust.
»Nein«, sagte sie scharf.
»Warum nicht?«
»Tut mir leid.« Sie drehte sich um und sah zu ihm auf. »Mir ist bloß nicht ...«
»Schon okay, Caroline. Ich erwarte ja nicht, daß du immer genauso empfindest wie ich.«
»Ich möchte nicht, daß du denkst ...«
»Tu ich bestimmt nicht.«
»Wirklich?«
»Wirklich. Wo ist mein Jeanshemd hin?«
Sie griff nach dem Hemd und gab es ihm.
»Ich mag dieses Hemd«, sagte er. »Obwohl es mindestens fünf Jahre alt ist.«
»Ich hasse dieses hier«, sagte sie mit einer Handbewegung zu dem karierten Baumwollhemd, das sie trug. »Es ist bequem, aber wenn das Baby erst da ist, ziehe ich's nie wieder an.«
»Na, hoffentlich nicht!« Damien grinste. »Wenn du es dann noch tragen könntest, hätte ich einen kleinen Elefanten geheiratet!«
Später saß sie im Wohnzimmer, die Füße auf einem Hokker, und hoffte, daß ihre Gäste pünktlich sein würden. Die Partys, auf die sie früher gegangen war, hatten in der Regel erst angefangen, nachdem die Pubs geschlossen hatten.

Tossa zumindest kam rechtzeitig. Sie brachte eine Flasche Wein und ein Sechserpack Bier mit und plumpste neben ihr aufs Sofa.
»Wen hast du denn eingeladen?« fragte sie, während sie sich eine Handvoll Erdnüsse nahm.
»Die Mädchen aus dem Büro. Donna, Pamela, die ganze Meute. Und Damien hat seine Kollegen eingeladen, und seine Schwester kommt auch.«
»Hi, Tossa!« Damien kam ins Zimmer geschlendert. »Haben wir genug zu essen, Caroline?« Er zeigte auf die Schalen mit Chips und Nüssen. »Das reicht doch nie im Leben.«
»In der Küche ist ein Berg Sandwiches. Und Cocktailwürstchen sind auch da.«
Damien legte eine CD ein, und die »1812«-Ouvertüre dröhnte durchs Zimmer.
»Um Gottes willen, Damien!« rief Caroline. »Die Nachbarn werden die Wände hochgehen.«
»Kaum«, sagte Damien. »Sie kommen höchstens rüber. Ich habe sie eingeladen.«
Um halb zehn waren die meisten Gäste eingetroffen. Caroline stand neben Donna, trank Ballygowan-Wasser und aß Cracker. Damien unterhielt sich mit Jenny und Peter McNamara, den Nachbarn. Tossa war in die Küche gegangen und starrte durch die Verandatür in den Garten hinaus. Caroline hatte gehofft, sie könnte die Türen offenlassen, aber der Tag war bewölkt gewesen, und am Abend war es sehr kühl geworden.
»Hallo.« Ein Mann stand neben ihr und lächelte ihr zu.
»Hi«, sagte sie.
»Greg Hampton. Damien und ich sind Kollegen.«

»Oh. Freut mich, dich kennenzulernen. Ich bin Tossa O'Shaughnessy – Carolines Schwester.«
»Wirklich!« Er sah überrascht aus.
»Ja«, sagte Tossa.
»Und was treibst du so?«
»Ich bin gerade mit der Schule fertig. Ich gehe im Herbst auf die Uni.«
»Du bist ganz anders als Caroline, oder?«
Sie starrte ihn an. »Wir können ja nicht alle gleich aussehen.«
»Ich meine gar nicht das Aussehen. Ich meine nur, du bist – na, anders eben.«
»Wir sind zwei verschiedene Leute«, sagte Tossa. »Was hast du denn erwartet?«
Greg zuckte die Achseln und ging. Tossa sah ihm nach. Warum waren die Leute immer so überrascht darüber, daß sie Carolines Schwester war? So häßlich konnte sie doch nicht sein. Und so schön konnte Caroline doch gar nicht sein.
Sie goß sich noch ein Glas Wein aus der großen Valpolicellaflasche auf der Anrichte ein. Sie beschloß, sich heute abend zu betrinken. Sie war noch nie betrunken gewesen. Ja, sie würde sich nach allen Regeln der Kunst betrinken, und vielleicht würde sie dann normal mit anderen Leuten umgehen können. Sie leerte das Glas mit ein paar Schlukken und füllte es nach.
Schließlich hatte es wirklich keinen Zweck, sich selbst leid zu tun, nur weil alle Welt von Caroline begeistert war. Dabei war Carolines Bauch im Augenblick gigantisch. Und trotzdem sah sie immer noch zerbrechlich und wunderschön aus. Warum nur? Warum konnte sie nicht einfach gigantisch und schwanger sein wie ein normaler Mensch?

»Hi, Tossa.« Donna kam in die Küche. »Alles okay?«
»Alles in Ordnung.« Tossa goß sich noch ein Glas Wein ein. Sie mochte das Geräusch, mit dem der Wein aus der Flasche kam. Es war ein so hübsches, tröstliches Geräusch. »Möchtest du auch?«
»Ja, danke.« Donna spießte ein Stück Käse auf. »Es ist schon ein Ding, was? Caroline mit eindreiviertel Kindern. Ich hätte es nie für möglich gehalten.«
»Was?«
»Daß es für sie so gut ausgehen würde. Erstaunlich!«
»Magst du Damien nicht?«
»Oh, doch«, versicherte Donna noch, bevor sie zu Caroline und den anderen Mädchen zurückkehrte. »Sie hat wahnsinniges Glück gehabt mit ihm. Die meisten Typen hätten den Job angenommen und wären gegangen.«
Im Wohnzimmer gab Damien jetzt Bierdosen aus und entschied in Gedanken, daß der Abend bereits ein Erfolg war. Cronin hatte ein paar schmeichelhafte Bemerkungen über sein letztes Projekt gemacht und war offenbar erfreut darüber, eingeladen worden zu sein. Die wenigsten Leute kamen mit Cronin aus, und ein guter Manager war er auch nicht. Und dann auch noch seine Frau! Herrgott, wie häßlich die Frau doch war! Aber Damien hatte ihr den Hof gemacht, ihr geschmeichelt, sich mit seinem charmantesten Lächeln mit ihr unterhalten – er atmete erleichtert auf, als sie schließlich ins Badezimmer verschwand. Vielleicht war sie ja gar nicht so übel, aber es war anstrengend, immer das Richtige zu sagen. Und er wußte, sie würde ihrem Mann die Unterhaltung in allen Einzelheiten weitererzählen.
»Damien, wo sind eigentlich die Getränke hin?« Leo Cal-

der winkte ihm quer durchs Zimmer zu. »Wir sind am Verdursten hier drüben!«
Damien brachte ihnen ein paar Dosen mit. »Schön, daß ich eine Weile mit euch reden kann«, bemerkte er. »Der Seniorpartner und seine Frau haben mich festgenagelt.«
Leo lachte. »Hier bist du unter Freunden«, versicherte er.
»Wann ist Caroline denn fällig?« fragte Michael. »So wie sie aussieht, kann's jeden Moment passieren.«
»Ich hoffe nicht!« sagte Damien. »Das Kind kommt nächsten Monat.«
»Es steht ihr«, sagte Leo.
»Leo, das ist wirklich nett von dir, aber auszusehen wie ein Bus von vorn steht ihr nicht. Caroline ist eher der schlanke Typ.«
»Ich meine ja bloß, sie sieht immer noch gut aus. Du weißt doch, was für ein Anblick manche von diesen Frauen sind.«
»Du hast mehr Glück als Verstand«, fügte Michael hinzu. »Sie ist noch hochschwanger ein Prachtweib.«
»Ich bin wirklich geschmeichelt, daß ihr alle hinter meiner Frau her seid«, sagte Damien mit einer Spur Besitzerstolz in der Stimme.
»Ist kaum zu vermeiden«, bemerkte Michael.
In der Gruppe um Caroline berichtete Donna gerade: »Ich hatte auch so einen Panikmoment letzten Monat.«
»Donna!« Die anderen starrten sie an.
Sie schnitt eine Grimasse. »Es ist ja nichts passiert, aber Mensch, hatte ich eine Angst!«
»Wie konntest du dich überhaupt in so eine Lage bringen?« fragte Caroline.

»Welche Lage?« grinste Donna, begleitet vom anzüglichem Gelächter der Gruppe.
Caroline boxte sie in die Rippen. »Du weißt genau, was ich meine.«
»Ich hatte es ja nicht geplant. Aber ich hatte nichts dabei, und Derek wollte unbedingt ...«
»Du hättest nein sagen sollen«, bemerkte Pamela etwas selbstgerecht.
»Ach, komm mir nicht damit.«
»Und was ist passiert?« fragte Caroline.
»Was denkst denn du? Er hat gesagt, ich soll mir keine Sorgen machen, er würde einen Rückzieher machen.«
Die Mädchen kicherten.
»Aber das funktioniert doch nie«, sagte Michelle.
»Weiß ich. Ich habe eben das Beste gehofft. Und wir haben Glück gehabt.«
»Hat er denn einen Rückzieher gemacht?« fragte Caroline neugierig.
»Soll das ein Witz sein?«
»Du hast *wirklich* Glück gehabt.«
Das gibt's doch nicht, dachte Caroline, während die Unterhaltung ringsum weiterplätscherte. Donna hatte ungeschützten Sex mit ihrem Freund und wurde nicht schwanger. Während sie ... Sie rieb sich den Bauch, als das Baby sich bewegte.
Schließlich war auch Annette aufgetaucht, gerade als Tossa dachte, ihre Freundin würde gar nicht mehr kommen.
»Bis wir schließlich den Laden abgeschlossen hatten, war es schon ziemlich spät«, erklärte Annette, die einen Teilzeitjob in einem Textilgeschäft in Northside hatte. »Und dann mußte ich nach Hause und duschen und mich umziehen ...«

»Wenigstens bist du jetzt da. Ich habe es so satt, mit Carolines Freundinnen zu reden!«
»Dieses Haus ist wunderbar.« Annette sah sich um. »Von außen sieht es ganz normal aus, aber innen ist es etwas Besonderes.«
»War doch klar, daß Caroline sich etwas Hübsches besorgt«, sagte Tossa.
»Sei nicht albern. Sie verdient es. Und es paßt zu ihr.«
»Was bin denn *ich* für eine Sorte Haus?«
»Du bist eins von diesen Lagerhausappartements. Du brauchst nur ein bißchen Stil.«
»Und du bist die Klapsmühle.« Tossa lachte. »Was macht eigentlich Conor?«
Sie konnte nur hoffen, daß sie die Frage nicht zu früh gestellt hatte – sie wollte ihr Interesse nicht allzu deutlich werden lassen.
»Dem geht's gut. Er will nächsten Monat für ein paar Wochen nach Hause kommen.«
»Urlaub oder geschäftlich?«
»Beides, glaube ich.«
»Meinst du, er kommt jemals nach Irland zurück?«
Annette schüttelte den Kopf. »Kaum. Er verdient zuviel Geld da drüben – warum sollte er?«
Ja, warum sollte er? Annette hatte recht. Aber es war seltsam, daß Conor Gallagher in Tossas Gedanken noch immer präsent war. Wenn sie an ihn dachte, hatte sie nach wie vor Schmetterlinge im Bauch. Er war der einzige Mann, von dem sie jemals träumte, und wenn sie sich vorstellte, wie er sie in den Armen hielt, spürte sie kleine Schauer ihren Rücken entlanglaufen.
»Hallo, Toss – aufwachen!« Annette schnippte mit den Fingern vor Tossas Nase.

»Sorry, ich war gerade meilenweit weg. Komm, besorgen wir uns was zu trinken.«

Caroline nahm die Cocktailwürstchen aus dem Ofen und schnupperte daran, während sie die Glasschüssel abstellte.

Sie liebte ihre neue Küche. Grau und weiß, modern und elegant; für sie war es die Küche gewesen, die letzten Endes beim Kauf des Hauses den Ausschlag gegeben hatte. Sogar versenkte Leuchten gab es; es gefiel ihr, wie die Lampen in der Decke versteckt waren.

Sie blies auf ein Würstchen und schob es in den Mund. Es war heiß. Sie versuchte es zu essen, ohne sich den Schlund zu verbrennen, als Tossa hereinkam.

»Gibt's noch was zu trinken?« fragte Tossa. Ihre Augen glänzten, und ihre Wangen waren gerötet.

»Noch mehr? Meinst du nicht, du hast genug gehabt?«

»Ach, komm schon!« Tossa schloß ein Auge, um ihre Schwester deutlicher erkennen zu können. »Sagst *du* neuerdings *mir*, wann ich genug habe?«

»Was soll das jetzt wieder heißen?«

»Ich bin's schließlich nicht, die nachts zu irgendwelchen Sauforgien gegangen ist.«

»Ich auch nicht.« Caroline nahm eine Flasche Weißwein aus dem Kühlschrank. »Hier.«

»Du bist so langweilig neuerdings«, bemerkte Tossa, während sie versuchte, die Metallfolie um den Korken abzureißen.

»Und du bist einfach albern.« Caroline nahm ihr die Flasche aus der Hand und öffnete sie. »Betrink dich nicht zu sehr, sonst gibt Dad *mir* die Schuld.«

»Tut er doch nie«, sagte Tossa. »Ganz egal, was passiert.«

Sie füllte ihr Glas und verließ die Küche. Caroline sah ihr nach. Tossa benahm sich zur Zeit wirklich merkwürdig. Sie hatte ihre Schwester so gut gekannt, und nun verstand sie sie überhaupt nicht mehr. Es wirkte völlig unpassend, daß Tossa gläserweise Wein in sich hineinschüttete und undeutlich zu sprechen begann.

»Will irgendwer ein Würstchen?« Sie stand mit der Schüssel im Wohnzimmer, während ihre Gäste sich bedienten.

»Alles okay?« fragte Damien.

»Prima. Und du, gefällt es dir?«

»Und wie. Du machst das unglaublich gut.«

»Danke.« Sie stellte die Schüssel ab und setzte sich aufs Sofa. Die Beine taten ihr weh.

Die Party war wirklich eine gute Idee gewesen, aber es war nicht ganz einfach, in Stimmung zu kommen, wenn man den ganzen Abend nichts als Ballygowan-Wasser trinken konnte und sich dauernd hinsetzen mußte. Ringsum lachten und alberten die anderen; sie haßte es, als einzige nichts trinken zu dürfen. Sie seufzte.

Bridget Cronin setzte sich neben sie. »Was für ein netter Abend«, bemerkte sie.

»Danke.« Caroline nippte an ihrem Ballygowan.

»Es war so nett von Ihnen, uns einzuladen.«

»Wir haben uns gefreut, daß Sie kommen konnten.« Herrgott, dachte sie, ich klinge wie eine Hausfrau in den besten Jahren.

»Ich wollte Ihnen nur sagen, es ist unglaublich, daß Sie das alles in Ihrem Zustand geschafft haben.«

»Oh, eigentlich ist es heutzutage ja kein *Zustand* mehr.« Caroline lächelte sie an. »Es ist wohl am besten, wenn man sein normales Leben weiterlebt.«

»Unbedingt.« Bridget setzte sich bequemer hin. »Trotzdem, wenn Sie einmal Hilfe brauchen sollten, bitte zögern Sie nicht, sich an mich zu wenden. Es würde mich freuen, wenn Sie mir vertrauen könnten.«
»Aber ja, vielen Dank.« Ganz sicher, dachte Caroline. Die Frau ist doch über vierzig, was meint sie eigentlich, was ich ihr anvertrauen könnte?
Sie sah düster zu, wie Pamela stolperte, wobei ihr die Bierflasche aus der Hand rutschte. Damien fing sie geschickt auf, so daß höchstens die Hälfte des Inhalts auf den Teppich klatschte.
Tossa fühlte sich gar nicht gut. Sie hatte versucht, die Anzahl der Gläser Wein zusammenzurechnen, die sie getrunken hatte, das aber war gar nicht einfach. Außerdem waren es lauter verschiedene Weine gewesen. Sie erinnerte sich deutlich an zwei Gläser Valpolicella ganz am Anfang. Dann irgendein anderer Rotwein. Dann wieder ein Rotwein. Sie hatte sich auch aus der Faustinoflasche ein Glas eingegossen, aber das hatte sie wohl nicht ausgetrunken. Sie rieb sich die Augen und schleppte sich die Treppe hinauf ins Badezimmer.
Als sie in den Spiegel sah, prallte sie förmlich zurück. Die Mascara war verschmiert, die Augen waren rot, und ihr Haar sah aus wie ein Vogelnest.
Kein Wunder, daß kein Mensch Notiz von mir nimmt, dachte sie düster. Ich sehe aus wie ein Katastrophengebiet.
Sie borgte sich Carolines Reinigungsmilch, entfernte die Mascara mit ein paar Blättern Toilettenpapier und klatschte sich eine Handvoll kaltes Wasser ins Gesicht. Danach sah sie schon merklich besser aus, obwohl die Augen immer noch rot waren.

Sie studierte ihr Spiegelbild. »Arschloch«, sagte sie zu sich selbst.
Es war eine idiotische Idee gewesen, sich zu betrinken, um sich amüsieren zu können. Sie amüsierte sich genausowenig wie vorher, und es gefiel ihr nicht, wie das Zimmer in ihrem Blickfeld hin und her rutschte. Besonders unerfreulich war es, wie der Fußboden ihr von Zeit zu Zeit urplötzlich entgegenkam, so daß sie sich an etwas – oder jemandem – festhalten mußte, um das Gleichgewicht nicht zu verlieren.
Sie würde eine Weile hier oben bleiben. Es war angenehm still hier.
Sie ging auf Zehenspitzen in Emmas Zimmer hinüber und beugte sich über das Kinderbettchen. Ihre Nichte schlief, den Daumen im Mund. Sie war bezaubernd, dachte Tossa. So winzig und hilflos.
Ob ich jemals so ein Kind haben werde? fragte sie sich, während eine Träne ihr über die Wange rollte und auf die Bettdecke mit dem Pu-der-Bär-Druck fiel. Ob mich jemals irgend jemand haben will? Sie streckte die Hand aus und berührte vorsichtig Emmas Wange. Das Kind seufzte, und seine Lider bewegten sich. Mit einem Mal fiel Tossa ein, daß ihre Schwester explodieren würde, wenn sie Emma aufweckte, und sie zog die Hand zurück.
Warum nur war der Wunsch, ein eigenes Haus, eine eigene Familie zu haben, so stark – obwohl sie doch eine unabhängige, berufstätige Frau sein wollte? Was stimmte nicht mit ihr?
»Bist du es, Tossa?«
Sie drehte sich um, als sie das Flüstern hörte. Damien stand in der Tür. Sie wischte sich möglichst unauffällig die Augen.

»Hi«, flüsterte sie zurück.
»Alles okay?« fragte er, während er ins Zimmer kam.
Sie nickte. »Ich wollte nur für einen Moment meine Ruhe haben.«
Er kam zu ihr herüber. »Sag mal, bist du sicher, daß alles in Ordnung ist?«
»Ja.« Sie lächelte ihn an. »Ich glaube, ich habe zuviel getrunken.«
Er grinste. »Na, es ist doch schön, daß du dich amüsierst.«
»Ich glaube nicht, daß Dad das auch finden wird, wenn ich so nach Hause komme!«
»Dein Dad gehört zu den Leuten, die meinen, man sollte sich eigentlich gar nicht amüsieren«, flüsterte Damien. »Das ganze Leben ist ein Kampf.«
»Aber das ist es doch, oder?« fragte Tossa leise. Sie hatte das Gefühl, sie würde gleich wieder weinen, und sie wollte auf keinen Fall vor Damien weinen.
»Warum glaubst du das?«
»Ach, einfach ... einfach irgendwie ...«
»Nun komm schon, Tossa, erzähl's mir.«
Er war so solide und verläßlich. Sie hatte das Gefühl, sie könnte den Kopf an seine Schulter legen, und alles würde gut sein.
»Ich gehöre einfach nicht dazu«, sagte sie. »Alle haben mehr Spaß als ich. Ich bin häßlich. Und langweilig. Kein Mensch empfindet dasselbe wie ich.«
Damien sah, wie sie in ihrem Ärmel vergeblich nach einem sauberen Taschentuch suchte, und zog eins aus der Hosentasche.
»Da, nimm das. Es ist ganz neu.«
»Danke.« Sie putzte sich die Nase. »Es tut mir leid.«

»Nein, ist schon okay. Du wirst aus all dem rauswachsen, Tossa.«
»Belehr mich nicht«, sagte sie scharf. »Komm mir nicht mit diesem ganzen ›Wenn du älter bist, wird alles besser‹-Blödsinn.«
»Ich belehre dich nicht«, sagte er ruhig. »Es stimmt einfach.«
»Ich wachse vielleicht aus diesem Gefühl raus«, sagte sie. »Aber attraktiver werde ich trotzdem nicht.«
»Was meinst du eigentlich damit?«
»Ach, komm schon, Damien. Ich sehe furchtbar aus, das sagt doch jeder. Schon als wir Kinder waren, haben sie Hunderte von Fotos von Caroline gemacht und nur ein paar von mir. Und warum? Weil ich so ein häßliches Kind war.«
»Unsinn«, sagte Damien. »Wahrscheinlich weil du das zweite Kind warst. Wir werden sicher auch nur halb so viele Bilder von Nummer zwei machen wie von Emma.«
»Das ist unfair.« Tossa rieb sich die Augen.
»Tossa, du siehst natürlich nicht aus wie Caroline – und es ist wirklich idiotisch, dauernd davon zu reden, *wie* du nun eigentlich aussiehst –, aber du bist jedenfalls ein hübsches Mädchen.«
Tossa lachte kurz auf. »Ach, wirklich.«
»Natürlich. Du bist einfach völlig besessen von der Idee, daß Caroline anders aussieht als du.«
Sie wandte sich ab und sah zum Fenster hinaus.
»Tossa!«
»Geh weg«, murmelte sie. »Du verstehst das einfach nicht.«
Er nahm sie bei den Schultern und flüsterte ihr ins Ohr. »Doch, natürlich verstehe ich dich.«

Sein Atem war warm, und er kitzelte sie. Sein Körper war sehr nahe an ihrem. Sie wollte bei ihm Trost suchen, aber er war der Mann ihrer Schwester, und es ging nicht.
»Tossa.« Er näherte sich wieder ihrem Ohr. »Glaubst du mir nicht? Ich verstehe dich gut, und du bist ein bildhübsches Mädchen.«
Er erkannte ihr Parfum und fragte sich, wer sie auf Samsara gebracht hatte. Zu dunkel, zuviel Moschus. Sie sollte lieber etwas Leichteres tragen, Anais Anais vielleicht oder L'Air du Temps. Caroline war ein Samsaratyp, Tossa nicht.
Er drehte sie zu sich um. Sie irrte sich, sie war nicht häßlich. Ihre Haut war makellos, genau wie Carolines. Die grauen Augen hinter den Brillengläsern waren wunderschön. Rot unterlaufen vom Weinen und vom Alkohol, aber es war ein schönes Grau. Sie war nicht hübsch, aber apart. Und ja, dachte Damien, wenn sie älter wurde, würde sie sehr attraktiv sein.
Er lächelte sie an.
Sie starrte ihm ins Gesicht.
Sie hob die Hand und berührte seine Wange. Die Haut war weich unter den Augen und rauh am Kinn. Sie hatte diese Weichheit nicht erwartet. Auch seine Lippen waren weich. Sie zog sie behutsam mit den Fingern nach.
Er griff in ihr Haar. Sie versuchte, seine Hand fortzuziehen, aber er hielt ihre Finger fest.
»Du bist wunderschön«, sagte er und küßte sie.
Tossa wußte, sie sollte ihn nicht küssen. Die ganze Zeit, während sie die Lippen auf die seinen preßte, die ganze Zeit, während ihr Körper mit Damiens Körper verschmolz, wußte sie genau, daß das alles ein fürchterlicher Fehler war.

Und dann, als sie sich voneinander lösten und sie Caroline in der Tür stehen sah, das Gesicht wie erstarrt vor Entsetzen, während sie ihren Mann und ihre Schwester anstarrte, wußte Tossa, daß es nicht einfach nur ein fürchterlicher Fehler war. Es war eine Katastrophe.

10

Aries
(Der Widder)

Ein Sternbild der nördlichen Hemisphäre;
es erinnert an die legendäre Fahrt der Argonauten auf der Suche nach dem Goldenen Vlies

Tossa lag auf dem Bett und schauderte, während das Zimmer sich um sie drehte. Sie konnte sich nicht erinnern, wie sie nach Hause gekommen war. Wahrscheinlich war sie bis zur Howth Road gelaufen und hatte dort ein Taxi genommen, aber sicher war sie sich nicht. Seit Damiens Kuß war alles verschwommen.

Sie konnte den Geschmack noch auf den Lippen spüren.

Sie biß sich auf die Unterlippe, bis Blut kam.

Sie hatte nicht vorgehabt, ihn zu küssen. Es war einfach passiert.

Aber du hast auch nicht gerade versucht, ihn abzuhalten.

Die Worte hingen in ihren Gedanken. Dabei hatte sie gewußt, was passieren würde. Warum? Nicht weil sie hinter ihrem Schwager her war. War sie doch überhaupt nicht! Sie mochte Damien, aber das war alles.

Caroline allerdings würde ihr das niemals glauben. Caroline würde sie umbringen.

Sie hatte schlecht geschlafen und konfuses Zeug von Damien, Caroline und Emma geträumt, und als sie aufwachte, sahen die Dinge nicht besser aus. Im Gegenteil – sie wußte, es würde noch schlimmer werden.

»War die Party schön?« fragte Patrick, als sie mit hämmerndem Schädel und brennenden Augen in den Laden kam. Er selbst war früh gegangen; er blieb nie lange auf.
»Okay«, sagte sie. Sie öffnete eine Dose Lucozade und trank sie aus.
»Hast du getrunken?«
»Ein paar Gläser Wein, das ist alles.«
Patrick beobachtete sie neugierig. Sie sah fürchterlich aus mit ihrem weißen Gesicht und den verschwollenen Augen. Natürlich hatte sie sich betrunken. Er schüttelte bekümmert den Kopf. Im Grunde wäre es ihm am liebsten gewesen, wenn seine Töchter gar keinen Alkohol trinken würden, so wie er selbst.
Tossa rief nach dem Mittagessen bei Caroline an. Patrick hielt seinen Mittagsschlaf, und das Haus war still. Sie stand im Gang und zitterte, während sie auf das ferne Klingeln des Telefons horchte.
»Hallo.« Es war Damiens Stimme.
»Damien«, flüsterte sie. »Ich bin's, Tossa.«
»Ich weiß. Was willst du?«
»Wie geht es Caroline?«
Damien lachte kurz. »Rate mal.«
»Nicht sehr gut.«
»Gar nicht gut. Sie ist im Bett. Ich glaube, wir sollten lieber nicht miteinander reden, Tossa. Ich habe das Gefühl, sie will dich nie wiedersehen. Im Augenblick bin ich mir nicht sicher, ob sie *mich* jemals wiedersehen will.«
»Aber es war doch bloß ein Kuß«, sagte Tossa verzweifelt. »Das hatte doch gar nichts zu bedeuten.«
»Sag das deiner Schwester.«
»Oh, Damien. Was machen wir jetzt bloß?«

»Da gibt es nichts zu tun. Geh uns vorläufig aus dem Weg, das wird am besten sein.«
Tossa fühlte die Tränen aufsteigen. »Damien?«
»Tossa, wir haben jetzt lange genug geredet. Ich muß gehen.«
Er legte auf. Er konnte nicht mit Tossa sprechen. Er hatte das Gefühl, er würde nie wieder mit ihr sprechen können. Er schloß die Augen und rieb sich die Stirn. Was um alles in der Welt hatte er sich eigentlich dabei gedacht? Warum hatte er sie geküßt? Sie war doch nur ein Kind. Sie war nicht mal attraktiv. Er hatte ihr erzählt, sie sei hübsch, weil sie in einer so fürchterlichen Verfassung gewesen war. Aus Freundlichkeit. Und dann hatte sie ihn angesehen, und er hatte sich nicht bremsen können.
Er hatte die Szene wieder und wieder in Gedanken vor sich ablaufen lassen. Die Berührung ihrer Finger auf seinem Gesicht und seinen Lippen. Sie mochte nicht schön sein, dachte er, während er sich an den Kuß erinnerte, aber sie war leidenschaftlich.
Leidenschaftlicher als Caroline. Leidenschaftlicher als jede Frau, die er jemals gekannt hatte. Er hatte ihren Kuß erwidert, weil er nicht anders konnte.
Das Klingeln des Telefons weckte Caroline. Sie hörte Damiens leises Murmeln und fragte sich, ob er mit dem Miststück von Schwester sprach. Sich mit ihr verabredete. Sie gönnte sie einander, die beiden Schweine.
Nachdem sie gesehen hatte, wie sie sich küßten (sie brachte es nicht einmal in Gedanken fertig, Tossas Namen auszusprechen), war sie hinuntergegangen und hatte sich einen Brandy eingegossen. Sie trank eigentlich nie Brandy, aber soviel sie wußte, trank man das Zeug, wenn man einen Schock hinter sich hatte. Sie hatte es auf ein-

mal hinuntergeschluckt und war fast daran erstickt, und während ihre besorgten Gäste allmählich damit aufhörten, ihr auf den Rücken zu klopfen und gut zuzureden, war das Miststück von Schwester gegangen.
Zu Damiens Entsetzen hatte sie noch einen zweiten Brandy getrunken und danach nichts mehr. Den Rest des Abends war sie so aufgedreht und von so sprühend guter Laune gewesen, daß Donna Murray umgehend zu dem Schluß kam, etwas könne hier nicht stimmen.
Die Party endete gegen zwei Uhr. Damien begleitete die letzten Gäste bis vors Haus, verabschiedete sie und schloß die Tür ab. Dann holte er tief Atem und ging in die Küche.
Caroline kratzte Essensreste von den Tellern in den Mülleimer und sah nicht auf, als er neben sie trat.
Er räusperte sich.
»Cronin hat's gefallen.«
»Wie bitte?«
»Cronin. Und Bridget. Sie haben sich gut amüsiert.«
»Soll das ein Witz sein?« fragte Caroline.
»Nein. Sie haben's gesagt.«
»Es interessiert mich einen Scheißdreck, ob's ihnen gefallen hat oder nicht.« Caroline drehte den Wasserhahn auf. Das Wasser klatschte ins Spülbecken und spritzte über den Rand.
»Caroline, ich weiß, du bist ziemlich aus der Fassung«, sagte Damien. »Ich kann mir vorstellen, wie dich das aufregt.«
»Nein, kannst du nicht.« Sie wischte die Anrichte mit einem Schwammtuch ab.
»Doch, natürlich. Und du hättest auch ganz recht. Nur, es war wirklich nicht das, wonach es ausgesehen hat.«

Caroline drehte den Hahn zu und trocknete sich die Hände ab. »Ach. Wonach hat es denn ausgesehen?«
»Na, es muß doch den Eindruck gemacht haben, als ob Tossa und ich ...« Er räusperte sich. »Als ob da irgendwas im Gang wäre zwischen Tossa und mir.«
»Oh. Tut mir leid.« Caroline griff nach einem Teller. »Da muß ich wohl was mißverstanden haben.«
»Genau.« Er lächelte vorsichtig.
»Aha.« Sie hielt den Teller in beiden Händen. »*Was* war es also? Hatte sie sich an einer Gräte verschluckt oder was?«
»Sei doch nicht albern.« Er sah ärgerlich aus.
Caroline ließ den Teller fallen. Er zersprang auf dem Boden.
»Caroline!«
Sie nahm einen zweiten Teller. »Nenn mich nicht albern!«
»Sehr hilfreich bist du nicht gerade.«
Sie ließ den zweiten Teller fallen. Weiße Porzellansplitter schossen durch die Küche.
»Was machst du da eigentlich?«
»Was hast denn du da eigentlich gemacht?«
Sie griff nach dem dritten Teller.
»Hey. Ich habe deine Schwester geküßt. Ich wollte es nicht tun, ich hätte's nicht tun sollen. Es war ein Riesenfehler. Es tut mir leid.«
Caroline ließ den Teller fallen. »Lügner.«
»Verdammt noch mal, das ist die Wahrheit!«
»Was ist die Wahrheit – daß es dir leid tut?«
»Natürlich tut es mir leid!«
»Du verlogenes Schwein! Ich hab euch doch gesehen! Ich hab gesehen, wie du sie gehalten hast. Und sie ist meine

Scheißschwester!« Caroline nahm die verbleibenden drei Teller und warf sie nacheinander auf den Boden.
»Caroline, du wirst melodramatisch.«
»Nenn mich nicht melodramatisch«, zischte sie. »Nenn mich überhaupt nicht.«
»Wir können also nicht wie vernünftige Menschen drüber reden?«
Damien folgte ihr ins Wohnzimmer. Sie stand am Fenster und sah durch die Lücke zwischen den Vorhängen hinaus. Sie war stolz darauf, daß sie noch nicht weinte. Sie wollte jetzt nicht vor Damien weinen.
»Hör mal.« Er legte ihr die Hände auf die Schultern und drehte sie zu sich um. »Es tut mir wirklich leid.«
»Ja?« Sie machte sich los. »Warum hast du es denn getan?«
»Ich weiß nicht. Sie war unglücklich wegen irgendwas. Ich habe versucht, sie zu trösten.«
»Genau so hat das ausgesehen.«
»Caroline, ich *weiß*, daß es falsch war. Aber es hatte wirklich keine Bedeutung.«
»Mit jemand anderem, das könnte ich ja noch verstehen. Aber meine Schwester.« Sie schüttelte den Kopf. »Ich kann's einfach nicht glauben. Mit meiner Schwester!«
»Jetzt hör aber auf!« Er griff nach einer übriggebliebenen Bierdose und öffnete sie. »Wie oft soll ich's denn noch erklären. Es war doch nur ein einziger blöder Kuß!«
»Du hast gar nichts erklärt. Du findest einfach nur irgendwelche Entschuldigungen. Und es war *nicht* nur ein blöder Kuß.«
»Hör mal, ich hätte eigentlich gedacht, daß ich mir ein bißchen Vertrauen verdient habe«, sagte Damien. Er

nahm einen Schluck aus der Dose. »Ich habe schließlich den Job meines Lebens aufgegeben, um dich zu heiraten, oder vielleicht nicht?«

Sie sah ihn an. »Stimmt. Weil ich schwanger war. Weil du mußtest.«

»Herrgott noch mal.« Er stellte die Bierdose mit einem Knall auf den Tisch zurück. »Ich höre mir diesen Mist nicht mehr länger an.«

Er ging aus dem Zimmer, und dann hörte sie, wie die Haustür geöffnet wurde. Durch den Spalt zwischen den Vorhängen sah sie ihn die Auffahrt hinuntergehen, die Hände tief in den Taschen vergraben, die Schultern hochgezogen.

Sie setzte sich aufs Sofa. Im tiefsten Innern hatte sie gewußt, daß es eines Tages soweit kommen würde. Sie hatte gehofft und geträumt, er hätte sie aus Liebe geheiratet. Und nun mußte sie sich der Wahrheit stellen. Er hatte sie geheiratet, weil sie schwanger gewesen war. Aus einem altmodischen Pflichtgefühl heraus.

Sie ließ den Tränen freien Lauf. Sie rannen ihr übers Gesicht und fielen auf ihr ungeborenes Kind. Sie legte sich aufs Sofa und weinte sich in den Schlaf.

Tossa traf noch am Nachmittag eine Entscheidung. Sie konnte nicht in Dublin bleiben. Sie konnte sich nicht dem Haß ihrer Schwester, dem ungläubigen Entsetzen ihres Vaters und den Vorwürfen aller anderen aussetzen. Sie würde eine Weile fortgehen, und die Leute konnten denken, was sie wollten, denn sie würde es sich nicht anhören müssen.

Patrick sah sie an, als habe sie den Verstand verloren. »Aber du gehst doch auf die Universität«, sagte er. »Was willst du denn in England?«

»Ich kann hier nicht bleiben, Dad. Etwas Furchtbares ist passiert. Ich muß weggehen.«

»So schlimm kann es doch gar nicht sein«, antwortete Patrick. »Was es auch ist, wir können es in Ordnung bringen. Dafür sind Familien doch da.«

Woraufhin sie in Tränen ausbrach, aus dem Zimmer lief und die Tür ihres Schlafzimmers hinter sich zuschlug. Patrick blieb hilflos im Wohnzimmer stehen.

Schließlich rief er bei Caroline an. Damien ging ans Telefon.

»Caroline ist im Bett, sie fühlt sich nicht besonders gut.«

»Was ist eigentlich los mit den beiden?« fragte Patrick. »Was haben sie angestellt?«

»Wir treffen uns lieber auf ein Bier«, sagte Damien, obwohl ihm vor der Unterhaltung mit Patrick graute. »Ich erklär's dir.«

Erst als sie im Pub saßen, fiel ihm wieder ein, daß sein Schwiegervater nicht trank. Damien studierte sein Guinness; Patrick rührte sein Mineralwasser nicht an. Er hätte Damien am liebsten umgebracht. Der Mann hatte seine Lieblingstochter hintergangen und die andere verletzt. Er hatte seine Familie zerstört.

»Wie kann so was denn ›einfach passieren‹?« fragte Patrick. »Herrgott noch mal, was hast du dir eigentlich dabei gedacht?«

Damien seufzte. »Caroline und ich müssen es irgendwie in Ordnung bringen. Wir schaffen es schon.«

»Das will ich hoffen. Ihr müßt schließlich an Emma und das Baby denken.«

»Erklär mir nicht, an wen ich zu denken habe!« konterte Damien. »Das weiß ich selbst.«

»Gestern abend hast du daran aber keinen Gedanken verschwendet, oder?«
Es hatte nicht den geringsten Zweck, die Unterhaltung weiterzuführen. Nichts von dem, was Damien hätte sagen können, wollte Patrick hören.
Es dauerte eine Woche, bis alles geregelt war. Tossa würde zunächst bei ihrer Cousine Louise unterkommen, die seit fast zehn Jahren in Bexleyheath bei London lebte und Tossa nur als scheues, linkisches Kind kannte. Sie war Lehrerin und würde versuchen, Tossa bei der Jobsuche zu helfen.
Patrick gab ihr fünfhundert Pfund, mit denen sie sich die ersten Wochen über Wasser halten konnte. Er hatte kaum etwas zu Tossa gesagt, aber sie wußte, wie vernichtet er war.
»Danke, Dad.« Sie nahm den Scheck und faltete ihn zu einem winzigen Format zusammen. »Es tut mir leid«, sagte sie zum hundertsten Mal. »Es tut mir wirklich leid.«
»Das solltest du Caroline sagen, nicht mir.«
»Sie redet nicht mit mir.« Tossa rieb sich die Augen.
»Das kann man ihr kaum übelnehmen.«
»Nein, das tu ich auch nicht.«
Wann immer sie die Woche über nicht im Geschäft gearbeitet hatte, hatte sie auf dem Bett gelegen und an die Decke gestarrt. Wie konnte ein einziger Augenblick alles auf den Kopf stellen? Bis zu dieser einen Sekunde war sie ein ganz gewöhnlicher, langweiliger Teenager gewesen. Jetzt war ihr Leben zerstört. Und Carolines und Emmas und Patricks. Und es war alles ihre Schuld.
Das schlimmste daran war aber, daß sie es genossen hatte. Als Damien sie in den Armen hielt und sie den Druck seiner Hand im Kreuz spürte, hätte sie ohne zu zögern alles

getan, was er wollte. Sie hatte vergessen – wie hatte sie es nur vergessen können? –, daß er ihr Schwager war.
»Nur ein Koffer?« fragte der Mann, als sie am Flughafenschalter eincheckte. »Haben Sie ihn selbst gepackt? Elektrische Geräte? Haben Sie ihn zu irgendeinem Zeitpunkt unbeaufsichtigt gelassen?« Er achtete kaum auf ihre Antworten. »Ausgang B25. Wir wünschen Ihnen einen guten Flug.«
Sie hatte noch nie in einem Flugzeug gesessen. Es würde ganz sicher kein guter Flug werden. Vielleicht würde das Flugzeug ja abstürzen, was übrigens gar keine üble Idee wäre – dann konnten wenigstens alle anderen ihr Leben wieder ins Gleis bringen.
»Willst du vielleicht noch einen Tee trinken, bevor du gehst?« fragte Patrick.
Tossa schüttelte den Kopf. »Ich habe keinen Durst.«
Sie standen verlegen beieinander.
»Du brauchst nicht wegzugehen«, sagte er unvermittelt. »Ihr seid doch Schwestern, du und Caroline. Ihr könntet euch versöhnen.«
Sie schüttelte den Kopf. »Noch nicht, Dad. Es ist zu früh, und Damien ist ja auch noch da.«
»Warum hast du nur so etwas Dummes getan, Tossa?« fragte er.
»Ich weiß es nicht«, antwortete sie, als sie ihn zum Abschied umarmte. »Ich weiß es wirklich nicht.«
Sie ging zum Ausgang, ohne sich umzusehen. Patrick sah ihr nach. Er sah, wie sie durch den Metalldetektor ging und ihre Handtasche wieder entgegennahm; dann verschwand sie aus seinem Blickfeld.
Tossa ging mit dem sicheren Gefühl zum Ausgang B25, daß sie gleich ohnmächtig werden würde. In ihrem Kopf

hämmerte es. Sie merkte, daß sie hyperventilierte. Sie setzte sich und holte ihre Zeitschrift aus der Handtasche. Wenn sie lesen konnte, würde sie vielleicht doch nicht ohnmächtig werden. Sie blätterte die Seiten um und betrachtete die Bilder. Lesen konnte sie nicht; die Buchstaben verschwammen vor ihren Augen.

Der Abflug verzögerte sich um eine Viertelstunde, und sie saß im Flugzeug und versuchte sich für alles zu interessieren, was ringsum vorging. Durch das Fenster konnte sie sehen, wie ein Techniker einen Treibstoffschlauch unter dem Bauch des Flugzeugs hervorzog. Sie war nicht auf die Geschwindigkeit vorbereitet, mit der die Maschine die Startbahn entlangdonnerte, und als sie abhoben, hielt sie den Atem an. Das Flugzeug schwankte und zitterte, als es durch die graue Wolkendecke stieß. Tossa starrte geradeaus und biß sich auf die Lippen. Dieses Flugzeug würde nicht in der Luft bleiben. Nie im Leben.

Plötzlich waren sie über den Wolken. Sie lagen als flauschiger weißer Teppich unter ihnen. Das Flugzeug legte sich schräg, und Sonnenlicht strömte durchs Fenster herein. Tossa lockerte ihren Griff um die Armlehne und atmete langsam aus.

Ich emigriere, dachte sie. Ich gehe weg.

Ganz verstanden hatte sie es immer noch nicht. Sie konnte sich nicht vorstellen, daß sie heute abend nicht zu Hause sein würde. Konnte einfach nicht glauben, daß sie morgen früh nicht im Geschäft stehen und den Kunden zulächeln würde. Patrick würde jemanden einstellen müssen, dabei mochte er es gar nicht, wenn Fremde sich im Laden zu schaffen machten.

Das Flugzeug kreiste zwanzig Minuten lang über Heathrow, bevor sie landen konnten. Tossa sah durchs Fenster andere Flugzeuge, die ebenfalls kreisten, und hatte Angst, eins davon könnte geradewegs in Flug Nr. EI655 hineinfliegen. Als sie schließlich landeten, waren ihre Hände feucht, und sie zitterte von der Anspannung.

Es war anders hier. Sie hatte erwartet, England würde eine Art größerer Variante von Irland sein, aber es war ganz entschieden ein anderes Land. Schon hier im Flughafen war die Vielfalt der Menschen ringsum überwältigend. Die Hälfte der Sprachen, die gesprochen wurden, konnte sie nicht einmal identifizieren. Auf dem Flugplatz von Dublin hatte alle Welt Englisch gesprochen.

Sie nahm ihren Koffer vom Band und ging hinaus in die Ankunftshalle. Louise wollte sie abholen. Tossa fragte sich, ob sie einander überhaupt erkennen würden.

Aber sie erkannte Louise. Ihre Cousine sah nicht viel anders aus als beim letzten Besuch. Tossa winkte unsicher zu der großen schlanken Frau mit den Jeans und dem langen braunen Zopf hinüber.

»Tossa, du hast's geschafft!« Louisa umarmte sie kurz, und Tossa spürte, wie ihr diese blöden Tränen wieder in die Augen traten. Sie schniefte und lächelte.

»Der Flug war ein bißchen verspätet.«

»Das hatte ich eingeplant«, grinste Louise. »Ich bin gerade erst gekommen. Los, gehen wir.«

Im Auto schob Louise eine Kassette in den Recorder. Tossa war erleichtert, daß sie nicht sprechen mußte. Bisher schien Louise nett zu sein. Sie starrte in den Verkehr auf der Autobahn und fragte sich, wie es wohl sein würde, hier zu leben. Zu Hause würde Patrick jetzt noch arbeiten, und Annette würde sich gerade herrichten, um später auszugehen. Sie hatte ihr nicht einmal gesagt, warum sie fortging und daß sie nicht nur ein paar Wochen mit ihrer Cousine verbringen würde. Zu Hause würden Damien und Caroline ... was eigentlich? Oh Gott, dachte sie, bitte laß nicht zu, daß sie sich meinetwegen trennen. Bitte.

»Da sind wir.« Louise bog ab auf das Grundstück ihres Hauses. Es war das letzte in einer Reihe von zehn weißen, dem Stil der Jahrhundertwende nachempfundenen Häusern, die in einem Halbkreis um eine kleine Grünfläche angeordnet waren.

»Wie hübsch«, sagte Tossa, als sie in den Gang trat.

»Danke. Soll ich dir gleich dein Zimmer zeigen? Es ist oben.«

Das Zimmer war klein. Es hatte eben genug Platz für das Bett, einen Schrank und eine kleine Kommode. Aber das Fenster ging auf die Grünfläche hinaus, das Zimmer war in Weiß und Pfirsichfarben gehalten, und ein Streifen Abendsonne fiel auf das Bett.

»Es ist wunderbar«, sagte Tossa. »Danke, Louise.«

Louise lächelte ihr zu. »Schön, daß es dir gefällt. Komm runter, wir machen uns eine Tasse Tee, und du kannst mir erzählen, was das alles eigentlich soll.«

Es tat gut, mit jemandem sprechen zu können – vor allem mit jemandem, der mitfühlend zuhörte. Sie saßen an dem kleinen Küchentisch, und Louise trank schweigend ihren Tee, während Tossa von der Einweihungsfeier erzählte.

»Ich hatte nicht vor, ihn zu küssen«, sagte sie. »Es ist einfach passiert.«

»So was passiert eben.« Louise goß Tee nach. »Besonders klug war es trotzdem nicht von dir, Tossa.«

»Wem sagst du das?« Tossa versuchte zu lächeln, aber ihre Unterlippe zitterte dabei. »Es war wirklich keine Absicht. Wirklich.«

»Ich glaub's dir«, sagte Louise. »Ich weiß nur nicht, ob Caroline es je tun wird.«
Tossa vergrub das Gesicht in den Händen. »Ich liebe Caroline«, sagte sie unglücklich. »Ich konnte sie eine Weile nicht ausstehen, weil sie hübscher ist und all das, aber ich würde sie doch nie verletzen.«
»Du *hast* sie verletzt«, sagte Louise etwas abrupt. »Du kannst nicht so tun, als hättest du sie nicht verletzt, nur weil du es nicht mit Absicht getan hast.«
Tossa sah auf. Louise hatte recht. Sie hatte sich einzureden versucht, daß Caroline nicht verstört zu sein brauchte, weil sie, Tossa, ja niemals vorgehabt hatte, Damien zu küssen. Aber wie sollte Caroline glauben können, daß das Ganze ein Irrtum war? Sie dachte an Carolines entsetztes Gesicht, und ihr war übel.
»Sie wird drüber wegkommen.« Louise stand auf und stellte die Tassen ins Spülbecken. »Wie sie drüber wegkommt, ist eine andere Frage. Es ist ein Jammer, daß sie so früh geheiratet hat.«
»Sie mußte«, erklärte Tossa. »Emma war unterwegs.«
»Sie *mußte* gar nichts. Nirgendwo steht, daß man heiraten muß, wenn man schwanger ist.« Louise ging voran ins Wohnzimmer und schaltete den Fernseher ein, nahm den Ton aber weg, so daß die Bilder lautlos über die Mattscheibe flackerten. »Und was wirst du nun tun, wo du einmal hier bist, Tossa?«
Tossa errötete. »Ich kann dir die Miete zahlen«, sagte sie.
Louise lachte. »Das meine ich nicht. Natürlich kannst du erst mal hier bleiben. Aber was für eine Sorte Job willst du?«
»Ich weiß es noch nicht.« Tossa zerrte an ihrem Haar.

»Ich habe noch nicht mal meine Abschlußnoten bekommen.«
»Mum sagt, du wolltest eigentlich studieren.«
»Wollte ich auch. Aber ich konnte einfach nicht zu Hause bleiben – nicht nach dieser Geschichte.«
»Okay.« Louise zog die Füße aufs Sofa. »Irgendwas wirst du schon finden.«
Aber was, dachte Tossa, als sie nachts in dem fremden Bett lag und auf den Verkehr von der nahe gelegenen Hauptverkehrsstraße lauschte. Was würde eine achtzehnjährige Schulabgängerin ohne Qualifikationen schon finden?
»Du solltest in die Stadt fahren und ein paar Agenturen abklappern«, sagte Louise beim Frühstück. »Und dir einen Lebenslauf zusammenstellen lassen.«
»Viel gibt es da nicht zusammenzustellen«, bemerkte Tossa.
»Zum Teufel, Mädchen, sei doch ein bißchen konstruktiver.« Louise strich sich Butter auf den Toast. »Du führst dich auf wie die Heldin in irgendeiner Tragödie.«
»Es *ist* eine Tragödie«, protestierte Tossa. »Für uns alle.«
»Hör mal, das führt zu gar nichts. Du hast einen Fehler gemacht. Du wirst damit leben müssen. Überleg dir, wie es jetzt weitergehen soll.« Sie schob sich den Toast in den Mund. »Ich muß los. Ich gehe mit den Kindern zu einem Baseballspiel. Laß dir einen Lebenslauf ausschreiben, mit allen Prüfungsfächern – du kannst die Noten immer noch nachtragen, wenn du sie hast. O Gott«, fügte sie mit einem Blick auf die Armbanduhr hinzu. »Kannst du das Geschirr spülen? Ich bin spät dran.«
Es war still, als sie gegangen war. Tossa saß am Tisch und türmte den Zucker in der Zuckerschale mit dem Löffel zu

Gebirgen und Hochebenen auf. Wahrscheinlich hatte Louise ja recht. Herumsitzen und sich leid tun führte zu gar nichts. Sie mußte losgehen und sich einen Job suchen, etwas aus sich machen, damit sie eines Tages mit hocherhobenem Kopf zurückkehren konnte.

Aber würde Caroline ihr jemals verzeihen?

11

Perseus

Ein Sternbild der nördlichen Hemisphäre;
Perseus, der Sohn des Zeus und der Danae, tötete Medusa und rettete Andromeda

Caroline wachte mitten in der Nacht auf und wußte sofort, daß die Wehen eingesetzt hatten. Sie lag auf dem Rücken, kämpfte gegen die Schmerzen an und fragte sich, ob sie Damien sofort wecken sollte oder nicht.
Er lag auf dem Rücken und schnarchte leise. Sie widerstand der Versuchung, ihn schmerzhaft in die Seite zu boxen. Zur Zeit wollte sie ihm nur noch weh tun, nicht seelisch, sondern körperlich. Sie wollte ihn treten, ihm die Augen auskratzen und die Haare ausreißen. Natürlich tat sie nichts dergleichen. Sie tat gar nichts.
Es war, als hätten sie eine Art stillschweigender Übereinkunft getroffen, nicht über jenen Abend zu sprechen, bevor das Baby geboren war. Sie verkehrten höflich, aber distanziert miteinander – zwei Leute, die sich das Haus, aber nicht einander teilten.
Nun, da das Baby unterwegs war, hatte sie Angst. Angst vor der Geburt und vor dem, was danach geschehen würde.
Liebte Damien Tossa? Er sagte nein, aber wie konnte sie da sicher sein? Und Tossa war so schnell verschwunden, daß Caroline keine Gelegenheit gehabt hatte, mit ihr zu sprechen oder sie umzubringen.
Der Schmerz schoß wieder durch sie hindurch. Sie stieß

Damien an. Er drehte sich auf die Seite, öffnete ein Auge und sah sie schläfrig an.
»Das Baby kommt«, sagte sie ruhiger, als sie sich fühlte.
Majella hatte angeboten, auf Emma aufzupassen. Damien rief sie an, während Caroline sich anzog, und Majella machte sich sofort auf den Weg. »Mach dir keine Sorgen«, sagte sie, während sie geschäftig in die Küche eilte und ihre Kaschmirjacke über die nächste Stuhllehne hängte. »Viel Glück.«
Caroline lächelte ihr etwas matt zu. Sie mochte ihre Schwiegermutter immer noch nicht sehr, aber sie mußte ihr zugestehen, daß Majella wunderbar mit Emma zurechtkam. Emma würde keinerlei Einwände haben, wenn sie aufwachte und statt ihrer Mutter Granny Maj vorfand.
Auf der Fahrt zum Krankenhaus sprachen sie nicht miteinander. Caroline konzentrierte sich aufs Atmen. Von Zeit zu Zeit sah Damien zu ihr hinüber, aber sie hatte sich in ihre eigene Welt zurückgezogen, und er wollte nicht stören.
Davids Geburt ging schließlich rasch und leicht vonstatten. Damien hielt Carolines Hand, während sie preßte und »Arschloch« vor sich hinmurmelte. Er konnte nur hoffen, sie meine nicht wirklich ihn damit. Die Schwestern, an die drastische Ausdrucksweise werdender Mütter gewöhnt, nahmen nicht die geringste Notiz davon.
Danach lag Caroline im Bett, David in seinem Kinderbettchen neben sich, während Damien verlegen dabeistand.
»Wie fühlst du dich?«
»Müde.«
»Er ist wunderschön.«
»Sind sie doch alle.«
»Er sieht aus wie du.«

»Hoffentlich nicht.«

David sah aus wie ein neugeborenes Baby, runzlig und mit einem Schopf von schwarzem Haar. Damien strich ihm behutsam über die Wange. Es war seltsam – er war wütend gewesen, als Caroline ihm von der neuen Schwangerschaft erzählte, aber nun gab es nichts, das er für dieses winzige Baby nicht tun würde.

»Caroline.« Er setzte sich auf die Bettkante.

Sie wandte ihm das Gesicht zu. Sie war blaß und müde, aber er fand, sie habe nie schöner ausgesehen als in diesem Augenblick. Er beugte sich über sie und schob ihr eine goldene Strähne aus der Stirn.

»Es geht um Tossa.«

Sie wandte sich ab. »Ich will nicht drüber reden.«

»Aber ich«, sagte Damien. »Ich will drüber reden.«

»Ein anderes Mal.«

»Nein, jetzt. Wir müssen jetzt darüber reden.«

»Du vielleicht. Ich muß jetzt schlafen.«

Sie schloß die Augen. Sie wollte nicht hören, wie leid es ihm tat. Es interessierte sie nicht. Sie merkte, wie er von der Bettkante aufstand und aus dem Zimmer ging, aber sie hatte nicht mehr die Energie zu weinen.

Am Abend kam Patrick zu Besuch. Er brachte einen riesigen Blumenstrauß und eine Schachtel mit Carolines belgischen Lieblingspralinen mit.

»Er ist wunderschön«, sagte er.

Caroline grinste. »Ja, nicht wahr? Du kannst ihn ruhig auf den Arm nehmen. Na los, er wird dich nicht beißen.«

»Ich weiß«, sagte Patrick. »Ich mache mir nur Sorgen, was er sonst noch tun könnte!«

Sie lachte, und er war froh, dies Lachen zu hören.

»Wo ist Damien?« fragte er, während er sich im Zimmer

umsah, als habe sich sein Schwiegersohn irgendwo versteckt.
»Zu Hause, nach Emma sehen. Er kommt später wieder vorbei.«
Patrick räusperte sich, und Caroline erkannte die Anzeichen sofort.
»Habt ihr eure Schwierigkeiten beigelegt?« Ihr Vater nahm die Brille ab, polierte sie mit der Überdecke und setzte sie wieder auf.
»Schwierigkeiten?« schnaubte Caroline. »Er hatte etwas mit meiner Schwester. Von wegen *Schwierigkeiten.*«
»Ich glaube nicht, daß es so war. Tossa hat gesagt ...«
»Es ist mir egal, was Tossa sagt«, unterbrach Caroline.
»Sie weiß, daß sie etwas Furchtbares getan hat, aber es war einfach ein Fehler, Caroline. Sie hat es nicht so gemeint.«
»Sie hat es nicht so gemeint, Damien hat es nicht so gemeint, kein Mensch hat es so gemeint, aber getan haben sie's trotzdem.«
»Meinst du nicht, daß du das vielleicht, na, sagen wir mal, ein bißchen zu ernst nimmst?« fragte Patrick.
»Nein«, antwortete Caroline. »Und bitte laß mich das selbst in Ordnung bringen.«
»Natürlich, es ist deine Sache«, sagte Patrick, während er aufstand. »Nur, vergiß nicht, daß ihr beide meine Töchter seid. Du und Tossa. Ich liebe euch beide.«
Caroline schluckte krampfhaft, als er ging. Jetzt hatte er es fertiggebracht, daß Tossa ihr beinahe leid tat. Alle wollten sie so tun, als wäre nichts passiert. Aber es war nun einmal passiert, und Tossa war ein Miststück, und Damien war ein Schwein. Und sie wollte – konnte – ihnen nicht verzeihen.

Tossa erfuhr die Neuigkeit von Louise. Sie hatte eine Reihe ergebnisloser Vorstellungsgespräche hinter sich und war denkbar schlechter Laune.
»Ein Junge, und es geht beiden gut«, sagte Louise.
»Schön«, antwortete Tossa, während sie die Schuhe von den Füßen schleuderte.
»Dein Dad sagt, beide sehen phantastisch aus.«
»Ist ja großartig.«
Louise musterte sie einen Augenblick lang wortlos, dann verschwand sie in der Küche. Tossa legte sich aufs Sofa und starrte an die Decke.
Warum nur? Warum hatte sie es nur getan, warum hatte sie zugelassen, daß Damien es tat? Was war nur los gewesen mit ihr?
Sie genoß es geradezu, sich elend zu fühlen. Als sei die einzige mögliche Sühne für ihre Taten, dafür zu sorgen, daß es ihr so schlecht ging wie möglich, und zudem machte sie sich Sorgen. Sie hatte ihren Lebenslauf an alle Agenturen geschickt, die sie finden konnte; sie war zu einem Dutzend Vorstellungsgesprächen gegangen und hatte immer noch keine Arbeit. Es war geradezu demütigend. Die Frauen in den Agenturen sahen sie an, als sei sie leicht beschränkt, wenn sie ihnen sagte, daß sie weder Maschinenschreiben noch Stenographie beherrschte. Und das im technologischen Zeitalter, dachte sie – was sprach eigentlich gegen Diktiergeräte?
»Da.« Louise reichte ihr eine Tasse Kaffee. »Wie ging's?«
»Danke.« Sie sah auf. »Tut mir leid. Aber ich habe keinen Job, und ich glaube nicht, daß ich je einen finden werde. Ich wäre am liebsten wieder zu Hause.«
»Tossa, du bist das kläglichste Wesen, das ich je getroffen habe.« Louise setzte sich und streckte die Beine aus.

»Wenn eine von meinen Schülerinnen so viel winselte wie du, würde ich ihr sagen, sie sollte endlich erwachsen werden.«

»Aber mein Leben ist ruiniert!« sagte Tossa.

»Mach dich nicht lächerlich«, sagte Louise. »Dein Leben ist weniger aus dem Gleis als Carolines.«

»Das war ihre eigene Schuld. Sie war es doch, die schwanger geworden ist.«

»Und was hinterher passiert ist, war deine Schuld.«

Tossa trommelte mit den Fingern auf die Sofalehne. »Ich wollte studieren«, sagte sie ruhig. »Das ist alles, was ich jemals wollte.«

»Damit wirst du jetzt eben eine Weile warten müssen. Und warum fängst du eigentlich nicht ein Abendstudium an?«

»Das ist nicht dasselbe.«

»Stimmt. Na und?«

Tossa fühlte sich unbehaglich. Bei ihrer Ankunft hatte sie zunächst geglaubt, Louise sei auf ihrer Seite. Aber seither hatte ihre Cousine sehr deutlich gemacht, daß sie keine Partei ergreifen würde. Sie schien überhaupt nur daran interessiert zu sein, daß Tossa eine Stelle fand und ihre Miete bezahlte. Sie ließ jeden Morgen die Stellenanzeigenseite der Zeitung auf dem Tisch liegen, aber für Bürojobs hatte Tossa nicht die richtigen Qualifikationen, für andere Stellen gar keine, und mit dem Gedanken, in irgendeinem Geschäft zu arbeiten, konnte sie sich nicht anfreunden. Das hatte sie hinter sich, fand sie, und wie O'Shaughnessys Minimarkt würde es sowieso nicht sein. Außerdem war es ein zu großer Abstieg gegen das, was sie sich vorgestellt hatte. Als sie dies allerdings Louise mitgeteilt hatte, hatte ihre Cousine gesagt, sie sei ein Snob und

solle anfangen, in der realen Welt zu leben. Tossa wußte nicht, was sie davon halten sollte.
»Hast du morgen irgendwas vor?« Louise sah von den Hausaufgaben auf, die sie korrigierte.
»Ich habe einen Termin bei einer Agentur in der City. Vielleicht kriege ich dort was.«
»Schon möglich«, sagte Louise. »Versuch mal, optimistisch zu sein.«
Es war das erste Mal, daß sie in der Londoner City war, und die U-Bahn machte ihr angst. Sie hatte eine Ewigkeit gebraucht, um herauszufinden, welche Linie sie nehmen mußte; die Rolltreppen waren erschreckend lang und steil, und sie atmete auf vor Erleichterung, als sie die Agentur endlich gefunden hatte.
Darina Walton war eine gepflegte Frau Mitte Dreißig in einem auffallenden, schwarzweiß karierten Kostüm. Sie nahm Tossa mit in ein Sprechzimmer und stellte ihr eine Reihe von Fragen über ihre Ausbildung und ihre Erfahrungen. Tossa tat ihr möglichstes, um die Arbeit in Patricks Lebensmittelladen interessant klingen zu lassen.
»Ich habe die ganze Buchhaltung gemacht. Und die Lagerhaltung und die Preise.«
»Haben Sie irgendwelche Büroerfahrungen?«
»Nein«, antwortete Tossa wahrheitsgemäß.
Darina schob die Lippen vor. »Wir brauchen Leute mit Büroerfahrung. Haben Sie jemals mit Microsoft Office gearbeitet?«
»Ja«, log Tossa. Während eines zweiwöchigen Praktikums hatte sie immerhin gesehen, wie andere Leute mit Textverarbeitung und Spreadsheets umgingen.
»Schon besser«, sagte Darina. Sie griff nach einer Aktenmappe und begann zu blättern, wobei sie kleine Grimas-

sen schnitt. Schließlich nahm sie ein Formular aus der Mappe. »Ich bin mir bei dem hier nicht ganz sicher, aber bei Gifton Mutual suchen sie eine Bürohilfe.«
Tossa sah hoffnungsvoll auf.
»Sie haben uns die Stelle erst gestern gemeldet, und sie brauchen schnell jemanden. Vielleicht wäre das was für Sie – ich mache jedenfalls einen Termin für Sie aus.«
Sie wählte eine Nummer. »Simon Cochrane, bitte. Darina Walton.« Sie legte die Hand über die Muschel. »Es ist ein sehr lebhaftes Büro«, sagte sie zu Tossa. »Ach, Simon. Wie geht es Ihnen? Wunderbar. Ich hätte ein Mädchen für Sie.« Sie lachte. »Computerkenntnisse. Jede Menge Erfahrung in der Buchhaltung. Geht sicher mit Zahlen um. Keine Erfahrung mit Anlagen, leider, aber Sie werden feststellen, daß sie schnell lernt. Ich kann sie Ihnen gleich vorbeischicken.«
Tossa war überrascht, wie enthusiastisch sich Darina auf einmal anhörte. Als sei sie, Tossa, geradezu geschaffen für diese Stelle.
»Elf Uhr dreißig? Das müßte zu schaffen sein.« Darina sah Tossa an, die heftig nickte. »Gut. Ich richte es aus. Kein Problem, Simon. Natürlich, Ihnen auch. Auf Wiederhören.«
Sie legte auf. »Gifton Mutual ist eine Investmentgesellschaft«, erklärte sie. »Simon Cochrane ist der Direktor; er wird das Einstellungsgespräch führen. Und hier ist die Adresse. Viel Glück.«
Tossa nahm den Zettel und verabschiedete sich. Diesmal, dachte sie, diesmal werde ich positiv und selbstsicher sein, damit sie mich einstellen wollen. Zum ersten Mal seit geraumer Zeit war sie voller Hoffnung.
Sie sorgte dafür, daß sie lange vor halb zwölf an Ort und

Stelle war, und trank in einem Café in der Nähe einen Kaffee, um pünktlich auf die Minute das eindrucksvolle Marmorfoyer des Firmengebäudes zu betreten. Der Sicherheitsmann hinter dem erhöhten Schreibtisch schickte sie in den ersten Stock hinauf.

Sie trat aus dem Aufzug und stand inmitten von purem Luxus. Der Teppich war tiefblau und goldgesprenkelt; der Name »Gifton« erschien in Goldbuchstaben sowohl auf dem Teppich als auch an der Wand. Eine bildhübsche Asiatin hinter einem Mahagonischreibtisch lächelte ihr zu. »Kann ich Ihnen helfen?«

»Tossa O'Shaughnessy.« Sie schluckte und räusperte sich. »Ich habe einen Termin mit Mr. Cochrane.«

»Natürlich.« Die Empfangssekretärin griff zum Telefon. Tossa merkte, daß ihre Hände schwitzten, und wischte sie unauffällig an ihrem marineblauen Rock ab.

»Mr. Cochrane wird gleich da sein.« Die Rezeptionistin lächelte sie noch einmal an und wandte sich wieder ihrem Bildschirm zu.

Fünf Minuten später betrat ein großer schwarzhaariger Mann den Vorraum.

»Simon Cochrane.« Er streckte die Hand aus. »Ich freue mich, Sie kennenzulernen. Bitte kommen Sie mit.«

Ihr Herz hämmerte, als sie ihm einen langen Gang entlang zu einem Konferenzraum folgte. Ölbilder hingen an den Wänden, und ein riesiger Tisch beherrschte das Zimmer.

»Nehmen Sie Platz. Erzählen Sie mir etwas über sich.«

Tossa begann von vorn, wobei sie so viel wie möglich über Buchhaltung, Lagerverwaltung und das Abgleichen von Kontoauszügen sprach.

»Wissen Sie etwas über Investmentgesellschaften?« erkundigte er sich.

»Ich fürchte nein.«
»Aber Sie haben in der Schule Wirtschaftswissenschaft gemacht, Sie wissen also, wie die Ökonomie funktioniert?«
»Ja.« Tossa wußte, daß die Antwort nervös klang.
»Wie tüchtig sind Sie?«
»Sehr.«
»Und was halten Sie davon, hart zu arbeiten?«
»Ich arbeite gern. Ich habe in unserem Familienbetrieb hart gearbeitet und werde weiterhin hart arbeiten, wenn ich eine Stelle habe.« Sie errötete nach dieser Feststellung.
»Können Sie addieren?« fragte Simon.
»Wie bitte?«
»Addieren. Können Sie addieren, subtrahieren, multiplizieren, dividieren?«
»Natürlich.« Sie sah ihn überrascht an.
»Bei uns geht es um Zahlen«, sagte er. »Natürlich arbeiten wir mit Rechnern und Computern. Aber es hilft, wenn unsere Leute intuitiv merken, wenn etwas nicht richtig aussieht. Meinen Sie, Sie sind dazu in der Lage?«
»Ja«, sagte Tossa entschieden. Was er auch immer wollte, sie würde es tun können.
»Haben Sie mit Spreadsheets gearbeitet?«
»Kaum.« Sie sah ihm gerade ins Gesicht. »Aber das Prinzip ist mir klar, und ich bin sicher, ich werde keine Probleme damit haben.«
»Wir fangen um acht an. Und manchmal kann es sehr spät werden.«
»Das ist in Ordnung«, sagte Tossa. Schließlich war es auch bei ihnen im Laden oft spät geworden.
Er nahm die Brille ab und legte sie auf den Tisch. Seine

Augen waren aquamarinblau – sie konnte nicht anders, als es zu bemerken. Sie setzte sich etwas aufrechter hin.
»Manche Leute haben etwas unrealistische Vorstellungen vom Investmentsektor«, sagte Simon. »Gifton Mutual ist keine schicke, groß auftretende Firma. Wir verwalten das Geld anderer Leute, und wir sind gut darin.«
»Ich verstehe«, sagte Tossa.
Er lächelte sie an. Er sah jünger aus, wenn er lächelte. Tossa war sich nicht sicher, wie alt er war – irgendwo zwischen dreißig und vierzig, nahm sie an –, aber das Lächeln ließ ihn jungenhaft wirken. Sie freute sich, als er ihr das Anfangsgehalt nannte. Alles wäre besser gewesen als nichts; nun würde sie immerhin Louise die Miete zahlen und irgendwann auch Patrick sein Geld zurückgeben können.
»Sie können gleich anfangen?«
Sie nickte.
»Gut.« Er stand auf und streckte ihr die Hand hin. Sein Händedruck war fest, die Handfläche trocken.
»Willkommen an Bord. Seien Sie morgen gegen acht da.«
»Vielen Dank«, sagte Tossa. »Sie werden es nicht bereuen, daß Sie mich eingestellt haben.«
»Hoffentlich nicht.« Simon Cochrane grinste sie an. »Und ich hoffe nur, daß *Sie* es nicht bereuen, hier angefangen zu haben.«
Tossa konnte es kaum erwarten, Louise von ihrer Stelle zu erzählen, und ihre Cousine war hinreichend beeindruckt von ihrer Beschreibung der Firma.
»Das klingt gut«, sagte sie. »Es freut mich richtig für dich, Tossa.«
»Danke.« Tossa umarmte sie. »Danke für *alles,* Louise.«
»Nun übertreib nicht. Und du leihst dir besser meinen

Wecker – ich denke nicht dran, zu nachtschlafender Zeit aufzustehen und dich aus dem Bett zu schmeißen.«
Tossa lachte. »Ich muß wirklich mitten in der Nacht aufstehen und den ersten Zug nehmen. Ist es okay, wenn ich heute abend Dad anrufe und es ihm erzähle?«
»Natürlich.« Louise plumpste aufs Sofa und zielte mit der Fernbedienung auf den Fernseher. »Gott, bin ich müde. Ich *hasse* Vierzehnjährige.«
Dad wird sich freuen, dachte Tossa, als sie die Nummer wählte. Daß Caroline ans Telefon gehen würde, hatte sie nicht erwartet. Sie öffnete den Mund und klappte ihn wieder zu.
»Hallo. O'Shaughnessy«, sagte Caroline zum zweiten Mal. Sie klang gereizt.
»Caroline, ich bin's. Tossa.«
Schweigen am anderen Ende. Dann hörte sie, wie der Hörer auf den Flurtisch gelegt wurde.
Sie wartete und begann sich zu fragen, ob Caroline Patrick überhaupt Bescheid gesagt hatte. Endlich wurde der Hörer aufgenommen.
»Tossa?«
»Hi, Dad.«
»Hallo, Liebling. Wie geht es dir?«
»Prima. Ich wollte dir nur sagen, ich habe einen Job!«
»Tossa, das ist ja toll! Was für einen Job?«
»Bei einer Investmentgesellschaft«, sagte sie beiläufig.
»Was ist eine Investmentgesellschaft?«
»Ehrlich gesagt, so genau weiß ich das auch nicht. Sie legen für andere Leute Geld an.«
»Oh, wie ein Börsenmakler.«
»Nicht ganz. Die Leute zahlen Geld in einen Fonds ein, und die Firma investiert es dann.«

»Das klingt sehr anspruchsvoll.«
»Nicht bei mir«, lachte sie. »Ich bin eher das Mädchen für alles.«
Patrick schwieg einen Augenblick. »Aber du kommst doch bald wieder nach Hause?«
Tossas Herz schlug schneller. »Wollt ihr das?«
»Natürlich. Wir vermissen dich.«
»Vermißt Caroline mich?«
Patrick räusperte sich. »Sie ist natürlich noch immer verstört ...«
»Dad«, unterbrach Tossa. »In einem Jahr vielleicht. Wenn sie mir verziehen hat.« Sie merkte, daß ihre Stimme zu zittern begann, und grub die Fingernägel in die Handfläche. »Wenn sie *wirklich* drüber weg ist. Wie geht es denn meinem Neffen?«
»David geht es gut. Aber er ist dunkel, genau wie Damien. Gar nicht wie Caroline.«
»Schick mir doch ein Foto«, sagte Tossa. »Ich würde ihn gern sehen.«
»Natürlich mache ich das.« Patrick war offenkundig erfreut. »Paß auf dich auf, Tossa. Sei vorsichtig in London. Du weißt ja jetzt, wie es da ist.«
Sie lächelte. »Groß und laut ist es. Aber mir gefällt es hier.«
»Ja, nur, paß auf.«
»Mach ich.«
Sie verabschiedete sich und setzte sich zu Louise vor den Fernseher.

12

Canes Venatici
(Jagdhunde)

Ein Sternbild der nördlichen Hemisphäre;
es enthält viele weit entfernte Galaxien von unterschiedlicher
Größe und Form

Donna lud Caroline ein, ihren Geburtstag mit ihr zusammen zu feiern.

»Bloß wir und die anderen Mädchen. Wir gehen einen trinken und hinterher etwas essen«, erklärte sie am Telefon. Caroline hatte David auf dem Arm, während sie sprach – sie hatte ihn gefüttert, als das Telefon klingelte. »Wenn du danach nicht mehr in einen Club oder so was gehen willst, brauchst du ja nicht mitzukommen.«

Das mit dem Club hörte sich wundervoll an. Caroline dachte sofort an ihre engsten Jeans und den Kaschmirpullover.

»Ich würde furchtbar gern mitkommen«, sagte sie. »Aber ich muß einen Babysitter finden. Freitag ist Damiens Ausgehabend.«

Sie stellte sich einen Abend mit den Mädchen vor, während sie Davids Rücken rieb. Er spuckte die Hälfte seines Fläschchens wieder aus, und sie rümpfte die Nase über den süßlichen Geruch der halbverdauten Milch. Ich bin eine schlechte Mutter, dachte sie hilflos. Ich kann es nicht ausstehen, wenn er das tut; ich bin sicher, andere Mütter stört es nicht.

Emma kam auf sie zu. »Heben!« verlangte sie. »Emma heben!«
»Ich kann dich jetzt nicht hochheben. Ich habe David auf dem Arm«, sagte Caroline.
Emmas Unterlippe begann zu zittern. »Heben«, wiederholte sie.
»Nachher«, versprach Caroline, während sie ins Wohnzimmer zurückkehrte.
»Nein!« Emma setzte sich auf den Teppich und begann, mit ihrer Puppe gegen die Tür zu schlagen.
»Emma, komm her. Hilf Mammy.«
»Nein.« Das Schlagen wurde heftiger.
»Emma, hör auf damit!« Caroline setzte sich aufs Sofa und bot David sein Fläschchen an. Er nahm den Sauger in den Mund und begann energisch zu trinken, die Augen vor Konzentration fest zusammengekniffen.
»Auch Flasche haben.« Emma sah zu Caroline auf. »Flasche gleich.«
»Du bekommst gleich etwas. Sobald ich David gefüttert habe.«
»Mag nicht David.« Emma runzelte die Stirn.
»Doch, natürlich. Er ist dein Bruder. Sag ›Bruder‹, Emma.«
»Nein.«
Caroline seufzte, als sie David in seinen Wagen legte. Er war bezaubernd, wenn er schlief – weiche Haut und lange schwarze Wimpern. Wenn er schlief, liebte sie ihn so sehr, daß es weh tat.
»Ist es dir recht, wenn ich am Freitagabend ausgehe?« fragte sie Damien, während sie ihm eine Tasse Tee eingoß.
»Freitag ist doch mein Abend?«

»Normalerweise ja, aber Donna hat Geburtstag. Sie hat uns alle für den Abend eingeladen.«
»Sie ist wohl pausenlos unterwegs«, sagte Damien.
»Sie ist ja auch erst zweiundzwanzig.« Caroline schnitt eine Scheibe Brot in Streifen und gab Emma einen davon.
»Aufführen tut sie sich wie ein Teenager.«
»Ach, übertreib doch nicht.«
»Was habt ihr denn vor?«
»So genau hat sie es nicht gesagt. Einen trinken gehen und irgendwo essen wahrscheinlich. Was denkst denn du?«
Damien zuckte die Achseln.
»Hast du Angst, ich gehe in einen Club und finde vielleicht einen anständigen Mann?«
»Oh, Herrgott noch mal!«
»Jemand, dem etwas an mir liegt?«
»Mir liegt an dir«, sagte Damien. »Ich hab's dir tausendmal gesagt, aber es kommt einfach nicht an, stimmt's?«
»Es ist schwierig, wenn man weiß, daß du bei der ersten besten Gelegenheit eine andere aufliest.«
Damien setzte seine Tasse sorgfältig in der exakten Mitte der Untertasse ab. »Caroline, du bist offensichtlich nicht bereit, wie ein erwachsener Mensch über die Sache zu reden. Ich habe es versucht, aber du hörst einfach nicht zu. Ich habe dir gesagt, daß es mir leid tut, bis es mir zu den Ohren herauskommt, aber du willst es nicht wissen. Ich habe es satt, mir anzuhören, wie du immer und immer wieder drauf rumreitest. Wenn du nichts Neues zu sagen hast, halt doch einfach den Mund.«
Caroline stand auf, ging aus der Küche und schlug die Tür hinter sich zu.

Sie fand für Freitagabend einen Babysitter – Kathy Marron, die in derselben Straße wohnte und schon mehrmals auf Emma aufgepaßt hatte. Sie war ein lebhaftes Mädchen von sechzehn Jahren, und sie hatten sich von Anfang an gemocht – vielleicht weil Kathy Caroline daran erinnerte, wie sie selbst in diesem Alter gewesen war.
Es war geradezu qualvoll, sich in die Jeans zu zwängen, aber sie schaffte es. Essen würde sie so natürlich nicht können, aber das war vielleicht auch ganz gut so. Sic mußte etwas abnehmen. Sie besprühte sich großzügig mit Deospray, schminkte sich, bürstete ihr goldenes Haar und ließ es offen über die Schultern fallen.
Ich sehe jung aus, entschied sie nach einem Blick in den Spiegel. Niemand würde auf den Gedanken kommen, daß sie zwei Kinder hatte.
Zweifache Mutter. Sie konnte es selbst kaum glauben.
Sie nahm die Schnellbahn in die Stadt und traf sich im Pub The Old Strand mit den anderen Mädchen. Donna, Pam und Michelle sowie zwei von Donnas Arbeitskolleginnen, Jackie und Siobhan, waren bereits da.
»Herzlichen Glückwunsch.« Caroline überreichte Donna das hübsch verpackte Geschenk, und Donna küßte sie auf die Wange.
»Danke«, sagte sie, während sie das Papier abzureißen begann, und quietschte gleich darauf beim Anblick des Lou-Lou-Flakons. »Caroline, wie schön, ein Parfum habe ich gerade gebraucht!«
»Ich war mir nicht ganz sicher«, sagte Caroline.
»Ich brauche immer Parfum.«
Der Pub war voll. Viele Gäste waren direkt von der Arbeit gekommen; eine Gruppe in der Ecke sprach bereits laut und gestenreich. Caroline überraschte sich bei dem Ge-

danken, daß es noch ziemlich früh war, um angetrunken zu sein, und ärgerte sich gleich darauf über sich selbst. Herrgott, dachte sie, du denkst schon wie eine richtige kleine Puritanerin.

»Was nimmst du?« fragte sie Donna.

»Wodka Tonic.«

»Und ihr?« Caroline gab die Bestellungen an den Barmann weiter – trotz des Gedränges hatte sie keinerlei Schwierigkeiten, ihn auf sich aufmerksam zu machen. Sie brachte die Getränke an den Tisch und nahm einen Schluck von ihrem Wodka Orange.

»Es ist ewig her, seit ich hier war«, bemerkte sie mit einem Blick in die Runde.

»Es ist vom Büro aus gut zu erreichen«, sagte Donna. »Und ich mag die Atmosphäre.«

Caroline hätte beinahe gesagt, daß sie die Atmosphäre ziemlich rauchig fand, hielt sich aber eben noch rechtzeitig zurück. Früher hatte der Rauch in Pubs sie nie gestört.

»Wie geht's denn dem neuen Baby?« erkundigte sich Pam.

»Oh, bestens.« Caroline ließ die Flüssigkeit in ihrem Glas kreisen.

»Und Emma betet ihn an?« fragte Michelle.

Caroline verzog das Gesicht. »Von wegen. Sie ist eifersüchtig. Es ist gar nicht so einfach, ihnen beiden gleich viel Aufmerksamkeit zu schenken.«

Michelle nickte. »Kann ich mir vorstellen.« Sie sah sich um und stieß Caroline in die Seite. »Der Typ da drüben, ist der nicht toll? Würdest du den nicht auch mit ins Bett nehmen?«

»Michelle Reynolds!«

»Etwa nicht? Er sieht aus wie Brad Pitt.«
»Finde ich nicht«, sagte Jackie. »Aber gut genug zum Vernaschen allemal.«
»Ich denke, du hast einen Freund, Michelle.« Caroline wandte den Blick ab; der Mann hatte bemerkt, daß sie ihn ansah.
»Nicht mehr.« Michelle grinste sie an. »Ich bin zu neuen Schandtaten bereit.«
Die anderen lachten, und Donna besorgte die nächste Runde.
»Wie geht es Mick?« fragte Pamela, als Donna ihr die Flasche hinreichte.
»Okay.« Pamela und Mick Murray hatten sich einen Monat zuvor getrennt, und Pamela trauerte ihm immer noch nach.
»Wir waren zwei Jahre zusammen«, seufzte sie.
»Das war's wahrscheinlich, was ihn verscheucht hat«, kicherte Siobhan. »Ich kann mir wirklich nicht vorstellen, länger als zwei Monate mit jemandem zu gehen!«
»Du warst aber sechs Monate lang mit Ray Farmer zusammen«, sagte Donna.
»Ja, aber ich hatte ja auch noch Donald Grimes«, erklärte Siobhan. »Das hat es erträglich gemacht.«
Caroline nippte an ihrem Glas und hörte zu. Es war eine harmlose, alberne Unterhaltung von der Sorte, wie sie sie früher ständig mit Donna geführt hatte. Aber inzwischen unterhielt sie sich mit ihrer Freundin kaum noch über Männer und Kleider; Caroline sprach über ihre Kinder, Donna über ihre Arbeit.
Von Damien und Tossa wußte Donna nichts; Caroline hatte es nicht über sich gebracht, jemandem davon zu erzählen. Man stelle sich vor, würden sie denken, Tossa

O'Shaughnessy spannte ihrer Schwester den Ehemann aus! Was für eine Niete Caroline wohl im Bett sein mußte, wenn Damien Tossa vorzog? Schon bei dem Gedanken errötete Caroline.
»Alles in Ordnung?« fragte Donna.
Caroline nickte. »Ich habe bloß an etwas gedacht.«
»Wie kommt Tossa eigentlich in England zurecht?«
Schon bei der Erwähnung dieses Namens wurde ihr heiß.
»Okay, soviel ich weiß«, sagte sie.
»Ich dachte, sie wollte unbedingt auf die Universität gehen«, schaltete Pam sich ein.
Caroline zuckte die Achseln. »Sie hat sich's anders überlegt«, sagte sie und leerte ihr Glas. »Wahrscheinlich hat sie gedacht, in England kommt sie besser voran.«
»Komisch ist es trotzdem«, bemerkte Donna. »Sie war dermaßen versessen aufs Studieren ...«
»Ach, reden wir doch nicht über Tossa!« warf Caroline ein. »Ich dachte, wir wollten uns amüsieren.«
Pam und Donna sahen sie überrascht an. Caroline war unverkennbar aufgebracht.
»Ich frage mich, ob sie zum Abtreiben nach England gegangen ist«, murmelte Pam, als Caroline zur Bar ging, um Nachschub zu holen.
»Kann ich mir nicht vorstellen«, flüsterte Donna zurück. »Mr. O'Shaughnessy war doch sehr verständnisvoll bei Caro.«
»Vielleicht hat sie gedacht, bei ihr ist er's nicht mehr.«
»Aber bei Tossa kann ich mir das irgendwie nicht recht vorstellen.«
»Das weiß man doch nie, bei diesen stillen Typen. Hast du Caroline mal gefragt?«
»Eigentlich nicht. Wenn ich von Tossa anfange, wechselt

sie das Thema. Obwohl mir das bisher noch nie so aufgefallen war.«

»Ich sag dir, Donna, irgendwas stimmt da nicht.«

Donna stieß Pam an, als Caroline mit den Gläsern zurückkam. »Danke«, sagte sie, während sie ihres entgegennahm.

»Wo wolltet ihr denn essen?« fragte Caroline mit einem Blick auf die Armbanduhr.

»Oh, jetzt wollen wir noch gar nichts!« rief Jackie. »Es ist viel zu früh.«

»Warten wir noch eine Weile«, stimmte Pam zu.

Caroline war erleichtert, daß das Thema Tossa abgeschlossen war. Aber der Pub war inzwischen so voll, daß es kaum Platz zum Stehen gab und die Unterhaltungen geschrien wurden. Caroline saß unbehaglich auf der Kante ihres Barhockers und hörte dem Geschnatter der anderen zu. Um elf Uhr, als das Abendessen wieder ins Gespräch kam, war sie restlos erschöpft.

»Ich bin am Verhungern«, bemerkte Siobhan unvermittelt.

»Ich auch.« Donna klopfte sich auf den flachen Bauch. »Ich habe seit dem Frühstück nichts gegessen.«

Caroline hatte keinen Hunger, und sie hatte begonnen, an David zu denken. Er hatte leicht erkältet gewirkt. Kathy wußte zwar, daß sie sich in The Old Strand getroffen hatten; wenn sie nun aber in ein Restaurant gingen, würde sie sie nicht erreichen können. Was, wenn David nun wirklich krank wurde?

»Ich glaube, ich gehe lieber nach Hause«, sagte sie.

Die anderen starrten sie erstaunt an.

»Aber Caroline, was soll denn das?« fragte Donna. »Wir haben noch nicht mal angefangen!«

»Ich bin ziemlich müde, und David war vorhin ein bißchen grippig.«
»Aber hast du nicht gesagt, du hast einen Babysitter?«
»Natürlich, aber ...«
»Komm schon, Caroline. Sei kein Spielverderber.«
Sie sah in die vorwurfsvollen Gesichter ihrer Freundinnen und seufzte. Sie wollte ihnen den Abend nicht verderben. Sie war es, die nicht in Stimmung war; dabei war sie diejenige gewesen, die unbedingt hatte ausgehen wollen. Und Donna war ihre beste Freundin. Caroline konnte sie nicht ausgerechnet an ihrem Geburtstag im Stich lassen.
»Ich rufe nur kurz an.« Sie rutschte von ihrem Hocker. »Weiß irgendwer schon, wo wir essen?«
»Das chinesische Restaurant um die Ecke?« schlug Pam vor. »Das Essen ist gut und nicht zu teuer.«
»Klingt gut«, sagte Donna, und die anderen nickten.
»Okay.« Caroline verschwand, und die anderen warteten.
»Muß das langweilig sein, ewig die Mutter zu spielen.« Jackie sah zum Telefon hinüber.
Donna schüttelte den Kopf. »Sie hat wirklich Pech gehabt.«
»Warum?« fragte Siobhan.
»Ach, sie ist schwanger geworden, bevor sie geheiratet hat. Und danach gleich wieder. Sie war nicht gerade glücklich drüber und Damien auch nicht. Er ist ein netter Kerl, aber ich kann mir nicht helfen – ich finde, das alles war überstürzt.«
»Aber sie mußte doch nicht heiraten?« fragte Siobhan.
»Nein, aber im tiefsten Innern ist sie sehr konservativ. Sie hat gedacht, es wäre richtig so.«
Caroline schob sich durch die Menge zu ihnen zurück.

»Alles in Ordnung?« fragte Donna.

»Alles bestens. Sie schlafen beide.«

»Na also.« Donna klopfte ihr auf den Rücken. »Kein Grund zur Sorge.«

Nach dem Lärm der Bar wirkte das Restaurant sehr ruhig. Der dicke Teppich verschluckte das Geräusch der Schritte; ein kleiner Springbrunnen plätscherte beim Eingang. Donna bestellte für alle.

»Es ist hübsch hier«, sagte Caroline, während sie sich umsah.

»Wechselt dauernd den Besitzer«, antwortete Siobhan. »Aber das Mittagsmenü ist billig. Wir kommen her, wenn das Kantinenessen wieder mal total unzumutbar ist.«

Caroline wünschte sich, hungriger zu sein. Ihr war nicht nach Essen zumute; die Jeans waren ohnehin schon unbehaglich eng, und sie war todmüde. Sie war seit einer Ewigkeit nicht mehr so lange aufgeblieben.

Der Kellner brachte dampfende Schalen mit Hühner-Mais-Suppe, und Jackie verkündete: »Meine Lieblingssuppe. Ich liebe dieses Zeug.«

»Alles in Ordnung, Caroline?« fragte Donna. »Du ißt nicht gerade viel.«

»Ich versuche, meine Figur zurückzukriegen«, log Caroline. »Ich darf nicht zu viel essen.«

»Du hast doch eine tolle Figur«, sagte Siobhan neidisch. »So dünn wollte ich auch sein nach zwei Kindern.«

Caroline lachte leise. »Die Rollen unter den Klamotten solltest du mal sehen.«

»Ich gehe jetzt in einen Fitnessclub«, sagte Pam. »Jeden Sonntagmorgen.«

»Gütiger Himmel.« Donna musterte sie überrascht. »Übungen mit Hanteln und solche Sachen?«

Pam nickte. »Macht Spaß«, sagte sie. »Ganz ehrlich.«
»Nichts für mich. Ich habe an Sonntagen immer einen solchen Kater, ich werde mich hüten, noch in Fitnessclubs zu gehen!«
Die anderen lachten, und Caroline sah heimlich auf die Uhr. Sie fühlte sich wie benommen vor Müdigkeit und dem ungewohnten Alkohol.
Der Hauptgang kam. Die Mädchen verteilten brutzelndes Rindfleisch, Kung-Po-Hühnchen und Garnelen, und Caroline nahm eine möglichst kleine Portion. Donna versuchte, mit ihren Stäbchen einen Pilz aufzunehmen, der ihr immer wieder entwischte. »Das ist unmöglich«, beschwerte sie sich lachend. »Nicht mal die Chinesen können so was mit Stäbchen essen.«
»Wir hätten Schälchen bestellen sollen«, sagte Jackie. »Dann wird's einfacher.«
»Nicht für mich.« Pamela hatte den Kampf aufgegeben und verwendete die Gabel. »Ich sehe ja schon kaum was!«
Donna sah sie besorgt an. »Dir ist doch nicht übel, oder was?«
»Ganz und gar nicht. Mir wird doch nicht übel, wenn ich mal was trinke. Nur wenn ich wirklich zuviel trinke!«
Donna hatte den Pilz schließlich erwischt; gleich darauf allerdings quiekte sie vor Entsetzen, als er ihr zwischen den Stäbchen hindurchschoß und auf dem Teppich landete. Die Mädchen lachten, und dann begann Caroline zu husten, als sie sich an einem Chili verschluckte. Die Tränen strömten ihr über das Gesicht; sie griff hastig nach einem Glas Wasser und schluckte den Bissen hinunter.
»Sorry«, keuchte sie.

»Ich dachte gerade, jetzt bist du es, der übel wird«, kicherte Pam.
Es war ein Uhr nachts, als sie das Restaurant verließen. Sie standen in der Wicklow Street inmitten von Gruppen anderer Nachtschwärmer, und Jackie fragte: »Wohin jetzt?«
»Ich dachte, wir gehen nach Hause?« fragte Caroline zweifelnd.
»Komm schon, Caroline, es ist doch noch früh!« Donna legte ihr den Arm um die Schultern. »Ein bißchen Spaß muß schon noch sein.«
»Ja, aber ich muß früh aufstehen. Und um halb drei kriegt David ein Fläschchen.«
»O Gott.« Siobhan sah entsetzt aus. »Mußt du dafür jedes Mal mitten in der Nacht aufstehen?«
»Eine Zeitlang schon«, sagte Caroline.
Siobhan schüttelte nur den Kopf.
»Hey«, sagte Donna zu Caroline. »Warum kommst du nicht für eine Stunde mit. Dann kannst du gegen halb drei zu Hause sein, David füttern und schlafen gehen. Wenn du jetzt nach Hause gehst, schläfst du sowieso nur ein, bevor du ihn füttern kannst.«
»Gute Idee«, sagte Pam, und auch Caroline nickte.
Sie besuchten einen neuen Club, den Donna ausprobieren wollte. Die anderen waren begeistert, aber als Caroline ihnen durch das Gedränge zur Bar folgte, hatte sie das Gefühl, der Lärm der Musik wickele sich um ihren Kopf.
Donna bestellte eine Flasche Wein, und Caroline nippte an ihrem Glas und sah sich um. Die winzige Tanzfläche war voller Frauen, die miteinander tanzten; die Männer standen dichtgedrängt an der Bar und unterhielten sich.

Sie fragte sich, wie sie es anstellten, einander zu verstehen. Sie selbst verstand kein Wort. Sie runzelte die Stirn. Früher hatte es ihr Spaß gemacht, in Clubs zu gehen.

»Hallo, Liebling.« Ein Mann stand vor ihr. Mittelgroß, lockiges braunes Haar, Zweireiher und gelbe Krawatte. Er schwenkte eine Flasche Champagner vor ihrer Nase. »Hättest du Lust, mit mir zu teilen?«

Sie schüttelte den Kopf.

»Komm schon, sei kein Spielverderber.« Er legte den Arm um sie.

»Ich habe nein gesagt.« Es kam schärfer heraus, als sie beabsichtigt hatte. Der Mann trat zurück.

»Entschuldige, daß ich existiere«, sagte er sarkastisch. »Wußte ja nicht, wie frigide du bist.«

Caroline errötete. Sie war nicht frigide; sie mochte es nur nicht, wenn die Leute sie anfaßten. Aber Jimmy hatte das auch gesagt. Und Damien hatte nach Japan gehen wollen. Hielt auch er sie für frigide? Aber er hatte sie geheiratet, und sie hatte geglaubt, Sex mit ihr mache ihm Spaß. Aber da war immer noch Tossa. Sie hätte das mit Tossa so gern vergessen. Sie schloß die Augen. Warum war alles in ihrem Leben nur so danebengegangen?

»Willst du lieber gehen?« fragte Donna leise, und sie öffnete die Augen.

»Macht es dir etwas aus? Ich bin wirklich müde.«

»Schon okay«, sagte Donna. »Aber ich bleibe noch eine Weile.« Sie blinzelte ihr zu. »Da drüben ist ein Typ, den kenne ich ein bißchen. Ich würde ihn gern noch ein bißchen besser kennenlernen.«

»Klar.« Caroline stellte ihr halbleeres Glas ab. »Ich nehme ein Taxi.«

»Ich ruf dich an«, sagte Donna. »Paß auf dich auf.«

»Du auch.« Caroline küßte sie auf die Wange. »Alles Gute zum Geburtstag.«
Sie schob sich durch die Menge ins Freie. Die Nachtluft war angenehm kühl nach der Hitze des Clubs; das rhythmische Pochen der Musik hallte in ihrem Kopf wider. Die Straßen waren noch immer voller Leute.
Das Licht in der Küche brannte, als sie nach Hause kam. Damien war noch wach.
»Hi«, sagte sie, während sie ihre Handtasche auf den Tisch warf.
Er sah von David hoch, den er gerade fütterte. »Du warst mit Donna aus?«
»Ja.«
»War es nett?«
»Ja. Wir waren in The Old Strand, dann beim Chinesen, dann in einem Club.«
»Eine richtige Party.« Er nahm David vorsichtig die Flasche weg und rieb ihm den Rücken, und David rülpste geräuschvoll. Damien lächelte. »Du mußt müde sein.«
Sie nickte.
»Bis morgen dann. Das hier dauert noch eine Weile.«
»Okay.« Sie ging zur Tür und sah sich dann noch einmal um. Damien saß über David gebeugt, der wie wild an seiner Flasche saugte. Etwas in ihr zog sich schmerzhaft zusammen. Ich liebe ihn nicht, dachte sie. Nicht nach dem, was er getan hat. Sie schleppte sich die Treppe hinauf. In ihrem Kopf hämmerte es. Sie schluckte ein paar Aspirin und unternahm einen halbherzigen Versuch, ihr Makeup zu entfernen, bevor sie ins Bett fiel.

13

Aquila
(Adler)

Ein Sternbild, das von der nördlichen in die südliche Hemisphäre reicht; der Name des unverkennbaren Hauptsterns, Altair, bedeutet »fliegender Adler«

Tossa verabscheute es, wenn die Uhren auf die Winterzeit zurückgestellt wurden. Sie verabscheute es, im Dunkeln aufzustehen und im Dunkeln nach Hause zu gehen. Sie hatte es satt, zu nachtschlafender Zeit aus dem Haus zu gehen, wenn Louise noch schlief, um den Zug zu nehmen und dann mit der U-Bahn durch London zu hasten wie ein nachtaktives Tier. Sie hatte Heimweh.

Sie öffnete die Tür mit Hilfe ihrer Plastikkarte. Um halb acht Uhr morgens war der Raum unheimlich still. Am Drucker wartete ein Haufen von Ausdrucken; die Monitore, auf denen den Tag über die Entwicklung der Börsendaten verfolgt wurde, waren schwarz, die Telefone stumm.

Tossa füllte die Kaffeekanne mit Wasser und schaltete die Kaffeemaschine ein. Um dreiviertel acht würden die anderen alle da sein.

Harvey Johnson saß bereits an seinem Schreibtisch. So früh sie auch erschien, Johnson war unweigerlich vor ihr da. Manchmal hatte sie sich schon gefragt, ob er jemals nach Hause ging.

»Morgen, Harvey«, sagte sie, während sie einen Ausdruck auf seinen Schreibtisch legte.
Er sah sie über die rosa *Financial Times* hinweg an. »Kein guter Morgen. Sieh dir bloß die Märkte an! Diese europäische Einheitswährung ist eine Katastrophe.«
Tossa grinste. »Wie recht du hast.«
»Eben.« Harvey faltete die Zeitung zusammen und fixierte sie über seine Halbbrille hinweg. »Merk's dir, junge Dame. Großbritannien muß sich die Freiheit erhalten, seine Wirtschaft selbst kontrollieren zu können.«
»Meinst du nicht, wenn wir mit drin wären, ginge es uns so gut wie draußen?«
»Nein.« Harvey zeigte mit der Zeitung auf sie. »Sieh sie dir doch an! Die Deutschen wollen tun, was ihnen paßt, die Franzosen lassen sich breitschlagen wie üblich, die Italiener – na, über die kann man sagen, was man will. Und die Iren ...«
»Sag jetzt bloß nichts Falsches.« Tossa lächelte ihm zu, bevor sie die übrigen Ausdrucke auf die Tische im Raum verteilte.
»Willst du einen Kaffee, Harvey?« fragte sie dann.
»Du bist ein Schatz. Ich weiß nicht, wie wir je ohne dich zurechtgekommen sind.«
Tossa errötete vor Freude. Seit sie bei Gifton Mutual angefangen hatte, hatte sie härter gearbeitet und mehr über Politik und Wirtschaft gelernt als jemals zuvor in ihrem Leben. Sie hatte gelernt, mit dem Computer umzugehen, die Börsenseiten zu lesen, das Faxgerät und den Fernschreiber zu bedienen – und sie wußte nun auch, was Zusammenarbeit mit anderen bedeutete.
Die sieben Leute, für die sie arbeitete, waren für ganz unterschiedliche Fonds verantwortlich. Einige investierten

in Stammaktien (sie nannten sie Equities), andere in britische oder ausländische Staatsanleihen, in Immobilien und in Devisen. Tossa war tief beeindruckt, vor allem als sie herausfand, daß die Leute, mit denen sie zusammenarbeitete, mit einem einzigen Telefonat ein paar hundert Millionen Pfund ans andere Ende der Welt verlegten. Es war aufregend, ihnen dabei zuzusehen, und sie versuchte zu lernen, soviel sie konnte.

»Tossa, sei ein Engel und besorg mir ein Donut«, sagte Harvey.

Sie spähte über einen Wall von Bildschirmen und Telefonen zu ihm hinüber. »Harvey, du weißt genau, daß du auf Diät bist. Du hast mich angefleht, dir diese Woche keine Donuts zu erlauben. Ich kann nicht.«

»Oh, sei nicht so stur.« Er griff in die Tasche und nahm einen Fünfpfundschein heraus. »Hier, sieh mal. Du kannst den Rest behalten.«

»Du bist ein hoffnungsloser Fall, Harvey Johnson«, lachte Tossa. »Ich nehme dein Geld nicht, und ein Donut kaufe ich dir auch nicht. Irgendwer muß dich ja vor dir selbst schützen!«

Harvey sah unglücklich aus. Er war ein gigantischer Mann. Tossa hatte ihn zuerst auf Mitte Vierzig geschätzt, dabei war er erst einunddreißig; sein Gewicht und die Halbbrille hatten sie getäuscht. Er trug teure Anzüge zu bunten Hosenträgern und getupften Fliegen. Tossa hätte nicht geglaubt, daß Leute wie Harvey tatsächlich existierten, aber er war einer der nettesten Menschen im ganzen Büro, und er war es auch, der sich die Zeit nahm, ihr die verschiedenen Vorgänge zu erklären.

»Wenn du den Auftrag falsch rausschickst und fünfzig Millionen Pfund auf dem falschen Konto landen, wird es

teuer«, hatte er ihr einmal gesagt. »Stell dir vor, ein Konto um fünfzig Millionen zu überziehen!«
Tossa schauderte, aber mit der Zeit hörte sie auf, sich vorzustellen, wie viele Autos oder Häuser oder Mäntel oder Yachten man für fünfzig Millionen Pfund kaufen konnte.
»Wo bleiben eigentlich die anderen?« fragte sie.
»Waren gestern alle bei irgendeinem Börsendinner. Du wirst heute morgen ein paar prachtvolle Kater zu sehen kriegen.«
»Ich verstehe nicht, wie jemand mit einem Kater herkommen kann«, sagte Tossa. »Da können doch furchtbare Fehler passieren.«
»Ja, so ist es auch«, grinste Harvey. »Mit oder ohne Kater.«
Es war fast halb neun, bis die Belegschaft vollständig war. Seth Anderson sah am übelsten aus. Er setzte sich an seinen Schreibtisch und stellte als erstes den Bildschirm dunkler.
»Kaffee?« fragte Tossa.
Seth schüttelte den Kopf und zuckte zusammen. »Würdest du gehen und mir eine Lucozade besorgen?« fragte er, während er in der Schreibtischschublade wühlte und ein paar Panadoltabletten herausholte. »Gott, geht's mir schlecht.«
»Wenn du sowieso weggehst, könntest du mir vielleicht das Donut mitbringen«, meldete sich Harvey hoffnungsvoll.
»O Himmel«, seufzte Tossa. »Okay. Ich kaufe dir ein Donut, Harvey, aber schieb's nicht auf mich, wenn du einen Herzinfarkt kriegst.«
»Den bekomme ich gleich, so oder so«, murmelte Seth.
»Wann bist du denn ins Bett gekommen?« fragte Tossa.

»Um vier.« Seth grinste sie an. »Aber ich war ganz, ganz allein. Leider.«
Tossa besorgte Lucozade, Cola und Donuts in dem Feinkostgeschäft gegenüber. Als sie mit den vollgestopften Papiertüten im Arm ins Büro zurückkehrte, stand Simon Cochrane am Rezeptionstisch.
»Hungrig?« fragte er mit einem Blick auf die Tüten.
Tossa errötete. »Das ist nicht für mich.«
Simon grinste. »Dicke Köpfe da drin, was?«
Sie nickte.
»Ich hab mich auch schon mal besser gefühlt. Aber ich kann mich wenigstens in meinem Büro verkriechen! Bis nachher, Tossa.«
Sie verbrachte den Vormittag damit, Seth zu helfen. Er war übler Laune und beschwerte sich über die Preise, die man ihm bot, und den Markt, der nicht tat, was er sich erhoffte. Tossa erfragte Preise für ihn und las das Skript einer Präsentation, die er am folgenden Nachmittag vorzustellen hatte.
»Ich muß zwanzig Millionen von diesen 2006er Gilts loswerden«, erklärte Seth, als sie gerade einen Ausdruck durchlas. Er warf einen Blick auf seinen Monitor. »Aber erst müssen sie noch ein bißchen im Preis raufgehen.«
»Ich halte ein Auge drauf«, sagte Tossa. »Was für einen Preis willst du denn?«
»Zweiundzwanzig.« Seth grinste sie an und zuckte sofort zusammen. »Diese verdammten Panadol taugen überhaupt nichts.«
Tossa warf gelegentlich einen Blick auf den Monitor, während sie weiterlas. Der Preis der Staatspapiere, die er verkaufen wollte, blieb hartnäckig unter zweiundzwanzig, aber sie war ohnehin der Ansicht, daß Seths Vorstellun-

gen zu optimistisch waren. Hin und wieder rief sie einen der Verkäufer an, mit denen er regelmäßig zu tun hatte, und fragte nach dem aktuellen Preis.

»Neunzehn/zwanzig«, antwortete Phil, womit er meinte, daß er ihr die Papiere für neunzehn abnehmen und für zwanzig wieder verkaufen konnte.

»Danke«, sagte Tossa und seufzte. Sie hoffte, der Preis würde noch etwas steigen. Es war ein abscheulicher Vormittag für Seth. Zwei Erwerbungen, die er am Vorabend noch getätigt hatte, verloren nun an Wert, dabei war er überzeugt gewesen, ein gutes Geschäft gemacht zu haben. Und schließlich rief auch noch seine Freundin an und wollte Schluß machen, weil er sie während des Essens am Abend zuvor nicht angerufen hatte.

»Ich hatte keine Gelegenheit«, murmelte er ins Telefon, während er sich die Schläfe rieb. »Ich konnte während der Reden nicht weg.«

Tossa versuchte, nicht zuzuhören.

»Aber Samantha ... nein, das bedeutet absolut nicht ... warum kannst du mich eigentlich nicht ... okay, wenn's dir Spaß macht. Nein. Nein. Meinetwegen. Gut, dann vergiß das Wochenende eben. Okay, vergiß alle weiteren Wochenenden. Ja, du mich auch!« Seth knallte den Hörer auf den Tisch. »Scheißweiber!« Er zog den Deckel von einer Plastikdose und schüttelte sich noch ein paar Panadoltabletten in die Hand. »War sowieso eine blöde Kuh.«

Tossa verkniff sich ein Grinsen. Seths kurzlebige, aber höchst leidenschaftliche Affären waren legendär. Sie verstand zwar nicht, wie er es anstellte, denn Seth war klein und gedrungen, aber er hatte alle paar Wochen eine neue Freundin.

»Niemals besitzergreifend werden«, warnte er sie, während er Samanthas Namen aus seinem Filofax radierte, »Männer hassen das.«

»Dein Gilt steht zwanzig/einundzwanzig«, sagte sie vielversprechend, und er lächelte sie an.

»Ich muß die verdammten Dinger heute loswerden. Hätte es gestern schon machen sollen.«

»Gestern waren sie aber noch auch nicht bei zweiundzwanzig.«

»Nein, aber heute sieht es besser aus. Ich hau sie raus, bevor am Mittag die US-Daten rauskommen.«

»Warum nicht jetzt gleich?«

»Weil der Markt glaubt, die Zahlen sind gut. Deswegen geht alles rauf.«

»Und du glaubst das nicht?«

»Ich hab keinen Schimmer«, antwortete er fröhlich. »Aber noch ein bißchen weiter rauf, und ich habe gut dran verdient; dann kann's mir egal sein, ob die Preise heute nachmittag noch weiter steigen oder nicht.«

Das Telefon klingelte, und Tossa nahm ab.

»Es ist deine Nachbarin, Seth.« Sie gab den Hörer weiter.

»Oh, verdammte Scheiße!«

Sie sah ihn erschrocken an. Zwei rote Flecken waren auf seinen Wangen erschienen.

»Danke für den Anruf, Eloise. Ich komme gleich. Natürlich.« Er griff nach seinem Jackett. »Irgendein Arschloch hat versucht, bei mir einzubrechen. Die Alarmanlage ist losgegangen, die Polizei ist da, ich muß hin.« Er sah auf die Uhr. »Um zwölf bin ich wieder da.«

Armer Seth, dachte Tossa. Auch das noch. Es war empörend. Tossa hatte sehr klare Vorstellungen davon, was sich für Einbrecher gehörte – sie hatten nachts zu kommen und nicht mitten am hellichten Tag.

Neben ihrer übrigen Arbeit behielt sie den Preis der Gilts, die er verkaufen wollte, im Auge, aber die Zahlen blieben unter zweiundzwanzig. Wenn sie nicht dort angekommen waren, bevor um halb zwei die amerikanischen Kurse herauskamen, würde er sie wahrscheinlich trotzdem verkaufen. Er verdiente gut an ihnen; sie konnte sich nicht vorstellen, daß er zu habgierig sein würde.

Um zwölf Uhr war er noch nicht wieder da. Tossa lehnte sich in ihrem Stuhl zurück und gähnte. Die meisten Beschäftigten gingen zum Mittagessen aus. Um viertel nach zwölf waren nur noch sie selbst und Harvey im Raum. Er hatte die Füße auf den Schreibtisch gelegt, las *Krieg und Frieden* und trank Cappuccino dazu.

»Ich hole mir schnell ein Sandwich«, sagte Tossa zu ihm. »Soll ich dir irgendwas mitbringen?«

Harvey nickte. »Bagel mit Lachs und Frischkäse«, sagte er, während er ihr einen Fünfpfundschein reichte. »Und ein Donut.«

Sie verzog das Gesicht. »Donut?«

»Jetzt kommt's auch nicht mehr drauf an, Tossa.«

Das Feinkostgeschäft war brechend voll. Tossa war insgeheim der Meinung, eine teurere Adresse für Sandwiches hätten die Angestellten kaum finden können. Salatsandwiches bestanden hier aus Ciabattabrot mit gelbem Paprika und Lollo rosso; es war völlig unmöglich, etwas Normales, Billiges zu bekommen. In der Regel brachte Tossa sich eigene Sandwiches mit, aber hin und wieder leistete sie sich etwas Exotischeres. Heute kaufte sie sich ein Sandwich mit Tandoorihühnchen. Vielleicht sollte O'Shaughnessys Minimarkt auch Sandwiches verkaufen, dachte sie, während sie am Schreibtisch saß und den *Telegraph* las. Bei der Hälfte des Preises, der hier verlangt wurde, würde ihr Vater immer noch einen Gewinn machen.

Sie sah von der Zeitung auf und wünschte sich, Seth würde zurückkommen. Es war Viertel nach eins, und sein Gilt stand bei achtzehn.

Sie rief Keith Brown an, auch einen von Seths Verkäufern. Keith war nett, und sie würde sich sicherer fühlen, wenn sie mit ihm sprach.

»Achtzehn/neunzehn«, sagte er. »Willst du verkaufen, Tossa?«

»Nein, danke«, lachte sie. »Ich frage nur für Seth.«

Sie sah auf die Uhr. Ob sie die Papiere selbst verkaufen sollte? Er wollte sie loswerden, das wußte sie, aber es war nicht ihre Aufgabe, es für ihn zu tun.

Sie räusperte sich. »Harvey?«

»Mhm?« Harvey war in sein Buch vertieft.

»Seth hat sich verspätet.«

»Sieht ganz so aus.« Er sah sie über seine Halbbrille hinweg an.

»Er wollte etwas verkaufen, bevor um halb zwei die Zahlen rauskommen.«

»Ja?«

»Ich frage mich, ob ich es selbst verkaufen soll«, sagte sie zweifelnd.

»Gib ihm noch ein paar Minuten«, schlug Harvey vor. »Wahrscheinlich kommt er wieder im letzten Moment reingerannt.«

Aber Seth war nicht da, als das Piepen des Monitors die Freigabe der Zahlen ankündigte. Sie waren nicht so hoch wie angekündigt. Tossa beobachtete den Monitor in der Erwartung, die Papiere würden im Wert fallen. Zu ihrer Überraschung blieben sie unverändert.

»Na, was macht der Markt?« fragte Harvey.
»Sieht okay aus«, antwortete sie. »Aber ich glaube, der Kurs könnte runtergehen.« Sie sah ihn unsicher an. »Was meinst du, Harvey?«
»Mach, was du für richtig hältst.«
Sehr hilfreich war er nicht, dachte sie. Offenbar wollte er ihr keinen Rat geben. Das Telefon klingelte.
»Hi, Keith.«
»Du hast vorhin nach den 06ern gefragt«, sagte er. »Ich zahle dir achtzehn für zehn Millionen.«
Sie zögerte. »Und was würdest du für zwanzig Millionen zahlen?«
»Moment.« Einen Augenblick später sagte er: »Siebzehn.«
Weniger, als Seth sich vorgestellt hatte, aber immer noch mit Gewinn. Sie saß in qualvoller Ungewißheit da. Es war nicht ihre Aufgabe. Vielleicht würde der Markt sich doch noch erholen, und dann hatte sie zu billig verkauft. Und Seth würde durchdrehen.
Ihre Handflächen waren feucht.
»Willst du verkaufen?« fragte Keith.
O Scheiße, dachte sie verzweifelt, während sie zur Tür hinübersah. Wo bist du, Seth?
»Tossa?«
»Uh, ja«, sagte sie schließlich. »Für siebzehn, Keith. Zwanzig Millionen.« Sie schloß die Augen. Das könnte der größte Fehler ihrer ganzen Laufbahn sein.
»Okay.« Keith merkte offenbar gar nicht, daß sie ein einziges Nervenbündel war. »Erledigt, Tossa. Danke.«
Sie legte auf. Harvey beobachtete sie.
»Er wollte verkaufen«, sagte sie trotzig. »Er hat's gesagt.«

»Kein Problem. Er ist nicht hier, und du hast die Entscheidung getroffen.«
Das Lämpchen an Keiths Apparat blinkte.
»Wenn du noch welche von diesen 06ern hast, ich kann dir für noch mal fünf achtzehn zahlen.«
»Nein, ich bin fertig«, sagte sie ruhig. Ihr war beinahe übel. Der Kurs ging hoch. Seth würde sie umbringen. Und wenn er sie umgebracht hatte, würde er dafür sorgen, daß Simon sie feuerte. Seine Schuld, dachte sie unglücklich. Er hätte eben dasein sollen.
Sie starrte auf den Bildschirm, auf die Linie, die den Preis der Papiere anzeigte, und versuchte sie mit purer Willenskraft zum Fallen zu bewegen.
Und plötzlich fiel sie. Tossa blinzelte; sie traute ihren Augen kaum.
Keiths Telefon klingelte. »Wenn du die Gilts zurückkaufen willst, ich könnte sie dir jetzt für dreizehn geben.«
»Nein«, flüsterte sie. »Ist schon okay.«
Sie zitterte.
»Alles in Ordnung?« fragte Harvey.
»Ja. Sie sind gefallen.«
Harvey grinste. »Gut gemacht!«
»Danke.« Sie wischte sich die Hände am Rock ab. Die Linie rutschte noch weiter nach unten. Der Preis stand jetzt bei zehn/elf.
Zwei Minuten später flog die Tür auf, und Seth stürzte herein.
»Verdammte Scheiße. Ich mußte aufs Revier, ich hab den Glaser anrufen müssen wegen einem neuen Fenster, und dann hatte ich noch einen gottverdammten Platten!«
Er setzte sich, warf einen Blick auf den Bildschirm und stöhnte. »Ich hatte mein Handy nicht dabei. Sonst hätte

ich angerufen, damit einer von euch die Scheißgilts verkauft. Oh, Mist! Stehen bei acht. Wie kann man nur so bescheuert sein!«
Tossa räusperte sich. »Ich hab sie verkauft«, sagte sie. Ihre Stimme war ein Flüstern, und zunächst schien Seth sie nicht gehört zu haben.
»Du hast was?«
»Ich hab sie verkauft.« Diesmal wurde es ein Krächzen. »Keith hat mir einen Preis gemacht, und dann hab ich sie verkauft.«
»Was für einen Preis?«
»Siebzehn.«
»Für die zwanzig?«
Sie nickte. Seth starrte sie einen Augenblick lang wortlos an; dann verzog sich sein Mund zu einem breiten Grinsen. »Du kleiner Kobold«, sagte er und küßte sie auf die Nasenspitze.
»Es war ihre Entscheidung«, bemerkte Harvey. »Sie hat mich gefragt, was sie tun sollte, und ich habe gesagt, das müßte sie selbst wissen.«
»Danke, Tossa.«
Sie hatte das Gefühl, daß er sie mit neugewonnenem Respekt betrachtete. Oder vielleicht war es auch einfach nur die Überraschung.
Die Kurse fielen weiter. Es wurde ein schwarzer Tag für die Aktienmärkte. In den Abendnachrichten würde sich ein ernst dreinblickender Wirtschaftswissenschaftler über Zinssätze und die Inflation äußern und den Zuschauern mitteilen, sie würden sich einschränken müssen. Aber Seth war hoch zufrieden mit sich und der Welt.
Um halb fünf kam Simon Cochrane herein und blieb neben Seths Schreibtisch stehen.

»Wie steht's?« fragte er mit einem Blick auf die Monitore. Die Kurven sahen furchterregend aus – dünne grüne Linien, die alle nach unten zeigten.
»Nicht übel.« Seth legte die Füße auf den Tisch. »Wir sind das meiste Zeug rechtzeitig losgeworden. Die Schatzscheine kaufe ich nachher zurück. Die schwedischen Papiere haben wir gestern verkauft.«
»Hast du für Emery diese 06er für zwanzig Millionen verkauft?« fragte Simon.
Seth warf einen raschen Blick zu Tossa hinüber.
»Sind für siebzehn rausgegangen«, sagte er zufrieden.
»Und hast du schon was davon zurückgekauft?«
»Ich habe einem Börsenhändler ein paar Angebote gemacht. In ein paar Minuten müßte da eigentlich was kommen.«
»Ausgezeichnet.« Simon klopfte Seth auf die Schulter. »Gute Arbeit.«
»Danke.«
Tossa spähte unter den Wimpern zu ihm hinüber. Es wäre schön gewesen, wenn Seth Simon erzählt hätte, daß sie es gewesen war, die seine zwanzig Millionen abgestoßen hatte. Immerhin würden sie jetzt nicht so strahlen, wenn sie es nicht getan hätte.
Aber Seth verlor kein Wort über die Angelegenheit, und letzten Endes war es ja wirklich nicht ihre Aufgabe gewesen. Es hätte furchtbar schiefgehen können, und dafür hätte Seth auch geradestehen müssen. Sie hatte eben Glück gehabt.
»Ein guter Tag«, sagte Harvey, als er sein nadelgestreiftes Jackett anzog. »Und du hast deinen Teil dazu beigetragen, oder etwa nicht?«
Sie nickte. »Aber ich kann mir nicht vorstellen, daß ich in

dem Job viel taugen würde, Harvey. Ich war mit den Nerven total am Ende.«

»Aber du hast den richtigen Instinkt gehabt. Das ist wichtig.«

»Meinst du, Seth hat sich gefreut?«

»Was soll das heißen? Natürlich hat er sich gefreut. Du hast eine Menge Geld für ihn verdient. Du!«

»Aber ich habe gewußt, daß er verkaufen wollte.«

»Er hatte es aber noch nicht getan. Vielleicht hätte er's nicht getan, wer weiß. Jedenfalls sind wir stolz auf dich.«

Sie errötete vor Freude. »Danke, Harvey.«

Am Abend erzählte sie Louise von ihrem Ausflug ins Börsenwesen. Ihre Cousine starrte sie an.

»Du hast irgendwas für zwanzig Millionen Pfund verkauft!« rief sie. »Tossa, ich kann mir zwanzig Millionen Pfund nicht mal *vorstellen*!«

Tossa kicherte. »Verrückt, oder? Und ich habe nicht einmal zwanzig Pfund.«

»Daß du dich das getraut hast«, sagte Louise.

»Ich habe gebibbert dabei. Und geschwitzt. Es war furchtbar.«

»Ich könnte das nicht.«

»Aber es war aufregend«, sagte Tossa. »Irgendwie – spannend. Ich habe diesem Typ gesagt, daß ich Papiere für zwanzig Millionen Pfund verkaufen will, und er hat's getan. Weil ich's gesagt habe.«

Louise schüttelte den Kopf. »Kennt er dich? Weiß er, daß du ein Schulmädchen aus Fairview bist, das keinen Schimmer hat?«

»Nein.« Sie streckte die Arme über den Kopf. »Aber, Louise, eine Menge von denen haben keinen blassen Schimmer.«

»Das ist doch Blödsinn, sie müssen doch wissen, was sie tun.«
Tossa zuckte die Achseln. »Sollte man meinen, was? Aber keiner weiß, was der Markt als nächstes tut. Sie raten alle, manchmal haben sie recht, manchmal nicht. Und dann gibt es noch komplizierte Tricks, mit denen man sich schützt, wenn die Preise nicht mitspielen.«
»Klingt wie komplettes Kauderwelsch. Das ist doch alles nicht real, oder?«
»Es ist schon real. Aber man kann sich's nur schwer vorstellen, stimmt's?«
Louise nickte. »Okay«, sagte sie dann. »Meinst du, du kannst dich der Hochfinanz lang genug entziehen, um rauszugehen und uns was vom Chinesen zu holen? Ich werde sogar zahlen, weil du ja kein Geld hast.«
»Klingt phantastisch.« Tossa stemmte sich von dem Sofa hoch, auf dem sie gelungert hatte. »Süßsauer, richtig?« fragte sie noch, nahm das Geld und ging.
Zwei Wochen später rief Simon sie in sein Büro. Niemand hatte die 06er seither erwähnt, außer Seth, der sich noch einmal bei ihr bedankt hatte.
Tossa war nervös, als sie über den dicken Teppich zu Simons Büro ging. Sie hoffte, daß Simon nicht plötzlich beschlossen hatte, auf ihre Dienste zu verzichten – nicht ausgerechnet jetzt, wo sie so gut zurechtkam.
Simon sah von seinem Computer auf, als sie hereinkam. »Setz dich, Tossa.«
Sie balancierte unbehaglich auf der Kante des Stuhls vor seinem riesigen altmodischen Mahagonischreibtisch.
»Du bist jetzt seit drei Monaten hier«, sagte er. »Wie würdest du deine Fortschritte bei der Firma einschätzen?«
O Gott, dachte sie, er feuert mich wirklich. Sie hatten ihr

gesagt, sie sei unersetzlich im Büro, aber natürlich war sie zu weit gegangen, als sie Seths Papiere verkauft hatte. Sie hatte es ja gewußt.

»Ich arbeite gern hier«, sagte sie. Es klang nicht eben überzeugend.

»Was gefällt dir daran?«

»Es ist interessant. Man weiß nie, was als nächstes passiert. Und ich habe das Gefühl, daß ich mit allen auskomme.«

Er lehnte sich zurück. »Ich habe auch nur Gutes über dich gehört.«

»Ich arbeite viel«, sagte sie. »Wirklich.«

Er lachte. Sie mochte Simons Lachen – es klang immer, als sei es aufrichtig.

»Vor allem Harvey scheint sehr viel von dir zu halten. Er hat gestern über dich geredet. ›Gewandt‹ und ›aufgeweckt‹ waren die Ausdrücke, die er verwendet hat.«

Tossa wurde rot. Sie fühlte sich in diesem Augenblick weder gewandt noch aufgeweckt.

»Er hat mir erzählt, daß du diese 06er für zwanzig Millionen verkauft hast, als Seth nicht da war.« Simon setzte den Deckel auf seinen Federhalter und nahm ihn wieder ab. »Das beweist eine unglaubliche Initiative.«

»Wahrscheinlich hätte ich's nicht tun sollen«, sagte Tossa hastig. »Aber ich wußte, daß er verkaufen wollte.«

»Wir wissen Initiative zu schätzen hier bei Gifton«, sagte Simon.

Er feuert mich nicht, dachte Tossa erleichtert. Vielleicht würde er ihr Gehalt erhöhen. Ihr Herz schlug schneller.

»Hast du jemals erwogen, selbst Aktienfonds zu verwalten?« fragte Simon. »Du hast in der Schule Wirtschaftswissenschaft belegt. Ich weiß, daß du keine Ausbildung hast, aber du könntest ja noch Abendkurse belegen.«

Könnte ich, dachte Tossa, will ich aber gar nicht. Sie sah ihn aufmerksam an.
»Ich würde dich gern Seth als Assistentin zur Seite stellen«, sagte Simon. »Wir stellen für die Büroarbeiten jemand anderen ein.«
»Wirklich?« Tossa konnte es nicht glauben.
»Wir erhöhen dein Gehalt um zweitausend«, sagte er beiläufig. »Wenn es sich gut entwickelt, können wir etwas Neues ausmachen. Was hältst du davon?«
»Es ist wunderbar.« Tossa strahlte ihn an. »Ich bin mir nicht hundertprozentig sicher, daß ich das kann, Simon, aber ich werde es versuchen.«
»Das weiß ich«, sagte er. »Ich habe Vertrauen in dich, Tossa. Das haben wir alle.«
Sie verließ sein Büro mit einem Gefühl der Benommenheit. Nach drei Monaten war aus einer arbeitssuchenden Schulabgängerin ein Trainee im Investmentsektor mit den besten Aussichten geworden. Sie würde erfolgreich sein, genau so, wie sie es sich immer vorgestellt hatte. Und wenn sie nach Hause käme, würde jeder sehen, daß sie an Männern überhaupt nicht interessiert war. Caroline würde erkennen, daß ihre Schwester keine Bedrohung war. Sie würde sich wegen Tossa und Damien keine Sorgen mehr machen müssen. Das alles gehörte jetzt der Vergangenheit an.

14

Scorpius (Skorpion)

Ein Sternbild der südlichen Hemisphäre; sein Hauptstern Antares ist ein roter Überriese mit einem Begleiter

Caroline erledigte die Weihnachtseinkäufe Anfang Dezember. Majella hatte angeboten, währenddessen auf Emma und David aufzupassen. Als Caroline mit den Kindern bei ihr eintraf, schob Damiens Mutter gerade einen Kuchen in den Backofen. Majella mochte zwar immer aussehen, als käme sie gerade aus dem Schönheitssalon, aber sie war auch eine große Verfechterin des Backens, des Marmeladeeinkochens und Blumensteckens. Ihr Haus roch schwach nach Früchten und Gewürzen und sah immer so aus, als sollte es gleich für *House and Home* fotografiert werden. Caroline war bei dem Gedanken, die Kinder bei ihr zu lassen, etwas unbehaglich. Emma hatte das Alter erreicht, in dem sie alles, was nicht niet- und nagelfest war, zerbrach, bemalte oder aufaß, und es kam ihr waghalsig vor, sie in die Nähe von Majellas Trockenblumenarrangements und Porzellanpuppen zu lassen. Andererseits schien Majella selbst keine Bedenken zu haben, und Emma benahm sich bei ihr sehr viel besser als zu Hause.

»Ich werde nicht zu lang wegbleiben«, sagte Caroline, während sie David in seiner Tragetasche auf dem Sofa ab-

stellte. »Ich kaufe einfach, was ich kaufen muß, und gehe dann wieder.«
»Meinetwegen brauchst du dich nicht zu beeilen.« Majella warf einen Blick auf das schlafende Baby. »Nimm dir Zeit, amüsier dich ein bißchen dabei.«
»Unmöglich zur Zeit«, antwortete Caroline. »Nicht bei den Horden von Leuten, die allesamt durchdrehen, weil sie nicht wissen, was sie anderen Leuten kaufen sollen.«
Majella lachte. »Hast du denn eine Liste?«
»Eben nicht«, gab Caroline zu. »Ich werde mich den Horden anschließen, die nicht wissen, was sie kaufen sollen.«
»Amüsier dich trotzdem.« Majella nahm Emma auf den Arm. »Komm, Liebling, wir suchen deinen blauen Elefanten.«
Caroline fuhr mit Damiens altem BMW in die Stadt und drehte das Radio auf. Laute Musik dröhnte durch den Innenraum; sie schlug im Rhythmus auf das Lenkrad und fühlte sich frei. Cher sang davon, daß man die Zeit zurückdrehen konnte. Ein schöner Gedanke, dachte Caroline – zurückzugehen und die Dinge zu ändern, die man nicht mochte, so lange, bis man glücklich war.
Sie seufzte. Sie wünschte, sie könnte aufhören, über Glück und Unglück nachzudenken. Es war dumm, unglücklich zu sein, wenn man zwei so wundervolle Kinder hatte. Wenn sie die Vergangenheit änderte, würde sie die Kinder nicht mehr haben.
Sie mußte im Parkhaus des Einkaufszentrums bis nach oben fahren, um einen Parkplatz zu finden, und dann fuhr sie mit einem der gläsernen Aufzüge ins Erdgeschoß hinunter. Sie mochte die gläsernen Aufzüge so sehr, daß sie immer auf einen davon wartete. Damien wartete natür-

lich nie auf einen Aufzug, gläsern oder nicht – er war bisher immer die Treppen hinuntergerannt.
Letztes Jahr hatten sie vor Weihnachten zusammen eingekauft, Damien und sie. Es hatte Spaß gemacht. Caroline erinnerte sich an den weißen Angorapullover, den sie für Tossa gekauft hatte.
Wenn sie an Tossa dachte, schwankte sie zwischen Wut und Tränen. Sie konnte Tossas Gesichtsausdruck in dem Augenblick nicht vergessen, in dem sie ihre Schwester in der Tür hatte stehen sehen. Erwischt! Warum war es eigentlich sie, Caroline, die von allen am unglücklichsten war? Tossa hatte ihren Job in London; Damien ging in seiner Arbeit auf und saß in letzter Zeit dauernd in Konferenzen rum. Nur sie war unglücklich – in den letzten Tagen hatte sie sich nachts in den Schlaf geweint. Welcher Sinn lag bloß darin, sich so elend zu fühlen?
Sie kaufte Patrick eine Gesamtausgabe der James-Bond-Romane in einem Band. Patrick mochte James Bond. Er war mit Imelda in jedem neuen Bond-Film gewesen; es waren die einzigen Filme, derentwegen er ins Kino ging, und Imelda hatte eine Schwäche für Sean Connery gehabt. Immerhin, dachte Caroline, während sie das Foto auf dem Umschlag betrachtete – in dieser Hinsicht hatten sie und ihre Mutter den gleichen Geschmack.
Kleider für die Kinder – nächstes Jahr würde Emma bestimmt Spielzeug haben wollen, aber dieses Weihnachten konnte Caroline noch vernünftig sein. Sie überlegte lange und erstand schließlich ein Flakon Dune für Majella. Es war teuer, aber Majella war an teure Geschenke gewöhnt. Caroline kaufte ungewöhnlich gemusterte farbige Sokken für Jack und hoffte dabei sehr, sie würden ihm gefallen. Sie mochte Jack.

Bei Damien wurde es schwieriger. Sie wollte ihm nichts schenken, dem er anmerken könnte, daß sie lange überlegt hatte. Etwas Normales, das auf anonyme Weise »Fröhliche Weihnachten« sagte. Sie wanderte durch das Einkaufszentrum, während *Stille Nacht* in einer Endlosschleife lief, und fragte sich, warum Weihnachten immer von so viel Krach begleitet sein mußte.
In einem Spielzeuggeschäft wurde ein ferngesteuerter roter Ferrari vorgeführt, mit breiten Reifen und Türen, die sich öffnen ließen. Damien wäre entzückt, dachte sie. Er würde das Auto den Flur entlangjagen lassen und so tun, als säße er am Steuer.
Sie sah zehn Minuten lang zu; dann kaufte sie einen schweren grauen Pullover für Damien.
Inzwischen tat ihr der Rücken weh, und ihre Füße schmerzten. Sie setzte sich auf den Rand des Wasserbeckens in der Halle und stellte die Tüten ab. Die Griffe hatten ihr tiefe Rinnen in die Handflächen gegraben. Sie betrachtete ihre Hände – Verlobungsring, Ehering und Memoire-Ring saßen alle am Mittelfinger. Es waren wunderschöne Ringe; Damien hatte einen unfehlbaren Geschmack.
Damien. Der Mann, den sie geheiratet hatte; der Mann, der ihre Schwester geküßt hatte. Patrick hatte gesagt, sie mache aus einer Mücke einen Elefanten und schwelge in Selbstmitleid. Es war nun einmal geschehen – und jetzt war es vorbei. Man sollte alles vergeben und vergessen. Auch Damien hatte das immer wieder gesagt, aber wie konnte sie? Und jetzt sagte er es kaum noch, denn er sprach überhaupt kaum noch mit ihr, und wenn sie sich dieser Tage unterhielten, dann ging es um die Kinder.

Sie seufzte. Damals, als sie mit Donna im Grainger's gesessen und über Freunde und Ehemänner geredet hatte, war alles so einfach gewesen. Sie hatte immer geglaubt, ihr Leben würde glücklich verlaufen. War es denn ihre Schuld, daß alles schiefgegangen war?

»Caroline! Caroline O'Shaughnessy!«

Sie sah erstaunt auf. Jimmy Ryan war der letzte Mensch, den sie an einem Freitagmittag in diesem Einkaufszentrum zu sehen erwartet hätte. Sie hatte seit Monaten nichts mehr von ihm gehört.

»Hallo, Jimmy!« Sie lächelte ihn an. »Wie geht's?«

»Ganz gut.« Er zwängte sich in eine Lücke neben ihr. »Schön, daß man dich mal wiedersieht.«

»Und dich«, sagte sie. Unwillkürlich setzte sie sich auf und fuhr sich mit den Fingern durchs Haar. »Was treibst du denn so? Wo arbeitest du?«

»In der Bibliothek.«

»Hier?!«

»Nein, nein!« Er lachte. »In Marino.«

Sie kannte die Bibliothek von Marino gut – sie hatten sich manchmal nach der Schule dort getroffen. »Sieht sie noch genauso aus?« fragte sie.

»Mehr oder weniger. Ein bißchen moderner.«

»Ich hätte nicht gedacht, daß du in einer Bibliothek landest«, sagte Caroline.

»Warum nicht? Du hast dich immer beschwert, daß ich die ganze Zeit die Nase in einem Buch habe. Das ist doch nur die logische Konsequenz.«

»Stimmt wahrscheinlich.«

»Ich hätte nicht gedacht, daß du ihn wirklich heiratest«, sagte Jimmy unvermittelt.

Sie sah ihn an. »Ihn heiratest?«

»Ich dachte, es ist wie bei den anderen – du hast ein bißchen Spaß und kommst dann zurück zu mir.«
Sie biß sich auf die Lippen. »Habe ich dich schlecht behandelt?«
»Nein.« Er schüttelte den Kopf. »Wir waren beide zu jung. Du hattest ganz recht, Caroline, es wäre ein furchtbarer Fehler gewesen.«
Sie sah auf ihre linke Hand. »Meinst du?«
»Natürlich. Du nicht?«
Sie sagte eine Weile nichts mehr. In der Nähe brüllte ein Chor von Sternsingern *Jingle Bells* und klapperte im Takt mit den Sammelbüchsen.
»Wie wär's mit einer Tasse Kaffee?« fragte Jimmy. »Du siehst müde aus.«
»Ich *bin* müde«, gab sie zu. »Ich war mal wirklich gut im Einkaufen, aber inzwischen bin ich nicht mehr ganz so engagiert.«
»Kann ich mir nicht vorstellen«, lachte Jimmy. »Komm, gehen wir Kaffee trinken.«
Sie stand auf und sammelte ihre Tüten ein.
»Laß mich das machen.« Jimmy nahm ihr ein paar davon ab. »Übrigens, was heißt nicht mehr engagiert? Die wiegen ja eine Tonne.«
Sie lachte und ging mit ihm zum Restaurant. Die Warteschlange reichte bis in die Passage hinaus.
»Sollen wir's vergessen?« fragte Caroline.
»Ich habe heute frei. Wenn's dir recht ist, ich kann warten.«
Die Schlange schob sich langsam vorwärts. Jimmys Gegenwart war tröstlich, obwohl Caroline nicht wußte, warum, und obwohl ihr nichts zu sagen einfiel.
Als sie die Theke erreicht hatten, sagte Jimmy: »Ich weiß,

daß ich Kaffee gesagt habe, aber jetzt brauche ich was zu essen. Hühnercurry. Und du?«
Sie verzog das Gesicht. »Ich nehme ein Sandwich.«
»Ein Sandwich!« Er sah sie angewidert an. »Kein Wunder, daß du so dünn bist.«
»Bin ich nicht!« widersprach sie. »Ich habe zugenommen.«
Jimmy stellte die Tüten ab und legte den Arm um ihre Taille. »Dünn wie eh und je.«
Sie zuckte bei der Berührung zusammen, machte sich aber nicht los. Das Gefühl war vertraut.
Die paar zusätzlichen Jahre standen ihm gut, dachte Caroline, als sie schließlich einen Tisch ergattert hatten. Seine Schultern waren breiter geworden, das Gesicht wirkte reifer. Wenn er dieses Funkeln in den Augen schon damals gehabt hätte – hätte sie ihn dann verlassen?
Sei nicht albern, dachte sie, während sie sich die Papierserviette auf den Schoß legte. Du hast dich damals gelangweilt mit ihm.
»Erzähl mir von dir, Caro. Ich habe gehört, du hast noch ein Kind bekommen?«
»Ja. Einen kleinen Jungen.«
»Ihr habt ja wirklich keine Zeit verloren.«
»Jimmy!« Sie warf ihm einen wütenden Blick zu. Was hatte Jimmy Ryan sie zu kritisieren?
»Tut mir leid. So sollte das nicht klingen.«
»Tat es aber.« Sie hob die obere Scheibe Weißbrot von ihrem Salatsandwich, nahm sorgfältig die Gurkenscheiben heraus und legte sie zur Seite. Es war ein seltsames Gefühl, mit Jimmy Ryan am Tisch zu sitzen – vertraut und ungewohnt, tröstlich und beunruhigend zugleich.
»Komisch, nicht«, sagte Jimmy. »Wir waren uns mal so

nah, und jetzt wissen wir nicht, was wir zueinander sagen sollen.«
»Werd nicht melodramatisch«, sagte Caroline. »Du warst schon immer melodramatisch.«
Jimmy grinste plötzlich. »Stimmt. Und das hat dich immer verrückt gemacht.«
Sie lächelte zurück. »Du hast mich verrückt gemacht.«
Er erkannte ihr Parfum wieder, obwohl er sich nicht an den Namen erinnern konnte. Er hatte es ihr irgendwann zu Weihnachten geschenkt, in einem weißen Zerstäuber mit einem Reliefmuster aus Blumen und Vögeln. Sie war immer noch schön, obwohl ihr Gesicht schmaler geworden war und sie Schatten unter den Augen hatte. Sie sah nicht eigentlich unglücklich aus, dachte er, aber sie wirkte auch nicht wirklich glücklich – aber das mochte Wunschdenken sein. Er wollte nämlich nicht unbedingt, daß sie mit diesem Mistkerl Woods glücklich war.
»Nett, daß ich deine ganze Aufmerksamkeit habe«, bemerkte sie neckend.
»Hattest du doch immer.« Seine Stimme klang scharf.
»Spinn nicht rum.«
»Ich spinne nicht.«
Sie starrten sich in plötzlichem Schweigen an.
»Haben wir gesponnen, als wir jünger waren?« fragte Jimmy schließlich.
»Das klingt ja, als wären wir Rentner. Es ist erst zwei Jahre her, um Gottes willen.«
»Da hast du recht.«
»Natürlich habe ich recht.«
Sie beendeten die Mahlzeit schweigend. Caroline sah an Jimmy vorbei zu den Frauen hinter der Theke hin, die Teller um Teller mit Curry oder Lasagne oder Fish and

Chips ausgaben. In ihrem Job mußten sie sehr lange auf den Beinen sein, dachte sie zusammenhanglos.
»Ich sollte gehen«, sagte sie. »Ich muß die Kinder von Damiens Mutter abholen.«
»Meine Mutter fragt immer noch nach dir«, sagte Jimmy. »Sie hat dich immer gemocht, Caro.«
»Ich hab sie auch gemocht.« Caroline schob ihren Stuhl zurück und stand auf, zog den blauen Wollmantel an und suchte ihre Tüten zusammen.
»Wie bist du hergekommen?« fragte Jimmy.
»Gefahren. Das Auto steht im Parkhaus.«
»Ich hab den Bus genommen.«
»Soll ich dich heimfahren?«
»Das wäre nett.«
»Okay.«
Die Windschutzscheibe beschlug, als sie sich durch den Vorweihnachtsverkehr in der Amiens Street quälten. Die Scheinwerfer anderer Autos glommen durch den dunklen Nachmittag. Ein silberner Honda Accord preschte vor Carolines BMW auf die Kreuzung, als die Ampel umsprang, und sie trat auf die Bremse.
»Arschloch!« schrie sie hinter dem Honda her.
»Warum werden die Leute am Steuer eigentlich immer so aggressiv?« fragte Jimmy.
»Ich bin nicht aggressiv.«
Caroline überholte den Honda an der Annesley Bridge und lachte, als sie an ihm vorbeizog. Zwei Minuten später hielt sie vor Jimmys Haustür. Sie war seit Jahren nicht in dieser Straße gewesen.
»Danke fürs Heimfahren«, sagte Jimmy.
»Kein Problem. Es war nett, dich mal wiederzutreffen, Jimmy.«

»Und dich auch.« Er wandte den Kopf, um sie anzusehen. »Wirklich.«

»Ich mache mich besser auf den Weg.«

Er lehnte sich zu ihr hinüber und küßte sie rasch und vorsichtig auf die Lippen. »Melde dich mal.«

Sie starrte ihn an. Ihre Lippen brannten.

»Vielleicht können wir uns mal wieder zum Mittagessen treffen. Komm einfach in der Bibliothek vorbei, und wir organisieren was.«

»Vielleicht.« Ihre Stimme klang wie ein Krächzen.

»Alles okay?«

»Klar.« Sie schaltete in den ersten Gang.

»Versprochen?«

»Ja.«

»Bis dann.« Er drückte ihren Arm. »Ich warte darauf, daß du dich meldest.«

Er sah sich nicht um, als er den Gartenweg hinaufging. Caroline fuhr die Straße zur Küste hinunter. Ihr Herz hämmerte. Es begann wieder zu regnen, und sie schaltete die Scheibenwischer ein und brauste am Haus ihrer Schwiegermutter vorbei bis zur Küstenstraße und fuhr den Dünenweg zum Strand hinunter.

Der Strand war verlassen. Sie stieg aus. Der Regen klatschte ihr das Haar an den Kopf, und nach ein paar Sekunden war ihr Mantel durchweicht. Sie merkte es nicht. Sie schob die Hände tief in die Taschen und ging durch die Dünen.

Die Begegnung mit Jimmy Ryan hatte sie aufgewühlt. Er war Teil einer Vergangenheit, die sie aus freien Stücken hinter sich gelassen hatte. Jemand, den sie niemals wirklich geliebt hatte. Und doch – sie hätte sich in seine Arme werfen und sein Gesicht mit Küssen bedecken können.

Sie wollte von ihm festgehalten werden und ihn sagen hören, wie sehr er sie liebte.

Sie wollte geliebt werden. Eine Träne rann ihr über das Gesicht. Von irgend jemandem. Sie hatte sich in letzter Zeit so ungeliebt gefühlt. Und war so lieblos gewesen. Sie ging hinunter ans Wasser. Die Wellen waren riesig. Sie krachten als wütende, schäumende Wälle an den Strand. Caroline wich vor ihnen zurück.

Hatte sie sich so vollständig geirrt? Über ihr Leben, über Damien – und Tossa? Sie hätte Jimmys Kuß beinahe erwidert. War es bei Tossa und Damien vielleicht ähnlich gewesen? Vielleicht hatte sie Damien zuviel Schuld zugeschoben. Er hatte getrunken damals. Wenn ihre widerwärtige Schwester sich ihm an den Hals geworfen hatte … Hätte sie selbst unter den gleichen Umständen Jimmy Ryan geküßt?

Sie ging zum Auto zurück, setzte sich auf den Fahrersitz und versuchte, sich den nassen Sand von den Schuhen zu wischen. Zum ersten Mal seit langer Zeit wünschte sie sich, Damien säße neben ihr. Sie hatte sich wieder und wieder versichert, sie liebte ihn nicht mehr, weil er sie verraten hatte. Und seit diesem Abend hatte er so sehr versucht, sich ihre Vergebung zu verdienen. Auf so viele verschiedene Arten. Zuerst war er am Freitag früher nach Hause gekommen und hatte David gebadet, während sie versuchte, Emma ins Bett zu bringen. Samstags hatte er das Abendessen gemacht und es auf einem Tablett hereingebracht, während sie vor dem Fernseher saß. Er hatte versucht, mit ihr zu reden, es zu erklären. Aber sie hatte nicht zugehört, hatte ihm nicht verzeihen wollen, und inzwischen kam er später und später nach Hause.

Es war falsch von ihr gewesen, Damien so kaltzustellen. Er

war ihr Mann. In guten und in schlechten Zeiten, hatte sie bei der Trauung gesagt. Sie hatten eine schlechte Zeit hinter sich, aber bedeutete das, daß sie aufgeben mußten? Seltsam, wie die Begegnung mit Jimmy ihre Sicht der Dinge geändert hatte. Jetzt tat ihr Damien beinahe leid. Vielleicht konnten sie alles in Ordnung bringen, wenn sie sich hinsetzten und miteinander redeten. Nichts konnte so übel sein, daß sie keinen Ausweg fanden.

»Gütiger Gott, Caroline, hast du im Regen gestanden, oder was?« fragte Majella, als sie Carolines triefendes Haar bemerkte.

»Der Motor ist krepiert«, log Caroline. »Ich bin ausgestiegen und habe unter die Motorhaube gesehen, aber natürlich habe ich keinen Schimmer. Er ist dann zum Glück wieder angesprungen.«

Majella sah sie neugierig an. »Alles in Ordnung?«

»Natürlich. Aber wenn's dir recht ist, gehe ich schnell ins Bad und trockne mich ab.«

Majellas Bad war vom Boden bis zur Decke in Silbergrau gekachelt, und riesige, flauschige rosa Badetücher hingen an gewärmten Stangen. Körbchen mit Potpourri standen auf dem Fensterbrett. Caroline schlüpfte aus den Kleidern, wickelte sich in ein Badetuch und drapierte sich ein zweites Handtuch als Turban um den Kopf. Als sie Rock und Pullover über eine der Stangen hängte, öffnete Majella die Badezimmertür und reichte ihr einen Morgenmantel herein.

Emma spielte vor dem Fernseher mit Bauklötzen. Sie streckte die Arme aus, und Caroline hob sie hoch und drückte sie an sich.

»Ich liebe dich«, flüsterte sie. »Du bist meine aller-allerbeste Tochter.«

»Sie waren regelrechte Engel«, bemerkte Majella, während sie ein Tablett auf dem Sofatisch absetzte. »Ich habe dir zum Aufwärmen eine Tasse Tee gemacht.«

»Danke, Majella.« Caroline setzte sich, Emma auf dem Schoß.

»Hast du all deine Einkäufe erledigt?«

»Ich glaube, ich habe alles beisammen. Es war wie im Irrenhaus.«

»Ich hasse Weihnachtseinkäufe«, gab Majella zu. »Ehrlich gesagt, habe ich für Weihnachten überhaupt nicht so sehr viel übrig. Irgendwann gehe ich mal für den ganzen Dezember nach Australien.«

Caroline nippte an ihrem Tee. »Würdest du den ganzen Spaß zu Hause nicht vermissen?«

»Welchen Spaß? Wenn man Kinder hat, macht es Spaß, aber jetzt – wenigstens *ein* Weihnachten will ich am Strand verbringen!«

»Mit dem Weihnachtstruthahn auf Sandwiches«, kicherte Caroline, und Majella lachte.

Es war das erste Mal, daß Caroline die Gesellschaft ihrer Schwiegermutter genoß. Sie sahen sich *Blockbusters* an, während sie den Tee tranken und Majellas selbstgebackene Kekse aßen.

»Ringo!« rief Caroline. »Ringo war der Beatle am Schlagzeug!«

»Ich mag diese Sendung.« Majella goß Tee nach. »Es ist die einzige Quizshow, bei der ich fast alle Antworten weiß.«

Als die Sendung zu Ende war und ein Mädchen mit weißgefärbtem Haar eine Reise nach China gewonnen hatte, schickte Caroline sich an zu gehen. Sie schnallte die Kinder in ihren Autositzen fest und bedankte sich bei Majella.

»Kein Problem«, sagte Majella. »Ich habe sie gern da.« Sie nahm Caroline kurz in den Arm. »Es sind wunderbare Kinder, und du bist eine wunderbare Mutter.«
Caroline sah sie erstaunt an. »Ich?«
»Ja, du.« Majella lächelte sie zögernd an. »Ich hab's zuerst nicht geglaubt, aber du bist die Richtige für Damien. Er liebt dich sehr.«
»Wirklich?«
»Natürlich. Er hat's gesagt. Ich weiß noch, als er erzählt hat, daß ihr heiraten werdet. Jack und ich haben fast einen Anfall bekommen. Na ja«, verbesserte sie sich mit einer Grimasse, »ich jedenfalls. Ich war sicher, er würde es bereuen. Jetzt glaube ich, er würde es nicht anders haben wollen.«
»Meinst du das ernst?« fragte Caroline ungläubig.
»Natürlich.« Majella griff nach Carolines Händen. »Bitte glaub nicht, daß ich mich einmischen will – ich hasse Leute, die im Leben von anderen Menschen herumpfuschen –, aber ich habe das Gefühl, daß David für euch beide vielleicht ein bißchen anstrengend war. Vielleicht bist du müde. Vielleicht ist Damien eine Spur gereizt. Aber ich weiß, daß er dich liebt – er hat das absolut deutlich gemacht.«
Caroline biß sich auf die Lippen. »Danke, Majella.«
»Nun geh schon, dann bist du vor ihm zu Hause.«
Caroline dachte darüber nach, was ihre Schwiegermutter gesagt hatte, während sie nach Hause fuhr. Sie konnte nur hoffen, daß Majella recht hatte.
Zu Hause angekommen, nahm sie zwei Steaks aus der Tiefkühltruhe und legte sie unter den Grill. Sie schälte einen Berg Kartoffeln und schnitt Zwiebeln und Pilze. Sie machte Damiens Lieblingsgericht.

Er kam erst nach sieben nach Hause, plumpste in einen Sessel und schloß die Augen.
»Besonders hungrig bin ich nicht«, sagte er auf ihre Frage hin. »Ich hab mich mit Lorcan O'Neill zum Mittagessen getroffen.«
»Ich habe dir etwas gekocht.«
Damien setzte sich auf. »Sag mal, fühlst du dich nicht gut?«
Sie schnitt ihm eine Grimasse.
Sie aßen vor dem Fernseher, und trotz seiner früheren Aussage räumte Damien den Teller ab. »Das war toll«, sagte er dann. »Danke, Caroline.«
Sie trug die leeren Teller in die Küche und machte Kaffee. Es war beinahe wie in alten Zeiten. Nicht ganz, aber immerhin.
»Ich habe eine Neuigkeit für dich.« Er schaltete den Ton des Fernsehers herunter und wandte sich ihr zu.
»Gut oder schlecht?«
»Wie man's sieht. Keine schlechten Nachrichten.« Er trommelte mit den Fingern auf die Armlehne. »Ich weiß, du bist in letzter Zeit unglücklich gewesen.«
Er wollte also auch darüber reden. Vor Erleichterung kamen ihr fast die Tränen.
»Das, was da zwischen Tossa und mir passiert ist, hat dich furchtbar getroffen. Obwohl es eine idiotische Sache ohne Bedeutung war.«
»Ich kann nichts dafür.«
»Ich weiß. Du bist sehr emotional. Und ich liebe dich dafür. Aber Liebe ist nicht genug, oder?«
Sie starrte ihn an.
»Du mußt mir vertrauen, und ich glaube nicht, daß du das noch tust.«

Sie sagte nichts. Er hatte ja so recht.
Er verlagerte sein Gewicht in seinem Sessel. »Bei dem Essen mit Lorcan heute ist es um geschäftliche Fragen gegangen.«
Der plötzliche Themenwechsel verwirrte sie. »Ja?«
»Ich wollte mit ihm über einen Job reden.«
»Was für einen Job?«
»Erinnerst du dich an Japan?«
Sie starrte ihn an. »Seido Corporation?«
»Nicht dort natürlich. Aber ich habe mich um einen Job beworben und ihn bekommen.«
»Wo?«
Er sah unbehaglich aus. »Grand Cayman.«
»Grand Cayman! Die Insel, meinst du? Die Bahamas?«
»Grand Cayman gehört nicht zu den Bahamas«, sagte er. »Es ist Teil der Cayman Islands. Sie liegen viel weiter südlich als die Bahamas.«
»Was macht das schon aus?« fragte sie. »Du hast einen Job dort.«
Er nickte.
»Du hast dich beworben und vorgestellt und alles und mir nichts davon erzählt?«
»Was hätte das für einen Zweck gehabt? Du hättest doch sowieso nicht zugehört.«
»Aber ... Was bedeutet das? Sollen wir nach Grand Cayman ziehen?«
»Nein, du verstehst nicht. Es ist ein Job für mich. Genau wie Japan.«
Sie leckte sich über die Lippen. »Du meinst, du willst nicht, daß wir mitkommen?«
»Caroline, ich glaube, es ist eine gute Idee, wenn wir eine Weile getrennt leben. Uns wieder fangen.«

»Aber Damien – du gehst weg und willst mich mit den Kindern hierlassen.«
»Ja, so ist es. Aber es ist nur für ein Jahr. Deshalb gehe ich auch allein – sie würden den Umzug für eine ganze Familie nicht zahlen.«
»Du hast gesagt, daß du mich liebst.«
»Ja, ich liebe dich. Aber ich kann nicht mit dir zusammenleben. Nicht zur Zeit und nicht so.«
»Und jetzt sagst du mir, daß du mich verlassen wirst. Ist es das?« Ihre Stimme schwankte.
»Nein. Ich arbeite eine Weile im Ausland. Viele Leute tun das. Verlegen Leitungen im Nahen Osten, arbeiten auf Bohrinseln.«
»Aber du willst nicht, daß wir mitkommen!«
»Ich brauche etwas Zeit für mich allein.«
Sie stand auf und ging in die Küche. All die Überlegungen am Strand hätte sie sich also sparen können. Darüber, wie wichtig ihre Ehe war und daß sie Damien brauchte. Sie kehrte mit einem Glas Wein ins Wohnzimmer zurück.
»Was ist mit den Kindern?«
»Ich lasse sie nicht gern zurück.« Es klang aufrichtig, fand sie. »Aber ich *muß* das machen, Caroline.«
»Meinst du wirklich?«
»Ja.« Seine Stimme war fest.
Sie konnte nichts tun. Sie konnte nicht sagen, er sollte nicht gehen. Er würde nicht auf sie hören. Er hatte ihretwegen schon einmal eine Auslandsstelle ausgeschlagen. Vielleicht wäre es besser gewesen, er wäre damals gegangen.
Das grüne Licht des Babyphons flackerte, und Davids hohes, dünnes Wimmern klang durchs Zimmer.

Caroline stand auf.
»Nein, ich gehe«, sagte Damien.
Sie hörte über das Gerät, wie er leise mit David sprach. Kosenamen, Babysprache. Sie schauderte.
»Wann gehst du?« fragte sie, als er zurückkam.
»Anfang nächsten Jahres.«
»Und ich kann daran nichts ändern, oder?«
»Ich kann diese Chance nicht ausschlagen. Es ist ein toller Job, Caroline, und eine Menge Geld. Und es sollte uns Zeit geben, um mit unseren Gefühlen ins reine zu kommen.«
Sie nickte. »Vielleicht.« Sie glaubte ihm nicht.
In dieser Nacht schliefen sie Rücken an Rücken. Damien schnarchte leise, während Caroline zusammengerollt dalag und wirres Zeug träumte. Sie fühlte sich hilflos und verängstigt. Es war, als sei sie wieder ein Kind; aber kein Erwachsener nahm sie in den Arm und sagte zu ihr, es würde alles wieder gut werden.
Diesmal war sie wirklich allein.

15

Chamaeleon
(Chamäleon)

Ein Sternbild der südlichen Hemisphäre;
das Chamäleon paßt sich an seine Umgebung an,
indem es die Farbe wechselt

Tossa betrat den Aufzug und drückte den Knopf für das fünfte Stockwerk. Beim Anblick ihres Spiegelbildes in den bronzefarbenen Spiegeln zupfte sie an ihrem rosa Rock. Der Rock hatte im Laden genau richtig ausgesehen, aber nun begannen ihr Zweifel zu kommen. Er war viel kürzer, als er zunächst gewirkt hatte, und das leuchtende Rosa würde zwischen all den dunklen Anzügen ziemlich auffallen. Wenn man von dem Rock absah, war der Rest des Spiegelbildes durchaus präsentabel. Die rötlichgoldenen Highlights in ihrem frisch geschnittenen Haar schimmerten. Sie war über das Wochenende beim Friseur gewesen und war begeistert von dem Ergebnis. Auch die Kontaktlinsen waren neu. Sie hatte sich in den letzten paar Tagen neu geschaffen.

Es hatte damit begonnen, daß sie zufällig eine Unterhaltung zwischen Harvey Johnson und Brian Dobbs mitgehört hatte. Nach der Arbeit hatte Harvey die Belegschaft in eine Weinbar eingeladen. Die Angestellten der Firma gingen nicht oft zusammen aus, aber Harvey wollte seinen Geburtstag feiern. Tossa hatte sich mit einer der Sekretärinnen unterhalten, und als Sheryl nach Hause ging, fand sie sich am Rand der Gruppe wieder. Sie hatte nur

aus Versehen mitbekommen, was Harvey gerade sagte, und war sich absolut sicher, daß er es nicht absichtlich in ihrer Hörweite gesagt hatte – aber nichtsdestoweniger hatte es sie getroffen.
»Sie leistet brillante Arbeit. Nicht wirklich instinktiv brillant, aber … clever.«
»Ich kenne sie kaum.« Brian stellte sein Weinglas ab. »Nicht gerade eine Schönheit, oder?«
Harvey lachte. »Tossa! Eine Schönheit? Kann man so nicht sagen. Aber einen tollen Körper hat sie.«
»Ach? Hab ich nicht bemerkt. Sie steckt immer in diesen Schlabberpullovern und schwarzen Röcken.«
»Na, dafür, daß du sie kaum kennst, kennst du sie aber ganz gut.«
»Man sieht sie eben ab und zu mal. Hast du etwa eine Schwäche für sie, Harvey?« Brian klopfte seinem Kollegen lachend auf die Schulter.
Harvey schüttelte den Kopf. »Nicht diese Sorte Schwäche. Ich mag sie, ich wünschte bloß, sie wäre nicht so hoffnungslos ungeschickt dabei, sich herzurichten. Sie ist gar nicht unattraktiv, weißt du, Brian.«
Tossa flüchtete sich mit flammendem Gesicht in die Damentoilette. Sie hatten ja recht, dachte sie. Sie sah nicht aus wie eine Geschäftsfrau, sie sah aus wie irgendwer. Sie hätte das Mädchen für alles sein können, als das sie hier angefangen hatte. Dabei waren bei Gifton Mutual selbst die Büroangestellten makellos gestylt.
Sie war nach Hause gegangen und hatte eine Stunde lang nachdenklich in den Spiegel gestarrt. Am Samstag ging sie als erstes zum Optiker, dann zu einem Friseur, den sie schon oft gesehen hatte, den sie aber nicht im Traum betreten hätte, und schließlich in die kleine Boutique, an

der sie immer vorbeigegangen war und in deren Schaufenster niemals Preisschilder zu sehen waren.
Bevor sie sie betrat, hatte sie einen Blick auf ihr Spiegelbild im Ladenfenster geworfen. Der Kurzhaarschnitt war ganz anders als alles, was sie jemals zuvor getragen hatte. Sie hatte nicht damit gerechnet, derartig geschoren zu werden; aber Gloria, die ebenholzfarbene Stylistin, war mit den Fingern durch ihr Haar gefahren und hatte erklärt, es müsse herunter. »Und mehr Farbe brauchen Sie auch«, hatte sie entschieden hinzugefügt. Tossa zuckte die Achseln und hoffte, daß Gloria wußte, was sie tat.
Louise hatte gesagt, der Friseur sei einer der besten in Bexleyheath. Tossa war sich nicht so sicher. Sie saß vor dem riesigen Spiegel und sah beklommen zu, wie Gloria drauflosschnitt und wie Hände voll Haar auf dem Boden landeten.
»Es wird doch nicht zu kurz, oder?«
»Machen Sie sich bloß keine Gedanken, Mädchen, Sie werden toll aussehen, wenn ich mit Ihnen fertig bin.« Gloria schüttelte den Kopf, und ein üppiger Schwall glänzend schwarzer Löckchen tanzte rings um ihr Gesicht. »Verwenden Sie jeden Tag eine Kurspülung – vor allem jetzt, wo es getönt ist.« Sie musterte Tossa kritisch. »Doch, das wird toll, wenn's fertig ist.«
Tossa stimmte ihr zu, als sie sich schließlich im Spiegel sah. »Ich sehe ja total anders aus! Und die Farbe ist wunderbar.«
»Sie machen jetzt einfach etwas aus sich.« Gloria war zufrieden mit dem Ergebnis ihrer Bemühungen. »Vorher haben Sie sich versteckt.«
»Noch mal danke.« Tossa gab ihr ein fürstliches Trinkgeld, bevor sie sich verabschiedete. Als sie die Straße hin-

unterging und vor der Boutique stehenblieb, konnte sie den kühlen Wind im Nacken spüren.
Sie fühlte sich ungewohnt selbstsicher, als sie die hellblau gestrichene Tür öffnete und eintrat.
Die Verkäuferin überredete sie dazu, den kurzen rosa Rock mit passender Jacke anzuprobieren. Tossa hatte zunächst Bedenken, aber als sie das Kostüm trug, fühlte sie sich prächtig.
»Sie haben tolle Beine«, sagte die Verkäuferin. »Sie sollten sie vorzeigen.«
Heute morgen konnte ihr wirklich niemand vorwerfen, daß sie das nicht tat, dachte Tossa, während sie an ihrem Rock herumzupfte.
Sie ging mit gespielter Selbstsicherheit zu ihrem Schreibtisch und schaltete den Bildschirm ein. Seth Anderson hatte im letzten Jahr gekündigt, und Tossa hatte seine Stelle übernommen.
Niemand hatte sie bemerkt. Harvey hatte die Nase in der Zeitung, und Dave Gibson starrte auf seinen Monitor.
»Guten Morgen, Harvey«, sagte sie schließlich.
Er sah auf. »Morgen – Tossa!« Harvey ließ die *Financial Times* auf die Schreibtischplatte fallen. »Was um alles in der Welt hast *du* denn gemacht?«
Tossa errötete. Harvey starrte sie an, als habe er sie noch nie gesehen.
»Ich war beim Friseur.«
»Ich seh's.« Harvey lächelte. »Du siehst unglaublich gut aus. Phantastisch.«
Sie lachte. »Ich mußte es einfach mal ausprobieren.«
»Die Frisur ist toll. Und wo ist die Brille geblieben?«
»Linsen.«
Er nickte. »Viel besser, Tossa.«

»Warum habe ich bei dir bloß immer das Gefühl, ich rede mit meinem Vater, Harvey?«
»Weiß ich auch nicht.« Er grinste sie an. »Aber wenn du *so* aussiehst, bin ich heilfroh, daß ich nicht dein Vater bin.«
Sie errötete wieder und stürzte sich auf die Arbeit. Der Markt war ruhig, und sie konnte sich auf den Bericht konzentrieren, den Simon Cochrane um vier Uhr von ihr erwartete.
Sie liebte ihre Arbeit. Es war wundervoll gewesen, als Seth kündigte und Simon ihr sagte, sie könne seine Fonds übernehmen. Sie konnte ihr Glück noch immer nicht ganz fassen. Und daß sie Glück gehabt hatte – das stand außer Zweifel. Simon hatte ihr gesagt, daß er in der Regel nur Leute mit einem Universitätsabschluß einstellte. Und zugleich hatte er ihr Gehalt verdoppelt und ihr einen Firmenwagen zur Verfügung gestellt, einen schnittigen silberfarbenen Golf GTI. Sie hätte sich eine Wohnung kaufen können, aber sie wohnte nach wie vor bei Louise, mit der sie sich inzwischen blendend verstand. Louise war geradezu begeistert gewesen, als sie die neue Tossa zu Gesicht bekam; sie hatte etwas in der Art gesagt, daß Tossa in ihrem Leben endlich die Kontrolle übernommen hatte. Tossa hatte manchmal das Gefühl, daß Louise von ihren Kolleginnen zuviel hochgestochenes Psychogequatsche zu hören bekam – aber selbst wenn sie nirgends die Kontrolle übernommen hätte, es war nett, einen Haufen Geld für etwas zu bekommen, das sie gern tat.
Bis zur Mittagspause war der Bericht fast fertig, und so schlenderte sie die Lombard Street hinunter und kaufte sich einen kaffeebraunen Seidenrock mit passender Jacke in einem der kleinen Geschäfte in Bishopsgate. Ihr war klar, daß sie wahrscheinlich viel zuviel für die Stücke

bezahlte, aber heute störte es sie nicht. Jedesmal, wenn sie in einer Schaufensterscheibe einen Blick auf ihr Spiegelbild warf, fühlte sie sich wie beflügelt. Sie sah gut aus. Sie sah wirklich, wirklich und wahrhaftig gut aus. Nachdem sie schon einmal dabei war, kaufte sie sich auch noch ein Paar Schuhe. Tossa war groß und trug deshalb meist flache Schuhe; diese allerdings waren wunderbar, hellbraun, mit gekreuzten Lederbändern, die ihre Knöchel dünn wirken ließen. Sie beglückwünschte sich, als sie ins Büro zurückkehrte und die exotischen Tüten unter dem Schreibtisch abstellte.

Um halb vier brachte sie Simon ihren Bericht. Trotz ihrer neuen selbstsicheren Fassade fühlte sie ihr Herz schneller schlagen, als sie an seine Bürotür klopfte. Die meisten der Männer bei Gifton standen auf freundschaftlichem Fuß mit Simon, gingen gelegentlich mit ihm zu Kricket- oder Fußballspielen oder in eine Bar. Aber sie selbst hatte privat nichts mit Simon Cochrane zu tun. Er war der Chef, und sie fand ihn nach wie vor einschüchternd.

»Komm rein, Tossa.« Er nahm die Brille ab und legte sie auf die Schreibtischplatte. »Mein Gott, du siehst heute aber anders aus!«

»War beim Friseur«, sagte sie zurückhaltend, während sie ihm den Bericht reichte.

»Nicht nur das. Du trägst jetzt Kontaktlinsen, oder?«

Tossa nickte.

»Ich habe welche zu Hause.« Simon begann seine Brille mit dem Taschentuch zu polieren. »Hier drin kann ich sie nicht tragen – das Licht oder der Staub oder irgendwas reizt die Augen.«

So wundervolle Augen, dachte Tossa. Von einem so wundervollen Blau. Sie rief sich zur Ordnung. Was dachte sie

sich eigentlich dabei, Simon anzustarren wie ein verliebter Teenager?
»Soll ich den Bericht hierlassen?« fragte sie.
Er nickte. »Ich habe dir ja schon gesagt, daß wir mit deiner Arbeit sehr zufrieden sind, Tossa.«
Sie lächelte ihn an. »Danke, Simon.«
»Ich dachte, vielleicht würdest du morgen gern zu der Harkness-Präsentation mitkommen. Du hättest bestimmt etwas beizutragen.«
Sie starrte ihn völlig überrascht an. Das Harkness-Konto war wichtig für Gifton; er war eins der Projekte, um die Simon sich selbst kümmerte. Daß sie ihn begleiten sollte, war ein deutliches Zeichen dafür, wie hoch sie eingeschätzt wurde.
»Furchtbar gern«, sagte sie. »Danke.«
»Keine Ursache. Morgen um elf.«
Sie war im Begriff, sein Büro zu verlassen, als er ihr nachrief: »Tossa?«
Sie blieb stehen. »Ja?«
»Trag den Rock morgen wieder, ja?«
»Ich bin mir vorgekommen wie eine Prostituierte«, sagte sie, als sie Louise davon erzählte. »Als ob es nicht auf mich ankäme, sondern bloß auf meine Kleidung.«
»So hat er es sicher nicht gemeint.« Louise hörte sich zweifelnd an. Sie saßen in dem winzigen Vorgarten, wo Tagetes und violetter Fingerhut im Licht der Junisonne leuchteten. Ein paar schwerfällige Hummeln krochen zwischen den Blüten herum.
»Natürlich kann ich verstehen, daß er will, daß ich gut aussehe. Es war bloß die Art, *wie* er es gesagt hat.«
»Ich wette, er hat gar nichts weiter damit sagen wollen«, meinte Louise. »Du hast bloß besonders empfindlich rea-

giert, weil es das erste Mal war, daß man dir solche Dinge sagt.«
Sie grinste ihre Cousine an. Inzwischen war das blasse, verstörte Mädchen, das vor fast zwei Jahren bei ihr eingezogen war, kaum wiederzuerkennen. Louise konnte nicht anders, als sie zu beneiden. Am Anfang hatte Tossa sich in allem auf sie verlassen. Inzwischen war sie völlig eigenständig. Sie ging zu Präsentationen und Geschäftsessen; sie hätte ihr ganzes geselliges Leben aus einem Spesenkonto bestreiten können. Allerdings, dachte Louise, Tossa ging kaum jemals aus; für sie drehte sich alles um die Arbeit. Am vergangenen Wochenende hatte sie zum ersten Mal etwas von dem Geld ausgegeben, das sie verdiente.
Louise war geradezu schockiert gewesen, als sie von Tossas Gehalt erfuhr. Es war fast dreimal soviel wie das, was sie als Lehrerin verdiente, und Tossa war erst einundzwanzig! Es kam ihr unfair vor.
Tossa lehnte sich in ihrem Stuhl zurück und hielt das Gesicht in die Sonne. England war wärmer als Irland, dachte sie. Sie fragte sich, was Patrick gerade tat. Wenn zu Hause die Sonne schien, würde sie durch die Ladenfenster ins Innere strömen, von den Chromkanten der Regale zurückgeworfen werden und den vorderen Teil des Ladens in einen Ofen verwandeln. Und Patrick würde die Tür mit einem Pappkeil offenhalten und die ganze Zeit fürchten, ein Hund könnte hereinkommen. Tossa lächelte bei dem Gedanken an ihren Vater. Sie würde ihn heute abend anrufen, ihm sagen, daß es beruflich voranging und daß sie ihn vermißte.
Sie war die ganze Zeit nicht ein einziges Mal nach Hause zurückgekehrt. Sie brachte es nicht fertig. Caroline

sprach immer noch nicht mit ihr. Patrick hatte ihr erzählt, daß Damien inzwischen auf den Cayman Islands arbeitete, und sie war entsetzt gewesen. Sie hatte das Gefühl, daß auch dies ihre Schuld war, und sie hätte Angst gehabt, mit Caroline zu sprechen – selbst wenn ihre Schwester dazu bereit gewesen wäre.

Am nächsten Tag trug Tossa das rosa Kostüm zu einer marineblauen Bluse und blauen Schuhen. Sie nahm sogar ihren Aktenkoffer mit, obwohl sie kaum etwas hineinzulegen hatte. Die Kurse bewegten sich den Vormittag über langsam und stetig nach oben, und sie kaufte für zehn Millionen amerikanische Schatzpapiere in der Hoffnung, sie würden noch weiter im Wert steigen. Sie hatte nicht vor, die Papiere zu behalten; bevor sie sich auf den Weg machte, hinterließ sie eine Stop-Loss-Order. Das bedeutete, daß die Papiere für sie verkauft werden sollten, sobald der Wert unter ein bestimmtes Limit fiel.

Simon erschien um halb zehn, um sie abzuholen. Tossa schob unauffällig ihren neuen pfirsichfarbenen Lippenstift in die Aktentasche.

»Tom Harkness leitet einen Familienbetrieb«, erklärte Simon, als sie den Aufzug in die Tiefgarage hinunter nahmen. »Er hat ihn selbst aufgebaut, und er hat seine Rentenfonds immer bei einem von unseren Konkurrenten gehabt. Jetzt gibt er uns die Chance, sie zu übernehmen. Ich habe mich ein paarmal mit ihm getroffen, und ich glaube, wir sind uns mehr oder weniger einig, aber es gibt noch ein paar Dinge, die wir durchgehen müssen.«

Der Firmensitz lag in Surrey. Simon sprach nicht viel beim Fahren, und Tossa verfolgte schweigend, wie er seinen rostroten Jaguar durch den Stadtverkehr steuerte.

»Ich erledige das Reden«, sagte Simon, als er schließlich

vor einem Beton- und Glasbau inmitten üppiger Gartenanlagen hielt. »Wahrscheinlich brauchst du gar nicht viel zu sagen.«

»Soll ich denn nicht über meine Fonds sprechen?« fragte Tossa.

Simon zuckte die Achseln. »Kommt drauf an. Wenn er direkt danach fragt. Aber sag nichts von dir aus.«

»Okay. Wenn du meinst.«

Das Gebäude war innen so modern wie außen. Das Foyer war eine riesige, in Marmor und Granit gehaltene Halle. Tossa versuchte leise zu gehen, aber ihre hohen Absätze klickten auf dem Marmorboden, und das Geräusch schien durch den ganzen Raum zu hallen. Sie war erleichtert, als sie den dicken Teppich vor der Empfangstheke erreicht hatte.

»Simon Cochrane, Gifton Mutual«, sagte Simon. »In Begleitung von Tossa O'Shaughnessy. Wir sind mit Tom Harkness verabredet.«

Es gefiel Tossa, wie er ihren Namen aussprach. Er ließ ihn wichtig klingen.

Sie hatte erwartet, Tom Harkness würde aussehen wie ein typischer Londoner Finanzier – glattrasiert, Armani-Anzug, blaues oder weißes Hemd, Krawatte, kurzes Haar. Statt dessen erschien ein rotgesichtiger Mann mit stattlichem Bauch und beginnender Glatze, dessen graues Haar bis auf den rosa Hemdkragen fiel.

»Schön, Sie zu sehen.« Er streckte Simon die Hand hin und warf dann einen anerkennenden Blick auf Tossa. »Und Sie, meine Liebe. Wie nett, daß Cochrane allmählich ein bißchen Farbe in sein Team bringt.«

Tossa lächelte und folgte den beiden Männern zum Aufzug.

Gegen den Rest des Gebäudes wirkte Toms Büro mit seinen Ölbildern und Mahagonimöbeln dunkel. Tom setzte sich hinter den Schreibtisch und öffnete einen Ordner mit der Aufschrift »Gifton«.

»Sie haben mir da ein gutes Angebot zusammengestellt«, sagte er.

»Danke.« Simon schob seine Brille auf der Nase weiter nach oben. »Sie werden feststellen, daß wir sowohl konkurrenzfähig als auch innovativ sind.«

»Meinetwegen brauchen Sie nicht innovativ zu sein. Ich will einfach, daß Sie die Rentenfonds schützen und Gewinne einfahren.«

»Das werden wir bestimmt tun.« Simons Ton war selbstsicher und zuversichtlich. »Sie haben ja gesehen, was wir in den letzten zehn Jahren an Gewinn gemacht haben.«

Tom nickte. »Ich habe Sie hergebeten, weil ich ein paar Fragen mit Ihnen durchgehen wollte, aber eigentlich sind sie nicht wichtig. In erster Linie werden Sie für mein Konto verantwortlich sein, Cochrane. Obwohl ich annehme, die schöne Miss O'Shaughnessy wird auch etwas beizutragen haben.«

»Ich hoffe es«, sagte Tossa. »Ich habe großes Vertrauen in unsere Kompetenz.«

»Gut.« Tom Harkness klappte den Ordner zu. »Gehen wir essen.«

Tossa war überrascht. Sie hatte mit stundenlangen Verhandlungen gerechnet, und jetzt sah es so aus, als gäbe es nichts mehr zu besprechen. Sie stand auf und folgte Tom und Simon aus dem Büro.

Von dem Speisesaal im obersten Stockwerk überblickte man die Gartenanlagen und den kleinen Teich an der

Rückseite des Gebäudes. Tossa beobachtete die Enten, die auf der schimmernden Wasserfläche auf und ab schaukelten, während Tom und Simon sich unterhielten. Es gab Räucherlachs, Sorbet, Suppe, Lamm (zu blutig für Tossas Geschmack), frische Früchte in karamelisierten Gebäckkörbchen und Petits fours. Die Konversation drehte sich um Pferderennen und Fußball, Autos und Restaurants; Simon beglückwünschte Tom zu seiner Küche und dem Cabernet Sauvignon. Aber es war eine oberflächliche Unterhaltung, und bald hörte Tossa nicht mehr zu. Sie stellte fest, daß sie an zu Hause dachte.
Es war seltsam, wie oft sie dieser Tage an Ashley Road dachte. Sie hatte kein Heimweh, sie war nicht mehr unglücklich in England, und doch tauchten die vertrauten Bilder in ihren Gedanken auf, wenn sie es am wenigsten erwartete. Ashley Road hatte so wenig mit ihrem jetzigen Leben zu tun. Es hatte dort kein Tischleinen und keinen Cabernet Sauvignon gegeben.
Sie hatte das Gefühl, viel zuviel gegessen zu haben, und der rosa Rock spannte in der Taille, als Tom und Simon sich endlich ihre Zigarren anzündeten und der Kellner den rubinroten Portwein in die Gläser goß.
»Sie stammen also aus Irland, Tossa.« Tom stieß eine Wolke von Zigarrenrauch aus. »Ein wunderschönes Land. Ich gehe zu den Rugbyspielen rüber, wann immer ich kann. Mögen Sie Rugby?«
Tossa schüttelte den Kopf. »Ich fürchte, ich habe mir noch nie ein Spiel angesehen.«
»Viele Frauen tun's aber.«
»Tossa ist viel zu kultiviert, um auf einer Tribüne zu stehen und zu kreischen«, bemerkte Simon.
»Ach, ich weiß nicht.« Sie lachte.

»Doch, so sehen Sie auch aus«, sagte Tom. »Sie sind eine elegante Frau.«
Tossa lächelte. »Danke.«
»Ich hoffe, ich kriege Sie noch öfter zu sehen«, sagte Tom. »Ich bleibe gern mit den Leuten in Verbindung, die für mich Geld verdienen.«
»Das hoffe ich auch«, sagte Tossa, obwohl es ihr völlig gleichgültig war, ob sie mit Tom Harkness noch einmal zu tun hatte oder nicht.
Es war fast vier Uhr, als sie gingen. Tom begleitete sie zum Wagen hinunter und hielt Tossa die Tür auf.
»Ich werde mich melden«, sagte er, während er ihr ins Auto half. Sie rang plötzlich nach Luft und ließ dabei ihre Handtasche fallen.
»Ist alles in Ordnung?« fragte er.
»Ja, vielen Dank.« Sie errötete, als sie zu ihm aufsah und bemerkte, daß er ihr zuzwinkerte.
Sie atmete auf, als der Jaguar auf die Straße hinausrollte. Simon warf einen Blick zu ihr herüber. »Alles okay?«
»Ja.« Tossa zog sich den Rock zurecht.
»Sicher? Du siehst nicht so aus.«
»Alles ist bestens.« Sie lehnte sich zurück und strich ihr Haar glatt.
Sie fuhren ein paar Meilen, ohne zu sprechen; dann hielt Simon vor einem Pub an der Straße.
»Komm«, sagte er, »trinken wir darauf, daß wir Harkness als Kunden gekriegt haben.«
Sie folgte ihm in den dunklen Raum, und sie setzten sich an einen Ecktisch. »Eigentlich kann ich gar nichts mehr unterbringen«, sagte sie.
»Aber doch, natürlich!« Simon brachte ein Pintglas für sich selbst und ein Glas Wein für Tossa. »Tom ist ein net-

ter Kerl. Ein bißchen ungehobelt vielleicht, aber anständig dabei.«
Tossa lächelte verlegen. »Ganz sicher.«
»Hat er dir nicht gefallen?«
»Das ist es nicht. Aber – na ja, er hat meinen Oberschenkel betatscht, als ich ins Auto gestiegen bin.«
Simon brüllte vor Lachen. »Was, wirklich? Der alte Bock! Er wollte rausfinden, ob du Strapse trägst!«
Tossa starrte ihn an.
»Vielleicht hätte ich dich warnen sollen. Er ist wirklich ein geiler alter Bock. Und er hat es mit Frauen, die Strumpfhalter tragen.«
»Oh.«
»Die Sorte gibt es einfach. Es war nicht böse gemeint«, sagte Simon.
»Er hätte seine Finger bei sich behalten sollen!« zischte Tossa.
Simons Mundwinkel zuckten. »Natürlich.«
»Simon.« Tossa sah ihm gerade ins Gesicht. »Hast du gewußt, daß er das probieren würde? Hast du mich deswegen mitgenommen?«
»Nun komm schon!« Er lachte. »Nein, habe ich nicht. Aber ich weiß, daß er Frauen mag. Er sieht einfach gern Frauen um sich.«
»Und ich dachte, du hast mich mitgenommen, weil ich gut bin.«
»Wenn du's nicht wärest, hätte ich dich nicht gefragt. Und du *bist* gut.«
Er holte Nachschub von der Bar, obwohl Tossa sich fragte, ob es eine gute Idee wäre, daß er nach dem Wein und dem Portwein beim Mittagessen noch zwei Pint trank. Andererseits war er jetzt viel menschlicher als der sonst

so distanzierte Vorgesetzte, vor dem sie sich immer noch etwas fürchtete.
»Englische Pubs findest du wahrscheinlich furchtbar nichtssagend«, bemerkte er, während er sein Bier trank. »In Irland haben die Pubs viel mehr Atmosphäre.«
»Ich kann das nicht beurteilen.« Tossa fuhr mit dem Finger am Rand ihres Weinglases entlang. »Ich bin zu Hause kaum in Pubs gegangen.«
»Wirklich?« Simon hörte sich überrascht an. »Und ich dachte, alle Iren trinken wie die Löcher.«
Tossa lachte. »Das ist wirklich eine unglaubliche Klischeevorstellung!«
»Stimmt«, gab er zu. »Nicht, daß du besonders typisch bist – du hast deinen Wein kaum angerührt.«
Sie zuckte die Achseln. »Ich bin viel zu satt.«
»Tom hat sich wirklich ins Zeug gelegt. Er wollte wohl Eindruck schinden.«
»Es hat mich auch beeindruckt. Das heißt«, verbesserte sich Tossa, »der Speisesaal und das Essen haben mich beeindruckt. Er selbst wirkte eher ein bißchen schwachköpfig.«
»Du bist ja ziemlich streng.« Simon lächelte sie an. »Behandelst du alle Männer so schroff?«
»Ich habe ihn nicht schroff behandelt«, gab Tossa zurück. »Wenn ich wirklich schroff gewesen wäre, hätte er ein Knie zwischen die Beine gekriegt.«
Simon prustete in sein Bier. »Gott im Himmel! Das wäre der kürzeste Auftrag gewesen, den wir je hatten!«
Tossa lachte. Sie fühlte sich jetzt schon viel entspannter. Simon war wirklich nett – überhaupt nicht wie ein Vorgesetzter. Dabei wußte sie kaum etwas über ihn, außer daß er sehr wohlhabend war. Und er benahm sich nicht

wie ein Millionär, sondern wie ein ganz normaler Mensch. Sie fragte sich, ob sie selbst jemals reich sein würde.
»Woran denkst du gerade?« fragte er plötzlich. »Du siehst so gedankenvoll aus.«
»Wirklich?«
»Als ob du über eins der großen Mysterien des Lebens nachsinnst.«
Sie grinste. »Genaugenommen habe ich überlegt, wie meine Prämie dieses Jahr wohl ausfällt.«
»Oh, Tossa!« Simon warf ihr einen gequälten Blick zu. »Du hast so ... so spirituell gewirkt, und dabei denkst du an etwas so Unerquickliches wie Geld.«
»Das tut mir wirklich leid.«
Simon nahm eine Erdnuß aus der Schale auf dem Tisch. »Es wird auf jeden Fall mehr sein als letztes Jahr, wenn dich das tröstet.«
Es war wirklich tröstlich, das zu hören. Louise glaubte zwar, daß Tossa im vergangenen Jahr eine riesige Prämie erhalten hatte; sie selbst allerdings wußte, daß sie nach den Maßstäben der Londoner City sehr wenig bekam.
»Erzähl mir von dir.« Er lehnte sich zurück. »Was treibst du so, wenn du nicht arbeitest?«
»Das klingt ja wie ein Vorstellungsgespräch«, sagte sie säuerlich.
»Es interessiert mich einfach.«
Sie überlegte. Er würde sie für eine hoffnungslos trübe Tasse halten, wenn sie ihm erzählte, daß sie kaum Freunde hatte und in ihrer Freizeit am liebsten im Garten saß, las oder fernsah. Und ob es ihrem Image nun gerade förderlich sein würde, daß sie an den Samstagvormittagen mit ihrer Cousine und einer Meute Vierzehnjähriger von

der Shelton Grammar School Basketball spielte – sie bezweifelte es.

»Du weißt doch jetzt schon mehr über mich als ich über dich«, sagte sie. »Alles, was du wissen mußt, steht in der Personalakte.«

»Wissen *muß*, das schon«, antwortete Simon. »Wissen will – das nicht.«

Tossa spürte, wie sie errötete.

»*Das* ist jedenfalls hübsch zu wissen«, sagte Simon.

»Was?«

»Daß du errötest. Viele Mädchen tun das überhaupt nicht mehr. Paß auf – wenn ich dir von mir erzähle, erzählst du mir dann von dir?«

»Natürlich.«

Simon lächelte sie an. »Ich bin sechsunddreißig. Den Abschluß habe ich in den USA gemacht, dann habe ich bei Barings angefangen, und seit sieben Jahren bin ich jetzt bei Gifton.«

»Du hast es weit gebracht«, sagte Tossa. »Ich bewundere dich dafür.«

Simon lachte. »Da gibt es nicht viel zu bewundern.«

»Du bist reich und erfolgreich.«

Er verzog das Gesicht. »Reich und erfolgreich sein ist nicht alles.«

»Wieso, bist du denn nicht glücklich? Jeder bei Gifton mag dich. Und ich wette, du hast einen Haufen Freunde.«

»Aber eine Frau habe ich nicht mehr.«

Sie starrte ihn an. »Wie meinst du das?«

»Kirsten und ich lassen uns scheiden«, erklärte er. Er seufzte. »Deswegen bin ich auch ausgezogen. Sie lebt noch in unserem Haus.«

»Aber warum denn?« Tossa hatte Simons Frau bei der

letztjährigen Weihnachtsfeier kennengelernt. Kirsten Cochrane hatte ein langes schwarzes Lycrakleid getragen, das jede Linie ihres perfekten Körpers betonte, und das üppige rotblonde Haar war ihr auf die Schultern und über den Rücken gefallen. Sie war klein, elfenhaft zart und atemberaubend elegant; jede Frau im Raum war sich neben ihr wie ein Trampel vorgekommen. Simon und Kirsten hatten ein unglaublich schönes Paar abgegeben. Tossa konnte kaum glauben, daß sie sich trennten.

»Ich weiß es nicht.« Simon schnitt eine Grimasse. »Nein, das stimmt nicht ganz. Sie wirft mir vor, daß ich nie zu Hause bin. Sie sagt, sie erwartet mehr von einer Beziehung.«

»Oh.«

Er schnaubte. »Ich habe gesagt, sie soll nicht so viele Hochglanzmagazine lesen. Diese *Cosmopolitan* und *Marie Claire* liegen im ganzen Haus herum.«

Tossa lachte. »Ich dachte, in denen steht gerade, wie man eine Beziehung aufrecht erhält. Du weißt schon – ›So erreichen Sie, daß Ihr Mann Sie versteht‹ oder ›Hundert Arten, einem Mann eine Freude zu machen‹.«

»Das ist es, was ich an dir mag, Tossa«, sagte Simon. »Du durchschaust das ganze Getue.«

»So?«

»Aber ja.« Er lächelte ihr zu; dann warf er einen Blick auf die Uhr. »Wir sollten wohl gehen.«

Er stand auf und zog sein Jackett an. »Tut mir leid. Du willst wahrscheinlich nach Hause, statt deine Zeit damit zu verschwenden, daß du dir mein Gejammer anhörst.«

»Nein, das macht mir gar nichts.«

»Das ist lieb von dir. Aber wenn wir noch bleiben, werde

ich noch ein paar Pints trinken, und die Herren in Blau halten teure Autos besonders gern an.«
Es war noch warm draußen, und im Auto war es heiß. Simon öffnete das Dach und die Fenster, und Tossa genoß den Wind in ihrem Haar, als sie wieder nach London hineinfegten. Es war erstaunlich, wie wenig man über die Leute wußte, dachte sie. Sie hatte geglaubt, Simon führe ein perfektes Leben, er müsse wunschlos glücklich sein. Und dann hatte sie den Kummer in seinen Augen gesehen, als er über Kirsten sprach. Bei der Weihnachtsfeier hatte er noch so stolz gewirkt. Sie fragte sich, wie Kirsten wohl war – warum sie sich von einem Mann wie Simon scheiden lassen wollte.
Natürlich fand Tossa Simon Cochrane umwerfend attraktiv. Aber sie hatte in ihm den verheirateten Mann gesehen. Wenn er natürlich geschieden war ... Sie schüttelte den Kopf über sich selbst. Sie wollte sich mit niemandem einlassen. Sie hatte sich vorgenommen, Karriere zu machen; aus diesem Grund war sie schließlich bei Gifton. Und die beste Methode, eine Karriere zu ruinieren, dürfte eine Affäre mit dem Chef sein.
Und plötzlich mußte sie über sich selbst lachen. Da träumte sie nun von einer Affäre mit Simon, und er hatte sie nicht einmal gefragt. Wahrscheinlich hatte er im Augenblick ohnehin genug mit seiner Scheidung zu tun. Die Einbildung war mit ihr durchgegangen – wie üblich.
»Bist du heute mit dem Auto ins Büro gekommen, oder soll ich dich nach Hause fahren?« fragte Simon.
»Ich habe das Auto nicht dabei. Aber du brauchst dir keine Mühe zu machen, ich kann den Zug nehmen.«
»Auf keinen Fall. Wo wohnst du?«
Louise stand an der Tür, als der Jaguar vor dem Haus

hielt. Sie sah überrascht aus, als Tossa ausstieg und Simon zum Abschied zuwinkte.
»Wer war denn das?«
»Wir hatten ein Treffen außerhalb. Das war mein Chef, er hat mich heimgefahren.«
»Schönes Auto«, bemerkte Louise.
»Er schwimmt im Geld.«
»Verheiratet?«
Tossa kicherte. »Läßt sich gerade scheiden.«
Louise zog die Augenbrauen hoch. »Das klingt interessant. Außer, wenn sie ihm das letzte Hemd auszieht, natürlich.«
»Du bist einfach furchtbar. Er hat ein gebrochenes Herz.«
»Hat er dir das etwa erzählt?«
Tossa nickte.
»Hm.« Louise zupfte ein Blatt von einem Rosenbusch.
»Louise ... ich interessiere mich nicht für Simon.«
»Gut.«
»Komm schon«, sagte Tossa, »gehen wir rein. Ich brauche dringend eine Tasse Tee.«
Nachts lag sie im Bett und starrte an die Decke. Aus Louises Schlafzimmer drang gedämpftes Gelächter herüber – Carl, Louises Freund, war da, wie häufig in letzter Zeit. Tossa zog sich die Decke um die Schultern, bauschte das Kissen so auf, daß es ihre Ohren bedeckte, und zählte Schafe.

16

Pegasus

Ein Sternbild der nördlichen Hemisphäre; das geflügelte Pferd Pegasus war der Sohn von Neptun und Medusa

Caroline stieg von der Trittleiter und betrachtete kritisch die Tapete. Sie war blaßblau mit einem feinen silbrigen Muster und hatte ein Vermögen gekostet.
Es war das erste Mal, daß sie einen Raum tapeziert hatte, und sie war stolz auf das Ergebnis. Sie hatte die Tapete gekauft – schon auszurechnen, wieviel sie brauchte, hatte eine Ewigkeit gedauert, weil sie ihrer eigenen Rechnung mißtraute und wieder und wieder nachgemessen hatte. Im Heimwerkermarkt hatte sie zudem ein Buch, einen Tapeziertisch, Leim und Pinsel erstanden. Nach der ersten Bahn war es einfacher geworden – obwohl das Stück rings um den Lichtschalter die reine Hölle gewesen war.
Sie holte sich eine Dose Bier aus dem Kühlschrank und ging hinaus in den Garten, wo die Kinder in dem blassen Sonnenlicht im Sandkasten spielten.
»Das sieht ja toll aus.« Sie ging neben ihnen in die Hocke. »Ist das Dornröschens Schloß?«
Emma musterte sie mit offener Verachtung. »Das ist Skeletors Festung. Er ist Herr des Universums, und ich habe die Macht.«
»Okay«, sagte Caroline. »Du hast die Macht.« Sie setzte sich ins Gras.
Damien würde die beiden kaum wiedererkennen, wenn er nach Hause kam. Emma war groß für ihre drei Jahre,

und David war nicht viel kleiner. Im Augenblick beugten sie sich einträchtig über die Sandburg (Skeletors Festung, verbesserte sie sich in Gedanken), aber es war jeden Morgen ungewiß, ob Eintracht oder Krieg bis aufs Messer herrschen würde. Sie waren beide so starke Persönlichkeiten, ihr dunkler Sohn und ihre blonde Tochter.
Sie schöpfte eine Handvoll Sand aus dem Kasten und ließ ihn durch die Finger rinnen. Ob Damien wohl gerade das gleiche tat am Sandstrand von Grand Cayman? Hoffentlich nicht, dachte sie – dort war jetzt Vormittag, da sollte er eigentlich im Büro sein.
Drei Monate, nachdem er ihr von seiner neuen Stelle erzählt hatte, war er gegangen. Es waren die schwersten drei Monate ihres Lebens gewesen. Sie wußte nicht mehr, was sie empfand. In einer Hinsicht hatte Damiens Ankündigung ihr die Verantwortung abgenommen – nun konnte er sich schuldig fühlen, und sie brauchte sich nicht mit ihm über ihre Ehe auszusprechen. Es wäre auch gar nicht möglich gewesen – er war kaum zu Hause und in Gedanken ständig woanders, und sie konnte es ihm nicht übelnehmen. Wahrscheinlich war eine Trennung auf Zeit tatsächlich eine gute Idee gewesen. Jetzt vermißte sie ihn und hatte das Gefühl, daß sie ihn zurückwollte.
Er rief jeden Samstagabend an, wenn sie vor dem Fernseher saß und er noch im Büro war. Sie sprachen nicht viel; er erzählte von der Insel und von seiner Arbeit und sagte, er vermisse sie und die Kinder. Später erzählte er dann auch von Wasserski und Tauchausflügen und Grillparties am Strand. Es klang idyllisch, aber er sagte auch, es sei eine unwirkliche Traumwelt und er sehne sich nach einem kalten Regenguß und einem finsteren grauen Himmel.

Aber als die Firma ihm die Möglichkeit bot, noch drei Monate länger zu bleiben, hatte er sofort angenommen. Jetzt waren auch diese vorbei, und sie freute sich auf seine Rückkehr und fürchtete sich zugleich vor ihr. Sie stellte sich vor, wie er braungebrannt durch die Glastüren des Flughafens hereinkam und eine wunderschöne Frau und zwei prachtvolle Kinder vorzufinden erwartete. Aber sie wußte nicht, ob sie noch schön war, und manchmal führten die Kinder sich unmöglich auf. Sie wußte nicht, was sie von Damien zu erwarten hatte; sie wußte nicht, was er von ihr erwartete.

Über Tossa hatten sie nur noch ein einziges Mal kurz gesprochen. Eine Woche vor seinem Abflug hatten sie nebeneinander auf dem Sofa gesessen, und plötzlich hatte er gesagt: »Es hat nichts bedeutet, Caroline. Weder für Tossa noch für mich.«

Sie hatte geantwortet: »Damien, das Problem ist, für mich hat es alles bedeutet.«

Warum bedeutete es ihr immer noch so viel? Im Fernsehen, in Kinofilmen, in Büchern – überall und ständig hatten Leute Affären und bekamen ihr Leben trotzdem in den Griff. Ein winziger Moment vor zwei Jahren sollte doch kein Hindernis für einen Neuanfang sein?

Und sie vermißte Tossa – sie hätte nie gedacht, daß sie sie vermissen würde. Aber niemand sonst kannte Patrick so gut, kannte sie selbst so gut, wußte über den Laden Bescheid. Sie wünschte sich, sie könnte sich mit Tossa zu einer Tasse Kaffee zusammensetzen, die zerbrochenen Kekse aus dem Geschäft aufteilen und sich über Patricks Ansichten und Gewohnheiten aufregen.

Dabei ging es Tossa so gut – das war die größte Ungerechtigkeit von allen. Caroline erfuhr die Neuigkeiten von An-

nette Gallagher. Tossa war befördert worden, Tossa fuhr einen Firmenwagen, Tossa war auf einer Konferenz in Paris. Konferenzen in Paris, dachte Caroline.
Das Telefon klingelte. Einen kurzen Augenblick lang dachte sie, es könnte Tossa sein.
»Hast du irgendwas vor?« fragte Donna.
»Nein.«
»Kann ich vorbeikommen?«
»Natürlich!« Sie hatte Donna seit über zwei Wochen nicht gesehen. »Wann?«
»So um sieben?«
»Ja, gut. Gehst du nicht mit Paul aus?«
Paul war Donnas neuester Freund – Carolines Rechnung zufolge der fünfte in diesem Jahr.
»Der ist übers Wochenende in Cork. Bis später dann.«
Caroline legte auf. Sie freute sich über den Anruf.
Es war einfach für andere Leute, lächelnd zu ihr zu sagen, daß sie Damien sicher vermißte, er aber immerhin viel Geld verdiente. Daß sie Glück hatte, so viel Zeit für die Kinder aufbringen zu können und nicht morgens zur Arbeit rennen zu müssen. Andere Leute waren sich nicht darüber im klaren, daß sie den ganzen Tag in Gesellschaft zweier Kleinkinder verbrachte und manchmal vierundzwanzig Stunden lang mit keinem Erwachsenen sprach.
Sie hatte wieder angefangen, im Laden zu arbeiten. Patrick verstand nicht recht, weshalb sie so erpicht darauf war, aber er war froh, sie nun wieder öfter zu sehen. An den Tagen, an denen sie arbeitete, paßte Majella auf die Kinder auf.
Caroline sah in den Garten hinaus. Es war kaum zu glauben, daß die beiden *ihre* Kinder waren. Manchmal, wenn sie nachts nicht schlafen konnte, schien die Verantwor-

tung sie zu überwältigen. Sie waren von ihr abhängig. Zu ihr kamen sie, wenn sie unglücklich waren oder sich weh getan hatten oder sich fürchteten. Sie konnte sich keine Unsicherheiten leisten; sie mußte für die beiden ein Fels sein. Und manchmal schauderte sie, wenn ihr die Größe der Aufgabe bewußt wurde.

Beide Kinder steckten schon im Schlafanzug, als Donna auftauchte. Sie hatte ihnen Süßigkeiten mitgebracht und sah mit schlechtem Gewissen zu, als Caroline ihnen je zwei davon zuteilte.

»Ich versuche, sie gesund zu ernähren«, erklärte Caroline. »Was das auch immer heißen soll. Ich versuche, ihnen einzureden, Obst schmeckt besser – aber es kommt mir immer so vor, als ob ich ihnen genau das Falsche gebe.«

Donna lachte. »Jedenfalls sehen sie gut aus.«

»Danke.« Caroline wußte, daß sie recht hatte. Es waren attraktive Kinder – alle Welt sagte das.

»Auf jetzt. Zeit zum Schlafengehen. Wenn ihr euch gut benehmt, gehen wir morgen an den Strand.«

Nachdem sie die beiden ins Bett gebracht hatte, kam sie ins Wohnzimmer zurück und plumpste aufs Sofa.

»Ich muß sie dauernd bestechen«, sagte sie betrübt. »Ich bin sicher, andere Mütter haben das nicht nötig.«

»Ach, das würde ich nicht sagen«, bemerkte Donna. »Meine Mutter hat mich auch bestochen, und es hat immer funktioniert.«

Caroline grinste sie an. »Das glaubst du vielleicht. Willst du ein Glas Wein?«

»Gern.«

Sie stießen an, und Caroline zog die Füße aufs Sofa. »Also, was gibt es?«

»Hey, ist das so offensichtlich?«

»Für mich schon. Ich bin deine beste Freundin, weißt du noch?«
Donna lachte. »Und eine gute Freundin außerdem, Caro.«
»Selbstverständlich. Was willst du diesmal?«
»Bloß einen Rat. Es geht um Paul.«
»Ich hab's mir fast gedacht.« Donna fragte Caroline oft um Rat, was ihren jeweils aktuellen Freund anging, richtete sich aber selten danach.
»Ich liebe ihn wirklich«, sagte Donna.
Caroline sah sie nachdenklich an. »Du gehst doch erst seit einem Monat mit ihm.«
»Schon. Aber das heißt ja nicht, daß ich ihn nicht lieben kann. Und jetzt will er, daß ich zu ihm ziehe.«
»Willst *du* das denn?«
»Ich weiß nicht.« Donna schnippte an ihrem Daumennagel herum. »Ich möchte schon, aber ich weiß nicht, ob es eine gute Idee ist.«
Caroline lachte. »So ein großer Schritt ist das doch nicht. Es ist ja nicht so, als wolltest du heiraten.«
»Es *ist* ein großer Schritt«, widersprach Donna. »Ich ziehe ja nicht zu ein paar Mädchen oder zu einem Freund. Sondern zu einem Liebhaber.«
Caroline goß Wein nach. »Also ziehst du zu ihm.«
»Ich weiß nicht«, seufzte Donna. »Ich bin mir einfach nicht sicher.«
»Ich fürchte, ich bin so ziemlich der letzte Mensch, der dir da helfen kann«, sagte Caroline.
Donna lächelte sie an. »Ich weiß, Damien ist weg, und es ist wahrscheinlich alles nicht gerade ideal, aber bei dir ist doch alles wunderbar ausgegangen, oder?«
»Meinst du?« fragte Caroline. Sie hatte Donna immer

noch nichts von Tossa und Damien erzählt. Sie brachte es nicht fertig, ihrer Freundin gegenüber zuzugeben, daß ihre Ehe eine Katastrophe war. Sah von außen denn wirklich alles so wunderbar aus? Obwohl ihr Mann die letzten fünfzehn Monate am anderen Ende der Welt verbracht hatte?

»Ich war so jung«, sagte sie. »Ich bin mir nicht sicher, daß es eine gute Idee war, so jung zu heiraten.«

Donna sah sie neugierig an. »Aber du und Damien – eure Ehe, meine ich –« Sie zuckte hilflos die Achseln. »Er kommt doch nach Hause, oder?«

»Sagt er jedenfalls.« Caroline biß sich auf die Lippen. »Nächsten Monat, angeblich. Bloß, er ist jetzt schon so lange weg –«

»Oh, Caroline!« Donna beugte sich zu ihr hinüber und umarmte sie. »Ich bin sicher, es wird alles okay sein.«

»Hoffentlich.« Caroline legte den Kopf auf Donnas Schulter. Sie wäre am liebsten mit der ganzen Geschichte herausgeplatzt, aber etwas hielt sie zurück. Privates war privat. Sie konnte Donna nicht davon erzählen.

»Also, und was willst du über Paul und dich von mir hören?« fragte sie schließlich.

»Was machen wir, wenn es nicht funktioniert?«

»Ihr trennt euch wieder.«

»Aber das wäre doch fürchterlich. Stell dir das mal vor.«

»Zieh zu ihm«, sagte Caroline leichthin. »Amüsier dich gut.«

»Vielleicht wird er dann restlos besitzergreifend.«

»Es ist ein gutes Gefühl, wenn jemand deinetwegen besitzergreifend wird«, sagte Caroline.

»Ich habe ihm gesagt, ich überleg's mir bis nächste Woche.«

»Was wird deine Mutter sagen?«
»Oh, sie wird durchdrehen.« Donna hörte sich nicht weiter beunruhigt an. »Aber das tut sie sowieso, ganz gleich was ich treibe.«
Von oben kam ein Aufprall und dann ein klägliches Wimmern, und Caroline schoß vom Sofa hoch und die Treppe hinauf. Donna füllte die Gläser auf und dachte über das nach, was Caroline über Damiens Rückkehr gesagt hatte. Es war mehr, als sie jemals zuvor aus ihr herausbekommen hatte. Meist sagte ihre Freundin nur, die Stelle auf den Cayman Islands sei eine großartige Chance für ihn, und sie selbst müsse eben damit leben. Aber jetzt hatte Donna zum ersten Mal das Gefühl, daß hinter Damiens Abwesenheit noch etwas anderes steckte. Sie hoffte, es würde sich alles finden – aber zugleich befürchtete sie nun, daß etwas entsetzlich schiefgegangen sein mußte. Donna schauderte. Arme Caro – allein mit zwei Kindern. Und wie man es auch sah, sie hatte sich verändert.
Sie war immer so offen und so aufgeschlossen gewesen. Jetzt war sie viel zurückhaltender. Wahrscheinlich war es schwierig, wenn man die ganze Zeit die Kinder am Hals hatte. Ein Jammer, daß Tossa auch fort war; sie hätte aushelfen können.
Noch so eine komische Sache, dachte Donna, während sie an ihrem Wein nippte. Tossa, die nach England verschwunden war, bevor sie auch nur ihr Abgangszeugnis in der Hand hatte. Caroline sagte immer nur, Tossa hätte sich das mit dem Studium anders überlegt – aber sie hätte inzwischen wirklich einmal zu Besuch kommen können. Die Flüge waren billig; bei Tossas Gehalt mußte ein Ticket nach Dublin doch ein Klacks sein. Und sie war nicht einmal zu Weihnachten aufgetaucht.

»Was macht eigentlich Tossa?« fragte Donna, als Caroline ins Wohnzimmer zurückkam.
»Der geht's gut.« Caroline setzte sich wieder hin.
»Kommt sie mal wieder vorbei, oder amüsiert sie sich dort zu gut?«
»Amüsiert sich wohl zu gut«, sagte Caroline.
»Hat sie inzwischen einen Freund?«
»Weiß ich nicht«, gähnte Caroline.
»Für Männer hat sie sich ja eigentlich nie interessiert.« Es war wie Zähneziehen, dachte Donna. Da stimmt doch was nicht.
»Ooh, ich bin sicher, es gibt da Abgründe.« Caroline streckte die Arme über den Kopf. »Was gibt es Neues von Pamela und Mick?«
»Keine Ahnung. Die haben sich öfter getrennt und wieder zusammengetan als du und Jimmy Ryan.«
»Jimmy Ryan! Den habe ich schon lange nicht mehr gesehen.« Caroline errötete bei der Erinnerung an ihre letzte Begegnung. Sie hatte Donna davon erzählt, die Sache mit dem Kuß aber für sich behalten.
»Er geht mit einem Mädchen aus Sutton«, sagte Donna.
»Gut«, kommentierte Caroline leichthin.
»Ich glaube, du hast immer noch eine Schwäche für ihn«, bemerkte Donna tückisch.
»Ach Quatsch«, grinste Caroline. »Ich bin eine verheiratete Frau.«
»Und Mutter«, erinnerte Donna.
»Und Mutter.«
Später ließen sie sich eine Pizza bringen und öffneten eine zweite Flasche Wein. Es war eine Ewigkeit her, seit sie einen so albernen Abend verbracht hatte, dachte Caroline. Sie lachten über idiotische Witze, schwelgten in Erin-

nerungen an ihre Schulzeit und sprachen noch einmal darüber, ob Donna mit Paul zusammenziehen sollte oder nicht – eine restlos überflüssige Diskussion, da Donna sich offensichtlich schon entschieden hatte. Caroline war Paul nie begegnet, aber Donna hatte ein Foto von ihm in der Geldbörse. Es war in einer Fotokabine aufgenommen worden, und der Mann sah blaß und etwas aufgeschreckt aus.

»Nicht schlecht«, sagte Caroline kritisch.

»Was heißt nicht schlecht? Er ist wundervoll!«

»Na ja, vielleicht.« Caroline betrachtete das Foto aus einem anderen Winkel. »Was hat er da für eine Narbe über dem Mund?«

»Blöde Kuh!« Donna kicherte. »Das ist ein Schnurrbart.«

»Ich weiß«, lachte Caroline.

»Mit Paul ist es etwas anderes als bisher«, sagte Donna ernsthaft. »Wirklich, Caro.«

Caroline lächelte sie an. »Das freut mich.«

Als am nächsten Abend das Telefon klingelte, hörte sie schon an dem schwachen Echo in der Leitung, daß es Damien war, bevor er auch nur zu sprechen begann.

»Hi, wie geht's euch allen?«

»Gut«, antwortete Caroline. »Nicht viel Neues hier.«

Sie führten diese Unterhaltung jede Woche. Manchmal fragte sie sich, ob es ihn wirklich interessierte.

»Und bei dir?« fragte sie zurück.

»Okay.« Sie meinte ein kurzes Zögern zu hören, bevor er antwortete.

»Hast du schon einen Termin für den Rückflug?«

Er räusperte sich. »Ich habe mir überlegt, vielleicht würdet ihr vorher gern mal herkommen. Zu Besuch.«

»Ferien, meinst du?«

»Ja, genau.«
»Mit Emma und David? Das wird ziemlich schwierig werden. Und du siehst sie doch sowieso bald wieder.«
»Es wäre mir sehr lieb, wenn du sie mitbringen könntest.«
»Damien?«
»Ja?«
»Kommst du wirklich nächsten Monat nach Hause?«
»Wahrscheinlich.«
»Wahrscheinlich?«
»Es kann sein, daß es noch ein paar Wochen länger dauert«, sagte er vorsichtig. »Ich bin mir nicht sicher.«
»Oh, Damien.«
»Aber wenn ihr herkommen könntet ...«
»Ich würde gern kommen«, sagte Caroline. In Gedanken sah sie die Insel vor sich, so wie Damien sie ihr beschrieben hatte. Weißer Sand, blauer Himmel und tiefblaues Meer, Palmen, die sich sacht im Wind wiegten. Wenn sie sich mit ihrem Mann aussprechen wollte, war Grand Cayman vielleicht nicht der schlechteste Ort dafür. »Wann sollen wir fliegen?«
»Wann du willst.«
»Und dir wäre es wirklich recht?«
»Es wäre eine gute Idee. Vor allem, wenn ich nicht gleich zurückkomme.«
»Damien – wie lange wollen sie, daß du noch bleibst?«
»Ich bin mir nicht sicher.«
»Und für die Kinder hättest du Platz?«
»Sonst hätte ich's ja nicht vorgeschlagen. Manchmal frage ich mich, ob du überhaupt zuhörst, Caroline.«
»Ich höre zu«, sagte sie scharf. »Du hast mich nur ziemlich überrascht, das ist alles. Jetzt heißt es plötzlich wieder, du kommst vorläufig doch nicht zurück. Ich frage mich

manchmal, ob du vorhast, überhaupt noch nach Hause zu kommen.«

Sie bereute die Bemerkung sofort. Es klang kleinlich und nörgelig. Dabei wollte sie doch, daß er nach Hause kommen *wollte.*

»Komm diesen Monat noch«, sagte Damien, als hätte sie nichts gesagt. »Und bring doch bitte die Kinder mit, ich vermisse sie.«

»Wirklich?«

»Natürlich. Es sind doch auch meine Kinder, Caroline.«

Als du gegangen bist, hat dich das auch nicht gestört, dachte sie.

»Ich sage dir nächste Woche Bescheid«, antwortete sie.

»Paß auf dich auf«, sagte er.

Der nichtssagende Satz trieb ihr die Tränen in die Augen.

»Du auch.«

In dieser Nacht wachte Emma schreiend auf. Ein Geist war hinter ihr her, wie sie Caroline unter Tränen erzählte. Er würde sie fressen – er hatte es ihr gesagt. Caroline nahm ihre kleine Tochter auf die Arme und trug sie ins Schlafzimmer. Sie hielt nicht viel davon, Kinder mit ins Elternbett zu nehmen, aber heute fand sie es tröstlich, und beim Aufwachen fühlte sie sich besser als seit langem. Sie würde Damien besuchen. Und die Kinder mitnehmen.

17

Orion
(Der Große Jäger)

Ein Sternbild über dem Äquator;
Orion war der Liebhaber der rosenfingrigen Aurora

Einen Flug nach Grand Cayman zu finden war der reinste Alptraum. Caroline nahm schließlich einen Flug nach Miami, der erst um zehn Uhr abends eintreffen würde, und einen Anschlußflug, der am nächsten Mittag ging.

»Vielleicht«, sagte Patrick, während er Preisschilder auf ein paar Dosen mit Erbsen klebte, »solltest du lieber allein zu Damien fliegen.«

»Warum?«

»Damit ihr euch in Frieden aussprechen könnt. Das müßt ihr nämlich, Caroline.«

»Kümmer dich um deine Angelegenheiten, Dad«, sagte sie scharf.

»Rede nicht so mit mir.« Patrick drehte die Erbsendosen so, daß die Schilder nach vorn zeigten. »Ich habe mich rausgehalten. Ich habe versucht, dich nicht zu beeinflussen. Aber ich lasse mir nicht vormachen, alles wäre in bester Ordnung.«

»Ich mache dir nichts vor.«

»Nichts ist in Ordnung. Ich bin nicht sicher, daß er jemals zurückkommt. Du auch nicht. Deine Kinder wachsen ohne Vater auf. Und du hast anscheinend keine Ahnung,

was du mit dir anfangen willst. Du wirst dich irgendwann entscheiden müssen.«
Caroline sah Patrick erstaunt an. Es war das erste Mal, daß er sie auf ihr Verhältnis zu Damien ansprach.
»Ich rede mit Damien, wenn ich dort bin«, sagte sie. »Wir werden das Ganze ein für allemal klären. Ich versprech's dir.«
Weil sie mit zwei Kleinkindern reiste, gehörte Caroline zu den ersten Passagieren, die ins Flugzeug gelassen wurden. Sie verstaute das Handgepäck, setzte Emma auf den Fenstersitz und nahm David auf den Schoß. Es dauerte eine Ewigkeit, bis alle ihre Plätze gefunden hatten. Als die Stewardessen überprüften, ob alle Sicherheitsgurte ordnungsgemäß angelegt waren, behauptete Emma, aufs Klo zu müssen, und David zappelte bereits unruhig herum. Sie bemerkte die offenkundige Gereiztheit des Mannes, der den Sitz am Mittelgang innehatte. Eine Stewardess brachte Emma zur Toilette, und David begann zu quengeln – er wollte lieber auf dem Boden sitzen. Caroline begann es vor dem achtstündigen Flug zu grauen.
Aber beide Kinder waren fasziniert, als das Flugzeug dröhnend die Startbahn entlangfegte und sanft abhob.
»Guck mal!« rief Emma. »Schnee!«
»Das sind Wolken«, sagte Caroline.
»Nein.«
»Doch. Sie sind unter uns, aber es sind trotzdem Wolken.«
»Wir sind am Himmel«, sagte Emma erstaunt. »Warum fallen wir nicht runter?«
»Die Motoren halten uns oben.«
»Aber wenn sie stehenbleiben, fallen wir runter.«

»Sie bleiben aber nicht stehen.«
Emma lehnte sich zurück. »Hoffentlich«, seufzte sie besorgt, und Caroline versuchte, nicht zu lachen.
Die Kinder blieben ruhig, bis die Tabletts gebracht wurden. Dann allerdings erklärte Emma, ihr Essen nicht zu mögen.
»Iß jetzt«, sagte Caroline, während sie das Hühnchen für David in winzige Stücke schnitt.
»Nein.« Emma schlug ihr Essen mit der Plastikgabel zu Brei.
»Iß es, etwas anderes bekommst du nicht.«
»Ich will einen Burger.«
»Es gibt hier keinen.«
»Ich will aber!« Emmas Unterlippe begann zu zittern. Der Mann neben Caroline starrte sie angewidert an.
»Dann iß doch einfach den Nachtisch. Schau mal, es ist Pudding. Du magst doch Pudding.«
»Nein.«
»Emma, du gehst mir auf die Nerven. Laß es, wenn du nicht willst, aber komm hinterher nicht an und sag, du hast Hunger.«
»Ich habe jetzt Hunger.«
Caroline ignorierte sie und machte sich daran, David zu füttern. Irgendwann begann schließlich auch Emma zu essen.
Im Flugzeug wurde es still, als die anderen Passagiere sich auf die Nacht vorbereiteten. Schließlich waren auch die Kinder eingeschlafen. Caroline saß so still wie möglich, um sie nicht wieder zu wecken. Sie selbst versuchte gar nicht erst zu schlafen; sie setzte die Kopfhörer auf und hörte Musik.
Sie mußte die Kinder wecken, als das Flugzeug mit dem

Anflug auf Miami begann. Beide nahmen es übel, geweckt zu werden. David begann zu weinen, zuerst leise, dann zunehmend lauter. Caroline versuchte ihn zu beruhigen; sie war sicher, daß jeder Mensch im Flugzeug Bemerkungen über das weinende Kind machte und sich fragte, weshalb seine Mutter es nicht ruhig halten konnte.

Eine Stewardess fragte, ob sie ein Spielzeug oder irgend etwas sonst für David bringen sollte.

»Er ist einfach nur müde«, erklärte Caroline.

Der Mann neben ihr schnaubte.

»Bitte?« fragte sie.

»Sie sollten so kleine Kinder eben nicht auf lange Flüge mitnehmen.«

»Oh, Verzeihung«, sagte sie bissig. »Wahrscheinlich hätte ich sie am Gepäckschalter aufgeben sollen.«

Er sah etwas betroffen aus. »Ich habe es nicht so gemeint ...«

»Doch, natürlich haben Sie es so gemeint«, konterte sie. »Wie soll ich sie denn über den Atlantik bringen, wenn nicht im Flugzeug?«

»Es scheint nur furchtbar schwer zu sein, wenn eine Frau allein zwei Kinder bändigen muß.«

Als das Flugzeug schließlich gelandet war, bot er an, ihr die Taschen aus dem Fach über den Sitzen zu holen. Er erbot sich sogar, David bis zur Gepäckhalle zu tragen.

»Danke, das schaffen wir schon.« Aber Caroline freute sich über die Wirkung, die ihre Worte auf ihn gehabt hatten. Sie war nicht daran gewöhnt, von anderen Menschen ernst genommen zu werden.

Sie hatte ein Zimmer im Airport Hilton gebucht. Die Kin-

der schliefen beinahe, als die Tür des Hotelzimmers für sie geöffnet wurde.
Caroline selbst schlief wenig. Sie dachte an Damien. Vielleicht würde er sich wirklich freuen, sie zu sehen. Vielleicht lag auch er wach und wartete auf ihre Ankunft. Vielleicht würde er sie in die Arme nehmen und ihr sagen, daß er sie liebte.
Als sie am Morgen aufwachte, war sie noch müde. Sie zog den Kindern ihre besten Sachen an – dunkelblaue Shorts mit einem blauweiß gestreiften T-Shirt für David, einen rosa Rock und ein gelbes T-Shirt für Emma. Sie sahen prächtig aus.
Sie selbst trug ihr lavendelfarbenes Kleid mit schweren goldenen Ohrringen, goldenen Ketten und dünnen Goldarmreifen. Sie schob sich einen goldenen Reifen ins Haar, besprühte sich mit *Lou Lou* und stellte sich vor den langen Spiegel, um prüfend ihr Spiegelbild anzustarren.
Dann zog sie das Kleid aus und zog statt dessen Jeans und ein weißes T-Shirt an, ersetzte die goldenen Ohrringe durch winzige silberne Stecker und nahm den Reifen aus dem Haar.
Würde es jetzt den Anschein erwecken, als sei es ihr gleich, wie sie aussah? dachte sie, als sie erneut vor dem Spiegel stand. Sie wollte zwanglos aussehen – aber nicht zu zwanglos.
Der Flug von Miami zum Owen Roberts Airport dauerte eine Stunde. Caroline zitterte vor Nervosität, als sie die Ankunftshalle betrat und sich nach Damien umsah.
Sie bemerkte ihn erst, als er sich von einer Säule löste und zu ihnen herüberschlenderte. Er war braungebrannt,

und sein Haar war von der Sonne ausgebleicht; er trug ein dünnes Baumwollhemd und Shorts.
»Hallo«, sagte er.
»Damien.« Sie hielt David fest in den Armen.
»Das ist mein Sohn?« Sie hätte schwören können, daß er Tränen in den Augen hatte. »Und meine wunderbare, wunderschöne Tochter?«
Er küßte David auf den Kopf und nahm Emma auf die Arme. »Ich hab dich vermißt, Liebling«, sagte er. »Oh, ich habe dich so vermißt.«
»Und mich?« fragte Caroline. »Mich auch?« Mist, dachte sie gleichzeitig, viel zu besitzergreifend. Das war dumm – das hätte ich nicht sagen sollen.
»Ich habe euch alle vermißt«, sagte Damien.
Er führte sie hinaus in das grelle tropische Sonnenlicht zu seinem Jeep; es war die heißeste Zeit des Tages.
Damiens Haus war kleiner, als sie erwartet hatte. Aber es hatte ein rotes Dach und eine weißgestrichene Veranda, und ringsum blühten rosafarbene, violette, rote und weiße Blumen in Beeten zwischen üppig grünem Gras.
»Oh, Damien.« Caroline sah sich um. »Das ist ja wunderschön.«
»Nett, nicht«, antwortete er lakonisch.
Auch das Innere des Hauses war hübsch. Der große quadratische Wohnraum hatte einen weißen Marmorboden, auf dem leuchtend bunte Flickenteppiche lagen; große Glastüren führten in den Garten hinaus. Emma entdeckte ein Schwimmbecken draußen und stürzte kreischend vor Entzücken zur Tür.
»Es ist wunderbar hier.« Caroline stand neben dem Becken und sah hinaus auf das tiefblaue Meer.

»Ich weiß«, sagte Damien. »Ich weiß.«
»Du kommst nie wieder nach Hause!«
»So ein Quatsch. Emma, paß auf!«
Caroline erwischte ihre kleine Tochter am Arm. »Du darfst ins Wasser, sobald du deine Schwimmflügel anhast«, sagte sie. Glücklicherweise konnten beide Kinder schwimmen – Caroline war mit ihnen jeden Donnerstagmorgen zum Mutter-und-Kind-Schwimmen gegangen. Bald planschten sie zufrieden im Becken, während ihre Eltern auf den gelb und weiß gestreiften Polstern der Liegestühle saßen und ihnen zusahen.
»Es ist schwer, das alles hier nicht zu mögen«, sagte Damien.
»Damien, es ist wie im Paradies. Gestern in Dublin hat es noch geregnet.«
»Das sagen die Leute immer über diese Insel«, antwortete Damien. »Aber so vollkommen ist es hier auch wieder nicht.«
»Ich wüßte nicht wieso.« Caroline legte sich zurück und schloß die Augen. »Ich könnte den Rest meiner Tage hier verbringen.«
Damien lachte, zog sich das Hemd aus und glitt ins Becken. »Los geht's, spielen wir«, sagte er zu Emma und David.
Die Kinder schliefen ziemlich früh ein. Caroline und Damien trugen sie hinauf in ihr Zimmer und brachten sie ins Bett.
»Sie sind makellos, oder etwa nicht?« fragte Damien, während er den Arm um sie legte und auf die schlafenden Kinder hinuntersah.
»Im Augenblick schon«, gab Caroline zurück. »Wach sind es kleine Teufel!«

Er lachte und zog sie dichter an sich. »Hast du mich vermißt?«
»Du weißt genau, daß ich dich vermißt habe.« Sie legte den Kopf an seine Schulter.
»Komm ins Bett«, sagte er. »Du bist sicher auch müde.«
Sie wandte ihm den Rücken zu, während sie die Jeans auszog. Sie wollte nicht, daß er ihre Schwangerschaftsstreifen sah. Sie wollte, daß er sie begehrte wie früher, liebte wie früher, brauchte wie früher.
Seine Küsse waren heftig und fordernd. Sie hatte ihn immer gern geküßt, obwohl ihr der Sex mit ihm nicht immer soviel Spaß gemacht hatte, wie sie einmal gehofft hatte. Aber an diesem Abend überließ sie sich seinen Küssen, der Berührung seiner Lippen auf ihrer Kehle, ihren Brüsten, ihrem Bauch und schließlich zwischen den Beinen; als er in sie eindrang, preßte sie sich an ihn, hielt ihn fest und kämpfte zu ihrem eigenen Vergnügen ebenso wie zu seinem. Es war der beste Sex, den sie je gehabt hatte, und Damien schien der gleichen Meinung zu sein.
»Du kleines Biest«, murmelte er, als er neben ihr lag. »Die Liebe wächst anscheinend wirklich mit der Entfernung.«
Sie kuschelte sich an ihn. Trotz des Vergnügens, das es ihr diesmal gemacht hatte, mit ihm zu schlafen, war es dies, was sie am meisten brauchte. Seine Nähe und Gesellschaft, jemanden, der alles mit ihr teilte. Sie trieb zwischen Schlaf und Wachen, als sie spürte, wie seine Hände über ihren Bauch und zu ihren Brüsten hinaufglitten.
»Einen guten Mann hält es nicht lang unten«, sagte Damien, als er sie an sich zog und sich auf sie rollte.
Diesmal ging es schneller, und sie konnte es nicht wirklich genießen. Aber sie merkte, daß Damien es genoß,

und das half ihr, sich mit ihm zu bewegen, so daß er am Ende mit noch größerem Vergnügen aufschrie als beim ersten Mal.

»Du hast einen wundervollen Körper«, sagte er atemlos.

Sie errötete im Dunkeln. »Ich bin froh, daß du das findest.«

»Ich habe das immer gefunden«, sagte er.

»Ich gehe schnell ins Bad«, erklärte sie. »Mir ist heiß.«

»Du bist heiß«, murmelte er schläfrig.

Sie schlich ins Badezimmer, um sich rasch und leise zu waschen. Damien schnarchte, als sie zurückkam. Sie kroch zu ihm ins Bett und schloß die Augen, aber sie konnte nicht mehr schlafen.

Grand Cayman war ein einziges Idyll. Damien fuhr sie auf der ganzen Insel herum. Die Kinder waren begeistert von der Wasserschildkrötenfarm; Caroline war begeistert von den Schmuckgeschäften. Damien kaufte ihr eine goldene Kette mit einem Diamantsolitär. Es war das schönste Stück, das sie jemals besessen hatte.

Er zeigte ihnen sein Büro in einem rosagestrichenen Gebäude mit polierten Holzböden und langsam kreisenden Ventilatoren an der Decke, aber die meiste Zeit verbrachten sie am Strand. Damien versuchte Caroline das Windsurfen beizubringen, aber sie konnte das Gleichgewicht nicht halten und verbrachte mehr Zeit im Wasser als darauf. Er nahm sie auch mit zum Schnorcheln. Die Fische waren farbenprächtig und wunderschön. Es war, als sei man in einem Unterwasservideo, dachte sie, als ein Schwarm schwarz und gelb gestreifter Fische sich vor ihr teilte. In der Dublin Bay fand man so etwas nicht.

Die Welt unter Wasser gefiel ihr so gut, daß sie auf Damiens Anraten hin einen Ausflug mit dem Unterseeboot unternahm. Sie sah eine surreale Welt aus Korallensäulen, bevölkert von noch exotischeren Fischen. Silberne Luftblasen strömten vorbei, und dünne Pfeile von gefiltertem Sonnenlicht drangen durch das Wasser herunter. Ein Rochen glitt mit sanft schwingenden Flossen vorbei. Sie war völlig fasziniert.

»Es war unglaublich«, sagte sie zu Damien, als sie später ein paar T-Shirts als Souvenirs kaufte. »Ich möchte das noch mal machen, bevor ich zurückgehe.«

Abends saßen sie am Pool, während Damien Hamburger oder Hühnchen grillte; ein paarmal aßen sie in Restaurants, in denen auch die Kinder willkommen waren.

»Schön, daß Damien eine Vanillefrau hat«, lachte einer der Barkeeper, während er Caroline ein gigantisches Glas Rum mit Cola servierte. »Nicht gut für einen Mann, keine Frau zu haben.«

»Vanille?« murmelte sie.

»Manche von den Einheimischen nennen uns Vanilleleute«, erklärte Damien.

»Stimmt wahrscheinlich.« Caroline streckte den Arm aus.

»Mehr Honig als Vanille«, sagte Damien und küßte sie.

Wenn die Kinder nicht dabeigewesen wären, wäre alles vollkommen gewesen. Caroline wollte mit Damien sprechen, aber sie hatten sich bisher noch nicht in Frieden unterhalten können – seit dem ersten Abend waren sie keine Nacht mehr ungestört geblieben. Und Damien schien gar nicht reden zu wollen. Sie liebten sich, rasch und heftig, denn die Zeit war knapp. Er sprach über seine Arbeit, die Einheimischen, sein Gehalt – aber nicht über die Dinge, die Caroline besprechen wollte. Er benahm sich, als sei alles in bester Ordnung. Und sie fragte sich, ob vielleicht wirklich alles in Ordnung *war*.

Am zehnten Abend sagte Damien, er habe ein Mädchen aus seinem Büro, Beverly Simmons, fürs Babysitten gewonnen. »Wir müssen mal unter uns sein.«
»Oh, Damien, das ist ja wunderbar!«
»Bedank dich nicht.« Er lächelte ihr zu. »*Ich* will mit dir ausgehen.«
Sie hätte beinahe geweint. Sie wollte gebraucht werden. Sie brauchte es, gewollt zu werden.
»Diese Beverley Simmons, bin ich ihr schon mal begegnet?«
Er schüttelte den Kopf. »Sie war nicht da, als ich dir das Büro gezeigt habe. Aber sie ist sehr verläßlich, und sie spielt oft Babysitter.«
Beverley erschien um sieben. Sie war eine Einheimische, groß und schlank, mit glatter dunkler Haut und Haaren, in die goldene und silberne Perlen geflochten waren. Ihre Augen waren riesige braune Teiche. Sie trug ein buntes Hemd und über den Knien abgeschnittene Jeans und schien im gleichen Alter zu sein wie Caroline.
»Oh, was für bezaubernde Kinder!« Sie strahlte sie an, nahm David auf die Arme und kitzelte ihn unter dem Kinn.
»Es ist wirklich nett, daß Sie auf sie aufpassen wollen«, sagte Caroline.
»Oh, das tu ich gern. Ich mag Kinder.« Beverley setzte sich in den großen Sessel und ließ Emma auf ihren Schoß klettern.
»Wieso hast du eine andere Farbe?« fragte Emma.
»Weil ich von dieser Insel stamme«, erklärte Beverley.
»Mama sagt, die Leute hier haben eine andere Farbe wegen der Sonne.«
»Das stimmt auch.«

»Wenn ich mit Daddy hierbleibe, kriege ich dann dieselbe Farbe wie du?«
»Daddy bleibt nicht mehr lang hier«, erklärte Caroline.
»Nein?« fragte Beverley überrascht. Ihre braunen Augen waren arglos.
»Nein«, sagte Caroline etwas kurz angebunden.
Das Restaurant Las Tortugas lag am Rande der Stadt. Farbige Lampen hingen zwischen den Palmen, eine Calypsoband spielte unter einer Markise, und die Tische waren aus Rohrgeflecht. Obwohl es noch früh am Abend war, tanzten schon einige Paare zu der Musik der Band.
»Das Stück haben wir mal bei einem Schulkonzert gesungen«, bemerkte Caroline, als Damien mit den Cocktails von der Bar zurückkam.
»In einem karibischen Kostüm mußt du absolut toll ausgesehen haben.«
»Soweit ich mich erinnere, haben wir lange Sarongs getragen.« Caroline grinste ihn an. »Die Nonnen waren nicht für Baströckchen zu haben.«
Ein Kellner erschien, um die Bestellungen aufzunehmen. Danach lehnte Damien sich in seinem Stuhl zurück und zündete eine Zigarre an. Das Zigarettenrauchen hatte er aufgegeben, aber er genoß seine Zigarren. Eine Wolke von blaugrauem Rauch stieg träge in die Luft. Damien sah in die Ferne.
»Wann kommst du zurück?« Caroline platzte beinahe damit heraus. Es hatte nicht so abrupt und so bedürftig klingen sollen, wie es jetzt herauskam.
Damiens Zigarrenspitze glomm auf und verblaßte dann.
»Ich weiß es nicht genau.«
»Warum? Dein Vertrag muß doch irgendwann auslaufen.«

»Sie haben mir einen Direktorenposten angeboten«, sagte er. »Es ist eine Riesenchance.«
Der Kellner erschien mit den Hummerscheren, wünschte »bon appétit« und verschwand wieder.
»Eine Riesenchance für wen?« fragte Caroline.
»Für mich«, antwortete Damien. »Für uns.«
»Uns?« Sie hatte jeden Appetit verloren; von dem Geruch der Kräuterbutter wurde ihr fast übel.
»Caroline, etwas Besseres hätte gar nicht passieren können. Ich nehme den Posten an, bleibe noch ein paar Monate und komme dann nach Hause. Ich bekomme Firmenanteile, eine leistungsbezogene Prämie und noch mal zwanzigtausend im Jahr extra. Das ist doch wunderbar.«
»Kommt drauf an«, sagte sie, ohne aufzusehen. »Wenn ich auch hier leben würde, wäre es sicher wunderbar.«
»Du würdest durchdrehen. Ein Urlaub ist eine Sache, aber hier leben – hier ist doch überhaupt nichts los.«
»Du willst mich hier nicht haben, stimmt's?«
»Darum geht's nicht.« Damien schob den Teller fort. »Aber ich kann besser arbeiten, wenn ich allein bin. Mit euch hier könnte ich nicht bis abends im Büro bleiben, ich würde dauernd versuchen, früh wegzukommen wegen der Kinder. Zur Zeit arbeite ich oft an den Wochenenden. Es wäre einfach nicht dasselbe, Caroline.«
»Aber *willst* du denn nicht mit uns zusammensein? Ist die Arbeit dir so viel wichtiger?«
Er seufzte. »Nein. Aber ich habe schon einmal eine große Chance verpaßt. Ich will das nicht noch mal machen.«
Und damit war es wohl entschieden, dachte Caroline. Er war ganz zufrieden mit seinem halbverheirateten Leben.

»Schau doch nicht so.« Damien griff nach ihrer Hand. »Ich komme nächstes Jahr nach Hause. Ich verkaufe die Aktien, stecke die Prämie ein und gehe. Ich will nicht, daß die Kinder hier aufwachsen, Caroline. Sie sind hier nicht zu Hause.«

Vielleicht hatte er ja recht, dachte sie.

Er wechselte das Thema, fragte als nächstes nach ihren Freundinnen, und Caroline erzählte ihm, daß Donna zu Paul gezogen war.

»Überrascht mich nicht«, sagte er, während er Zitronensaft auf seinen Schwertfisch träufelte. »Früher oder später mußte sie sich ja mit irgendwem zusammentun.«

»Sie hat sich nicht einfach mit ihm zusammengetan. Sie ist verliebt in ihn.«

»Dieses Mädchen ist gar nicht in der Lage, sich zu verlieben. Wie viele Männer hat sie inzwischen verschlissen?«

Caroline lachte. »Hunderte.«

»Na siehst du.« Er lächelte sie an, und Caroline wünschte sich, er würde sie jetzt und hier in die Arme nehmen.

Nach dem Essen tanzten sie. Die Band spielte langsame Melodien, und Caroline legte die Wange an Damiens Schulter. Dies war es, was sie vermißt hatte – Teil eines Paares zu sein, zu wissen, daß ein anderer Mensch eine Hälfte ihrer selbst war. Ja, sie wünschte, Damien würde mit ihr zusammen nach Hause fahren, aber er hatte ja recht. Zwanzigtausend Pfund! Zwanzigtausend Pfund schlug man nicht aus.

Die Kinder waren im Bett, als sie nach Hause kamen. Beverley saß unter der Lampe am Pool und las.

»War's schön dort?« fragte sie.

»Wunderbar«, antwortete Damien. »So gut wie immer.«

»Freut mich.« Beverley lächelte breit. »Ich sag's Daddy.«
»Das Restaurant gehört Beverleys Vater«, erklärte Damien.
»Oh!« Sie nickte. »Es war phantastisch. Haben die Kinder sich gut benommen?«
»Wie kleine Engel. Kein Gezeter, kein Streit.«
»Das können nicht meine sein«, murmelte Caroline, während sie ihre Jacke auf einen der Liegestühle warf. »Möchten Sie eine Tasse Kaffee oder so was?«
Beverley schüttelte den Kopf, und die Perlen in ihrem Haar klingelten hektisch. »Ich gehe nach Hause und lasse euch in Frieden.«
»Ich fahre dich«, sagte Damien. Beverley lachte leise. »Mir passiert nichts, Damien.«
»Trotzdem.« Seine Stimme klang fest. »Dauert doch nicht lang. – Beverley wohnt am anderen Ende der Stadt«, sagte er zu Caroline. »Kommen Sie, Miss Simmons.«
Caroline hörte sie lachen, als sie zum Auto gingen.
Sie schlief sehr schlecht in dieser Nacht. Damien lag so, daß er drei Viertel des Bettes einnahm, und Caroline trieb in unruhige Träume hinein und wieder aus ihnen hinaus, bis sie am frühen Morgen endgültig aufwachte, schweißgebadet und von einer unerklärlichen Angst beherrscht.
Sie zog ihren leichten Morgenmantel an, ging hinaus in den Garten und setzte sich auf einen der Liegestühle. Die Zikaden zirpten, und sie hörte andere Laute, die sie nicht identifizieren konnte. Das Geräusch der Wellen vom Strand her klang gedämpft. Kleine Lichtpunkte zeigten an, wo Häuser oder Straßenlaternen standen. Im Osten wurde der Himmel hell; die Nacht machte dem Rot, Gelb und Orange eines tropischen Sonnenaufgangs Platz.

Es ist dieselbe Sonne, sagte sie sich, während sie mit angezogenen Knien auf dem Liegestuhl saß. Dieselbe Sonne, derselbe Mond und dieselben Sterne, die wir auch sehen; ich sehe sie nur von einem anderen Ort aus. Das ist alles. Es ist einfach nur ein anderer Ort. Sie schloß die Augen, um die Tränen zurückzuhalten.

18

Sagittarius
(Der Schütze)

Ein Sternbild der südlichen Hemisphäre,
dargestellt meist als ein Zentaur mit Pfeil und Bogen

»Dreißig Millionen.« Tossa legte auf und beobachtete den Bildschirm. Das britische Finanzministerium versteigerte an diesem Morgen Staatspapiere, und Tossa wollte einige davon kaufen. Sie studierte die Liste der Gilts, die sie schon hatte, und überlegte, ob sie die griechischen Obligationen abstoßen sollte oder vielleicht die dänischen Papiere, die sie neulich gekauft hatte. Aber vielleicht, dachte sie, während sie die »Beenden«-Taste drückte, hatte sie das Ganze auch einfach nur satt.

Das jedenfalls sagte sie manchmal zu Louise, wenn sie nach einem anstrengenden Tag völlig ausgelaugt nach Hause kam. Sie kam damit zurecht, Tag für Tag mit riesigen Beträgen umzugehen, weil sie sie nie als wirkliches Geld betrachtete. In mancher Hinsicht war alles ein Spiel. Es ging darum, richtig zu raten und zu hoffen, daß jemand anderes falsch riet.

Die Auktion war erfolgreich, der Preis der Gilts stieg, und Tossa war mit sich zufrieden. In der Mittagspause ging sie aus und kaufte sich ein neues Leinenkostüm, marineblau mit Silberknöpfen und cremefarbenen Paspeln. Sie fand, daß sie darin sehr erfolgreich aussah.

»Willst du heute mit mir essen?« fragte Harvey, als sie ins

Büro zurückkam, die leuchtend rote Tüte in der Hand schwenkend.
»Danke, Harvey, aber heute habe ich zu tun.«
Harvey lächelte. »Macht nichts. Geht's irgendwann diese Woche?«
»Gern, das wäre nett.«
Sie ging nicht mit Harvey Johnson, aber sie war ein paarmal mit ihm ausgegangen. Er war nicht eben der Typ Mann, von dem sie träumte, aber seine Gesellschaft war ihr angenehm. Manchmal träumte sie von Simon Cochrane. Er war ihr unerreichbar, aber er war umwerfend attraktiv, und sie hätte blind sein müssen, das nicht zu bemerken.
Kurz bevor sie am Abend gehen wollte, kam Simon ins Büro. Er kam nicht einfach herein wie andere Leute, dachte sie; seine Zielstrebigkeit beherrschte sofort den ganzen Raum. Alle Welt sah auf, wenn Simon in der Nähe war.
»Wie war die Auktion?« fragte er sie.
»Gar nicht schlecht. Wir haben dreißig, und der Kurs ist einen halben Punkt hochgegangen.«
Simon setzte sich auf eine Ecke ihres Schreibtischs. »Und was macht die Harkness-Akte?«
Sie gab den Namen ein und drehte den Bildschirm so, daß er ihn sehen konnte.
»Ziemlich gut.« Er grinste sie an, und sie grinste zurück.
»Hast du nächste Woche irgendwas Wichtiges vor?« fragte er dann.
Tossa schüttelte den Kopf. »Nichts Spezielles, warum?«
»Ich möchte dich zu einer Präsentation mitnehmen. Nur Donnerstag und Freitag. Ich dachte, du würdest die beiden gern kennenlernen. Sie sind Iren.«

»Oh!« Sie zwinkerte ihm zu. »Du willst, daß ich das Lokalkolorit abgebe, ist es das?«

»Nicht ganz. Wir treffen uns in Irland. Mount Juliet heißt der Ort.«

Tossa hatte von Mount Juliet gehört; es war ein Luxushotel in einem Landhaus in Thomastown. Nicht eben die Art von Unterkunft, die sich die Familie O'Shaughnessy jemals ausgesucht hätte.

»Könnte interessant werden«, bemerkte sie lakonisch.

Sie trafen am Donnerstagabend in Dublin ein. Tossa starrte zum Fenster hinaus, als das Flugzeug über dem grünen Wasser der Dublin Bay kreiste und langsam tiefer sank. Regen stäubte über den glänzenden Asphalt der Landebahn, und das Gras war unverkennbar grüner als in England. Es kam ihr seltsam vor, hier zu sein. Seltsam, zu Hause zu sein.

Simon hatte ein Auto mit Fahrer angefordert, das sie nach Mount Juliet bringen sollte. Tossa gefiel es, gefahren zu werden – es gab ihr das Gefühl, etwas Besonderes zu sein.

»Fahren Sie durch Fairview?« fragte sie den Chauffeur.

»Fairview, das wäre ein Umweg. Ich wollte eigentlich die Autobahn nehmen.«

»Wir können durch Fairview fahren, wenn du möchtest.« Simon musterte sie neugierig. »Hast du einen speziellen Grund?«

Tossa schüttelte den Kopf. Sie wollte ihm nicht sagen, daß sie gern die Philipsburgh Avenue hinuntergefahren wäre, um vor O'Shaughnessy's zu halten, in den Laden zu stürzen und ihrem Vater um den Hals zu fallen. Alberne, gefühlsbetonte Leute taten so etwas. Sie war natürlich keins von beiden. Sie behielt die Kontrolle. Sie war Geschäftsfrau.

»Okay. Die Fahrt dauert ungefähr zwei Stunden, oder?«
»Ungefähr.« Sie hatte keine Ahnung.
»Ich schlafe ein bißchen«, kündigte Simon an. »Gestern ist es spät geworden.«
Tossa sah zum Fenster hinaus, während er schlief. Es hatte aufgehört zu regnen, und eine verschleierte Abendsonne ließ sich sehen. Selbst auf der Autobahn herrschte viel weniger Verkehr als in England. Ein paarmal saßen sie auf gewundenen Landstraßen hinter einem Traktor oder einem alten Lastwagen fest, der sich einen Hügel hinaufquälte. Es erinnerte sie an die Besuche bei Tante Vivienne und daran, wie Patrick geflucht hatte, wenn sie endlos lang hinter einem Anhänger voll Mist hergekrochen waren. Sie lachte leise.
Sie weckte Simon, als sie die Tafeln mit der Aufschrift »Mount Juliet« am Straßenrand entdeckte; aber es dauerte noch Minuten, bis zwischen den Hügeln das Haus in Sicht kam, grau und stattlich und von Kletterpflanzen überwachsen.
»Hübsch«, sagte Simon.
Tossa stieß ihm den Ellenbogen in die Rippen. »Es ist wunderschön.«
»Okay.« Simon grinste sie an. »Es ist wunderschön.«
Die Bäume rings um das Haus rauschten im Wind, und Vögel zwitscherten. Kies knirschte unter ihren Füßen, als sie zur Tür gingen.
Das Innere des Hauses war so elegant wie die Außenansicht. Nicht pompös, dachte Tossa, während sie sich umsah, sondern elegant, so wie es vor Jahren schon gewesen sein könnte, als das Haus noch bewohnt gewesen war.
Ihr Zimmer war das größte Hotelzimmer, das sie je gese-

hen hatte. Sie schleuderte die Schuhe von den Füßen und ging quer durch den Raum, an dem großen Doppelbett, dem Tisch und dem Sessel vorbei, zum Fenster und öffnete es.

Tossa war ein Stadtmensch, aber jetzt spürte auch sie, wie die ländliche Ruhe sich über sie breitete. Sie lehnte sich aus dem Fenster und horchte. In der Ferne konnte sie die Krähen hören. Der Himmel war rot gestreift.

Sie ging ins Bad, schlüpfte aus den Kleidern und stellte sich unter die Dusche. Nach dem Flug und der langen Autofahrt war sie müde, aber als sie aus der Dusche kam und sich in einen dicken weißen Bademantel wickelte, fühlte sie sich besser.

Zum Abendessen trug sie ein schlichtes, knielanges schwarzes Kleid mit einer Perlenkette und Perlenohrsteckern, dazu 5th Avenue-Parfum, und ließ ihr Haar lose über die Schultern fallen.

Simon und seine Geschäftspartner waren bereits an der Bar. Der eine der beiden war ein untersetzter Mann mit einer Halbglatze, der andere war dünn und wirkte mit seiner viereckigen goldenen Brille geradezu asketisch.

»Hi, Tossa.« Simon lächelte ihr zu, als sie hereinkam. »Dies hier sind Tony und Martin.«

Tony, der untersetztere der beiden, streckte ihr die Hand hin. Sie war warm und feucht, und Tossa versuchte nicht zurückzuzucken. Auch Martin gab ihr die Hand. Er machte einen distanzierten Eindruck, aber sein Gesicht erhellte sich bei ihrer Berührung.

»Wenn Ihr gesamtes Managementteam so aussieht, Cochrane, dann bin ich sehr beeindruckt«, bemerkte er.

»Tossa gehört zu meinen Topleuten«, antwortete Simon, während er ihren Arm drückte.

»Daran werde ich dich erinnern, wenn wir das nächste Mal über mein Gehalt reden«, lachte sie. Die anderen lachten mit, und Simon bestellte ihr etwas zu trinken.
Die beiden waren gar nicht so übel, dachte sie, während sie der Unterhaltung zuhörte. Männerthemen wie damals bei Tom Harkness; diesmal ging es um Football und Rugby. Dann wechselten sie in den Speisesaal, und der Kellner brachte die Vorspeisen. Tossa versuchte nicht hinzusehen, als Martin neben ihr eine winzige Wachtel in zwei Hälften schnitt. Sie beugte sich über ihren Teller und stocherte in ihrem grünen Salat.
Simon bestellte Wein nach. Es war ein schwerer Burgunder, von dem sie Kopfschmerzen bekam. Sie rieb sich die Nasenwurzel und versuchte unauffällig ihren Nacken zu massieren.
Es war seltsam, zu Hause zu sein, dachte sie. Wenn sie wollte, konnte sie nach Dublin fahren und das Haus in der Ashley Road betreten. Sie hatte sogar noch die Schlüssel. Patrick würde jetzt gerade mit seinem Abendessen vor dem Fernseher sitzen, die Abendzeitung neben sich auf dem Sofa. Manchmal schlief er darüber ein. Er sollte sich eine Mikrowelle zulegen, dachte Tossa, damit er sein Essen wieder aufwärmen könnte.
»Was meinen Sie, Tossa?« fragte Martin.
»Entschuldigung?« Sie hatte keine Ahnung, wovon die Rede gewesen war.
»Eine Runde Golf am Vormittag und eine am Nachmittag.«
»Nicht mit mir«, sagte sie. »Ich spiele nicht Golf.«
»Und ich dachte, Sie sind ein Allroundtalent«, bemerkte Tony.
»Vielleicht.« Sie lächelte ihm zu. »Aber kein Golfer.

Ich hätte gar nicht die Geduld, den ganzen Platz abzugehen.«
»Aber das ist es doch gerade, was Spaß macht«, sagte Martin.
»Es muß doch noch andere Möglichkeiten geben, sich zu amüsieren.«
»Stimmt.« Er grinste sie an. »Mir sind auch gerade ein paar eingefallen.«
Sie hielt die Luft an, als er ihren Oberschenkel drückte.
»Für wann haben Sie denn gebucht?« fragte Simon.
Martin ließ Tossa los. »Neun Uhr.«
»Nicht schlecht.« Simon nickte.
»Ich wollte nicht zu früh aufstehen müssen. Früh am Morgen ist nicht gerade meine Tageszeit.«
»Was ist denn Ihre Tageszeit?« fragte Simon.
»Jetzt.« Martin lachte und legte Tossa den Arm um die Schultern.
Sie leerten eine weitere Flasche Wein und saßen danach noch eine Stunde lang in der Bar. Tossas Kopfschmerzen wurden schlimmer. Schließlich beschloß Tony, schlafen zu gehen. »Ich will Sie morgen schließlich gründlich schlagen«, bemerkte er, bevor er und Martin zu ihren Zimmern gingen. Simon blieb in seinem Ledersessel sitzen und trank in Frieden seinen Whiskey aus.
»Ich gehe auch«, sagte Tossa.
»Du weißt, was für morgen geplant ist?«
»Golf und nochmals Golf, wenn ich recht verstehe. Und um sieben treffen wir uns zum Abendessen.«
»Was machst du, während wir Golf spielen?«
Sie zuckte die Achseln. »Spazierengehen. Lesen.« Sie stand auf. »Gute Nacht, Simon.«
»Ich komme auch«, sagte er.

Er wartete, bis sie ihre Tür aufgeschlossen hatte, und sie sagte: »Bis morgen.«
Er lächelte ihr zu. »Schlaf gut.« Dann beugte er sich vor und küßte sie auf die Lippen. Er schmeckte nach Rotwein und Whiskey, und einen Augenblick lang erinnerte er sie an Damien. Die Erinnerung flutete über sie hin, und sie hätte beinahe die Arme um ihn gelegt, aber statt dessen trat sie zurück.
Er runzelte leicht die Stirn.
»Gute Nacht«, sagte Tossa hastig und schloß die Tür.
Trotz des riesigen bequemen Bettes schlief sie nicht gut. Warum konnte ein ganz normaler Kuß sie so durcheinanderbringen? Simon hatte es nur freundlich gemeint, sich weiter nichts dabei gedacht. Und sie hatte reagiert wie ein linkischer Teenager. Es war geradezu peinlich. *Sie* war peinlich.
Am Morgen weckte sie das Gezwitscher von Vögeln. Sie verbrachte einige Zeit im Hotelpool, ging in die Sauna, um einen milden Kater aus sich herauszuschwitzen, und ließ sich massieren. Danach setzte sie sich ans Ufer des kleinen silbergrauen Flusses und las.
Ein paarmal legte sie das Buch ins Gras und starrte in das glucksende Wasser. Sie konnte sich immer noch nicht recht vorstellen, warum Simon sie mitgenommen hatte. Sicherlich nicht, damit sie Tony und Martin kennenlernte – oder zumindest nicht, um mit ihnen über Geschäftliches zu sprechen. Sie wußte, all das würde auf dem Golfplatz verhandelt werden. Vielleicht sollte sie reizend und dekorativ sein; das allerdings hätte sie beleidigend gefunden. Zudem war sie trotz der neuen Frisur, der Kontaktlinsen und der kürzeren Röcke kein dekorativer Typ. Attraktiv vielleicht, dekorativ nicht.

Zum Abendessen trug sie ein hellbraunes Strickkostüm. Es war elegant und gepflegt, und der Rock reichte bis zum Knöchel.
Während des Essens ging es um Golf. Dann erklärte Tony, sie seien entzückt, Gifton als Geschäftspartner zu haben. Er war ebenso entzückt, daß Tossa sich um ihre Fonds kümmern würde, und überzeugt, sie werde zu der englischen Umsichtigkeit etwas irisches Flair beisteuern.
Zu Tossas Überraschung reisten Tony und Martin nach dem Essen ab. Tony erklärte, sie müßten am nächsten Tag schon früh zu einem Treffen in Dublin sein.
»Ich bin froh, daß sie weg sind«, sagte Simon, als er mit Tossa in der Bar saß. »Nette Kerle, aber es ist anstrengend, wenn man dauernd nett sein muß.«
Tossa nippte an ihrem Weißwein. Sie hatte an diesem Abend sehr wenig getrunken. »Ich dachte, dir macht all das Spaß.«
Simon verzog das Gesicht. »Nicht immer. Und Kirsten hat so etwas gehaßt.«
»Erzähl mir von ihr«, sagte Tossa.
»Ich habe sie geliebt«, begann er. »Aber sie versteht nicht, was zum Geschäftsleben dazugehört. Sie haßt es, repräsentieren zu müssen. Und daß ich so oft weg bin.« Er seufzte. »Sie ist es, die die Scheidung eingereicht hat.«
Tossa sah ihn mitfühlend an. »Es muß entsetzlich sein, wenn man jemanden liebt und dann alles so schiefgeht.«
»Du bist furchtbar idealistisch. Sie wird ein Vermögen von mir verlangen.«
»Warst du reich, als du sie geheiratet hast?«
»Nicht so reich wie jetzt.« Simon grinste. »Aber natürlich wird sic sagen, daß ich den Erfolg ihr verdanke.«
»Hat sie einen Job?«

»Sie ist Aerobiclehrerin. Sie hat einen phantastischen Körper.«
Tossa zog ihre Jacke dichter um sich.
»Vermißt du sie?« fragte sie.
»Manchmal. Ehrlich gesagt, das Haus vermisse ich noch mehr. Ich habe eine Wohnung in den Docks, und sie will das Haus behalten. Aber ich habe immer noch das Gefühl, daß es mir genauso gehört wie ihr. Ich will nicht, daß *sie* dort bleibt und *ich* nicht.«
Tossa sagte nichts.
»Willst du noch etwas trinken?« Simon leerte sein Glas und stand auf. Sie schüttelte den Kopf.
Sie beobachtete ihn, während er an der Bar stand. Er war ihr immer so stark und entschlossen vorgekommen, aber heute wirkte er verletzlich. Es war offensichtlich, daß ihm immer noch an Kirsten lag, so überlegen und gleichgültig er sich auch gab. Es mußte furchtbar sein, jemanden zu lieben, dem man wirklich gleichgültig geworden war.
»Erzähl mir von deiner Familie«, sagte Simon, als er zurückkam.
»Ich habe eine Schwester, Caroline. Und mein Vater hat ein Geschäft.«
»Das ist alles? Ich dachte immer, Iren haben viele Kinder.«
»Jetzt kommst du mir schon zum zweiten Mal mit irischen Klischees. Erst war es der Alkohol und jetzt sind es die Kinder.«
Er lachte. »Sorry.«
»Schon okay.«
Sie saßen in freundschaftlichem Schweigen beisammen, während Tossa ihren Wein trank. Sie hatte Glück, dachte

sie. Glück mit ihrem Job, mit ihrem verständnisvollen Chef.

»Ich glaube, ich gehe schlafen«, sagte sie.

»Okay.« Er leerte sein Glas. »Ich gehe auch.«

Sie stiegen zusammen die Treppe hinauf.

»Gute Nacht«, sagte sie.

Er kam näher. »Gestern abend bist du richtig zurückgefahren, als ich dich geküßt habe. Tust du das heute auch?«

Sie lächelte nervös. »Vielleicht.«

Er küßte sie.

Was hatte es mit dem Küssen nur auf sich? dachte Tossa, als sie die Arme um Simon legte. Warum wurden ihr dabei die Knie zu Gelee? Bei Simon war es anders als bei Damien. Damien war verboten, Simon nicht. Aber es hatte auch etwas Aufregendes, den Boß zu küssen.

Sie lösten sich voneinander. Tossa starrte ihm ins Gesicht.

»Darf ich auf einen Schlummertrunk reinkommen?« fragte er.

Tossa öffnete die Tür, und Simon folgte ihr ins Zimmer.

»Wunderbare Zimmer«, sagte er. »Phantastische Badezimmer.«

Sie sah ihn neugierig an.

»Ich bin total zerschlagen von all dem Golfspielen. Ich würde gern baden.«

Sie biß sich auf die Lippen. »Jetzt? Hier?«

Er lachte. »Das mag ich an dir. Du bist so naiv.«

»Hör auf, dich über mich lustig zu machen!« sagte sie ärgerlich. »Ich bin nicht naiv. Ich wate vielleicht nicht im Geld wie du, ich habe vielleicht nicht Hunderte von Affären gehabt, aber naiv bin ich nicht.«

»Wer sagt, daß ich Hunderte von Affären gehabt habe?«
»Das weiß im Büro doch jeder.«
Er lachte wieder. »Unsinn. Ein paar. Seit Kirsten gar nichts mehr.«
»Und wenn schon. Du kannst nicht zu mir ins Zimmer kommen und davon reden, daß du hier baden willst, bloß weil du müde bist. Komm zur Sache, Simon.«
»Okay. Ich würde diese Wanne gern mit warmem Wasser und Schaum füllen und mich reinlegen. Und du könntest dich dazulegen.«
Es klang unglaublich dekadent. Und faszinierend.
»Soll ich Champagner raufkommen lassen?«
»Ist das dein Ernst?«
»Warum nicht?«
Sie öffnete den Wasserhahn, während er telefonierte. Sie leerte die Schaumbadflasche in die Wanne und sah zu, wie sich eine Wolke von Bläschen bildete.
»Wie heiß magst du es?« fragte sie, als er ins Badezimmer kam.
»Sehr, sehr heiß. Dir ist doch sicher klar, daß der Dampf deine Kleider ruinieren wird?«
»Sehr teuer war das hier nicht«, sagte sie.
»Du solltest es trotzdem ausziehen«, antwortete er.
»Gute Idee.« Sie flüchtete zurück ins Schlafzimmer, und er folgte ihr.
»Ich beiße nicht«, sagte er. »Jedenfalls nicht, wenn du es nicht willst. Ich werde dir nicht weh tun, und ich werde nichts tun, was du nicht magst.« Er grinste sie an. »Mach dir keine Sorgen, Tossa. Oder willst du etwa behaupten, du hast das noch nie gemacht?«
»Ich habe nie jemanden getroffen, mit dem ich's hätte tun wollen.«

Er sah überrascht aus. »Dann verspreche ich dir, es wird eine denkwürdige Erfahrung.«
Es klopfte an der Tür, und Simon nahm den Champagner und die Gläser entgegen. »Von Beginn an«, sagte er. »Als erstes mußt du etwas trinken.«
Sie stürzte den Inhalt des Glases hinunter, und Simon lachte. »Du sollst dich nicht betrinken, nur entspannen.« Er füllte nach. »Auf uns.«
»Auf uns«, antwortete sie.
»Ich mag dieses Kostüm«, sagte er, während er die lange Jacke aufzuknöpfen begann. »Es ist so puritanisch. Du siehst unschuldig aus darin.«
»Ich *bin* unschuldig«, sagte sie.
»Nicht, wenn ich mit dir fertig bin.«
Die Jacke war offen, und Tossa wünschte sich, sie hätte einen aufregenderen BH gewählt. Nicht, daß gegen den weißen *Triumph*-BH mit Stickereispitze etwas einzuwenden war; er war nur nicht eben sexy. Simon öffnete ihn und ließ ihn auf den Fußboden fallen.
»Was für eine hübsche Handvoll«, sagte er, als er die Hände unter ihre Brüste legte. »Kein bißchen ist verschwendet.«
»Simon!« Sie keuchte. Sie wußte nicht, ob es der Champagner war oder ihre Nerven, aber sie hatte sich noch nie im Leben so lebendig gefühlt.
Dann zog er ihr den Rock über die Hüften, und sie stieg aus ihm heraus. »Prachtvoll«, sagte er. »Absolut prachtvoll.« Er zog mit dem Finger eine Linie von ihrer Kehle bis zur Kante ihres Slips. »Komm«, sagte er, »Waschenszeit. Ich komme gleich nach.«
Es ließ sich gut an, dachte sie, während sie in das warme schaumige Wasser glitt. Sie war nervös, aber sie wollte mit

Simon schlafen. Sie war geradezu elektrisiert gewesen von dem körperlichen Verlangen, das durch sie hindurchgeschossen war, als er ihre Brüste berührt hatte. Sie legte sich zurück, bis der Schaum ihr bis zum Hals reichte. Simon grinste, als er mit der Flasche und den Gläsern hereinkam.

»Eigentlich müßtest du jetzt aufrecht sitzen und begehrenswert aussehen.«

»Sehe ich so nicht begehrenswert aus?« fragte sie.

»Ich kann dich nicht sehen. Du wirst dich schon aufsetzen müssen, damit ich auch reinkomme.« Er stellte Flasche und Gläser auf dem Boden ab und knöpfte sich das Hemd auf. Seine Brust war bedeckt mit lockigem schwarzem Haar. Tossa ballte unter Wasser die Fäuste und öffnete sie wieder, während er sich unbefangen auszog. Sie holte tief Atem. Jetzt hatte sie Angst. Warum hatte sie sich auf all das nur eingelassen?

Er reichte ihr ein Glas Champagner, und sie schüttete es hinunter, während er in die Wanne stieg. Sie zuckte zurück, als er sie mit den Zehen anstieß, und ein Schwall von Wasser schwappte über den Wannenrand. Simon lachte sie aus. »Sei doch nicht so verkrampft.« Er goß nach. »Hier, trink aus.«

Sie trank in großen Schlucken weiter. Es kam ihr wie eine unglaubliche Verschwendung von gutem Champagner vor, aber es hatte eine wunderbare Wirkung . Ihr Körper prickelte von oben bis unten.

»Schön?« Simon goß flüssige Seife auf einen Schwamm und begann ihre Schultern einzuseifen.

»Mhm.«

»Und jetzt?« Er seifte ihre Brüste ein.

»Mm. Mm.«

»Jetzt?«
»O Gott, Simon, hör auf! Es ist *zu* gut.«
»Zu gut?« lachte er. »Nichts ist zu gut, Tossa.«
»Laß mich mal.«
Sie begann ihn mit Seife einzureiben, fuhr mit den Fingern durch seine Brusthaare, bis die Seife schäumte.
»Komm«, sagte er unvermittelt. »Wir brauchen mehr Platz.«
Er zog sie aus der Wanne.
Es störte sie nicht, daß er ihren Körper sehen konnte. Heute mochte sie ihren Körper.
Er wickelte sie in ein Handtuch und führte sie zum Bett.
Tossa hatte nicht gewußt, welches Vergnügen körperliche Empfindungen ihr bereiten konnten. Als Simon Cochranes Finger an ihr entlangglitten, über den Bauch, die Seiten, die Innenseiten der Beine, fühlte sie sich fast schwindlig vor Lust. Sie wand sich, als er ihre Brustwarzen zwischen den Fingern drehte und sie dann auf den Bauch rollte, um ihren Rücken mit dem Babyöl zu massieren, mit dem sie sonst ihr Make-up entfernte.
»Du solltest parfümiertes Öl verwenden«, flüsterte er. »Es steigert die Empfindungsfähigkeit.«
Sie konnte sich nicht vorstellen, daß ihre Empfindungsfähigkeit noch weiter gesteigert werden könnte. Sie spürte jede Berührung seiner Finger, jede kleinste Änderung in der Bewegung. Er drehte sie wieder um, und diesmal sah sie die Leidenschaft in seinen Augen. Er küßte sie rasch auf die Lippen und stieß sich in sie hinein. Sie keuchte bei dem kurzen Augenblick des Schmerzes und stöhnte vor Lust, als sie die Wärme in sich spürte. »Gut so?« fragte er, und sie nickte und hielt ihn noch fester.
Sie paßte sich seinem Rhythmus an, sacht zunächst und

dann schneller und schneller, überließ sich dem Vergnügen, drückte ihn fester und fester an sich, bis Verlangen, Lust und Hochgefühl in ihr überschäumten und sie nicht mehr anders konnte, als aufzuschreien. Simon brüllte, als sie die Fingernägel in seine Arme grub, und stieß sich noch einmal tief in sie hinein, bevor er atemlos über ihr zusammenbrach.

»Dein erstes Mal?« fragte er ungläubig.

Sie nickte.

»Tossa, mein Liebling, du machst das wie ein Profi!«

»Für dich gebe ich natürlich mein Bestes«, sagte sie.

»Du hast allerdings einiges gegeben.«

Sie lächelte ihn an.

»Du warst wundervoll«, sagte er. »Und wenn ich denke, wie lang du diesen Körper vor mir versteckt hast. Was für eine sträfliche Verschwendung, Tossa.« Er küßte sie auf die Nase. »Willst du den Rest Champagner?«

»Zu müde«, antwortete sie.

»Und ich will deinen Geschmack behalten. Lassen wir's.« Er gähnte.

Tossa antwortete nicht. Sie war restlos erschöpft.

Sie wachte kurz vor der Morgendämmerung auf, schlüpfte leise aus dem Bett und schlich zum Fenster. Der Himmel begann sich eben zu lichten. Sie zog sich den weißen Morgenmantel um die Schultern.

Simon war ein wunderbarer Liebhaber. Diese Nacht war die beste Erfahrung ihres Lebens gewesen. Sie wußte, daß viele Leute Sex liebten; sie hätte nur nicht geglaubt, daß sie selbst zu ihnen gehörte. Sie atmete langsam aus. Aber sie würde deshalb nicht unrealistisch werden. Sie würde sich nicht blind in Simon verlieben. Er war immerhin der Chef, und sie wußte nicht, ob es eine gute Idee war, mit dem Chef zu schlafen. In den meisten Büchern über erfolgreiche Karriereplanung stand, man sollte es lieber bleibenlassen – wenn man nicht gerade ein aufstrebender Hollywoodstar war natürlich.

»Komm wieder ins Bett.« Simon streckte den Arm nach ihr aus.

Sie legte den Morgenmantel auf einen Stuhl und tat, was der Chef ihr sagte.

19

Aquarius
(Wassermann)

Ein äquatoriales Sternbild, dargestellt als ein kniender Mann, der Wasser aus einem Krug gießt

In Dublin war der Herbst dieses Jahr früh gekommen. Der Wind peitschte die Blätter von den Bäumen im Fairview Park und schleuderte sie in einem Wirbel von Rot und Gold auf die Straße. Es war traurig, daß den Bäumen die Blätter genommen wurden, dachte Caroline; sie sahen so kahl aus ohne sie.

Sie ließ das Auto im Parkhaus und lief in aller Eile von einem Geschäft zum anderen. Sie kam nicht mehr oft in die Stadt, aber sie hatte Majella versprochen, einen Vorhangstoff für sie abzuholen, und sie brauchte Farbe und Glasur für den Töpferkurs, mit dem sie vor kurzem begonnen hatte. Sie hatte die Anzeige in der Zeitung gesehen, als sie gerade von Grand Cayman zurückgekommen war und absolut nichts mit sich anzufangen wußte, und war zu einem Probeabend hingegangen. Ihr ganzes Leben schien sich in letzter Zeit im Laden, in Majellas Haus und in ihrem eigenen abzuspielen; sie hatte kaum noch Bekannte, und es kam ihr vor, als sei ihr Horizont unvorstellbar eng geworden. So hatte sie beschlossen, den Kurs zu besuchen, schon weil sie dort vielleicht ein paar neue Bekanntschaften schließen könnte – und zu ihrer eigenen Überraschung machte es ihr Spaß. Es hatte etwas unge-

mein Befriedigendes, einen Klumpen Ton in eine erkennbare Form zu bringen. Ihre ersten Versuche waren fürchterlich ausgefallen, aber inzwischen hatte sie das Gefühl, langsam dahinterzukommen. Letzte Woche hatte sie eine Schüssel geformt, die tatsächlich wie eine Schüssel aussah. Diese Woche würde sie sie bemalen.
Sie kaufte, was sie brauchte, und kehrte schleunigst zu ihrem Auto zurück. Der Tag lud nicht dazu ein, lang im Freien zu bleiben. Der Himmel war grau, die Gebäude waren grau, das Straßenpflaster war grau. Sie konnte nicht anders, als an Grand Cayman zu denken mit seinem strahlend blauen Himmel, den blendend weißen Häusern und den ausgetrockneten, gesprungenen Straßen.
Sie wollte nicht an Grand Cayman denken. Sie wollte nicht an Damien denken. Ihre Ehe war vorüber. Ihr Mann hatte offenbar nicht vor, wieder nach Hause zu kommen. Noch ein paar Monate, hatte er gesagt; das bedeutete noch mindestens ein Jahr. Die Gedanken wirbelten in ihrem Kopf wie die heruntergefegten Herbstblätter. Es war seltsam, wie ihre Gefühle für Damien sich immer wieder zu ändern schienen. Als sie sich kennengelernt hatten, war sie ein paar Monate lang leidenschaftlich in ihn verliebt gewesen. Und als sie geheiratet hatten, hatte sie ihn geliebt, nicht mehr verrückt und leidenschaftlich, aber tiefer und auf eine bestimmte Art erfüllter. Bis zu diesem verdammten Abend. Danach hatte sie ihn gehaßt, wirklich gehaßt. Obwohl er ihr gesagt hatte, daß er sie noch liebte. Sie hatte ihm das Leben zur Hölle gemacht, und schließlich hatte er ihr Bett und ihr Haus und das Land verlassen, gerade als sie zu dem Schluß gekommen war, daß sie ihn vielleicht doch wieder liebte.

Ich frage mich, dachte sie, als sie in die Richtung von Majellas Haus abbog, ob es jemals eine Zeit gegeben hat, wo Damien und ich uns gleichzeitig auf die gleiche Art geliebt haben.

»Scheiße!« Sie trat auf die Bremse, als das Auto vor ihr kreischend zum Stehen kam. Sie vermied den Zusammenstoß um ein paar Millimeter, aber der Volvo hinter ihr hatte weniger Glück. Der Gurt hielt sie fest, als der Volvo den BMW rammte und ihn in das Auto vor ihr schob.

Sie saß zitternd auf dem Fahrersitz. Ihr Herz hämmerte. Als sie sich vorsichtig bewegte, um herauszufinden, ob sie verletzt war, schoß der Schmerz wie ein Strahl von ihrem rechten Fuß durch den Knöchel und das Bein hinauf, und die Tränen traten ihr in die Augen.

Rings um das Auto wimmelte es auf einmal von Leuten. Jemand öffnete die Tür.

»Alles in Ordnung mit Ihnen?«

Sie wußte es nicht. Sie konnte nicht antworten. Sie umklammerte das Lenkrad und zitterte.

Die beiden anderen Fahrer, ein Mann Mitte Fünfzig und eine Frau, die wenig älter war als sie selbst, starrten sie mit großen, entsetzten Augen an. »Okay«, sagte sie. »Wirklich. Ich habe einen Schreck gekriegt, das ist alles.«

Sie sagten ihr, sie solle bleiben, wo sie war. Jemand hatte bei der Polizei angerufen.

Sie kämpfte sich aus dem Sitz, als das Polizeiauto eintraf. Die Schmerzen waren fürchterlich, aber sie gab die nötigen Auskünfte, und die Menschentraube begann sich zu zerstreuen.

»Den Fuß sollte sich jemand ansehen«, sagte einer der Polizisten, während er das Notizbuch einsteckte. »Und

Ihr Auto ... also, die Achse könnte beschädigt sein. Das wird teuer.«
»Es war nicht meine Schuld«, sagte Caroline.
Die beiden anderen Autos waren noch fahrtüchtig. Die Polizisten hatten den BMW an den Straßenrand geschoben, als Jimmy Ryan aus der Bibliothek trat und überrascht stehenblieb.
»Caroline! Stimmt irgendwas nicht?«
»Sie kennen die Dame?« fragte einer der Polizisten.
»Wir sind befreundet«, antwortete Jimmy. »Du bist ja kreideweiß, Caro.«
»Sie hat einen ziemlichen Schock abgekriegt«, erklärte der Polizist.
Jimmy sah auf die Uhr. »Ich wollte mir gerade eine Cola holen. Komm doch mit rein in die Bücherei und ruh dich ein paar Minuten aus.«
»Gute Idee«, sagte der Polizist.
»Okay«, sagte Caroline.
Jimmy nahm ihren Arm und half ihr in das Gebäude. Jeder Schritt wurde ihr zur Qual, und sie war schweißgebadet, als sie sich setzen konnte. Jimmy kniete vor ihr und schnürte ihre Turnschuhe auf.
»Mach das lieber nicht«, warnte sie. »Wenn ich mir den Knöchel verstaucht habe, sollte ich die Schuhe anlassen, sonst schwillt alles an.«
»Schon passiert«, sagte Jimmy. »Dein Fuß sieht aus wie ein Fußball.«
»Was, wirklich?«
Er nickte. »Ich glaube, du solltest lieber ins Krankenhaus gehen.«
»Das ist doch übertrieben. Er ist nicht gebrochen, Jimmy, bloß verrenkt. Ich habe gebremst, als das andere Auto

mich gerammt hat, und dabei ist mein Fuß irgendwie zurückgeschnappt.«
»Autsch.« Er verzog das Gesicht. »Ich rufe deinen Vater an, er soll dich abholen.«
»Geht nicht«, sagte Caroline. »Er paßt auf die Kinder auf, und die Kindersitze sind in meinem Auto. Ich werde schon laufen müssen.«
»So ein Unsinn.«
Sie starrten sich an; Caroline begann zu kichern. »Das ist doch lächerlich.«
»Ich rufe ihn trotzdem an, wir lassen uns irgendwas einfallen.«
Patrick traf eine halbe Stunde später ein; Majella hütete inzwischen die Kinder. Er fuhr sie ins Krankenhaus, wo sie erfuhr, daß nur ein paar Bänder gerissen waren. Allerdings würde sie ein paar Tage lang Krücken brauchen, teilte die Krankenschwester ihr mit, während sie den Knöchel bandagierte. Und sie sollte den Fuß hochlegen, wann immer sie konnte.
Sie fuhren nach Hause, wobei sie unterwegs noch Majellas Vorhangstoff aus dem liegengebliebenen BMW holten.
»Den hättest du doch nicht mitbringen müssen!« sagte Majella, als Caroline etwas ungelenk auf ihren Krükken hereinkam. »So wichtig war er nun auch wieder nicht.«
»Wenn ich ihn dortgelassen hätte, wäre er wahrscheinlich gestohlen worden.« Caroline ließ sich vorsichtig in einen Sessel sinken und seufzte erleichtert. Patrick hielt David und Emma zurück, die sofort auf ihren Schoß klettern wollten.
»Was macht der Fuß?« fragte Majella.

»Es könnte wirklich schlimmer sein.« Sie lehnte sich zurück und schloß die Augen. Im Hintergrund hörte sie Patrick und Majella leise über Krankenhäuser und Verkehrsunfälle und überhöhte Geschwindigkeit reden, während sie in eine Art Halbschlaf versank. Jimmy war wirklich nett gewesen, dachte sie. Nett und hilfreich. Sie hatte versprochen, ihn später anzurufen und ihm zu sagen, wie es ihr ging.
»... sollte wirklich heimkommen.« Majellas gemurmelte Worte drangen in ihr Bewußtsein.
»Je früher, desto besser«, stimmte Patrick zu. »Es ist einfach nicht richtig, Majella.«
»Ich weiß. Das habe ich ihm auch gesagt. Aber du weißt ja, wie stur er ist. Es muß irgendwelchen Ärger gegeben haben, bevor er gegangen ist.«
Patrick grunzte. Er wußte nicht, inwieweit Majella über Tossas Rolle informiert war.
»Ihm liegt wirklich an ihr«, sagte Majella. »Und den Kindern.«
»Na, er hat aber eine komische Art, es zu zeigen«, murmelte Patrick.
Caroline begann sich zu fragen, ob sie es nicht Majella überlassen sollte, Damien von dem Unfall zu erzählen. Er nahm die Krisen, von denen sie berichtete, meist nicht ernst. Majella dagegen würde er vielleicht glauben, und sie würde das Ganze gefährlich und dramatisch klingen lassen; ihre Schwiegermutter erzählte leidenschaftlich gern Geschichten.
Patrick schlug vor, sie sollte für die nächsten Tage wieder in die Ashley Road ziehen, aber Caroline lehnte ab. Sie wollte zu Hause bleiben, obwohl es schwierig sein würde, Emma und David im Auge zu behalten. Sie hatte Angst,

eins der Kinder könnte irgend etwas anstellen und sie würde nicht rechtzeitig eingreifen können.
In den nächsten Tagen verbrachte sie ihre Zeit vor dem Fernseher oder über einem Buch. Früher hatte sie nicht viel gelesen; inzwischen machte es ihr Spaß, vor allem an den Nachmittagen, wenn im Fernsehen ohnehin nur Seifenopern und Kindersendungen liefen.
Am zweiten Tag kam Jimmy vorbei. Er brachte einen prachtvollen Blumenstrauß mit.
»Sie sind wunderschön«, sagte Caroline. »Aber du solltest dir nicht so viel Mühe machen, Jimmy.«
»Ich wollte aber. Du hast dich früher immer über Blumen gefreut.«
»Ich freue mich nach wie vor«, murmelte sie. »Komm rein.«
Die Kinder spielten mit Legosteinen, die im ganzen Wohnzimmer herumlagen. »Paß auf, wo du hintrittst«, sagte Caroline, während sie sich wieder aufs Sofa setzte. »Meine Kinder sind nicht gerade Weltmeister im Ordnunghalten.«
Emma und David musterten den Fremden.
»Wer bist du?« fragte Emma geradeheraus.
»Ich bin Jimmy. Ein Freund von eurer Mutter.«
»Meine Mutter hat keinen Freund«, sagte Emma.
Jimmy grinste. »Ich bin nicht *ihr* Freund. Ich bin einfach nur *ein* Freund.«
Emma wirkte nicht überzeugt. »Kennst du Legosteine?« erkundigte sie sich.
»Natürlich kenn ich die.«
Jimmy setzte sich kurzerhand auf den Boden und begann zu bauen.
Caroline sah den dreien zu und stellte fest, daß er überra-

schend gut mit den Kindern auskam. Sie schienen ihn zu mögen.

»Möchtest du eine Tasse Kaffee?« fragte sie.

»Nein, danke.« Jimmy lächelte zu ihr auf. »Außerdem, wenn hier jemand Kaffee macht, sollte ich es sein. Du sollst doch den Fuß ruhen lassen.«

»Okay.« Nicht, daß es sie störte – es gefiel ihr, einfach nur dazusitzen und zuzusehen. So hatte sie sich das Leben mit Damien vorgestellt. Jetzt war es Jimmy, der auf dem Boden saß und mit den Kindern spielte. Seltsam, aber nicht eigentlich beunruhigend – Jimmy schien sich so natürlich in die Rolle des Ersatzvaters eingefügt zu haben. Sie schob den Gedanken an ein Leben mit Jimmy Ryan hastig zur Seite. Das war verrückt.

»Setz den blauen Stein auf den roten da«, sagte Jimmy zu David. »Ja, genau so.«

»Ich kann's!« rief Emma. »Guck, Jimmy!«

»Himmel, bist du geschickt«, sagte er. »Ich wette, deine Mutter meint das auch.«

»Aber natürlich.« Caroline lächelte. »Wußtest du nicht, daß meine Kinder Genies sind, Jimmy?«

»Deine Kinder sind wunderbar«, sagte er ruhig.

»Danke.« Einen Augenblick lang sahen sie sich an; dann griff Caroline nach der Zeitung und begann angelegentlich das Fernsehprogramm zu studieren.

»Kannst du bleiben, bis wir ins Bett müssen?« fragte David.

»Wenn es Caroline recht ist.«

»Also ...«

»Bitte?« bettelte David.

»Wenn du magst.«

»Danke«, sagte Jimmy und zeigte David, wie man eine Raumstation baut.

Später half er ihr, die Kinder ins Bett zu bringen, und sie fragte, ob er mit ihr essen wollte.
»Ich will dir keine Arbeit machen«, antwortete er.
»Das chinesische Restaurant oder den Pizzabringdienst anzurufen ist keine Arbeit. Und was anderes kriegst du nicht, außer du hast Lust, selbst etwas zu kochen.«
»Ich kann kochen«, sagte Jimmy. »Du hast natürlich keine Ahnung davon, weil ich damals nur ein ahnungsloses Bürschchen war. Aber heute bin ich gar kein schlechter Koch.«
Caroline lachte. »Dann tu dir keinen Zwang an. In der Tiefkühltruhe ist Fleisch und Fisch. Gemüse müßte auch da sein. Und ich habe noch ein paar Fertiggerichte, falls es furchtbar danebengeht.«
»Gar nichts geht daneben«, erklärte Jimmy. »Leg die Füße hoch, ich mache den Rest.«
Sie gehorchte. Es war angenehm, daß sich zur Abwechslung einmal jemand anderes um alles kümmerte.
Jimmy taute in der Mikrowelle etwas Rindfleisch auf und kombinierte es mit Karotten, rotem Paprika und gehackten Zwiebeln, und mit einiger Unterstützung durch Carolines Gewürzregal machte er das Ganze zu einem Gulasch. Er stellte fest, daß er sich in Carolines Küche wohl fühlte. Die Einrichtung verriet unverkennbar ihren Geschmack, trotz der Kinderzeichnungen am Kühlschrank und der Buntstiftspuren auf der Tapete.
Eine der Zeichnungen zeigte drei Strichmännchen neben einem Haus und ein viertes in einiger Entfernung. Die drei bei dem Haus waren mit »Mam, Ich, David« bezeichnet und das vierte mit »Daddy«. Jimmy schüttelte den Kopf. Es mußte für sie alle schwer sein. Er verstand Damien einfach nicht. Wenn er selbst das Glück gehabt

hätte, Caroline zu heiraten ... Jimmy ballte die Fäuste. Woods war ein selbstgefälliger Schweinehund. Bildete sich anscheinend ein, Caroline liebte ihn so sehr, daß er sie ruhig mit den Kindern allein lassen konnte. So wunderbaren Kindern. Es war unfair, dachte er, während er das Gulasch umrührte. Und jetzt hatte sie auch noch einen Bänderriß und mußte sich trotzdem allein um sie kümmern. Es war einfach zuviel verlangt.

Er setzte den Deckel auf den Dampfkochtopf. Es war seltsam, daß das Kochen ihm so viel Spaß machte, aber so war es nun einmal – es gab ihm Zeit zum Nachdenken, ließ ihn die Dinge in den richtigen Proportionen sehen.

Nachdem Caroline ihn verlassen hatte, war er nacheinander mit mehreren Frauen gegangen. Bei der Hochzeit war er mit Serena Donovan aufgetaucht, weil er wußte, daß Caroline sie nicht besonders mochte. Es war ein reichlich kindisches Manöver gewesen. Dann war er mit Tossa O'Shaughnessys Freundin Linda Moran ausgegangen. Unfairerweise, auch das war ihm klar – sie war in ihn vernarrt gewesen, während er sich kaum für sie interessierte, aber ihre Bewunderung hatte seinem Ego gutgetan. Außerdem war da noch Billie gewesen, nett und langweilig, und die blonde Jennifer, die ihn an Caroline erinnert hatte. Aber keine davon war Caroline gewesen.

Sie war eingeschlafen, als er ins Wohnzimmer zurückkam. Sie sah so vollkommen friedlich aus. Er betete sie an – er konnte nicht anders. Sie hatte etwas Besseres verdient als Woods.

»Tut mir leid«, sagte sie, als er sie vorsichtig an der Schulter schüttelte. »Ich habe wohl gar nicht gemerkt, wie müde ich war.«

»Macht gar nichts.« Er zog den Sofatisch näher heran und

holte eine Flasche Côtes du Rhone aus der Küche. »Ist es in Ordnung, wenn ich den hier aufmache?«

Sie nickte. »In der Schublade unter dem Herd ist ein Korkenzieher.«

Das Gulasch roch phantastisch, und Caroline fühlte sich wie ausgehungert. Es war tröstlich, neben Jimmy zu sitzen, sein Gulasch zu essen und fernzusehen. Sie versuchte die Vorstellung zu vermeiden, daß sie verheiratet wären, daß Jimmy Ryan und nicht Damien Woods der Vater ihrer Kinder wäre. Es erschreckte sie geradezu, wie naheliegend ihr dieser Gedanke erschien.

Jimmy sagte nicht viel, während er neben ihr saß. Er wollte den Augenblick nicht zerstören. Dies könnte der Abend sein, der ihr Leben veränderte. Er konnte ihr zeigen, daß sie Jimmy Ryan hätte heiraten sollen, daß Damien Woods ein Schwein war. Aber er würde sie nicht drängen. Ganz offensichtlich hatte Woods sie verletzt; er würde es ihr nicht noch schwerer machen.

Jimmy gewöhnte sich an, samstagabends vorbeizukommen. Er brachte Wein oder Blumen oder Pralinen mit. Caroline freute sich auf seine Besuche und die Kinder ebenfalls. Emma ließ sich gern von ihm vorlesen; David tobte gern mit ihm herum. Meist brachte er auch ein Video mit, das sie sich ansahen, wenn die Kinder im Bett waren. Zunächst verschwendete Caroline keinen Gedanken an ihr Aussehen; später begann sie etwas Make-up aufzulegen und darauf zu achten, daß sie Jeans oder einen Rock trug und nicht gerade Jogginghosen und ein T-Shirt.

Donna kam durch einen Zufall dahinter. Sie kam eines Abends vorbei und war völlig verblüfft, Jimmy in der Küche vorzufinden, wo er Hühnerfleisch briet, während Caroline die Kinder ins Bett brachte.

»Ich wußte gar nicht, daß du dich mit Jimmy Ryan triffst.« Donna sah Caroline einigermaßen schockiert an.
»Tu ich auch nicht. Er kommt einmal pro Woche vorbei, das ist alles.«
»Aber Caro, du bist schließlich verheiratet, und er ist deine alte Flamme!«
»Erzähl keinen Unsinn«, sagte Caroline. »Wir tun doch nichts Verbotenes.«
»Na, trotzdem.« Donna wirkte nicht überzeugt. »Was sagen denn die Nachbarn?«
»Gar nichts. Das hier ist nicht die Sorte Wohngegend, wo jeder alles über jeden weiß. Außerdem, wen kümmert das schon? Bleib doch zum Essen da.«
Donna war sich nicht sicher, ob sie bleiben wollte, aber sie wollte sehen, wie Caroline und Jimmy wirklich zueinander standen. Sie konnte kaum glauben, daß Caroline tatsächlich naiv genug war zu denken, niemand würde Jimmy Ryans wöchentliche Besuche zur Kenntnis nehmen. So etwas nahmen die Leute immer zur Kenntnis.
Sie konnte Caroline keinen Vorwurf daraus machen, daß sie sich etwas männliche Gesellschaft wünschte. Aber sie war entschieden der Ansicht, es sollte nicht gerade Jimmy Ryans Gesellschaft sein. Seit sie selbst zu Paul Mitchell gezogen war, kreiste ihr Leben um ihn; sie hatte Caroline nicht mehr allzuoft angerufen, und nun begann sie zu fürchten, ihre Freundin könnte sich auf etwas ungewöhnlich Dummes eingelassen haben.
»Hi, Donna.« Jimmy Ryan sah wirklich phantastisch aus, dachte sie. Und schien sich höchst heimisch zu fühlen, als er das Hühnchen mit gelben Bohnen auftischte. »Ißt du heute mit?«
Ganz der Hausherr.

Donna setzte sich an den Tisch, auf dem eine Schale blutroter Rosen stand, und nahm ihren Teller entgegen.
»Wein?« fragte Jimmy. »Wir mögen Chardonnay.«
»Danke«, sagte Donna, während sie das Hühnchen mit dem Reis mischte und dachte: Wir. Wir mögen Chardonnay. Nicht, daß etwas nicht in Ordnung war, entschied sie, während sie Jimmy und Caroline beobachtete. Nur, daß es trotzdem nicht in Ordnung war. Vielleicht hatte Jimmy noch nichts Konkretes versucht, aber Caroline mußte doch blind, taub und beschränkt sein, um nicht zu merken, daß er jeden Augenblick bereit war, mit ihr ins Bett zu fallen.
Sie waren unglaublich vertraut miteinander. Und Donna war sehr, sehr beunruhigt.
»Tolles Essen«, sagte sie zu Jimmy.
»Danke.«
»Jede Woche etwas anderes«, erklärte Caroline. »Letztes Mal war's mexikanisch. Und die Woche davor Thai.«
»Du kommst jede Woche?« Donna starrte Jimmy an.
»Ja.«
»Es hat angefangen, als ich mir den Knöchel verrenkt hatte«, erzählte Caroline. »Ich konnte nicht die ganze Zeit hinter den Kindern herrennen. Jimmy ist vorbeigekommen, weil ich jemanden gebraucht habe.«
Die Stille am Tisch wurde erst gebrochen, als Donna den letzten Reis von ihrem Teller kratzte. »Ich gehe jetzt«, sagte sie, während sie ihr Weinglas leerte. »Das war prima, Jimmy. Danke.«
»Bleib doch noch eine Weile«, bettelte Caroline. »Du bist schon ewig nicht mehr dagewesen.«
»Ich weiß.« Donna sah schuldbewußt aus. »Paul und ich ... na ja, du weißt schon.«

»Wo ist er denn heute?« Jimmy füllte Carolines und sein eigenes Glas nach.
»Übers Wochenende in Cork.«
»Vermißt du ihn?« fragte Caroline.
»Nicht so sehr, wie du Damien vermißt.«
Das Schweigen hallte geradezu.
»Hast du dieser Tage von ihm gehört?« fragte Jimmy leichthin, während er mit dem Finger am Rand seines Weinglases entlangfuhr.
»Er wird später anrufen.« Carolines Tonfall war ruhig. »Er ruft jeden Samstagabend an.«
Weiß Jimmy das eigentlich nicht? dachte Donna.
Sie stand auf. »Ich rufe dich morgen an, Caroline. Vielleicht können wir nächstes Wochenende irgendwas unternehmen.«
»Das wäre nett. Ich versuche, einen Babysitter zu kriegen.«
»Ich kann das machen, wenn du willst«, sagte Jimmy. »Mich kennen sie.«
»Ich rufe an.« Donna wollte nur noch gehen. »Mach's gut, Caro – Jimmy.«
Caroline brachte sie zur Tür. »Danke fürs Vorbeikommen.«
»Ich wäre nicht gekommen, wenn ich gewußt hätte –«
»Nicht, Donna.« Caroline küßte sie rasch auf die Wange. »Wir reden morgen drüber.«
Als sie die Haustür schloß, erschien Jimmy hinter ihr im Gang.
»Donna habe ich auch seit einer Ewigkeit nicht gesehen«, bemerkte er.
»Früher haben wir uns jede Woche getroffen. Aber jetzt hat sie nur noch Paul Mitchell im Kopf.«

»Warum sind Mädchen eigentlich immer auf einen Mann fixiert?« fragte Jimmy.
»Sind sie nicht. Aber es ist nett, wenn man es ist.« Sie ging ins Wohnzimmer, und Jimmy folgte ihr. Er legte ihr die Hände auf die Schultern und beugte sich über sie, und als sie sich an ihn lehnte, stützte er das Kinn auf ihren Scheitel.
»Er ist verrückt, weißt du«, flüsterte er.
»Wer?«
»Woods. Dein gottverdammter Mann. Total verrückt.«
»Aber immer noch mein Mann.« Caroline machte sich los und ging zum Kamin hinüber.
»Kommt er zurück?« Sie hatten bisher noch nie darüber gesprochen.
»Ja«, sagte Caroline. »Er kommt zurück.«
»Und nimmst du ihn zurück?«
Sie setzte sich. »Er ist mein Mann.«
»Caroline –«
»Sag's nicht, Jimmy. Bitte.«
»Du wirst dich irgendwann entscheiden müssen.« Es kam schärfer heraus als beabsichtigt.
»Noch nicht.«
»Ich liebe dich, Caroline.«
Sie starrten sich an.
»Ich will nicht, daß du mich liebst, Jimmy.«
»Warum dann die Abende zusammen?«
Sie wandte sich ab. »Ich weiß nicht. Ich bin mir nicht sicher.«
Er legte die Arme um sie. »Ich habe auf dich gewartet. Aber ich kann nicht für immer warten.«
Sie zitterte in seinen Armen. Sie wünschte sich, alles könnte anders sein, aber sie wußte nicht, auf welche Wei-

se es anders sein sollte. Das Leben war so verdammt unfair.

»Geh mit mir ins Bett«, sagte Jimmy.

»Ich kann nicht.«

»Ich möchte mit dir schlafen«, sagte Jimmy. »Ich habe das schon immer gewollt.«

»Du könntest furchtbar enttäuscht werden«, murmelte sie.

»Das glaube ich nicht. Wir wären phantastisch zusammen.« Er hielt sie fester. »Wir sind füreinander bestimmt, Caroline.«

»Ich wünschte, ich wäre mir da auch so sicher.«

Sie war sich gar keiner Sache mehr sicher. Auf Grand Cayman hatte sie Damien geliebt und gewollt. Aber es war schwer, in jemanden verliebt zu bleiben, dem man allem Anschein nach völlig egal war. Noch schwerer, wenn jemand da war, der sie wollte und brauchte. Damien brauchte sie nicht mehr.

»Vielleicht solltest du lieber gehen, Jimmy.«

»Für diesmal«, sagte er. »Aber nicht für immer.«

Sie lag im Bett und konnte nicht schlafen. Sie dachte daran, wie es für Donna ausgesehen haben mußte. Und für jeden anderen Menschen. Dabei hatte sie keine Affäre mit Jimmy Ryan; sie verbrachten einfach nur etwas Zeit miteinander. Zumindest hatte sie sich das bis heute abend gesagt. Und nun hatte Jimmy ausgesprochen, was er wirklich wollte. Caroline wußte, daß sie es schon die ganze Zeit über gewußt hatte. Sie hatte sich etwas vorgemacht. Sie machte sich immer etwas vor.

Sie zog die Decke um sich. Es wäre schön, wenn jemand neben ihr im Bett läge. Irgend jemand. Jimmy Ryan? Sie schauderte bei dem Gedanken.

Sie versuchte statt dessen an Damien zu denken. Aber alles, was ihr dabei einfiel, war sein Lachen, als er Beverley Simmons in den Jeep half, um sie nach Hause zu fahren.

20
Pleiaden

Ein heller, leuchtender Sternhaufen im Sternbild Taurus

Tossa wachte am ersten Weihnachtstag um ein Uhr mittags auf. Sie öffnete zögernd die Augen, machte das graue Rechteck des Fensters auf der anderen Seite des Raumes aus und schloß sie wieder. Der Schmerz explodierte in ihrem Kopf. Es waren die Tequilas, natürlich. Sie hätte nicht all diese Tequilas trinken dürfen.

Harvey hatte eine Flasche von dem Zeug in seinem Schreibtisch gehabt, ein Souvenir von seinem Urlaub in Acapulco. Als man bei Gifton Mutual Feierabend gemacht hatte, hatte er rundum großzügig eingegossen.

Danach waren Tossa, Harvey, David, Simon und ein halbes Dutzend anderer hinüber in Arnies Weinbar gegangen und hatten flaschenweise Champagner getrunken. Zu diesem Zeitpunkt hatte es noch Spaß gemacht. Tossa mochte den Tequila und den Champagner und die winzigen Kanapees, die man bei Arnie servierte.

Sie war seit Jahren nicht mehr so betrunken gewesen. Sie lachte mit den anderen, erzählte Geschichten über Irland und war eine sehr viel extrovertiertere und fröhlichere Tossa als sonst.

Später hatte sie mit Simon und Harvey am Tisch gesessen, und sie hatten auf den Erfolg der Firma und auf ihre Prämien angestoßen. Tossa wußte, daß Harvey viel mehr bekommen hatte als sie, und das, obwohl ihre Fonds sich dieses Jahr sehr erfreulich entwickelt hatten. In der

Woche zuvor, als Simon ihr ihren Scheck gegeben hatte, hatte sie ihn darauf angesprochen.
»Aber ich habe etwas anderes für dich«, hatte er gesagt. Er öffnete die Schreibtischschublade und nahm ein kleines Päckchen heraus. »Fröhliche Weihnachten, Tossa.«
Das Armband war wunderschön. Zwischen den goldenen Gliedern saßen winzige farbige Steine, die im Licht des Spots über seinem Schreibtisch glitzerten. Es war das einzige echte Schmuckstück, das sie besaß, und das erste Mal, daß ein Mann ihr Schmuck geschenkt hatte.
»Vielen Dank, Mr. Cochrane.« Sie hatte ihn angelächelt und gewußt, daß sie ihn liebte.
Sie gähnte und wünschte, Harvey würde gehen. Sie wollte sich ungestört in Simons Arm kuscheln können, die Hand unter sein makelloses blaues Hemd schieben, aber Harvey schien heute ungewöhnlich schwer von Begriff zu sein. Selbst als sie auf die Uhr sah und demonstrativ ein zweites Mal gähnte, fragte er nur, ob er sie zum Bahnhof begleiten sollte.
Es war nach neun, als er endlich ging, und inzwischen war Tossa vor Müdigkeit halb eingeschlafen und bemerkte es kaum, bis Simon sie am Arm schüttelte.
»Tossa, wach auf. Zeit zu gehen.«
Sie sah ihn aus trüben Augen an. »Wie spät?«
»Spät. Ich muß los.«
»Warum?«
»Ich habe noch was vor.«
Sie setzte sich auf. »Was? Was hast du vor?«
»Bloß so hingesagt.«
»Ich liebe dich, Simon.«
Sie wollte, daß er es wußte. Er war das Beste, das ihr im Leben begegnet war. Seit Mount Juliet waren sie ein paarmal

zum Essen ausgegangen, in die Oper oder ins Ballett. Sie war völlig vernarrt in ihn. Im Büro wurde die Beziehung mit keinem Wort und keiner Geste erwähnt, aber natürlich wußten die anderen Bescheid. Es war unmöglich, etwas dieser Art geheimzuhalten.

Niemanden schien es zu stören – außer Harvey, dachte Tossa manchmal. Und Harvey störte es nur, weil er glaubte, Simon sei nicht gut genug für sie, nicht weil er sie selbst wollte. Er hatte ihr ein paarmal gesagt, Simon liebte seine Arbeit zu sehr, um sie zu lieben, oder er hatte erzählt, daß Simon sich mit Kirsten und anderen Frauen traf. Es sollte sie verletzen, aber es hielt sie nicht davon ab, mit ihm auszugehen.

»Komm schon, Tossa, ich muß wirklich gehen.«

Sie sah ihn aus riesigen grauen Augen an. »Du kannst Weihnachten bei *mir* verbringen.«

»Es tut mir leid, Tossa, aber das geht nicht.«

»Warum nicht?«

»Es geht eben nicht.« Er stand auf und zog sich das Jackett an.

»Aber warum denn nicht?« Sie wußte, daß sie weinerlich klang, aber sie war machtlos dagegen.

»Komm«, sagte er, »ich bringe dich an den Zug.«

Sie hätte den Bahnhof von Bexleyheath beinahe verpaßt. Auf dem Heimweg stolperte sie ein paarmal, und dann war sie buchstäblich aufs Bett gefallen. Mitten in der Nacht war sie immerhin lang genug aufgewacht, um Jacke, Rock und Schuhe auszuziehen und unter die Decke zu kriechen.

Sie stöhnte und stand auf. Der Himmel war bleiern; kalter Nebel hing über den Dächern. Tossa zog ihren Morgenmantel an und ging hinunter in die Küche.

Es war eiskalt. Sie drehte die Heizung auf, schluckte ein paar Paracetamoltabletten und setzte den Teekessel auf. Louise war in Shropshire bei Carls riesigem Familienclan. Sie würde sich dieses Weihnachten mit ihm verloben, denn im Sommer wollten sie heiraten. Tossa nahm ihren Teebecher mit ins Wohnzimmer und schaltete den Fernseher ein.

Sie hatte Weihnachten mit Simon verbringen wollen. Sie hatte erwartet, er würde sich freuen, aber statt dessen hatte er leicht gereizt reagiert.

»Du kannst nicht anfangen, mein Leben zu organisieren. Das muß ich schon selbst machen dürfen.«

»Ich dachte, du wolltest an Weihnachten vielleicht mit mir zusammensein.«

»Sentimentaler Unfug.« Er verzog das Gesicht. »Ich werde arbeiten. Weihnachten ist nicht gerade meine Lieblingsjahreszeit.«

Und dabei war es geblieben. Er hatte seine eigenen Vorstellungen, und zu Tossa nach Bexleyheath zu kommen gehörte nicht dazu.

Louise hatte zunächst ein schlechtes Gewissen gehabt, weil sie sie allein ließ, aber Tossa hatte ihr erzählt, sie würde etwas mit ein paar Kollegen unternehmen.

»Du solltest auch mal wieder nach Hause fahren«, hatte Louise gesagt.

Tossa zuckte die Achseln. »Vielleicht.«

Sie wäre gern nach Hause gefahren. Nächstes Weihnachten würde alles anders sein, dachte sie, während sie sich auf dem Sofa häuslich einrichtete. Ob sie es nun mit Patrick und vielleicht Caroline oder mit Simon verbrachte. Bei dem Gedanken an Weihnachten mit Simon spürte sie ein Prickeln im Inneren. Sie wollte mit ihm zusammen-

sein, immer, jeden Augenblick. Nur für Conor Gallagher hatte sie jemals etwas Ähnliches empfunden, aber damals war sie ein halbes Kind gewesen. Jetzt war sie ein erwachsener Mensch mit einem verantwortungsvollen Job. Sie verdiente eine Menge Geld, und sie schlief mit dem Boß. Weil sie in den Boß verliebt war.
Sie warf einen Blick ins Tiefkühlfach. Jede Menge kalorienreduzierter Fertiggerichte und ein paar Hamburger; nichts Weihnachtliches mit Schinken oder Truthahn. Sie schob Ente *à l'orange* in die Mikrowelle, setzte sich mit einer Packung Fruchttörtchen vor den Fernseher und sah sich *Ghostbusters* an.

Die Kinder wachten um fünf Uhr morgens auf, und Caroline schickte sie wieder ins Bett. »Wenn ihr runtergeht, bevor es hell wird, verschwinden eure Geschenke«, erklärte sie.
Patrick würde zum Essen kommen, und sie hatte einen perfekten Weihnachtstag geplant. In den letzten Jahren hatten sie immer in Ashley Road gefeiert, wo Patrick jedes Mal Truthahn ohne Schinken gemacht und Röstkartoffeln mit einem harten Kern serviert hatte. Ihr Vater war nie hinter das Geheimnis richtig zubereiteter Röstkartoffeln gekommen.
Carolines Weihnachten würde dieses Jahr aussehen wie ein Artikel aus einem Hochglanzmagazin, und ihr Tisch würde sich unter einem makellos gelungenen Weihnachtsmenü biegen, das hatte sie schon vor Wochen beschlossen. Sie schlief über dem Gedanken ein, daß sie auf keinen Fall die Zitronenschnitze zum Räucherlachs vergessen durfte. Emma weckte sie um acht Uhr wieder auf.

»Jetzt ist es aber hell, Mam, ehrlich.«
Sie sah auf den Wecker. »Gut. Ihr könnt aufstehen.«
Bald war der Wohnzimmerteppich bedeckt mit buntem Papier, Bändern und Schleifen, und mitten in der Wüstenei saßen die Kinder und beschäftigten sich mit ihren Geschenken. Emma zog den Cowboyanzug an, den sie sich gewünscht hatte, und David hielt seinen riesigen Plüschbernhardiner in den Armen. Caroline wickelte ihre eigenen Geschenke aus – Parfum von Patrick, Parfum von Majella und Jack, Schaumbad von den Kindern und einen Scheck über eintausend Pfund von Damien.
Das Haus war warm und einladend, und der Duft des Truthahns hing in der Luft, als Patrick eintraf. Caroline gab ihm ein Glas Glühwein.
»Fröhliche Weihnachten, Dad.«
»Dir auch.« Er umarmte sie. »Du siehst wunderschön aus.«
Das wußte sie selbst. Sie trug ihr rotes Samtkleid mit schwarzen Strümpfen und schwarzen Wildlederschuhen, auf denen kleine rote Schleifen saßen. »Es ist der Feiertagslook«, grinste sie. »Ich wollte ein richtig altmodisches, weihnachtliches Weihnachten.«
»Ich glaube nicht, daß es bei mir diese Art von Weihnachten je gegeben hat«, sagte Patrick. »Als ich jung war, konnten wir froh sein, wenn wir einen Beutel Süßigkeiten bekommen haben.«
»Oh, komm mir jetzt nicht mit diesem ›als ich jung war‹!« stöhnte Caroline.
Patrick lachte. »Okay.«
»Aber wenn man an den Weihnachtsmann glaubt, macht es bestimmt mehr Spaß.« Caroline überprüfte den Truthahn im Ofen. »Es wäre doch nett, wenn es wirklich je-

manden gäbe, der einem genau das geben kann, was man haben will.«
Patrick schwieg einen Augenblick. »Wahrscheinlich«, sagte er dann. Er trank sein Glas aus. »Was ich wirklich gern hätte, wäre, daß deine Mutter jetzt hier sein könnte.«
»Oh, Dad.« Caroline spürte, wie ihr die Tränen in die Augen stiegen. »Du vermißt sie immer noch.«
»Es ist merkwürdig«, sagte Patrick. »Man sollte doch meinen, daß ich nach all der Zeit drüber weg wäre, und wahrscheinlich bin ich das auch. Aber ich vermisse sie trotzdem noch.«
»Ich auch«, gab Caroline zu. »Und das ist ziemlich idiotisch, wenn man sich überlegt, daß ich sie kaum gekannt habe.«
Das Essen war ein Erfolg. Wie erwartet weigerten sich die Kinder, die Suppe auch nur anzurühren, aber Patrick bat um einen Nachschlag.
»Du verdirbst dir den Appetit auf den Truthahn, Grandad«, warnte Emma. »Und Mam sagt, alles, was einmal auf dem Teller ist, muß gegessen werden, sonst gehen die Geschenke wieder weg.«
»Deine Mutter ist eine fürchterliche Frau«, grinste Patrick. »Ich sorge schon dafür, daß die Geschenke bleiben, wo sie sind.«
Immerhin verschlangen sie Truthahn und Schinken und stürzten sich dann auf Carolines Biskuitauflauf mit Sherry. »Eher Sherry mit Biskuitauflauf«, bemerkte Patrick, aber Caroline verbat sich jede Kritik.
Am Nachmittag kamen Majella und Jack vorbei. Bald schwatzten die beiden Männer angeregt über die bevorstehenden Pferderennen, und Majella saß auf dem Teppich und flocht Emma einen Zopf.

»Hast du schon was von Damien gehört?« fragte sie wie nebenher.
Caroline schüttelte den Kopf. »Auf Grand Cayman ist es erst elf Uhr morgens, wahrscheinlich ist er noch im Bett.«
»Das will ich nicht hoffen – an Weihnachten!« sagte Majella. »Wann ruft er denn an?«
»Wahrscheinlich später am Tag.«
»Sag ihm, er soll sich melden. Er ruft mich fast nie an.«
»Er ruft überhaupt ziemlich wenig an«, bemerkte Caroline.
»Er scheint furchtbar viel zu tun zu haben.«
»Na ja.« David war in Carolines Arm eingeschlafen; sie setzte sich bequemer hin, so daß er nicht mehr mit seinem ganzen Gewicht auf ihrem Schoß lag. »Jedenfalls scheint er sich eine schöne Zeit zu machen da unten.«
Es folgte ein etwas unbehagliches Schweigen.
Caroline hatte Kaffee gemacht und gab Fruchttörtchen aus, als es an der Tür klingelte.
»Jimmy!«
»Freust du dich denn nicht, mich zu sehen?« Er gab ihr ein Päckchen und küßte sie auf die Wange. »Fröhliche Weihnachten, Caroline.«
»Komm rein.« Sie öffnete die Tür weiter. »Wir trinken gerade Kaffee.«
»Onkel Jimmy!« Emma sprang auf. »Schön, daß du kommst!«
Patrick sah Jimmy Ryan verblüfft an.
»Hallo, Mr. O'Shaughnessy.«
»Jimmy, mit dir hatte ich nicht gerechnet.«
»Ich war bei einem Freund in der Nähe und dachte, ich schaue mal, wie's Caroline geht.«

»Mir geht's gut. Dies sind meine Schwiegereltern.«
»Deine Schwiegermutter kenne ich schon.« Jimmy lächelte und streckte die Hand aus. »Wie geht es Ihnen, Mrs. Woods? Schön, Sie kennenzulernen, Mr. Woods.«
»Jimmy hat Caroline nach ihrem Unfall geholfen«, sagte Majella zu Jack. Jack Woods musterte Jimmy aus verengten Augen. »Na, das war ja ein Glück, daß Sie gerade da waren.«
»Ja, nicht wahr?« antwortete Jimmy unbefangen.
»Spiel mit mir, Onkel Jimmy«, bettelte Emma.
Majella und Jack wechselten Blicke. Patrick wirkte etwas beunruhigt.
»Möchte jemand noch Kaffee?« Caroline sah fröhlich in die Runde. »Oder irgendwas anderes vielleicht?«
»Ein Bier würde ich nehmen«, sagte Jack.
»Du mußt noch fahren«, warnte Majella.
»Es ist doch bloß ein Bier.«
Caroline reichte ihm eine Dose Lager. »Willst du auch eins, Jimmy?«
Er schüttelte den Kopf. »Ich gehe wieder, wir kriegen nachher noch Besuch.« Er stand auf. »Bis demnächst, Caroline.«
»Ja, bis bald.«
»Trag mich huckepack!« verlangte Emma. »Bis zur Tür!«
Jimmy lächelte und hob sie auf seine Schultern.
»Hoffentlich habe ich dich jetzt nicht in Verlegenheit gebracht«, sagte er zu Caroline, als sie an der Tür standen.
Sie schüttelte den Kopf. »Es war nett, dich zu sehen.«
»Ich *mußte* dich sehen«, sagte er und küßte sie auf die Lippen. »Ich rufe dich an.«
Caroline ging zurück ins Wohnzimmer. Drei Augenpaare sahen ihr vorwurfsvoll entgegen.

Sie setzte sich aufs Sofa und griff nach der Fernsehzeitschrift.
»Prima«, sagte sie. »*Ghostbusters.*«

Damien ließ sich träge im warmen blauen Wasser treiben, die Augen geschlossen in dem blendenden Sonnenlicht. Es war sehr friedlich hier draußen; es war einer der wenigen Orte, wo er ungestört nachdenken konnte. Seltsam, wie sentimental man an Weihnachten wurde – wie alles, woran man das Jahr über nicht zu denken versuchte, sich plötzlich in den Vordergrund drängte.
Es war leicht für andere Leute, ihm zu sagen, was er tun sollte. Aber *er* mußte sich entscheiden. Zurückkehren nach Irland und zu Caroline oder hierbleiben. Wenn er bliebe, würde er ein reicher Mann werden. Selbst wenn er im nächsten Jahr zurückginge, würde er sehr viel besser dastehen als bei seiner Ankunft auf Grand Cayman. Natürlich wollten sie nicht, daß er ging, deshalb boten sie ja so viel – aber hier zu leben war wie ein Traum. Immerwährender blauer Himmel und niemand, der ihm sagte, was er zu tun hatte. Wenn er abends nach Hause kam, konnte er die Schuhe von den Füßen schleudern und sich mit seinem Bier auf die Veranda setzen. Keine Caroline mit vorwurfsvollen blauen Augen, keine quengelnde Emma, kein David, der nach seinem Fläschchen schrie.
Natürlich, inzwischen bekam David längst kein Fläschchen mehr. Emma würde bald in die Schule gehen. Es war seltsam, dachte er – er hatte Caroline geheiratet, weil er nicht wollte, daß sie sein Baby ohne ihn zur Welt bringen mußte, aber dann war er froh gewesen, nach Grand Cayman flüchten zu können. Vor ihren anklagenden blauen Augen, die sich jeden Augenblick mit Tränen fül-

len konnten, vor der Tretmühle seiner Arbeit bei Cronin, vor dem ganzen vermasselten Leben.

Es war nicht seine Schuld. Aber war es wirklich richtig gewesen, fortzugehen? Sein bester Freund, Barry Talbot, war nicht überzeugt gewesen.

»Nicht, daß du dich nicht anständig benommen hättest«, hatte er gesagt, als sie zusammen im Pub gesessen hatten. »Aber für Caroline ist es trotzdem nicht gerade einfach, allein mit den beiden kleinen Kindern.«

Damien seufzte. »Ich kann einfach nicht mehr mit ihr leben. Alles, was sie sagt oder tut, macht mich rasend. Wenn ich bleibe, trennen wir uns todsicher.«

»Meinst du, du wirst wieder zurückkommen?«

»Natürlich komme ich zurück. Barry, du weißt genau, daß ich immer ins Ausland wollte. Ich hab's schon einmal aufgegeben. Noch mal tu ich's nicht.«

»Warum nimmst du sie nicht mit?«

Damien schlug mit der Faust auf den Tisch. »Ich brauche eine Pause.«

»Ist das wirklich alles?« fragte Barry. »Du hörst dich so endgültig an.«

»Ich habe eine ziemlich üble Zeit hinter mir«, sagte Damien kurz.

Barry zuckte philosophisch die Achseln. »Irgendwie wird sich's regeln. Noch ein Bier?«

Sie hatten sich ausgiebig betrunken an diesem Abend.

Eine kleine Welle klatschte ihm ins Gesicht. Damien spuckte. Wenn er nach Hause zurückkehrte – würde er dann wieder mit Caroline leben können? Bei ihrem Besuch im Sommer hatten sie sich gut vertragen. Sie hatte ihn nicht unter Druck gesetzt, ihn weder angeschluchzt noch angeschrien. Und er vermißte die Kinder. Manch-

mal, wenn er Kinder am Strand sah, sehnte er sich nach Emma und David.
Er tauchte, und ein Schwarm winziger silberner Fische stob vor ihm auseinander. Er würde sich entscheiden müssen – er konnte sich nicht ewig treiben lassen. Er schwamm ans Ufer.
Beverley winkte ihm zu. »Ich dachte schon, du kommst nie wieder raus! Dein Bier wird warm.«
Er wickelte sich ein Handtuch um die Hüften. »Es ist so friedlich da draußen.«
»Hier aber auch«, grinste sie. »Soll ich dich eincremen?«
Er nickte und setzte sich auf die Sonnenliege. Ihre Hände massierten ihm sanft die Schultern.
»Fröhliche Weihnachten, Damien«, murmelte sie.
»Fröhliche Weihnachten, Beverley«, antwortete er.

21

Taurus
(Der Stier)

Ein Sternbild über dem Äquator; es erinnert an Zeus, der in Gestalt eines Stiers die Prinzessin Europa entführte

Tossa rieb sich die Augen, gähnte und lehnte sich in Simons hochlehnigem Ledersessel zurück. Es war acht Uhr, und außer ihr war niemand mehr im Büro. Auch Tossa blieb nur, weil Simon heute abend aus Brüssel zurückkommen würde. Seit Weihnachten war er ständig unterwegs gewesen; sie waren nur dreimal miteinander ausgegangen, und Tossa hatte es satt. Sie wußte, wie wichtig ihm die Arbeit war, aber Simon war ein reicher Mann. Warum verbrachte er seine ganze Zeit damit, noch reicher zu werden – warum blieb er nicht in London, wo sie sich um ihn kümmern konnte?
Sie schloß mit einem Doppelklick die Anwendungen auf Simons Bildschirm. Ihre Ergebnisse für Januar waren nicht eben berauschend; sie hatte sich weniger angestrengt als sonst, ein paar Chancen verpaßt, und nun fühlte sie sich angreifbar.
Das Telefon klingelte. »Gifton Mutual«, sagte sie in den Hörer.
»Hallo.« Die Stimme sprach leise. »Simon?«
»Mr. Cochrane ist nicht im Büro. Kann ich Ihnen helfen?«
»Ist er noch nicht aus Brüssel zurück?«

»Ich weiß es nicht. Wer spricht dort, bitte?«
»Es ist nicht wichtig«, sagte die Frau beiläufig. »Ich melde mich später wieder. Danke.« Sie legte auf.
Wer zum Teufel war denn das, dachte Tossa. Sie kannte die Stimme nicht. Es hatte nicht gerade geschäftlich geklungen. Sie biß sich auf die Lippen.
Ihr Unbehagen verursachte ihr ein schlechtes Gewissen, aber sie hatte den fürchterlichen Verdacht, daß Simon das Interesse an ihr verlor. Ihre Beziehung, so einfach und natürlich am Anfang, erschien ihr nun brüchig. Simon war nie da, wenn sie ihn wollte; rief er aber an, warf sie alle Pläne über den Haufen, um mit ihm ausgehen oder ihn in seiner geräumigen Wohnung in den Themsedocks besuchen zu können.
Vielleicht sollte ich mich rarer machen, dachte sie düster. Sie hatte in seinem Büro gewartet, weil sie sich ihm dort näher fühlte. Sie hatten sich geliebt in diesem Büro, auf dem Boden hinter dem Schreibtisch. Tossa hatte panische Angst gehabt, jemand könnte hereinkommen und sie sehen, aber es war so erotisch gewesen. Simon erklärte lachend, er sei der Boß und könne tun, was er wollte. Er liebte das Element der Gefahr.
Sie sah auf die Uhr. Heute abend würde er mit Sicherheit nicht mehr ins Büro kommen; sie konnte ebensogut nach Hause gehen.
Auf dem Heimweg fuhr sie an seiner Wohnung vorbei. Die Fenster waren dunkel. Hier war er also auch nicht. Wahrscheinlich war es in Brüssel einfach später geworden, und er hatte beschlossen, über Nacht dortzubleiben. Aber sie wünschte, er hätte sie wenigstens angerufen und ihr Bescheid gesagt.
Sie haßte es, wenn sie sich so fühlte.

Louise saß vor dem Fernseher, als Tossa hereinkam. Ihr Verlobungsring glitzerte an ihrer Hand. Louises Angewohnheit, mit den Händen zu gestikulieren, wenn sie unterstreichen wollte, was sie sagte, begann Tossa auf die Nerven zu gehen. Es war ja nicht so, daß sie nicht wüßte, daß Louise im August heiraten wollte. Tossa seufzte. Sie wußte, es war kleinlich. Sie wußte, wenn sie einen prachtvollen Verlobungsring hätte, würde sie ihn höchstwahrscheinlich auch unter der Nase der Leute funkeln lassen.
Die Monitore sahen erschreckend aus. Die europäischen Märkte eröffneten sämtlich im Minus. Tossa überschlug den derzeitigen Wert ihrer Aktien und hatte das Gefühl, ihr würde gleich übel. Sie hatte vorgehabt, einen Teil der Obligationen gestern zu verkaufen, sich dann aber doch nicht die Mühe gemacht. Und jetzt verlor sie Geld, das sie wirklich nicht hätte verlieren sollen. Sie konnte nur hoffen, daß Simon keine Fragen stellen würde – sie konnte ihm nicht gut erzählen, daß sie nicht verkauft hatte, weil sie zu sehr damit beschäftigt gewesen war, an ihn zu denken. Sie schüttelte den Kopf. Sie würde sich wirklich etwas zusammenreißen müssen.
Simon erschien um vier Uhr nachmittags und ging sofort in sein Büro. Tossa wartete darauf, daß ihr Telefon klingelte, aber es blieb stumm. Sie fuhr Roy Barnes an, der ihr ein paar Verträge zum Unterschreiben brachte, und stieß ihren Pappbecher mit Wasser um. Während sie versuchte, den entstehenden See auf ihrem Schreibtisch mit Papiertüchern einzudämmen, klingelte das Telefon.
»Kannst du rüberkommen?« fragte Simon.
Sie ließ den Berg nasser Tücher liegen und ging in sein Büro.
»War es schön?« fragte sie.

»Ich habe gearbeitet. Außerdem hasse ich Brüssel.«
»Ich habe dich vermißt. Warum hast du gestern nicht angerufen?«
»Ich war mit Piet Overmars essen. Ich bin nicht mehr heimgekommen.«
»Wir wollten doch eigentlich etwas trinken gehen.« Tossa wußte, daß ihre Stimme zitterte.
»Oh, Herrgott noch mal!« Sie hörte die Gereiztheit in Simons Stimme.
»Sorry«, sagte sie. »Ich wollte nicht meckern.«
»Gut.« Er lächelte, und sie sah erleichtert, daß seine Augen amüsiert waren.
»Gehen wir heute aus?« fragte sie hoffnungsvoll.
»Geht nicht. Ich habe zuviel zu tun.«
»Jemand hat gestern für dich angerufen.« Tossa sorgte dafür, daß ihr Ton beiläufig blieb. »Ein Mädchen. Sie wollte es später noch mal versuchen.«
»Gestern hat sie's jedenfalls nicht noch mal versucht.« Plötzlich lächelte er sie an. »Willst du übernächste Woche mit auf eine Konferenz kommen?«
Tossa strahlte. »Natürlich. Was für eine Konferenz?«
Simon lachte. »Das übliche Zeug. Risikoanalyse. Handelsstrategien. Wird wahrscheinlich gigantischer Schrott sein. Es ist in Luxor.«
»Luxor in Ägypten?«
»Genau.«
»Wunderbar.« Tossa war entzückt. »Wie lange?«
»Drei Tage, aber wir können noch ein paar Tage dranhängen, wenn wir wollen.«
»Danke, Simon.« Sie strahlte ihn an.
»Geh lieber wieder an die Arbeit, bisher hattest du einen schlechten Monat.«

Tossa errötete. »Ich weiß.«
Sie ging mit Harvey, der einen ebenso schlechten Monat hinter sich hatte, zum Mittagessen aus. Harvey bestellte Spaghetti und eine Flasche Rioja.
»Auf den Februar«, sagte er.
»Auf den Februar.« Sie stießen an.
»Mach dir nicht zu viele Gedanken, Tossa. Jeder hat mal einen schlechten Monat. Du hast bisher noch Glück gehabt. Ich habe ein paar amerikanische Aktien für mich selbst gekauft, aber bei mir wird zur Zeit alles, was ich für mich selbst kaufe, zu so einer Art Langzeitinvestition«, sagte Harvey trübsinnig. »Wieso kann ich eigentlich für meine Klienten ein Vermögen verdienen, und meine eigenen Anlagen lassen mich immer im Stich?«
Tossa lachte. »Weil wir vor lauter Bäumen den Wald nicht mehr sehen, wahrscheinlich.«
Die Spaghetti kamen, dampfend heiß und begraben unter knoblauchduftender Sauce Napoli.
»Guten Appetit.« Harvey grub seine Gabel in den Berg. »Was macht eigentlich Simon?«
»Dem geht's gut.« Tossa beugte sich vor. »Er hat mich gefragt, ob ich ihn auf eine Konferenz begleiten will. In Luxor.«
»Als was?« fragte Harvey. Er nippte an seinem Wein.
»Wie meinst du das?«
»Gehst du als Simons Betthäschen oder als Delegierte?«
»Harvey!« Tossa stellte mit einem Knall ihr Glas ab.
»Tut mir leid.« Er sah beschämt aus. »Das war nicht ganz fair.«
»Nein«, sagte sie. »War es überhaupt nicht.«
Sie aßen schweigend weiter. Das Restaurant war brechend voll; mittags kamen die leitenden Angestellten von halb

Bishopsgate hierher. Tossa winkte zu einem der Händler von Deutsche hinüber.
»Er ist es nicht wert, Tossa.« Harvey verwendete sein Knoblauchbrot, um einen Rest Sauce vom Teller zu wischen.
»Was hast du eigentlich gegen ihn? Er ist dein Freund, Harvey.«
»Das heißt ja nicht, daß ich ihn nicht kenne.« Harvey füllte ihr Glas nach. »Natürlich ist er mein Freund. Aber für Frauen ist er nicht gut.«
»Erzähl doch keinen Unsinn.«
»Kirsten hat ihn verlassen, weil er eine andere hatte. Sie haben sich bei der Arbeit kennengelernt. Und vor ihr war er auch schon mit einer Frau aus seiner Firma ausgegangen.«
Der Kellner erschien, und Harvey bestellte Tiramisu. Tossa wollte kein Dessert.
»Auf längere Sicht ist er ungeeignet. Er hat seine Firma.« Harvey seufzte. »Nicht der Stoff, aus dem Ehemänner gemacht werden.«
»Wie kommst du drauf, daß ich einen Ehemann will?«
»Das wollt ihr doch alle«, sagte Harvey.
Tossa stieß ihren Stuhl zurück. »Du kannst für das Essen zahlen«, sagte sie. »Ich gehe wieder ins Büro.«
Harvey sah ihr etwas hilflos nach, als sie durch das Restaurant davonstelzte.
An der Tür stieß Tossa beinahe mit Simon zusammen. Er war in Begleitung von Stacey Frost, die für UBS arbeitete.
»Hi, Tossa.« Er lächelte ihr zu.
»Hallo!« Sie wandte sich an Stacey. »Wie geht's?«
»Gar nicht schlecht.« Das andere Mädchen lächelte. »Lange nicht gesehen, Tossa.«

»Ach, du weißt ja, wie das ist.«
Stacey nickte. »Tretmühle wie üblich. Wie war denn dein Januar?«
»Okay.«
»Stacey hat mir vorhin erzählt, daß sie ihre Gewinne im Januar verdoppelt hat.« Simon sah Tossa gerade ins Gesicht.
»Schön für dich, Stacey«, sagte sie. »Bis später dann, Simon.«
»Ich werde heute nachmittag nicht mehr auftauchen«, antwortete Simon.
»Ich will in Ruhe mit ihm essen«, grinste Stacey.
»Na dann, viel Spaß.« Tossa verließ das Restaurant und ging die Lombard Street hinauf, zurück zum Büro. Sie zitterte, als sie sich an ihren Platz setzte.
Was hatte Simon mit Stacey Frost zu schaffen? Warum aßen sie zusammen? Traf er sich mit ihr?
Der Monitor piepte. Die Aktienkurse fielen weiter. Sie hatte das Gefühl, daß ihr gleich übel werden würde.
Vielleicht traf sich Simon mit Stacey Frost, um mit ihr über einen Job zu reden. Wenn Stacey im Januar Gewinn gemacht hatte, würde er vielleicht Tossa feuern und Stacey einstellen. Stacey hatte einen guten Ruf. Es hieß, sie sei hart. Rücksichtslos. Tossa wußte, sie selbst war nicht rücksichtslos.
Aber Simon wollte sie mit nach Luxor nehmen. Das würde er nicht tun, wenn er sie feuern wollte. Oder wenn er etwas mit Stacey hatte.
Sie verkaufte amerikanische Aktien für vierzig Millionen. Der Markt fiel weiter, und sie kaufte sie zurück. Angesichts des Gewinns von hunderttausend Pfund fühlte sie sich etwas besser.

»Hast du irgendwas vor heute?« fragte Louise, als Tossa zur Tür hereinkam.
»Nein.« Tossa warf ihre Handtasche auf den Küchentisch.
»Die Mädchen haben heute ein Basketballspiel. Willst du mitkommen?«
»Eigentlich nicht.« Tossa füllte den Wasserkessel.
»Was ist los?« fragte Louise.
»Scheißtag.«
»Geld verloren?«
Tossa verzog das Gesicht. »Ja und nein.«
»Entweder du hast oder du hast nicht.«
»Nein.« Tossa nahm zwei Becher von der Anrichte und schüttete Kaffeegranulat hinein. »Es ist so: Die Fonds, die ich verwalte, müssen investiert werden, und zwar in Wertpapieren. Für manche Papiere, die ich im Augenblick habe, habe ich mehr bezahlt, als sie inzwischen noch wert sind, also habe ich auf lange Sicht Geld verloren. Aber heute habe ich welche verkauft und dann viel billiger zurückgekauft, also habe ich Geld verdient.«
»Aber wenn sie an Wert verlieren, warum verkaufst du sie dann nicht alle?«
»Das kann ich nicht. Das Geld muß in festverzinslichen Wertpapieren investiert bleiben, weil es einfach diese Sorte Fonds ist.« Sie lachte kurz. »Deswegen heißt es in den Anzeigen immer, daß der Wert auch fallen kann.«
»Wahrscheinlich solltest du mal Pause von der Hochfinanz machen«, sagte Louise. »Komm mit zu dem Basketballspiel. Es wird Spaß machen, du wirst sehen.«
Es machte Spaß. Tossa bereute, nicht schon früher zu den Spielen gegangen zu sein.
»Nur, daß Mädchenmannschaften nicht ernst genom-

men werden«, sagte sie zu Louise. »Aber wo werden Frauen schon ernst genommen.«
Louise sah sie neugierig an. »Du hörst dich heute ziemlich biestig an. Es muß wirklich ein Scheißtag gewesen sein.«
Tossa rieb sich die Augen. »Harvey Johnson hat mich wieder mal vor Simon gewarnt.«
»Das tut er doch ständig. Das hast du schon oft erzählt.«
»Und Simon hat mit Stacey Frost zu Mittag gegessen.«
Louise rümpfte die Nase. »Ist das die Blondine, die ich mal in der Weinbar gesehen habe? Die aussieht wie Claudia Schiffer?«
»Genau die. Und intelligent ist sie auch. Sie hat im Januar Gewinn gemacht. Ich habe Verlust gemacht. Vielleicht schmeißt er mich raus und gibt ihr den Job.«
Louise legte Tossa den Arm um die Schultern. »Du machst sicher aus einer Mücke einen Elefanten«, sagte sie. »Wahrscheinlich ist er ihr zufällig begegnet.«
»In der City begegnet man sich nicht einfach so. Man plant es im voraus.«
Louise seufzte. »Worüber machst du dir eigentlich Sorgen – daß er ihr einen Job anbietet oder daß er mit ihr ins Bett steigt?«
»Er soll es nicht wagen, mit ihr ins Bett zu steigen!« rief Tossa. »Er steigt mit mir ins Bett!«
Sie lachten beide. »Komm«, sagte Louise, »gehen wir einen trinken.«
Vor der Turnhalle wurde Louise von ein paar Eltern angesprochen, die über das Ergebnis des Basketballspiels entzückt waren. Tossa setzte sich ins Auto, um auf sie zu warten. Für Louise war es einfach zu sagen, sie sollte sich keine Sorgen machen. Tossa wußte nicht, woran ihr mehr

lag – an ihrem Job oder an Simon. Sie liebte Simon. Sie wollte ganz sicher nicht, daß er ein Verhältnis irgendeiner Art mit Stacey Frost anfing. Aber auch der Job war ihr wichtig. Es war ihr wichtig, Patrick erzählen zu können, daß sie geschäftlich nach Amsterdam fuhr oder eine Gehaltserhöhung bekommen hatte. Derlei beeindruckte Patrick. Und sie wußte auch, daß er es Caroline weitererzählen würde.

»Tut mir leid.« Louise stieg neben ihr ein. »Wenn sie mal anfangen, über ihre kleinen Lieblinge zu reden, gibt's kein Entrinnen mehr.«

»Magst du deinen Job?« fragte Tossa.

»Ich glaube schon.« Louise schnallte sich an. »Manchmal kriege ich Depressionen davon. Aber es hat etwas Befriedigendes, Leuten etwas zu zeigen und zu merken, sie verstehen's. Sag mal, meinst du, die Karibik wäre geeignet für unsere Hochzeitsreise?«

»Damien ist in der Karibik«, bemerkte Tossa. »Vielleicht könnt ihr bei ihm unterkommen.«

Louise lachte und wurde dann plötzlich ernst. »Hattest du etwas übrig für Damien?«

Es war das erste Mal, daß Louise ihr diese Frage stellte. Tossa überlegte einen Augenblick. »Ich habe ihn nicht geliebt, wenn du das meinst. Es war rein körperlich. Wie in einem Film oder so. Er hat mich angesehen und ich habe ihn angesehen und – es ist einfach passiert.« Sie rieb sich die Augen. »Ich ... ich habe das nicht gewollt, Louise.«

»Du solltest Caroline anrufen«, sagte Louise. »Inzwischen ist sie wahrscheinlich bereit, dir zu verzeihen.«

»Da bin ich mir nicht so sicher.« Tossa schnitt eine Grimasse.

»Schade, daß ihr euch nicht einfach zusammensetzt und drüber redet. Schließlich hast du nur eine Schwester.«
»Daß sie meine Schwester ist, heißt ja nicht, daß ich sie unbedingt mögen muß.« Tossa bog in den Parkplatz des Pubs ›Duke of Edinburgh‹ ein.
Es war entspannend, mit Louise in der Ecke zu sitzen und zu schwatzen. Wenn sie mit Simon ausging, achtete sie immer sorgfältig darauf, was sie sagte, und beklagte sich vor allem nie. Simon war nicht dazu geeignet, sie aufzuheitern – er wollte von ihr aufgeheitert werden.
Es war im Grunde nur fair. Schließlich war es Simon, der von seiner Scheidung traumatisiert war. Harvey hatte gut reden – Harvey wußte nicht, wie tief Simon verletzt worden war. Sicher, er flirtete mit Frauen – es war unvermeidlich, er war reich und attraktiv. Aber nur sie, Tossa, wußte, wie er wirklich war.
Sie stellte das halbleere Glas auf dem Tisch ab. Wenn sie nur wüßte, weshalb er mit Stacey Frost essen ging. Sie war überrascht, wie unglücklich der Gedanke daran sie machte.
»Das Halbfinalspiel ist morgen«, sagte Louise unvermittelt. »Kommst du mit?«
»Warum nicht?« Tossa lächelte. »Es hat wirklich Spaß gemacht.«
Die Aktienkurse fielen ins Bodenlose. Die Angestellten saßen an ihren Schreibtischen und kauten an ihren Nägeln oder Kugelschreibern, je nach persönlicher Vorliebe. Simon bestellte Tossa zu sich ins Büro.
»Ich habe dich in letzter Zeit nicht viel zu sehen gekriegt«, sagte er. »Ich habe das Gefühl, ich habe dich ein bißchen vernachlässigt.«
Sie zog die Augenbrauen in die Höhe.

»Vielleicht würdest du heute gern mit mir ins Theater gehen? Ich habe Karten für *Miss Saigon.*«

»Eigentlich gehe ich heute mit Louise zu einem Basketballspiel.«

Simon sah sie ungläubig an. »Einem *Basketballspiel?*«

»Sie trainiert die Schulmannschaft«, erklärte Tossa. »Es ist ein Halbfinalspiel.«

»Und selbst die Chance auf einen Theaterbesuch könnte dich nicht davon abhalten, mit einer Horde von präpubertären Schulmädchen in einer heißen Halle zu sitzen?«

»Von wegen präpubertär«, sagte Tossa leicht gereizt. »Sie sind sechzehn.«

Simon grinste. »Das ist natürlich etwas anderes. Vielleicht sollte ich die Karten weitergeben und lieber mit dir mitkommen. Wie ist es, Tossa? Ich kann auch mit jemand anderem gehen.«

Sie stellte sich vor, wie er im Theater saß mit Stacey Frost an seiner Seite. Es war beängstigend.

»Natürlich komme ich mit.« Sie ging um seinen Schreibtisch herum und küßte ihn aufs Ohr. »Ich kann dich wirklich nicht mit jemand anderem gehen lassen.«

Es störte sie nicht, daß die Kurse weiter fielen. Sie hatte Aktien verkauft, und sie ging mit Simon aus. Louise würde es wahrscheinlich nichts ausmachen. Louise war glücklich über ihre Verlobung mit Carl; und Tossa wußte, daß Louise auch sie selbst glücklich sehen wollte. Sie würde es verstehen.

22

Scutum
(Der Schild)

Ein Sternbild über dem Äquator;
es enthält viele interessante Sternhaufen, und
sein Hintergrund ist die Milchstraße

Caroline wickelte sich in ein Badetuch, während das schaumige Wasser aus der Wanne lief. Freitag war ihr Körperpflegeabend. An Freitagabenden badete sie, gönnte ihrem Haar eine Packung mit warmem Öl, ihrem Gesicht eine Maske und ihren Händen eine Maniküre. Manchmal schaffte sie nicht das ganze Programm; heute allerdings waren Emma und David auf der Geburtstagsparty eines Nachbarkindes gewesen und waren dementsprechend bei der Heimkehr vor Müdigkeit fast umgefallen.
Sie ging in ihrem blauseidenen Pyjama hinunter in die Küche, nahm eine Flasche Wein aus dem Kühlschrank und legte die Kassette mit *Schlaflos in Seattle* in den Videorecorder. Sie mochte Tom Hanks. Er war ... irgendwie knuddelig. Und sensibel. Warum ließ man eigentlich sensible Männer in Hollywoodfilmen auftreten? Frauen kamen davon nur auf dumme Gedanken. Daß alle Männer sensibel sein sollten, zum Beispiel.
Sie fuhr vor Schreck zusammen, als es klingelte. Wer kam denn um zehn Uhr abends noch vorbei?
Jimmy stand auf der Schwelle, eine Packpapiertüte im Arm.

»Was um alles in der Welt willst denn du?« fragte Caroline.
»Na, das ist vielleicht eine Begrüßung.« Er kam herein. Aus der Tüte drang der Duft von Curry. »Ich dachte, ich überrasche dich.«
»Das hast du auch.« Sie zeigte hilflos auf ihren Pyjama. »Ich habe mir gerade einen Film angesehen.«
»Prima, sehen wir ihn doch zusammen an.«
»Okay.« Caroline ging in die Küche und nahm zwei Teller aus dem Schrank.
»Oh, Caroline!« Jimmy verzog das Gesicht, als er mit seinem Curry ins Wohnzimmer kam. »Doch nicht *die* beiden. Ich hasse Tom Hanks. Und diese überspannte Blondine.«
»Meg Ryan.«
»Sie hat ein Pferdegebiß.«
»Halt den Mund und sieh dir den Film an, Jimmy«, sagte sie gereizt. Eigentlich kam er samstags vorbei. Die Freitage gehörten ihr; an Freitagen verwöhnte sie sich.
Sie schluchzte während des gesamten Films. Jimmy gab ihr ein Taschentuch.
»Tut mir leid«, sagte sie.
»Schon in Ordnung.« Er trug die Teller hinaus. Als er zurückkam, setzte er sich neben sie.
»Ich wollte gestern mal vorbeischauen. Aber du warst nicht da.«
»Da war ich in meinem Töpferkurs.«
»Ich dachte, der ist dienstags?«
»Ich habe etwas gebrannt. Greta hat gesagt, dazu könnte ich jederzeit vorbeikommen.«
»Ich habe noch nie etwas von deinen Sachen gesehen. Sind sie gut?«

»Nichts Besonderes bisher, aber sie werden besser.« Sie streckte den Arm aus und nahm eine kleine dunkelblaue Schale mit Goldrand und einem Muster aus winzigen goldenen und silbernen Sternen von einem Wandbord. »Hier, schau.«

»Das ist ja richtig hübsch.« Jimmy sah sie überrascht an. »Ich dachte, du machst so etwas wie plattgequetschte Aschenbecher. Verkaufst du's mir?«

»Spinn nicht rum. Wenn du's haben willst, kannst du's so haben.«

»Ein O'Shaughnessy-Original.«

»Ein Woods-Original«, antwortete sie.

Er stellte die Schale zurück. »Und gibt es irgendwas Neues über die Woods-Hälfte deiner Ehe?«

»Nichts Neues.« Sie ging auf den Hohn in seiner Stimme nicht weiter ein.

»Angeblich kommt er doch im Sommer zurück, oder? Was willst du also tun?«

Sie seufzte. »Das hast du mich schon mal gefragt. Ich weiß es wirklich nicht, Jimmy.«

Er goß sich ein Glas Wein ein. »Du weißt, was ich für dich empfinde, Caroline. Hast du inzwischen mal drüber nachgedacht?«

»Jimmy, natürlich denke ich drüber nach. Wir haben darüber schon vor Weihnachten gesprochen. Ich will jetzt nicht darüber reden.«

»Aber wir *müssen* drüber reden. Du läßt einfach alles treiben.« Er streichelte ihr Haar. »Ich will dich nicht unter Druck setzen –«

»Genau das tust du aber gerade.«

»Ich will nur, daß du dich den Tatsachen stellst. Damien Woods hat dich mit zwei Kindern allein gelassen und ver-

sprochen, er wäre in einem Jahr zurück. Das war ja wohl ein Witz.«
Sie sagte nichts dazu. Es hatte keinen Sinn, mit ihm zu streiten. Er hatte recht. Aber sie wollte es sich nicht wieder und wieder anhören. Sie wußte nicht, wie es weitergehen würde, wenn Damien nach Hause kam. Und sie wußte auch nicht, ob sie mit Jimmy Ryan zusammenleben wollte.
Sie gähnte. »Kommst du morgen vorbei?«
Jimmy antwortete nicht.
»Liebst du mich?« fragte er plötzlich.
»Ich weiß es nicht.«
Er lachte kurz. »Immerhin bist du ehrlich.«
»Ich weiß nicht, ob ich überhaupt jemanden liebe.«
»Wie lang ist es her, seit du mit einem Mann geschlafen hast, Caroline?«
Sie errötete. »Jimmy. Ich habe mit meinem Mann geschlafen, als ich ihn im Sommer besucht habe.«
»Vor über sechs Monaten. Bist du eine Nonne? Hast du eigentlich keine normalen Bedürfnisse?«
Sie stand auf. »Und du? Wann hast du das letzte Mal mit einer Frau geschlafen? Liest du Frauen auf der Straße auf? Oder bist du ein Mönch?«
»Ich warte auf dich, Caroline. Ich habe mit Frauen geschlafen. Aber ich wollte immer dich lieben.«
Sie biß sich auf die Lippen. Es klang aufrichtig. Es war die Art, wie er es aussprach – »lieben«. Als sei es das einzige, was in seinem Leben zählte. Damien hatte ihr einmal dieses Gefühl gegeben – als sie an ihrem Hochzeitstag getanzt hatten und als er ihr gesagt hatte, daß er sie liebte, als sie Jimmy und Serena gesehen hatte und ohne zu zögern zu ihm zurückgekommen war.

Sie stand auf und ging zum Kamin hinüber. »Hast du niemanden sonst zum Lieben gefunden?« fragte sie mit dem Rücken zu ihm. »Ich habe dir schon mal gesagt, du hast bestimmt eine unrealistische Vorstellung von mir.«
»Nein«, sagte er.
»Was liebst du an mir?«
»Alles«, sagte Jimmy. »Wie du bist, wie du aussiehst.«
»Würdest du mich lieben, wenn ich aussähe wie Tossa?«
»Tossa!« Er starrte sie überrascht an. »Warum sollte ich wollen, daß du aussiehst wie Tossa? Sie kann dir nicht das Wasser reichen.«
»Manche Leute finden sie attraktiv.«
»Sie hat schon etwas Attraktives«, sagte er nachdenklich. »Hübsche Backenknochen. Schöne Augen. Aber sie ist nicht wirklich schön, Caroline.«
»Und wenn ich auch nicht schön wäre?«
»Es hat nichts mit Schönheit zu tun.«
»Nein?«
Er stand neben ihr und zeichnete durch die Seide hindurch ihr Rückgrat nach. Sie schauderte unwillkürlich, und er zog sie an sich.
»Ich brauche dich«, sagte er.
Sie lehnte den Kopf an seine Brust. Jeder braucht jemanden, dachte sie. Ich brauche jemanden, die Kinder brauchen mich. Braucht Damien mich? Wahrscheinlich nicht. Brauchte Jimmy sie? Wirklich? Und wollte sie es?
Er öffnete den obersten Knopf ihres Schlafanzugs.
Sie wußte keine Antwort darauf.
»Nicht hier«, sagte sie.
Es war ein seltsames Gefühl, jemanden neben sich im Doppelbett zu haben, der nicht Damien war. Jimmy küßte sie immer wieder. Er murmelte ihr Koseworte ins Ohr. Sie

war phantastisch. Sie war das einzige Mädchen, das er je gewollt hatte. Es war richtig, was sie taten. Sie drückte ihn an sich und fühlte sich schuldig. Sie wollte es genießen – schon um sich selbst zu beweisen, daß sie zu Jimmy Ryan gehörte. Als er abrupt in sie eindrang, keuchte sie vor Schreck. Vielleicht war sie einfach aus der Übung. Vielleicht lag es daran, daß Jimmy größer war als Damien. Angeblich sollte es unwichtig sein. Auf die Größe, das hatte sie immer wieder gelesen, kam es nicht an. Aber er fühlte sich riesig in ihr an. Er liebte sie mit langen, entschlossenen Stößen. Sie versuchte herauszufinden, ob sie seinen Stil mehr mochte, und kam dann zu dem Schluß, daß man eigentlich nicht darüber nachdenken sollte. Guter Sex war doch bestimmt etwas, das man einfach spürte? Etwas, von dem man merkte, daß es passierte?

»Ich liebe dich!« rief er plötzlich. »Ich liebe dich.«

Danach schlief er ein, und sie lag da und starrte zu dem blassen Umriß des Fensters hinüber.

Sie fühlte sich nicht wie eine Frau, die ihren Ehemann betrogen hatte. Er konnte nicht erwarten, daß sie ihm treu blieb – nicht nachdem er so lang fort gewesen war. Und dann dachte sie an die langgliedrige Anmut von Beverley Simmons und biß sich auf die Lippen.

Sie mußte irgendwann eingeschlafen sein, denn als sie auf die Anzeige des Weckers sah, war es fast sieben. Sie stützte sich auf einen Ellenbogen und betrachtete Jimmy.

Es war schwer zu entscheiden, wie attraktiv er war. Er hatte ein ausgeprägtes Kinn und gerade schwarze Augenbrauen. Es war ein ehrliches Gesicht, dachte sie. Ein unkompliziertes Gesicht.

Die Kinder würden bald aufwachen. Sie schüttelte ihn sanft an der Schulter.

Er blinzelte. »Wie spät ist es?«
»Fast sieben.«
»Am Samstag! Das ist doch mitten in der Nacht!«
Sie lachte leise. »Nicht in diesem Haus.«
»Schick mich nicht weg.« Er stand neben ihr, während sie Kaffee machte. »Ich will mit dir zusammensein.«
»Du mußt aber gehen. Bevor die Kinder aufwachen.«
»Kann ich die Schale wirklich haben?«
»Die Schale?« wiederholte sie.
»Die du gemacht hast. Das O'Shaughnessy-Original.«
»Natürlich.« Sie holte die Schale und drehte sie um. Auf dem Boden standen ihre verschlungenen Initialen. »CW. Ich hab dir ja gesagt, es ist ein Woods-Original. Sorry.«
»Danke.« Er küßte sie sanft. »Ich melde mich.«
Später am Tag rief Caroline bei Donna an.
»Können wir uns heute treffen?« fragte sie.
»Klar. Komm doch bei uns vorbei, du bist noch nie hiergewesen.«
»Und Paul?«
»Der hat nichts dagegen. Er brennt doch nur darauf, auf ein paar Pints mit seinen Kumpels verschwinden zu können.«
Caroline organisierte einen Babysitter und fuhr am Abend zu Donna. Die Anlage war eindrucksvoll; die Appartementhäuser waren um einen bepflanzten Innenhof mit drei kleinen Fischteichen herum angelegt, und das Tor hatte eine Gegensprechanlage. Caroline nahm den Aufzug in den zweiten Stock hinauf.
»Komm rein«, sagte Donna. »Willkommen in unserer Hütte, und bitte spar dir jeden Kommentar über den Haufen Zeug da in der Ecke. Das ist Pauls Rugbyausrü-

stung, und aus naheliegenden Gründen rühre ich sie nicht an.«

Caroline lachte. »Und *ist* er einen trinken gegangen?«

»Natürlich. Er betrachtet es als großen Glücksfall, am Samstag weggehen zu können.«

Caroline setzte sich aufs Sofa und sah sich um. »Es ist schön hier. Richtig schön, Donna.«

»Ja, nicht?« Donna lächelte erfreut. »Nicht plüschig, das kann ich nicht leiden, aber auch nicht zu kahl.«

»Ich finde es toll.« Die Wohnzimmerwände waren weiß gestrichen und fast vollständig mit gerahmten schwarzweißen Postern und Fotografien bedeckt. Die Poster zeigten meist Jazzgruppen, die Fotografien Dubliner Gebäude.

»Paul macht die Fotos«, erklärte Donna. »Ich glaube, sie sind wirklich gut. Aber es ist reichlich anstrengend, mit jemandem zusammenzusein, der die Welt durch eine Linse betrachtet.«

»Bist du immer noch verrückt nach ihm?« fragte Caroline.

Donna nickte.

»Das freut mich.«

Donna holte ein paar Dosen Bier aus dem Kühlschrank und gab Caroline eine davon, und dann saßen sie in einträchtigem Schweigen beisammen und hörten sich eine Eurythmics-CD an. Donna fragte nicht, weshalb Caroline gekommen war – sie wußte, daß sie es früher oder später erfahren würde. Caroline schloß die Augen und genoß den Frieden von Donnas Wohnung. In ihrem Haus herrschte niemals Frieden. Ständig war irgend etwas im Gang – Videospiele, der Fernseher, plötzliche Streitereien, das Rumpeln der Waschmaschine, Gelächter, übereinanderfallende Kinder, Tränen. Niemals Frieden.

»Hat Damien gesagt, wann er nach Hause kommt?« Irgendwann ergriff Donna die Initiative.

Caroline öffnete die Augen. »Im Sommer.«

»Du mußt dich drauf freuen.«

Caroline lächelte. »Du mußt deutlicher werden, Donna.«

»Gut«, antwortete Donna, und nach einer Pause sagte sie behutsam: »Erzähl's mir.«

Caroline zögerte. »Ich habe mit Jimmy Ryan geschlafen.« Sie räusperte sich. »Gestern nacht.«

»Zum ersten Mal?« fragte Donna.

»Natürlich!«

»Wundert mich, daß er so lange gewartet hat.«

Caroline rieb sich die Stirn. »Er sagt, er liebt mich.«

»Und Damien?«

»Ich weiß nicht.«

»Was ist eigentlich passiert mit dir und Damien?« Donna reichte Caroline noch eine Dose Lager.

»Wieso?« Caroline biß sich auf die Lippen.

Donna öffnete ihre eigene Bierdose. »Hör mal, wir wissen doch beide, daß Damien nicht nur wegen dem Job weggegangen ist. Was ist passiert?«

Caroline wickelte ihre goldene Kette um die Finger. »Er hat mich bloß geheiratet, weil ich schwanger war.«

»Das ist doch nicht wahr! Damien liebt dich. Sonst hätte er dich nicht geheiratet.«

»Er hat's getan, weil ich schwanger war und er ein fürchterlich schlechtes Gewissen hatte. Er hat gesagt, er wollte seine Kinder mit mir gemeinsam aufziehen.« Sie schob sich das Haar hinter die Ohren zurück. »Daraus ist dann wohl nichts geworden.«

»Aber du warst doch glücklich!« protestierte Donna. »Ich weiß noch, diese Einweihungsfeier …«

Caroline lachte kurz. »Schön, daß sie dir gefallen hat.«
»Die Party?«
Caroline nahm einen Schluck Bier. »Ich hab ihn bei der Party mit Tossa erwischt.«
»Mit wem?« flüsterte Donna.
»Tossa. In Emmas Zimmer.«
»Gott im Himmel, Caroline. Sie haben's im Kinderzimmer getrieben?«
»Nicht getrieben.« Caroline schluckte krampfhaft. »Sich geküßt.«
»Ach, einfach nur geküßt.« Donna sah ungläubig aus.
»Donna, er ist mein Mann! Was würdest du denken, wenn du ins Zimmer kämst, während deine Schwester gerade Paul küßt?«
»Gut für meine Schwester, daß ich keine habe.«
»Es ist nicht komisch!«
»Ich weiß.« Donna legte ihr den Arm um die Schultern. »Tut mir leid.«
»Ich habe ihn geliebt, Donna. Aber du hast die beiden nicht gesehen. Sie haben es vielleicht nicht gerade auf dem Kinderzimmerteppich getrieben, aber sie hätten's genausogut tun können, so wie sie sich geküßt haben.«
Donna sah sie mitfühlend an. »Und deswegen ist Tossa nach England gegangen.«
Caroline nickte. »Sie nach England und Damien nach Grand Cayman. Jetzt verdienen sie beide einen Haufen Geld und amüsieren sich fast zu Tode, und ich sitze hier mit den Kindern.«
»Oh, Caroline.«
Sie begann zu weinen. »Ich habe sie so gehaßt. Ich war widerlich zu Damien, obwohl er versucht hat, es wiedergut-

zumachen. Und dann ist David gekommen. Es war furchtbar. Und Tossa war einfach weggegangen. Nach einer Weile habe ich gedacht, irgendwie müßte es sich in Ordnung bringen lassen. Ich sollte es wenigstens versuchen.« Sie schluchzte. »Und dann hat Damien mir von dem Job erzählt. Ich hab's nicht glauben können. Ich wollte mitkommen, aber er hat gesagt, wir wären getrennt besser dran. Und es war ja bloß für ein Jahr.«

Donna gab ihr ein Papiertaschentuch. Caroline wischte sich die Augen, putzte sich die Nase und sagte schließlich: »Es tut mir leid. Ich hatte eigentlich nicht vor, herzukommen und herumzuheulen.«

»Und warum solltest du nicht heulen?« erkundigte sich Donna.

»Warum soll ich denn meine ganzen Probleme bei dir abladen?«

»Caroline, es spricht absolut nichts dagegen, sich auszuheulen. Ich wünschte, du hättest mir das alles früher erzählt.«

Caroline stand auf und ging ins Bad. Sie riß einen Streifen Toilettenpapier ab, putzte sich noch einmal die Nase und spritzte sich kaltes Wasser ins Gesicht. Im Spiegel waren ihre Augen rosa.

»Was willst du tun, wenn Damien zurückkommt?« fragte Donna, als Caroline sich wieder hingesetzt hatte.

»Ich weiß nicht.«

»Was ist mit Jimmy?«

»Weiß ich auch nicht.«

»Au weia.« Donna grinste sie an. »Du hast dich in die Ecke manövriert, stimmt's?«

»Sieht so aus.« Caroline lächelte unsicher.

»Liebst du Jimmy?«

Caroline zuckte die Achseln. »Er bedeutet mir etwas. Er hat mir geholfen, und die Kinder mögen ihn.«
»War er gut im Bett?«
»Donna!«
»Es ist ein Faktor. War er besser als Damien? Hat es dir mehr Spaß gemacht?«
»Ich bin mir nicht sicher. Es war okay ... glaube ich.«
»Das hört sich nicht gerade an, als ob für dich sämtliche Glocken geläutet hätten.«
»Haben sie noch nie.« Sie sah Donna beunruhigt an. »Einer von den Typen, mit denen ich früher ausgegangen bin, hat mal gesagt, ich wäre frigide.«
»Ich glaube nicht, daß irgendwer frigide ist«, sagte Donna.
Caroline lächelte verlegen. »Es ist nicht, daß ich Sex nicht mag. Ich meine, ich liege nicht da und wünsche mir, es passierte nicht. Aber es ist auch nicht das Größte für mich. Du kennst doch diese Umfragen, wo die Hälfte aller Leute sagt, sie tun's jeden Tag oder noch öfter! Ich habe einfach nicht das Gefühl, daß ich viel verpasse. Es ist nicht der Sex, der mir wichtig ist – wahrscheinlich ist es eher Liebe. Das heißt doch nicht, daß ich anormal bin, oder?«
»Natürlich nicht!« sagte Donna mit Nachdruck.
Caroline fuhr sich mit den Fingern durchs Haar. »Das Problem ist, Jimmy liebt mich zu sehr – sagt er jedenfalls. Ich bin mir da nicht so sicher. Wahrscheinlich fühlt er sich einfach schlecht behandelt. Gott, habe ich mein Leben verkorkst!«
»Ach, nun übertreib doch nicht.«
»Wie würdest du's denn nennen? Ich habe zu früh geheiratet. Zu früh zwei Kinder gekriegt. Mein Mann hat es mit

meiner Schwester. Nimmt einen Job im Ausland an. Er will nicht, daß ich mitkomme, also gehe ich natürlich mit meinem Exfreund ins Bett.« Sie sah Donna an und lachte unsicher. »Das klingt doch, als wäre es direkt aus *Dallas.*«

»Blödsinn. *Dallas* ist zehn Jahre lang gelaufen. Du würdest höchstens eine Episode kriegen. Na ja, vielleicht auch zwei.«

»Aber das hier ist real. Und es ist gräßlich.«

»Was willst du also tun?«

»Ich weiß nicht«, sagte Caroline zum zweiten Mal.

Das war ja das Problem, dachte sie. Sie wußte einfach nicht, wie sie das Ruder herumwerfen sollte. Sie wußte nicht, was genau sie für Damien oder für Jimmy empfand. Wenn Sex mit Jimmy wenigstens das umwerfende Erlebnis gewesen wäre, auf das sie gehofft hatte – vielleicht hätte ihr das bei der Entscheidung geholfen. Und das, dachte sie gleich darauf, war ja nun der idiotischste Gedanke, den sie je gehabt hatte.

»Was ist mit Tossa?« fragte Donna in ihre Überlegungen hinein.

»Was soll mit ihr sein?«

»Hast du irgendwann mal mit ihr geredet?«

»Nachdem sie sich Damien an den Hals geworfen hat? Es ist alles ihre Schuld! Warum hätte er sie sonst geküßt?«

»Tja, warum«, sagte Donna. »Noch ein Bier?«

Caroline schüttelte den Kopf.

»Ich mache uns einen Kaffee.«

Caroline putzte sich noch einmal die Nase. Sie fühlte sich besser, nachdem sie Donna alles erzählt hatte. Ihre Freundin war mitfühlend und verständnisvoll gewesen, vielleicht ein bißchen zu verständnisvoll, was Damien und Tossa anging – aber vielleicht war zwischen den beiden ja

wirklich nichts weiter gewesen. Sie hatten seither keinen Kontakt miteinander gehabt. Sehr viel konnte ihnen kaum aneinander liegen.
»Willst du einen Film sehen?« fragte Donna. »Ich habe *Schlaflos in Seattle* aus der Videothek mitgebracht. Was ist daran so komisch?«
»Das habe ich gestern abend erst gesehen.«
»Ich dachte, da hättest du anderes zu tun gehabt.«
»Nicht den ganzen Abend!« protestierte Caroline. »Außerdem habe ich es schon angesehen, bevor er vorbeigekommen ist. Ich wollte ihn gar nicht da haben. Eigentlich wollte ich nur meine Ruhe.« Sie gähnte.
»Die kannst du jetzt haben«, sagte Donna. »Ich seh mir den Film trotzdem an.«
Caroline hatte keinerlei Einwände. Sie zog die Füße aufs Sofa und lehnte sich zurück. Donnas Gesellschaft tröstete sie, und ihre Freundin ließ alles ganz unkompliziert erscheinen. Sie setzte sie nicht unter Druck, schien nicht zu denken, daß sie Jimmy oder Damien oder wen auch immer lieben sollte. Es war kaum zu glauben, daß es so einfach sein konnte – aber vielleicht war es einfacher, als sie gedacht hatte.
Paul erschien um elf und brachte Fish and Chips mit. Bei dem scharfen Duft nach Salz und Essig bekamen beide Mädchen sofort Hunger. Caroline stellte rasch fest, daß sie Paul mochte. Er war einer der gelassensten Menschen, die sie je kennengelernt hatte, und der einzige Mann, dessen Blick nichts Abschätzendes hatte, wenn er sie ansah. Paul war viel zu sehr auf Donna fixiert, um sie zu bemerken.
»Deine Fotos gefallen mir«, sagte Caroline, während sie sich die Pommes teilten.

»Danke.«
»Bloß daß er sie entweder im Morgengrauen oder bei eiskaltem Wetter macht und mich dazu mitschleift«, knurrte Donna.
»Aber du machst das doch nicht beruflich?« fragte Caroline.
Paul schüttelte den Kopf. »Nur als Hobby. Ich brauche etwas, das möglichst anders ist als mein Job.«
»Ich gehe jetzt lieber«, sagte sie, als sie mit dem Essen fertig waren.
Donna brachte sie bis zur Haustür. »Danke fürs Zuhören«, sagte Caroline. »Ich bin froh, daß wir drüber geredet haben.«
»Du kannst immer mit mir reden. Auch wenn ich vielleicht nicht helfen kann. Aber ich höre zu.«
»Du hörst dich an wie eine von diesen Fernsehpsychotanten«, grinste Caroline. »Ich fühle mich wirklich besser.«
Die Kinder waren längst im Bett, als sie nach Hause kam. Sie bezahlte den Babysitter, goß sich ein Glas Wein ein und ging ins Wohnzimmer.
Sie dachte an Tossa. Sie fragte sich, was ihre Schwester gerade tat. Sie beneidete Tossa – jedenfalls meistens. Tossa schien sich zu amüsieren, genau das zu tun, was sie selbst gern getan hätte. Andererseits wußte niemand etwas Genaues über Tossas Leben – ob sie glücklich war, ob sie ihre Familie vermißte, ob der berufliche Erfolg das Gefühl aufwog, in Dublin nicht willkommen zu sein. Caroline wünschte sich, sie könnte ihre Schwester wieder mögen, aber sie brachte es noch nicht recht fertig. Eines Tages würde sie ihr vielleicht verzeihen.
Das Telefon klingelte.

»Hallo«, sagte Damien. »Wie geht es dir?«
»Gut«, flüsterte sie.
»Hier hat es den ganzen Tag geregnet. Ich habe an zu Hause gedacht.«
»Wirklich?«
»Ganz anderer Regen natürlich. Große schwere warme Tropfen.«
»Ich glaube nicht, daß wir hier je warmen Regen haben.«
»Alles in Ordnung? Wie geht es den Kindern?«
»Alles bestens.« Sie wußte, daß sie sich seltsam anhörte. Sie fühlte sich auch so.
»Bist du sicher?«
»Das habe ich doch gerade gesagt, oder?«
Schweigen.
Dann sagte er: »Ich habe heute mit Tim Travis geredet.« Tim Travis war der Leiter der Niederlassung auf Gran Cayman. »Ich habe ihm gesagt, daß ich im Sommer zurück will.«
»Was hat er gesagt?« Auf der Terrasse ging die Beleuchtung an, und Caroline sah die schwarze Katze der Familie im übernächsten Haus durch den Garten stelzen.
»... in London.«
»Bitte?« Sie hatte den Anfang des Satzes verpaßt.
»Tim sagt, ich müßte um Ostern sowieso nach Europa. Die ganze Gruppe hat einen Termin in London.«
»Aha«, sagte Caroline.
»Also sehe ich dich wahrscheinlich noch vor dem Sommer.«
»Okay.«
»Sag mal, stimmt irgendwas nicht?«
»Damien, ich sage doch, es ist alles in Ordnung.«

»Bis bald also.« Er klang verletzt. Komisch, dachte sie; meist war sie es, die verletzt klang.
Sie hatte das Bett am Morgen frisch bezogen. Die neuen Bezüge waren glatt und kühl. Es war angenehm, wieder allein im Bett zu sein.

23

Piscis Australis (Südlicher Fisch)

Ein Sternbild der südlichen Hemisphäre, bekannt seit den Tagen der ägyptischen Göttin Isis, die der Legende zufolge von einem Fisch gerettet wurde

Es war dunkel, als Tossa und Simon in Luxor eintrafen. Ungefähr vierzig Delegierte waren mit dem Flugzeug aus Gatwick gekommen und warteten nun am einzigen Gepäckband des kleinen Flughafens. Tossa kannte ein paar von ihnen – Nick von Phillips & Drew, Graham von der Deutschen Bank, Tim von Lloyds. Nick und Tim hatten ihre Frauen mitgebracht, zwei hübsche Damen, eine blond, die andere dunkel; beide waren tadellos frisiert und steckten in Freizeitkleidung, der man ansah, daß sie teuer gewesen war. Weibliche Delegierte hatte Tossa bisher keine anderen gesehen; bei Konferenzen wie diesen waren Frauen immer noch weit in der Minderheit. Wieder einmal wurde ihr klar, wieviel Glück sie hatte, bei Gifton Mutual zu arbeiten.
Das Hotel Nefertiti war groß und modern. Eine Bronzestatue der Nofretete, flankiert von zwei Marmorbrunnen, zierte das riesige Foyer. Der Mann hinter der Empfangstheke händigte ihnen ihre Zimmerschlüssel aus; Simons Zimmer lag im vierten Stock, Tossas im fünften.
»Ich dachte eigentlich, unsere Zimmer sind nebeneinander«, sagte Tossa.

»Ich auch«, antwortete Simon. »Aber das macht ja nichts.«
Das Hotelzimmer sah aus wie alle anderen Hotelzimmer. Als Tossa aber auf den Balkon hinaustrat, sah sie, wie sich die Lichter im Wasser des Nils spiegelten. Die Luft war wunderbar mild nach dem britischen Winterwetter, und am Flußufer war eine Reihe von Feluken vertäut.
Sie zog sich um und ging in die Bar hinunter, wo sie Simon in Gesellschaft von zwei anderen Fondsmanagern, Gary Swift und George Tey, antraf.
»Da ist sie ja!« Gary winkte ihr zu. »Wir haben gerade über dich geredet, Tossa.«
»Nur Gutes, hoffe ich«, grinste sie.
»Genaugenommen sprachen wir davon, daß du in den nächsten Tagen ziemlich belagert sein wirst. Keine Frau ist sonst weit und breit zu sehen.«
»Hast du deine Frau denn nicht mitgebracht?« fragte sie.
»Nein.« Gary verzog das Gesicht. »Sie wollte nicht. Sie ist viel glücklicher in Sevenoaks.«
»Na, ich bin sicher, es gibt ein paar andere Ehefrauen, bei denen du es versuchen kannst«, neckte sie ihn.
»Ja, bestimmt – keine widersteht dem berühmten Swift-Charme.«
Sie lachte. Gary hatte den ganz und gar unverdienten Ruf, ein Sexprotz zu sein, aber sie kannte ihn recht gut und wußte, daß er seiner Frau treu war – anders als viele andere Finanzleute in der City.
Simon winkte den Kellner heran und bestellte eine Runde Getränke. »Ich bin völlig fertig«, bemerkte er. »Ich habe die halbe Nacht damit verbracht, ein Angebot auszuarbeiten. Ich kann die Augen kaum noch offenhalten.«

»Du wirst alt, Simon«, grinste George. »Du weißt ja, mit dreißig ist der Zug eigentlich abgefahren.«

Bei der zweiten Runde begann Tossa Kopfschmerzen zu bekommen. Sie waren nicht sehr stark, es war nur ein dumpfer Druck in der Augenhöhle. Obwohl alle einander versicherten, wie müde sie waren, machte niemand Anstalten zu gehen. Um zwei Uhr gab sie es schließlich auf.

»Bis dann, Simon.« Sie berührte seine Schulter.

»Mhm.« Er sah auf und winkte ihr zu.

Zum Teufel mit dir, dachte sie, als sie die Treppe hinauffegte. Beim vierten Versuch bekam sie die Zimmertür schließlich auf. Sie setzte sich aufs Bett und probierte die Fernsehkanäle durch – NBC, CNN und Sky brachten Dokumentarsendungen, die sie schon kannte, und Nachrichten; der Lokalsender zeigte einen alten Gene-Kelly-Film in ägyptischer Synchronisation. Sie schaltete den Fernseher aus und legte sich aufs Bett. Sie war am Einschlafen, als Simon an die Tür klopfte.

»Ich habe dich doch nicht geweckt?« fragte er, als sie ihn einließ.

»Nein.«

»Wir haben einfach kein Ende gefunden, du weißt ja, wie das ist.« Er öffnete die Minibar und nahm die Champagnerflasche heraus. »Prost«, sagte er, während er ihr ein Glas reichte.

Ihr war einfach nicht nach Liebe zumute. Obwohl Simon sich große Mühe gab, kam sie nicht in die richtige Stimmung.

»Es tut mir leid«, sagte sie danach. »Ich bin einfach müde.«

»In Ordnung.« Simon rollte aus dem Bett. »Bis morgen.«

Sie vertrieb ihn, ohne es zu wollen, dachte sie. Morgen würde sie es wiedergutmachen. Morgen würde alles in Ordnung sein.

Sie stand früh auf, ging auf den Balkon hinaus und beobachtete die vorbeisegelnden Feluken, während die Morgensonne sich an der Hotelwand entlangtastete. Unter den Hotelgästen im Frühstückssaal war sie eine der ersten. Sie holte sich Joghurt und Gebäck und suchte sich einen Tisch am Fenster. Bei der dritten Tasse Kaffee erschien Simon.

»Guten Morgen.« Er setzte sich ihr gegenüber. »Gut geschlafen?«

»Eigentlich nicht«, gab sie zu.

»Ich auch nicht. Das Gebräu, das sie hier machen, ist widerlich. Rein und raus aus dem Bad, die halbe Nacht.«

Tossa lachte. »Was steht heute an?«

Simon öffnete eine Mappe. »Einschreibung um halb elf, Begrüßung um elf. Die erste richtige Veranstaltung ist um zwei – Risikoanalysen. Um fünf redet irgendein Typ von der Bank von Ägypten.«

Tossa überflog die Liste der Delegierten. »Seth Anderson ist auch da – den habe ich schon ewig nicht mehr gesehen.« Sie fuhr mit dem Finger die Spalte entlang. »Und Stacey Frost. Aber ich habe sie hier nirgends entdeckt.«

»Sie hat einen anderen Flug genommen. Und sie ist im Hotel Isis«, bemerkte Simon. »Heute nachmittag ist eine Bootsfahrt auf dem Nil für die Partner der Delegierten.«

»Ich bin kein Partner eines Delegierten.«

»Nein, aber du brauchst dir auch nicht alle Vorträge anzuhören. Du weißt doch, wie es bei diesen Konferenzen hergeht. Such dir irgendwas aus, was dich interessiert.«

»Morgen vormittag – Absicherungsstrategien.«

»Okay.« Simon goß sich noch eine Tasse Kaffee ein. »Dann mache ich währenddessen den Ausflug zum Tempel von Karnak mit.«
»Ich wußte gar nicht, daß du dich für das alte Ägypten interessierst.«
»Nicht besonders. Aber wenn wir schon mal hier sind, wäre es schade, sich nicht ein bißchen umzusehen.«
»Morgen ist ein Dinner im Sheraton. Der Gastredner ist jemand von Merrill's in New York.« Tossa sah auf die Uhr. »Jetzt ist es halb neun. Wie wäre es mit einem Spaziergang?«
Die Einschreibung fand im Konferenzraum des Hotels Nefertiti statt. Tossa hatte sich gerade ihr Namenskärtchen und ihre Mappe abgeholt, als sie Seth Anderson entdeckte.
»Tossa, wie schön, dich zu sehen!« Er musterte sie anerkennend. »Du siehst phantastisch aus. Ich hätte dich fast nicht wiedererkannt.«
»Danke.« Sie lächelte ihm zu. »Wie geht es dir so bei Marlborough?«
»Wunderbar. Obwohl ich einen beschissenen Januar hinter mir habe.«
»Wirklich?« fragte Tossa. »So schlecht war meiner gar nicht.« Sie wollte ihm nicht auf die Nase binden, wie übel er tatsächlich gewesen war.
»Schön für dich.« Seth sah mißgelaunt aus. »Ich habe einen Haufen Sovereigns gekauft, und dann sind sie abgestürzt. Na ja«, fügte er philosophisch hinzu, »es ist ja nicht mein Geld. Wie geht's Simon?«
Sie zuckte die Achseln. »Okay, denke ich.«
Seth musterte sie forschend. »Du tust's hoffentlich nicht, oder, Tossa?«

»Was?«
»Bumst mit Simon Cochrane?«
»Seth!« Jetzt war sie ärgerlich.
»Okay, okay. Aber du gehst mit ihm.«
»Na ja ... so kann man's schon nennen.«
»Oh, Tossa.« Er seufzte. »Nicht du auch noch.«
»Was soll das heißen?«
»Er ist ein netter Kerl, aber treu wie ein –« Nach einem Blick auf ihr Gesicht brach er ab. »Oh, Toss, es tut mir leid.«
»Macht nichts.« Sie lächelte ihm etwas bläßlich zu. »Ich weiß ja, daß er nicht perfekt ist.«
Seth Anderson hatte es nötig, dachte sie. Soviel sie wußte, war er noch nie einer Frau treu gewesen. Sie sah sich nach Simon um, als Seth gegangen war. Er sprach gerade mit Stacey Frost. Tossa biß sich auf die Lippen.
Der Einführungsvortrag war nicht besonders interessant. Sie war erleichtert, als der Sprecher zum Ende kam und sie in den Speisesaal hinübergehen konnte, wo ein Mittagsbüffet angerichtet war.
Sie lud sich Salate auf den Teller und setzte sich zu Simon und zwei deutschen Fondsmanagern an den Tisch. Die Unterhaltung war trocken und interessierte sie nicht im geringsten. Sie wollte unbedingt hinausgehen und die Sonnenwärme genießen. Sie war noch nie in einem heißen Land gewesen, hatte nie an einem Strand Urlaub gemacht. Sie hatte sich niemals auch nur zwei Wochen auf einmal freigenommen. Der wolkenlose blaue Himmel zog sie unwiderstehlich an. Sie freute sich auf die Nilfahrt.
Sobald es ihr möglich war, entschuldigte sie sich, ging hinauf in ihr Zimmer und vertauschte das Kostüm mit T-Shirt und Shorts.

Die Partner der Delegierten (es waren, soweit sie sehen konnte, ausschließlich Partnerinnen) stiegen bereits ins Boot ein, als sie am Steg ankam. Auf dem Fluß herrschte reger Betrieb. Ein Junge sprang von einem Boot ins Wasser und schwamm zu ihnen herüber, eine winzige Statuette in der Hand.
»Eine echte Antiquität«, rief er. »Nur zehn ägyptische Pfund!«
Die Frauen an der Reling beobachteten ihn halb amüsiert, halb entsetzt.
»Für Sie, schöne Dame!« Er streckte Tossa die Hand hin. »Für Sie, Sonderpreis. Fünf ägyptische Pfund.«
Sie schüttelte den Kopf.
»Okay.« Er trat Wasser und sah ernsthaft zu ihr auf. »Ein Pfund. Nur eins. Sonderpreis, speziell für Sie, schöne Dame.«
Ein ägyptisches Pfund, das entsprach etwa zwanzig Pence. Er machte sich viel Mühe für zwanzig Pence. Tossa wühlte in ihrer Handtasche und nahm ein Pfund heraus. Er griff danach, bevor sie ihre Meinung ändern konnte, und gab ihr das Tonfigürchen. Es war eine winzige Replik einer Statue der Katzengöttin Bast.
»Echte Antiquität«, rief der Junge wieder, während er zu seiner Feluke zurückschwamm.
»Ich weiß nicht, ob man das unterstützen soll.« Die junge Frau neben Tossa sah dem Kind naserümpfend nach. Sie war klein und zierlich, hatte riesige blaue Augen und einen Schwall von rotgoldenem Haar und trug ein kurzes Liz-Claiborne-Top und einen rosa Wickelrock. Tossa kam sich neben ihr sofort groß und plump vor.
»Ich finde, er hat das Geld schon dafür verdient, daß er hergeschwommen ist«, sagte sie.

Das Mädchen lachte. »Vielleicht haben Sie ja recht. Mein Mann allerdings sagt, eigentlich sind es alles Bettler.«
»Ihr Mann?«
»Alan. Arbeitet bei Goldman. Und Ihrer?«
Tossas Antwort fiel etwas giftig aus. »Ich bin eine von den Delegierten.«
»Wirklich!« Das Mädchen sah sie interessiert an. »Schwänzen Sie das Nachmittagsprogramm?«
»Wir sind zu zweit hier«, erklärte Tossa. »Heute nachmittag ist er dran – wir teilen die Zeit auf.«
»Gute Idee. Alan ist allein. Mein Name ist Janice – Janice Blaxhill.«
»Tossa.«
Sie hatten sich von der Menge mitziehen lassen und waren inzwischen auf dem Oberdeck angekommen, wo sie sich in zwei der Korbstühle setzten, die an der Reling aufgereiht waren. Tossa begann in der Handtasche zu wühlen, bis sie ihre Sonnenbrille gefunden hatte. Janice Blaxhill holte eine Flasche Sonnenschutzlotion hervor und rieb sich großzügig damit ein. »Sie auch?« fragte sie dann. »Oder vertragen Sie viel Sonne?«
»Keine Ahnung«, gab Tossa zu. »Ich bin noch nie bei solchem Wetter draußen gewesen.«
»Dann brauchen Sie das hier«, sagte Janice entschieden. »Ich bleibe nicht neben jemandem sitzen, der demnächst ein zartes Scharlachrot annimmt und anfängt, Blasen zu werfen.«
Tossa lachte. »Okay. Danke.«
Das Boot bewegte sich schwerfällig den Fluß entlang. Der Führer erzählte Geschichten aus dem alten Ägypten – von Amon-Ra, Ramses und Cheops, dem jungen König Tutanchamun und den Frauen. »Natürlich waren sie alle

sexuell abartig«, bemerkte Janice gelassen. »Ich habe mal einen BBC-Dokumentarfilm darüber gesehen. Orgien im Tempel und lauter solches Zeug.«

»Wahrscheinlich gehörte das damals zum Leben«, sagte Tossa. »Alles zu Ehren der Götter.«

Janice stülpte sich einen Strohhut auf. »Und heute haben wir alle ein schlechtes Gewissen, wenn wir uns mal ein bißchen amüsieren.«

Tossa kicherte. »Ach, ich weiß nicht –«

»Na, hören Sie mal«, sagte Janice. »Sie sind aus Irland, stimmt's? Katholisch wahrscheinlich. Ich bin's auch. Als ich das erste Mal mit jemandem im Bett war, hatte ich das Gefühl, ich müßte beichten gehen. Stellen Sie sich das mal vor. Ich bin eine intelligente Frau, aber ich hatte ein fürchterlich schlechtes Gewissen. Und die Ägypter hatten es mit ihren Eltern und Geschwistern und Gott weiß wem noch und haben keinen Gedanken dran verschwendet.«

Tossa sagte nichts.

»Kümmern Sie sich nicht um mich«, sagte Janice. »Ich schwatze zuviel. Alan ist dauernd weg, und wenn ich jemand Neues treffe, höre ich einfach nicht mehr auf zu reden.«

Tossa lächelte sie an. »Das ist doch okay.«

»Wo arbeiten Sie?« erkundigte sich Janice.

»Gifton Mutual. Wahrscheinlich kennen Sie die Firma nicht.«

»Gifton. Natürlich kenne ich die. Heißt das, Sie arbeiten mit dem wundervollen Simon Cochrane zusammen?«

»Ja.« Tossa sah sie erstaunt an. »Kennen Sie ihn?«

Janice sah träumerisch aus. »Und wie ich den kenne. Noch so ein Mann, wegen dem ich beinahe zur Beichte

gerannt wäre. Sexy Simon haben wir ihn genannt damals. Was für ein Körper!«
Tossa schluckte krampfhaft. »Wann war das?«
»Schon eine Weile her«, grinste Janice. »Zehn Jahre, obwohl's mir nicht so vorkommt. Wir waren zusammen bei Barings.«
»Haben Sie auch mit Aktien gehandelt?« erkundigte sich Tossa.
Janice lachte. »Ich? Nein, das wäre mir zuviel Streß gewesen. Ich war in der Abwicklungsabteilung, das war damals schon schlimm genug.«
»Und Simon?« forschte Tossa.
Janice streckte die Beine aus. »Der göttliche Simon«, sagte sie. »Ein absolutes Arschloch natürlich, aber phantastisch im Bett.«
Tossa hatte das Gefühl, ihr würde übel werden. Diese Frau und Simon. Ihr Simon.
»Vielleicht wissen Sie das ja schon?« Janice sah amüsiert aus. »Ich kann mir kaum vorstellen, daß Simon die Finger von Ihnen läßt. Vielleicht hat er sich seither ja verändert. Aber ich glaub's eigentlich nicht.«
Der Führer redete inzwischen von den Königsgräbern und der Expedition, die auf das Grab des Tutanchamun gestoßen war. Er wedelte aufgeregt mit den Händen, als er auf die Grabkammer und den Fluch zu sprechen kam, der die Forscher heimgesucht hatte.
»Erzählen Sie mir doch davon.« Tossas Stimme war ein Flüstern.
»Da gibt's nicht viel zu erzählen.« Janice setzte sich so, daß das Sonnenlicht gleichmäßig auf beide Arme fiel. »Simon hat unglaublich gut ausgesehen. Wir Mädchen in der Abwicklung waren alle hin und weg von ihm. Er hat

uns alle ausgeführt. Und mit ins Bett genommen wahrscheinlich auch. Simon und ich, das war eine große Leidenschaft und hat immerhin ungefähr drei Monate gedauert. Mir kommt es vor, als hätten wir die ganze Zeit nicht einmal Luft geholt! Klingt furchtbar, nicht?« Sie lachte. »Einmal haben wir es sogar auf seinem Schreibtisch getrieben. Am späten Abend natürlich. Er hat immer gesagt, er liebt Sex im Büro.«
Tossa spürte, daß ihr Gesicht brannte. »Und wie ist es ausgegangen?«
»Oh, es ist zu Ende gegangen«, sagte Janice. »Ich wußte, es würde nicht halten – es war viel zu lustbetont. Außerdem, ich wollte heiraten und er nicht, also hat er mich sitzenlassen. Gut so. Es wäre nichts geworden mit Simon und mir, und Alan ist so ein Schatz ...«
»Ich hole mir etwas zu trinken«, sagte Tossa. »Soll ich Ihnen irgendwas mitbringen?«
»Ein Bier vielleicht«, sagte Janice. »Ich verdurste hier noch.«
Tossa stolperte auf das untere Deck hinunter und lehnte sich über die Reling. Sie fragte sich, ob die Leute auf Nilkreuzfahrten jemals seekrank wurden. Nicht, daß man hier von hohem Seegang sprechen konnte – aber konnte sie trotzdem Seekrankheit anführen angesichts der sehr realen Möglichkeit, daß ihr Mittagessen auf den glänzenden Deckplanken landen würde? Sie schloß die Augen, aber die Vorstellung von Simon und Janice zusammen wollte nicht weichen. Sie sah es vor sich wie ein Standfoto aus einem Film – Janices lange glänzende Locken fluteten über die beiden Körper hinweg, die sich im Einklang miteinander bewegten. Sie ballte die Fäuste und öffnete sie wieder. Janice ging einfach davon aus, daß Simon noch

der gleiche Mann war wie vor zehn Jahren und sich genauso verhielt. Aber das war Unsinn. Seither hatte er Kirsten geheiratet, und das hatte ihn verändert.
»Ägyptisches Bier«, sagte sie, als sie Janice die grüne Flasche aushändigte. »Etwas anderes haben sie nicht.«
»So übel ist es gar nicht«, sagte Janice.
»Simon hat geheiratet«, platzte Tossa heraus.
»Oh, ich weiß. Kirsten McKenzie, stimmt's?« Sie kicherte. »Kirsten war das einzige Mädchen, bei dem er nicht bekommen hat, was er wollte. Sie hat ihn verrückt gemacht. Er hat sie beinahe angebettelt, ihn zu heiraten.«
»Sie lassen sich scheiden«, sagte Tossa ohne Umschweife.
»Wundert mich nicht. Simon ist ungefähr so liebesfähig wie ein Molch. Kirsten wußte, was sie von ihm wollte – das Geld und den Status. Natürlich hat sie selbst unglaublich gut ausgesehen. Sie waren ein absolut atemberaubendes Paar, aber es war nicht gerade ein gesundes Verhältnis. Und Simon ist doch sowieso nur glücklich, wenn er wieder eine neue Eroberung macht.« Ihr Blick war seltsam durchdringend. Tossa tat so, als bemerkte sie es nicht. Sie schloß die Augen und genoß die Sonne.
Es war albern, das alles übelzunehmen. Sie selbst war damals erst ein Kind gewesen – sie konnte sich doch nicht im Ernst einreden wollen, daß Simon Cochrane wie ein Mönch gelebt und auf sie gewartet hatte. Aber sie ertrug den Gedanken an Simon mit einer anderen Frau nicht. Daß er mit der wunderschönen Kirsten verheiratet gewesen war, war schlimm genug. Die Vorstellung, daß er in den letzten paar Jahren offenbar eine ganze Horde von Frauen beglückt hatte, war entsetzlich.
»Wie ist denn Ihr Verhältnis zu ihm?« fragte Janice träge.

Tossa öffnete die Augen wieder. »Okay«, antwortete sie.

»Verlieben Sie sich bloß nicht in ihn«, sagte Janice. »Er liebt nur sich selbst.«

Warum sprachen sie nur alle so abfällig von ihm? Warum wollten sie nicht glauben, daß er lieben konnte – daß er sie lieben konnte?

Vielleicht weil sie es selbst nicht glaubte. Sie hatte daran glauben wollen, daß er sie liebte – aber was, wenn sie sich etwas vorgemacht hatte? Was tat er zum Beispiel heute nachmittag? Saß er gelangweilt in einem Vortrag oder war er anderswo, alles andere als gelangweilt – vielleicht mit Stacey Frost?

Ich drehe durch, dachte Tossa. Sie wollte zurück ins Hotel.

Es dauerte noch zwei Stunden, bis das Boot wieder in Luxor anlegte. Es gelang ihr, sich unauffällig von Janice zu entfernen, und sie lief zurück zum Hotel. Die Bar war voller Delegierter, aber Simon war nicht dabei. Sie rannte die Treppe hinauf. Es war schon in Ordnung, sagte sie sich; wahrscheinlich entspannte er sich nach dem Vortrag.

Sie hatte sein Zimmer eben erreicht, als die Tür sich öffnete. Simon trat in den Gang hinaus, gefolgt von Stacey Frost. Tossa brauchte nicht erst zu fragen. Simon lächelte, und der Ausdruck in Staceys goldbraunen Augen war träge und zufrieden.

»Himmel, Tossa, was willst du denn?« Simon sah sehr erstaunt aus.

»Das Falsche allem Anschein nach«, sagte sie. Sie hätte am liebsten geweint – sie war ein solcher Idiot.

Simon wandte sich zu Stacey. »Kann ich ein paar Worte mit Tossa reden?«

»Aber natürlich.« Stacey lächelte ihm zu und verschwand mit hocherhobenem Kopf den Gang hinunter. Simon nahm Tossa am Arm und zog sie in sein Zimmer. Ihre Wangen waren gerötet, und in ihren Augen glänzten Tränen.

»Es tut mir leid«, sagte er.

»Leid!« Sie spuckte ihm das Wort beinahe ins Gesicht. »Was soll das bedeuten?«

»Was willst du denn, daß ich sage?«

»Ich will, daß du sagst, du hast Stacey Frost nicht gebumst.«

Seine Augen waren hart. »Das habe ich auch nicht.«

»Oh?«

»Wir haben uns geliebt.«

»Du Scheißtyp!« Sie wußte, sie würde weinen, und sie wollte nicht, daß er es sah. »Du mieser, mieser Scheißtyp!«

»Was für ein Ausdruck!«

Sie sah ihn schweigend an.

»Nun komm schon, Tossa, viel Spaß hat es in letzter Zeit nicht mehr gemacht, oder?«

»Wessen Schuld ist denn das?«

»Meine nicht.« Er öffnete die Minibar und nahm zwei kleine Flaschen heraus. »Trinken wir was.«

»Ich will nichts trinken!«

»Hör mal, es tut mir leid«, sagte er wieder. »Ich wollte nicht, daß du es auf diese Weise herausfindest.«

»Wie sollte ich es denn rausfinden? Warum hast du mich überhaupt mitgenommen, wenn du Stacey Frost ›lieben‹ willst? Wie lang ›liebst‹ du sie überhaupt schon?«

Er zuckte die Achseln. »Ein paar Wochen, das ist alles. Ich habe dich mitgenommen, weil ich dachte, es würde dir

Spaß machen. Außerdem hatte Stacey gesagt, sie würde nicht teilnehmen.«

»Ach, du wolltest mich als so eine Art stellvertretende Gespielin?«

Er lachte. »Deinen Sinn für Humor habe ich immer gemocht, Toss. Nun komm schon – wir haben doch gewußt, es ist nicht fürs Leben.«

»Haben wir das?«

»Wir haben es oft genug gesagt.«

Natürlich haben wir das, hätte sie am liebsten geweint. Das hieß doch nicht, daß sie es auch so gemeint hatte.

Er faßte sie am Arm, als sie hinausgehen wollte. »Ich mag dich wirklich, Tossa. Wahrscheinlich liebe ich dich nicht genug.«

»Natürlich«, sagte sie.

Sie schlug die Tür ihres eigenen Zimmers hinter sich zu und warf sich aufs Bett. Sie hatte sich noch nie im Leben so gedemütigt gefühlt. Erst Janice Blairs Eröffnungen – das war schlimm genug. Dann Stacey Frost. Es war mehr, als sie ertragen konnte. Die Tränen begannen zu fallen, heiß und schwer. Sie haßte Simon Cochrane. Sie haßte Janice Blaxhill. Sie haßte Stacey Frost. Und sie haßte sich selbst dafür, daß sie so unvorstellbar dumm gewesen war zu glauben, ein Mann wie Simon Cochrane könnte sie wirklich lieben.

Schließlich ging sie ins Bad und wusch sich das Gesicht mit kaltem Wasser. Es sah danach nicht merklich besser aus, aber sie zog Jeans und eine frische weiße Bluse an und ging zur Rezeption hinunter.

»Ich muß so schnell wie möglich zurück nach London«, sagte sie.

Der Rezeptionist sah sie erstaunt an. »Ist etwas passiert?«
»Nichts Ernstes. Aber ich muß zurück.«
Er schüttelte den Kopf und suchte unter dem Schreibtisch nach einem Flugplan. »Ich fürchte, das ist nicht möglich«, sagte er bedauernd. »Heute und morgen gehen keine Flüge nach London. Und den Flug übermorgen haben Sie gebucht, Madame.«
»Ja, ja«, sagte sie ungeduldig. »Geht heute noch ein Flug in eine andere europäische Stadt?«
Er sah in sein Buch. »Es gibt einen, glaube ich. Nach Frankfurt. Aber ich weiß nicht, ob Plätze frei sind. Oder ob Sie ihn noch erreichen können.«
»Können Sie das bitte nachprüfen?« Sie sah ihn flehentlich an. »Es ist sehr, sehr wichtig.«
»Ich frage nach. Wollen Sie sich in die Bar setzen?«
»Ich warte hier«, sagte sie.
Sie sank in einen der cremefarbenen Ledersessel im Foyer. Sie mußte fort von hier. Heute noch. Sie konnte nicht in Simons Nähe bleiben – nicht, wenn sie wußte, daß er sich mit Stacey Frost im Bett wälzte, wie er es zuvor mit ihr getan hatte.
»Hallo, Tossa!« Janice Blaxhill winkte ihr zu. »Kommen Sie mit rein zum Essen?«
»Noch nicht«, rief Tossa zurück. »Später vielleicht.«
»Bis dann!« Janice ging in ihrem prächtigen Nicole-Fahri-Kostüm zum Speisesaal hinüber.
»Madame O'Shaughnessy!«
Der Rezeptionist rief nach ihr, um ihr mitzuteilen, daß er ihr einen Platz in dem Flugzeug nach Frankfurt beschafft hatte – vorausgesetzt, sie könnte in vierzig Minuten am Flughafen sein.

»Kein Problem. Können Sie mir ein Taxi holen? Ich bin in zwanzig Minuten fertig.«
Sie rannte hinauf in ihr Zimmer, warf die Kleider in den Koffer und erschien nach einer Viertelstunde wieder im Foyer. Das Taxi wartete. Sie blinzelte die Tränen fort und stieg ein.

24

Sagitta
(Der Pfeil)

Ein Sternbild der nördlichen Hemisphäre;
es erinnert an Herakles' Kampf mit dem Adler

Tossa konnte nicht schlafen, obwohl sie das Licht über ihrem Sitz ausgeschaltet hatte. Sie sah Janices lachendes Gesicht und den kühlen, unpersönlichen Blick von Stacey Frost vor sich. Was sollte sie nun tun? Was würde aus ihrer Stelle bei Gifton Mutual werden? Sie wollte nicht darüber nachdenken, aber die Gedanken schossen in ihrem Kopf umher wie hektische Atome, und sie wurde sie nicht los.
Es war drei Uhr morgens, als das Flugzeug in Frankfurt landete. Ihre Augen fühlten sich an wie Sandpapier, und hinter der rechten Schläfe entwickelte sich eine leichte Migräne. Sie ging in die Damentoilette und nahm die Kontaktlinsen aus den Augen. Sie hatte das Gefühl, neben sich zu stehen und sich selbst zuzusehen. Es war unwirklich.
Um sechs Uhr ging ein Flug nach London. Sie buchte einen Platz und setzte sich in die fast menschenleere Abflughalle. Geschäftsleute in grauen und blauen Anzügen gingen durch die Halle. Sie hatte die Nase voll von Geschäftsleuten.
Einer davon saß ihr beinahe gegenüber und schien sie anzustarren. Sie war sich nicht sicher; ohne ihre Linsen sah sie nur einen Meter weit. Sie ignorierte ihn. Sie hatte

nicht vor, sich von irgendeinem arroganten Deutschen belästigen zu lassen. Daß er Deutscher war, sah sie an seinen breiten Schultern und dem hellblonden Haar.
»Tossa?« fragte er zögernd.
Sie sah ihn unsicher an.
»Tossa O'Shaughnessy!«
Jetzt kniff sie die Augen zusammen.
»Wieso trägst du deine Brille nicht?« fragte er, als er sich neben sie setzte.
Zunächst erkannte sie Conor Gallagher gar nicht wieder. Er war blonder, als sie ihn in Erinnerung hatte, größer und auch etwas breiter, aber er war immer noch attraktiv. Nicht, daß sie an attraktiven Männern noch interessiert war – aber es war eine seltsame Vorstellung, daß sie früher einmal gezittert hatte, wenn er in ihre Nähe gekommen war.
»Conor?«
»Na, ich bin froh, daß du es wirklich bist«, sagte er erleichtert. »Ich will nicht, daß man mir nachsagt, ich lese Frauen im Frankfurter Flughafen auf.«
»Machst du das sonst?« fragte sie.
»Absolut nicht«, lachte er. »Freut mich, dich zu sehen, Tossa. Bist du im Urlaub hier?«
»Soll das ein Witz sein? Ich würde die Reisefirma verklagen, die mich um diese Zeit hier sitzenließe!«
»Wohin willst du also?«
»London.«
»Ich auch. Welcher Flug?«
Er verzog das Gesicht, als sie es ihm sagte. »Schade. Meiner geht nach Gatwick. Ich hatte gestern eine Besprechung hier, heute habe ich eine in London, morgen fliege ich zurück nach New York.«

»Ziemlich hektisch«, sagte Tossa.
»Ach, du weißt doch« – Conor seufzte theatralisch – »man tut, was man tun muß. Und du? Ich habe gehört, du hast einen Job in London. Privatsekretärin bei irgendeinem Finanzmagnaten?«
»Warum sollte *ich* nicht der Magnat sein?« fragte sie zurück.
»Warum nicht«, sagte Conor schnell. »Du hättest dafür nur ziemlich schnell aufsteigen müssen, das ist alles.«
»Ihr Männer seid doch alle gleich«, konterte Tossa. »Du bist offensichtlich ziemlich schnell aufgestiegen, warum sollte ich's nicht auch tun?«
Conor sah peinlich berührt aus. »Natürlich. Was tust du denn so in der City?«
»Ich betreue Aktienfonds«, sagte sie. »Bei Gifton Mutual.«
»Wirklich?« Sie hatte das Gefühl, er betrachtete sie mit ganz neuem Respekt. »Herrgott, Tossa. Ich hätte wirklich nicht gedacht, daß du etwas in dieser Richtung machst. Du warst früher nicht gerade der Typ Geschäftsfrau. Jetzt schon«, fügte er mit einem anerkennenden Blick hinzu. »Die Frisur ist toll.«
»Danke.« Ihr fiel nichts ein, was sie sonst noch hätte sagen können.
»Und wo kommst *du* gerade her?« erkundigte er sich. »Geschäftsreise? Und nimm's bitte nicht falsch auf, wenn ich jetzt sage, daß wir in meiner Firma nicht in Jeans und weißer Bluse auf Geschäftsreisen gehen.«
»Ich war auf einer Konferenz in Ägypten«, antwortete sie. Es gab ihr einen Stich, daran zu denken, und sie merkte, daß sie rot wurde.
»Oh, ich weiß«, sagte Conor. »Planungsstrategien für den Investmentsektor. Ein paar von unseren Leuten sind auch

da. Ich arbeite für North East Investments in New York. Allerdings bloß als ein langweiliger Buchhalter – nichts so Spannendes wie Aktienfonds. Ich dachte, die Konferenz geht erst morgen zu Ende.«
»Ich bin früher abgereist.« Etwas an ihrem Ton warnte ihn, und er fragte nicht weiter.
Er sah auf die Uhr. »Ich muß los. Mein Flug geht demnächst.«
»Hat mich gefreut, dich wiederzusehen, Conor.« Sie lachte plötzlich. »Beinahe wiederzusehen. Ich habe die Linsen rausgenommen, weil mir die Augen weh getan haben.«
Er grinste ihr zu, und auf einmal war es wie in alten Zeiten. »Ich komme ungefähr einmal im Monat nach London. Vielleicht können wir uns mal treffen? Natürlich, wenn es da jemanden gibt –«
»Nicht immer«, sagte sie zögernd.
»Okay. Wenn ich nächstes Mal rüberkomme, rufe ich dich an.«
Sie wühlte in ihrer Handtasche und holte eine Karte heraus. »Das hier bin ich.«
Er nahm eine Karte aus der Brusttasche. »Da wir schon mal geschäftsmäßig sind«, sagte er, während er sie ihr gab.
Sie warf einen Blick auf die Karte. Sein Name war in Goldschrift aufgeprägt, und darunter stand der Titel: *Senior Vice-President Corporate Finance.* Sie sah zu ihm auf. »Nicht ganz der langweilige Buchhalter.«
»So gut wie«, versicherte er.
Sie sah ihm nach, als er zu seinem Ausgang ging. Er drehte sich um und winkte, bevor er verschwand.
Louise wollte natürlich wissen, weshalb Tossa früher als

erwartet nach Hause kam, nachdem sie sich auf ein paar Tage ungestörter und leidenschaftlicher Zweisamkeit mit Carl eingestellt hatte.

»Ich kann für ein paar Tage weggehen«, sagte Tossa. »Kein Problem.«

Louise warf einen Blick in ihre rosageränderten Augen und zerrte sie in die Küche. »Erzähl keinen Unsinn«, sagte sie, während sie den Kessel aufsetzte. »Erzähl mir lieber, was das Arschloch gemacht hat.«

Tossa lächelte ihr unsicher zu. »Warum sollte er irgendwas gemacht haben?«

»Aha, zumindest gibst du zu, daß er ein Arschloch ist. Also?«

»Eigentlich nichts Besonderes«, sagte Tossa wegwerfend. »Er hat etwas mit Stacey Frost, das ist alles.«

»Die von UBS?«

Tossa nickte.

»Aber ich dachte, du und Simon, ihr seid nach Luxor gegangen, um euch ein bißchen zu amüsieren?«

Tossa kratzte sich am Unterarm. »Das dachte ich auch.«

»Es ist kein Weltuntergang, hoffe ich?«

»Nein.«

»Tossa, das war dein erster richtiger Freund. Den ersten Freund heiratet man nicht.«

»Da war außerdem noch eine Frau, die ihn gekannt hat.«

»Und?«

»Von früher her. Sie war auch mit ihm im Bett.«

»Oh.« Louise verteilte Instantkaffee in zwei Becher. »Aber sie haben es in Ägypten doch nicht wieder getan?«

»Natürlich nicht!« sagte Tossa entsetzt. »Sie war mit ihrem Mann da. Aber ...« Sie zupfte an einem Faden ihrer

Bluse herum. »Er hat einen Ruf als Aufreißer. Ich habe es einfach ignoriert. Ich habe gedacht, weil er mich liebt –«

Das Wasser kochte, und Tossa füllte die beiden Becher und gab Louise einen davon. »Was soll ich jetzt tun?«

»Gar nichts«, antwortete Louise.

»Es ist nicht wegen ihm«, log Tossa. »Aber was wird jetzt aus meinem verdammten Job?«

Louises Becher blieb auf halber Strecke in der Luft stehen. »Oh.«

»Eben«, sagte Tossa. Sie seufzte. »Aber ich werde jetzt nicht trübsinnig deswegen. Ich nehme mir ein paar Tage frei, Montag wird alles wie früher sein.«

»Kopf hoch«, sagte Louise, aber sie sah etwas zweifelnd aus dabei.

Auch Tossa hatte ihre Zweifel, als sie am Montag den Aufzug betrat. Wie üblich überprüfte sie ihr Aussehen im Spiegel; es war eiskalt draußen, und obwohl sie über dem Mondi-Kostüm ihren dunkelblauen Wollmantel mit dem schwarzen Pelzkragen trug, schauderte sie, als sie das Büro betrat.

Es war noch früh; Harvey saß wie üblich an seinem Schreibtisch und las die *Financial Times*, aber außer ihm war niemand im Raum.

»Guten Morgen«, sagte sie, während sie sich setzte und ihren Computer einschaltete.

»Schön, dich zu sehen.« Harvey faltete die Zeitung zusammen und blinzelte ihr über seine Brille hinweg zu. »Wie war's in Luxor?«

»Nett«, antwortete sie kurz. »Was machen die Märkte?«

»Unruhig«, sagte er. »Hat die Konferenz Spaß gemacht?«

Tossa nahm ein paar Aktenmappen aus einer Schublade.

»Es war nicht schlecht. Hast du mein ISMA-Handbuch irgendwo gesehen?«

»Es ist in der obersten Schublade. Hat es Simon gefallen?«

»Dem gefällt es doch überall. Na prima, da ist ja das Handbuch.«

»Möchtest du einen Kaffee?« erkundigte sich Harvey.

»Nein danke. Ich versuche mir gerade den vielen Kaffee abzugewöhnen.«

Der Markt war so unruhig, wie Harvey gesagt hatte. Tossa kam zu dem Schluß, daß die hohe Arbeitslosigkeit vermutlich zu niedrigeren Zinsen führen würde, und kaufte einige Aktien. Der Preis fiel zunächst, aber eine halbe Stunde später hatte sich der Markt schon wieder etwas erholt, und um die Mittagszeit hatte sie einen soliden Gewinn gemacht. Inzwischen ging es ringsum lebhaft zu; auf jedem Schreibtisch blinkten die Lichter der Telefonanlage, die Drucker rasselten und spuckten Papierbahnen auf den gemusterten Teppich, und die Zahlen auf den Bildschirmen änderten sich im Sekundentakt.

Tossa hatte keine Zeit, zum Mittagessen auszugehen. Einer der Angestellten aus der Abwicklung lief zum Feinkostladen und besorgte Sandwiches, und sie aß ihr Sandwich mit Hühnchen und Knoblauchmayonnaise, während sie mit Kunden telefonierte und Zahlen eingab.

Dann wurde es mit einem Mal still im Raum. Sie sah auf die Wanduhr – halb vier in London, halb zehn in New York, halb fünf in Frankfurt. Sie legte die Füße auf ihren kleinen Aktenschrank und lehnte sich im Stuhl zurück. Simon kam herein und ging schnell quer durch den Raum zu seinem Büro hinüber. Er schloß die Tür hinter sich.

Tossa starrte die Tür an und hatte Schmetterlinge im Bauch. Simon hatte sie beim Hereinkommen nicht beachtet – aber er hatte auch die anderen nicht beachtet. Natürlich, es war aus zwischen ihnen, aber ihr Arbeitsverhältnis brauchte deshalb nicht darunter zu leiden.

»Alles in Ordnung?« fragte Harvey plötzlich.

»Natürlich«, antwortete sie und griff zum Telefon. Sie sprach mit einem der Marktanalytiker, als Simon die Tür öffnete und nach ihr rief.

»Ich komme sofort«, rief sie zurück.

Er war braungebrannt, stellte sie fest, als sie das Büro betrat. Um die Augen hatte er feine weiße Linien.

»Hast du eine Erklärung für das hier?« Er streckte ihr einen Computerausdruck hin.

Sie nahm ihn und warf einen Blick darauf. Es war die Harkness-Akte. »*Was* soll ich erklären?« fragte sie.

»Die indiskutable Entwicklung dieses Kontos!« fuhr er sie an.

Sie starrte ihn an. »Diesen Monat ist es im Wert gestiegen.«

»Phantastisch. Nach massiven Verlusten. Sehr erfreulich.«

»Nun komm schon, Simon.« Sie legte den Ausdruck auf seinen Schreibtisch. »Ja, Januar war ein schlechter Monat für mich. Und für viele andere auch.«

»Bei dir war er schon spektakulär schlecht. Dafür hat uns Tom Harkness sein Geld nicht anvertraut.«

»Jetzt hör aber auf«, zischte Tossa. »Ich habe ein paar falsche Entscheidungen getroffen. Das kann passieren. Ich kriege das Geld wieder rein.«

»Du hättest diese Entscheidungen gar nicht erst treffen sollen.«

Tossa schwieg und starrte auf eins der Bilder an der Wand. Es zeigte die Börse um die Jahrhundertwende.

»Du weißt, daß der Fonds seit Januar zugelegt hat«, sagte sie schließlich.

»Ich habe nicht das Gefühl, daß das alles gut funktioniert.«

»Daß was funktioniert?«

»Du warst früher so enthusiastisch. Du bist mit neuen Ideen zu mir gekommen. Vielleicht habe ich dir einfach zu früh zu viel Verantwortung gegeben. Ich glaube, du könntest etwas Unterstützung brauchen.«

»Unterstützung?«

»Noch jemand an deinem Schreibtisch.«

Sie starrte ihn an. »Du redest von Stacey Frost, stimmt's? Ich hoffe nur, das ist ein geschmackloser Witz. Willst du mir erzählen, daß du deine neueste Geliebte herholst und mit mir zusammenspannst?«

»Stacey ist nicht meine Geliebte.«

»Und ich dachte, ihr hättet euch ›geliebt‹. Na, die wird vielleicht enttäuscht sein.«

»Hör auf damit«, sagte Simon. »Du hast dich in den letzten Wochen nicht gerade mit Ruhm bedeckt.«

»Ach, wirklich!« Sie errötete vor Ärger. »Aber du? Und Stacey Frost wahrscheinlich auch?«

»Sie ist immerhin ein Profi.«

Tossa schnaubte. »Wie professionell ist sie denn im Bett?«

»Du hast's nötig«, bemerkte Simon. »Du hast auch ziemlich schnell dringelegen. Und Stacey Frost mußte nicht mit mir schlafen, um einen Job zu bekommen.«

»Ich auch nicht«, sagte Tossa. »Ich habe vielleicht keinen phantastischen Abschluß, aber ein Profi bin ich trotzdem.«

»Du bist als Delegierte dieser Firma mit mir nach Luxor gegangen und einfach gegangen, ohne auch nur Bescheid zu sagen. Hältst du das für professionell?«

»Ha!« Tossas Augen blitzten. »Du hast gewollt, daß ich mitkomme. Und wir hatten eine Beziehung. Und dann schläfst du mit dieser … dieser Schlampe! Nennst du *das* professionell?«

»Diese Unterhaltung führt zu überhaupt nichts.« Simon schloß den Ordner, der vor ihm auf dem Schreibtisch lag.

»Also, was nun?« fragte Tossa. Mit einem Mal hatte der Kampfgeist sie verlassen, und sie fühlte sich sehr jung und sehr ängstlich. Sie hatte daran geglaubt, daß Simon sie liebte. Sie war gekommen, wann immer er gerufen hatte. Sie hatte all das Gerede über die Frauen in seiner Vergangenheit ignoriert. Und sie hatte geglaubt, daß er unter seiner Scheidung litt. Sie sah auf den Boden.

»Jetzt bringst du bitte deine Unterlagen in Ordnung und sorgst dafür, daß Stacey am Montag anfangen kann.«

»Montag«, wiederholte Tossa.

Würde er im Büro mit ihr schlafen? Oder sie mit in seine Wohnung in den Docks nehmen und es dort tun, bei brennendem Licht hinter den vorhanglosen Fenstern, von denen aus man die Themse überblickte? Hatte er es vielleicht schon getan?

»Ich werde am Montag gar nicht dasein«, sagte sie.

»Warum?«

»Weil es eine Entscheidung zwischen Stacey und mir ist, Simon.«

Er seufzte. »Du willst nicht mit ihr arbeiten?«

»Genau das.«

»Und wo gedenkst du wieder Arbeit zu finden?«

»Wie meinst du das?«

»Wenn du diese Firma jetzt verläßt, wirst du nie wieder in der City arbeiten. In diesem Job ist kein Platz für persönliche Empfindsamkeit.«
»Ich arbeite nicht mit Stacey Frost«, sagte Tossa. »Ich will nicht neben der Frau sitzen, mit der du schläfst.« Sie fuhr sich mit den Fingern durch ihr kurzgeschnittenes Haar. »Verstehe ich recht, unsere Beziehung ist beendet?«
Er antwortete nicht. Sie hätte sich gern eingeredet, daß er schuldbewußt aussah, aber es stimmte nicht.
»Warum eigentlich am Montag?« fragte sie. »Kannst du's nicht abwarten?«
»Das ist nicht deine Angelegenheit, Tossa.«
»Es ist mein Job«, sagte sie.
»Es war dein Job.«
»Hast du mich jetzt gefeuert?«
Er zuckte die Achseln.
»Du kannst mich gar nicht feuern, weil ich schon gekündigt habe.« Sie nahm einen Umschlag aus der Jackentasche und gab ihn ihm.
Er öffnete ihn und las den Brief.
»Du glaubst also nicht, unter den gegebenen Umständen weiter hier arbeiten zu können«, sagte er. »Und das hast du geschrieben, bevor ich dir von Stacey erzählt habe.«
»Ich hab's gewußt, so wie du sie in Luxor angesehen hast. Du bist ein Schwein, Simon, und mit einem Schwein kann ich nicht arbeiten.«
»Das brauche ich mir nun wirklich nicht anzuhören.« Simon ging zur Tür. »Willst du jetzt gehen?«
»Ich denke doch.«
»Dann danke ich dir für deine Arbeit für Gifton Mutual.« Er streckte ihr die Hand hin.
Sie hätte sie beinahe genommen. Sie wollte die Wärme

seiner Finger spüren. Aber es gelang ihr, sie zu ignorieren, während sie das Büro verließ.
Niemand sah auf, als sie durch den Raum ging; alle Welt starrte konzentriert auf Monitore oder sprach eifrig am Telefon. Sie setzte sich und warf einen Blick auf den Bildschirm. Der Markt benahm sich ordentlich; sie verdiente Geld.
»Alles in Ordnung?« fragte Harvey.
»Klar«, antwortete sie.
»Tossa?« Harvey sah sie besorgt an. »Was ist los?«
Tossa öffnete ihre Schreibtischschublade, legte das Etui mit dem Büro-Make-up in ihre Aktenmappe und schloß sie. »Ich habe gekündigt.«
»Oh, Tossa. Das hättest du doch nicht tun müssen.«
»Doch, natürlich. Du hattest recht, Harvey. Stacey Frost kommt am Montag.«
»Sollen wir etwas trinken gehen?«
Sie schüttelte den Kopf. »Das ist nett von dir, aber nein, danke.«
»Was machst du jetzt?«
»Nach Hause gehen und mir einen anderen Job suchen.«
»Das tut mir sehr leid, Tossa.«
»Mir auch.« Sie stand auf und nahm ihren Mantel von der Garderobe.
»Ich habe dir doch gesagt –«
»Ich weiß.« Sie lächelte ihm strahlend zu. »Es hat Spaß gemacht, mit dir zu arbeiten, Harvey.«
Er zuckte die Achseln. »Melde dich mal.«
»Natürlich«, log sie.
Das Telefon klingelte. »Tossa O'Shaughnessy«, sagte sie.
»Laß die Autoschlüssel unten an der Rezeption«, sagte Simons Stimme.

»Selbstverständlich«, antwortete sie.
Sie nahm den Lift hinunter in die Garage, wo ihr silbergrauer Golf neben Simons Jaguar stand. Sie wollte ihn noch einmal sehen – sie liebte ihr Auto, ihr Statussymbol. Fast so sehr, wie Simon sein eigenes liebte.
Sie hätte schreien können vor Wut. Sie wollte lange, tiefe Kratzer im schimmernden Lack des Jaguar hinterlassen. Simon würde sein Auto ansehen und weinen, so wie sie jetzt weinte.
Sie tätschelte den Golf. Es war albern, sich an so eine Maschine zu hängen. Sie ließ die Luft aus den Reifen des Jaguar, bevor sie ging.
Es hatte zu schneien begonnen – feine Flocken, die im schwarzen Pelzkragen ihres Mantels hängenblieben. Sie schauderte, als sie die Lombard Street hinunterging. Hinter den eleganten Fassaden der großen alten Gebäude kämpften Hunderte von Simon Cochranes, Hunderte von Stacey Frosts und zweifellos auch Hunderte von Tossa O'Shaughnessys gegen die Märkte und gegeneinander. Und alle maßen ihren eigenen Wert an der Höhe ihrer Prämien, dem Auto, das sie fuhren, dem Gehalt, das ihnen zur Verfügung stand.
Louise war nicht zu Hause. Tossa kauerte sich noch im Mantel aufs Sofa und wiegte sich mechanisch hin und her. Es war leicht, so zu tun als hätte sie das alles schon überwunden. Aber wie würde sie es wirklich schaffen? Sie stand auf, als sie Louises Schlüssel im Schloß hörte. Sie würde sich nicht dabei erwischen lassen, daß sie zusammengesunken auf dem Sofa saß wie ein armes Opfer. Tossa O'Shaughnessy war kein Opfer. Sie hatte die Zügel in der Hand. Unbedingt. Immer.
»Wie ist es gegangen?« fragte Louise.

Tossa grinste etwas schief. »Es hat auf der Kippe gestanden – kündigen oder gefeuert werden.«
»O nein! Und was hast du gemacht?«
»Ihm das Kündigungsschreiben gegeben.«
»Und?«
»Ich würde sagen, er war entzückt. Das heißt –« sie schnitt eine Grimasse – »vielleicht hätte er mich lieber gefeuert, aber das hätte Ärger geben können. Ich hätte ja anfangen können, von ungerechtfertigter Kündigung zu reden.«
»Vielleicht hättest du's tun sollen«, sagte Louise.
»Nein. Das hier ist mein Schlamassel, und ich will das alles vergessen.«
Louise legte den Arm um sie. »Für Männer hast du kein Händchen, stimmt's?«
Caroline hatte einmal das gleiche gesagt. Tossa nahm an, daß sie beide recht hatten. Unter ihrem neuen eleganten Äußeren war sie noch die gleiche Person wie früher – noch ebenso willens und in der Lage, alles zu vermasseln.
»Okay«, sagte Louise. »Gehen wir etwas essen. Trinken eine Flasche Wein. Bring's alles hinter dich.«
Tossa lächelte schwach. »Hunger habe ich eigentlich nicht.«
»Brauchst du auch nicht«, erklärte Louise. »Darum geht's nicht. Aber mit einem Curry oder einer Portion Spaghetti Bolognese im Magen fühlst du dich besser.«
»Meinst du?«
»Wann hätte ich dich angelogen?«
Louises Stammrestaurant war klein und intim. Tossa aß alles, was vor ihr stand, trank einen Gin Tonic und zwei Gläser Wein und fühlte sich merklich besser, als sie fertig war. Louise erzählte von den Mädchen an ihrer Schule.
»In manchen erkenne ich mich selbst«, sagte sie. »Du

siehst eine davon an und weißt genau, sie denkt ungefähr das, was du in diesem Alter auch gedacht hast.«

»Das arme Ding«, sagte Tossa mit Nachdruck.

Es hatte wieder zu schneien begonnen, als sie nach Hause kamen. Das Telefon klingelte, während Louise die Tür aufschloß. Tossa ließ sie abnehmen und ging in die Küche, wo sie ihre Jacke auszog und über einen Stuhl hängte.

Louise kam in die Küche. »Für dich«, sagte sie ausdruckslos. »Caroline ist dran.«

25

Cepheus

Ein Sternbild der nördlichen Hemisphäre;
es stellt den König von Äthiopien und Vater der
Andromeda dar

Es hatte noch nie einen Tag gegeben, an dem Patrick O'Shaughnessy nicht den Wunsch gehabt hätte, früh aufzustehen und in den Laden zu gehen. Er war immer früh aufgestanden, und seit Caroline und Tossa aus dem Haus waren, verbrachte er noch mehr Zeit als früher im Geschäft.

An diesem Morgen allerdings war es ihm fast unmöglich, die Augen zu öffnen und sich zum Aufstehen zu zwingen, als um sieben Uhr der Wecker klingelte. Er war mit Kopfschmerzen aufgewacht, etwas, das dieser Tage häufiger passierte. Er vermutete, es lag am Streß. Dr. Harris würde wahrscheinlich sagen, er sollte weniger arbeiten, aber Dr. Harris ging jeden Abend nach Hause zu seiner Familie; Patrick wußte genau, der Streß würde noch schlimmer werden, wenn er in der leeren Wohnung in der Ashley Road saß mit nichts als dem Fernseher und dem Kreuzworträtsel der Zeitung zur Gesellschaft.

Er nahm ein paar Paracetamoltabletten und ging hinüber, um den Laden zu öffnen und den Tag zu beginnen.

Angela kam um neun. Sie machte Tee für sie beide und öffnete eine Packung Roggenkekse.

»Kann ich dich etwas fragen?« erkundigte sie sich zögernd.

Patrick seufzte innerlich. Er mochte Angela, sie war eine Freundin seiner Frau gewesen, aber sie hatte die entsetzliche Angewohnheit, ihm ihre Privatangelegenheiten anzuvertrauen. Und er wollte ihre Privatangelegenheiten eigentlich nicht wissen.

»Worum geht's?« fragte er.

»Es ist Neil«, sagte sie etwas zögernd, und Patrick unterdrückte ein Stöhnen. Auch Neil-Geschichten kannte er zur Genüge. Angelas ältester Sohn war ein schwieriges Kind und ein schwieriger Teenager gewesen; inzwischen war er zweiundzwanzig, wohnte immer noch bei seinen Eltern und machte Anstalten, ein schwieriger Erwachsener zu werden.

»Was ist denn mit Neil?«

»Er hat sich mit einem Mädchen eingelassen.«

Patrick nahm einen Schluck Tee. Das Beste, was einem Tunichtgut wie Neil passieren konnte, dachte er. »Ein nettes Mädchen?«

Angela zuckte die Achseln. »Ganz nett eigentlich. Patrick, bitte nimm's mir nicht übel, aber … wie hast du es damals aufgenommen, als Caroline dir gesagt hat, daß sie schwanger ist?«

Patrick verspürte den vertrauten Stich.

»Begeistert war ich nicht gerade«, sagte er nach einer kurzen Pause. »Hat Neil seine Freundin geschwängert?«

»Man sollte doch meinen, sie wären klüger heutzutage«, sagte Angela ärgerlich. »Man hört wahrhaftig genug davon. Mein Gott, Kondome kann man in jedem Pub kaufen!« Sie wischte sich mit dem Ärmel über die Augen. »Ich weiß nicht, was ich machen soll, Patrick.«

»Gar nichts«, antwortete er. »Man will etwas tun, man hat das Gefühl, etwas tun zu müssen, aber man kann nichts

tun. Wir müssen sie ihr eigenes Leben leben lassen, Angela.«
»Es ist schlimm, wenn man so alt und vernünftig ist«, sagte Angela und drückte seinen Arm.
Caroline rief an, um ihm mitzuteilen, daß sie heute nicht kommen würde. David war erkältet. »Kommst du zurecht?« fragte sie.
»Kein Problem«, sagte er. »Es ist nicht viel los.«
Tatsächlich war es ein ungewöhnlich ruhiger Tag. Vielleicht lag es an der schneidenden Kälte. Patrick war es recht so – er hatte nicht die Energie, freundlich zu Kunden zu sein. Erst am Nachmittag meldete Angela, daß mehr Waschmittel gebraucht wurde. »Unser Verkaufsschlager heute«, sagte sie. »Wahrscheinlich ist es der Wind – alle Leute haben plötzlich gleichzeitig beschlossen, ihre Wäsche zu waschen.«
Patrick ging hinauf ins Lager. Die Kartons mit Waschpulver, sauber an einer Wand gestapelt, waren schwer. Er zerrte einen davon ein Stück nach vorn, um einen Halt für die Finger zu bekommen, und dabei verspürte er plötzlich einen stechenden Schmerz, der ihm durch Brust und Rücken fuhr, als sei etwas in ihm zerrissen. Er keuchte und ließ den Karton los. Dann merkte er, daß er fiel. Er versuchte nach Angela zu rufen, aber die Stimme gehorchte nicht. Dann wurde alles ringsum schwarz, und er spürte die Schmerzen nicht mehr.
Nach einer Weile begann Angela sich zu fragen, warum Patrick so lang brauchte, um Waschpulver zu holen. Auch Weichspüler war nicht mehr viel da. »Patrick!« schrie sie die Treppe hinauf. »Bringst du auch gleich Weichspüler mit?«
Sie wurde unruhig, als er nicht antwortete. Sie warf einen

raschen Blick über den leeren Laden und rannte die Treppe hinauf.

»O mein Gott.« Sie starrte entsetzt auf Patricks graues Gesicht. Erst nach ein paar Sekunden bemerkte sie, daß er noch atmete – in kurzen, pfeifenden Zügen. »Ich komme gleich zurück«, sagte sie zu ihm; dann stürzte sie wieder hinunter und rief einen Krankenwagen.

Tossa sah das graugrüne Wasser der Irischen See näher kommen, als das Flugzeug sich im Landeanflug Dublin näherte. Sie konnte immer noch nicht glauben, daß Patrick einen Herzinfarkt gehabt hatte. Er war zu jung dafür, zu gesund; sie konnte sich nicht daran erinnern, daß ihr Vater jemals auch nur einen Tag lang krank gewesen war. Sie betete, daß er sich wieder erholen möge. Daß er nicht einfach stürbe, bevor sie ihn in die Arme nehmen und ihm sagen konnte, daß sie ihn liebte.

Sie wußte nicht, wie ernst es war. Caroline war selbst völlig schockiert gewesen, als sie am Vorabend angerufen hatte.

»Er ist auf der Intensivstation«, hatte Caroline gesagt. »Sie sagen nur, sein Zustand ist stabil.«

»Stabil, das klingt okay«, sagte Tossa zweifelnd. »Als ob es ihm schon besserginge.«

»Was weißt du schon davon?« fragte Caroline. »Oder hast du jetzt zu allem anderen auch noch ein Krankenschwesterndiplom?«

Tossa hätte gern zurückgegiftet, ließ es aber. Sie wollte nichts sagen, was sie später bereuen würde. »Ich nehme morgen den ersten Flug, den ich kriege«, sagte sie statt dessen. »Soll ich gleich ins Krankenhaus kommen oder erst in die Ashley Road?«

Caroline überlegte einen Augenblick. Dann sagte sie:

»Ich hole dich am Flughafen ab. Ruf mich an, wenn du weißt, wann du ankommst.«
»Gut«, sagte Tossa.
Es war fast Mittag, als das Flugzeug landete. Während sie auf ihr Gepäck wartete, dachte Tossa an Caroline. Ob ihre Schwester ihr verziehen hatte? Sie bezweifelte es. In Carolines Stimme am Telefon hatte keine Spur von Wärme mitgeklungen – nur Angst.
In der Ankunftshalle warteten Scharen von Menschen, aber sie erkannte Caroline sofort. Ihre Schwester hatte sich nicht verändert. Sie stand hinter der Absperrung und musterte die ankommenden Reisenden. Sie trug eine Jakke in dunklem Mauve über einem passenden Seidenrock; ihr Haar war auf einer Seite mit einem Schildpattkamm hochgesteckt, und Diamantstecker glitzerten an ihren Ohren. Sie sah immer noch unglaublich schön und elegant aus. Zum ersten Mal seit über einem Jahr fühlte Tossa sich wieder wie ein plumper Klotz. Ihr Mantel kam ihr tantenhaft vor, die Jeans waren kindisch und die Stiefel grob und zweckdienlich.
»Hallo«, sagte Tossa, als sie vor ihrer Schwester stand. »Danke, daß du gekommen bist.«
Carolines Augen weiteten sich vor Überraschung. Sie hatte sie nicht bemerkt – oder zumindest nicht erkannt; sie hatte ein attraktives Mädchen in einem blauen Mantel hereinkommen sehen, sie aber nicht weiter beachtet. Sie hatte eine andere Tossa erwartet.
»Die Heimkehr des häßlichen Entleins«, murmelte sie, und Tossa errötete.
»Wie geht es Dad?« fragte Tossa, als sie zum Auto gingen.
»Keine Komplikationen heute nacht.« Caroline öffnete

den Kofferraum, und Tossa stellte ihre Reisetasche hinein. »Sie sagen, er wird sich erholen.«
Tränen der Erleichterung stiegen Tossa in die Augen. Sie wischte sie fort.
»Gut.«
»Ja«, sagte Caroline. Als sie das Auto auf die Autobahn hinauslenkte, fügte sie hinzu: »Am besten fahre ich dich erst mal nach Hause, und dann gehen wir Dad besuchen.«
»Okay«, sagte Tossa.
Es war seltsam, vor dem Laden zu halten. Er sah genauso aus wie früher. Tossa wußte nicht, was für Veränderungen sie erwartet hatte; nun aber hatte sie auf einmal das Gefühl, nur ein paar Minuten fort gewesen zu sein.
Als Caroline die Tür öffnete, fiel Tossas erster Blick auf die blaßrosa Tapete im Flur.
»Ich habe das vor ein paar Monaten gemacht«, erklärte Caroline. »Das Haus hatte es wirklich nötig.«
»Und wie.«
»Willst du raufgehen?«
»Ja, gern.«
»Du weißt ja, wo alles ist. Ich mache Kaffee.«
Tossa trug ihre Reisetasche die Treppe hinauf und stieß behutsam die cremefarben gestrichene Tür auf. Nichts hatte sich verändert. Ihr Poster von André Agassi hing noch an der Wand; in einer Ecke waren Schulbücher aufgestapelt; die alte Überdecke lag noch auf dem Bett.
Sie zog den Mantel aus und legte ihn aufs Bett. Die letzte Nacht hatte sie in London verbracht; heute würde sie wieder hier schlafen, in diesem Zimmer, in diesem Haus.
»Ich bin zu Hause«, sagte sie laut. Die Worte hallten von den Wänden wider.

»Kaffee ist fertig!« rief Caroline von unten. »Wenn du welchen willst.«
Die Küchenuhr tickte laut. Tossa setzte sich an den Tisch und lächelte Caroline halbherzig zu. »Wie geht es den Kindern?«
»Gut. Majella kümmert sich um sie.«
Tossa nickte. Sie erinnerte sich kaum an Majella Woods.
»Sie ist wunderbar«, sagte Caroline. »Sie kommt phantastisch mit ihnen zurecht.«
»Toll«, sagte Tossa.
»Wir kommen überhaupt gut miteinander aus.«
Tossa nickte.
Das Ticken der Uhr hallte durch den Raum.
»Die Nacht hat Dad also gut hinter sich gebracht«, sagte Tossa schließlich. »Und sein Zustand ist stabil.«
Caroline zuckte die Achseln. »Was das auch immer heißen mag.«
»Was ist mit dem Laden?«
»Was soll mit ihm sein?«
»Er ist geschlossen.«
»Ja, natürlich ist er geschlossen«, gab Caroline zurück. »Was dachtest du denn, wer ihn aufmachen soll?«
Tossa schluckte. »Niemand. Ich meine, ich habe mich ja nur gefragt, ob du irgendwelche Pläne hast, das ist alles.«
»Dad ist gestern nachmittag umgekippt«, sagte Caroline ärgerlich. »Wie hätte ich inzwischen denn Pläne machen können?«
»Ich ... ach, vergiß es.« Tossa trank ihre Tasse leer und spülte sie unter dem Wasserhahn aus. »Können wir jetzt ins Krankenhaus fahren?«
»Okay.«
Die Krankenschwester teilte ihnen dort mit, daß Mr.

O'Shaughnessy noch auf der Intensivstation lag und vermutlich keine Besucher empfangen konnte.
»Ich bin seine Tochter, ich komme gerade aus London«, sagte Tossa fest. »Ich will ihn sehen.«
Die Schwester starrte sie an, als wollte sie widersprechen; dann zuckte sie die Achseln. »Ich frage nach.«
»Gut«, sagte Tossa.
»Du hast dir in London ein bißchen gesunde Pampigkeit zugelegt, was?« fragte Caroline.
»Ich bin nicht pampig. Aber ich gehe hier nicht weg, ohne ihn gesehen zu haben.«
Ein paar Minuten später kam die Schwester zurück, um sie darüber zu informieren, daß Mr. O'Shaughnessy schlief; aber sie gestattete ihnen, einen Blick auf ihn zu werfen.
Patrick war an eine ganze Reihe von Monitoren angeschlossen. In dem Krankenhausbett sah er zerbrechlich aus. Sie standen Seite und Seite und sahen ihn an. Sie hatten eine Viertelstunde lang so gestanden, als die Krankenschwester zurückkam und ihnen sagte, sie müßten jetzt gehen.
Sie gingen nebeneinander die Gänge des Krankenhauses entlang.
»Ich hasse sie«, sagte Caroline plötzlich.
»Was?«
»Krankenhäuser. Den Geruch. Die Hitze.«
Tossa nickte. »Ich auch.«
Caroline fuhr sie zurück in die Ashley Road, bevor sie ihre Kinder abholte. »Ich rufe dich nachher an«, sagte sie. »Wir gehen am Nachmittag noch mal hin.«
Die Stille des Hauses schien sich um Tossa zu schließen, als sie die Treppe hinaufstieg. Sie warf einen Blick in

Patricks Schlafzimmer und ging dann hinein, um das Bett zu machen und den Morgenmantel aufzuhängen. Sie hatte das Gefühl, sich in Patricks Privatleben zu drängen – keine der Schwestern hatte jemals das Schlafzimmer ihres Vaters betreten.

Auf dem Nachttisch stand ein Bild von Imelda, zu Tossas Überraschung flankiert von gerahmten Fotos von Caroline und ihr selbst. Sie nahm ihr Bild in die Hand. Hatte sie wirklich so ausgesehen? Ungebärdiges Haar, eine unschmeichelhafte Brille? Sie verzog das Gesicht. Die Brille hatte ihr gefallen, als sie sie damals gekauft hatte; jetzt sah sie in aller Deutlichkeit, daß das Gestell ihr Gesicht zu viereckig erscheinen ließ. Sie warf einen Blick in den Spiegel. Sie hatte sich völlig verändert. Kein Wunder, daß Caroline am Flughafen geradewegs an ihr vorbeigesehen hatte.

Sie sah auf die Uhr und dachte an Gifton Mutual. Die britischen Börsendaten würden heute herauskommen. Sie fragte sich, ob Stacey Frost den erhofften Gewinn erzielte. Und wenn sie es tat – wenn sie einen wirklich erfolgreichen Tag hatte –, würde Simon dann auf dem Teppich seines Büros mit ihr schlafen? Bei dem Gedanken wurde ihr übel.

Caroline erschien um vier Uhr nachmittags. Sie hatte im Krankenhaus angerufen und erfahren, daß Patrick sich gut erholte und am nächsten Tag auf eine andere Station verlegt werden würde. Tossa seufzte erleichtert auf.

»Das ist gut.«

»Jedenfalls besser. Weißt du, ich konnte mir gar nicht vorstellen, daß er wirklich krank ist, aber als ich ihn heute morgen gesehen habe –« Sie biß sich auf die Unterlippe.

»Ich weiß«, sagte Tossa.

Sie wurden ohne Einwände zu Patrick ins Zimmer gelassen. Er saß aufrecht im Bett, an einige Kissen gelehnt, und obwohl er noch immer grau im Gesicht war, waren seine Augen klar.
»Oh, Dad.« Caroline beugte sich über ihn und küßte ihn. »Du hast uns vielleicht einen Schreck eingejagt.«
»Tut mir leid«, flüsterte Patrick.
»Sollte es auch«, sagte Tossa, während sie in sein Blickfeld trat. »Ich bin eigens hergekommen, weil man mir irgendwelche absurden Geschichten erzählt hat, daß du angeblich krank bist.«
»Tossa!« Patrick starrte seine jüngere Tochter erstaunt an. »Du hättest doch nicht zu kommen brauchen ... Du siehst wundervoll aus.«
Sie küßte ihn auf die Stirn. »Natürlich mußte ich kommen. Und du siehst furchtbar aus.«
Er lächelte. »Ich gebe zu, es ist nicht mein bester Tag.«
Tossa stellte eine Tüte auf dem Bett ab. »Ich habe dir ein paar Schlafanzüge und deinen Morgenmantel mitgebracht. Damit du wieder aussiehst wie das Sexsymbol, das du in Wirklichkeit bist.«
Patrick lächelte wieder. »Es ist gut, dich zu sehen, Tossa.«
»Vielleicht sollten wir gehen«, sagte Caroline leise. »Wir wollen dich nicht ermüden. Wir kommen morgen wieder – bis dahin bist du wahrscheinlich aus dem Bett raus.«
»Wahrscheinlich«, sagte Patrick.
Das Auto war mit einer dünnen Reifschicht überzogen, als sie wieder auf dem Parkplatz standen. Caroline spritzte Enteiserspray auf die Windschutzscheibe, bevor sie sich ans Lenkrad setzte.
»Ich hasse es, bei diesem Wetter zu fahren«, bemerkte sie, als sie das Auto aus der Parklücke lenkte.

»In London war es genauso schlimm. Als ich abgeflogen bin, hat es richtig geschneit.«
»Bist du viel Auto gefahren? Dad sagt, du hast ein Firmenauto.«
Tossa dachte an ihren Golf. Stacey würde natürlich einen neuen Firmenwagen bekommen – der Golf war wahrscheinlich verkauft worden.
»Nicht sehr viel. Manchmal habe ich Louise gefahren, weil ihr eigenes Auto schon so alt ist.«
Caroline entschied an diesem Punkt, daß sie lieber doch nicht alles über Tossas Londoner Leben erfahren wollte. Sie schaltete das Radio ein und konzentrierte sich aufs Fahren.
Sie konnte es immer noch nicht recht glauben, daß das Mädchen auf dem Beifahrersitz ihre unscheinbare jüngere Schwester war. Tossa, die immer ausgesehen hatte, als hätte man sie mit den Füßen voran durch eine Hecke gezerrt. Die immer unbehaglich gewirkt hatte, wenn sie in Klamotten steckte, die noch nicht am Auseinanderfallen waren.
Vielleicht sollte sie ihre Schwester in ihr Haus in Raheny einladen. Es mußte sicher schrecklich sein, die ganze Zeit allein in der Ashley Road zu verbringen. Sie hatte nicht fragen wollen – Tossa sollte nicht glauben, sie hätte ihr vergeben –, aber nun kam es ihr kleinlich und gehässig vor, nicht wenigstens den Vorschlag zu machen. Jetzt, wo sie sich gemeinsam Sorgen um Patrick machten.
»Ich habe gedacht, vielleicht würdest du lieber bei uns übernachten«, sagte sie schließlich.
Tossa warf einen Blick zu ihr hinüber. Caroline sah geradeaus und beobachtete den Gegenverkehr.

»Wäre dir das lieber?«
»Darum geht's nicht.« Caroline wechselte die Spur. »Ich könnte mir nur vorstellen, daß es in der Ashley Road ein bißchen einsam wird.«
»Wenn es dir recht ist, würde ich tatsächlich lieber bei euch bleiben.«
»In Ordnung. Wir holen dein Gepäck ab, ich fahre dich nach Hause, und dann hole ich die Kinder.«
»Ich bin in einer halben Stunde wieder da«, sagte Caroline, als sie Tossa ihre Haustür aufschloß. »Du kannst im hinteren Schlafzimmer schlafen.«
Tossa nickte und trug ihre Reisetasche hinauf in den ersten Stock. Es war ein seltsames Gefühl, in Carolines Haus allein zu sein – sie kam sich vor wie ein Eindringling. Die Tür zu Emmas Zimmer stand offen, und sie sah, daß aus dem Babyzimmer ein Kinderzimmer geworden war. Zwei Betten standen an der Wand; auf dem einen lag eine Stoffpuppe, auf dem anderen ein Stoffschwein. In einer Kiste in der Ecke türmte sich das Spielzeug.
Tossa ging zum Fenster. In diesem Zimmer hatte Damien sie geküßt. Es schien ihr eine Ewigkeit her zu sein.
Sie ging hinunter in die Küche, füllte den Wasserkessel und schaltete den Kocher ein. Durch das Küchenfenster sah man den Garten; ein Dreirad lag verlassen auf dem Rasen. Es war alles so häuslich. Tossa war sich nicht sicher, ob sie Häuslichkeit wirklich ertragen konnte.
Die Küchentür flog auf, und eine Miniaturversion von Caroline stand vor ihr.
»Hallo, Emma.« Tossa beugte sich zu dem kleinen Mädchen hinunter. »Erinnerst du dich an mich?«
Emma schüttelte den Kopf und starrte sie aus großen blauen Augen an.

»Ich habe auf dich aufgepaßt, als du ein Baby warst«, sagte Tossa. »Aber jetzt bist du viel größer.«
»Ich bin erwachsen«, sagte Emma. »David ist ein Baby.«
»Nein!« sagte das Kind, das jetzt hinter Emma auftauchte.
»Keiner von euch ist ein Baby.« Caroline zog den Mantel aus. »Sagt guten Tag zu Tante Tossa.«
»Nenn mich nicht so«, sagte Tossa. »Ich fühle mich richtig alt.«
»Du bist ihre Tante, oder etwa nicht? Es ist einfach eine Tatsache.«
»Ich kann Donkey Kong«, sagte Emma. »Kann ich's dir zeigen, Tante Tossa? Onkel Jimmy sagt, ich bin Spitze im Donkey Kong.« Sie griff nach Tossas Hand und zerrte sie ins Wohnzimmer vor den Fernseher. »Du mußt alle Bananen finden«, sagte sie, während sie das Gerät einschaltete. »Dann kriegst du zusätzliche Leben.«
»Onkel Jimmy?« fragte Tossa, aber Emma hörte schon nicht mehr zu.
Sie war völlig erschöpft, als die Kinder endlich im Bett waren. Sie ließ sich aufs Sofa fallen und schloß die Augen.
»Und jetzt stell dir vor, wie es ist, sie jeden Tag zu haben«, sagte Caroline, während sie ihr eine Tasse Kaffee reichte.
»Das kann ich gar nicht. Aber es sind wunderbare Kinder.«
»Es sind Bestien. Sie streiten ununterbrochen.« Caroline zielte mit der Fernbedienung auf den Fernseher und schaltete die Nachrichten ein.
»Dad hat ganz gut ausgesehen«, sagte Tossa.
»Er hat fürchterlich ausgesehen.«
»Ich frage mich, wie lang sie ihn noch dabehalten wollen.«
»Wie lang hast du denn vor zu bleiben?«

Tossa zuckte die Achseln. »Ich weiß nicht. Bis er wieder draußen ist wahrscheinlich.«
»Das kann aber ein paar Wochen dauern. Was macht inzwischen dein Superjob in der City?«
Nach einer Pause antwortete Tossa: »Ich habe noch Urlaub gut.«
»Sie müssen ja sehr verständnisvoll sein. Ich dachte immer, in der Branche geht es hart her.«
»Manchmal.« Tossa dachte an Simon und Stacey.
»Aber du hast einen Haufen Geld verdient, nach dem, was man so hört.«
»So viel ist es gar nicht«, protestierte Tossa. »Die Leute übertreiben immer.«
»*Du* übertreibst. Ich weiß nur das, was du Dad erzählt hast. Ein Haufen Geld und ein Firmenauto.«
Tossa wurde das Gefühl nicht los, daß sie beide etwas anderes meinten, als sie sagten. »Wer ist eigentlich Onkel Jimmy?« fragte sie nach einer langen Pause. »Emma hat etwas von einem Onkel Jimmy gesagt.«
Caroline betrachtete ihren Verlobungsring. »Oh, das ist einfach mein alter Freund Jimmy Ryan«, antwortete sie leichthin.
»Dein alter Freund!« Tossa lachte. »Dein alter Liebhaber.«
»Jimmy war nie mein *Liebhaber.*« Caroline errötete, als ihr klar wurde, daß das inzwischen nicht mehr ganz stimmte. Sie stellte die Nachrichten lauter.
Der australische Dollar war im Kurs gestiegen, und Tossa fragte sich, ob Stacey die australischen Aktien verkauft hatte, die sie selbst erst letzte Woche erstanden hatte. Stacey, so hörte man, hielt nicht viel vom australischen Markt. Tossa hoffte, daß sie die Aktien verkauft *hatte,*

denn dann hätte sie sie zu früh verkauft und Verlust gemacht. Sie war schockiert, als ihr bewußt wurde, wie sehr diese Aussicht sie aufheiterte.

Das Telefon klingelte, und Caroline ging hinaus in die Küche. Tossa hörte ihre Stimme durch die Tür. »Nein – nein, ein bißchen besser. Das hoffe ich auch. Ja. Tossa ist hier.« Ein kurzes Lachen. »Nein, nicht ganz. Hier bei mir. Ja. Okay. Danke der Nachfrage. Du auch.«

Als Caroline ins Zimmer zurückkam, waren ihre Wangen gerötet.

»Wenn's dir nichts ausmacht, gehe ich jetzt schlafen«, sagte Tossa.

»Nein, das ist schon in Ordnung, ich bleibe auch nicht mehr lange auf.«

Tossa stand auf. »Danke, daß ich hierbleiben kann.«

Caroline lächelte schwach. »Schon in Ordnung.«

»Meinst du, er erholt sich wieder?«

»Natürlich«, sagte die ältere Schwester.

26

Gemini
(Zwillinge)

Ein Sternbild der nördlichen Hemisphäre mit zwei hellen Sternen, Kastor und Pollux

Als Caroline und Tossa am nächsten Tag ins Krankenhaus kamen, lag Patrick nicht mehr auf der Intensivstation, und er sah entschieden besser aus.

»Hallo, Dad.« Caroline küßte ihn. »Wie fühlst du dich?«

»Müde«, sagte Patrick. »Aber lebendig.«

»Es war an der Zeit, daß du ein paar Tage im Bett bleibst.« Tossa lächelte ihm zu. »Wenigstens kannst du dich jetzt etwas ausruhen.«

Patrick sah sie an. »Du siehst anders aus«, stellte er fest.

Tossa grinste. »Ich bin älter geworden.«

»Nein, das meine ich nicht. Du siehst so ... hübsch aus.«

»Ich weiß nicht, ob das ein Kompliment ist oder nicht.« Tossa setzte sich auf die Bettkante. »Aber ich gehe mal davon aus, daß es eins ist.«

»Natürlich ist es eins«, sagte Caroline. »Du *weißt* doch, daß du phantastisch aussiehst. Haben sie dir gesagt, wie es um dich steht, Dad?«

Er schüttelte den Kopf. »Die Schwester erzählt mir dauernd, daß ich mich bestens erhole und bald wieder draußen sein werde, aber ich habe keine Ahnung, was *bald wieder* bedeutet.«

»Ein Herzinfarkt ist heute keine solche Katastrophe mehr«, sagte Caroline.
»Na hoffentlich. Mir gefällt es hier nicht.«
Eine Weile sagte niemand etwas. Durch die Jalousien fiel glitzerndes Sonnenlicht ins Zimmer.
»Wann wirst du wieder arbeiten?« fragte Patrick Tossa.
Sie zuckte die Achseln. »Ich habe Zeit.« Sie konnte ihm nicht gut erzählen, daß sie arbeitslos war, daß ihr Boß sie hatte feuern wollen und sie ihm zuvorgekommen war. Er würde gleich den nächsten Herzinfarkt bekommen.
»Was ist mit dem Laden?« fragte Patrick besorgt.
»Wir machen heute wieder auf«, sagte Caroline.
»Seid ihr sicher? Ihr müßtet ein paar Sachen bestellen. Und allein zum Abholmarkt fahren. Ihr habt das doch noch nie gemacht.«
»Dad!« Tossa war empört. »Wir *können* das. Wir haben unser ganzes Leben in dem Laden gearbeitet.«
Patrick seufzte. »Wenn ihr meint –«
»Natürlich meinen wir«, sagte Caroline entschieden. »Wir führen den Laden, bis du entscheiden kannst, wie es jetzt weitergehen soll.«
Vom Krankenhaus fuhr Caroline direkt zum Geschäft. Tossa schloß die Läden auf und schaltete das Licht ein; dann holte sie sich einen Kittel aus dem Hinterzimmer. Er war ihr zu groß, und sie krempelte die Ärmel hoch und ließ die Knöpfe offen.
»Sehr kleidsam«, bemerkte Caroline.
»Danke.«
Es war, als wäre sie niemals fort gewesen. Sie brauchte nicht zu überlegen, bevor sie die Kasse bediente, sie wußte sofort, wo die Marsriegel waren; sie erinnerte sich sogar an Mrs. Nelson, die im Laden erschien, kaum daß sie ge-

öffnet hatten. Mrs. Nelson stellte ein paar neugierige Fragen nach Patrick und nach Tossas Leben in London, nahm aber schließlich ihre Ware und ging. »Ich bete für Ihren Vater«, verkündete sie noch. »Sagen Sie ihm, daß ich für ihn bete.«

»Aber natürlich«, antwortete Tossa höflich.

Es dauerte nicht lange, bis sich die Nachricht herumgesprochen hatte, daß O'Shaughnessys Minimarkt wieder offen war. Viele der Stammkunden aus der Nachbarschaft kamen vorbei, um sich nach Patrick zu erkundigen und einen Blick auf die heimgekehrte Tossa zu werfen. Auch Angela Bolger erschien; sie umarmte Tossa, weinte ein paar Minuten lang und machte ihnen dann Tee. Sie hatte den Schock immer noch nicht verwunden, wie sie den Mädchen erzählte.

»Euer Vater arbeitet so schwer. Er sollte sich nicht so anstrengen, in seinem Alter.«

»Er ist erst fünfundfünfzig«, erinnerte Tossa.

»Trotzdem«, sagte Angela. »Er hat sich seit Jahren nicht einen Tag freigenommen, das ist doch Wahnsinn.«

Wahrscheinlich hatte sie recht, stellten Tossa und Caroline am Abend übereinstimmend fest. Sie waren daran gewöhnt, daß Patrick sein Leben im Laden verbrachte. Man kann schließlich nicht pausenlos unter Dampf stehen, sagte Caroline zu ihrer Schwester.

»Nein.« Tossa war dabei, das Geschirr abzutrocknen und fortzuräumen. »Die sind aber hübsch«, sagte sie, während sie eine von Carolines handbemalten Vasen in die Hand nahm. »In Bexleyheath gibt es einen Laden, der solche Vasen hat. Ein bißchen runder, aber nicht ganz so schön.«

»Ich habe sie gemacht«, sagte Caroline.

»Wirklich?« Tossa musterte sie erstaunt. »Ich wußte gar nicht, daß du das kannst.«
»Was dachtest denn du, was ich kann?« gab Caroline zurück. »Kinder kriegen, Kuchen backen?«
Tossa errötete. »Sei nicht albern.«
»Ich bin nicht albern. Wahrscheinlich glaubst du, mein ganzes Leben ist nichts als Zeitverschwendung. Das denkt ihr Karrieretypen doch, oder? Den ganzen Tag sitzt sie zu Hause, was kann sie schon zu tun haben?«
»Caroline, ich –«
»Und du – handelst mit Millionen von Pfund, fliegst zu Konferenzen, machst exotische Ferien ...«
»Ich weiß gar nicht, wie du darauf kommst. Ich habe noch nie exotische Ferien gemacht.«
»Dad hat erzählt, du warst in Ägypten.« Caroline wischte die Arbeitsplatte ab und spülte den Lappen aus.
Tossa errötete. »Auf einer Konferenz.«
»Konferenz, Urlaub – was macht das schon für einen Unterschied?«
»So toll sind Konferenzen nicht.« Tossa hängte das Geschirrtuch auf. »Von dem Ort, an dem sie sind, kriege ich kaum was zu sehen. Büros sehen überall gleich aus. Es klingt wirklich viel aufregender, als es ist.«
»Es ist allemal aufregender, als das Leben in Dublin zu verbringen.«
Sie starrten sich an; Carolines Ausdruck war angespannt.
»Du hast die Kinder«, sagte Tossa.
»Aber ja doch.« Caroline lachte kurz auf. »Unwahrscheinlich erfüllend.«
»Manche Leute sehen das so.«
»Wirst du jetzt schwermütig?« fragte Caroline. »Meinst du, du solltest auch einen Mann und Kinder haben?«

Tossa hörte den Sarkasmus heraus. »Komm, hör auf!«
»Ich frage ja bloß.« Caroline fuhr sich mit den Fingern durchs Haar.
»Nein, du fragst nicht bloß.«
Sie sahen sich schweigend an, ohne zu wissen, wer den ersten Schritt tun sollte.
Die Türklingel schrillte. Caroline ging hinaus in den Flur, und Tossa stellte die orangefarbene Vase vorsichtig aufs Fensterbrett zurück.
Draußen hörte sie Donnas klare Stimme, die sich nach Patrick erkundigte. Carolines Antwort war nicht zu verstehen, und Tossa hatte nicht vor zuzuhören. Sie ging hinauf in ihr Zimmer und feilte sich die Nägel.
Bald hatte sich ein fester Tagesablauf eingespielt. Caroline brachte Emma und David in den Kindergarten; dann öffneten die Schwestern den Laden. Die eine besuchte Patrick am Nachmittag, die andere gegen Abend. Sie teilten die Buchführung und die Lagerverwaltung unter sich auf und fuhren zusammen zum Abholmarkt. Die Unterhaltung drehte sich ausschließlich um Patrick und den Laden. Tossa fragte nicht, wer es war, der Caroline jeden Abend um neun anrief, und Caroline erkundigte sich nicht noch einmal, wann Tossa nach London zurückmußte.
Patrick fühlte sich sehr viel besser; inzwischen spazierte er durch die Gänge des Krankenhauses, musterte die anderen Patienten und fand im stillen, daß die meisten davon fürchterlich aussahen. Er freundete sich mit einem anderen Infarktopfer an, George Murphy, und fühlte sich einsam, als George entlassen wurde.
»Ich ruf dich an«, versprach George, der in Hemd und Hosen ganz ungewohnt aussah.

Patrick knotete den Gürtel seines Morgenmantels zu und schlurfte den Gang entlang in die Cafeteria. Er verabscheute das allgemeine Geschlurfe, aber angesichts der Krankenhauspantoffeln hatte er keine Wahl.

Er bestellte sich eine Tasse Tee und einen Schokoladenriegel. Die Cafeteria hatte rosa gestrichene Wände, an denen ein paar Monet-Drucke hingen, und war mit einem Dutzend gelber Plastiktische möbliert, auf denen winzige Blumenvasen standen. Patrick hätte sich diese Umgebung nicht gerade ausgesucht, zog sie seinem Krankenzimmer aber entschieden vor. Das gleiche galt für viele andere – die Cafeteria war voll mit Patienten und ihren Besuchern.

Er griff nach einer Ausgabe von *Woman's Own* und begann zu blättern, während er seinen Tee trank.

»Entschuldigen Sie –«

Patrick sah von seiner Zeitschrift auf und merkte, daß er rot wurde. Die Frau, die vor ihm stand, hatte glücklicherweise nicht bemerkt, daß er in einen Artikel mit der Überschrift *Ich war eine minderjährige Nymphomanin* vertieft gewesen war. Nichtsdestoweniger blätterte er hastig um.

»Kann ich mich dazusetzen?«

Er nickte, und sie stellte eine Tasse Kaffee und einen Teller mit einem Donut auf dem Tisch ab.

»Ich hätte gar nicht gedacht, daß es hier so voll ist«, sagte sie etwas atemlos.

»Das Café ist ziemlich beliebt.« Er wünschte sich, in etwas anderem zu stecken – in Schlafanzug und Morgenmantel war man einer fremden Frau gegenüber in einer denkbar schlechten Ausgangsposition. Ganz besonders einer attraktiven fremden Frau gegenüber. Sie war klein und

schlank, und ihr nußbraunes Haar lockte sich rings um ein zartes, ovales Gesicht. Er roch den Hauch eines würzigen Parfums – es war eine wundervolle Abwechslung nach dem antiseptischen Krankenhausgeruch.
»Ja, nicht wahr.« Sie rührte so nachdrücklich in ihrem Kaffee, daß ein Teil davon auf die Tischplatte spritzte.
»Das tut mir leid.« Sie wischte den Kaffee mit einer Papierserviette fort.
»Das macht nichts.« Patrick schob die Zeitschrift ein Stück zur Seite.
»Sind Sie Patient hier?«
Er zog eine Augenbraue in die Höhe, und sie errötete. »Ja, ich weiß, das war eine dumme Frage. So angezogen können Sie kaum ein Besucher sein.« Sie lachte unsicher. »Es tut mir leid. Ich rede Unsinn. Es ist nicht so gemeint. Ich mag nur keine Krankenhäuser.«
»Ich auch nicht«, sagte Patrick.
»Weswegen sind Sie hier?«
Patrick legte die Zeitschrift wieder hin. »Herzinfarkt.«
»Wirklich?« Sie klang sehr überrascht. »Sie kommen mir furchtbar jung vor für einen Herzinfarkt. Wie entsetzlich.«
Patrick begann die Unterhaltung Spaß zu machen. »Und Sie besuchen hier jemanden?« erkundigte er sich.
»Meinen Sohn.« Sie sah auf ihre Kaffeetasse hinunter und begann wieder zu rühren. Er bemerkte erschreckt, daß sie weinte.
»Ist denn jetzt alles in Ordnung?«
Sie schniefte. »Bestens – der verdammte Idiot. Ein Motorradunfall, er hat sich das Bein gebrochen. Aber mich hat es zu Tode erschreckt.«
»Das kann ich mir denken.«

»Er ist mein einziger Sohn. Mein einziges Kind. Ich habe ihn gewarnt. Aber man kann einfach nicht ihr Leben für sie leben.«

»Nein, das kann man nicht. Wie ist es denn passiert?«

»Ein Auto hat ihn von der Seite erwischt. Er ist nicht schwer verletzt, aber er war einen Tag lang bewußtlos. Ich habe Angst gehabt, er wacht nicht wieder auf.«

»Aber es geht ihm jetzt besser.«

»Gott sei Dank.« Sie lächelte ihm zu. Das Lächeln enthüllte gleichmäßige weiße Zähne. »Entschuldigen Sie, Sie sind selbst krank, und jetzt langweile ich Sie mit diesem Zeug.«

»Überhaupt nicht«, sagte Patrick.

»Mein Name ist Kitty Wilson.«

»Patrick O'Shaughnessy.«

»Freut mich, Patrick. Wie lang sind Sie noch hier?«

»Noch ein paar Tage. Sie sind dauernd am Testen. Irgendwann werden sie wahrscheinlich mit den Testergebnissen zufrieden sein, und dann lassen sie mich hoffentlich raus.«

»So wie Sie das sagen, klingt es wie eine Gefängnisstrafe.«

»So kommt es mir auch vor.«

»Sie wollen zu Ihrer Familie zurück, nehme ich an.«

»Ich habe zwei Töchter«, sagte Patrick. »Meine Frau ist vor einer ganzen Weile gestorben.«

Sie sah ihn verständnisvoll an. »Ich habe vorletztes Jahr meinen Mann verloren. Wahrscheinlich bin ich deswegen so hysterisch geworden, als Kevin den Unfall hatte.« Sie trank ihre Tasse aus und stellte sie auf die Untertasse zurück. »Ich gehe jetzt wohl besser. Vielleicht sehen wir uns noch mal – Kevin ist noch die ganze Woche über hier.«

»Ich bin morgen wahrscheinlich wieder hier unten«, sagte Patrick. »Um diese Tageszeit bin ich meistens hier.«

»Dann sehe ich Sie vielleicht morgen«, sagte Kitty. Sie stand auf, und er folgte ihrem Beispiel. »Danke fürs Zuhören.«

»Es hat mir Spaß gemacht«, sagte er. »Bis demnächst.«

Patrick kehrte in sein Zimmer zurück. Es hatte wirklich Spaß gemacht, sich mit Kitty zu unterhalten. Sie war eine nette, interessante Frau. Er lachte, als er sich auf sein Bett setzte. Kein gutes Zeichen, daß er mit solcher Begeisterung auf sie reagierte – je schneller er von hier verschwand, desto besser.

Am nächsten Tag erschien Annette Gallagher im Laden. Annette war unverändert – sie trug das Haar immer noch zu einem roten Pferdeschwanz gebunden, und sie steckte in Jeans, einem Sweatshirt und einer Jacke, die einmal Conor gehört hatte.

»Du siehst anders aus«, sagte sie.

»Schön, dich zu sehen.« Tossa grinste sie an. »Du nicht.«

»Conor hat erzählt, daß er dich in Frankfurt getroffen hat. Daß du dich ziemlich gemacht hast, und daß er gleich bei dir abgeblitzt ist.«

»Nicht wirklich!« Tossa errötete. »Ich wußte gar nicht, daß er nach Hause fährt und klatscht.«

Annette lachte. »Er ist zu Mams und Dads Hochzeitstag gekommen. Wir haben uns alle gefragt, was passieren muß, damit *du* wieder mal auftauchst.«

Tossa lächelte etwas wehmütig. »Ein anderer Grund wäre mir lieber gewesen.«

»Sag mal, willst du heute abend bei mir vorbeikommen? Ich wohne noch zu Hause – wir Jurastudenten schwimmen nicht gerade im Geld.«

»Gern.« Tossa sah zu Caroline hinüber. »Du brauchst mich heute abend nicht zum Kinderhüten oder ähnlichem, oder doch?«
»Würde das denn etwas ändern?«
»Natürlich«, sagte Tossa. »Ich würde mich ein andermal mit Annette treffen.«
»Nein, ich bin heute zu Hause, also kannst du machen, was du willst.« Sie merkte, daß sie sich mißgelaunt anhörte, und ärgerte sich über sich selbst. »Viel Spaß«, fügte sie hinzu.
Das Haus kam ihr seltsam leer vor, als Tossa am Abend fortging. Sie hatte sich an die Anwesenheit ihrer Schwester gewöhnt, obwohl sie nicht viel miteinander sprachen – und es war angenehm, jemanden zu haben, der Jimmy Ryan fernhielt. Caroline hatte Jimmy mitgeteilt, daß Tossa nicht lang bleiben würde und daß sie selbst es vorzog, wenn er erst nach ihrer Abreise wiederkäme.
Sie wußte, daß sie die Dinge damit nur hinausschob. Jimmy drängte immer nachdrücklicher darauf, daß sie sich entschied – für ihren Mann oder ihren Liebhaber, wie er es ausdrückte. Aber sie sah in ihm nicht ihren Liebhaber. Daß sie miteinander geschlafen hatten, war für sie unwichtig; ihre Gefühle waren es, sie zählten. Und über ihre Gefühle war sie sich überhaupt nicht klar.
War es blödsinnig, sich an den Mann gebunden zu fühlen, den sie geheiratet hatte, dessen Kinder so friedlich neben ihr spielten? War es blödsinnig, sich die Zweisamkeit und Vertrautheit zu wünschen, die Jimmy ihr bot?
Damien war aufrichtig entsetzt gewesen, als sie ihm bei seinem letzten Anruf von Patricks Herzinfarkt erzählt hatte. Er wußte nun zwar doch nicht genau, ob er über Ostern in Europa sein würde, hatte aber versprochen

(doch, endgültig, Caroline), er würde im Sommer zurückkommen. Die Firma eröffnete ein neues Büro in Dublin; Damien würde es leiten.
Sie war völlig überrascht gewesen. Damien war sich all dessen so sicher, so überzeugt davon, daß sie begeistert sein würde, ihn wiederzuhaben. Und sie wußte nicht, ob sie ihn im Haus haben wollte. Sie war es, die die letzten drei Jahre hier gelebt hatte. Sie war es, die das Wohnzimmer tapeziert und den neuen Eßzimmerteppich gekauft hatte; sie hatte den Apfelbaum gepflanzt. Wie leicht würde es ihr fallen, ihn zurückzunehmen, ihr Leben nach seinen Vorstellungen zu leben?
Tossa einzuladen war richtig gewesen, obwohl die Entscheidung ihr nicht leichtgefallen war. Sie konnte ihre Schwester nicht allein in der Ashley Road sitzenlassen. Sie wollte es sich selbst gegenüber nicht zugeben, aber den blinden Haß von früher verspürte sie nicht mehr. Der Ärger war zu einem stillen Groll geworden, und selbst dieser hatte sich in letzter Zeit verflüchtigt.
Sie fragte sich, worüber Tossa und Annette gerade sprachen. Ob Tossa Annette all das erzählte, was Caroline für ihr Leben gern erfahren hätte, nach dem sie aber nicht fragen konnte.
»Warum bist du eigentlich abgehauen, Tossa?« fragte Annette. »Warum hast du mir nicht gesagt, daß du dir das mit dem Studium anders überlegt hast? Wir waren doch befreundet, oder vielleicht nicht?«
Tossa errötete und zupfte an den Knöpfen ihrer Jacke herum.
»Die Leute haben alles mögliche gesagt, weißt du«, sagte Annette.
»Zum Beispiel?«

»Zum Beispiel ... na, daß du schwanger wärest.«
»Was?!« Tossa starrte ihre Freundin an. »Das soll ja wohl ein Witz sein!«
»Nein, das habe ich wirklich gehört. Daß du Angst hattest, nach Carolines Eskapaden, und deswegen nach London gegangen bist.«
»Und habe ich das Kind gekriegt?« erkundigte sich Tossa. »Oder habe ich's abtreiben lassen?«
»An dieser Frage scheiden sich die Geister«, antwortete Annette.
Tossa lachte. »Hör mal, du kennst mich. Du weißt ganz genau, daß ich keine Chance hatte, eine Affäre mit irgendwem anzufangen.«
»Ja, das wußte ich auch.« Annette zog eine Grimasse. »Aber du hast kein Wort gesagt, du bist einfach verschwunden. Ich habe gedacht, irgendwas könnte schon dran sein.«
»Es hat natürlich schon einen Grund gegeben. Aber nicht diesen.«
»Was war es dann?«
Tossa schüttelte den Kopf. »Privat. Aber ich hatte keine Affäre, ich war nicht schwanger, ich habe keine kleinen O'Shaughnessys in die Welt gesetzt und auch keine abgetrieben.«
»Erzählst du's mir irgendwann, wenn wir alt und grau sind?«
Tossa lachte. »Vielleicht sogar früher.«
»Okay.« Annette goß Wein nach. »Und bleibst du jetzt hier, oder gehst du wieder nach London?«
»Ich wüßte nicht, was mich hier halten sollte. Aber ich weiß auch nicht, ob ich zurückgehen will.«
»Hast du einen Freund in London?« fragte Annette.

»Warum interessierst du dich eigentlich so für die Männer in meinem Leben?« wollte Tossa wissen. »Früher hattest du es doch auch nicht damit.«
»Nein.« Annette sah nachdenklich aus. »Aber ich gehe mit einem Typ, der eine Ausbildung zum Ingenieur macht. Wahrscheinlich will ich, daß jeder mit jemandem geht. Er ist wunderbar.«
»Erzähl mir von ihm«, sagte Tossa. »Du wartest doch nur drauf.«
Sean Burke, so erfuhr sie, war ein Halbgott. Sensibel, verständnisvoll, einfach umwerfend. Tossa kniff ein Auge zu, um ihre Freundin klarer zu sehen.
»Schön für dich. Und was wird aus deiner Karriere?«
»Na, was wohl.« Annette leerte ihr Glas. »Ich werde Karriere machen, er wird Karriere machen, und wir leben glücklich bis an unser Ende.« Sie lachte. »Oder er läßt mich sitzen, und ich nehme vor Kummer zehn Pfund ab und sehe nie wieder einen Mann an.«
Tossa starrte in ihren Rotwein. Sie hatte sechs Pfund abgenommen, seit sie ihren Job verloren hatte. Seit Simon sie verlassen hatte.
»Hör mal, ist alles in Ordnung?« fragte Annette.
Tossa sah auf. Eine Träne rann ihr über die Wange. »Nein«, sagte sie. »Eigentlich nicht.«
Caroline sah sich eine alte *Inspektor-Morse*-Folge im Fernsehen an, als Tossa gegen Mitternacht nach Hause kam. Sie war überrascht zu sehen, daß ihre Schwester blaß und müde aussah.
»Louise hat vorhin angerufen und nach dir gefragt«, sagte sie.
»Louise?« Tossa hängte ihre Jacke über die Armlehne des Sofas. »Was will sie?«

»Du sollst zurückrufen, wenn du noch vor Mitternacht kommst.«

Tossa sah auf die Uhr. »Dann mache ich's lieber gleich, wenn das okay ist.«

»Klar.« Caroline griff nach der Zeitung.

»Hi«, sagte Tossa, als Louise abnahm. »Du wolltest mir irgendwas erzählen.«

»Wie geht's deinem Dad? Caroline sagt, er kommt vielleicht bald nach Hause.«

»Das hoffen wir.«

»Gut!« Tossa hörte entferntes Klappern und Poltern; Louise suchte offensichtlich etwas. »Ah, hier. Ein Typ namens Seth Anderson hat angerufen. Hat der nicht auch bei Gifton gearbeitet?«

»Mhm. Ja, hat er früher mal.«

»Er will mit dir reden. Irgendwas mit einem Job anscheinend. Ich habe die Nummer hier, du sollst ihn gleich morgen anrufen.«

»Mach ich«, sagte Tossa, während sie eine Ecke aus einer herumliegenden Zeitschrift riß.

Louise las ihr die Nummer vor. »Es wäre schön, wenn er etwas für dich hätte, oder? Wie geht es eigentlich da drüben – ich meine, wie lebt es sich mit Caroline?«

Tossa lachte. »Durchwachsen.«

»Ruf mich an, wenn du zurückkommst«, sagte Louise. »Ich gehe jetzt ins Bett, Carl wartet auf mich.«

»Grüß ihn von mir. Und danke für den Anruf.«

»Irgendwas Interessantes?« fragte Caroline, als Tossa ins Wohnzimmer zurückkam.

»Ein Bekannter in der City hat vielleicht einen Job für mich.«

»Geht das die ganze Zeit so in der City?« fragte Caro-

line. »Daß die Firmen sich gegenseitig die Leute abjagen?«
»Manchmal.« Tossa dachte an Stacey Frost und wünschte sich, sie könnte aufhören, an Simon Cochrane zu denken. Sie hatte Annette die Geschichte erzählt – es war einfach aus ihr herausgebrochen. Von ihrem Job, von Simon und wie sehr sie ihn geliebt hatte. Und von Stacey, und wie fürchterlich alles danebengegangen war.
Damien hatte sie nicht erwähnt. Es gab Dinge, die sie noch für sich behalten wollte.
»Ja, und was passiert jetzt?« Caroline ließ nicht locker. »Gehst du dich vorstellen, oder bietet er dir einfach deshalb einen Job an, weil er dich kennt?«
»Ganz so funktioniert es nicht«, murmelte Tossa.
»Und dann gehst du zu deinem Boß und sagst: ›Hey, ich habe ein besseres Angebot, überbieten Sie es, oder Sie sind mich los‹?«
»Nicht in meinem Fall.«
»Warum nicht? Allem Anschein nach steht und fällt doch der ganze Laden mit dir. Die werden dich doch nicht verlieren wollen.«
»Sei nicht albern.«
Caroline riß die Augen auf. »Ich wiederhole doch nur, was ich zigmal gehört habe.«
»Von mir hast du das bestimmt nicht gehört«, sagte Tossa erbittert.
»Nein, von Dad. Das ist fast genauso gut.«
»Caroline, verschon mich doch einfach.«
»Warum?« fragte Caroline. »Womit hast du *mich* denn verschont?«
Tossa entschied, daß die Auseinandersetzung ebensogut jetzt stattfinden konnte – früher oder später würde sie oh-

nehin kommen. »Ich habe es satt, von dir die Schuld zugeschoben zu kriegen«, sagte sie hitzig. »Oder für alles verantwortlich zu sein, was bei dir jemals schiefgegangen ist. Es tut mir wirklich leid. Es muß eine Weile fürchterlich gewesen sein. Aber ich habe Damien schließlich nicht gezwungen, ans andere Ende der Welt zu gehen. Ich habe ihn zu gar nichts gezwungen.«

»Ach, mein Mann hätte an diesem Abend wahrscheinlich jede Frau geküßt?« fragte Caroline. »Es kam gar nicht drauf an, wer gerade im Kinderzimmer war? Er hat auch nicht gemerkt, daß du ihn die ganze Zeit angestarrt hast?«

»Ich habe nichts in der Art getan«, gab Tossa zurück. »Ich war total zu. Daß ich gestarrt habe, das glaube ich, aber angestarrt habe ich niemanden. Natürlich, *du* kannst dich vollaufen lassen und dann irgendwelchen Blödsinn machen, schwanger werden zum Beispiel, ohne daß es deine Schuld ist.«

»Ich habe nie gesagt, daß die Schwangerschaft nicht meine Schuld war. Ich habe die Verantwortung übernommen, und Damien auch. Wir hätten eine glückliche Ehe führen können, wenn du nicht gewesen wärst.«

»Jetzt hör aber auf. Wieso hat er mich überhaupt geküßt, wenn alles so wundervoll war mit euch? Aber du hast anscheinend beschlossen, daß alles und jedes meine Schuld ist. Wenn ich nicht gewesen wäre, wäre er wahrscheinlich auch nicht auf seine tropische Insel gegangen. Er wäre gar nicht drauf gekommen, daß das genau die Sorte Job ist, die er hätte haben können, bevor er dich geheiratet hat.«

»Warum hast du's getan?« Carolines Augen glänzten. »Das ist alles, was ich wissen will.«

»Weil ich einsam war«, sagte Tossa. »Weil ich mich unglücklich und unattraktiv gefühlt habe und er gerade da war.«

»Das ist Müll, Tossa.«

»Nein, ist es nicht.« Tossa rieb sich die Nase. »Was glaubst du eigentlich, was es für ein Vergnügen war, deine Schwester zu sein? Wenn jeder dich ansieht und sich fragt, was mit dir eigentlich schiefgegangen ist, weil du so ein Trampel bist?«

Caroline musterte sie skeptisch. »Jetzt wirst du aber melodramatisch. Kein Mensch hat dich je für ein Trampel gehalten.«

»Natürlich haben sie!« Tossas Stimme zitterte. »*Du* hast das gedacht, Caroline. Du hast mich ausgelacht, weil ich dauernd über meinen Büchern gesessen habe, aber was hätte ich denn machen sollen? Ich war total ungeeignet für Make-up und Kleider, und du hast einfach phantastisch ausgesehen! Kein Mensch hätte mich zweimal angesehen, wenn du da warst. Was meinst du, warum ich nie einen Freund hatte?«

»Und dann dachtest du, du schmeißt dich statt dessen meinem Mann an den Hals?«

»Natürlich nicht.« Tossa wischte sich eine Träne vom Gesicht. »Ich *wollte* ihn nicht küssen. Wirklich. Es ist einfach ... passiert. Ich habe gewußt, ich sollte es nicht tun, aber es war das erste Mal, daß ich überhaupt jemanden geküßt habe, und ich konnte nichts machen.«

Caroline sagte nichts.

Tossa knüllte ihr Papiertaschentuch zusammen. »Wenn ich's ändern könnte, würde ich's tun. Ich habe das alles nicht gewollt. Ich bin nach London gegangen, weil ich nicht hierbleiben wollte. Ich wollte, daß ihr zwei es in Ruhe in Ordnung bringen könnt. Ich dachte, ihr *würdet* es in Ordnung bringen.« Sie sah ihre Schwester flehentlich an. »Ich habe zuerst gedacht, du würdest mit nach Grand Cayman gehen. Ich wußte nicht, daß etwas mit eurer Ehe nicht stimmt. Aber Dad sagt ... Dad hat gesagt, es wäre fürchterlich gewesen und du hättest ihm einfach nicht verzeihen können.«

»Aha, es ist also meine Schuld.«

»Natürlich nicht«, sagte Tossa ungeduldig. »Warum muß denn jemand schuld sein?«

»Zum Teufel, irgendwer wird ja wohl daran schuld sein, daß ich mit zwei Kindern hier allein herumhocke, während mein Mann Strandparties feiert und meine Schwester in der Finanzwelt Karriere macht!«

»Von wegen«, sagte Tossa unglücklich. »Von wegen Karriere. Von wegen Stellung, um genau zu sein.«

»Bitte?« fragte Caroline verblüfft. »Wie war das mit den internationalen Konferenzen, die dir nicht mal Zeit für den Urlaub lassen?«

»Ich habe gekündigt«, sagte Tossa.

»Warum?«

Tossa warf das Papiertaschentuch in den Kamin. Die Gasflammen flackerten orange.

»Warum?« fragte Caroline ungeduldig. »Doch wohl nicht, um dich um Dad zu kümmern. Deswegen brauchtest du nicht zu kündigen. Das habe ich die letzten Jahre getan.«

Tossa schüttelte den Kopf und wühlte in der Handtasche nach einem neuen Taschentuch. »Ich hatte die Wahl – kündigen oder gefeuert werden.«

»Was?!«

Tossa drückte die Hände gegen die Schläfen. Ihre Augen brannten noch, weil sie bei Annette geweint hatte, und von dem Rotwein bekam sie Kopfschmerzen; sie wollte

das Simon-Epos nicht noch einmal erzählen. Aber vielleicht sollte sie es doch tun – vielleicht war sie es Caroline schuldig.
»Ich habe mich in meinen Chef verliebt«, sagte sie. »Und er hat Schluß gemacht und meinen Job einer anderen Frau gegeben. Inzwischen schläft er mit ihr.« Die Tränen begannen wieder zu fließen. »Du kannst also zufrieden sein, ich weiß ganz genau, wie es ist, wenn man jemanden, den man liebt, mit einer anderen im Bett erwischt.«
»Wo hast du sie erwischt?«
»Diese Konferenz in Ägypten.« Tossa putzte sich geräuschvoll die Nase. »Sie ist dort aufgetaucht, und er war mit ihr im Bett. Ich habe sie aus seinem Zimmer kommen sehen.«
»Wirklich?«
»Wirklich. Und er hat gesagt, es klappte nicht zwischen uns beiden. Er hatte sogar recht, aber ich habe mich gefühlt wie ein Stück Dreck. Ich tu's immer noch. Er hat es nie ernst gemeint. Es war nur eine Affäre für ihn. Also glaub jetzt bloß nicht, ich bin so eine Art hauptberufliche Femme fatale. Ich bin einfach nur ein Idiot.«
Sie ging in die Küche und drehte den Wasserhahn auf, klatschte sich kaltes Wasser ins Gesicht und füllte ein Glas damit. Rotwein war ihr noch nie bekommen.
»Es tut mir leid wegen deinem Job.« Caroline kam in die Küche. »Aber es sieht ja so aus, als kriegtest du wieder einen. Das mit dem Typ tut mir auch leid – aber er war dein erster Freund, oder? Du kannst doch nicht erwartet haben, daß ihr heiraten würdet.«
»Warum nicht?« fragte Tossa. »Ich habe ihn *geliebt*, Caroline.«
Caroline verzog das Gesicht. »Was heißt schon Liebe. Du

denkst, du liebst jemanden, und dann betrügt er dich. Jeder Mensch, den ich je geliebt habe, hat mich enttäuscht.«

»Übertreib nicht.«

»Damien hat mich im Stich gelassen.«

»Er hat dich geheiratet. Du hast immer gesagt, er liebt dich.«

»Ich wollte das unbedingt glauben. Als ich euch zusammen gesehen habe, war mir klar, daß er mich nur wegen Emma geheiratet hat.«

Tossa rieb sich die Schläfen. »Ich habe geglaubt, daß er dich liebt. Vielleicht hatte ich unrecht. Aber mich hat er jedenfalls nicht geliebt und ich ihn auch nicht.«

»Ich glaube, er hat eine Affäre. Ein Mädchen aus seinem Büro, eine Einheimische. Beverley Irgendwas. Er hat sie mal zum Babysitten geholt, als ich dort war. Sie war ein nettes Mädchen, aber sie hatte eindeutig eine Schwäche für ihn. Und sie waren so ... so vertraut miteinander.«

»O Gott«, sagte Tossa.

»Und jetzt sagt er, er kommt im Sommer nach Hause.« Caroline fuhr sich mit den Fingern durchs Haar. »Soll ich ihn einfach so zurücknehmen? Will er wirklich zurückkommen? Ich weiß überhaupt nichts mehr, Tossa.«

»Es tut mir leid.« Tossa rieb sich die Augen. »Ich habe dich nicht mit Absicht verletzt. Ich hatte überhaupt niemals vor, dich zu verletzen.«

Caroline lachte plötzlich. »Warum tun eigentlich so viele Leute Dinge, die sie nicht tun wollten?«

»Ich weiß nicht«, sagte Tossa mit zitternder Stimme.

»Ich kann dir nicht verzeihen«, sagte Caroline. »Jedenfalls jetzt noch nicht. Aber ich versuche, dir nicht die Schuld zu geben. Das muß erst mal reichen.«

Tossa nickte. »Okay.«
»Und das mit deinem Boß tut mir leid.«
»Wirklich?«
»Ja«, sagte Caroline.

Tossa rief um halb acht am folgenden Morgen bei Seth an. Nach dem fünften Läuten nahm er ab. Bei Gifton Mutual war erwartet worden, daß man beim zweiten Läuten ans Telefon ging.
»Anderson.« Die Stimme klang heiser.
»Spät geworden?« erkundigte sie sich. »Wie geht's, Seth?«
»Tossa! Schön, von dir zu hören. Ich hatte gehofft, du rufst zurück.«
»Du hörst dich an, als wärst du von einem Nachtclub direkt ins Büro gefahren.«
»Quatsch.« Er lachte. »Aber ich habe nur vier Stunden geschlafen.«
»Mit dir geht es abwärts«, sagte sie. »Vier ganze Stunden! Mensch, das ist ja ein halber Winterschlaf. Meine Cousine sagt, du wolltest mit mir reden.«
»Ja. Augenblick, ich lege das nur eben ins Hinterzimmer ...« Einen Augenblick später war er wieder da. »Ich hab gehört, was mit dir und Simon Cochrane passiert ist«, sagte er. »Jetzt bumst er wahrscheinlich Stacey Frost, stimmt's?«
»Seth!« Tossa wollte das Thema nicht erörtern.
»Er ist ein Arschloch, Tossa. Du weißt das, ich weiß das. Was glaubst du, warum ich bei Gifton weggegangen bin?«
»Mit dir wird er kaum eine Affäre gehabt haben«, antwortete sie trocken.
»Sei doch mal ernst, Tossa. Ich hatte einen Haufen Gründe. Einer davon war, daß er mir das Mädchen ausspannen wollte, das ich zur letzten Weihnachtsfeier mitgebracht

habe. Ich hab sie wirklich gemocht. Deswegen hat er's natürlich versucht. Er hat noch Glück gehabt, daß ich ihm nicht eine verpaßt habe.«

Tossa lachte. »Schade, daß du's nicht getan hast.«

»Ja, schade. Angerufen habe ich, weil wir jemanden suchen, der sich um die Obligationen kümmert. Ich habe gleich an dich gedacht.«

»Das war nett von dir.«

»Ehrlich gesagt, ich weiß nicht, ob du den Job kriegst, aber wir müssen zwei Leute ersetzen, und zwar so bald wie möglich. Der Boß kommt nächste Woche wieder und wird dich dann sprechen wollen. Vielleicht willst du's ja mal probieren.«

»Es klingt interessant«, gab sie zu.

»Bist du bis dahin zurück? Deine Cousine hat irgendwas davon gesagt, daß dein Vater krank ist.«

»Er hatte einen Herzinfarkt. Aber er wird dieses Wochenende entlassen. Ich rufe dich an, sobald ich wieder in London bin.«

»Gut.« Seths Stimme klang freundlich. »Ich freue mich drauf, dich wiederzutreffen.«

»Gleichfalls«, sagte Tossa und legte auf.

Caroline spülte das Frühstücksgeschirr, als Tossa in die Küche kam, und sah sie erwartungsvoll an.

»Es könnte ein Job sein«, sagte Tossa. »Wer weiß. Nächste Woche gehe ich hin.«

»Viel Glück.« Caroline stellte das Wasser ab. »Ich hoffe, du kriegst ihn, wenn du ihn willst.«

»Danke.«

Sie sahen sich einen Augenblick lang an, dann ging Tossa hinauf in ihr Zimmer, um die Ladenschlüssel zu holen.

27

Phoenix
(Der Phönix)

Ein Sternbild der südlichen Hemisphäre, benannt nach dem mythischen Vogel, der aus seiner eigenen Asche aufsteigt

Louise holte Tossa vom Flughafen ab; sie platzte beinahe vor Neugier. »Wie geht es Onkel Patrick? Und Caroline? Ist dein Vater froh, wieder zu Hause zu sein?«

»Dad geht es viel besser.« Die Schwestern hatten an dem Tag, an dem Patrick entlassen wurde, vorsorglich den Laden geschlossen – sie wollten nicht riskieren, daß er auf den Gedanken kam, sich sofort wieder an die Arbeit zu machen. In den letzten Tagen im Krankenhaus hatte Patrick sich schnell erholt und bei jedem Besuch seiner Töchter besser ausgesehen.

»Du bist inzwischen gesünder, als du je warst, bevor sie dich eingeliefert haben«, zog Tossa ihn auf, und Caroline stimmte zu.

»Aber in Zukunft wirst du dir manchmal freinehmen müssen. So kannst du nicht weitermachen. Und inzwischen wissen wir ja, daß der Laden auch ohne dich gut zurechtkommt.«

»Aber Tossa wird dann nicht mehr da sein«, merkte Patrick an.

»Sie kann ja wieder Urlaub nehmen.« Caroline warf ihrer Schwester einen amüsierten Blick zu. »Kein Problem.«

Patrick sah nicht eben überzeugt aus, sagte aber nichts mehr dazu. Am nächsten Tag allerdings öffnete er den Laden.
»Er war richtig froh, wieder hingehen zu können«, sagte Tossa zu Louise.
»Und was ist mit dir? Hast du dich mit Caroline vertragen?«
Tossa atmete langsam aus. »Wir haben uns nicht wirklich *versöhnt,* strenggenommen. Aber ich glaube, wir verstehen einander jetzt besser.«
»Na immerhin«, sagte Louise, während sie das Auto in die Einfahrt lenkte.
Es war erstaunlich, wie still Tossa Louises Haus vorkam. Sie hatte sich daran gewöhnt, daß Emma und David einander anbrüllten oder die Power Rangers durchs Zimmer dröhnten. Hier herrschte auf einmal Frieden. Als sie ins Badezimmer ging, um sich Gesicht und Hände zu waschen, fiel ihr ein Keramikbecher mit zwei Zahnbürsten und einem Rasiermesser auf.
Louise war dabei, Steaks in der Mikrowelle aufzutauen, als ihre Cousine die Treppe herunterkam. Sie grinste ihr zu. »Wie wär's mit einem Abendessen?«
»War Carl die ganze Zeit hier?« erkundigte sich Tossa.
»Manchmal.«
»Und jetzt ist er meinetwegen wieder fort?«
»So ist das nun auch wieder nicht.« Louise schaltete den Grill ein.
»Aber jetzt bin ich hier, und er ist wieder in Wembley. Das geht doch nicht so weiter, Louise.«
Louise wusch sich die Hände und holte eine Packung Pommes aus der Tiefkühltruhe. »Wir reden später noch drüber.«

Sie aßen vor dem Fernseher, die Teller auf den Knien. Louise öffnete eine Flasche Faustino, die sie austranken.
»Du hast also Carl meinetwegen rausgeschmissen?« fragte Tossa schließlich.
»Nein.« Louise leerte ihr Glas.
»Aber wenn ich nicht zurückgekommen wäre, wäre er geblieben?«
Louise kratzte sich an der Nase. »Diese Woche nicht. Zur Zeit hat er sowieso in Wembley zu tun, also wohnt er so lange in seiner eigenen Wohnung.«
Tossa nickte. »Eigentlich wollte ich ja nur ein paar Wochen hier bleiben. Wenn ich diesen Job in der City kriege, nehme ich mir sofort eine Wohnung. Und dann hast du mit Carl hier deine Ruhe.«
Louise ging in die Küche und holte eine zweite Flasche Wein. »Warum lassen wir uns nicht ein bißchen vollaufen, wenn wir schon mal dabei sind«, sagte sie, während sie die Gläser wieder füllte. »Carl und ich, wir haben sogar darüber geredet. Wir haben uns überlegt, daß du vielleicht gern seine Wohnung mieten würdest.«
»Gar keine schlechte Idee«, sagte Tossa.
Sie hatte sich für den nächsten Tag mit Seth zum Mittagessen verabredet. Es war ein prachtvoller Vormittag; der Himmel war blau, und das Sonnenlicht war tatsächlich warm. Es war ein gutes Gefühl, zum ersten Mal seit Wochen wieder ein leichtes Kostüm zu tragen.
Seth saß bereits an einem Ecktisch in dem Thai-Restaurant, in dem sie schon mehrmals gegessen hatten.
»Hi.« Sie nahm den Stuhl gegenüber.
»Schön, dich zu sehen, Tossa.«
Sie mochte Seth. Er war ein hoffnungslos unbeständiger Mann mit Hunderten von Affären, er war rücksichtslos

und ehrgeizig, er hatte Simon damals glauben lassen, daß Tossa den Verkauf der Gilts, der der Firma ein Vermögen erhalten hatte, auf seine Anweisung hin getätigt hatte – aber trotz alledem war er sehr liebenswert.
Die Kellnerin – makellose Haut, schimmernde Zähne und eine kleine Kappe von glattem, schwarzem Haar – brachte die Speisekarten. Seth strahlte sie an.
»Du siehst heute wunderschön aus, Liebling.«
»Das sagen Sie jedesmal«, antwortete sie, während sie Mineralwasser in die Gläser goß.
»Es kann ja nichts schaden.« Er warf einen flüchtigen Blick auf die Karte. »Wie üblich. Tossa?«
Sie zuckte die Achseln. »Ich nehme das, was du nimmst.«
»Okay.« Er lehnte sich zurück. »Wir brauchen drei Leute, dringend. Es besteht die Möglichkeit, daß wir von einer amerikanischen Firma übernommen werden. Nach den beiden, die schon gegangen sind, verlieren wir jetzt vielleicht noch zwei. Das wäre eine Katastrophe; die Amerikaner zahlen schließlich auch für die Angestellten, nicht nur für die Fonds, die wir verwalten.«
»Haben sie keine Firmenanteile?« erkundigte sich Tossa.
»Zwei von ihnen haben welche. Aber die Angebote, die sie gekriegt haben, sind einfach lächerlich – da kommen wir nicht mit.«
»Danke.« Tossa sah auf, als die Kellnerin die Teller mit den Satayspießchen vor sie hinstellte. »Ich hätte gedacht, wenn der Erfolg der Übernahme davon abhängt, sollte man die Leute auf jeden Fall zu halten versuchen.«
»Du kennst Rupert nicht – das ist der Boß. Er nennt es Erpressung.«
»Und du glaubst, ich bin richtig für euch?« Tossa schob das Hühnerfleisch von den Spießen. »Wie sieht denn

das Angebot aus – oder muß ich das mit Rupert besprechen?«
»Im großen und ganzen kann ich's dir sagen. Im ersten Jahr kommst du mit Gehalt und Prämien auf sechs Stellen. Danach hängt die Prämie von deiner Arbeit ab – wenn du gut bist, bleibst du bei sechs Stellen.«
»Bekomme ich Anteile?«
»Davon war eigentlich nicht die Rede.«
»Aber es wäre möglich?«
Firmenanteile waren wichtig. Wenn sie Anteile an der Firma besaß und das Unternehmen aufgekauft wurde, konnte sie an ihnen verdienen.
»Vierhundert könnte ich dir anbieten. Es ist eine Privatfirma, es gibt also nicht unbegrenzt viele davon.« Seth legte seine leeren Spieße sorgsam auf den Teller zurück.
»Was will euer amerikanischer Käufer denn pro Aktie bezahlen?«
»Wir rechnen mit ungefähr hundert Pfund Sterling.«
Es klang gut, fand Tossa. Andererseits kam die Übernahme vielleicht auch gar nicht zustande. Bei Gifton war einmal für kurze Zeit die Rede davon gewesen, die Firma würde von einem deutschen Unternehmen aufgekauft werden, und alle Anteilseigner waren tagelang mit selbstzufriedener Miene gekommen und gegangen.
»Tausend«, sagte sie.
»Komm schon, Tossa«, antwortete Seth ungeduldig. »Das ist doch lächerlich. So viel kannst du nun wirklich nicht erwarten.«
Sie fand eigentlich eher, daß sie die Zahl zu niedrig angesetzt hatte. Wäre Seth an ihrer Stelle, würde er fünftausend verlangen und irgendeine Rechtfertigung dafür finden.

»Ich dachte, du hast gar nicht das letzte Wort«, sagte sie ruhig.
»Nicht das letzte, nein. Aber ich sage Rupert, wie es gegangen ist, und wenn es nach etwas aussieht, redet er mit dir.«
»Wie du willst.« Sie verteilte roten Curry über ihren Reis. Seit Patricks Herzinfarkt war ihr ihre Arbeit nicht mehr ganz so wichtig wie zuvor. »Ich finde eher, ich mache es zu billig.«
»Tossa, wir machen dir ein unglaublich gutes Angebot.«
»Und wenn die Firma wirklich übernommen wird – wie groß ist dann die Gefahr, daß sie mir einfach kündigen?« Immerhin war auch das eine realistische Möglichkeit. Der neue Firmeneigner würde vielleicht eigene Leute unterbringen wollen.
Seth verzog das Gesicht. »Woher soll ich das wissen?«
»Tausend Anteile«, sagte sie wieder.
»Fünfhundert«, sagte Seth.
Sie lachte und nahm vorsichtig eine Chilischote aus dem Curry. Chilis trieben ihr jedesmal die Tränen in die Augen. »Tausend.«
»Du solltest jetzt eigentlich ein bißchen runtergehen«, bemerkte Seth. »Etablierte Verhandlungstaktik.«
»Der Markt steht gegenwärtig fünfhundert zu tausend.«
»Sechshundert«, sagte er.
Sie spielte mit ihrem Reis und amüsierte sich.
»Tossa!« Seth sah verärgert aus. »Das sind sechzigtausend Pfund!«
»Aber nur, wenn die Übernahme zustande kommt. Und dann zahlen sie vielleicht nur fünfzig Pfund pro Aktie, wer weiß.«
»Siebenhundertfünfzig«, sagte er entnervt.

»Ja ... in Ordnung.«
»Besten Dank auch.«
Seth war geradezu bekümmert. Er durfte zwar bis zu siebenhundertfünfzig gehen, war aber sicher gewesen, Tossa für weniger zu bekommen. Herrgott, schließlich war sie arbeitslos. Aber es schien sie nicht sonderlich zu stören, und er hatte einen fürchterlichen Verdacht, daß sie den ganzen Handel einfach vergessen könnte.
»Ich arrangiere einen Termin mit Rupert Ende der Woche«, sagte er. »Er kommt heute erst aus Boston zurück.«
Tossa nickte. Sie war zufrieden mit sich. Sie hatte keine Ahnung, ob ihre Anteile wirklich so wertvoll waren, wie Seth behauptete – er war beängstigend gut darin, die Dinge schönzureden –, aber irgend etwas würden sie wert sein, und wenn sie die Firma verließ, würde man sie ihr abkaufen müssen.
Sie sah zum Eingang hinüber, als die Tür des Restaurants sich öffnete. Sie wußte nicht, weshalb sie sich gerade jetzt umsah, immerhin herrschte ein stetes Kommen und Gehen – aber sie war einer inneren Eingebung gefolgt, nur um gleich darauf zu sehen, daß Simon Cochrane und Harvey Johnson hereingekommen waren.
»Alles in Ordnung?« Seth sah sie neugierig an.
»Nicht ganz.« Tossa goß etwas Wein nach. »Simon ist gerade aufgetaucht.«
»Oh!« Seth grinste sie an. »Na, wegen dem Drecksack brauchst du dir jetzt ja wohl keine Gedanken mehr zu machen.«
»Ich war einfach nur überrascht. Aber ihr habt ziemlich oft hier gegessen, oder?«
»Mhm. Wir hatten eine Wette laufen, wer die hübsche Kellnerin als erster ins Bett kriegt.«

»Seth! Das ist nicht wahr!« Sie war entsetzt.
»Hey, reg dich nicht auf. Ich hab sie ja nicht gewonnen.«
»Und er?«
»Behauptet hat er's. Bewiesen nicht.«
»Ihr seid widerlich«, sagte sie. »Beide.« Sie stand auf. »Ich gehe jetzt, ich habe noch zu tun.«
»Tossa, du bekommst jetzt aber keine feministischen Anwandlungen, oder?«
»Nein. Ich habe wirklich noch was vor.«
»Okay. Ich rufe dich an, sobald ich mit Rupert geredet habe.«
»Gut.« Sie lächelte ihm zu, obwohl sie innerlich kochte. »Danke fürs Mittagessen. Und für den Job – falls ich vor Rupert bestehe, natürlich.«
»Oh, das wirst du«, sagte Seth. Er unterschrieb die Rechnung, und sie gingen zum Ausgang. Tossa achtete sorgsam darauf, nicht zu dem Tisch hinüberzusehen, an dem Simon und Harvey Platz genommen hatten. Aber Harvey rief trotzdem hinter ihr her – sie fragte sich, ob er nun ein Sadist oder einfach nur unvorstellbar naiv war.
»Tossa, wie schön!« Er wirkte aufrichtig erfreut. Simon sah sie amüsiert an. Sie wußte, daß sie rot geworden war. Aber sie würde ruhig bleiben.
»Hallo, Harvey.« Sie lächelte ihm zu. »Simon.« Nach einem kurzen Blick in seine Richtung wandte sie sich wieder Harvey zu. »Wie geht es dir?«
»Nicht übel. Du fehlst mir.«
»Ja nun«, sagte sie leichthin, »die Zeiten ändern sich.«
»Ich habe gehört, dein Vater war krank«, schaltete Simon sich ein. »Es tut mir leid, Tossa.«
Arschloch, dachte sie und spürte, wie ihr die Tränen in

die Augen traten. Warum mußt du mich eigentlich so demütigen?

»Danke.« Sie brachte das Wort heraus, ohne daß ihre Stimme zitterte.

»Willst du etwa bei Seth Anderson einsteigen? In der City heißt es, Marlborough hat dieser Tage ein paar gute Fonds verloren.«

Seth errötete vor Ärger. »Wir stehen gut da, Simon.«

»Ja, aber ist gut in unserer wettbewerbsorientierten Welt gut genug?« Simon sah gelangweilt aus. »Für euch vielleicht. Nicht für Gifton.«

»Gehen wir«, sagte Tossa hastig. Sie begann zu fürchten, Seth würde zuschlagen – er war durchaus in der Lage dazu.

»Dieser Drecksack«, sagte Seth wütend, als sie wieder draußen in der Sonne standen. »Dem würde ich gern seinen aufgeblasenen Kopf in den –«

»Seth, reg dich ab! Leg dir doch wegen dem Idioten kein Magengeschwür zu.«

»Irgendwann breche ich ihm den Hals, dem Schweinehund. Ich hoffe, er kommt unter den nächsten Bus!«

Tossa lachte. »Simon Cochrane weiß doch gar nicht, was ein Bus ist.«

»Okay, den nächsten Jaguar«, verbesserte sich Seth. Plötzlich grinste er. »Es hat dich doch nicht etwa geärgert?«

»Natürlich hat es mich geärgert«, sagte Tossa forsch. »Aber es ist schon wieder okay.« Sie sah auf die Uhr. »In einer halben Stunde geht ein Zug vom Bahnhof Cannon Street. Den sollte ich kriegen.«

Patrick saß in seinem Sessel vor dem Fernseher. Er war müde, aber es war nicht die gleiche lastende Erschöpfung wie noch vor ein paar Wochen. Angela und Caroline wollten ihn nicht wirklich arbeiten lassen. Sie verhätschelten ihn – aber das würde aufhören, wenn sie merkten, wie gut es ihm wieder ging. Er wußte, daß er es in den letzten paar Jahren übertrieben hatte. Im Krankenhaus hatte man ihm in aller Deutlichkeit gesagt, er müsse mehr ausruhen und entspannen. Zeit finden, an den Rosen zu riechen, wie eine Krankenschwester es ausgedrückt hatte. Noch vor ein paar Wochen hätte er ihr geantwortet, sie solle ihn mit ihrem amerikanischen Psychokitsch verschonen. Statt dessen hatte er versprochen, den Rosen ab sofort gebührende Aufmerksamkeit zu widmen.

Er gähnte. Caroline hatte ihm das Abendessen gemacht, Rochen und grüne Bohnen. Sie wollte in Zukunft dreimal die Woche für ihn kochen – richtiges Essen, wie sie entschieden gesagt hatte, keine Tiefkühlprodukte. Er konnte sich nicht vorstellen, woher ihr plötzliches Interesse am Kochen kam, aber der Fisch war wundervoll gewesen. Er wünschte, ihr Mann wäre da und könnte ihre Gerichte würdigen – Damien würde nie wieder ohne Caroline leben wollen, wenn er sich einmal an eine solche Küche gewöhnt hatte.

Patrick seufzte. Er hatte Damien nie wirklich gemocht, aber der gegenwärtige Zustand war schrecklich. Caroline hatte erzählt, Damien würde im Sommer zurückkommen, aber sie hatte dabei seltsam teilnahmslos gewirkt. Patrick hatte Angst, sie könnte ihn am Ende nicht mehr wollen. Der Gedanke war ihm unerträglich. Ganz gleich, wer von ihnen nun woran schuld war – Damien war Carolines Ehemann, sie hatte seinetwegen ihr Leben ruiniert, sie hatte seine Kinder geboren. Patrick schauderte.

Es klingelte an der Tür, und er sah auf die Uhr. Er konnte sich nicht vorstellen, wer um neun Uhr abends bei ihm vorbeikommen sollte ... Hoffentlich keine schlechten Nachrichten – ungewöhnliche Geschehnisse bedeuteten immer schlechte Nachrichten. Er ging zur Tür. Draußen stand Kitty Wilson, eine Pappschachtel in den Armen, und lächelte ihn nervös an.

»Kommen Sie rein.« Er öffnete die Tür ganz, und sie trat ein.

»Ich wollte nicht früher kommen – ich dachte, Sie haben sicher lange im Laden zu tun.«

»Das erlauben sie mir nicht«, sagte Patrick. »Zur Zeit muß ich mein Leben in einem Zustand permanenter Ruhe verbringen.«

Sie lachte. Im gedämpften Licht der Flurlampe sah sie sehr jung aus. Sie konnte nicht älter sein als dreißig, dachte er, während er sie ins Wohnzimmer führte. Obwohl sie einen Sohn hatte, der alt genug gewesen war für einen Motorradunfall. Vielleicht war der Sohn fünfzehn – Fünfzehnjährige trieben allen möglichen Unfug mit Mopeds. Fünfunddreißig also ...

»Entschuldigung?« Er merkte plötzlich, daß sie mit ihm sprach.

»Mir fallen gleich die Arme ab«, sagte sie, während sie ihm die Schachtel gab. »Das ist für Sie.«

»Für mich?« Er sah sie erstaunt an. »Warum?«

»Sie waren so nett zu mir im Krankenhaus. Ich habe mich viel besser gefühlt, nachdem ich mit Ihnen geredet hatte.«

»Aber mir ist es doch genauso gegangen. Und ich habe gar nichts Besonderes gesagt.«

»Ich weiß«, sagte Kitty. »Das war ja gerade das Nette daran. Jedenfalls« – sie zeigte auf den Karton – »ich habe am Wochenende gebacken. Kevin ist aus dem Krankenhaus gekommen, und ich wollte ihm seinen Lieblingskuchen machen, und dann ist es ein bißchen mit mir durchgegangen. Da drin sind zwei Apfeltörtchen und ein Rührkuchen.«

»Vielen Dank.« Patrick wußte nicht recht, wie er nun reagieren sollte. »Es ist wirklich nett von Ihnen, ich habe gar nicht –«

»Und ich wollte Sie einfach wiedersehen«, fügte Kitty hinzu.

Patrick hätte beinahe die Schachtel fallen lassen. »Ich bringe das in die Küche«, sagte er.

Er stellte den Karton auf dem Tisch ab und warf einen Blick in den Spiegel. Er war fünfundfünfzig. Sie konnte nicht gemeint haben, daß sie ihn wiedersehen wollte – nicht diese Art von Wiedersehen. Und außerdem war sie viel zu jung.

»Wollen Sie einen Tee?« rief er.

»Das wäre wunderbar.«

Herrgott, dachte er, sie will mit mir Tee trinken. Um neun Uhr abends will eine Frau, die ich kaum kenne, mit mir Tee trinken. Es war unwirklich – ganz und gar nicht, was er gewöhnt war. Er füllte den Kessel und dachte eben noch rechtzeitig daran, Tassen statt der Becher aus dem Schrank zu nehmen.

»Vielleicht nehmen Sie auch etwas von Ihrem eigenen Kuchen?« rief er ins Wohnzimmer.

»Gern. Der Rührkuchen ist sehr leicht.«

Er trug das Tablett ins Wohnzimmer und stellte es sorgsam auf dem Sofatisch ab.

»Sagen Sie es, wenn der Tee zu stark ist.«

Sie sah zu, wie er eingoß. »Genau richtig.«

Die Uhr auf dem Kaminsims tickte laut. Patrick hörte sich selbst kauen.

»Natürlich hat es mich auch interessiert, wie es Ihnen geht«, sagte sie schließlich.
»Viel besser. Die Ärzte waren sehr zufrieden mit mir.«
»Das freut mich. Ich konnte es gar nicht glauben, daß jemand, der so jung ist wie Sie, einen Herzinfarkt hat.«
»Ich bin fünfundfünfzig«, sagte Patrick. »Nicht gerade jung.«
»Heutzutage ist das doch gar nichts mehr«, sagte sie entschieden.
»Ich hätte gedacht, jemand, der so jung ist wie Sie, hält fünfundfünfzig für uralt.« Er war geradezu stolz darauf, wie er die Unterhaltung von seinem Alter auf ihres gebracht hatte.
»Wie nett.« Sie lächelte ihn an. »Ist es nicht hübsch, für jung gehalten zu werden?«
Er hätte am liebsten geschrien: »Wie alt sind Sie denn nun?«, riß sich aber zusammen. Schließlich ging es ihn nicht das geringste an.
»Ich bin fünfundvierzig.« Sie sah ihm ins Gesicht.
Er verschluckte sich fast. »Das ist nicht wahr!«
»Was dachten Sie denn? Fünfzig, fünfundfünfzig? Sagen Sie's ruhig, ich kann damit leben.«
»Jetzt angeln Sie aber nach Komplimenten. Ich dachte, Sie sind dreißig. Nicht, daß es drauf ankäme«, fügte er hinzu, als ihr Gelächter durchs Zimmer hallte. Er sah verletzt aus. »Und überhaupt, ich weiß gar nicht, warum wir hier sitzen und über unser Alter reden.«
»Nein, natürlich nicht.« Sie wischte sich die Lachtränen aus den Augen. »Unter Freunden kommt es wirklich nicht drauf an.«
Er war ratlos. Wollte sie ihm mit all dem etwas sagen?
Sie leerte ihre Teetasse. »Sie brauchen nicht so ver-

schreckt auszusehen. Ich bin doch bloß vorbeigekommen, um zu sehen, wie es Ihnen geht.«
Er wurde rot. Es war ihm durch den Kopf gegangen, daß sie hübsch genug war, um jeden Mann zu verführen.
»Aber ich bin einsam«, sagte sie plötzlich. »Als wir uns im Krankenhaus unterhalten haben, dachte ich, vielleicht macht es Ihnen nichts aus, wenn ich gelegentlich vorbeischaue. Ich arbeite in einem Büro, es ist okay dort, ich komme unter die Leute, aber die anderen sind alle so jung, daß ich mich oft fremd fühle. Verstehen Sie mich nicht falsch, ich bin kein alter Spaßverderber. Aber im Ernst, Patrick, könnten Sie sich vorstellen, mich Freitagabend auf der Idiotenrennbahn zu sehen?«
»Was für eine Rennbahn?« fragte Patrick.
»Da sehen Sie's«, sagte sie.
Sie blieb noch eine halbe Stunde. Patrick genoß ihre Gesellschaft und ihre Konversation. Er hielt es für ungeheuer mutig von ihr, einfach bei ihm aufzutauchen, aber er war froh, daß sie es getan hatte. Und dann ging sie, bevor er sich wünschte, sie würde gehen. Das Haus kam ihm sehr still vor, als sie fort war.

28

Triangulum austrinum (Südliches Dreieck)

Ein Sternbild der südlichen Hemisphäre, markiert von drei hellen Sternen

Am Samstagabend kochte Jimmy für Caroline. Es war eine ganze Weile her, seit er das letzte Mal im Haus gewesen war, und sie wußte, daß er verärgert war, weil sie ihn nicht früher eingeladen hatte.

»Du hast für nichts mehr Zeit, seit dein Vater krank geworden ist.« Jimmy versuchte, nicht gekränkt zu klingen. »Entweder du arbeitest im Laden, oder du kümmerst dich um Patrick.«

»Das stimmt nicht«, protestierte sie. »Aber er ist allein, Jimmy. Ich muß einfach wissen, daß mit ihm alles in Ordnung ist.«

»Ich weiß.« Er seufzte. »Aber du hast überhaupt keine Zeit mehr für andere Dinge. Wenn du nicht hinter deinem Vater herrennst, rennst du hinter den Kindern her.«

Sie grinste ihn an. »Das ist etwas anderes, das ist Freizeit. Ich spiele mit ihnen. Und außerdem«, fügte sie hinzu, »ich habe ja auch noch meine Töpferkurse.«

»Das ist doch auch wieder Arbeit. Du machst dich fertig, Caroline. Ich dachte, vielleicht würdest du gern mal übers Wochenende mit mir wegfahren.«

Ein Wochenendurlaub könnte nett sein, dachte sie wehmütig, aber sie konnte nicht einfach mit Jimmy Ryan ver-

reisen. Es gab keine Erklärung, die Patrick akzeptieren würde. In ihrer Schulzeit hatte derlei vielleicht funktioniert – zu Hause zu erzählen, sie gingen auf eine geographische Exkursion nach Wicklow (nur Mädchen natürlich), und dann in aller Stille ein paar Freunde mitzubringen. Heute ging das nicht mehr, und schließlich mußte sie auch an die Kinder denken. Außerdem war sie sich nicht einmal sicher, daß sie ein Wochenende mit Jimmy verbringen wollte. Wenn er nicht gerade versuchte, sie ins Bett zu lotsen, würde er ihr erzählen, was Damien für ein Schwein war und daß er in Grand Cayman vermutlich Hunderte von Frauen hatte.
»Das ist eine wunderbare Idee«, sagte sie. »Aber du weißt genau, daß das nicht geht, Jimmy.«
»Warum nicht?« Er wollte ganz einfach kein Nein akzeptieren.
»Weil es nicht geht«, sagte sie wieder. »Ich kann die Kinder ja nicht bei Majella lassen und ihr sagen, sie soll sich um sie kümmern, während ich mir ein bißchen außerehelichen Spaß leiste, oder? Und Dad will ich vorläufig auch noch nicht allein lassen. Ich würde mir nur Sorgen um ihn machen.«
»Du solltest dir mal um dich selbst Sorgen machen.« Jimmy stand von seinem Küchenstuhl auf und nahm die geröstete Ente aus dem Ofen. Sie roch wundervoll nach Kräutern und Pflaumen. Caroline schnupperte anerkennend.
»Du machst dir doch schon Sorgen um mich, und kochen tust du auch noch für mich. Ja, du hast es sogar mir beigebracht.«
»Es ist schön, wenn man gewürdigt wird.« Er lächelte ihr zu. »Aber ein Teilzeitlover will ich nicht sein, Caroline.«

Er verzog das Gesicht. »In letzter Zeit war ich nicht mal mehr das.«

Sie hatten seit einem Monat nicht mehr miteinander geschlafen. Sie hatten keine Zeit dafür gehabt, und Caroline war geradezu erleichtert darüber gewesen. Sex mit Jimmy war ihr nicht unangenehm, aber sie sehnte sich auch nicht eben danach. Viel glücklicher war sie, wenn sie einfach in seinem Arm liegen konnte.

»Es tut mir leid. Ich weiß, ich habe dich vernachlässigt.«

»Oh, daran bin ich gewöhnt«, sagte Jimmy. »Aber du könntest diesen Zustand ändern, indem du einfach sagst, du kommst mit nach Galway.«

»Irgendwer würde dahinterkommen. Irgendwer kommt immer dahinter. Damien hat sogar Verwandte in Galway.«

»Es muß ja auch nicht Galway sein«, antwortete er ungeduldig. »Wir können nach Cork oder Waterford oder Mayo oder Kerry gehen.«

Caroline spielte mit ihrem Besteck. »Noch nicht, Jimmy.«

»Wann dann? Du kannst mich nicht einfach ausschließen, Caroline.«

»Setz mich nicht unter Druck«, sagte sie scharf. »Hör auf damit.«

Er gab sofort nach – wie immer, wenn sie sich aufzuregen begann. »Es tut mir leid.«

Sie schüttelte den Kopf. »Nein, es ist meine Schuld. Du bist unglaublich nett zu mir, und ich –«

Sie stand auf, ging zum Fenster und lehnte die Stirn an das kühle Glas. Sie wünschte sich so sehr, alles könnte einfacher sein, aber es war nicht einfach.

»Sei doch nicht unglücklich, Caroline.« Jimmy trat hinter sie und legte die Arme um sie, die Hände unter ihren Brü-

sten, und sie lehnte sich an ihn. Er neigte den Kopf, bis ihre Gesichter sich berührten.
»Mammy!« Emma kam hereingeplatzt und blieb mit aufgerissenen Augen stehen. »Was machst du denn da?«
»Warum bist du nicht im Bett?« Caroline schoß von Jimmy fort, als habe sie soeben einen elektrischen Schlag bekommen.
»Warum hat Onkel Jimmy dich geküßt?«
»Hat er nicht.«
»Hat er doch.« Emmas Unterlippe zitterte. »Ich hab's gesehen.«
»Er war nur nett. Ich küsse dich auch, wenn ich nett bin.«
Emma sah verstört aus. »Aber ...«
»Komm«, sagte Caroline. »Ich bringe dich wieder ins Bett. Kannst du nicht schlafen?«
»Nein«, antwortete Emma. »Ich will meinen Daddy.«
Caroline atmete langsam aus. »Was?«
»Daddy. Alle in der Schule haben Daddies zu Hause. Ich will meinen auch zu Hause haben.«
»Er kommt bald nach Hause«, versprach Caroline.
»Liest er mir dann auch vor?«
»Natürlich.«
»Deckt er mich zu?«
»Ja, natürlich.«
»Nimmt er mich mit zu McDonald's?«
»Emma!« Carolines Stimme wurde streng. »Sag Onkel Jimmy gute Nacht.«
Ihre Tochter ließ den Kopf hängen und weigerte sich, Jimmy anzusehen. Jimmy fluchte leise vor sich hin und begann die Ente zu tranchieren.
Damien lehnte sich in seinem Ledersessel zurück und studierte die weißgestrichene Decke seines Büros. Der höl-

zerne Ventilator drehte sich träge und fast hypnotisch. Die Nachmittagssonne flutete durch die Ritzen der Jalousien und warf ein Muster aus waagerechten Streifen auf seinen Schreibtisch.

Er brauchte diesen Augenblick der Ruhe. Seit die Firmenleitung beschlossen hatte, die gesamte Verwaltung nach Dublin zu verlegen, war die Arbeit ins Ungeheuerliche gewachsen, und das meiste davon blieb an ihm hängen. Die Verantwortung war immens, aber in diesem Augenblick war es nicht die berufliche Verantwortung, die ihm Sorgen machte, sondern die Verantwortung für seine Familie. Er fragte sich, was er vorfinden würde, wenn er nach Hause käme.

Es war Zeit für den wöchentlichen Anruf. Er wählte die Nummer.

»Hallo.« Das transatlantische Echo klang mit, aber Caroline hörte sich an, als sei sie irgendwo zwei Straßen weiter und wartete auf ihn.

»Hi, Caroline, ich bin's.«

»Natürlich bist du's, wer denn sonst?«

»Ich weiß nicht«, lachte er. »Ein heimlicher Bewunderer vielleicht?«

Sie antwortete nicht gleich. »Wie geht es dir?« fragte sie schließlich.

»Wunderbar. Viel zu tun. Wir bereiten den Umzug vor.«

»Welchen Umzug?«

»Herrgott, Caroline, den Umzug nach Europa natürlich.«

»Ach, *der* Umzug.« Sie klang zerstreut. »Ich dachte, du ziehst vielleicht aus deiner Villa aus.«

»Nein, warum sollte ich?«

Er konnte beinahe ihr Schulterzucken sehen, eine kaum wahrnehmbare Bewegung, während der sie die Augen-

brauen leicht emporzog. »In irgendein größeres Haus, das deiner Stellung in der Firmenhierarchie entspricht, vielleicht.«
Er war sich nie sicher, wann sie sich über ihn lustig machte und wann nicht.
»Ich wohne immer noch in meiner Villa«, sagte er.
»Es wird dir schwerfallen heimzukommen. Es ist kalt heute.«
»Heute morgen war es hier dunstig«, sagte er. »Aber am Nachmittag ist die Sonne durchgekommen.« Was für eine dämliche Unterhaltung, dachte er. Er wollte ihr Fragen stellen, über die Kinder reden, über sie beide reden. Er schauderte.
»Du erinnerst dich doch an diese Europareise, die sie dauernd abgesagt haben? Sie ist wieder aktuell. In ein paar Wochen. Zwei Tage in Amsterdam, und rate mal – zwei Tage in Dublin.«
»Das muß ziemlich anstrengend sein«, sagte Caroline.
Es war nicht gerade die Reaktion, die er sich erhofft hatte.
»Ja, bestimmt. Aber schön. Ist dir klar, daß ich nicht wieder in Europa war, seit ich hier lebe?«
»Nur zu klar«, sagte Caroline ausdruckslos. Er wünschte, er könnte wissen, was genau in ihrem Kopf vorging.
»Jedenfalls freue ich mich darauf, nach Hause zu kommen. Die Kinder zu sehen und das Haus und dich natürlich.«
»Ja, das glaube ich.«
»Herrgott, mußt du denn gleich so begeistert klingen?« schnappte er.
»Tut mir leid. Ich bin ein bißchen zerstreut heute. Aber die Kinder werden sich freuen, daß du nach Hause kommst, wenn's auch nur für ein paar Tage ist.«

»Na hoffentlich.« Damien lehnte sich in seinem Stuhl zurück. Der Kopf begann ihm zu schmerzen. »Ich sag dir Bescheid, wenn ich Genaues weiß.«
»Okay.«
»Und sonst? Ist alles in Ordnung?«
»Ja.«
»Und dein Dad?«
»Es geht ihm viel besser.«
»Gut.« Er wußte wirklich nicht, was er noch sagen sollte. »Also dann – schlaf gut.«
»Danke, aber ich gehe noch nicht schlafen.«
Damien sah auf die Uhr auf seinem Schreibtisch. »Bist du nicht immer früh ins Bett gegangen?«
»Heute nicht«, sagte sie. »Ich gehe zu *Mitternacht im Olympia.* Die Band von Pauls Bruder spielt da, wir haben alle Eintrittskarten gekriegt.«
»Paul?«
»Donnas Freund.«
»Oh, *der* Paul.« Damien erinnerte sich nicht an ihn. Hatte Caroline ihn erwähnt? Er hatte keine Ahnung. »Viel Spaß«, sagte er. »Rede nicht mit gutaussehenden Fremden.«
»Warum denn nicht?« fragte sie gelassen. »Ich bin sicher, du tust das dauernd.«
Er hatte ein ungutes Gefühl, als er den Hörer auflegte.
Donna erschien am folgenden Samstag bei Caroline. Es war ein wunderbarer Tag mit wolkenlosem Himmel und einer warmen Brise, in der die jungen Blätter des Apfelbaums raschelten. Caroline kämpfte gerade mit den Laken, die sie im Garten aufzuhängen versuchte, und Donna stellte sich dazu und reichte ihr die Wäscheklammern.
»In Malahide hat ein neuer Kleiderladen aufgemacht«,

erzählte Donna. »Ich dachte, da finde ich vielleicht etwas Brauchbares.«
»Für welchen Anlaß brauchst du es denn?«
»Jennys Geburtstag. Pauls Mutter hat uns alle zum Abendessen eingeladen. Sie sagt, es ist die einzige Gelegenheit, bei der er seine Schwester mal zu sehen kriegt.«
»Na, ich hoffe bloß, es macht dir nichts aus, mit zwei Kindern einkaufen zu gehen«, bemerkte Caroline. »Es ist nicht gerade entspannend.«
»Wir können hinterher einen Spaziergang am Wasser machen, dann werden sie schön müde«, sagte Donna.
Sie setzten sich in Carolines Auto und fuhren nach Malahide hinaus. Die Stadt wirkte fröhlich und geschäftig; das Sonnenlicht strahlte von den Schaufenstern zurück und brachte die davorstehenden Blumenkübel zum Leuchten. Die Leute schlenderten ohne Jacke durch die Straßen und genossen den ersten wirklich warmen Tag des Jahres.
»Kann ich auch etwas haben?« fragte Emma, als Donna die Ladentür aufstieß. »Kann ich ein neues Kleid haben?«
»Du trägst doch gar keine Kleider«, erinnerte Caroline sie. »Du hast mir selbst gesagt, Kleider sind affig.«
»Manche Kleider sind affig«, antwortete Emma entschieden. »Ich will ja ein schönes Kleid. Ein erwachsenes Kleid.«
»Wenn du erwachsen bist«, sagte Caroline.
Aber nachdem sie ein Kleid für Donna ausgesucht hatten – feuerrot und mit einem abgrundtiefen Ausschnitt, der Donnas Vorzüge zur Geltung brachte –, gingen sie eine Tür weiter zu den Kindersachen, und Caroline kaufte ein hellgrünes Kleid für Emma und noch ein Paar Jeans für David.

»Sie haben mehr Zeug, als sie tragen können«, beschwerte sie sich, als sie die Tüten im Kofferraum verstauten. »Ich weiß wirklich nicht, warum ich mich immer wieder breitschlagen lasse.«
Donna lächelte nachsichtig. »Kindersachen sind unwiderstehlich. Als wir jung waren, hatten wir keine so schönen Kleider.«
»Oh, Donna!« Caroline lachte. »Du klingst schon wie die Mutter von irgendwem. ›Als wir jung waren‹!«
Donna schauderte. »Laß mich das bloß nie wieder sagen. Wir *sind* jung.«
Caroline kaufte Eis und fuhr weiter bis zur Küste. Das Wasser glitzerte; Möwen kreisten über ihnen. Donna und Caroline setzten sich ins Gras, während Emma und David kreischend zum Wasser hinunterrannten.
»Wärst du gern mit Paul verheiratet?« Caroline drehte sich auf die Seite, um Donnas Gesicht sehen zu können. Ihre Freundin runzelte die Stirn.
»Manchmal«, sagte sie nach einer Pause. »Aber nicht immer.«
»Warum nicht?«
»Es ist eine Riesenentscheidung. Ich weiß nicht, ob ich schon soweit bin. Man ist dann eine Hälfte eines Paares, man ist nie wieder eine einzelne Person.«
Caroline sagte nichts.
»Es ist nicht, daß ich Paul nicht liebe. Aber verheiratet will ich noch nicht sein. Ich würde mich dann angekettet fühlen.«
Caroline rupfte einen Grashalm aus und drehte ihn zwischen den Fingern. »Meinst du, es war ein furchtbarer Fehler, Damien zu heiraten? Ich meine – konnte das von Anfang an eigentlich nur in einer Katastrophe enden?«

»Ist es denn eine Katastrophe?« fragte Donna zurück. »Du sagst, er kommt dieses Jahr nach Hause. Das heißt, ihr könnt von vorn anfangen. Euch noch mal entscheiden.«

»Ich weiß aber nicht, was ich entscheiden soll. Ich weiß nicht, ob ich ihn zurückhaben will oder nicht.«

Donna antwortete nicht. Sie hatte das Zittern in Carolines Stimme gehört.

»Manchmal will ich ihn wie wild. Und manchmal wäre es mir restlos egal, wenn er nie wiederkäme.«

»Und die Momente, in denen es dir restlos egal ist – fallen die mit Jimmy Ryans Besuchen zusammen?«

Jimmy war nicht erwähnt worden, seit Caroline Donna erzählt hatte, daß sie mit ihm geschlafen hatte.

»Nicht immer. Manchmal will ich den auch nicht dahaben.«

»Hört sich an, als wärst du eine Kandidatin fürs Kloster«, kicherte Donna. »Weißt du noch, wie Schwester Bernadette von der Berufung geredet hat?«

Caroline lachte. »Die höchste Erfüllung, die eine Frau finden kann: Schenk dich Jesus Christus.«

»Nicht ganz meine Vorstellung von Erfüllung.«

»Vielleicht doch.« Caroline wurde plötzlich ernst. »Vielleicht sind die alle unglaublich glücklich. Vielleicht ist es dort wirklich wunderbar friedlich.«

»Na, ich weiß nicht. Müssen die nicht zu nachtschlafender Zeit aufstehen und zur Messe gehen? Friedlich würde ich das nicht nennen.«

»Ich bin heute um vier aufgestanden und habe David wieder ins Bett gebracht. Er ist aufgewacht und hat Damon Hill gespielt – er hat am Fußende des Bettes gesessen und einen Monza gefahren. Ich habe vielleicht einen Schreck gekriegt. Nennst du *das* friedlich? Und Klöster riechen immer so schön nach Blumen und Bohnerwachs und Kerzen.«

»Und Essen«, fügte Donna prosaisch hinzu. »Weißt du noch? Jedesmal, wenn wir da vorbeigekommen sind, waren sie am Kochen.«

»Du hast keine Seele«, stellte Caroline fest.

»Nein, wahrscheinlich nicht.« Donna verfolgte, wie ein Windsurfer in Neonpink und Grün draußen auf dem Wasser den Halt verlor und von seinem Brett fiel. »Jetzt kriegt er bestimmt die Ruhr oder so was.«

»Damien hat in Grand Cayman auch Windsurfen gelernt«, sagte Caroline. »Er macht es gut.«

»Dort fällt man bestimmt auch lieber ins Wasser.«

»Es ist wunderschön dort«, seufzte Caroline. »Ich wüßte nicht, warum er weggehen sollte.«

Sie dachte an Beverley Simmons, stellte sich vor, wie ihre langen schokoladenbraunen Beine sich um Damiens hageren Körper schlossen, und spürte, wie sich ihr der Magen umdrehte. Aber wie konnte sie Damien Beverley Simmons übelnehmen, wenn sie selbst genau das gleiche mit Jimmy Ryan getrieben hatte?

»Was wirst du tun, wenn er zurückkommt?« Donna sah sie neugierig an.

»Wenn ich das bloß wüßte«, seufzte Caroline.

Am Nachmittag besuchte sie Patrick im Geschäft. Die Kinder hatten darauf bestanden, ihre neuen Kleider anzuziehen, um sie ihm zeigen zu können. Während Patrick den beiden zwei gelbe Lutscher aus dem Glas hinter dem Ladentisch in die Hand drückte, sagte er zu Caroline: »Du wirst nie erraten, was passiert ist.«

»Nämlich was?«

»Erinnerst du dich an die selbstgemachte Schüssel, die du mir gegeben hast?«
»Die Salatschüssel?«
»Genau die.« Patrick nickte. »Ich hab sie verkauft.«
»Bitte?« Caroline starrte ihn an.
»Verkauft.« Patrick grinste ihr zu. »Ich hatte sie hier im Laden, ich habe Bonbons drin aufbewahrt. Judy Pierce hat sie gesehen und mich gefragt, wo ich sie herhätte – sie hat sie wunderschön gefunden. Und dann hat sie gefragt, ob ich sie verkaufen würde. Ich dachte, es würde dir nichts ausmachen. Sie hat zwanzig Pfund gezahlt.«
»Ist sie noch zu retten? Zwanzig Pfund für dieses Ding?«
»Sie wollte wissen, ob du noch mehr von der Sorte hast«, sagte Patrick. »Ich habe ihr gesagt, es wäre ein Einzelstück.«
»Wenn sie für jede davon zwanzig Pfund zahlt, mache ich noch ein paar«, erklärte Caroline.
Patrick öffnete die Kasse und nahm einen Zwanzigpfundschein heraus. »Da«, sagte er. »Gut gemacht.«
Caroline lachte und steckte das Geld ein. »Ich hätte nie gedacht, daß ich mal was verkaufe. Greta, das ist meine Lehrerin – sie verkauft natürlich. Aber daß jemand Geld für meine Sachen ausgibt ...«
»Da siehst du's«, sagte Patrick stolz.
»Ich bin ein Multitalent«, grinste sie. »Weil wir gerade davon sprechen, willst du heute abend zum Essen kommen? Ich habe ein neues Hühnchenrezept.«
Patrick richtete die Zigarettenschachteln auf einem Regal hinter dem Ladentisch ordentlich aus. »Danke, Liebling, aber heute nicht.«
»Oh, Dad! Du kannst doch nicht die ganze Zeit vor dem Fernseher sitzen. Und im Krankenhaus haben sie gesagt,

wie wichtig eine ausgewogene Ernährung ist. Wenn du allein bist, machst du dir irgendwas Unsägliches aus der Büchse warm.«

»Konserven können sehr nahrhaft sein«, verteidigte sich Patrick. »Und ich bin schließlich kein Invalide.«

»Das weiß ich«, sagte Caroline ungeduldig. »Wenn du nicht kommen willst, ist das völlig okay – ich dachte nur, vielleicht würde es dir Spaß machen.«

Patrick rieb sich das Kinn. »Natürlich würde es das. Es ist bloß, heute abend habe ich zu tun.«

»Zu tun?« Caroline starrte ihn an. »Was zu tun?«

»Wo sind wir hier, bei der Inquisition?« wollte Patrick wissen. »Muß ich über alles, was ich tue und lasse, Rechenschaft ablegen?«

»Nein, natürlich nicht!« Er war rot geworden, und sie begann sich Sorgen zu machen. »Wenn ich sicher sein kann, daß es dir gutgeht, lasse ich dich in Frieden. Bloß bin ich mir im Augenblick nicht ganz sicher.«

»Es ist aber alles in Ordnung.«

»So?« Caroline sah ihn abwartend an.

»Ich gehe aus.«

»Wohin?«

»Bekannte treffen.«

»Was für Bekannte?«

»Bekannte eben. Was soll das eigentlich für eine Frage sein? Leute. Personen. Bekannte.«

»Dad?« Caroline sah mittlerweile sehr mißtrauisch aus. »Gibt es da etwas, das du mir nicht erzählst?«

Patrick seufzte. »Es ist *eine* Bekannte«, sagte er schließlich.

»Dad!«

»Ich wußte, daß du mich jetzt ansehen würdest, als hätte ich zwei Köpfe.«

»Nein, nein!« Caroline war schockiert. »Ich wußte bloß nicht, daß du, na ja, *Bekannte* hast.«
»Habe ich aber.«
»Dad!« sagte sie wieder. »Wer ist sie?«
»Ich weiß wirklich nicht, worüber du dich so aufregst. Du bist es doch, die mir dauernd in den Ohren liegt, ich soll ausgehen.«
Caroline grinste ihn an. »Ich glaub's nicht. Du hast eine Verabredung! Welche von deinen Stammkundinnen hat dich denn an die Angel gekriegt? Mrs. O'Shea? Sie hat dich oft genug beäugt. Oder Susan Riordan? Du hast doch keine Affäre mit Angela?«
»Caroline!«
»Sorry.« Sie biß sich auf die Lippen, um nicht loszulachen. »Wer also?«
»Oh, du kennst sie nicht«, sagte Patrick herablassend. »Eine Bekannte von mir eben.«
»Wo habt ihr euch denn kennengelernt?«
»Im Krankenhaus.«
Caroline starrte ihn an. »Du meinst, sie hat es einfach ausgenutzt, daß du dich nach dem Herzinfarkt nicht wehren konntest?«
»Wenn du nicht augenblicklich aufhörst, dich über mich lustig zu machen, erzähle ich dir überhaupt nichts.«
»Es tut mir leid, Dad. Ich mache mich gar nicht wirklich über dich lustig. Ich freue mich für dich.«
Sie freute sich wirklich. Sie konnte es kaum glauben, daß Patrick mit einer Frau ausging.
»Freust du dich drauf? Erzähl mir doch von ihr. Ist das eure erste Verabredung?«
»Hör auf, es eine Verabredung zu nennen. Ich komme mir vor wie ein pickliger Teenager. Und ja, es ist das erste

Mal, daß wir zusammen ausgehen. Sie heißt Kitty Wilson und ist Witwe.«

»Dad.« Sie merkte, daß ihr die Tränen in die Augen traten, obwohl sie nicht wußte warum. »Dad, ich bin ja so froh.«

»Wir gehen nur aus«, sagte Patrick. »Wir lassen uns nicht trauen.«

»Trotzdem.« Caroline lächelte ihm zu.

Am Abend vor dem Fernseher dachte sie an ihn. Sie stellte sich vor, wie sie zusammen im Restaurant saßen, Patrick in seinem einzigen guten Anzug. Sie fragte sich, ob er sich gut amüsierte. Sie hoffte, es machte ihm Spaß.

In dieser Nacht träumte sie von Damien. Sie wachte um fünf Uhr morgens schlagartig auf in dem Gefühl, er läge neben ihr. Aber das Bett war leer. Sie stand auf und ging zum Fenster. Die Sterne schienen hell von einem samtschwarzen Himmel. Sie starrte zu ihnen hinauf und fragte sich, ob Damien in diesem Augenblick dieselben Sterne sah.

29

Draco
(Drache)

Ein Sternbild der nördlichen Hemisphäre; es erinnert an den Drachen Ladon im Garten der Hesperiden

Tossa nippte an ihrem Cappuccino und meditierte über dem Bildschirm. Sie mußte ein paar Aktien kaufen, konnte sich aber nicht recht entscheiden – japanische Papiere, die vorläufig noch billig waren, oder amerikanische Schatzpapiere, die in letzter Zeit geradezu spektakulär im Wert gestiegen waren und vielleicht bald abstürzen würden. Alle Welt sprach davon, daß der stete Aufwärtstrend des amerikanischen Marktes nicht anhalten konnte; alle Welt erwartete den Absturz. Aber er war noch nicht gekommen, und Tossa glaubte auch nicht, daß er bald kommen würde. Sie griff nach dem Telefon und kaufte für zwanzig Millionen amerikanische Schatzpapiere.

Das Börsenzimmer der Firma Marlborough Investments war ungefähr dreimal so groß wie das von Gifton; nach ein paar Wochen kannte Tossa noch immer nicht alle ihre Kollegen mit Namen. Die Atmosphäre war weniger intim als bei Gifton, aber vielleicht war das ganz gut so. Sie wollte sich mit niemandem einlassen, und es wäre einfach, hier in Versuchung zu geraten; die Belegschaft war jünger, und man ging viel gemeinsam aus. Sie hatte erfahren, daß es unter den Angestellten bereits mehrere heimliche Paare gab.

»Hallo.« Seth setzte sich auf die Kante ihres Schreibtischs. »Wie geht's?«
»Nicht schlecht.« Tossa knüllte ihren Pappbecher zusammen und warf ihn durch das kleine Basketballnetz, das auf ihrem Papierkorb saß. »Und bei dir?«
»Ich hab den ganzen Tag noch nichts getan. Ich war bloß in ein paar Besprechungen mit Rupert. Die Übernahme verzögert sich.«
»Ach, komm schon, Seth.« Tossa lächelte ihm zu. »Du hast doch schon genug Geld.«
»Nicht genug«, sagte er düster. »Ich hab einen Deal vermasselt. Amerikanische Stammaktien gekauft, sah zuerst ganz gut aus. Jetzt hat irgendwer die Firma verklagt, das Produkt ist angeblich ein Plagiat. Die Aktien fallen ins Bodenlose. Alles wertlos!«
»Autsch«, sagte Tossa.
»Geschieht mir recht.« Seth gähnte. »Ich wußte nichts über diese Firma. Ich gehe früher heute, ich kann mich nicht konzentrieren. Kommst du mit, gehen wir irgendwo was trinken?«
Tossa schüttelte den Kopf. »Ich habe zuviel zu tun.«
»Ach komm, so schlimm kann es doch nicht sein. Geschäftlich oder privat?«
»Beides.«
»Jemand Spezielles?«
»Sei nicht albern.«
»Warum sollte es nicht jemanden geben?«
»Im Augenblick nicht.«
»Für mich auch nicht.«
Sie sahen sich an; in seinem Blick lag eine Frage.
»Ich möchte mich im Augenblick mit niemandem einlassen«, sagte sie.

»Wer redet denn von Einlassen.« Seth berührte vorsichtig ihre Schulter. »Herrgott, Tossa, ich habe doch nur gefragt, ob wir etwas trinken gehen.«
Aber Tossa hatte Seth in Aktion erlebt. Ein, zwei Gläser Bier, und er würde im ganzen Büro mit seiner Eroberung prahlen. Bei Marlborough hielt er sich mehr zurück als bei Gifton; trotzdem wollte sie nicht, daß die Kollegen anfingen, Wetten über sie und Seth abzuschließen.
»Ich glaube nicht –«
»Tossa! Ein Glas Bier! Ist das wirklich so schlimm?«
Sie hatte immer noch ihre Zweifel, als sie gegen Abend in einer nahe gelegenen Brasserie saßen. Seth bestellte Bier und Pistazien.
»Ich bewundere dich«, sagte er, während er eine Pistazie öffnete. »Wie du Cochrane und Gifton hinter dir gelassen hast. Wie du dich verändert hast – ich wäre nie darauf gekommen, daß du so attraktiv bist. Nicht, als du damals bei Gifton aufgetaucht bist.«
»Ich war ein richtiges Landei, oder? Aber meine Schwester ist die Attraktive bei uns.«
»Dann muß sie absolut sensationell sein. Von meinem Platz aus gesehen bist du die schönste Frau weit und breit.«
»Seth.« Tossa fühlte sich unbehaglich. »Das hört sich gar nicht nach dir an.«
Er griff nach ihrer Hand. »Ich stelle nur eine Tatsache fest.«
»Seth –« Sie seufzte. »Seth, baggerst du mich jetzt an? Ich meine, ist das deine übliche Masche? Ich weiß wirklich nicht, was ich sagen soll.«
»Du brauchst gar nichts zu sagen. Du brauchst dich nur gut zu amüsieren und mich nicht restlos unattraktiv zu finden.«

»Oh, Seth!« Sie lachte. »Du weißt, ich habe immer nur dich geliebt.«
»Hör auf damit. Ich mein's ernst. Warum glaubst du mir nicht?«
»Weil ich dich kenne.«
Er schüttelte den Kopf. »Du kennst mich überhaupt nicht. Du glaubst, ich bin ein hoffnungsloser Aufreißer, und das bin ich eigentlich gar nicht.«
»Seth, diese Variante hast du bestimmt auch schon oft verwendet.«
Er lachte. »Okay. Wie wäre es damit? Du bist das aufregendste Mädchen, das ich kenne, und ich will dich mit zu mir nach Hause nehmen und richtig durchficken.«
Tossa stellte ihr Glas ab. »Ich gehe jetzt besser«, sagte sie. »Ich mag dich, Seth. Aber –« Sie griff nach ihrer Handtasche. »Bis morgen.«
Sie ging mit schnellen Schritten durch die Brasserie und hinaus auf die Straße. Sie war jetzt wirklich verärgert. Seth hätte es besser wissen sollen.
Er holte sie an der nächsten Ecke ein und griff nach ihrem Arm. »Tossa, es tut mir leid. Das wollte ich nicht.«
»Schon okay. Vergiß es.«
»Das würde ich gern. Aber ich weiß nicht, ob ich kann.«
Passanten eilten vorüber. Seth manövrierte Tossa ein Stück zur Seite. »Es ist schwierig für mich. Ich sehe dich jeden Tag, und ich kann nicht anders, ich möchte etwas unternehmen.«
Sie starrte ihn an. »Unternehmen?«
»So zum Beispiel«, sagte er und küßte sie.
Trotz allem war sie überrascht. Seth schmeckte nach Bier und Pistazien. Sie machte sich entschieden los.

»Seth, das ist ein Fehler. Soweit bin ich noch nicht, und ich will ganz bestimmt nichts mit dir anfangen.«

»Du Miststück.« Er sah sie wütend an. »Du hast es doch gar nicht abwarten können, mit dem wundervollen Simon Cochrane ins Bett zu hüpfen! War's das Geld? Er ist reich, ich nicht?«

Sie meinte ihren Ohren nicht trauen zu können. »Du weißt ganz genau, daß es damit nichts zu tun hat«, sagte sie mit schwankender Stimme. »Ich habe gedacht, er *liebt* mich. Und du bist wahrhaftig reich genug!«

»Du sitzt jeden Tag da mit deinen ausgeschnittenen Blusen und geschlitzten Röcken, siehst aus wie ein gottverdammtes Sexsymbol, und ich soll dir glauben, daß das nicht mir gilt?«

»Wenn ich dir einen falschen Eindruck vermittelt habe, dann tut mir das sehr, sehr leid.« Sie hatte jetzt wirklich Angst.

»Natürlich.« Seth atmete scharf aus. »Siehst du dich weiter oben um? Muß es für dich gleich der Geschäftsführer sein?«

»Verdammt noch mal, für mich muß es gar niemand sein!« Sie wußte, daß ihre Stimme lauter geworden war, und einige der Passanten mußten sie gehört haben. Aber eingreifen würden sie nicht. Niemand in London griff jemals ein. Ihr Herz hämmerte. »Seth, ich hoffe wirklich, daß du einen schlechten Tag hattest oder zuviel getrunken hast oder irgend so was.« Sie hatte Mühe, ihre Stimme ruhig zu halten. »Am besten gehen wir jetzt nach Hause und vergessen das Ganze. Wirklich, ich möchte im Augenblick mit niemandem eine Beziehung anfangen.«

Er lachte kurz. »Du glaubst wirklich, du hast eine *Beziehung* mit Cochrane gehabt?«

»Seth!« Sie wich zurück. »Bitte, geh nach Hause.«
Sie hatte noch nie vor jemandem Angst gehabt, und sie konnte nicht glauben, daß es Seth war, vor dem sie jetzt Angst hatte. Sie hatte in ihm immer einen Freund gesehen.
»Ach, geh zur Hölle«, sagte er schließlich. »Ihr seid doch alle gleich.«
Er drehte sich um und ging die Straße hinunter. Tossa wartete, bis er um die nächste Ecke verschwunden war, und schoß dann die Treppe der U-Bahnstation hinunter. Sie zitterte noch, als sie die Wohnungstür aufschloß.
Carls Wohnung befand sich in einem Altbau – ein Wohnzimmer, ein Schlafzimmer, dazu Küche und Bad, und nichts davon war besonders geräumig. Tossa nahm eine Flasche Wodka aus dem Schrank und goß sich ein Glas ein. Sie konnte noch immer nicht glauben, was geschehen war. Sie hatte Seth gemocht und ihm vertraut. Konnte sie wirklich so dumm sein, nicht zu merken, wenn ein Mann an ihr interessiert war? Und sicherlich konnte er doch nicht ernst gemeint haben, was er über ausgeschnittene Blusen und geschlitzte Röcke gesagt hatte. Sie stellte sich vor den Spiegel. Eine weiße Bluse mit V-Ausschnitt und ein völlig normaler taubengrauer Rock, der Saum knapp über dem Knie. Es war nichts Aufreizendes daran, das wußte sie. Sie leerte das Glas und füllte es nach. Jetzt wünschte sie sich, noch mit Louise zusammenzuleben – heute nacht wollte sie nicht allein in der Wohnung sein.
Sie dachte an Simon und schloß die Augen. Wenn sie an Simon dachte, und an Stacey, empfand sie Demütigung und Wut und dann einen dumpfen Schmerz, der einfach nicht verschwand.

War Simon der Grund dafür, daß sie Seth zurückgewiesen hatte? Dabei war *Zurückweisung* gar nicht das richtige Wort – Seth wollte im Grunde gar nichts von ihr. Sie kannte ihn zu gut. Wahrscheinlich war es eine von seinen blöden Wetten. Sie setzte sich abrupt auf. Natürlich, das war es! Ihre Angst verwandelte sich prompt in Wut. Er konnte sich einfach nicht vorstellen, daß sie nicht interessiert war – sie hatte seine Eitelkeit verletzt, und das nahm er ihr übel. Fick dich ins Knie, Seth Anderson, dachte sie und goß sich noch einen Wodka ein. Von dir lasse ich mich nicht einschüchtern. Inzwischen drehte sich ihr der Kopf. Sie schaltete den Fernseher ein, war aber eingeschlafen, bevor die Nachrichten vorbei waren.

Am nächsten Tag war Seth nicht im Büro. Tossa fand heraus, daß er in Schottland bei einem Treffen mit ein paar Klienten war und erst in der nächsten Woche zurückkommen würde, und widmete sich erleichtert ihrer Arbeit.

Am Abend rief sie Caroline an, um sich nach Patrick zu erkundigen.

»Dem geht's phantastisch.« Caroline hörte sich unglaublich fröhlich an. »Ein ganz neuer Mann.«

»Das klingt gar nicht nach Dad. Was ist denn los?«

Es war das erste Mal seit Jahren, daß sie Caroline lachen hörte. »Gar nichts.«

»Komm schon, lach mich nicht aus!«

»Ich lache dich nicht aus. Stell dir vor, Tossa, Dad hat eine Freundin!«

»Das soll ja wohl ein Witz sein!« Tossa traute ihren Ohren nicht.

»Im Ernst. Er geht mit dieser Frau aus, die er im Krankenhauscafé kennengelernt hat. Sie waren im Restaurant, und gestern abend sind sie ins Kino gegangen.«

»Dad! Ins Kino!« Tossa war geradezu schockiert. »Mit einer Freundin!«
»Absolut. Und er sagt, sie haben sich bestens unterhalten.«
»Wie alt ist sie?« erkundigte sich Tossa vorsichtig. »Ich meine, sie ist doch nicht irgend so ein junges Flittchen?«
»Nein.« Carolines Stimme klang ernster. »Ich hab sie noch nicht gesehen, aber sie ist eine Witwe mit einem erwachsenen Sohn, also muß sie ja wohl über vierzig sein.«
»Ich kann's nicht glauben. Ich kann einfach nicht. Dad hat man doch nie aus dem Haus gekriegt.«
»Ja nun, das hat sich alles dramatisch geändert«, sagte Caroline. »Am Wochenende ist er losgegangen und hat sich ein neues Hemd gekauft.«
Tossa begann zu lachen, und Caroline fiel ein.
»Damien kommt nach Hause«, sagte Caroline dann plötzlich.
Tossa hörte auf zu lachen.
»Freust du dich drauf?«
»Irgendwie schon.«
»Caroline ... er liebt dich, weißt du. Wirklich.«
Ihre Schwester lachte kurz. »Er liebt sich selbst.«
Tossa spielte mit der Telefonschnur. »Ich hoffe, es wird schön für euch.«
»Erst mal kommt er nur für ein paar Tage, zum Vorbereiten. Die ganze Firma zieht um. So richtig toll kann es in ein paar Tagen nicht sein für uns.« Sie seufzte. »Ich hätte vorher furchtbar gern ein bißchen Zeit für mich. Ohne die Kinder.«
»Warum kommst du nicht für ein paar Tage her?« fragte Tossa. »Wir könnten einkaufen, abends weggehen, all so was.«

»Vielleicht«, sagte Caroline.
»Tu's einfach«, sagte Tossa entschieden. »Ich sitze allein hier in der Wohnung, ich hätte ganz gern Gesellschaft. Es würde mich freuen, Caroline.«
»Gut«, sagte Caroline. »Mache ich.«
Tossa holte ihre Schwester am Freitag vom Flughafen ab, in dem blauen Saab, den sie ihrer Firma abgerungen hatte.
»Und das hier ist die Wohnung von Louises Freund?« Caroline sah sich in dem winzigen Wohnzimmer um, das Tossa am Abend zuvor gründlich aufgeräumt hatte.
»Es gibt bloß ein Schlafzimmer«, sagte Tossa. »Aber das Sofa kann man ausziehen, du kannst also hier schlafen.«
»Wo soll ich den Koffer hintun?«
Tossa zuckte die Achseln. »Irgendwo. Ich bin selbst noch nicht recht heimisch hier. Willst du einen Kaffee oder Tee? Oder irgendwas sonst? Ich habe Whiskey, Brandy und Wodka.«
»Wodka wäre schön«, sagte Caroline. »Wann will Louise denn heiraten?«
»Im August. Es ist alles organisiert – sie heiraten in Shropshire.«
»Tante Vivienne wird das nicht mögen«, bemerkte Caroline.
»Louise ist inzwischen nun mal in England zu Hause. Aber Tante Vivienne müßte eigentlich begeistert sein. Carls Familie ist stinkreich, sie gehen jagen und lauter solches Zeug.«
»Wollen sie in London wohnen?«
Tossa nickte. »Aber sie wollen Louises Haus verkaufen und die Wohnung hier auch.«
»Und willst du sie kaufen?«

Tossa nippte an ihrem Wodka. »Ich glaube nicht«, sagte sie nach einer Pause. »Ich möchte irgendwann nach Hause kommen.«
Caroline schwenkte den Wodka in ihrem Glas. »Warum?«
»Darum. Ich fühle mich in London nicht zu Hause. Nicht genug, um etwas zu kaufen.«
»Aber in Dublin würdest du kaum einen Job finden.«
»Es gibt Jobs in Dublin. Man muß sie nur finden.«
»Hattest du an irgendwas in der Finanzbranche gedacht?« Caroline beobachtete Tossa unter den Wimpern hervor.
Tossa errötete. »Vielleicht. Ich weiß nicht.«
»So was wie Damiens Firma?«
»Ganz sicher nicht. Auch nicht, wenn es der einzige Job in Dublin wäre.«
Caroline leerte ihr Glas. »Es tut mir leid«, sagte sie.
»Was?«
»Weißt du noch, wie wir drüber geredet haben, als du bei uns warst? Als ich gesagt habe, ich könnte dir nicht verzeihen? Das war totaler Quatsch. Das Ganze war genauso meine Schuld und Damiens wie deine. Ich habe dir die ganze Schuld gegeben, weil ich nicht sehen wollte, daß es schon vorher schiefgegangen war. Und wahrscheinlich ist niemand schuld. Es war einfach eine von diesen ›zu jung geheiratet und Kinder gekriegt‹-Geschichten.« Sie warf ihrer Schwester ein vorsichtiges Lächeln zu. »Das Komische ist, jetzt sehe ich es viel deutlicher.«
»Und was willst du jetzt machen? Ich meine, wie geht es weiter mit Damien und dir?«
»Ich kann nichts entscheiden, bevor er nicht wieder da ist. Und es gibt da noch ein paar Faktoren.«
»Zum Beispiel?«

»Jimmy Ryan.«
»Jimmy Ryan!« wiederholte Tossa.
»Es ist nichts Ernstes. Aber er war sehr nett zu mir.«
»Aber das reicht doch nicht.«
Caroline lächelte etwas. »Ich weiß.«
»Es tut mir leid.« Tossa stellte ihr Glas auf dem Tisch ab. »Selbst wenn du mir jetzt verzeihst. Es tut mir sehr leid.«
Sie saßen einen Augenblick schweigend da; dann sagte Tossa plötzlich: »Erzähl mir von Dads Freundin.«
Carolines Augen funkelten. »Ich habe sie immer noch nicht kennengelernt. Er redet nicht viel von ihr – ich glaube, es ist ihm peinlich.«
»Warum denn das?«
»Wahrscheinlich glaubt er, er ist zu alt für so was.«
»Oh, um Himmels willen! Er hätte sich schon vor Jahren jemanden suchen sollen.« Tossa goß Wodka nach. »Er wäre vielleicht glücklicher gewesen.«
»Ich habe das Gefühl, er ist jetzt sehr glücklich. Ich hoffe, sie bleiben dabei.« Caroline sah in ihr Glas. »Erinnerst du dich eigentlich an unsere Mutter? Ich meine, als Person – so wie sie war?«
Tossa biß sich auf die Lippen. »Ich weiß, daß sie wunderschöne Augen hatte. Und daß sie sehr freundlich war.«
»Manchmal erinnere ich mich überhaupt nicht an ihr Gesicht. Aber du siehst ihr ähnlich, Tossa.«
»Wirklich?«
Caroline nickte. »Es ist ein bißchen unheimlich, aber in manchen Momenten *sehe* ich sie richtig, wenn ich dich ansehe.«
»Bin ich eigentlich attraktiv?«
»Bitte?« Caroline sah ihre Schwester überrascht an.
»Sehe ich gut aus? Die Wahrheit, bitte.«

»Du *bist* attraktiv. Nicht hübsch. Nicht *schön*, weißt du. Aber attraktiv – das warst du schon immer. Du hast nur nichts draus gemacht.«
»Da war eine furchtbare Szene mit einem Kollegen«, sagte Tossa plötzlich.
»Was für eine Szene?«
Tossa erzählte von dem Abend mit Seth. »Ich dachte, wir wären Freunde. Und ich habe mich vollkommen geirrt.«
Caroline drückte ihren Arm. »Es war nicht deine Schuld.«
»Nein. Aber ich hatte das Gefühl, ich hätte ihm irgendwie falsche Hoffnungen gemacht.« Sie seufzte. »Warum ist das eigentlich immer alles so kompliziert?«
»Dadurch wird's doch erst interessant«, grinste Caroline.
Am Samstag gingen sie einkaufen. Sie klapperten Oxford Street, Bond Street und Knightsbridge ab, und Caroline gab ein Vermögen bei Harrod's und Hamley's aus. Am Nachmittag waren sie beide völlig erschöpft.
»Kreditkarten sind eine wunderbare Erfindung«, sagte Caroline, als sie in einem kleinen Café am Marble Arch bei Kaffee und Kuchen saßen, und studierte die stattliche Reihe farbenprächtiger Tüten auf dem Boden. »Es geht alles so schmerzlos.«
»Bis die Abrechnung kommt.« Tossa schob ein Stück Schokoladentrüffeltörtchen in den Mund. »Gott, hatte ich einen Hunger!«
»Du hast abgenommen. Du warst viel rundlicher, als du weggegangen bist.«
»Kummer«, sagte Tossa mit tragischer Miene.
Caroline lachte.
»Doch, wirklich. Ich habe fünf Kilo abgenommen. Phantastisch, also dachte ich, ich versuch's zu halten.« Sie aß

das nächste Stück Törtchen. »Ich habe ein bißchen zugenommen, als ich mit Simon zusammen war, und dann wieder abgenommen, als er mich sitzengelassen hat.«
»Wie war er eigentlich?« fragte Caroline.
»Ich weiß nicht.«
»Was soll das heißen?«
»Ich dachte natürlich, er ist wundervoll. Ich dachte, er liebt mich. Dabei war es nichts als Sex. Ich glaube, er hat gern Affären mit Frauen, die in der Firma arbeiten. Dann kann er sich mächtig fühlen. Bei Seth war's im Zweifelsfall dasselbe.«
Caroline nickte. »Du hast ziemliches Pech gehabt.«
»Wahrscheinlich hat es mir sogar gutgetan«, sagte Tossa energisch. »Ich war so hoffnungslos naiv – ich hätte damals lieber ein bißchen Lebenserfahrung sammeln sollen, als die ganze Zeit Bücher zu lesen.«
»Das ist so ziemlich das Dümmste, was du je von dir gegeben hast. Sieh dir doch an, was die Lebenserfahrung *mir* gebracht hat!«
»Kann man es eigentlich richtig machen?« fragte Tossa. »Ich meine, gibt es Leute, die den richtigen Mann finden und dann mit ihm glücklich werden?«
»Wahrscheinlich nicht«, sagte Caroline düster. »Alles Schwindel.«
Am Abend gingen sie in ein indisches Restaurant in Wembley und schlemmten Rogan Josh und Huhn Tikka Masala, bis Tossa feststellte, sie würde eine Woche lang nicht laufen können, und Caroline murmelte, sie hätte wohl doch lieber die Hose mit Elastikbund anziehen sollen.
Als Tossa am Sonntagmorgen aufwachte, strömte Sonnenlicht durch die dünnen blauen Vorhänge. Sie warf

einen Blick auf die Uhr. Acht Uhr war viel zu früh zum Aufstehen, aber sie konnte nicht wieder einschlafen.
Es war ein erstaunlicher Tag gewesen. Zum ersten Mal in ihrem Leben hatte sie nicht das Gefühl gehabt, mit Caroline zu konkurrieren. Caroline hatte Kleidungsstücke anprobiert, und Tossa hatte sagen können, daß sie großartig aussahen, ohne daran zu denken, wie entsetzlich sie wahrscheinlich an ihr selbst ausgesehen hätten. Nicht einmal hatte sie sich gewünscht, Carolines kühle blonde Schönheit und ihren zarten Körperbau zu besitzen. Und dabei sah Caroline jetzt noch besser aus als während Tossas Besuch in Dublin. Damals hatte sie sich sichtlich Sorgen um Patrick gemacht.
Tossa hoffte, Damien und Caroline würden eine Lösung finden. Es war eine furchtbare Vorstellung, daß sie es vielleicht nicht konnten und daß das, was immer Caroline auch dazu sagte, zum Teil ihre, Tossas, Schuld sein könnte. Bitte, wandte sie sich an einen Gott, zu dem sie kaum noch betete, bitte bring es in Ordnung. Und, fügte sie hinzu, finde jemanden für mich.
Eigentlich albern, dachte sie, das Leben mit einem Mann teilen zu wollen. Männer erwarteten nur, daß man für sie da war, wenn es ihnen gerade paßte. Vergiß den Teil über mich, verbesserte sie sich dem Allmächtigen gegenüber, kümmer dich einfach nur um Caroline.
Sie hörte, wie ihre Schwester im Nebenzimmer umherging, nahm ihren Seidenmantel mit dem Rosenmuster vom Stuhl und ging zu ihr hinaus.
»Ich wollte gerade Frühstück machen«, sagte Caroline. »Wunderbarer Tag, nicht?«
»Toll. Schade, daß du heute abend schon zurückfliegst – wir hätten aufs Land rausfahren können.«

»Land kriege ich zu Hause genug zu sehen. Ich interessiere mich mehr für die Stadt.«

Tossa lachte. »Du hörst dich ja an, als lebtest du in einem Kuhdorf!«

»Ich mag es einfach, wie die Gebäude einander wegzudrängen versuchen. Wohnen wollte ich hier nicht, aber es macht Spaß, sich umzusehen.«

»Soll ich dir zeigen, wo ich arbeite? Wir können durch die City gehen – es ist allerdings ein bißchen gespenstisch da am Sonntag.«

»Okay«, sagte Caroline.

Tossa erinnerte sich noch, daß sie die U-Bahn am Anfang gehaßt hatte. Sie war sich vorgekommen wie eine Ratte in einem Kanalrohr in den überfüllten Zügen. Heute allerdings waren die Stationen fast verlassen, und ihre Schritte hallten in den Tunneln.

Sie machten einen Spaziergang durch die City – Threadneedle Street und Old Bond Street hinauf zur Liverpool Street, wo Tossa ihrer Schwester die riesigen Gebäude von Broadgate und Bishopsgate zeigte. Sie zeigte zu den Büros von Marlborough Investments im zwanzigsten Stock eines schwarzen Glasturms hinauf, und Caroline meinte, es müsse phantastisch sein, bei einer solchen Aussicht zu arbeiten.

»Aber man sieht nur andere Gebäude«, lachte Tossa. »Es ist nicht wie zu Hause, wo man die ganze Dublin Bay vor sich hat. Schön ist es trotzdem.«

Sie gingen zurück zur Lombard Street. »Hier habe ich am Anfang gearbeitet«, sagte Tossa, als sie vor den schweren Holztüren von Gifton Mutual standen.

Caroline trat ein paar Schritte zurück, um das alte Gebäude besser sehen zu können. »Es ist fast noch eindrucksvoller als die modernen Bauten, stimmt's? Man bekommt eine Vorstellung von den historischen Zusammenhängen.«

»Meinst du, du bleibst jetzt bei Marlborough?« fragte Caroline, als sie am Nachmittag ihren Koffer packte.

Tossa legte eine von Carolines Blusen zusammen. »Ich weiß nicht. Die Arbeit macht Spaß, und die Atmosphäre war auch in Ordnung, bevor Seth mich angebaggert hat. Ich weiß nicht, wie es weitergeht, wenn er wiederkommt, aber ich habe es satt, immer nach ihren Regeln zu spielen.«

»Was für Regeln?«

»Männerregeln«, sagte Tossa. »Es ist so eine Art Machospiel – sie machen die Regeln, du befolgst sie. Und außerdem brauchst du ein dickes Fell, weil du natürlich über ihre sexistischen Witze lachen sollst und ihre Prahlereien ignorieren mußt.«

»Was ist eigentlich mit sexueller Belästigung – meinst du, du könntest diesen Anderson anzeigen?«

»Das bezweifle ich.« Tossa setzte sich auf den Koffer, damit Caroline ihn schließen konnte. »Und ich würde meine Karriere ruinieren, wenn ich's täte. Man ist einfach abhängig von den Vorstellungen, die Männer von der Arbeit haben. Abends als letzter zu gehen zum Beispiel. Besessen zu sein von Titeln – leitender Direktor, Direktor Rechnungswesen, der ganze Blödsinn.« Sie lachte. »So was kann sich einfach nur ein Mann ausgedacht haben. Ich will in meinem Job weit oben sein, aber das ist gar nicht einfach, wenn man keinen Schwanz hat.«

»Herrgott, Tossa.« Caroline erstickte fast. »Du bist ja eine richtige Männerhasserin geworden.«

»Nein. Bloß ein bißchen realistischer.«

»Warum machst du dich nicht selbständig, wenn du's so haßt?« fragte Caroline.
»Ich hasse es nicht. Ich habe es nur manchmal satt.«
»Es ist deine Sache, die Regeln zu ändern.« Caroline prüfte das Gewicht des Koffers und seufzte. »Warum schleife ich bloß immer soviel Zeug mit? Du könntest nach Hause kommen und eine Firma gründen.«
»Vielleicht. Irgendwann mal.« Tossa rieb sich die Nase.
»Im Ernst. Du könntest es tun. Du könntest den Laden übernehmen, wenn Dad in den Ruhestand geht.«
»O nein.« Tossa schüttelte heftig den Kopf. »Das ist mir zuviel Arbeit. Und er denkt gar nicht daran, in den Ruhestand zu gehen.«
»Wer weiß«, sagte Caroline. »Vielleicht heiratet er die schöne Kitty und verkauft den Laden.«
»Caroline!« Tossa starrte sie an. »So ernst ist das?«
Caroline schüttelte den Kopf. »Keine Ahnung, ehrlich gesagt.«
»O Gott.« Tossa fuhr sich mit den Fingern durchs Haar. »Dann wäre sie unsere Stiefmutter! Und bei der Hochzeit könnten wir Brautjungfern spielen.«
Sie starrten sich an. Dann brachen sie in haltloses Gelächter aus. Sie kicherten noch, als sie Carolines Koffer zum Auto hinuntertrugen.

30

Pisces
(Fische)

Ein Sternbild über dem Äquator;
Venus verwandelte sich selbst und ihren Sohn Cupido in Fische,
um dem zornigen Typhon zu entkommen

Caroline erzählte Jimmy erst am Tag vor Damiens Ankunft, daß ihr Mann zurückkommen würde. Sie hatte nicht gewußt, wie sie es ihm beibringen sollte, sie fürchtete sich vor seiner Reaktion, und so hatte sie es hinausgeschoben, solange es ging. Schließlich rief sie ihn an.

Sie konnte förmlich sehen, wie seine Augen sich verengten. »Und warum kommt er zurück?«

»Er trifft sich mit ein paar Leuten wegen des neuen Firmensitzes«, sagte sie mit gespielter Unbefangenheit. »Er bleibt von Donnerstag bis Sonntag.«

»Aha.«

»Es wird wunderbar sein für die Kinder.«

»Ich komme vorbei«, sagte Jimmy. »In einer Viertelstunde bin ich da.«

»Das ist wirklich nicht –« Aber er hatte schon aufgelegt.

Wenn sie nur wüßte, wie sie mit ihm umgehen sollte. Sie hatte sich in seiner Gegenwart sicher und vertraut gefühlt, aber manchmal hatte sie auch den Eindruck, ihn überhaupt nicht zu kennen. Wenn es um Damien ging, konnte er geradezu irrational werden. Jimmy sah in

Damien einen Dummkopf und Deserteur, der keinerlei Rechte mehr an seiner Familie hatte.
Er stand exakt fünfzehn Minuten später vor der Tür und folgte ihr ins Wohnzimmer.
»Also?« Auch im Hinblick auf die verengten Augen hatte sie recht gehabt.
»Jimmy, Ende des Sommers kommt er endgültig zurück.«
»Hierher? Und du läßt ihn morgen hier schlafen?«
»Natürlich.«
»Und es interessiert dich einen Dreck, was ich dabei empfinde.«
»Nein, so ist es nicht«, sagte sie. »Das weißt du genau. Du warst wunderbar zu mir, Jimmy – immer. Aber Damien ist nur für drei Nächte da, und ich will hier keinen Familienkrach. Es wäre nicht fair den Kindern gegenüber.«
»Während *er* den Kindern gegenüber immer fair war. Alles, was sie brauchen, haben sie von ihm gekriegt.«
»Jimmy, bitte. Du weißt genau, ich kann ihm nicht verbieten, hier zu schlafen.«
»Davon weiß ich absolut nichts«, sagte Jimmy.
Caroline wandte sich ab. Sie wünschte sich, zu den Leuten zu gehören, die wirklich streiten konnten. Statt dessen regte sie sich auf, fand keine Argumente und begann meistens zu weinen. Und sie wollte nicht vor Jimmy weinen; sie wollte mit ihm reden, nicht erreichen, daß er sie in die Arme nahm und ihr sagte, es würde alles gut werden, er würde alles in Ordnung bringen. Was er gar nicht konnte. Nur sie selbst konnte das – vielleicht.
»Alles in Ordnung?« Seine Stimme klang jetzt sanft.
»Ja.« Sie wandte sich ihm wieder zu. »Damien ist mein Mann, und er wird hier wohnen, Jimmy. Vielleicht zum letzten Mal, ich weiß es nicht. Aber ich weiß, daß ich des-

wegen keinen Ärger haben möchte. Vielleicht weiß ich hinterher besser, was ich will.«
Er schüttelte langsam den Kopf. »Es geht immer nur darum, was *du* willst, stimmt's, Caroline? Es geht nie um mich.«
»Ich ... Es tut mir leid. Ich habe dir nichts als Schwierigkeiten gemacht. Es tut mir leid.«
»Schon gut.« Er lächelte, aber das Lächeln erreichte seine Augen nicht. »Vielleicht ist es am besten so.«

Damien rief am Donnerstagmorgen vom Flughafen aus an, um ihr mitzuteilen, daß er direkt in die nächste Besprechung mußte, ohne vorher nach Hause kommen zu können.
»Oh, Damien.« Caroline wußte, daß sie enttäuscht klang. »Wann wirst du also dasein?«
Er seufzte. »Ich weiß es nicht. Ich habe mehrere Termine, also wird's wahrscheinlich fünf Uhr. Ich sage dir am Nachmittag Bescheid.«
Caroline saß im Haus herum und wartete auf den Anruf. Der Tag schleppte sich vorbei. Die Kinder waren vor Aufregung kaum zu bändigen; jede halbe Stunde fragte Emma oder David, ob es immer noch nicht soweit sei. Sie erklärte ihnen, daß Daddy noch arbeitete und daß es vielleicht dunkel sein würde, bis er kam.
»Aber dann bin ich doch im Bett«, rief David.
»Nein, bist du nicht.« Caroline nahm ihn in die Arme. »Du kannst aufbleiben, bis er heimkommt.«
Gegen vier Uhr rief Damien an, um ihr mitzuteilen, daß es sieben werden würde, und sie zog ihr langes Jeanskleid und die blauen Schuhe an. Sie mochte das Kleid – es betonte ihre Größe und die schmale Taille und nahm das

Blau ihrer Augen wieder auf. Sie steckte das Haar zu einem Chignon zusammen und hängte sich blausilberne Ohrringe in die Ohren. Dann besprühte sie sich großzügig mit Dolce Vita.

Damien kam um sieben. Das Taxi hielt vor dem Haus, und er stand einen Augenblick am Gartentor, bevor er die Auffahrt hinaufging. Sie hatte die Fassade streichen lassen, stellte er fest. Die Mauer war cremeweiß, die Tür leuchtend rot. Als er fortgegangen war, war sie braun gewesen. Er drückte auf die Klingel.

»Hallo, Daddy!« Emma stürzte an Caroline vorbei, als die Tür geöffnet wurde, und warf sich in Damiens Arme, während David seine Beine umklammerte.

»Halt, Augenblick!« Damien hob sie beide hoch und drückte sie an sich. »Wie geht es euch? Ich habe euch so vermißt.«

»Daddy, es ist toll, daß du da bist!« sagte Emma. »Du kannst mein Zimmer sehen – ich habe ein Vogelmobile an der Decke hängen.«

»Und ich habe ein Flugzeug«, prahlte David. »Und eine Eisenbahn hab ich auch.«

»Ihr habt eine ganze Menge, scheint mir.« Er wandte sich Caroline zu. »Und was hast du?«

Sie küßte ihn auf die sonnengebräunte Wange. »Das Abendessen im Ofen.«

»Genau das, was ich brauche.« Er setzte die Kinder vorsichtig ab. »Wollt ihr mir helfen, den Koffer auszupacken?«

»Kriegen wir Geschenke?« fragte David hoffnungsvoll.

»Bestimmt«, sagte Emma zuversichtlich.

Damien lachte. »Kommt schon, gehen wir rauf.« Er sah Caroline entschuldigend an. »Ich bin in ein paar Minuten wieder unten.«

»Laß dir ruhig Zeit«, sagte sie.
Sie setzten sich zu viert an den Eßtisch. Caroline hatte ihn mit großer Sorgfalt gedeckt; sie hatte die Leinendecke und die Leinensets herausgeholt und eine ihrer handgetöpferten Vasen mit Freesien gefüllt und in die Mitte gestellt. Natürlich würde sie Tischtuch und Sets gleich morgen in die Waschmaschine werfen müssen, es bestand nicht die geringste Hoffnung, daß die Kinder keine Tomatensoße darüber verschütten würden – aber es sah so elegant aus, daß sie nicht hatte widerstehen können.
»Das ist ja wunderbar«, sagte Damien. »Ich wußte nicht, daß du so gut kochst, Caroline.«
»Eins von meinen neuentdeckten Talenten«, sagte sie leichthin.
»Das allein war die Reise schon wert.« Er lächelte.
»Wie war die Besprechung?«
»Okay. Ich muß morgen wieder hin. Und Dermot Butler will uns morgen abend zum Essen einladen.«
»Dermot Butler?« Carolines Gabel blieb auf halber Strecke in der Luft hängen.
»Der derzeitige Chefbuchhalter. Netter Kerl, du wirst ihn mögen.«
»Oh. Ich dachte, morgen könnten wir irgendwas mit den Kindern unternehmen.«
»Das können wir am Samstag machen.«
»Gut, in Ordnung.«
»Können wir ins Kino gehen?« fragte Emma. »Da gibt es Eimer voll Popcorn mit Butter.«
»Na, wenn ihr wollt«, grinste Damien. »Aber du weißt ja sicher, was passiert, wenn du eimerweise Popcorn ißt. Du wirst dick.«

»Nein«, sagte Emma wegwerfend. »Granny Maj sagt, ich bin wie Mam. Ich werde nicht dick.«
»Wie schön, daß sie glaubt, es gehörte keine Arbeit dazu«, bemerkte Caroline.
»Du bist wunderschön«, sagte Damien. »Wie eh und je.«
Sie lächelte ihm zu. Und er wußte wieder, daß sie immer noch die schönste Frau war, die er je getroffen hatte.
Damien brachte die Kinder ins Bett. Er las ihnen eine Gutenachtgeschichte vor, deckte das rosa Stoffschwein, ohne das David nicht schlafen konnte, sorgfältig zu und schlich dann auf Zehenspitzen die Treppe hinunter.
Caroline hatte aufgeräumt und abgewaschen und saß auf dem Sofa, als Damien leise ins Wohnzimmer kam.
»Schlafen sie?« fragte sie.
»Ja – endlich! Ich habe gelesen und gelesen – ich dachte, die schlafen nie ein. Dauert das immer so lange?«
Sie schüttelte den Kopf. »Sie sind nur aufgeregt. Sie haben Angst, sie verpassen etwas.«
Er schleuderte die Schuhe von den Füßen und setzte sich neben sie. »Das hier zum Beispiel?« fragte er, während er den Arm um sie legte und die Spangen aus ihrem Haar zog, das wie ein goldener Schwall ihr Gesicht umspielte. »Oh, Caroline, ich hab dich so vermißt.« Er küßte sie auf den Nacken, während er die Knöpfe des Denimkleides öffnete. »Ich dachte, ich schaffe es nie bis hierher.«
»Wirklich?«
»Ja, so ist es.« Er zog ihr das Kleid von den Schultern und strich mit der Hand über ihren Arm, dann über ihren Bauch und hinauf zu den Brüsten. Dann zog er sie an sich. »Du hast ja keine Ahnung, wie oft ich von dir geträumt habe. Ich brauche dich, Caroline, ich liebe dich.«

Seltsam, daß jetzt Damien der Fremde war – obwohl er und seine Berührungen ihr nicht wirklich fremd waren. Sie waren nur vergessen und schnell wieder erinnert. Die Art, wie er sie küßte – hart und fordernd, aber ohne die hungrige Dringlichkeit von Jimmy Ryan. Die Art, wie er ihre Brüste mit seinen Händen knetete, so daß der Schmerz beinahe Vergnügen war. Jimmy berührte sie nur mit den Fingerspitzen – Jimmy war nicht für Schmerz zu haben. Sie wollte die beiden nicht vergleichen. Sie wollte sich in dem Akt mit Damien verlieren – alles vergessen, außer daß er ihr Mann war, daß er nach Hause gekommen war und daß er sie liebte. Sie hielt ihn fester und keuchte, als er sich in ihr bewegte.

Und plötzlich fragte sie sich, ob Damien sie auch verglich – mit der wunderschönen Beverley. Sie schauderte bei dem Gedanken.

»Das ist wunderbar.« Damiens Stimme brach in ihre Gedanken ein. »Mach das noch mal, Caroline.«

Sie hätte beinahe gelacht. Beinahe.

»Vergiß das Essen heute abend nicht.« Damien knotete gerade seine grünweiße Pierre-Cardin-Krawatte, als er am Morgen in die Küche kam.

Caroline sah von dem Toast auf, den sie gerade mit Butter bestrich. »Wie könnte ich das vergessen?« Tatsächlich hatte sie in der Nacht eine Weile wach gelegen und sich überlegt, was sie anziehen sollte.

Sie hatte haufenweise Kleider, aber nichts für ein Geschäftsessen. Sie wußte nicht einmal genau, was man zu einem Geschäftsessen trug – sie war sich nur absolut sicher, daß es nicht in ihrem Kleiderschrank hing. Sie wollte etwas Neues, etwas Besonderes. Etwas, das bewies,

wie jung und schön sie noch war. Es half nichts – sie würde sich wieder etwas kaufen müssen. Nur gut, daß Damiens Gehalt erhöht worden war.
»Wohin gehen wir denn?« fragte sie.
Damien zuckte die Achseln. »Keine Ahnung. Aber es wird ein gutes Lokal sein, ich kann mir eigentlich nicht vorstellen, daß er uns zum Burger King schleift.«
»Können wir zum Burger King gehen?« meldete sich Emma vom Küchentisch her, wo sie sorgfältig die Rosinen aus ihrem Frühstücksmüsli pickte.
»Morgen«, antwortete Caroline automatisch.
»Da gehen wir ins Kino«, sagte David. »Du hast's versprochen.«
Caroline und Damien wechselten einen Blick. »Erinnern sie sich an alles?« fragte Damien.
»Natürlich«, sagte sie amüsiert. »Wenn du etwas versprichst, mußt du es halten.«
»Morgen gehen wir ins Kino *und* zum Burger King«, verkündete Damien mit großer Geste.
»O Gott«, murmelte Caroline.
Es war einer der Tage, an denen sie im Laden arbeitete, aber Patrick sagte sofort, sie solle schon am Mittag gehen und sich beim Einkaufen gut amüsieren.
»Kauf irgendwas wirklich Schönes«, sagte er. Er war entzückt, daß Damien zurückgekommen war und daß sein Schwiegersohn und seine Tochter heute ausgehen wollten.
Patrick war überzeugt davon, daß dies genau die richtige Methode war, um die Ehe zu retten. Caroline hatte seit langem nicht mehr so angeregt gewirkt.
Sie fuhr zu dem Laden in Malahide, wo Donna ihr Femme-fatale-Kleid gekauft hatte. Die Verkäuferin war

freundlich und hilfsbereit und holte Dutzende von Kleidern hervor.

»Es ist für einen besonderen Anlaß«, erklärte Caroline. »Es muß einfach perfekt sein.«

Sie entschied sich schließlich für ein schwarzes Seidenkleid mit einem Muster aus Rosen und Rosenknospen und einer dazu passenden Jacke. Es war ein dramatisches, auffallendes Kleid, und es saß wie angegossen. Die Verkäuferin nickte anerkennend und teilte ihr mit, daß sie genau die richtigen Schuhe dazu hatte – schwarz und hochhackig mit schmalen, gekreuzten Riemchen, die Carolines Füße winzig wirken ließen.

Caroline kaufte die Schuhe und eine passende Handtasche dazu. Sie hatte den Verdacht, daß es Damien gleich sein würde, wieviel sie ausgab, um an diesem Abend gut auszusehen.

Sie stand unter der Dusche, als Damien nach Hause kam. Majella, bei der Emma und David die Nacht verbringen würden, spielte im Wohnzimmer mit den Kindern.

»Daddy!« Emma stürzte auf ihn zu und trat dabei auf Davids Soldaten. Damien schwang erst sie, dann David durch die Luft, bis sie vor Vergnügen quietschten.

»Hallo«, sagte er dann zu Majella, die entzückt zugesehen hatte.

»Wie schön, daß du mich auch noch bemerkst.«

Er grinste ihr zu. »Tut mir leid, daß ich gestern nicht angerufen habe. Ich war total fertig.«

»Ausreden, Ausreden.« Aber sie ließ sich von ihm auf die Wange küssen und schloß ihn dann in die Arme. »Fahr uns nach Hause, dann kriegst du auch deinen Vater zu sehen.«

»Ihr hättet mich ruhig mal auf Grand Cayman besuchen können.«

»Das wollten wir auch, aber irgendwie sind wir nie dazu gekommen. Vielleicht schaffen wir's noch, bevor du endgültig wieder hier bist.«
»Wir waren da«, sagte Emma stolz.
»Ich weiß, Glückspilz.« Majella lächelte sie an. »Los, pakken wir dein Zeug zusammen, dann können deine Eltern sich heute abend amüsieren.«
»Ich will mich auch amüsieren«, sagte David.
»Wirst du auch. Bei mir«, antwortete Majella entschieden.
Caroline war nervös, als sie ein Taxi zum Restaurant Patrick Guilbaud nahmen – einem der besten Irlands, wie sie gehört hatte. Wenn sie mit Donna ausging, aßen sie meistens in einem Kettenrestaurant wie Tosca's oder American Connection, und sie fragte sich, ob ihr Leben in Zukunft so aussehen würde – ein Geschäftsessen nach dem anderen in teuren Restaurants, mit Leuten, die sie nicht kannte.
Die Butlers waren bereits da, als der Oberkellner sie zu ihrem Tisch führte. Dermot Butler war der gleiche Typ Mann wie Damiens, obwohl Caroline ihn weniger attraktiv fand. Seine Frau, Aoife, war eine üppige Brünette mit blasser Haut und spöttischen braunen Augen. Sie trug eine schwarze Jacke und einen schwarzen Rock zu einem leuchtend orangefarbenen Oberteil und erinnerte Caroline an eine gigantische Hummel.
Die Männer begannen sich nach der Begrüßung sofort über Wein zu unterhalten, während Caroline so tat, als studierte sie die Speisekarte. Aoife fragte nach den Kindern und sprach ihr Mitgefühl über Damiens lange Abwesenheit aus. »Dermot war ein paar Jahre in New York, und natürlich bin ich mitgegangen, aber als Ross da war, habe

ich darauf bestanden, daß wir nach Hause gehen. Man kann in Amerika keine Kinder großziehen.«
»Ach, ich weiß nicht«, sagte Damien, »die Amerikaner scheinen's zu können.«
»Das Schulsystem ist viel besser dort«, sagte Dermot. »Was meinen Sie, Caroline?«
»Ich weiß nicht. Ich war nie in Amerika.«
»Du warst in Florida«, erinnerte Damien.
»Ein paar Stunden lang.« Sie kicherte nervös. »Für ein Urteil reicht das wohl nicht. Obwohl ich mit Sicherheit sagen kann, daß der Duty-free-Shop in Florida eine Katastrophe war.«
Die anderen lachten, und sie war erleichtert, daß sie sie amüsant fanden. Sie mußte vorsichtig sein mit dem, was sie sagte, dachte sie – diese Art der Unterhaltung war etwas anderes als ein Dienstagabend beim Töpfern.
Als der Kellner die Bestellungen aufgenommen hatte, lehnte sich Damien in seinem Stuhl zurück. »Schönes Restaurant«, sagte er. »Ganz anders als auf der Insel.«
»Ich mochte das Restaurant, in das du mich eingeladen hast, als ich dort war«, sagte Caroline. »Mit der Band und dem Grill und dem Wellengeräusch.«
»Das klingt ja richtig romantisch.« Dermot grinste. »Es ist jedenfalls immer toll, wenn man im Ausland ist und im Freien essen kann.«
»Ich kann Ihnen Las Tortugas zeigen, wenn Sie rüberkommen«, sagte Damien.
»Sie gehen auch nach Grand Cayman?« erkundigte sich Caroline.
»Ein paar Wochen«, sagte Dermot. »Ich habe dort zu tun.«
»Und ich mache Urlaub.« Aoife legte Dermot den Arm um die Schultern.

»Und Ihr kleiner Junge?« fragte Caroline.
»Oh, Ross wird begeistert sein. Er ist erst anderthalb. Ich werde ihn die ganze Zeit nackt herumlaufen lassen.«
»Dich würde ich viel lieber nackt herumlaufen sehen«, grinste Dermot, und die anderen lachten.
Caroline fragte sich, ob Damien es mögen würde, wenn sie mit den Kindern für seine letzten Monate dort zu ihm kam. »Vielleicht sollte ich auch kommen«, sagte sie.
Damien zog eine Augenbraue in die Höhe. »Ich hab dir doch gesagt, du würdest es dort nicht lang aushalten.«
»Aber für ein paar Wochen schon«, sagte sie.
»Wir werden sehen«, antwortete er, und sie wußte, daß das Thema damit abgeschlossen war.
Warum wollte er sie nicht dort haben? Wenn er sie so liebte, wie er ihr versicherte? Warum ließ er sie ständig spüren, daß sie ihn auf irgendeine Art im Stich gelassen hatte? Daß sie es immer wiedergutmachen mußte, ihm einmal das Leben zur Hölle gemacht zu haben? Dabei, dachte sie, war es schließlich nicht meine Schuld. Hätte er eben nicht mit Tossa herumgeknutscht. Sie hatte seit langem nicht mehr so gedacht.
Arme Tossa. Es war seltsam, wie ihre Einstellung zu ihrer Schwester sich geändert hatte. Sie hatte sie gehaßt – wirklich und aufrichtig gehaßt –, aber jetzt hatte sie das Gefühl, daß Tossa bei all dem genauso schlecht weggekommen war wie sie selbst. Vielleicht nicht ganz so schlecht – sie hatte immerhin noch einen Job, und trotz allem, was ihre Schwester sagte, war es ein aufregender, gut bezahlter Job. Aber derjenige, der das Schlamassel am besten hinter sich gebracht hatte, war Damien. Wie hatte er das eigentlich angestellt, während Caroline und Tossa die Hölle durchgemacht hatten? Vielleicht kamen Männer

einfach besser über solche Dinge hinweg. Aber wenn dem so war – was wurde dann aus Beverley Simmons?
Warum denke ich jetzt an die, dachte Caroline, während sie ein butterweiches Rindermedaillon durchschnitt. Er liebt mich. Gestern nacht hat er mich geliebt wie ein Mann, der es seit Monaten nicht getan hat. Aber noch als er vor Vergnügen aufgeschrien hatte, hatte sie Beverleys glattes dunkles Gesicht vor sich gesehen und Jimmys anklagende Stimme gehört.
»Es kann ja nicht gerade einfach für Sie gewesen sein, als Damien nicht da war.« Aoifes Stimme unterbrach den Gedankengang.
Caroline nickte.
»Ich finde Sie erstaunlich. Ich hätte es nicht fertiggebracht, Dermot einfach abhauen zu lassen und mit zwei Kleinkindern allein zu bleiben.«
»Uns hat es ganz gut so gepaßt. Obwohl ich manchmal meine Zweifel hatte!«
»Dermot bewundert Damien. Er freut sich wirklich darauf, daß Damien den Laden hier übernimmt.«
Caroline sah rasch zu Aoife hinüber, die sich gerade über ihren Teller beugte. Etwas an der Bemerkung hatte nicht ganz aufrichtig geklungen.
»Damien freut sich darauf, zurückzukommen. Und ich bin sicher, er hält große Stücke auf Dermot.«
»Na wunderbar«, sagte Aoife und lächelte ihr strahlend zu.
Allmählich wurde die Unterhaltung entspannter. Sie sprachen über Irland und New York und Amsterdam und Hongkong (wo Dermot vor seiner Heirat gearbeitet hatte).
»Ich bin einmal fast nach Tokio gegangen«, sagte Da-

mien. »Aber Caroline war schwanger, also habe ich's mir anders überlegt.«
»In Tokio muß es schwierig sein, wenn man keine Freunde dort hat«, bemerkte Dermot.
»Aber später haben Sie Ihre Familie dann doch allein gelassen, stimmt's?« fragte Aoife.
»Die Stelle auf Grand Cayman mußte ich einfach annehmen«, sagte Damien. »Zweimal schlägt man so ein Gehalt nicht aus. Aber demnächst bin ich ja wieder in Dublin, und damit sind wir alle glücklich.«
Es war nach Mitternacht, als sie das Restaurant verließen.
»Es war wunderbar, Sie kennenzulernen.« Dermot umarmte Caroline. »Wir müssen uns mal wieder treffen.«
»Unbedingt«, sagte Aoife und küßte sie auf beide Wangen. »Sie müssen uns besuchen kommen.«
»Arschkriecher«, bemerkte Damien, als sie in ihrem Taxi saßen.
»Was?« Caroline sah ihn überrascht an.
»Stiefellecker. Daß er den Job nicht selbst gekriegt hat, macht ihn ganz krank. Und diese Frau – Herrgott, ich dachte, sie hört nie auf zu reden. Und unmöglich angezogen war sie auch, stimmt's?« Er legte den Arm um Caroline. »Aber du warst wunderschön. Und perfekt. Und loyal!« Er drückte sie an sich. »Das ist wichtig – hinter jedem erfolgreichen Mann et cetera.«
»Wirklich?« Sie legte den Kopf an seine Schulter. Würde sie die loyale Ehefrau sein, die hinter Damiens Erfolg stand? War sie es schon?

Wie versprochen gingen Caroline und Damien am nächsten Tag mit den Kindern ins Kino. Emma und David saßen mit ihren Popcorneimern auf den Knien da und sa-

hen sich die Kinderkinovorführung von *Aladin* an. Danach sagte Emma: »Und jetzt Burger King!«
»Du kannst doch jetzt unmöglich noch einen Hamburger wollen.« Damien sah ungläubig aus. »Dir wird schlecht werden.«
»Nein. Und du hast's versprochen.« Emma wandte sich an Caroline. »Er hat's versprochen, oder?«
»Allerdings«, antwortete Caroline.
»Siehst du.« Emma lächelte Damien triumphierend zu, und er seufzte ergeben.
Die Kinder fielen über die Pommes und Milchshakes her, als hätten sie seit Wochen nichts zu essen bekommen. »Was habe ich da eigentlich gezeugt – einen Heuschreckenschwarm?« fragte Damien in heller Verzweiflung.
»David, du brauchst nicht so zu schlingen!« sagte Caroline. »Es ist genug da.«
»Ich habe mir überlegt«, sagte Damien, während die Kinder mit ihrem Essen beschäftigt waren, »du solltest dich vielleicht nach einem neuen Haus umsehen.«
»Warum das?«
»Das Haus in Raheny ist ja hübsch, und du hast es wunderbar hergerichtet, Caroline. Aber wir können uns jetzt etwas viel Besseres leisten.«
»Mir gefällt es dort«, sagte Caroline.
»Aber es ist nur eine Doppelhaushälfte in einem Vorort. Würde dir etwas an der Küste nicht besser gefallen? Mit größeren Zimmern und einem schöneren Garten?«
»Ich mag meinen Garten«, sagte Caroline. »Ich habe eine Menge Zeit und Mühe in den Garten gesteckt.«
»Nun komm schon.« Damien streute Salz auf seine Pommes. »Stell dir vor, was du mit einem größeren Garten ma-

chen könntest. Ich werde der Leiter dieser Niederlassung sein, Caroline, wir können das den Leuten ruhig zeigen.«

Warum hatte sie Angst, das Haus zu verkaufen, fragte sich Caroline. Sie hatte die Villen an der Küstenstraße oft genug bewundert. Majellas Haus war prachtvoll. Warum also wollte sie ihr ganz gewöhnliches Haus nicht verlassen? »Ich überleg's mir«, murmelte sie.

»Gut.«

»Was willst du heute abend unternehmen?« fragte Damien, als sie nach Hause kamen.

»Nichts«, antwortete Caroline. »Wir können deine Mutter nicht schon wieder als Babysitter einstellen, und außerdem gehen deine Eltern samstags selbst gern aus.«

»Aber samstags haben sie doch immer ferngesehen«, sagte Damien.

»Die Zeiten ändern sich.« Caroline schüttelte ein Sofakissen auf. »Ich fürchte, du wirst dich mit mir und dem Fernseher zufriedengeben müssen – heute abend kommt *Leben und sterben lassen.*«

Es war alles so *verheiratet,* fand sie – sie hatten die Abende auch so verbracht, bevor Damien nach Grand Cayman gegangen war. Aber jetzt war es anders. Sie wußte nicht mehr, was sie für Damien empfand. Liebe ließ sich nicht ohne weiteres ein- und ausschalten. Es war nicht einfach, zwischen Liebe und bloßem Vermissen zu unterscheiden. Sie hatte ein Bild von Damien gehabt, und der Mann neben ihr war nicht ganz der Mann aus dem Bild. Und auch sie selbst hatte sich verändert.

»Freust du dich darauf, zurückzukommen?« fragte sie plötzlich, während Roger Moore gerade dabei war, Jane Seymour zu verführen.

»Grand Cayman, das war wie ein langer Urlaub«, sagte

Damien. »Ein Teil von mir würde gern dort bleiben. Aber es ist unwirklich.«
»Auch noch nach drei Jahren?«
»Es ist schön. Aber es ist nicht real.«
»Und dies hier ist –?«
»Realer.« Damien öffnete eine Dose Bier.
»Liebst du mich?« Sie fragte ihn das ständig, dachte sie. Damiens Bierdose blieb auf halber Strecke hängen. »Ich bin hier. Was denkst du?«
»Ich weiß nicht.«
»Caroline, es wird Zeit, daß wir unser Leben wieder zusammensetzen. Ich weiß, wir haben einiges durchgemacht, und es ist alles nicht leicht, aber wir können es sicher auf die Reihe bringen.«
»Können wir das?«
»Du bist ziemlich negativ heute, kann das sein? Hat das einen besonderen Grund?«
Sie schüttelte den Kopf. »Es ist bloß schwer vorzustellen. Du hast mich jahrelang allein gelassen. Du wolltest nicht, daß ich mitkomme. Jetzt redest du davon, daß du nach Hause kommst und alles einfach okay ist.«
»Warum müssen Frauen sich eigentlich um alles Gedanken machen? Warum könnt ihr Vergangenes nicht einfach vergangen sein lassen?«
»Weil das Vergangene uns zu den Leuten macht, die wir sind.«
Er seufzte schwer. »Du hast den Kummerkasten gelesen, stimmt's?«
Sie lachte halbherzig. »Sei nicht albern. Ich möchte nur sicher sein, daß wir es schaffen können.«
»Ich wüßte nicht, warum nicht.« Er trank das Bier in einem Zug aus. »Wir haben eine Trennung gebraucht,

oder nicht? Du hast sehr deutlich gemacht, daß du nicht mit mir leben konntest. Bist aus dem Zimmer gegangen, wenn ich reinkam. Hast mich angesehen, als wäre ich ein Monster. Ich mußte einfach raus da.«

»Aber du hast mich mit zwei kleinen Kindern allein gelassen.« Ihre Augen füllten sich mit Tränen. »Ich war total erschöpft. David hat ständig geheult. Emma hat ihn gehaßt. Später haben sie pausenlos gestritten. Du kannst dir nicht vorstellen, wie es war.«

»Es tut mir leid. Es tut mir leid, daß ich zu einem so schlechten Zeitpunkt gegangen bin. Aber ich habe ein bißchen Zeit für mich gebraucht. Ich dachte, ich hätte alles Menschenmögliche getan. Natürlich war ich nicht gerade begeistert, als du dann wieder schwanger warst. Und weißt du noch, wie du dich damals benommen hast? Du warst dauernd schlecht gelaunt und apathisch und hast mich nicht in deine Nähe gelassen. Ich bin fast verrückt geworden.«

»Deswegen brauchtest du nicht mit meiner Schwester herumzumachen.«

Die Worte fielen zwischen ihnen herab wie eine Guillotine. »Das läßt du mich jetzt nie wieder vergessen, stimmt's?« fragte er.

»Du hast sie geküßt. Es war das Schlimmste, das du je getan hast.«

»Da bin ich mir aber ganz sicher, daß ich Schlimmeres getan habe«, sagte er ruhig.

Caroline wußte nicht, was sie darauf antworten sollte. Und dann klingelte es an der Tür.

»Wo ist das Arschloch?« Jimmy Ryan stand auf der Schwelle. Es war unverkennbar, daß er getrunken hatte. Caroline starrte ihn in blankem Entsetzen an.

»Was zum Teufel tust du denn hier?« fragte sie.
»Ich hab dich die ganze Woche nicht gesehen. Ich dachte, ich schaue mal vorbei.«
»Jimmy«, sagte sie flehentlich.
»Jimmy«, wiederholte er. »Richtig. Der bin ich.« Er rülpste leise.
»Jimmy, das ist jetzt wirklich nicht der richtige Moment«, sagte Caroline. »Wirklich nicht.«
»Wer ist das?« rief Damien.
»Jimmy«, zischte sie, »du bist betrunken, geh nach Hause.«
»Nein«, sagte Jimmy. »Ich hab's satt, nach deiner Pfeife zu tanzen. Was ist mit mir? Ich war ein Vater für deine Kinder und ein Liebhaber für dich.« Er kam herein. Damien erschien in der Wohnzimmertür. Caroline konnte nur hoffen, daß all das ein Alptraum war, aus dem sie sehr, sehr bald aufwachen würde.
»Wer ist denn das?« Damiens Stimme klang hart.
»Ein Freund von mir. Jimmy Ryan. Wir kennen uns von früher.«
»Wir kennen uns immer noch«, korrigierte Jimmy und ging ins Wohnzimmer.
Nur keine Sorge, sagte sich Caroline. Jimmy würde nach Hause gehen. Damien hatte das mit dem Liebhaber sicher nicht gehört. Liebhaber! Was für ein Ausdruck übrigens für ein halbes Dutzend Paarungen, von denen keine sie besonders beeindruckt hatte.
»Sie sind also der Liebhaber meiner Frau.« Damien stand jetzt im Erker, dem Zimmer zugewandt. »Seit wann?«
Caroline sah Jimmy ängstlich an.
»Nicht so lang, wie ich's gern gewesen wäre. Aber sie braucht jemanden, der sie liebt.«

»Sie hat mich«, sagte Damien. »Ich liebe sie.«
»Lächerlich. Niemand verläßt einen Menschen, den er liebt.«
»Wer sagt eigentlich, daß ich sie verlassen habe? Ich mußte schließlich den Job annehmen.«
»Nein, das mußtest du nicht«, flüsterte Caroline.
»Wenn ich du wäre, würde ich den Mund halten!« schrie Damien. »Du redest mir Schuldgefühle ein wegen Tossa und schläfst die ganze Zeit mit jemand anderem!«
»Was ist mit Tossa?« erkundigte sich Jimmy.
»Gar nichts«, sagte Caroline.
»Willst du mir nicht erzählen, was hier los ist?« Damiens Stimme war gefährlich ruhig.
»Sie braucht dir gar nichts zu erzählen«, sagte Jimmy.
»Verdammt noch mal, sie ist meine Frau!«
»Ja, so hast du sie auch behandelt.« Jimmy war rot geworden vor Wut. »Hast sie hier allein gelassen und dich einen Dreck um sie gekümmert.«
»Jetzt reicht's mir aber.« Damien zerknüllte die Bierdose, die er noch in der Hand hielt. »Ich habe alles mögliche für sie getan. Ich hab's ihr gerade gesagt. Für was hält sie sich eigentlich? Erzählt sie allen Leuten die gleiche Schnulze?«
»Sie hat jedes Recht, allen Leuten davon zu erzählen!« schrie Jimmy.
Caroline hörte ihnen zu und hatte das Gefühl, ihren eigenen Körper verlassen zu haben. Sie war noch im Zimmer, und der Streit wogte um sie herum, aber er berührte sie nicht. Bis Damien plötzlich sagte: »Erzähl mir von deiner kleinen Affäre.«
»Es ist keine Affäre.« Die Worte arbeiteten sich mühsam von ihrem Hirn zu ihren Lippen vor.

»Genau«, stimmte Jimmy zu. »Ich liebe sie.«
»Oh«, sagte Damien. »Und wann wolltest du mir davon erzählen, Caroline?«
Jetzt war es zu schwer zu sprechen.
»Aha.« Damien warf mit der Dose nach dem Papierkorb und verfehlte ihn. Die Dose prallte von der Wand ab. »Wolltest du diese … diese Affäre einfach so weiterführen, ja?«
»Es ist keine Affäre«, sagte Jimmy hartnäckig. »Wir lieben uns.«
»Und ich dachte, *wir* lieben uns.« Damien sah Caroline an. »Habe ich mich da geirrt?«
»Was ist mit Beverley Simmons?« krächzte sie.
»Bitte?« Er wirkte sehr überrascht.
»*Hattest* du eine Affäre mit ihr?«
Damien sagte nichts.
»Und du wagst es, mich zu kritisieren!« Mit einem Mal überstürzten sich die Worte. »Erzähl mir nicht, daß du nicht mit ihr im Bett warst. Ich habe gesehen, was los war, Damien. Und du hast sie unsere Kinder beaufsichtigen lassen. Deine Geliebte!«
»Beverley, das war gar nichts«, sagte Damien müde. »Überhaupt nichts.«
»Genausowenig wie Tossa.« Caroline drehte ihren Ehering um den Finger. »Genausowenig, wie Frauen dir eben bedeuten.«
»Mach dich doch nicht lächerlich!«
»Was ist denn nun mit Tossa?« fragte Jimmy.
»Es ist wirklich nicht wichtig«, sagte sie und flüchtete aus dem Zimmer.
Sie rannte hinauf ins Schlafzimmer und setzte sich aufs Bett. Sie konnte nicht glauben, was da passiert war. Sie

konnte es nicht fassen, daß sie ihr Leben schon wieder verkorkst hatte. Sie hatte genau das Falsche gesagt. Damien vor Jimmy angeschuldigt. Jimmy glauben lassen, er hätte eine Chance bei ihr. Für ein Mädchen, das sich die Männer einmal hatte aussuchen können und immer den Überblick behalten hatte, hatte sie die Kontrolle jetzt aber gründlich verloren.

Sie vergrub das Gesicht im Kissen. Natürlich würde Damien sie jetzt hassen. Welche Chance ihre Ehe auch immer gehabt haben mochte, jetzt sah sie keine Hoffnung mehr. Keine Aussicht darauf, noch etwas zu retten – nicht bei Damien und nicht bei Jimmy. Sie wußte, daß sie Jimmy nicht liebte. Sie war entsetzlich unfair gewesen. Sie hatte ihn glauben lassen, daß ihr an ihm lag – denn ihr lag an ihm, aber nicht auf die Art, wie er es wollte. Wenn sie wenigstens einigermaßen würdevoll aus dem ganzen Chaos hervorgehen könnte – aber in diesem Augenblick hatte sie das Gefühl, sie sei es nicht wert, daß irgend jemand sie jemals wieder ansah.

Sie vergrub sich noch tiefer in ihr Kissen und weinte, bis sie nicht mehr weinen konnte.

31

Herkules

Ein Sternbild der nördlichen Hemisphäre;
es stellt den größten Helden der
griechischen Mythologie dar

Tossa saß in einem hochlehnigen Drehstuhl und starrte zum Fenster hinaus. Hinter dem Rauchglas brannte die Sonne von einem wolkenlosen Himmel, und die Gebäude ringsum warfen die Strahlen zurück. Es wurde stetig wärmer; in dem Konferenzraum, dessen Klimaanlage nicht richtig funktionierte, war es jetzt schon heiß und stickig.

Tossa seufzte und versuchte sich auf die Beiträge der anderen zu konzentrieren. Es war vollkommen unmöglich. Sie hatten all das schon längst besprochen. Im Augenblick sprach Seth, der vor zwei Tagen aus Schottland zurückgekommen war. Sie waren sich seit damals aus dem Weg gegangen. Seth war wie die anderen Männer im Raum – er mußte reden, er brauchte es, den Klang seiner eigenen Stimme zu hören. Natürlich machten sie es alle so, sie selbst eingeschlossen. Jeder mußte etwas gesagt haben; niemand konnte es sich leisten, nichts beizutragen.

»Meint ihr nicht, wir werden eine bessere Vorstellung von der Marktlage bekommen, wenn die Arbeitslosenzahlen draußen sind?« fragte sie. »Sie werden am Freitag veröffentlicht.« Eine schwachsinnige Feststellung; natürlich würden sie aus den Arbeitslosenzahlen etwas über die Stärke des Marktes erfahren. Wenn die Anzahl der Beschäftigten nichts darüber aussagte, wie es der Wirtschaft ging, was sonst?

Seth sah flüchtig zu ihr hin. »Es ist schwierig, im voraus Entscheidungen zu treffen«, stimmte er zu. »Aber wir sollten unsere Strategie parat haben.«

Danach flog der Tag nur so vorbei. Der Markt war lebhaft, Tossas Fonds waren am Abend deutlich mehr wert als am Morgen, und sie war zufrieden mit sich. An Tagen wie diesem liebte sie ihren Job; ihr Selbstvertrauen stieg, und sie schaffte zweimal so viel wie an anderen Tagen. Sie war verblüfft, als sie auf die Uhr sah und ihr klar wurde, daß sie seit zehneinhalb Stunden im Büro war.

»Kommst du zu dem Treffen, Tossa?« Seth war neben ihr aufgetaucht, und sie fuhr zusammen. Sie folgte ihm in das Konferenzzimmer, in dem sich bereits die Menschen drängten; sie war erleichtert, eine kühle Brise von der Klimaanlage her zu spüren. Es war furchtbar, an einem Tag drinnen zu sein, an dem andere, glücklichere Londoner in T-Shirts und fluoreszierenden Radlerhosen herumliefen.

»Ich will Sie nicht lang aufhalten«, sagte Rupert, und dann erklärte er ihnen, daß die Verhandlungen über den Verkauf der Firma an die Offenbach Bank inzwischen weit fortgeschritten waren. Man durfte in Kürze mit einem Angebot rechnen, und Rupert deutete an, daß der Vorstand mit dem Stand der Dinge höchst zufrieden war.

Es gab noch ein paar Fragen, aber keine davon interessierte Tossa. Sie dachte daran, was für eine hübsche Zahl doch fünfundsiebzigtausend Pfund ergaben. Und sie dachte an Carolines Vorschlag, doch eine eigene Firma zu gründen.

Der Gedanke hatte sie nicht mehr losgelassen. Vielleicht

lag es daran, daß ihre Familie immer ein Geschäft betrieben hatte, oder daran, daß sie nicht für immer in London bleiben wollte – die Vorstellung, ihr eigener Chef zu sein, gefiel ihr. Manchmal hatte sie das Gefühl, die Branche, in der sie arbeitete, sei die einzige Branche, in der es sich zu arbeiten lohnte. Aber manchmal, wenn sie eine Straße entlangging oder vor einem Schaufenster stehenblieb, verspürte sie eine Woge von Heimweh und wünschte sich verzweifelt, wieder in Dublin zu sein. Vor ein paar Jahren war ihr die Anonymität von London gelegen gekommen, aber seither hatte sie sich verändert. Sie kannte sich jetzt besser, und sie war dankbar dafür. Aber zugleich fühlte sie sich ihrer Familie verbundener, als sie es jemals zuvor getan hatte.

Und sie machte sich Sorgen um Caroline. Ihre Schwester hatte angerufen, um ihr zu erzählen, wie Damiens Besuch verlaufen war, und Tossa war entsetzt gewesen.

»Und was ist passiert, nachdem du nach oben gegangen bist?«

Caroline schniefte. »Sie haben geredet. Kannst du dir das vorstellen, Tossa? Sie haben sich zusammengesetzt und einen getrunken!«

»Soll das ein Witz sein?«

»Nein. Anscheinend haben sie eine vernünftige Unterhaltung geführt, sobald ich nicht mehr da war, um hysterische Anfälle zu produzieren. Sagt Damien.«

»Und was haben sie besprochen?«

»Damien sagt, er hat Jimmy gefragt, was eigentlich genau passiert ist. Und Jimmy hat gesagt, ich war einsam und unglücklich, und er wollte mich trösten, weil er mich immer geliebt hat.«

Tossa konnte es einfach nicht glauben. »Und keiner

von ihnen hat dem anderen eine reingehauen oder so was?«
»Nein. Aber Damien hat im Gästezimmer geschlafen.«
»Oh, Caro. Es tut mir so leid.«
»Er hätte es früher oder später sowieso rausgekriegt. Ich hätte es ihm erzählt.«
»Und was willst du jetzt tun?«
»Ehrlich gesagt, ich weiß es nicht. Damien sagt, ich habe ihn betrogen, und er hat ja recht. Nur ist es mir damals nicht so vorgekommen. Und Jimmy hat ein paarmal angerufen. Ich habe ihm gesagt, daß ich nicht soweit bin, etwas mit einem anderen Mann anzufangen, selbst wenn meine Ehe am Ende ist. Und er hat gesagt, ich wäre schon immer ein bißchen verquer gewesen, er hätte sein Bestes getan, aber er könnte nicht noch länger herumhängen und auf mich warten.«
»Oh, nein. Und was jetzt?«
»Jetzt?« Am anderen Ende wickelte Caroline eine Haarsträhne um die Finger und starrte auf das gerahmte Foto an der Wand. Rosalie, die Frau, die einmal in der Woche für Damien putzte, hatte es vor seiner Villa auf Grand Cayman aufgenommen. Sie standen neben dem rotblühenden Busch am Pool; David hockte breit grinsend auf Damiens Schultern, Emma saß zu Carolines Füßen und lächelte in die Kamera. Caroline selbst, in einem hellblauen Sonnenkleid, das Haar zu einem lockeren Knoten zusammengesteckt, wirkte glücklich. Es war alles noch nicht sehr lang her. Sie seufzte.
»Alles in Ordnung?« fragte Tossa.
»Ich denke bloß nach.«
»Ja, und was jetzt?«
»Ich weiß nicht. Im Augenblick interessiere ich mich für

keinen von ihnen. Ich habe es satt, darauf zu hoffen, daß Damien ein anderer Mensch wird. Ich habe es satt, daß Jimmy will, daß ich jemand anderes bin. Ich will einfach mein Leben führen, ohne daß ein Mann alles durcheinanderbringt.«

»Oh, Caroline, das meinst du doch nicht ernst.«

»Doch«, sagte Caroline. »Ich habe die Männer wirklich satt. Du sollst dasein, wenn es ihnen paßt, und sie in Frieden lassen, wenn es ihnen gerade nicht paßt. Jimmy sagt, ich denke immer nur an mich, aber das stimmt einfach nicht, Toss. Ich fühle mich furchtbar. Ich habe ein schlechtes Gewissen, weil Jimmy für David und Emma so eine Art Onkel ist und sie ihn jetzt vielleicht nie wieder zu sehen kriegen. Und sie lieben Damien, und wer weiß, ob sie den je wiedersehen! Wie konnte ich eigentlich so gräßliche Fehler machen?«

»Es tut mir leid«, sagte Tossa wieder.

»Ach was.« Caroline lachte etwas freudlos. »Es wird schon wieder.«

Der Verkauf der Firma Marlborough ging zwei Wochen später über die Bühne, und Tossa ging geradewegs zur Bank und reichte einen Scheck über fünfundsiebzigtausend Pfund ein. Damit stieg der Kontostand deutlich über hunderttausend. Sie sah sich die Zahl an und schluckte ein paarmal. Sie, Tossa O'Shaughnessy, noch vor wenigen Jahren ein tintenfingriger Teenager, war nun eine gutgestellte Frau. Ja, sie hatte gespart, und manchmal hatte sie mit privaten Aktiengeschäften Gewinn gemacht, aber ihr war nicht klar gewesen, wieviel sie besaß.

Sie würde einen Besuch zu Hause machen. Sie konnte Patrick und Caroline zum Essen einladen, ihnen von der Firmenübernahme erzählen. Sie konnte es sich vor allem leisten, eine Weile in Dublin zu bleiben und nach einem Job Ausschau zu halten.

Sie stand in dem kleinen Duty-free-Laden im London City Airport und sah sich die Janet-Reger-Wäsche an. Simon Cochrane hatte Janet Reger gemocht; Tossa hatte ganze Fächer voll Wäsche, die er ihr geschenkt hatte.

»Hallo, Tossa.« Conor Gallagher hatte eine Flasche *Jamieson* im Arm.

Sie sah auf und errötete, als ihr aufging, daß der Hauch von Seide und Spitze in ihrer Hand ein perlgrauer BH war. Sie hängte ihn hastig zurück.

»Conor! Was machst du denn hier?«

»Was man in Flughäfen so tut. Ich nehme ein Flugzeug. Gehe für ein paar Tage nach Dublin. Und du?«

»Auch Dublin, für ein verlängertes Wochenende.«

»Um halb sechs?«

Sie nickte.

»Na, wenigstens diesmal haben wir denselben Flug.« Conor lächelte sie an. »Ich habe versucht, dich zu erreichen, als ich das letzte Mal in London war, aber du warst nicht mehr bei der Firma.«

Tossa sah ihn überrascht an. »Ich habe ein besseres Angebot gekriegt.«

»Aha.« Conor sah zu einem der Monitore hinauf. »Wir können zum Ausgang. Willst du den BH kaufen?«

»Nein«, sagte Tossa und errötete schon wieder.

Conor grinste. »Schade. Er ist wirklich hübsch.«

Sie stiegen zusammen ein, und Tossa setzte sich ans Fenster und sah zu, wie die Stadt unter ihr zurückblieb.

»Wo arbeitest du jetzt?« fragte Conor.

»Marlborough.«

»Sind die nicht von Offenbach geschluckt worden?«
»Ja.«
Danach herrschte Schweigen. Tossa warf einen vorsichtigen Seitenblick auf Conor, der sich inzwischen in das Magazin der Fluggesellschaft vertieft hatte. Es freute sie, daß er bei Gifton angerufen hatte. Wahrscheinlich hatte er nichts mit sich anzufangen gewußt – sie wußte, wie es war, wenn man ein paar Nächte im Hotel in einer fremden Stadt verbrachte. Sie fragte sich, ob Conor eine Freundin in New York hatte oder ob Frauen auch für ihn nur Accessoires waren.
»Wie geht es eigentlich der bezaubernden Caroline?« fragte er plötzlich.
»Bestens, wie üblich.«
Conor lachte. »Das unglaublichste Mädchen, das ich je gesehen habe. Wir sind damals hordenweise zu deinem Dad in den Laden gegangen, nur um sie anzugaffen.«
»Ich weiß.« Tossa lächelte, obwohl sie in diesem Augenblick den vertrauten (wenn auch inzwischen sehr seltenen) Stich der Eifersucht verspürte. »Wir haben sie zur Verkaufsförderung eingesetzt.«
»Mit Erfolg. Wir haben Wetten abgeschlossen, weißt du. Wer sich traut, sie einzuladen, und solches Zeug. Natürlich hat sie sich mit uns nicht abgegeben. Und dann hat sie den Typ getroffen, den sie geheiratet hat, und halb Fairview das Herz gebrochen.«
»Das glaube ich«, sagte Tossa.
»Ich erinnere mich noch an die Hochzeit.« Conor lächelte. »Sie hat wundervoll ausgesehen. Und du hast auch gut ausgesehen«, fügte er etwas verspätet hinzu.
»Mach dich nicht lächerlich«, sagte Tossa bissig. »Ich habe ausgesehen wie Barbie auf Acid.«

Conor lachte los, und der Mann in der Reihe vor ihnen drehte sich erstaunt um. »Nein, hast du nicht.«
»Conor! Ich habe in einem fürchterlichen Kleid gesteckt. Wenn ich die Brille abgenommen habe, habe ich Leute umgerannt, und wenn ich sie aufhatte, habe ich gräßlich ausgesehen.«
»Nein, hast du nicht!«
»Versuch nicht, nett zu sein.« Sie wußte genau, daß sie schon wieder rot geworden war.
»Das versuche ich nicht.« Conor wirkte etwas verwundert. »Natürlich siehst du nicht aus wie Caroline – kein Mensch tut das, außer vielleicht Elle McPherson an einem guten Tag. Aber du bist attraktiv, Tossa. Und ein bißchen wirklicher als deine Schwester.«
»Danke. Aber mit siebzehn war ich nicht attraktiv. Ich war furchtbar. Ich hatte Pickel.«
»Jeder hat die mit siebzehn.«
»Und ich war fett.«
»Tossa, ich habe dich gesehen damals. Du warst nicht fett.«
»Doch.«
Er zuckte die Achseln. »Okay, wenn du unbedingt willst. Aber jetzt bist du bestimmt nicht fett, und Pickel hast du auch nicht.«
Sie lachte kurz. »Mein Freund hat mich sitzenlassen. Ich habe abgenommen.«
»Der könnte sich jetzt sicher ohrfeigen«, sagte Conor und blickte sie eindringlich an.
Mit einem Mal war sie verlegen. Sie redete mit Conor, als wäre sie noch das Mädchen, das er früher gekannt hatte. Sie sah wieder zum Fenster hinaus und fragte sich, ob er es ernst gemeint hatte. Ob er sie vor fünf Jahren wirklich

attraktiv gefunden hatte. Wohl kaum. Aber es war nett von ihm, es zu sagen.
»Holt dich jemand ab?« fragte er, als sie am Gepäckband standen.
»Nein«, sagte sie. »Ich nehme ein Taxi – ich wohne diesmal bei Dad.«
»Sollen wir uns eins teilen?«
»Gern.«
»Es ist komisch, findest du nicht auch – wie alles sich ändert, nur ein bißchen, aber gerade genug, daß man merkt, man gehört nicht mehr ganz hierher.«
»Hast du das Gefühl, du gehörst jetzt nach Amerika?« fragte sie.
»Eigentlich nicht. Ich bin gern dort. Ich mag New York, ich mag Kalifornien, ich liebe Vermont, aber ich bin nicht zu Hause dort.« Er lachte. »Ich bin wie alle Iren, ich liebe Irland mehr, wenn ich nicht da bin. Aber ich glaube, ich komme irgendwann zurück. Ich würde meine Kinder nicht in den Staaten aufziehen wollen.«
Sie sah ihn aufmerksam an. »Hast du Kinder?«
»Nein, ehrlich gesagt nicht«, antwortete er. »Aber man soll ja die Hoffnung nicht aufgeben.«
Das Taxi hielt vor dem Laden.
»Sollen wir uns am Wochenende treffen, irgendwo etwas trinken?« fragte Conor.
Sie zögerte einen Augenblick und sagte dann: »Warum nicht?«
»Ich rufe dich an. Dann kannst du zuerst planen, wann du etwas mit deiner Familie unternimmst.«
»Danke.« Er war wirklich unglaublich rücksichtsvoll. Als sie aus dem Taxi stieg, fragte sie sich, ob er auch früher schon so war.

Patrick war entzückt, sie zu sehen, und das Haus hatte etwas Einladendes, das bei ihrem letzten Besuch entschieden gefehlt hatte. Sie sah mit einiger Verwunderung, daß auf dem Küchentisch eine riesige Vase mit roten, orangefarbenen und gelben Blumen stand, und im Wohnzimmer fiel ihr eine Schale mit Obst auf. In den Duft von Blumen und Früchten mischte sich ein schwacher Geruch nach Möbelpolitur, was ebenfalls ungewöhnlich war. Und an der Wand hing ein neues Bild, eine Reproduktion von Van Goghs Sonnenblumen.

»Eine neue Marke?« fragte sie, als Patrick ihr zu ihrer Teetasse einen Teller mit einem Stück Apfelkuchen gab, und war überrascht über seinen etwas verlegenen Gesichtsausdruck.

»Nein, eigentlich nicht. Komm ins Wohnzimmer, setzen wir uns hin.«

Er sah wirklich gut aus, dachte sie. So – lebendig. Sie fragte sich, ob es etwas mit seinem Herzinfarkt zu tun hatte. Ob man dann das Leben in einem ganz neuen Licht sah und wirklich jeden Tag lebte, als wäre es der letzte? Aber immer konnte man das wohl auch nicht tun, sagte sie sich – es gab Dinge, die man vielleicht bereuen würde, sobald man feststellte, daß man noch auf dieser Erde war und sich den Konsequenzen seines Handelns stellen mußte.

»Was hast du am Wochenende vor?« fragte Patrick, als sie ihren Tee tranken.

»Nichts Besonderes«, sagte Tossa. »Ich wollte einfach nur heimkommen und mit euch zusammensein. Ich dachte, ihr könntet morgen abend vielleicht mit mir essen gehen, du und Caroline.« Sie lächelte ihn an. »Ich habe irrsinniges Glück gehabt mit meinem neuen Job, Dad. Die Firma

ist aufgekauft worden, und ich hatte ein paar Anteile. Ich habe eine Menge Geld verdient, und ich würde euch gern einladen.« Sie musterte ihn abwartend.
»Behalt dein Geld«, sagte Patrick. »Ich bin sicher, du hast es dir redlich verdient. Und ich wollte morgen abend auch mit euch ausgehen – aber auf meine Kosten.«
»Aber Dad –«
»Du brauchst gar nicht zu streiten. Caroline weiß es auch schon.«
»Wie geht es Caroline?« fragte Tossa. Sie hatte keine Ahnung, inwieweit ihr Vater über den Stand der Dinge informiert war.
Patrick kratzte sich am Kopf. »Ich weiß nicht recht. Manchmal so, manchmal so.« Er seufzte. »Sie erzählt mir natürlich nichts, aber irgendwas Fürchterliches muß passiert sein, als Damien da war. Ich versteh's nicht, Tossa. Ich dachte, sie hätten es in Ordnung gebracht, aber anscheinend habe ich mich geirrt.« Er sah auf seine Hände hinab. »Ich glaube, da war irgendwas mit diesem Jimmy Ryan, aber ich wollte nicht fragen. Ich will's auch gar nicht so genau wissen, ist das nicht komisch?«
»Nein«, sagte Tossa. »Absolut nicht.«
Tossa war sehr erstaunt zu erfahren, daß Patrick für den Samstagabend einen Tisch bei Wong reserviert hatte. Ihr Vater in einem chinesischen Restaurant – es war kaum zu glauben.
»Man muß auch mal etwas anderes ausprobieren«, verkündete er.
»Wie recht du hast«, murmelte Tossa, als sie vor dem Spiegelschrank im Bad stand (neu, Kiefernholz, und die Tür ließ sich tatsächlich schließen) und sich schminkte.
Caroline holte sie um sieben ab. Sie küßte Patrick auf die

Wange und umarmte ihre Schwester, und Tossa sah mit Erleichterung, daß sie weniger mitgenommen aussah als erwartet.
Der Tisch, zu dem die Kellnerin sie führte, war für vier Personen gedeckt.
»Das liegt daran, daß ich für vier reserviert habe«, sagte Patrick auf Carolines Frage hin. »Aber die vierte Person kommt etwas später.«
Seine Töchter beobachteten ihn nachdenklich. Er wirkte etwas verlegen und zugleich sehr zufrieden mit sich selbst, und er nahm sich den Stuhl, von dem aus er die Tür im Auge behalten konnte.
»Was planst du eigentlich, Dad?« wollte Caroline wissen.
»Ich plane gar nichts. Aber ich muß mit euch reden, und ich bin noch nie sehr gut darin gewesen, also dachte ich, so geht es am einfachsten.«
Die beiden Mädchen tauschten einen Blick.
»Komm schon, Dad«, sagte Tossa. »Spuck's aus.«
Patrick nahm eine der hübschen geschnitzten Gabeln in die Hand und drehte sie hin und her. Er rechnete eigentlich nicht damit, daß seine Töchter sehr verstört reagieren würden, aber er war sich nicht sicher – sie reagierten kaum jemals so, wie er es erwartete. Manchmal hatte er das Gefühl, ein miserabler Vater gewesen zu sein.
»Ihr wißt ja, daß ich mich seit einer Weile mit einer Freundin treffe«, begann er.
Caroline verbiß sich ein Lächeln. Beide nickten ernsthaft.
»Und seither sehe ich manches in einem anderen Licht.«
»Ist sie verantwortlich für die Blumen und das Obst und die Möbelpolitur?« erkundigte sich Tossa, woraufhin Caroline ihr unter dem Tisch ans Schienbein trat.

»Nein«, sagte Patrick. »Das war ich. Es wirkt ... freundlicher. Sie ist eine sehr nette Frau.«
»Das scheint mir auch so«, sagte Caroline. »Willst du sie uns vorstellen – ist es das?«
Patrick nickte. »Ich dachte, es ist Zeit, daß ihr euch kennenlernt.«
»Wir freuen uns drauf«, sagte Tossa.
»Ich will sie heiraten«, fügte Patrick hinzu.
Caroline und Tossa starrten ihn an. Sie hatten die Möglichkeit ein paarmal flüchtig erwogen, aber nie wirklich geglaubt, daß Patrick diese Frau heiraten würde.
»Bist du dir sicher?« fragte Tossa nach einer Pause.
»Absolut«, antwortete Patrick. Er sah die beiden besorgt an, nicht ganz sicher, ob dies die richtige Art gewesen war, ihnen die Neuigkeit mitzuteilen.
»Und ... wann?« fragte Caroline.
»So bald wie möglich.«
»Hat sie nicht ein Kind?« Caroline erinnerte sich jetzt wieder, was Patrick ihr erzählt hatte.
Er nickte. »Einen Sohn. Neunzehn Jahre alt. Er hat einen Job in Frankfurt – irgendwas mit Computern. Er geht im Januar aus dem Haus.«
»Dad?« Tossa fuhr sich mit der Zungenspitze über die Lippen. »Bitte, versteh das nicht falsch, aber bist du sicher, daß sie dich nicht einfach deshalb heiraten will, weil sie einsam ist? Weil sie nicht allein sein will, wenn ihr Sohn nach Deutschland geht?«
Patrick lächelte ihr zu. »Ist das wichtig? Mir liegt sehr viel an ihr. Ich weiß, daß ihr an mir liegt. Und wenn wir heiraten, aus Zuneigung und weil wir gern zusammen sind, macht es dann etwas aus, daß wir es auch tun, weil wir unser Leben nicht allein verbringen wollen?«

Caroline griff nach Patricks Hand. »Wenn du dir da sicher bist, Dad, dann habe ich absolut nichts dagegen.«
»Ich auch nicht«, sagte Tossa. »Ich hoffe, ihr werdet sehr glücklich miteinander.«
»Danke«, sagte Patrick. »Das hoffe ich auch.«
»Weiß ihr Sohn schon Bescheid?« fragte Caroline.
»Der ist die ganze Woche bei irgendeinem Kurs. Sie sagt es ihm, wenn er zurückkommt. Aber sie glaubt, ihm wird es auch nichts ausmachen.«
Kitty Wilson erschien eine Viertelstunde später. Sie trug ein dunkelblaues Kostüm, eine silbergraue Seidenbluse und sehr wenig Make-up und wirkte auf den ersten Blick nüchtern und gesetzt. Sie kam etwas unsicher auf den Tisch zu, lächelte ihnen nervös zu und sah mit einem Mal um zehn Jahre jünger aus. Patrick stand auf und küßte sie.
»Das sind meine Töchter«, sagte er stolz. »Caroline und Tossa. Und das ist Kitty.«
Sie mochten sie sofort. Was ein Glück war, wie Caroline später feststellte; es wäre furchtbar gewesen, Vorbehalte zu haben, wenn Patrick so glücklich war. Er verblüffte sie beide. Er war lebhaft und amüsant; er bestellte ein scharfes Hühnergericht und sagte nicht, der Geschmack würde vollkommen ruiniert durch die Gewürze, die man hier verwendete; er machte Scherze, lächelte viel und war sehr aufmerksam Kitty gegenüber.
»Wo wollt ihr eigentlich wohnen, Dad?« fragte Caroline, als der Kellner die Teller abräumte. »Ashley Road oder –?«
»Ich lebe in Drumcondra«, sagte Kitty. »Aber wir überlegen uns, ob wir beide Häuser verkaufen und uns etwas Neues kaufen sollen.«

Patrick räusperte sich. »Ich werde wohl auch den Laden verkaufen.«
Sie starrten ihn an.
»Wirklich?« fragte Caroline. »An wen?«
»Ron Bolger. Angelas Mann. Sie haben ihm angeboten, sich vorzeitig pensionieren zu lassen, und sie zahlen ihm eine schöne Abschlagssumme. Es war Angelas Idee, daß er sich das mit dem Laden überlegen soll.«
»Und was willst du dann tun – dich zur Ruhe setzen?«
»Ach Unsinn. Es dauert noch eine Weile, bis ich das tue. Ron hat mich gefragt, ob ich noch bleiben will – für ein Jahr oder so zumindest, als so eine Art Geschäftsführer. Wir werden sehen. Aber es wird für mich weniger anstrengend sein.«
»Ja, natürlich«, sagte Caroline. »Ich habe mir nur nie vorstellen können, daß einmal der Tag kommen würde, an dem du nicht mehr dort bist.«
»Ich habe mein ganzes Leben in diesem Laden verbracht. Sieben Tage die Woche. Ich hatte einfach keinen Grund, nicht hinzugehen. Jetzt habe ich einen.«

32

Sculptor
(Der Bildhauer)

Ein Sternbild der südlichen Hemisphäre;
es liegt westlich des Fomalhaut, des hellsten Sterns
im Sternbild Piscis Australis

Am Tag danach aßen Tossa und Caroline mittags in Carolines Haus, während Patrick zu Kitty ging, wie er es mittlerweile jeden Sonntag tat. Danach saßen die Schwestern im Garten und sonnten sich, während die Kinder zu Freunden in der Nachbarschaft gingen.
Es war friedlich im Garten. Die Blüten des Apfelbaums hoben sich zartrosa gegen den blaßblauen Himmel ab, und der Duft von Rosen hing in der Luft.
»Was hältst du von Kitty?« fragte Caroline plötzlich.
»Ich mag sie.« Tossa öffnete die Augen. »Und du?«
»Ich auch. Das mit dem Laden hat mich allerdings überrascht.«
»Ja, ich hätte nicht gedacht, daß Dad ihn je verkaufen würde.«
»Aber es ist verständlich, finde ich.«
Ein leichter Wind strich durch den Garten, und einige der Apfelblüten schwebten zu Boden.
»Es ist nur ein Moment«, sagte Caroline, während sie die Blütenblätter betrachtete, »und es ist so schön.«
»Dein Garten ist wunderbar. So friedlich.«
»Damien wollte umziehen.« Caroline stand von ihrem

Liegestuhl auf und ging zu dem Baum hinüber, und Tossa folgte ihr.
»Wohin?«
»Irgendwohin, wo es angemessener ist.«
»Was willst du jetzt tun wegen Damien?« fragte Tossa.
Caroline pflückte ein Blatt und rollte es zwischen den Fingern hin und her. »Das ist nicht mehr meine Entscheidung. Damien war wütend wegen Jimmy – Herrgott, natürlich war er das. Er hat mir alles mögliche an den Kopf geworfen ... aber das ist nicht wichtig. Jedenfalls haben wir seither nicht wieder miteinander geredet.«
»Aber das ist doch Wochen her. Er muß doch mal angerufen haben?«
»Majella hat er ein paarmal angerufen.« Caroline lachte kurz. »Mit mir will er nicht reden. Er sagt, ich habe ihn enttäuscht. Nicht, daß ich das nicht wüßte, aber das mit Jimmy war ja nicht einmal eine große Leidenschaft. Anscheinend habe ich für die große Leidenschaft nicht die richtigen Gene.«
»Warum nicht?« fragte Tossa.
»Ich habe mit Damien geschlafen, weil *er* es wollte«, sagte Caroline nachdenklich. »Und weil ich rausfinden wollte, wie es ist.«
»Verständlich«, murmelte ihre Schwester.
»Es war keine Eröffnung. Ich weiß, beim ersten Mal soll es ja nie eine Eröffnung sein, aber – na ja –« Sie zuckte die Achseln. »Als wir dann verheiratet waren, war es auch nicht so toll, aber ich dachte, es liegt daran, daß ich schwanger war. Danach hat es eine Weile Spaß gemacht, und dann war ich wieder schwanger. Aber ich hatte nie das Gefühl, daß es nun die Wahnsinnserfahrung war, die es eigentlich sein sollte. Ehrlich gesagt, mir war es lieber,

wenn wir uns einfach geküßt und herumgeschmust haben. Damien war nicht gerade glücklich darüber, und ich kann's ihm nicht übelnehmen. Ich glaube nicht, daß ich frigide bin, aber ich gehöre anscheinend auch nicht zu den Leuten, die besonders scharf auf Sex sind. Eine Weile bin ich mir richtig unnormal vorgekommen. Diese ganzen Bücher und Sendungen, die dir erklären, daß du es toll finden mußt und daß irgendwas nicht stimmt, wenn du nicht fünfmal hintereinander kommst ...« Sie seufzte. »Ich glaube, für Damien war das alles viel wichtiger als für mich. Vielleicht hat er gedacht, es wäre seine Schuld, ich weiß nicht – wir konnten nicht drüber reden. Und dann habt ihr beide – na ja, du hast so viel leidenschaftlicher gewirkt als ich, Tossa.«

»Wir haben uns nur geküßt«, sagte Tossa verlegen.

»Ja, aber schon das!« Caroline hob die Hände. »So habe *ich* ihn nie geküßt. Und ich habe gedacht, wenn das die Art ist, wie es sein soll, dann wird es bei Damien und mir nie funktionieren.«

»Oh, Caroline, es tut mir so leid.«

»Und danach hatte ich das Gefühl, ich bin ein hoffnungsloser Fall. Und je schlimmer es wurde, desto mehr hat Damien es probiert, und das war ganz falsch. Als er weggegangen ist, hatte ich Angst, ihn zu verlieren, aber ich war auch erleichtert. Ich konnte es einfach nicht mehr ertragen, daß er mich berührt. Und ich dachte, es wäre vielleicht eine gute Idee. Ich würde ihn vermissen und ihn wieder wollen, wenn er weit weg wäre. Manchmal habe ich das auch, manchmal nicht. Und dann ist Jimmy aufgetaucht.«

»Und hat es dir mit Jimmy mehr Spaß gemacht?«

Caroline schüttelte den Kopf. »Deswegen denke ich ja,

daß ich einfach nicht so veranlagt bin. Ich sollte vielleicht dauernd auf der Jagd nach dem perfekten Orgasmus sein, aber ehrlich gesagt, habe ich keine Lust dazu.«
Tossa lachte unsicher.
»Ich will einfach mein Leben mit meinen Kindern leben. Ich hätte gern jemanden, der es mit mir teilt, und vielleicht gibt es den auch, aber es ist nicht Damien und es ist auch nicht Jimmy. Sie wollen beide etwas, das ich ihnen nicht geben kann. Anscheinend glauben sie beide, daß ich im Bett so eine Art Wildkatze sein müßte, weil ich gut aussehe. Und das bin ich nun mal nicht.«
»Ich habe es ganz ehrlich gemeint, als ich gesagt habe, daß ich Damien nicht liebe«, sagte Tossa.
»Das weiß ich.«
»Aber es hat mir Spaß gemacht, ihn zu küssen«, gab Tossa zu.
»Na also. Du bist eben anders. Hat es dir mit – wie heißt er doch gleich – Spaß gemacht?«
»Simon? Und wie. Es war toll, Caro.«
»Du hast also diese multiplen Orgasmen und all das?«
Tossa antwortete nicht.
»Verpasse ich was?«
»Ich weiß nicht. Vielleicht ist es wie Alkohol. Wer ihn mag, betrinkt sich damit, wer ihn nicht mag, findet ihn furchtbar.«
»Na, wie schön, daß ich wenigstens den Alkohol habe«, sagte Caroline und ging eine Flasche Wein holen.
Sie saßen immer noch in der Sonne, als Conor Gallagher anrief. Das Klingeln schrillte durch die dunstige Sommerluft, und Tossa wachte schlagartig auf und sah sich verwirrt um.
»Für dich.« Caroline grinste sie an. »Ein Typ.«

»Ein Typ?« Tossa rieb sich die Augen. »Wer?«
»Ich hab ihn nicht gefragt, aber wissen würde ich's auch gern.«
Sie erkannte Conors Stimme sofort. Es war nett von ihm, sie anzurufen – sie hatte nicht eigentlich damit gerechnet. Sie hatte ihm auch Carolines Telefonnummer nicht gegeben; er hatte sich also die Mühe gemacht, sie selbst zu finden.
»Hi, Conor.«
»Freut mich, daß ich dich aufgespürt habe. Wollen wir heute abend einen trinken gehen? Ich fliege morgen um sieben, ich habe also nur noch heute Zeit.«
»Gern«, sagte sie. »Wann?«
»Acht Uhr im Yacht-Pub? Wir können draußen sitzen.«
»Bis dann«, sagte Tossa.
»Prima.«
Sie legte auf und ging wieder hinaus. Caroline musterte sie neugierig.
»Conor Gallagher«, sagte Tossa kurz.
»Tossa! Woher wußte denn der, daß du hier bist? Ist er nicht in den Staaten?«
»Wir haben uns im Flugzeug getroffen. Und ja, er ist meistens in den Staaten.«
»Du hattest immer etwas für ihn übrig, stimmt's?« Caroline kicherte.
Tossa lächelte verlegen zurück. »Er ist nicht an mir interessiert, Caro, wir sind uns zufällig begegnet, und er will einfach mit jemandem ausgehen.«
»Ihr trefft euch also heute?«
Tossa nickte. »Und es ist alles sehr platonisch, also komm jetzt nicht auf dumme Gedanken, Caroline O'Shaughnessy.«

Caroline lachte und sagte nichts mehr.
Conor saß bereits vor dem Pub, als Tossa kam. In der Abendsonne hatte seine Haut den Goldton eines Menschen, der viel im Freien gewesen ist. Er trug ein weißes T-Shirt und ein Paar verblichene Jeans; Tossa fand, daß er sehr amerikanisch aussah, obwohl ein Pint Guinness vor ihm stand.
»Hallo.« Er stand auf, als er sie sah. »Ich habe einen Platz ergattert – Glück gehabt, findest du nicht?«
Sie nickte. Die Tische im Freien waren sämtlich besetzt mit Leuten, die die Abendsonne genossen. »Was willst du trinken?«
»Ein Glas Bud.«
Conor bestellte das Bier und lehnte sich zurück. Tossa stellte fest, daß sie nun, als sie neben ihm saß, nichts zu sagen wußte. Es war geradezu lächerlich – eine Frau, die mit Simon Cochrane ausgegangen war, war nun befangen einem Mann gegenüber, den sie seit ihrem sechsten Lebensjahr gekannt hatte. Und Conor war nicht eben hilfreich. Er trank sein Bier und sah hinaus über die Bucht.
»Wie war dein Wochenende?« fragte sie schließlich. Es war eine alberne Frage, aber etwas Besseres fiel ihr nicht ein.
Er stellte sein Glas ab. »Nicht übel. Das übliche. Geschichten über das große, gefährliche Amerika erzählt, ferngesehen, ein paar Kumpels beim Bier getroffen. Nichts Ultraspannendes. Und du?«
Tossa überlegte. Wenn man bedachte, was sie alles erfahren hatte, war es ein ereignisreiches Wochenende gewesen – aber sie war sich nicht sicher, wieviel sie Conor davon weitererzählen konnte.

»Muß ja ein tolles Wochenende gewesen sein!« Er grinste ihr zu.
»Interessant jedenfalls.« Sie lachte. »Dad heiratet wieder.«
»Wirklich? Ich hätte nicht gedacht, daß dein Dad ...« Er brach etwas verlegen ab. »Sorry, Tossa.«
»Ich weiß. Es klingt ziemlich unglaublich, nicht?«
»Ich find's toll. Und ich wette, ein paar Frauen in der Nachbarschaft sind jetzt enttäuscht, weil er nicht mehr im Rennen ist.«
»Ich glaube, er hatte keine Ahnung, daß er das je war.«
»Wir Männer, wir merken so was doch nie«, erklärte Conor.
»Noch eins?« Tossa nickte zu seinem leeren Glas hin.
Er schüttelte den Kopf. »Ich hole es.«
Sie saßen eine Weile in einträchtigem Schweigen beieinander. Es war angenehm, mit Conor zusammenzusein, entschied Tossa – mit jemandem, der sie seit langem kannte und der wußte, daß sie weniger eine unglaublich erfolgreiche Karrierefrau als ein ganz gewöhnlicher Mensch war. Die Sonne verschwand hinter den Dächern, und die Wolkenstreifen im rotgoldenen Himmel sahen aus wie Streifen aus Zuckerwatte.
»Hübsch, nicht«, sagte Conor.
Sie nickte.
»Man möchte glatt irgendwann zurückkommen.«
»Wolltest du das nicht sowieso?«
»Irgendwann. Und du?«
»Ich habe dran gedacht«, gab sie zu. »Ich habe ein bißchen Geld verdient, und ich würde gern ein eigenes Geschäft aufmachen. Ich habe es satt, für andere Leute zu arbeiten.«

»Was würdest du machen?« fragte er neugierig. »Mädchen machen doch meistens Kosmetikstudios auf.«
»Conor Gallagher! Das ist der größte sexistische Blödsinn, den ich je gehört habe! Du solltest dich schämen.«
Er sah wirklich beschämt aus. »Es tut mir leid. Das kam ganz falsch heraus. Und ich sollte es besser wissen, schließlich studiert Annette Jura.«
»Weiß Gott, das solltest du. Und überhaupt – sieh mich an! Wie könnte *ich* eine Kosmetikerin sein?«
Er sah sie an. »Ohne weiteres, würde ich sagen.«
Tossa merkte, wie sie errötete. »Du bist albern«, murmelte sie.
»Finde ich eigentlich nicht.«
»Noch mal das gleiche«, sagte sie hastig zu dem Jungen, der die Gläser abzuräumen begann. »Ich denke daran, selbst ein Geschäft zu gründen. Aber nicht so was wie einen Lebensmittelladen. Caroline hat mich auf den Gedanken gebracht, aber ich habe noch nicht mit ihr geredet.«
»Ist sie ein fester Bestandteil der Planung? Willst du eine Modelagentur eröffnen?«
»Conor Gallagher!« Tossa lachte. »Wieso kannst du mich eigentlich nicht ernst nehmen?«
»Ich nehme dich ernst«, sagte Conor. »Sorry.«
»Caroline hat angefangen zu töpfern. Und sie ist wirklich gut.«
»Aber du kannst keinen Laden aufmachen, der nur Carolines Sachen verkauft. Du würdest nie etwas verdienen.«
»Nicht nur Carolines Sachen«, erklärte Tossa. »Sie macht ihr ganzes Zeug in einer Werkstatt in Blackrock. Die Frau, der sie gehört, macht unglaubliche Stücke. Sie

verkauft manches davon an Läden wie Kilkenny Design. Und dann gibt es da noch einen Mann, der Tonfiguren macht. Sie sind alle nicht sehr geschäftstüchtig, aber sie könnten ohne weiteres jedes Stück verkaufen, das sie machen.«

»Ich bin immer noch nicht sicher, ob du genug einnehmen würdest«, sagte Conor. »Jedenfalls wenn du nur die Stücke dieser Leute verkaufst.«

»Das habe ich auch gar nicht vor. Ich habe mir überlegt, der Laden sollte außerdem noch andere, billigere Sachen führen. Man könnte hinten im Geschäft ein kleines Café einrichten, wo die Leute Kaffee und Suppe bekommen. Man würde alles auf Tongeschirr servieren, und sie könnten das gleiche Geschirr im Laden kaufen.«

»Und wo bekommst du diese Sachen her?« fragte Conor.

Sie strahlte ihn an. »In Bexleyheath gibt es einen Laden, der phantastisches Tongeschirr hat. Teures und billiges. Ich dachte, ich rede mal mit denen.«

»Das ist eine schöne Idee«, sagte Conor. »Aber ich sehe dich nicht auf Dauer in einem Laden, Tossa. Du bist viel zu karriereorientiert!«

Sie lachte. »Vielleicht. Es ist ja auch nur eine Idee. Und selbst wenn ich's versuche, kann es immer noch furchtbar schiefgehen.«

»Na und?« fragte Conor. »Das ist das Problem mit uns Iren. Immer, wenn etwas danebengeht, seufzen wir und sagen: ›Das hätte ich nicht tun sollen.‹ In den Staaten sagen sie immerhin, daß derjenige – oder diejenige – den Mut hatte, es zu probieren.«

Sie lächelte ihm zu. »Du bist ein sehr positiver Mensch, Conor Gallagher.«

»Ich weiß«, sagte er. »Es ist ein Teil der amerikanischen

Kultur. Natürlich könntest du jederzeit auch wieder Aktienfonds verwalten.«
»Irgendwas kann ich immer tun. Und jetzt hast du mir das Gefühl gegeben, daß ich *alles* tun kann!«
»Gut«, sagte er und küßte sie flüchtig auf die Lippen.
Caroline saß im Garten, als Tossa zurückkam. Der Rauch ihrer Zigarette stieg träge in die Dämmerung.
»Ich dachte, du hast es aufgegeben«, sagte Tossa.
»Beinahe. Gelegentlich rauche ich noch.« Sie trat die Zigarette aus. »Wie war's?«
Tossa berührte ihre Lippen. Sie hatte gewußt, daß Conor sie küssen würde, aber als er es getan hatte, war sie zurückgefahren, als hätte er sie geohrfeigt. Sie sah seinen verletzten Gesichtsausdruck noch vor sich. Und dann hatte sie ihre Tasche genommen und gesagt, sie müsse gehen. Wie ein dummes Kind, dachte sie wütend. Wie der unbeholfene Teenager, den er früher gekannt hatte. Sie war wirklich ein hoffnungsloser Fall.
»Gut, bis er mich geküßt hat«, sagte sie.
»Warum?«
»Man hätte meinen können, er wollte mir die Kleider vom Leib reißen. Ich war so dumm, Caroline, und er ist so ein netter Kerl.« Sie seufzte tief. Sie erinnerte sich an den Augenblick – die warme, weiche Berührung von Conors Lippen, das Gefühl, als ginge ein elektrischer Schlag durch sie hindurch, das plötzliche Verlangen. Einen Augenblick lang war sie sich vorgekommen wie eine Nymphomanin, die nicht einmal zu einem flüchtigen Kuß imstande war, ohne sich gleich Gott weiß was vorzustellen. Sie schüttelte angewidert den Kopf.
»Ich bin einfach weggerannt. Ich weiß nicht, warum.«
»Au weia.«

»Und dabei war er so nett«, stöhnte Tossa. »Wir haben uns so gut unterhalten, über Geschäftliches geredet, er war so konstruktiv ...«

»Tossa, warum um Gottes willen redest du überhaupt über Geschäftliches?« Caroline fuhr sich mit allen zehn Fingern durchs Haar. »Ich dachte, du wolltest mit ihm etwas trinken gehen! Ich glaub's einfach nicht – muß ja ein toller Abend gewesen sein. Und was für faszinierende Fragen habt ihr also besprochen?«

»Wir haben drüber geredet, wie man einen Laden eröffnet«, erklärte Tossa.

»Einen Laden? Was denn für einen Laden?«

Tossa lachte. »Ich habe ihm von meinen Plänen erzählt, Geld aus deinen Talenten zu schlagen.«

»Wovon redest du überhaupt?«

»Von deiner Töpferei«, sagte Tossa. »Deine und Gretas und die Sachen von diesem anderen Typ, dessen Namen ich dauernd vergesse.«

»Stuart?«

»Das war's.« Tossa teilte Caroline ihre Überlegungen mit, während ihre Schwester sich die nächste Zigarette anzündete.

»Ich könnte gar nicht genug Sachen herstellen«, protestierte Caroline. »Das braucht doch Zeit.«

»Aber du wirst mehr Zeit haben, wenn Dad den Laden verkauft. Ron und Angela werden dich dort nicht brauchen, und die Kinder werden den ganzen Tag in der Schule sein. Was wolltest du denn sonst mit deiner Zeit anfangen?«

»Ich weiß nicht.« Caroline stieß Rauch aus und sah in die Dunkelheit. »Ich hab's mir noch nicht überlegt.«

»Überleg's dir jetzt«, sagte Tossa.

Keine der Schwestern konnte schlafen in dieser Nacht. Caroline dachte über Tossas Idee mit dem Laden nach. Sie konnte sich nicht vorstellen, daß sie genug von ihren Tongefäßen verkaufen würde – aber es wäre schön, eine Art eigener Karriere zu haben, etwas, an dem ihr lag und das sie finanziell unabhängig machen würde. Sie seufzte, als ihr Damien einfiel. Sie wünschte sich wirklich, es hätte eine Lösung gegeben für sie und Damien. Aber es gab keine – und auch mit Jimmy hätte sie nicht leben können. Die falschen Männer zur falschen Zeit, dachte sie niedergeschlagen. Wie sich die Dinge wohl entwickelt hätten, wenn sie *nicht* mit Damien geschlafen hätte, wenn sie *nicht* schwanger geworden wäre, wenn Tossa und Damien sich *nicht* geküßt hätten? So viele Wenns, dachte sie. Sie fürchtete den Augenblick, in dem sie den Kindern sagen mußte, daß Damien nicht bei ihnen leben würde. Sie fühlte sich schuldig – sie fühlte sich schuldig an so vielen Dingen in ihrem Leben. Aber man konnte das Leben nicht damit verbringen, Vergangenes zu bereuen.

Sie drehte sich auf die andere Seite und knuffte ihr Kopfkissen zurecht. Die letzten Jahre hatten auch Schönes gebracht. Zuzusehen, wie Emma und David Hand in Hand die Zufahrt hinuntergingen oder wie Emma versuchte, ihrem Bruder das Lesen beizubringen. An der Töpferscheibe zu sitzen, während der Ton zwischen ihren Händen eine erkennbare Form annahm. Im Garten in der Sonne zu sitzen und den Bienen zuzuhören. Sie schloß die Augen. Okay, ihr Leben verlief offenbar nicht ganz so, wie sie es sich vorgestellt hatte. Ein schlechtes Leben war es deshalb noch lange nicht.

Tossa dachte immer noch über ihr idiotisches Benehmen gegenüber Conor Gallagher nach. Sie hatte doch *gewollt*, daß er sie küßte, um Himmels willen – von dem Augenblick an, in dem sie ihn dort in der Abendsonne hatte sitzen sehen. Er sah aus wie die Hauptfigur in einem Hollywoodfilm. Ein Mädchen, das nicht von ihm geküßt werden wollte, konnte doch nicht ganz normal sein. Und er war nett gewesen, interessiert, interessant. Und dann hatte sie alles verdorben, indem sie sich aufführte wie eine dumme Gans. Man sollte meinen, dachte sie, ich könnte inzwischen einigermaßen mit Männern umgehen. Simon war ein großartiger Lehrer gewesen; er hatte ihr beigebracht, Vergnügen an seinem und an ihrem Körper zu haben. Ein einfacher, harmloser Kuß hätte sie nicht umwerfen dürfen. Aber nein, Tossa O'Shaughnessy mußte natürlich ein Riesentheater veranstalten. Nicht gerade eine meiner Sternstunden, dachte sie unglücklich. Und Conor wird mich nie wiedersehen wollen.

Beide Schwestern waren müde, als sie sich mit den Kindern zum Frühstück setzten.

»Da ist ein Brief für dich«, sagte Caroline mit einem vielsagenden Blick und gab Tossa einen braunen Umschlag, auf den »Tossa« gekrakelt war.

»Oh, Scheiße«, sagte Tossa.

»So was darf man nicht sagen«, bemerkte Emma scheinheilig.

»Sorry«, sagte Tossa, während sie den Umschlag aufschlitzte.

»Liebe Tossa – Tut mir leid, wenn ich Dich gestern erschreckt habe, aber es war wirklich nur ein Kuß! Ich bin in ein paar Wochen wieder in London. Ich rufe Dich an – wenn Du nicht mit mir reden willst, ist das auch okay. Ich habe über Deine Idee mit dem Laden nachgedacht, und mir ist dazu etwas

eingefallen, das vielleicht hilfreich sein könnte. Vielleicht können wir uns bei Gelegenheit treffen? Das ist eine ernstgemeinte Frage, kein billiger Kniff, um Dich wiederzusehen.
Ich fand es sehr nett gestern – fast die ganze Zeit!
Bis bald, eventuell. Conor.«

33

Kassiopeia

Ein Sternbild der nördlichen Hemisphäre;
Kassiopeia war die Mutter der Andromeda, die einem
Meeresungeheuer geopfert werden sollte

Tossa war völlig außer Atem, als sie die zwanzig Stockwerke bis zu den Büros von Marlborough Investments hinaufgestiegen war. Die Fahrstühle waren defekt, und sie war ohnehin spät dran gewesen – was bedeutete, daß sie nun die übliche morgendliche Besprechung versäumt hatte, bei der die Angestellten erörterten, was sie für den Tag geplant hatten.

Alle anderen saßen bereits hinter ihren Schreibtischen, als sie hereinkam. Sie schob sich rasch auf ihren Stuhl, schaltete den Bildschirm ein und sah sich an, was die amerikanischen und japanischen Märkte seit dem Vortag getrieben hatten.

»Kannst du mal mit in mein Büro kommen?« fragte Seth, und Tossa nickte. Seths Büro war nicht groß, lag aber in einer Ecke des Gebäudes, was auf einen gewissen Status in der Firmenhierarchie hinwies. Es war eingerichtet mit einem weißen Eschenschreibtisch, passenden Regalen und einem weißen Ledersessel.

»Setz dich«, sagte Seth.

Sie setzte sich ihm gegenüber und musterte ihn wachsam. Seth räusperte sich und öffnete eine Mappe, die vor ihm auf dem Schreibtisch lag. »Ich wollte mit dir über ein paar von deinen Fonds reden.«

Sie war überrascht. »Ich habe letzte Woche erst mit Rupert geredet, und er war sehr zufrieden.«
»Ich weiß, er hat's mir erzählt. Wir sind sehr zufrieden mit den meisten unserer Fonds. Wir wollen nur ein paar kleinere Umverteilungen vornehmen.«
»Zum Beispiel?« fragte sie mißtrauisch.
»Wir hatten gestern eine Besprechung, bei der wir uns einig waren, daß man Ray Smith die Zuständigkeit für den Optionsscheinfonds und den Hochrenditefonds übertragen sollte. Und du wirst den Garantiefonds und den Indexfonds übernehmen.«
Sie starrte ihn an. »Du machst wohl Witze.«
Seth ordnete die Papiere auf dem Schreibtisch. »Es ist gar keine schlechte Idee. Wir wollen die Garantie- und Indexfonds ein bißchen mehr hervorheben. Und du kannst so was phantastisch.«
»Das ist doch lächerlich«, zischte sie. »Du nimmst mir meine zwei besten Fonds weg und gibst sie jemand anderem. Wieso ausgerechnet Ray Smith, Seth?«
»Ray sollte allmählich ein bißchen mehr Verantwortung übernehmen. Und er kommt von Offenbach. Sie wollen, daß er diese Fonds betreut.«
»Du meinst also, ich bin nicht gut genug?« Tossa hörte, daß ihre Stimme zu zittern begann. Sie war den Tränen nahe und versuchte verzweifelt, sich unter Kontrolle zu halten.
»Natürlich nicht!« Seth blieb fest. »Aber Ray ist jung und eifrig, und er hat ein paar ziemlich eindrucksvolle Ergebnisse vorzuweisen. Er verdient eine Chance.«
»Und was ist mit *meinen* eindrucksvollen Ergebnissen?« wollte sie wissen. »Sind die nicht gut genug?«
»Darum geht es nicht.« Seth nahm einen Kugelschreiber

und begann auf der Mappe herumzukritzeln. »Aber wir müssen nun mal flexibel sein, Tossa. Schließlich arbeiten wir alle für dieselbe Firma. Wir sollten alles tun, um unseren Service zu verbessern.«

»Und dann gibst du meine Fonds diesem Zwerg?« Tossa ballte unter der Tischplatte die Fäuste. »Was hat er eigentlich jemals getan, um diese Verantwortung zu verdienen?«

»Tossa! Ich sage doch, er ist jung, er ist eifrig, und er ist intelligent.«

»Und er ist keine Frau, die du nicht ins Bett gekriegt hast.«

»Das hättest du nicht sagen sollen.« Seths Stimme klang eisig.

Tossa konnte es nicht fassen. Sie hatte hart gearbeitet und gute Gewinne erzielt. Es war unglaublich, daß Seth ihre beiden besten Fonds Ray Smith geben wollte. Sie hatte Smith nie gemocht. Obwohl Seth ständig seine Jugend erwähnte, war er immerhin ein paar Jahre älter als sie selbst; er kam morgens als erster und ging als letzter, er trug eine runde Brille mit Goldrand, von der Tossa sicher war, daß er sie nicht brauchte, und er hatte keinen eigenen Gedanken im Kopf.

Es war schon wieder passiert, dachte sie müde. Diesmal ging ihr Job zum Teufel, weil sie *nicht* mit dem Boß geschlafen hatte. Dabei wußte sie, daß sie gut war. Die Gewinne, die sie erzielt hatte, waren der Beweis. Nur hatte sie es mittlerweile satt, ständig etwas beweisen zu müssen. Sie hatte es satt, nach den Regeln anderer Leute zu spielen, und Seths plötzliche Wandlung von einem kollegialen Freund zum verschmähten Liebhaber schockierte sie immer noch. Aber wenn sie laut sagte, daß nur das der

Grund war, würde Rupert es ihr wahrscheinlich nicht glauben.
Sie fragte sich, was Seth eigentlich vorhatte. Ihr das Leben zur Hölle zu machen, damit sie kündigte? Das konnte sie sich nicht vorstellen. Ihr eine Lehre erteilen, wahrscheinlich – sie sollte eine Weile Angst um ihre Stelle haben, sich Sorgen wegen ihrer neuen Fonds machen. Er würde sich ein Grinsen verkneifen, wenn sie mit Smith die Akten durchsprach. Bei dem Gedanken biß sie die Zähne zusammen.
»Ich bin sicher, du bist genau richtig für die Garantie- und Indexfonds«, sagte Seth. »Es ist eine Herausforderung, Tossa.«
»Okay«, sagte sie und stand auf. »Ist das alles?«
»Es sei denn, es gibt noch etwas, über das du reden willst.«
»Nein. Ich glaube nicht, daß wir noch irgendwas besprechen müßten, Seth.«
Ihre Blicke trafen sich in wortloser Unversöhnlichkeit.
»Na, dann gehst du jetzt wohl besser«, sagte Seth.
Sie ging geradewegs in die Damentoilette und schloß sich in einer der Kabinen ein, während ihr die Tränen heiß übers Gesicht liefen. Sie konnte es nicht fassen. Diese billige kleine Rache, die sie nicht hatte verhindern können. Sie sah die Besprechung geradezu vor sich, bei der Ray Smith, geschniegelt, ernsthaft und eifrig, Interesse an ihren Fonds angemeldet und seine Fähigkeiten gepriesen hatte. Und Seth Anderson war nur zu glücklich gewesen, die Gelegenheit zu nutzen.
Sie riß einen Streifen Toilettenpapier ab und putzte sich die Nase. Sie wünschte sich, am Morgen wenigstens ein Kostüm angezogen zu haben. Dann wäre es leichter gewesen, sich mit Seth anzulegen. Aber sie hatte vergessen,

ihre Bluse zu bügeln, und hatte es eilig gehabt, und am Ende hatte sie einfach einen langen Baumwollpullover über ihren blauen Leinenrock gezogen. Das Ensemble war attraktiv, aber es sagte nicht laut genug *Komm mir ja nicht dumm.* Kostüme waren in dieser Hinsicht geeigneter. Sie putzte sich noch einmal die Nase und schloß die Tür wieder auf.

Sie kramte ihren Make-up-Stift aus dem Täschchen, das sie immer in der Damentoilette stehen hatte, und sorgte dafür, daß niemand sehen würde, daß sie geweint hatte. Dann holte sie tief Luft und ging zu ihrem Schreibtisch zurück.

Caroline war auf dem Weg zum Harbourmaster-Pub, wo sie sich mit Damien zum Mittagessen verabredet hatte. Sie mußten über die Zukunft reden, hatte Damien gesagt, als er sie schließlich doch noch angerufen hatte – ihre eigene und die der Kinder. Caroline war von dem Ernst in seiner Stimme überrascht gewesen. Er war seit zwei Wochen wieder in Irland; zur Zeit wohnte er bei Jack und Majella. Sie schauderte geradezu bei der Vorstellung, daß sie bittere Streitereien über das Haus und die Kinder, über Besuchszeiten und so fort führen würden.

Sie hatte das violette Kostüm mit dem langen schmalen Rock angezogen, weil sie wußte, daß Damien sie gern in Violett sah. Es war vielleicht albern gewesen – aber sie wollte, daß er auf ihrer Seite war. Sie wollte keinen Streit.

Der Pub war voll, obwohl es kaum halb eins war. Das Stimmengewirr hallte vom Holzboden und von der Decke zurück. Sie entdeckte Damien an einem Tisch am Fenster.

»Hi«, sagte sie, als sie sich ihm gegenübersetzte.

»Hallo.«

Ein eifriger junger Kellner brachte die Speisekarten.

»Was wollen Sie trinken?«

»Mineralwasser«, sagte Damien.

»Für mich auch.«

Damien ließ die Speisekarte unbeachtet auf dem Tisch liegen. »Wie geht es dir?«

»Okay.«

»Und meinen Kindern?«

»Gut.«

»Hast du ihnen gesagt, daß ich zurück bin?«

»Noch nicht. Ich wollte warten, bis wir das alles in Ordnung gebracht haben.«

Damien antwortete nicht. Er nickte jemandem zu, der an ihrem Tisch vorbeiging, und sah dann in die Karte.

»Haben Sie sich entschieden?« Das Lächeln des Kellners war geradezu strahlend.

»Keine Vorspeise. Das Tagesgericht«, sagte Damien.

»Und noch mal für mich.« Caroline nippte an ihrem Ballygowan.

»Ich habe ziemlich viel drüber nachgedacht«, sagte Damien.

»Das habe ich mir gedacht.«

Sie rupfte ein Blütenblatt von der Rose, die in einer winzigen Vase auf dem Tisch stand.

»Ich konnte es einfach nicht glauben, Caroline. Die Affäre, das war schlimm genug. Aber diesen Mann mit nach Hause zu bringen. Die Kinder glauben zu lassen, er wäre so eine Art Onkel.« Er schüttelte den Kopf. »Wie konntest du mir das nur antun?«

»Es war niemand anderes da«, sagte sie. »Ich bin nicht gerade stolz drauf, Damien, aber ich glaube nicht, daß du

das Recht hast, mich zu kritisieren. Du warst nicht da. Ich habe jemanden gebraucht.«
»Wenn du dir wenigstens jemanden gesucht hättest, der dir mehr bieten konnte als ich!«
»Er *hat* mir mehr geboten«, sagte Caroline. »Er hat sich um mich gekümmert, als es mir nicht gutging. Er war für mich da, Damien. Er hat mich geliebt.«
»*Ich* habe dich geliebt. Du weißt, daß ich dich geliebt habe. Du hast mich aus dem Haus getrieben.«
Es war schon wieder die gleiche Unterhaltung. Sie wollte es nicht mehr hören. Sie wollte nicht mehr überlegen, ob sie anders hätte reagieren sollen. Es war zu spät, um die Vergangenheit zu ändern.
»Ich bin bereit, dir zu verzeihen«, sagte Damien, während er schwarzen Pfeffer über sein Hühnchen streute.
»Mir zu verzeihen?«
»Du hast mich furchtbar verletzt. Was glaubst du eigentlich, wie ich mich gefühlt habe, als plötzlich dein Liebhaber vor mir gestanden ist?«
»Was glaubst denn du, wie ich mich gefühlt habe, als deine Geliebte vor mir gestanden hat?« Caroline rührte das Huhn in die Sauce und hob den Blick nicht vom Teller.
»Ich weiß nicht, wovon du redest.«
»Ach, hör auf, Damien.« Sie sah ihm ins Gesicht. »Beverley Simmons! Erzähl mir doch nicht, daß du eine rein geschäftliche Beziehung zu Beverley Simmons hattest.«
»Caroline!«
Sie sagte nichts.
»Gut. Ich gebe zu, ich habe mit ihr geschlafen. Aber ich war einsam, Caroline. Ich weiß, es war nicht richtig, aber es war nichts Ernstes. Es hatte absolut nichts zu bedeuten.«

Sie lachte kurz auf. »Hat es bei dir doch nie.«
»Bitte?«
»Bei Tossa hast du das auch gesagt. Zigmal. Aber es *hat* etwas zu bedeuten. Es bedeutet, daß wir nicht einfach von vorn anfangen können, Damien.«
»Ich darf dir also deine miese kleine Affäre verzeihen, aber du bist nicht bereit, mir etwas absolut Nebensächliches zu verzeihen?« fragte er ärgerlich.
»Es war keine miese kleine Affäre. Ich habe mich fertiggemacht deswegen – ich bin nicht stolz drauf, Damien, das habe ich schon gesagt, aber es ist passiert. Ich kann es nicht ändern.«
»Aber wenn wir uns gegenseitig hintergangen haben, warum können wir es dann nicht noch mal miteinander versuchen?« fragte er. »Was ist daran so schwer?«
Sie seufzte und schob ihren Teller fort. »Ich will nicht mehr mit dir zusammenleben«, sagte sie. »Ich will mit niemandem zusammenleben. Ich bin ganz zufrieden allein.«
»Aber du erwartest, daß ich dich unterstütze. Das Haus abbezahle, mich um deine Kinder kümmere.«
»Es waren deine Kinder, als wir angefangen haben zu reden. Und jetzt sind es meine?«
»Ich werde kein richtiger Vater sein können, wenn ich sie nicht sehen kann, wann ich will.«
»Du kannst sie sehen, wann immer du willst. Und ein richtiger Vater bist du die letzten Jahre auch nicht gewesen.«
»Es gibt Momente, in denen ich dich hasse, Caroline.«
»In manchen Momenten hasse ich dich auch. Aber ich habe dich geliebt.« Sie sah ihn mit Tränen in den Augen an. »Wirklich, Damien.«
Er seufzte tief. »Es tut mir leid. Es tut mir leid, daß es nicht

geklappt hat. Ich habe es gewollt, Caroline – ich habe gedacht, wir schaffen es.«

»Ich auch.«

»Was ist bloß schiefgegangen?« Einen Augenblick lang war er wieder der Damien, den sie einmal gekannt hatte. »Wie haben wir es eigentlich angestellt, alles zu ruinieren?«

»Wir hätten nicht geheiratet, wenn ich nicht schwanger gewesen wäre. Es war der falsche Grund, und danach konnte es nichts mehr werden.«

Sie war so wunderschön, dachte er. Wie damals, als er sie zum ersten Mal gesehen hatte. Schön und verletzlich und aufregend. Er streckte den Arm aus und griff nach ihrer Hand.

»Es würde nichts werden«, sagte sie, während sie ihm direkt in die Augen sah. »Wir würden uns etwas vormachen, Damien.«

»Vielleicht hast du recht.« Er ließ sie los. »Ich kümmere mich um die Kinder.«

»Ich erwarte gar nicht, daß du alles tust. Aber einen Teil erwarte ich. Vielleicht sollten wir uns Anwälte suchen.«

»Ja, wahrscheinlich.«

»Ich gehe jetzt.« Sie stand auf. »Ich melde mich.«

»Ja«, sagte er und sah ihr nach, als sie ging.

Er zündete sich eine Zigarre an. Der Rauch wirkte beruhigend auf ihn. Er hatte erwartet, sie würde wieder mit ihm zusammenleben wollen – er hatte gedacht, es würde sie freuen, daß er bereit war, ihr zu verzeihen. Es war schade, daß es nicht so gekommen war – aber vielleicht war es tatsächlich besser so. Sie war zu emotional; sie verbrachte zuviel Zeit damit, sich zu überlegen, wie die Verhältnisse sein sollten, statt einfach ihr Leben zu leben. Sie würde immer etwas anderes von ihm wollen, etwas, das er ihr nicht geben konnte. Es gab noch andere Frauen, dachte er. Frauen, die bessere Geliebte waren, die ihn mehr brauchten als Caroline. Wenn auch sicher keine, dachte er bedauernd, die so wundervoll anzusehen war wie Caroline.

Noch eine Woche nach der Unterhaltung mit Seth Anderson war Tossa in denkbar übler Laune. Wann immer sie Ray Smith dabei beobachtete, wie er ihre Fonds handhabte, mußte sie sich die Frage verkneifen, warum er japanische Aktien kaufte oder warum er die Schatzbriefe abstieß, deren Wert noch steigen würde. Wann immer es so aussah, als hätte er eine falsche Entscheidung getroffen, beglückwünschte sie sich; traf er die richtige, verfiel sie in quälende Selbstzweifel. Sie versuchte verbissen, sich ihr Urteilsvermögen nicht von ihrer Wut trüben zu lassen – aber es war nicht eben einfach.

Als sie an diesem Abend nach Hause kam, fand sie fünf Nachrichten auf dem Anrufbeantworter vor. Sie ignorierte das blinkende Lämpchen, lud die Tüten aus der Lebensmittelabteilung von Marks & Spencer auf dem Küchentisch ab, schleuderte die zu engen Schuhe von den Füßen und schaltete den Wasserkocher ein. Sie wartete, bis sie die gefüllte Kaffeetasse in der Hand hatte, bevor sie auf den Abspielknopf drückte.

»Tossa, Louise hier. Ich hasse es, mit diesen blöden Geräten zu reden. Denkst du an meine Junggesellinnenparty am Samstagabend? Sag mir Bescheid.«

»Tossa, ich bin's, Caroline. Ruf mich an, wenn du einen Moment Zeit hast.«

»Guten Abend. Mein Name ist Kenneth Wolfe. Ich möchte Sie auf das außergewöhnliche Angebot hinweisen, das die Firma Windorama Ihnen auf dem Gebiet der Doppelverglasungen –«

Tossa spulte vor. Sie interessierte sich nicht für Doppelverglasungen.

»Hallo, Liebling, hier spricht dein Dad. Ich wollte dir nur sagen, daß ich nächste Woche mit Rons und Angelas Anwalt rede wegen dem Laden. Kitty läßt grüßen. Bis bald.«

Tossa lächelte und begann einen Schokoladenkeks aus seiner Goldfolie zu wickeln.

»Tossa, hier ist Conor Gallagher. Ich bin im Inn on the Park. Ich bin den Abend über erreichbar, wenn du mich anrufen willst. Ruf doch bitte an.«

Der Keks blieb auf halber Strecke in der Luft hängen. Dann wickelte sie ihn wieder ein.

Sie hatte nicht damit gerechnet, daß Conor sich wirklich melden würde. Und sie wußte nicht, weshalb er sich mit ihr treffen wollte. Sicher nicht, um über den Töpferladen zu reden – nicht einmal sie selbst hatte die Idee ernst genommen. Sex? Kaum. Er hatte sie geküßt, aber das hieß ja wohl nicht, daß er sofort mit ihr ins Bett hüpfen wollte. Schließlich waren nicht alle Männer wie Simon und Seth. Andererseits, dachte sie düster, vielleicht waren sie es ja doch.

Allerdings, er *hatte* sie geküßt. Versucht, sie zu küssen, genaugenommen. Gott, sie war so kindisch und unbeholfen. Er konnte sich nicht wirklich mit ihr treffen wollen. Und überhaupt, rief sie sich an diesem Punkt ins Gedächtnis, sie war an Männern nicht mehr interessiert. Geschäftlich oder privat, sie enttäuschten einen immer. Sie waren nie da, wenn man sie brauchte. Man konnte sich nie darauf verlassen, daß sie einen verstanden.

Sie fragte sich, ob er wirklich auf ihren Anruf wartete. Wohl kaum, wenn er statt dessen durchs West End schlendern konnte. Ein Mann allein konnte das. Ein Mann konnte jeden Pub und jedes Restaurant betreten, ohne daß man ihn mit schlechtverhohlenem Mitgefühl musterte und sich fragte, warum er niemanden hatte, der den Abend mit ihm teilte.
Sie spülte den Kaffeebecher aus. Sie hatte viele Abende allein in Städten verbracht, in denen es wundervoll gewesen wäre, mit jemandem auszugehen. Paris, Amsterdam, Brüssel. Na ja, in Brüssel kam es vielleicht nicht so sehr drauf an. Und immerhin hatte es auch Gelegenheiten gegeben, bei denen Simon dagewesen war.
Sie griff zum Telefon und rief das Hotel an. Das Herz flatterte ihr in der Brust, während sie darauf wartete, durchgestellt zu werden. Er war sicher ausgegangen. Er hatte keinen Grund, den Abend über im Hotel zu bleiben.
»Hallo.«
»Conor, ich bin's. Tossa O'Shaughnessy.«
»Tossa!« Er klang wirklich erfreut. »Wie schön, daß du anrufst. Ich habe gar nicht mehr damit gerechnet.«
»Warum?«
»Ich weiß nicht warum. Wollen wir uns treffen?«
»Wolltest du über etwas Geschäftliches reden?« fragte sie. Und dachte ärgerlich: Du Idiot. Du hörst dich richtig unhöflich an.
»Deshalb habe ich eigentlich angerufen. Willst du herkommen, oder sollen wir uns anderswo treffen?«
»Ich komme zu dir. Aber es wird eine Stunde dauern.«
»Okay, ich warte«, sagte Conor.
Sie stürzte unter die Dusche und goß sich eine Handvoll Bananenshampoo ins Haar. Ich werde riechen wie

ein Obstkorb, dachte sie, während sie sich mit Erdbeerduschgel einschäumte. Der denkt, er trifft sich mit einer Piña Colada.
Sie stöberte im Kleiderschrank. Geschäftsmäßig, aber nicht einschüchternd, freundlich, aber nicht zu einladend. Sie entschied sich für das rote Kostüm.
Conor saß in der Hotelbar, als sie eintraf. Er trug Jeans und ein Denimhemd und sah nicht so aus, wie man sich den Vizepräsidenten einer amerikanischen Großfirma vorstellte. Tossa fühlte sich hoffnungslos aufgetakelt, sobald sie ihn sah.
»Hi.« Sie wußte, daß sie rot geworden war. Es mußte eine Methode geben, das Erröten unter Kontrolle zu bringen. Yoga etwa oder transzendentale Meditation. Selbsthypnose vielleicht?
»Was trinkst du?« fragte er. »Bud?«
»Gern.«
Er bestellte zwei Gläser Bier. »Was macht die Arbeit?«
Sie verzog das Gesicht. »War schon besser.«
»Denkst du immer noch daran, einen Laden zu eröffnen?«
Sie zuckte die Achseln. »An dem Wochenende damals kam es mir vor wie eine gute Idee. Aber jetzt – jetzt hätte ich das Gefühl, ich hätte klein beigegeben.«
»Klein beigegeben?« Er sah sie neugierig an.
»Ich hatte Ärger mit meinem Boß«, erklärte sie. »Er hat meine besten Fonds jemand anderem gegeben. Der Dreckskerl weiß genau, daß ich besser bin, aber er will mir eins auswischen.«
»Wofür?«
»Und wenn ich jetzt gehe, sieht es aus, als hätte er gewonnen.«

»Wofür?« fragte Conor wieder.
Sie hatte nicht vorgehabt, es ihm zu erzählen, aber er sah so mitfühlend aus, daß sie nicht anders konnte. »Er hat versucht, mich ins Bett zu kriegen, und ich habe ihm gesagt, er soll sich verpissen.«
Conor lachte. »Gut. Wahrscheinlich kannst du ihn außerdem anzeigen.«
»Conor, ich weiß, daß man in den USA wegen allem und jedem Anzeige erstattet, aber ich will es nicht. Er war mein Freund. Er hat einen Fehler gemacht.«
»Ich habe das Gefühl, daß du es bist, die ihn jetzt ausbaden muß. Warum wechselst du nicht zu einer anderen Firma?«
»Weil mir niemand ein Angebot gemacht hat.« Sie lachte. »Und ich bin mir sowieso nicht sicher, ob ich das überhaupt will. Ich wüßte nicht, ob ich nicht vielleicht das Richtige aus den falschen Gründen tue.«
»Das kenne ich«, sagte er. »Du wirst schon noch rausfinden, was für dich richtig ist.«
Sie seufzte. »Wenn du meinst.«
»Natürlich.« Er lächelte. »Aber wenn du dort unglücklich bist, solltest du gehen, Tossa. Schließlich kommt es doch nicht darauf an, was Leute von dir denken, die du nicht magst, oder?«
»Das sagt sich leicht, wenn wir hier sitzen – morgen, wenn ich zur Arbeit gehen, werde ich es wieder ganz anders sehen.«
Er lachte und winkte dem Barmann zu, der ihnen noch zwei Bier brachte. »Ich weiß. Sieh mal, Tossa, ich habe dich ursprünglich deshalb angerufen, weil ich dachte, du meinst das mit dem Laden ernst. Hat sich nach dieser Geschichte bei Marlborough jetzt alles geändert?«

»Vielleicht meine ich es auch ernst«, sagte sie. »Im Augenblick bin ich mir einfach nicht sicher, Conor.«
»Ich kenne jemanden, der phantastische Sachen macht. Nicht in Ton, sondern in Holz. Aber sie sind so schön, daß du sie bestimmt verkaufen wolltest.«
»Ja?«
»Sie heißt Hana. Sie ist Indianerin und arbeitet im traditionellen Stil – leitet eine Werkstatt mit ungefähr einem Dutzend Mitarbeitern. Ich habe mit ihr geredet, seit wir uns das letzte Mal gesehen haben, und sie wäre sehr daran interessiert, Arbeiten zu exportieren.«
»Wirklich!« Tossa war ganz Ohr.
»Ja, wirklich. Aber wenn du nicht mehr willst, ist es auch okay.«
»Oh, Conor.« Tossa seufzte und fuhr sich mit den Fingern durchs Haar. »Ich bin zur Zeit so durcheinander, ich weiß wirklich nicht mehr, was ich will.«
»Mach dir keine Sorgen.« Einen Augenblick dachte sie, er würde sie in den Arm nehmen, aber statt dessen lehnte er sich in seinem Stuhl zurück. »Du bist ein intelligentes Mädchen, du kriegst das schon auf die Reihe.«
»Reden wir nicht die ganze Zeit über mich«, sagte sie. »Erzähl mir von den USA, Conor.«
»Gern.« Er erzählte von seinem Job, seinem Leben in New York, von Ferien an der Westküste.
Sie hörte, wie seine Aussprache immer amerikanischer wurde, und fragte sich, ob er jemals nach Dublin zurückkommen würde. Es wäre leicht, sich wieder für ihn zu interessieren, dachte sie und schob den Gedanken sofort zur Seite. Sie hatte Wichtigeres zu bedenken als Männer.
Am nächsten Tag rief sie Caroline an und fragte sie, was

sie von der Idee mit dem Töpferladen und dem Café hielt.

»Aber ich dachte, das wäre bloß so ein Gedanke gewesen«, sagte Caroline.

»War es auch. Aber seither habe ich darüber nachgedacht.«

»Was ist mit dem Geld?« fragte Caroline. »Ich meine, woher soll das Startkapital kommen?«

»Mach dir darüber vorläufig keine Gedanken. Sieh dich einfach um, vielleicht findest du etwas, das wir mieten könnten. Rede mit deiner Freundin Greta, frag sie, ob sie daran interessiert wäre, uns mit ihren Arbeiten zu beliefern.«

»Dad wird unseren Laden nächste Woche Ron und Angela überschreiben«, erzählte Caroline. »Ich kann's immer noch nicht richtig glauben.«

»Und wie geht es eigentlich Damien?« erkundigte sich Tossa.

Caroline blieb einen Augenblick lang stumm.

»Caro?«

»Dem geht's gut. Wir haben jetzt beide einen Anwalt. Es ist wie in einer Seifenoper.«

»Oh, Caroline!«

»Ach, was soll's. Wenn wir den Laden eröffnen, wird er über unseren Erfolg entsetzt sein.«

»Mach dir nicht zuviel Hoffnungen«, warnte Tossa. »Es ist alles erst im Planungsstadium.«

»Quatsch«, sagte Caroline energisch. »Wir sind Ladenbesitzerstöchter. Wir bringen jedes Geschäft auf die Beine.«

34

Corona Borealis (Nördliche Krone)

Ein Sternbild der nördlichen Hemisphäre; es entstand, als Bacchus Ariadnes Haarband in den Himmel schleuderte, um ihr zu beweisen, daß er ein Gott war

Caroline stand in dem leeren Café an der Küstenstraße und sah sich um. Sie erinnerte sich, daß sie als Kind einmal hier gewesen war, mit ihrer Mutter und Schwester, nach einem Tag am Strand. Es war einer der Tage gewesen, die zunächst warm scheinen und es auch sind, solange man im Haus bleibt, und schauerlich kalt werden, wenn man im scharfen Wind am Strand sitzt. Imelda hatte es eine Stunde lang ertragen, bevor sie ihre Töchter einsammelte und zu dem Café schleifte.

Der Makler beobachtete sie verstohlen. Er merkte, daß sie interessiert war, wollte aber den richtigen Augenblick abwarten. Sie drehte sich zu ihm um und lächelte.

»Perfekt ist es nicht«, erklärte sie. »Aber es gefällt mir. Ich muß zuerst noch mit meiner Geschäftspartnerin sprechen; endgültige Entscheidungen kann ich jetzt also leider noch nicht treffen.«

Er hätte eigentlich eine festere Zusage erreichen sollen, aber das Lächeln war hoffnungslos entwaffnend.

»Es gibt doch keine anderen Interessenten, oder?«

»Ein Geschäft in dieser Lage ist natürlich immer gefragt.«

Sie lachte. »Ja, aber Sie haben seit drei Monaten ein

Schild im Schaufenster. Wenn meine Partnerin auch der Ansicht ist, daß die Lage sich für uns eignet, können wir sehr bald einen Vertrag abschließen.« Dabei war sie sich nach wie vor nicht ganz sicher, woher das Geld kommen sollte. Aber Tossa hatte mit einem Mal sehr optimistisch geklungen, und Caroline hatte sich von ihrem Enthusiasmus anstecken lassen.

Als sie in der Nachmittagssonne nach Hause fuhr, schwelgte sie in dem Gefühl von Autorität, das sie empfunden hatte, als sie in dem Café stand und der Makler sie hoffnungsvoll beobachtete. Sie war daran gewöhnt, beobachtet zu werden, aber diesmal war es anders. Er hatte sie als Geschäftsfrau gesehen, nicht als Frau oder Mutter eines anderen Menschen. Es war ein gutes Gefühl.

Tossa wälzte sich auf die andere Seite und blinzelte im Licht der Morgensonne. Sie konnte Vögel draußen in den Bäumen lärmen hören, und ein schwacher Duft von Würstchen und Speck drang aus der Küche zu ihr herauf. Sie setzte sich auf, schüttelte vorsichtig den Kopf, um zu überprüfen, ob sie einen Kater hatte, und schlug die Decke zurück.

Das Zimmer im Tudor Arms Hotel war klein, aber sehr hübsch. Louise und Carl hatten am Vortag geheiratet, in einer reizenden alten Dorfkirche, und der Empfang hatte im Haus von Carls Familie stattgefunden. Tossa hatte Louise mehrfach sagen hören, daß Carls Familie reich war, aber ein Landhaus inmitten eines Parks und mit einem Speisezimmer, in dem mühelos dreißig Personen Platz fanden, hatte sie sich denn doch nicht vorgestellt.

Es war eine wunderbare Hochzeit gewesen. Tossa hatte sich amüsiert, und es war ihr nicht einmal unangenehm gewesen, daß sie keinen Partner hatte, denn Louise

hatte die Hälfte ihrer Kolleginnen von der Shelton Grammar School eingeladen, die auch alle allein gekommen waren.
Romantik allenthalben, dachte sie. Erst Louise und Carl, dann Patrick und Kitty, deren Hochzeit in ein paar Wochen stattfinden würde, schließlich der Anruf von Annette Gallagher, die begeistert von ihrer Verlobung mit Sean Burke erzählt hatte.
Tossa verstand es nicht recht – ihre Freundin war so jung, es gab so viel anderes zu tun. Und doch, dachte sie, wenn Simon Cochrane sie gefragt hätte, sie hätte das gleiche getan. Aber an Simon wollte sie nicht denken. Nicht mit Bedauern jedenfalls – höchstens als eine Erfahrung, die sie gemacht hatte.
Sie ging zum Frühstück auf die Hotelterrasse hinaus und setzte sich dort an einen der schmiedeeisernen Tische in der Sonne. Der Hotelgarten leuchtete in allen Farben, und auch auf der Terrasse selbst blühten Blumen in Fässern und riesigen Terracottakübeln. Die Kellnerin kam mit einer gigantischen Kaffeekanne, und Tossa goß sich dankbar eine Tasse voll. Sie hatte keinen richtigen Kater, entschied sie; sie war einfach nur ziemlich spät ins Bett gekommen und freute sich nicht gerade auf die lange Heimfahrt.
Sie sah in den Garten hinaus und dachte an den Töpferladen. Caroline hatte angerufen und ihr von dem ehemaligen Café erzählt. Tossa wußte, wo es lag, erinnerte sich aber nicht an den Ausflug zum Strand mit Imelda, von dem Caroline gesprochen hatte. Patrick fiel ihr ein, als sie an Imelda dachte. Sie hoffte, er würde mit Kitty glücklich werden – der hübschen, lebhaften Kitty, die ihn zum Lachen brachte und einen ganz neuen Mann aus ihm ge-

macht hatte. Tossa lächelte vor sich hin. Natürlich würden sie glücklich sein.

Alle Welt weinte bei Patricks und Kittys Hochzeit. Caroline hatte ihre Handtasche vorsorglich mit Papiertaschentüchern vollgestopft; sie wußte genau, wenn Patrick »Ja, ich will« sagte, würde sie in Tränen ausbrechen, und sie wollte verhindern, daß sich die sorgfältig aufgetragene Mascara über das ganze Gesicht verteilte. Als die Zeremonie glücklich vorbei war, hatten beide Schwestern eine Handvoll feuchter Taschentuchknäuel in der Tasche.

Patrick hatte ursprünglich von einer kleinen Feier im Familienkreis gesprochen. Als er und Kitty dann allerdings begonnen hatten, eine Gästeliste aufzustellen, wurde rasch deutlich, daß von einer kleinen Hochzeit keine Rede sein würde, und schließlich hatten sie beschlossen, den Empfang ins Marine Hotel zu verlegen und so viele Verwandte und Freunde einzuladen wie möglich.

»Du siehst phantastisch aus«, sagte Caroline zu ihrem Vater, als sie miteinander tanzten. »Und es macht wirklich Spaß, deine Hochzeit zu feiern.«

»Ja, nicht wahr? Dir gefällt es also?«

»Natürlich.«

»Du siehst auch wunderschön aus. Wie immer.«

Caroline lächelte. Sie trug ein dunkelblaues Kleid von Jasper Conran mit passender Jacke, von dem sie wußte, daß es für diesen Anlaß perfekt war.

»Ich möchte, daß du glücklich bist«, sagte Patrick.

»Das bin ich auch.«

»Aber –«

»Dad. Du hast Glück gehabt – du hattest Mam, und jetzt hast du Kitty. Und du hattest uns. Ich hatte eine schöne Zeit mit Damien. Nicht die ganze Zeit, aber manchmal.

Jetzt habe ich die Kinder. Vielleicht gibt es irgendwann auch wieder einen Mann für mich. Aber, Dad, du kannst mir glauben – im Augenblick bin ich wirklich glücklich.«
Er wirkte nicht ganz überzeugt, sagte aber nichts mehr. Sie sah glücklich aus, fand er; er wollte gern glauben, daß sie es war.
Alle Welt war sich einig, daß sie wie füreinander geschaffen waren. Alle Welt fand, daß Kitty in ihrem kupferfarbenen Seidenkostüm mit den Blumen im Haar strahlend aussah. Alle Welt meinte danach, es sei eine der schönsten Hochzeiten gewesen, die man jemals erlebt hatte.
Es war zwei Uhr morgens, als Caroline und Tossa wieder in Raheny waren. Sie brachten die Kinder ins Bett, die während der Feier eingeschlafen waren und nun quengelten, weil sie aufgeweckt worden waren. Danach saßen sie am Küchentisch und tranken eine Tasse Tee.
»Ist es eigentlich romantisch, mit Mitte Fünfzig zu heiraten?« fragte Caroline.
»Na hoffentlich«, grinste Tossa. »So wie ich es anstelle, werde ich wahrscheinlich auch schon fünfzig sein, wenn ich heirate.«
Caroline lachte. »Und Conor Gallagher?«
»O nein. Er ist nett, aber er lebt in Amerika und hat sein eigenes Leben. Und ich will zur Zeit gar nicht heiraten. Außerdem hätte ich gedacht, du würdest mir kräftig davon abraten.«
»Ganz und gar nicht«, sagte ihre Schwester. »Es hat sein Gutes, und es hat sein Schlechtes. Ich würde nicht immer nur über die negativen Seiten reden wollen.«
»Das hört sich ja sehr reif an.«
»Muß der Alkohol sein«, sagte Caroline. »Ich gehe jetzt besser ins Bett.«

»Caroline«, sagte Tossa, als sie schon fast an der Tür war. »Ich bin richtig froh, daß du meine Schwester bist.«
»Ach, halt doch den Mund«, sagte Caroline und lächelte dabei.

Die Zeit galoppiert nur so, wenn man sich amüsiert. Und wenn man außerdem tausend Dinge zu erledigen hat, bevor man einen Laden eröffnen kann. Tossa fiel es schwer, in London zu sitzen, während Caroline in Dublin Vorbereitungen traf. Immerhin hatte sie mit den Töpfern aus Bexleyheath vereinbart, daß sie ihnen einen Teil der Produktion abkaufen würde, und sie wollte bis zum letzten Augenblick bei Marlborough arbeiten – um Geld zu verdienen, aber auch damit Seth Anderson nicht glaubte, sie sei einfach nur gekränkt, weil Ray Smith ihre Fonds übernommen hatte. Daß Ray einen katastrophalen Monat hinter sich hatte, hatte sie erheitert, an ihrem Entschluß aber nichts geändert. Sie hatte einen Punkt erreicht, an dem sie etwas anderes tun wollte.
Die Renovierungsarbeiten in dem Laden an der Küste waren fast abgeschlossen. Sie hatte keine Zweifel, daß die Leute zu ihnen kommen würden – Gretas Arbeiten waren prachtvoll, Carolines waren hübsch und zweckmäßig, und Stuart hatte eine ganze Serie reizender Tierfigürchen entworfen, von denen sie sicher war, daß sie ein Riesenerfolg werden würden. Aus Bexleyheath stammten Töpfe und Vasen in giftigen Grün-, Pink- und Orangetönen, die auf den ersten Blick verstörend wirkten und auf den zweiten geradezu zum Kauf herausforderten, riesige Tassen mit passenden Untertassen und einige gigantische Tonvasen, die sich auf einer Terrasse wundervoll machen würden.
Tossa nahm den Brief aus dem Aktenkoffer und strich ihn

auf dem Schreibtisch glatt. Bevor sie ihre Kündigung nicht abgegeben hatte, war noch nichts endgültig entschieden. Sie hatte eine Menge Geld investiert, aber Geld war nicht der wichtigste Aspekt. Dies war etwas anderes. Dies hieß, *alles* zu ändern und nach Hause zu gehen.

Sie stand auf und ging zu Seth Andersons Büro hinüber. Sie wünschte sich, sie hätte die Freundschaft mit Seth aufrechterhalten können, aber er hatte es ihr unmöglich gemacht. In letzter Zeit war er ihr aus dem Weg gegangen, hatte weder ein Wort darüber verloren, wie gut sie ihre Sache machte, noch darüber, wie fürchterlich Ray abgeschnitten hatte.

»Setz dich«, sagte er. »Was kann ich für dich tun?«

Sie gab ihm den Umschlag, und er sah sie überrascht an. »Ist es das, was ich jetzt vermute?«

»Ich nehme es an.«

Er schlitzte den Umschlag auf und faltete das Kündigungsschreiben auseinander. »Das gibt doch keinen Sinn, Tossa.«

»Doch, natürlich«, sagte sie. »Ich habe schließlich die Wahl, oder? Ich kann hierbleiben und abwarten, bis ich meine Fonds zurückkriege. Ich kann auch hierbleiben und mit Fonds herumspielen, die ein Kleinkind betreuen könnte. Ich kann es mit einem anderen Job in der City probieren und wieder den gleichen dämlichen Ärger kriegen. Und ich kann nach Dublin gehen und meinen eigenen Laden schmeißen.«

»Und das ist es, wofür du dich entschieden hast?«

Sie nickte. »Ich eröffne zusammen mit meiner Schwester einen Laden. Töpferwaren hauptsächlich – sie stellt sie her.«

»Ich dachte, du kommst mit deiner Schwester nicht aus.«

»Das ist doch Jahre her, Seth. Inzwischen hat sich viel geändert.«
»Du vergeudest dein Talent. Du weißt genau, daß du gut bist, Tossa – wir würden dich gern behalten.«
»Ach, Unfug«, sagte sie. »Hunderte von Leuten lauern nur auf die Chance, diesen Job zu übernehmen.«
»Ich habe dir eine Chance gegeben. Warum schmeißt du sie mir jetzt vor die Füße?«
»Simon Cochrane hat mir auch eine Chance gegeben – auch wenn ich's wahrhaftig nicht gern zugebe. Du hast mir einen Job angeboten, Seth, und dafür war ich dankbar, weil ich damals einen brauchte. Aber von Bettgeschichten war nicht die Rede. Und Intrigen können auf ihre Art eine Weile wirklich Spaß machen, aber inzwischen bin ich nicht mehr daran interessiert.«
»Das ist das Problem mit Frauen«, sagte Seth angewidert. »Du gibst ihnen eine Chance, und sie schmeißen sie weg. Du könntest ein Vermögen machen bei dieser Firma.«
»Oh, ich kann auch von Dublin aus an der Börse spielen, wenn mir gerade danach ist«, grinste sie. »Und ich hoffe, ich verdiene sehr hübsch mit Pot Luck.«
»Pot Luck?«
»So heißt der Laden.«
Er schüttelte den Kopf. »In einem halben Jahr kommst du zurückgekrochen«, sagte er. »Aber dann ist deine Zeit vorbei, Tossa.«
»Danke für die seelische Unterstützung«, sagte sie freundlich. »Du glaubst gar nicht, wieviel sie mir bedeutet.«

Es war Mitte November, als sie schließlich eröffnen konnten – genau richtig für das Weihnachtsgeschäft, wie Tossa

zufrieden feststellte. An ihrem ersten Morgen stand sie im Laden und sah sich ungläubig um. »Es ist absolut phantastisch, Caro«, sagte sie.
»Ja, nicht schlecht, oder?« stimmte Caroline zu. »Ich hatte auch genug Ärger, bis sie genau das getan haben, was ich wollte.«
»*Ich* würde am liebsten etwas kaufen«, grinste Tossa. »Die Auslagen sind einfach toll.«
Caroline nickte. Es hatte Spaß gemacht, das schäbige alte Café zu einem einladenden Geschäft umzubauen. Sie hatte das Linoleum herausreißen und die Dielenbretter abschleifen und polieren lassen; farbige Läufer lagen auf dem Boden, und in den Wänden waren Nischen entstanden, in denen die besten Stücke der Auslage standen. Andere waren auf hölzernen Tischen und Regalen angeordnet. Es gab auch einen in Rot und Silber geschmückten Weihnachtsbaum. In dem kleinen Café hinten im Laden brannte ein Feuer im Kamin, und der Duft von frischem Brot und Kaffee hing in der Luft.
»Jetzt brauchen wir nur noch Kunden«, sagte Caroline und sah zum Fenster hinaus, gerade als ein Windstoß einen Schwall von Regentropfen gegen die Scheibe warf.
»Mach dir keine Sorgen, Annette hat gesagt, sie kommt später vorbei und kauft etwas.«
Caroline lachte. »Donna auch, aber wenn wir uns ausschließlich auf unsere Freunde verlassen müssen, werden wir in Schwierigkeiten kommen!«
Tossa nahm eine der geschnitzten indianischen Schalen vom Tisch und drehte sie in den Händen. »Sie werden schon kommen.«
Gegen zehn Uhr war sie sich nicht mehr so sicher. Nur ein einziger Mensch war hereingekommen – eine Frau mit ih-

rem Hund. Die Frau hatte sich umgesehen, viele Stücke in die Hand genommen und die Preisschilder betrachtet, während der Hund sich geschüttelt und sowohl Caroline als auch Tossa völlig durchnäßt hatte; dann hatte sie ihnen zugenickt und war wieder gegangen. Die Schwestern sahen sich düster an.

Um elf wurde es besser. Eine ganze Gruppe von Leuten kam auf einmal herein; manche wollten Kaffee, andere wollten nur den Laden sehen.

»Hier steht, daß es auch Suppe gibt«, sagte eine Frau. »Was für Suppe?«

»Heute haben wir Pilzsuppe«, sagte Caroline. »Sie ist hausgemacht.«

»Die möchte ich«, erklärte die Frau. »Mit Brötchen und Butter.«

Caroline schöpfte die Suppe sorgfältig in eine der Schalen und servierte das Brötchen auf einem passenden Teller.

»Wie hübsch«, sagte die Frau und lächelte. »Verkaufen Sie die?«

»Wir haben die Serie im Laden. In dieser Farbe und in Seegrün.«

Die Frau kaufte vier Schalen, und Caroline sah Tossa entzückt an.

Als Patrick und Kitty erschienen, hatten sie ein Dutzend Schalen, ein halbes Dutzend von Carolines Tellern mit dem Tierkreismuster, ein paar tönerne Weihnachtsmänner und eine der großen Vasen aus Bexleyheath verkauft. Auch das Café war sehr gefragt gewesen, und Caroline begann sich Sorgen zu machen, daß ihnen die Suppe ausgehen könnte.

»Ich glaub's kaum«, sagte sie. »Die Leute *kaufen* Sachen!

Sie fragen sogar nach Gretas Arbeiten. Verkauft haben wir von denen allerdings noch nichts.«
»Ist das eine davon?« Kitty zeigte auf eine fast transparente Vase, die direkt unter einer Lampe stand. Das Licht brachte die feinen Rosa- und Violettöne zur Geltung, die Greta mit dem Schwamm aufgetragen hatte.
»Das ist eins der teuersten Stücke überhaupt«, gestand Caroline. »Aber sie ist wunderschön, nicht wahr?«
»Ich kaufe sie«, sagte Kitty.
»Oh, aber du kannst nicht anfangen, hier Dinge zu kaufen!« protestierte Caroline. »Jedenfalls nicht, um uns zu helfen!«
»Ich kaufe es, weil es mir gefällt«, erklärte Kitty. »Als Weihnachtsgeschenk. Ich würde es in jedem anderen Laden auch kaufen.«
Caroline wickelte die Vase behutsam in Massen von weißem Seidenpapier und legte sie in eine Schachtel, auf der in Prägeschrift der Name des Ladens stand. »Kommt ihr heute abend zur Eröffnungsparty?« fragte sie.
»Natürlich. Das können wir uns doch nicht entgehen lassen.«
Die Suppe ging um vier Uhr endgültig aus, und Caroline stürzte in die nächstgelegene Bäckerei, um wenigstens noch die letzten Brötchen zu ergattern. »Das mit dem Essen werden wir ein bißchen besser organisieren müssen«, sagte sie zu Tossa.
»Ich hoffe nur, die Zahl der Kunden bleibt so groß«, antwortete Tossa. »Wir haben doppelt so viel verkauft, wie wir erwartet haben!«
Sie hatten Einladungen zu der Eröffnungsfeier an alle Welt geschickt, darunter auch an alle Geschäfte in der Nähe. Tossa hatte riesige Mengen von Glühwein ge-

macht, Caroline Hunderte von Fruchttörtchen gebacken.
»Das ist eine Scheißarbeit«, maulte Caroline, während sie die Törtchen hübsch arrangierte. »Ich hoffe bloß, es lohnt sich.«
Schon kurz darauf war sie der Ansicht, daß es sich gelohnt haben mußte, als Dutzende von Leuten sich im Laden drängten und entzückt die ausgestellten Gefäße bewunderten.
»Ich hätte nicht gedacht, daß irgendwer diese Tierchen kaufen würde«, sagte Stuart erstaunt. »Ich weiß, daß *ich* sie mag, aber ich bin ja schließlich voreingenommen.«
»Ich liebe sie, Stuart«, sagte Tossa. »Sie sind einfach süß.«
»Na, ich weiß nicht, ob ich gerade *süß* sein will«, grinste Stuart. »Aber ich bin froh, daß die Leute sie mögen.«
»Du willst mir erzählen, daß ihr die Biskuitvase und zwei von den Keramiktöpfen verkauft habt?« Greta war überrascht, Caroline hoch zufrieden. »Ich hatte gehofft, daß die Vase weggehen würde, aber daß die Töpfe auch schon fort sind, wundert mich.«
»Für dich ist das doch keine große Neuigkeit«, bemerkte Stuart. »Du hast deine Arbeiten auch schon vorher verkauft. Für mich ist es das erste Mal!«
Donna Murray und Paul Mitchell erschienen gegen acht Uhr abends. »Ihr seid ein bißchen spät dran«, sagte Caroline. »Ihr habt Glück, daß wir noch Glühwein aufgehoben haben!«
»Caroline, es ist wunderschön hier.« Donna sah sich im Laden um. »Es hat etwas Magisches.«
»Das macht der Weihnachtsbaum«, sagte Caroline prosaisch, während sie Glühweingläser ausgab. »Aber bisher war es ein phantastischer Tag.«

»Das freut mich.« Donna umarmte sie. »Ich hoffe wirklich, es geht so weiter.«
Paul nahm seine Kamera von der Schulter. »Ich hab sie mitgebracht, um das große Ereignis festzuhalten«, bemerkte er.
»Wunderbar«, sagte Caroline. »Schieß los.«
Annette und Sean kamen eine Viertelstunde später. »Das«, sagte Annette, »ist Sean. Mein Verlobter.«
Sie sprach das Wort aus, als zöge sie ein Kaninchen aus dem Hut. Tossa grinste und gab Sean die Hand. »Ich habe schon eine Menge von dir gehört«, sagte sie.
»O Gott«, stöhnte er. »Lieber nicht. Sie erzählt den Leuten entsetzliches Zeug über mich.«
»Mir noch nicht«, antwortete Tossa. »Aber wenn du irgendwelche dunklen Geheimnisse hast, höre ich jederzeit gern zu.«
»Mein dunkles Geheimnis ist, daß ich absolut hoffnungslos bin, wenn es um Weihnachtsgeschenke geht«, erklärte er. »Aber es sieht ganz so aus, als könnte ich hierherkommen und alles auf einmal erledigen.«
»Jederzeit. Ein Kunde, der den halben Laden aufkauft, ist hier immer willkommen.«
Sean lachte. Er war nett, fand Tossa. Er wirkte ausgeglichen und verläßlich. Und er sah so liebevoll aus, wenn er Annette ansah.
Eines Tages finde ich auch so jemand, dachte Tossa. Aber ich warte, bis ich einen treffe, den ich *wirklich* liebe. Und der mich *wirklich* liebt.
Die ersten Besucher gingen schon wieder, als Conor Gallagher auftauchte. Er stieß die Tür auf und stand mit einem Arm voll roter Rosen auf der Schwelle.
Tossa sah ihn zunächst gar nicht; sie stand mit dem

Rücken zur Tür und unterhielt sich mit einer Kundin. Sie hatten jeden Menschen, der den Tag über etwas gekauft hatte, zu der Party eingeladen, und die Frau hatte bereits ein weiteres halbes Dutzend von den Schalen bestellt, in denen sie die Suppe servierten.

»Himmel«, sagte sie zu Tossa, »es sieht ganz so aus, als wollte Ihnen da jemand gratulieren.«

Tossa drehte sich um. Auf den ersten Blick sah sie nichts als Blumen, aber sie wußte sofort, wer hinter ihnen steckte.

»Entschuldigen Sie mich«, sagte sie zu der Kundin, »ich bin gleich wieder da.«

Sie ging zur Tür hinüber. »Was machst denn du hier?« fragte sie.

»Ich komme zu eurer Eröffnungsfeier. Was dachtest denn du?«

»Es tut mir leid.« Sie nahm die Rosen in Empfang. »Das hat wirklich nicht nett geklungen, und es war absolut nicht so gemeint.«

»Schon okay«, sagte Conor. »Ich bin dran gewöhnt, daß du Dinge sagst, die du nicht meinst.«

»Du bist hier herzlich willkommen. Und das meine ich diesmal wirklich. Augenblick, ich bringe nur schnell die Blumen in Sicherheit.«

Sie trug die Rosen zu ihrer Schwester hinüber.

»Conor Gallagher!« sagte Caroline. »Schau mal einer an.«

»Ich habe ihm nur von der Feier erzählt, weil er uns Hana vermittelt hat«, sagte Tossa.

»Natürlich. Geh nur und rede mit ihm, ich stelle die Rosen ins Wasser«, antwortete Caroline mit einem verschwörerischen Zwinkern.

»Es sieht wirklich wunderschön aus«, sagte Conor, als sie zu ihm zurückkam. »Ich wußte gar nicht, daß du so viel Stil hast.«
»Carolines Stil – ich hätte das nicht so gut gekonnt. Vielleicht wird es mir ja eines Tages zu stilvoll, und ich ziehe wieder meine Kostüme an.«
»Sag mir Bescheid, wenn du's tust. In meiner Firma findet sich sicher etwas für dich.«
»Ich werde selbst etwas finden«, sagte Tossa.
Er lachte. »Stachlig wie eh und je.«
»Nein, ich mag es nur nicht, wenn andere Leute mein Leben organisieren«, erklärte sie.
»Ich habe dich immer gemocht. Warum habe ich immer das Gefühl, daß du mich nicht magst?«
Sie starrte ihn an. Er wirkte vollkommen ernst.
»Natürlich mag ich dich. Sehr sogar.«
»Warum gibst du mir dann eine Abfuhr nach der anderen?«
»Aber das tue ich doch gar nicht.«
»Na hör mal, Tossa. Ich versuche es mit einem freundschaftlichen Kuß, und du fährst zurück, als wollte ich dich vergiften. Ich will mich mit dir verabreden, und du kommst unter der Bedingung, daß es ein geschäftliches Treffen ist! Du hast mein Selbstwertgefühl vollkommen erledigt, weißt du.«
»Das wollte ich wirklich nicht«, sagte sie.
»Wie wäre es, wenn du mich zur Abwechslung mal ein bißchen aufbaust«, schlug er vor. »Ich bin noch ein paar Tage hier. Was hieltest du davon, morgen abend mit mir essen zu gehen?«
»Eine Verabredung?« fragte sie zweifelnd.
»Eine Verabredung.«

Sie studierte ihre Füße und spürte, daß ihr die verdammte Röte ins Gesicht stieg. »Ich würde sehr gern mit dir essen gehen«, sagte sie.
»Gut.« Er lächelte ihr zu. »Hast du etwas dagegen, wenn ich dir einen einzigen kleinen Glückwunschkuß gebe?«
Sie schüttelte den Kopf. Er küßte sie auf die Lippen, und sie erwiderte den Kuß.
Paul machte Stöße von Fotos bei der Eröffnung von Pot Luck. Es gab Bilder von der Besuchermenge, Bilder von einzelnen Leuten und seine Lieblingsbilder, wundervolle Aufnahmen von ausgewählten Stücken aus dem Programm.
Das Bild allerdings, das sie in der nächsten Woche aufhängten, weil es ihnen am besten gefiel, zeigte Tossa und Caroline, die einander die Arme um die Schultern gelegt hatten und strahlend in die Kamera lächelten.

Lisa Carey

Das Lied der Insel

Drei Generationen – drei Frauen – und ihre Sehnsucht nach einem kleinen irischen Eiland: Eine Sehnsucht, die sie umtreibt auf der Suche nach einem anderen Leben, doch ihre Seele ist erfüllt von dem Singen der Meerjungfrauen in den Höhlen der Felsküsten ihrer irischen Heimat.

Ein Roman über starke Frauen mit glaubhaften Charakteren, die wachsen und sich verändern.

Barbara Delinsky

Die Bestseller fürs Herz
bei Knaur

Der Tag, an dem alles anders wurde
Roman

Facetten der Liebe
Roman

Schatten vergangener Tage
Roman

Virginias Töchter
Roman

Das Herz einer betrogenen Frau
Roman

Barbara Delinsky

Die Bestseller fürs Herz bei Knaur

Zusammen und doch allein
Roman

Der Platz einer Frau
Roman

Drei Wünsche hast du frei
Roman

Freunde und Liebhaber
Roman

Niemals werd ich dich vergessen
Roman